Für meine Großeltern
Frederick und Donna Unger

VORWORT VON LISA UNGER

Als ich Lydia Strong zum ersten Mal begegnete, war ich neunzehn Jahre alt. Damals wohnte ich in New Yorks East Village, war mit einem Polizisten zusammen und besuchte das Eugene Lang College, die Eingangsstufe des Neuen Instituts für Sozialforschung. Ich saß in einem Auto unter einer U-Bahn-Brücke in der Bronx und wartete – auf was, weiß ich nicht mehr. Aber an jenem Tag sah ich zum ersten Mal in meinen Gedanken eine Frau an einer Kirche vorbeijoggen. Die Kirche befand sich in New Mexico. Über die Frau wusste ich nur, dass sie einen tiefen seelischen Schmerz in sich trug. Zu laufen war ihr Trost, Religion und Droge zugleich. Sie hieß Lydia.

Ich fischte eine Papierserviette und einen Stift aus dem Handschuhfach und schrieb die ersten Zeilen von *Im Herzen die Sünde* nieder. Es sollte zehn Jahre dauern, bis ich den Roman vollendete, weil die Zeit zwischen meinem neunzehnten und neunundzwanzigsten Geburtstag von harter Arbeit und turbulenten Veränderungen geprägt war und ich meinen Traum, Schriftstellerin zu werden, vernachlässigte. Aber Lydia war eine treue Seele; sie wartete.

Obwohl ich unbedingt einen Roman schreiben wollte, eine erstklassige Ausbildung genossen und in einem Verlag Karriere gemacht hatte, wusste ich nicht viel über das Leben, als ich an meinem ersten Buch arbeitete. Ich glaube, kaum jemand hat eine Vorstellung davon, was es bedeutet, einen Roman zu schreiben, ohne einen eigenen Versuch gewagt zu haben. (Und auch später beim zweiten und dritten Buch fühlt es sich so an, als erlerne man das Schreiben wieder aufs Neue.) Ich wusste nur eins: Ich war bezaubert von dieser Frau, die einen großen Teil meiner Gedanken beherrschte. Ihre dunklen Obsessionen zogen mich in ihren Bann. Ich war fasziniert von ihrer Vergangenheit und den Rätseln ihrer Gegenwart. Warum gestattete sie sich nicht einfach, den Mann zu lieben, der ihr so viel Liebe entgegenbrachte? Unaufhörlich taten sich neue Fragen auf, und im Lauf der zehn Jahre war ich immer dann am glücklichsten, wenn ich mich auf die Suche nach Antworten begab.

Zu meinem großen Glück nahm sich bereits meines allerersten Buchs die wunderbare Agentin Elaine Markson an, die recht schnell einen Verlag für *Im Herzen die Sünde* und die noch ungeschriebene Fortsetzung fand. Die folgenden Jahre verbrachte ich mit Lydia Strong und den schillernden Figuren, die ihr begegneten. Ich genoss jeden dunklen Augenblick, jede schwierige Wendung des Schicksals, die ihnen widerfuhr.

Ich folgte Lydia von New Mexico nach New York, nach Albanien, Miami und wieder zurück. Wir stapften durch Manhattans stillgelegte U-Bahn-Tunnel und durch die Wildnis Floridas, wir erkundeten eine rätselhafte Kirche in der Bronx und eine fiktionale Stadt namens Haunted. Es war eine aufregende Reise, und ich schrieb, als stünden meine Hände in Flammen.

Ich freue mich, dass meine ersten Werke, die ich noch

unter meinem Mädchennamen Lisa Miscione verfasste, eine wunderbare Heimat bei Broadway Paperbacks gefunden haben und einen Platz in den Buchregalen bekommen. Am meisten freut es mich natürlich, dass sie es bis in Ihre Hände geschafft haben. Ich kenne zahlreiche Autoren, die ihre Erstlingswerke am liebsten vor der Welt verstecken würden, weil sie seither Riesenschritte in ihrer Entwicklung als Schriftsteller vollzogen haben. Das ist nur verständlich, denn natürlich würden wir am liebsten die Zeit zurückdrehen und alles noch einmal besser schreiben.

Aber in meinem Herzen haben diese mit so vielen Schwächen behafteten, manchmal komischen und immer komplizierten Figuren und ihre verrückten und wilden Geschichten einen besonderen Platz. Bis heute denke ich an sie und hege selbst für die finsteren unter ihnen zärtliche Gefühle. Die Arbeit an jedem einzelnen dieser Bücher war mir ein Vergnügen, und ich hoffe, Sie genießen die Zeit mit den folgenden Seiten so sehr wie ich. Vielen Dank fürs Lesen.

PROLOG

Nachts kam er wieder. Seine Rückkehr im hellen Mondlicht wurde vom Knacken und Ächzen der Äste begleitet, die sich im kalten Wind wiegten. Eine Weile hielt er am Waldrand inne, schien mit den kahlen Bäumen und dem trockenen Laub unter seinen Füßen zu verschmelzen. Er war so reglos, schwarz und aufrecht wie die toten Stämme ringsum, während er zum Haus hinüberstarrte. Wie ein alter Kriegsverbrecher stand es da, ein trauriger Schatten seiner einstigen Pracht, es verströmte eine Aura des Bösen, der Nachhall unzähliger Sünden pulsierte wie ein Herzschlag. Das Haus war noch am Leben. Er konnte nicht glauben, dass es nach all der Zeit immer noch am Leben war. Er atmete die kalte Luft ein und spürte seine alte Angst, die ebenfalls noch lebte. So wie das Haus war seine Angst gealtert und vergammelt, doch die Zeit hatte sie nicht besiegen können.

Er betrat den früher einmal so gepflegten Rasen, der jetzt nur noch ein Schlachtfeld war, überwuchert von gelbem Gras und Unkraut und Hecken, die erst verwildert und dann aufgrund mangelnder Pflege abgestorben waren. Ihre Zweige und Dornen verfingen sich in seinen Hosenbeinen, als wollten sie ihn zurückhalten. Alles hier, sogar die riesige alte Eiche, die neben dem Haus Wache stand, schien ihn abschrecken zu wollen. Doch er war ein

Teil dieses Hauses, und das Haus war ein Teil von ihm. Und er war dabei, die Puzzleteile seiner Existenz einzusammeln, endlich. Es war an der Zeit.

Vor seinen Augen tauchten die Erinnerungen auf wie ein flackernder Acht-Millimeter-Film, der an eine Wand projiziert wird. Er konnte sehen, wie sie lachte und tanzte, wie sie lief. Ihre strammen Kinderbeinchen, die winzigen Röcke und kurzen Hosen. Er sah ihre blonden Zöpfe, die runden blauen Augen. Als sie älter und schöner wurde, dunkelten Augen und Haare nach, ihr Teint bekam die Farbe von Sahneeis. Er sah die letzten Momente mit ihr, bevor alles zu Ende ging. Er hörte sie lachen, und er hörte sie schreien, und beides war wie Musik in seinen Ohren. Die Liebe zu ihr war ein Phantomschmerz. Seit der erzwungenen Trennung fühlte er sich, als hätte er seine Organe spenden müssen, ohne vorher gestorben zu sein. Er lebte mit einem künstlichen Herzen.

Er stand auf der Veranda und hörte die alten Holzbalken unter seinem Gewicht knarzen. Sie drohten zu brechen. Er hörte ein Rascheln hinter der Tür, und die Äste der alten Eiche kratzten an der Hauswand wie Fingernägel an einem Sargdeckel. Er war der Verdammte vor dem Höllentor. Er kam um vor Angst, doch er wusste, er hatte es nicht besser verdient.

Das Haus war nur noch eine Karikatur seiner selbst, die Balken waren verbogen, und die Schindeln hatten sich aus der Verkleidung gelöst, die Fensterrahmen waren rissig, und die Träger bogen sich durch. Ein Haus wie in einem Horrorfilm. Als er die Tür aufstieß, fielen ein paar leere Bierdosen mit lautem Scheppern um und rollten über das Parkett. Er trat ein, das Haus war eiskalt und schien zu seufzen; er konnte seinen Atem als eisigen Hauch im Nacken spüren. Der Kronleuchter aus tausend erstarrten Tränen war matt vor Staub und der Ausgangspunkt unzähliger Spinnweben, die sich von dort aus durch das ganze Foyer spannten. Die Kristalle klirrten leise über seinem Kopf wie winzige Glöckchen.

Die Tür fiel hinter ihm ins Schloss. Er betrachtete die Verwüstung, die die Zeit hier angerichtet hatte, und er spürte eine unerklärliche Wut. Das Haus hätte instand gehalten werden sollen, stattdessen hatte man es den Vandalen überlassen. Die Sonne hatte Teppiche, Möbel und Ölgemälde ausgebleicht, an den Wänden prangten anzügliche Graffiti in Rot und Schwarz. Das Sofa im Salon stand nur noch auf drei Beinen. Doch seine Wut verrauchte schnell. Das alles würde sich mit etwas Arbeit reparieren lassen.

»Oder mit einem gründlichen Exorzismus«, hörte er sich sagen. Seltsam, wie alt seine Stimme klang.

Der zersprungene Spiegel in dem mit Blattgold verzierten Schnitzrahmen hing schief an der Rückwand des Wohnzimmers. Jemand hatte die Worte *Tracy liebt Justin TL4* auf das blinde Glas gesprüht. Bei seinem eigenen Anblick zuckte er zusammen. Sein Gesicht verschwand hinter einem langen Vollbart, die grauen Haare standen ihm in wirren, ungewaschenen Strähnen vom Kopf ab. Er trug eine zerknitterte Jeansjacke, steif vor Dreck, darunter mehrere ebenso verdreckte T-Shirts und einen vormals roten Pullover. Er sah aus wie ein Mann, um den die Leute auf der Straße einen großen Bogen machen, die Luft anhalten, wenn sie ihn passieren. Er legte sich eine Hand an den ranzigen Bart, der so steif wie Holzwolle war. Seine Fingerkuppen waren schwielig und hart, die Nägel schwarz vor Dreck.

Er stand wie hypnotisiert da, während der Wind an den Fensterrahmen rüttelte, Bierdosen über den Boden schob und die schweren Vorhangfetzen vor dem Arbeitszimmer blähte. Er konnte sich nicht erinnern, wann er zum letzten Mal sein eigenes Gesicht gesehen hatte. In Gedanken betrachtete er sich immer noch als jungen Mann. Schlank und sportlich, mit strahlend grünen Augen und Haaren so schwarz, dass sie im Sonnenlicht bläulich glänzten. Doch heute erschreckte ihn sein eigener Anblick weniger als sonst. Wenigstens sah er jetzt so kaputt aus, wie er sich fühlte. Es war ihm immer wie ein grausamer Scherz der Natur vorgekommen, dass sein Herz ein totes schwarzes Loch war, sein Teint jedoch frisch und jugendlich gerötet, sein Lächeln charmant und bezaubernd. Dieselbe kranke DNA, die ihm sein Erbe aufzwängte und ihn zu dem gemacht hatte, was er heute war, hatte dafür gesorgt, dass er früher einmal attraktiv gewesen war, schön wie eine Venusfliegenfalle, die mit ihrem betörenden Duft Insekten anlockt, zuschnappt und sie zermalmt. Wenigstens sah man ihm jetzt an, was er wirklich war.

Plötzlich hörte er Gelächter in seinem Rücken. Er drehte sich zu der geschwungenen Treppe um, die in der Finsternis der ersten Etage endete. Das Haus schien tief Luft zu holen, und dann stieß es seinen fauligen Atem aus. Der Vollmond verschwand hinter Wolken, das Zimmer versank in tiefer Dunkelheit. Er spürte, wie sein Puls schneller ging und sein Magen vor lauter Angst zu kribbeln anfing.

»Ich bin zu Hause«, rief er, drehte sich um und stieg

die Treppe hinauf, der Finsternis entgegen. Er wusste, es gab kein Zurück mehr. Der Vorhang für das Finale hatte sich gehoben, und alle Schauspieler würden das unvermeidliche Ende erleben.

ERSTER TEIL

EINS

Lydia Strong lief. Sie lief, obwohl es tausend Gründe gab, es nicht zu tun. Sie lief, so schnell sie konnte, durch den Dezemberregen, ihre Wangen waren von der Kälte gerötet und von dem Feuer, das innerlich brannte wie ein Heizofen. Sie lief durch die Lafayette Street, vorbei an der Gaseteria und dem Puck Building, sie lief über kaputte Bürgersteige, durch Müll und Scherben. Vorbei an einer dunklen, stinkenden Gasse, in der sich unheimliche Schatten drängten. Die bunten Jalousien der Gebäude zogen sich aufwärts bis in den schiefergrauen Himmel. Im kitschigen Chaos von Chinatown leuchtete und blinkte alles in Rot und Gelb, die Luft roch nach gebratenem Entenfleisch, und die Straßenhändler verkauften gefälschte Designerhandtaschen, Aufziehspielzeug und Buddhastatuen. Lydia lief am riesigen, schmutzig weißen Gerichtsgebäude von Manhattan vorbei und weiter auf die Brooklyn Bridge.

Lydia war eine anmutige Läuferin mit perfekter Figur, schlank und stark, neuerdings mit Rundungen an Brust und Hüfte. Scheinbar mühelos bahnte sie sich einen Weg durch die Menschenmengen; sie hatte den Bauch eingezogen und die Schultern zurückgenommen und kam immer mit den Fersen zuerst auf dem harten Asphalt auf, bevor sie den Fuß elegant über die Zehen abrollte. Auf dem überfüllten Gehweg manövrierte sie sich geschickt zwischen den langsamen Fußgängern durch – Anwälte, Cops, ehrfürchtige Touristen mit offenem Mund, die an der prächtigen Fassade des Gerichtsgebäudes emporblickten. Ihr kantiges Gesicht und die sturmgrauen Augen waren völlig ausdruckslos, wirkten allerhöchstens konzentriert, und so hätte niemand geahnt, wie angespannt Lydia in diesen Tagen war. Sie spürte die Anspannung eines Menschen, der sich beobachtet fühlt. Gejagt, um ehrlich zu sein.

An der letzten Ampel vor der Brücke unterdrückte sie den Impuls, einen Blick über die Schulter zu werfen, überquerte die Straße bei Rot und nahm die sanfte Steigung der Brooklyn Bridge in Angriff. Sie wusste, er war da. Vielleicht nicht direkt hinter ihr, aber näher, als ihr lieb sein konnte. Sie hoffte, dass er nicht mit ihr Schritt halten könnte.

Sie kämpfte gegen die Steigung an und freute sich insgeheim, als der harte Asphalt in das hölzerne Balkenwerk der Brücke überging. Auf dem federnden Holz zu laufen verlieh ihr ein Gefühl von Sicherheit; es erinnerte sie daran, dass diese Stadt vor nicht allzu langer Zeit noch unschuldig gewesen war, dass ein Stück vom alten New York in dieser Brücke weiterlebte.

Vor wenigen Wochen war Lydias schlimmster Albtraum wahr geworden. Bis dahin hatte sie es geschafft, den Schein der Normalität zu wahren. Nicht, dass sie unter »normal« dasselbe verstanden hätte wie die meisten Menschen. Als Bestsellerautorin, ehemalige Beraterin und frischgebackene Teilhaberin der neu gegründeten Detektei Mark, Striker und Strong bekam Lydia eine tägliche Dosis Grauen ab, die die meisten Leute in die Psychiatrie gebracht hätte. Sie hatte ihr Leben der Analyse von kriminellen Hirnen gewidmet, wollte verstehen, warum manche Männer vergewaltigen und töten, welcher Mangel – oder welche Zutat – einen Menschen zum Monster werden lässt. Auf ihrer ruhelosen Suche hätte sie selbst fast ihr Leben und jede Hoffnung auf Lebensglück verloren. Schon einmal hatte sie sich vor diesem Abgrund gerettet, aber nun hatte sie das Gefühl, wieder direkt davor zu stehen.

Jed McIntyre, ein Serienmörder, der auch Lydias Mutter auf dem Gewissen hatte, war nach fünfzehn Jahren Gefängnis wieder auf freiem Fuß. Und er schien noch verrückter und noch besessener zu sein als früher. Lydia spürte, dass sie dem Druck nicht mehr lange standhalten würde. Außerdem hatte sie vor kurzem erfahren, dass sie schwanger war und dass Jeffrey Mark – ihr Freund und Mentor und seit einem Jahr auch ihr Lebensgefährte – sie gern heiraten würde. Manchmal fürchtete sie, ihr Kopf würde platzen.

Nicht, dass Jeffrey mit Jed McIntyre vergleichbar gewesen wäre. Doch beide drohten, Lydia die Kontrolle über ihr früher so geordnetes Leben zu entziehen.

Unter dem ersten der gigantischen Brückenbögen hielt sie inne, trat ans Geländer und schaute gen Westen. Sie spürte die Kälte als ein Brennen an Nase und Wangen, ihr Herz klopfte im Rhythmus der Anstrengung. In der Ferne ragten die Wolkenkratzer von Manhattans Südspitze in die Höhe, schimmernde Monolithen vor trübgrauem Himmel, und zu ihren Füßen floss der Berufsverkehr. Sie hörte das gedämpfte Zischen von Autoreifen auf nassem Asphalt. Gelegentlich stieg das Kreischen einer Bremse oder wütendes Gehupe aus dem stetigen Strom zu ihr herauf.

Auf der Brooklyn Bridge waren alle Antworten zu finden. An diesen Ort kam Lydia, wenn ihr alles zu viel wurde, wenn ihre Sorgen sie erdrückten und die Symphonie aus Stadtgeräuschen zur Kakophonie anschwoll. Manchmal fragte sie sich, ob etwas mit ihr nicht stimmte. Warum sie sich nicht mehr *freute*, denn das wurde doch von ihr erwartet; warum sie sich nicht auf das Baby freute, Jeffreys Baby, und über Jeffreys Heiratsantrag. War es nicht das, was alle Frauen sich wünschten? Dann wiederum hatte Lydia nie gewollt, was andere Frauen wollten. Sie hatte nie verstanden, warum manche Menschen sich unbedingt fortpflanzen wollten. Oder dass sie vor Glück strahlten, wenn sie dann endlich von der Schwangerschaft erfuhren. *Begreifst du denn nicht*, hätte sie dann am liebsten gesagt, *dass die Verantwortung für ein neues Leben auf dich zukommt? Dass alles, was du von nun an tust, dein Kind beeinflussen wird, für immer?*

Lydia fragte sich, wie sie guten Gewissens ein Kind in diese Welt setzen konnte, in eine Welt voller Monster. Monster, die gierig darauf waren, ein Opfer nach dem nächsten zu jagen und zu verschlingen. Sie fürchtete, einem Kind letztendlich nicht genug bieten zu können. Anscheinend wollten viele Menschen Kinder *haben*, ohne sich zu fragen, was man einem Kind *geben* musste. Zu diesen Menschen wollte Lydia nicht gehören. *Das hättest du dir alles überlegen können, bevor Jeffrey dir den Braten in die Röhre geschoben hat*, schimpfte sie mit sich selbst.

Jeffrey blickte allem mit der Ruhe eines Zenmönchs

entgegen. »Es ist genau jetzt passiert, weil wir so weit sind«, hatte er während einer ihrer nächtlichen Diskussionen gesagt. Lydia hatte vor Nervosität nicht einschlafen können, was wiederum hieß, dass er nicht schlafen konnte. »Du wirst von dir selbst überrascht sein. Du wirst eine liebevolle, herzliche, aufmerksame Mutter sein … und deine Identität behalten. Vertraue mir.«

Jeffrey war der einzige Mensch auf der Welt, auf den sie sich tatsächlich verlassen konnte, ihm hatte sie ihr Leben und ihre Zukunft anvertraut. Als sie ihn kennengelernt hatte, war sie erst fünfzehn gewesen und er ein fünfundzwanzigjähriger FBI-Agent, der den Mörder ihrer Mutter jagte. Im Laufe der folgenden fünfzehn Jahre hielten sie den Kontakt und wurden enge Freunde. Jeffrey ließ Lydia bei verschiedenen Projekten mitarbeiten und entwickelte sich zu einer Art Mentor, zu ihrem Vertrauten und Ratgeber. Und dann irgendwann wurde mehr daraus. Doch erst vor einem Jahr hatten die beiden sich ihre Gefühle eingestanden, die so lange unter der Oberfläche gebrodelt hatten.

Die Zeit ohne Jeffrey erschien Lydia aus heutiger Sicht wie eine traurige Wüste, in der sie jahrelang herumgeirrt war. Sie hatte Karriere gemacht, doch sie hatte wenig gefühlt außer Angst und Schmerz. Der Verlust ihrer Mutter hatte sie dauerhaft beschädigt; sie selbst hatte die Tote an einem Nachmittag im Herbst entdeckt, nachdem sie aus der Schule gekommen war. Ihr Vater hatte sich lange zuvor aus ihrem Leben verabschiedet, und so wuchs Lydia bei ihren alten, aber liebevollen Großeltern auf. Trotz der Liebe und der Zuwendung, die sie dort erfuhr, fiel es Lydia schwer, tiefe Gefühle zu entwickeln, denn sie fürchtete sich immerzu vor dem drohenden Trennungsschmerz. Nach dem Tod ihrer Mutter hatte sie sich aus einem Tal der Tränen herauskämpfen müssen, und als junge Frau hatte sie beschlossen, wenn auch unbewusst, nie wieder in diese Falle mit den glitschigen Wänden abzurutschen.

Die Liebe zu Jeffrey hatte alles verändert. Heute konnte sie dem Universum und sich selbst wieder vertrauen, sie konnte das Leben annehmen, ohne sich ständig vor dem Tod eines geliebten Menschen fürchten zu müssen. Alles war mehr oder weniger perfekt gewesen, bis sie wieder ein Monster in ihr Leben ließ … in ihr gemeinsames Leben. Jed McIntyre war frei. Lydia tastete nach der Beretta, die in ihrer Hüfttasche steckte. Damit fühlte sie sich einigermaßen sicher.

Aus dem Augenwinkel sah Lydia eine große, kantige, ganz in Schwarz gekleidete Gestalt. Zügig schritt sie an den wenigen Spaziergängern vorbei, die auf der Brücke unterwegs waren. Der Mann war wie ein wandelnder Berg, alle drehten sich nach ihm um. Schnell verzog Lydia sich hinter einen der gemauerten Pfeiler, die die Strecke in einen Rad- und einen Gehweg unterteilten. Sie drückte sich an den kalten Stein und wartete mit klopfendem Herzen.

Sie hatte geahnt, dass es eines Tages so weit sein würde. Wenn sie nicht aufpasste, wenn sie leichtsinnig wurde, würde er sie anfallen, am helllichten Tag und vor vielen Augenzeugen. Er würde sich nicht in der Nacht anschleichen, so wie es sich für Dämonen eigentlich gehört. Er würde aus einer Menschenmenge herausspringen und sie vor den Augen der Umstehenden ermorden. Niemand würde ihn aufhalten. Lydia sah das alles so deutlich vor sich, als wäre es bereits passiert. Wenn es so weit war, würde es zum Kampf auf Leben und Tod kommen; wer gewinnen würde, konnte niemand voraussagen. Sie spähte um den Pfeiler herum und sah die schwarze Gestalt auf sich zueilen.

Dax Chicago lief am Pfeiler vorbei, keuchte und hielt sich die Seiten.

»Peng, du bist tot!«, rief Lydia, und Dax zuckte zusammen wie zu Tode erschreckt.

»Verdammt noch mal, Lady. Was stimmt mit dir eigentlich nicht?« Lydia hatte sich immer große Mühe geben müssen, Dax' schweren australischen Akzent zu verstehen, aber im Laufe der drei Wochen, die er mittlerweile an ihr klebte, hatte sie sich daran gewöhnt.

»Ich dachte, du wärst fitter«, sagte sie lächelnd.

»Ich will dir nur helfen«, sagte er und ging im Kreis, ohne die Hände von seiner Taille zu nehmen. »Scheiße«, sagte er. »Ist das kalt hier.«

Dax Chicago war geballte Muskelkraft und Zähigkeit, verteilt auf eins dreiundneunzig. Selbst ein Bulldozer wäre neidisch auf seine Kraft gewesen, und für einen Mann von seiner Größe war er erstaunlich wendig – im Nahkampf. Lydia wusste, auf der Langstrecke hätte er keine Chance gegen sie. Es machte ihr Spaß, ihn für das Geld, das Jeffrey ihm zahlte, schuften zu lassen. Dax begleitete sie, wann immer Jeffrey keine Zeit hatte. Was Lydia kein bisschen gefiel. Aber Jeffrey hatte sich nicht davon abbringen lassen … und so machte es Lydia allen Beteiligten so schwer wie möglich.

»Schwangere Frauen, die von irren Serienmördern gestalkt werden, sollten nicht joggen dürfen«, fügte er grinsend hinzu.

Lydia boxte Dax auf den Oberarm und hatte das Gefühl, gegen einen Fels geschlagen zu haben, nicht gegen einen Menschen. Eigentlich störte Dax sie gar nicht, sie war genervt von ihm, wie man nur von seiner Familie genervt sein kann; ihre Abneigung war durch tiefe Zuneigung gepolstert. Außerdem musste sie zugeben, dass Dax eine echte Bereicherung für das Team war. Früher war er bei einem Spezialkommando der British Army gewesen, seine Erfahrung mit Waffen und Kampfeinsätzen und sein geradezu unheimliches Talent, sich unsichtbar zu machen, waren in der Vergangenheit von unschätzbarem Wert gewesen.

Was Lydia an Dax ebenfalls gut gefiel, war seine geheimnisvolle Vorgeschichte. Er erzählte nur wenig aus seinem Leben und wie er zu Jeffreys Firma gekommen war oder warum er sich ein palastähnliches Anwesen in Riverdale leisten konnte, samt einem Keller, der jeden mittelalterlichen Kerker in den Schatten stellte. Dax' Keller war ein Labyrinth aus Räumen – in einem befand sich die Waffenkammer, in der die Ausrüstung einer kleinen Armee einlagerte, in einem anderen stand ein grausiger Metalltisch mit Fixiergurten, zwei weitere Zimmer wurden durch einen Einwegspiegel miteinander verbunden. Lydia wurde nicht müde, dem widerwilligen Dax Details aus seiner Vergangenheit aus der Nase zu ziehen. Manchmal kam es ihr so vor, als wäre Dax Chicago voll ausgewachsen und im Kampfanzug auf die Welt gekommen, mit einer AK-47 unter dem Arm.

»Ach komm schon, Lydia. Lass uns gehen«, sagte Dax

und warf ihr einen herzerweichenden Blick aus jadegrünen Augen zu. Die Kälte und die Anstrengung hatten rote Flecken auf seine blasse Haut gezaubert. Aus der dunkelgrauen Wollmütze, die er sich bis über die Ohren gezogen hatte, ragten ein paar braune Locken heraus. Für einen australischen Muskelprotz sah er gar nicht übel aus.

»Dax, du brauchst dringend eine Freundin«, sagte Lydia, als sie das Ende der Brücke erreicht hatten und in den Gerichtsbezirk zurückliefen.

Dax schnaubte verächtlich, Lydias Handy fing zu klingeln an. Sie öffnete den Reißverschluss ihrer Hüfttasche und zog das kleine silberne Nokia heraus, das neben der nicht so kleinen Beretta steckte.

»Hi«, sagte sie, weil sie Jeffreys Namen auf dem Display gesehen hatte.

»Wo bist du?«

»Zu Hause auf dem Sofa, wie es sich für eine brave Gefangene gehört.«

Jeffrey seufzte. »Ist Dax bei dir?«

»Ich werde ihn einfach nicht los.«

»Hör mal«, sagte er, »warum springt ihr nicht ins nächste Taxi und kommt rüber in die Firma? Ich muss mit euch reden.«

Lydia und Dax überquerten die Chambers Street. An der Ecke stand ein Verkaufskarren mit gebrannten Honignüssen, die kalte Luft roch unangenehm süßlich. Ein Taxifahrer drückte wütend auf die Hupe, als ihm eine dicke Lincoln-Limousine die Vorfahrt nahm und davonbrauste. Schick gekleidete Yuppies schwappten vorbei wie eine Welle in Schwarz und Dunkelblau, alle waren zu wichtigen Jobs, Terminen, Meetings unterwegs, und jeder schien einen Kaffeebecher von Starbucks in der Hand zu halten.

»Was ist denn?«, fragte Lydia, weil Jeffrey so aufgeregt klang.

»Hast du heute Morgen schon die Nachrichten gesehen?«

»Nein.«

»Dann erkläre ich es dir gleich. Halbe Stunde?«

»Ungefähr.«

Dax und Lydia joggten zur Sixth Avenue, stiegen in ein Taxi und fuhren nach Uptown, wo sich die Büroräume von Mark, Striker und Strong befanden.

ZWEI

Detective Halford McKirdy, seine Freunde nannten ihn Ford, mochte die Dunkelheit. Die Dunkelheit war der Kokon, in dem Gedanken zu Theorien heranreifen konnten und Theorien zu Lösungen. Das Licht lockte den Menschen aus sich heraus, lenkte ihn ab. Deswegen hielt er die Jalousien seines kleinen, vollgestellten Büros stets geschlossen, nur wenig Tageslicht sickerte durch die Lamellen ein und zeichnete ein Streifenmuster auf die Akten und Fotos auf Halford McKirdys Schreibtisch.

Heute Morgen roch es seltsam. Möglicherweise lag es an der halb leeren – halb vollen, hätte der Optimist gesagt, der Ford nicht war – Kaffeetasse, die gefährlich nah an der Schreibtischkante stand. Vielleicht lag es an dem alten Pastrami-Sandwich, das immer noch im Papierkorb lag, begraben unter einem Haufen von Zetteln, Formularen und ausgedienten Post-its. Oder an den Zigarettenkippen in dem Aschenbecher, den Ford in der obersten Schublade des Metallschreibtischs mit Holzfurnierplatte aufbewahrte, damit niemand merkte, dass er Gelegenheitsraucher war. Oder vielleicht war es nur der Geruch des Todes, den er vor einer Stunde vom Tatort mitgebracht hatte. Vermutlich war es eine Mischung aus allem.

»Er war schon wieder da«, hatte die Frau gesagt und

langsam genickt. Ihr rosa Seidenpyjama war voller Blut und klebte ihr an der Haut, ihre Stimme zitterte, sie war blind vor Entsetzen. Blind für das Grauen vor ihren Augen.

»Jetzt gibt es kein Entkommen mehr. Er wird meine Kinder fressen … mit Haut und Haar. Und mich auch. Sie können ihn nicht aufhalten. Niemand kann das.«

Die Sanitäter hatten sie auf einer Trage fixiert und hinausgetragen, doch nun hallten ihre Worte durch Fords Kopf. Er wühlte in den Tatortfotos. Etwas Schlimmeres hatte er in seinen ganzen zwanzig Jahren als Polizist kaum gesehen. In seinem stillen Büro saß er am Schreibtisch und machte sich im trüben Licht der Halogenlampe Notizen, schwarze Tinte auf gelbem Schreibblock. Er versuchte zu verstehen, was er eben gesehen hatte. Nun ermittelte er schon zum zweiten Mal, nachdem ein Ehemann von Julian Ross ermordet worden war.

An das erste Mal konnte er sich noch gut erinnern, so wie an alle Fälle, die er nicht hatte aufklären können. In einer Nacht vor zehn Jahren hatte Julian Ross unter Wahnvorstellungen gelitten. Er konnte immer noch ihre verschreckten Augen sehen, grausig gerahmt von schwarzer, verweinter Wimperntusche. *Aber sie ist schuldig*, hatte er gedacht. Ihr war anscheinend nicht klar gewesen, dass sie ihren eigenen Ehemann ermordet hatte. Als Ford um fünf Uhr an diesem Morgen zu Julian Ross' Maisonettewohnung an der Park Avenue gerufen wurde, weil sie auch ihren zweiten Ehemann getötet hatte, holte ihn die Vergangenheit wieder ein. Glücklicherweise hatte die Frau ihren Mädchennamen behalten.

Er rutschte auf seinem Stuhl herum, lehnte sich zurück

und rieb sich die Augen. Er legte den Kopf nach rechts und links, bis sein steifer Nacken knackte. Er erinnerte sich an die Julian von damals, eine zierliche Frau, zerbrechlich und von einer spröden Schönheit, die im Laufe der Jahre immer spröder geworden war. Aus irgendeinem Grund hatte er ihre Hände und Handgelenke besonders deutlich in Erinnerung behalten, sie waren so weiß, dass er die blauen Venen unter der trockenen Haut erkennen konnte. Wann immer er eines ihrer Bilder sah, in einer Zeitschrift oder einer Galerie in SoHo, musste er an diese Hände denken und an die vielen offenen Fragen, auch noch Jahre nach ihrem Freispruch. Der Fall hatte ihn niemals richtig losgelassen. Und nun war sie wieder da. Es war wohl sein Schicksal; seine schlafenden Hunde musste niemand wecken, die wachten von ganz allein auf.

Julian Ross, immer noch zierlich, immer noch zerbrechlich, war seit ihrer letzten Begegnung merklich gealtert, trotz ihres Erfolgs und ihres Reichtums. Ehrlich gesagt machte die Tatsache, dass sie mit dem Blut ihres Ehemannes beschmiert in der Ecke des Schlafzimmers hockte und sich vor und zurück wiegte, es nicht gerade besser. Als Ford eintrat, hatte sie ihn angesehen und gesagt: »*Sie* schon wieder.«

Als er vor der Wohnung angekommen war, hatten sich ihm die Nackenhaare aufgestellt, so viel Wut und Hass waren ihm schon an der Tür entgegengeschlagen. Irgendetwas stimmte nicht, das wusste er sofort. Irgendetwas passte nicht zusammen. Als er dann das Zimmer sah, in dem der Mord stattgefunden hatte, kamen die Gefühle von vor zehn Jahren zurück … die Zweifel, dieser Geschmack von Angst in seiner Kehle. Es war wie damals,

als er und seine Frau für die Flitterwochen nach Ägypten gefahren waren und die Pyramiden besichtigt hatten, riesige, klobige Monumente, die gen Himmel ragten. Ford hatte nur eines denken können: *Kein menschliches Wesen hat das gebaut, nicht mit den Möglichkeiten von damals.*

Julian Ross' zweiter Ehemann, Richard Stratton III., der Vater ihrer Zwillinge Lola und Nathaniel, war erstochen worden, während seine Frau angeblich neben ihm geschlafen hatte. Aber eigentlich war *erstochen* ein zu harmloses Wort für das, was Mr Stratton zugestoßen war. Jemand hatte ihn ausgeweidet und fast enthauptet. Sein Gesicht war bis zur Unkenntlichkeit zertrümmert, Blut und Gedärme lagen im ganzen Zimmer verteilt. Am Fußboden und an den Wänden fanden sich lange Schlieren aus Blut, als hätte ein Poltergeist den Mann herumgeschleudert.

Genau so wie Julian Ross' ersten Ehemann Tad Jenson, dem man den Ringfinger samt Ehering abgetrennt hatte. Beides wurde nie gefunden.

Dass Julian Ross das Verbrechen begangen hatte, schien angesichts ihrer zierlichen Statur unmöglich. Dann wiederum sah es nicht danach aus, als hätte sich ein Fremder Zugang zur Wohnung verschafft. Julians Mutter Eleanor, die sechsjährigen Zwillinge und das Kindermädchen hatten im Untergeschoss der Wohnung geschlafen. Julian behauptete, sie habe am Abend Beruhigungstabletten genommen und die Gewalttat verschlafen, was kein besonders überzeugendes Alibi war.

Am Tatort ließ sich kein Gegenstand finden, der als Tatwaffe infrage gekommen wäre. Wie hatte die fünfundvierzig Kilogramm schwere Frau es also geschafft, ihren Ehemann, der an die hundertzwanzig Kilo wog und mindestens einen Meter neunzig groß war, zu Tode zu prügeln und sein Blut an den Wänden zu verteilen, bis an die fast vier Meter hohe Decke? Das Ganze war gespenstisch.

»*Sie* schon wieder«, hatte Julian gesagt, als Ford hereingekommen war. Sie hatte gelächelt. Der Schock, der Wahnsinn … oder vielleicht beides.

»Warum ist sie noch hier?«, fragte Ford den uniformierten Polizisten, der an der Schlafzimmertür auf die Forensiker und die Rechtsmediziner wartete.

»Ich werde meinen Mann nicht allein lassen«, sagte Julian plötzlich mit leiser, aber schriller Stimme. Ford wusste, in ein paar Minuten würde sie hysterisch werden und zuschlagen wie ein Tornado. Der Cop zuckte hilflos die Achseln.

»Ms Ross, wir bringen Sie jetzt von hier weg, okay?«, sagte Ford und reichte ihr die Hand.

»Nein, ich lasse ihn nicht allein«, zischte Julian. Ihr Blick war glasig, sie fing zu zittern an. Ford sah sich das Blutbad an, versuchte zu ergründen, woher die Tropfgeräusche kamen. Das Blut hatte die Bettlaken durchweicht und war auf dem Parkettboden neben Julian zu einer Pfütze zusammengelaufen. Sie schien nicht zu merken, dass die Flüssigkeit auf sie zukroch.

Das Schlafzimmer sah aus wie aus einem Designmagazin, oder wenigstens hatte es bis vor der Tat so ausgesehen. Das Bett mit den mächtigen Pfosten war größer als so manche Wohnung, die Ford von innen gesehen hatte, und auf der hohen Matratze stapelten sich mindestens zehn Brokatkissen. Die Balkontüren gingen auf eine Terrasse hinaus, von der man einen atemberaubenden Blick auf ganz Manhattan hatte. Auf Schminkkommode und Nachttischen war jeder freie Zentimeter mit Fotorahmen aus Silber, Holz oder Kristall zugestellt, in denen Aufnahmen von Julian, Richard und den Kindern steckten. In einer Nische stand ein deckenhohes Bücherregal, davor eine Stehlampe und ein kastanienbraun bezogener Lesesessel mit passender Ottomane. Über dem Kamin, in dem noch ein paar Kohlen glimmten, hing ein großformatiges Ölbild, in dem Ford eines von Julians frühesten Werken wiedererkannte. Der Medienschrank war geöffnet, darin verbargen sich ein riesiger Flatscreen-Fernseher, ein DVD-Player, eine Musikanlage und Boxen. Alles war voller Blutspritzer.

»Sir, die Sanitäter sind da«, keuchte ein zweiter Polizist, der die Treppe heraufgesprungen war und nun im Türrahmen lehnte.

»Nur der Notarzt darf reinkommen«, sagte Ford. »Er soll ihr ein Beruhigungsmittel geben und sie hier rausschaffen, und dann betritt niemand mehr das Zimmer, bis die Forensiker da sind.«

»Sie glauben, *ich* hätte es getan, nicht wahr?«, fragte Julian in ihrem letzten klaren Moment.

Ford sah sie an. Er sollte sie auf ihr Recht zu schweigen hinweisen.

»Ich habe Schlaftabletten genommen. Ich bin aufgewacht, und er lag neben mir …« Sie schluchzte und zitterte am ganzen Leib, konnte nicht weitersprechen.

»So«, flüsterte sie. Ihr Ehemann lag nackt und bäuchlings auf der Matratze, ein Arm hing vom Bett herunter, die Fingerknöchel berührten den Boden. Die Leiche sah schneeweiß und wie in sich zusammengefallen aus, was Sinn ergab; vermutlich war kaum noch Blut darin.

»Ich würde jetzt nichts mehr sagen, wenn ich an Ihrer Stelle wäre, Ms Ross«, sagte Ford und versuchte, weniger mitleidslos zu klingen, als er sich fühlte.

»Seien Sie doch einfach froh, dass Sie nicht an meiner Stelle sind«, antwortete Julian und ließ sich von einem unfassbar jungen Notarzt hinausführen. Selbst die uniformierten Kollegen sahen in Fords Augen aus wie kleine Jungs. Seit wann fühlte er sich so alt?

Er seufzte und wünschte sich, er hätte sich nicht dazu hinreißen lassen, sich seinen Ärger und seine Betroffenheit anmerken zu lassen. Julian stand vollkommen neben sich und würde erst in einer ganzen Weile vernehmungsfähig sein. Sie benahm sich wie ein verschüchtertes Kind und wirkte ebenso zerbrechlich wie beim letzten Mal. Ford wusste noch, wie sehr ihn ihre Gemälde verblüfft hatten. Halford McKirdy verstand zwar nicht viel von Kunst, aber mit Hass und Gewalt kannte er sich aus.

Julian Ross malte auf großformatigen Leinwänden, ihr Pinselstrich war breit und entschlossen, und sie bevorzugte Schwarz-, Rot- und Gelbtöne. Am liebsten malte sie Szenen von Vergewaltigung, Mord und Blutvergießen. Manche ihrer Bilder waren detaillierte Fresken der Gewalt, in denen blutverschmierte, zusammengekrümmte Protagonisten durch Blut und Feuer wateten. Manche Bilder waren Nahaufnahmen von weiblichen, verstümmelten Genitalien, zerrissener Haut und gebrochenen Knochen. Angst oder Wut verzerrte die Gesichter der Opfer, immer weiblich, die auf der Flucht vor einem unsichtbaren Jäger waren. Andere Bilder bestanden lediglich aus wütend hingeknallten Farbflecken oder zeigten vage umrissene Schemen in Schwarz oder Grau, Kompositionen aus Strichen und Schatten. Schon als Ford zum ersten Mal gegen Julian ermittelt hatte, war sie eine erfolgreiche Künstlerin gewesen, der Liebling der Galerieszene von SoHo. Inzwischen war sie eine internationale Sensation und steinreich. Dieser Skandal, das wusste Ford, würde ihre Werke nur noch wertvoller machen. Die Welt war voller blutrünstiger Menschen, die sich an der Gewalt ergötzten, solange sie ihnen nicht zu nahe kam.

Er machte sich auf den Weg nach unten ins Wohnzimmer, wo Julians Mutter Eleanor, die Zwillinge und das Kindermädchen warteten.

Eleanor Ross war eine würdige alte Dame in einem schwarzen Seidenbademantel. Ihr silbergraues Haar hatte sie sich zu einem Flechtknoten zurückfrisiert. Sie strahlte eine unheimliche Ruhe aus, wie sie da auf dem roten Samtsofa am Kaminfeuer saß, das sie eben erst entfacht haben musste. Die Zwillinge lagen rechts und links von ihr auf dem Sofa, beide hatten den Kopf auf die Oberschenkel der Großmutter gelegt und starrten aus blauen, weit aufgerissenen Augen in die Flammen. Eleanor hatte jedem Kind eine Hand auf den Kopf gelegt.

Das Kindermädchen, eine junge Frau mit milchkaffeebrauner Haut, die keine fünfzig Kilo wiegen konnte, saß weinend am Feuer. Ihr Winseln klang traurig, hilflos und schwach. Ford drehte sich zu ihr um, doch sie hatte sich die Hände vors Gesicht geschlagen und hielt den Kopf gesenkt. Ihre schwarzen Locken fielen ihr fast bis auf die

Knie. Ihre Schultern zuckten, die Füße berührten kaum den Boden.

»Wir haben nichts gehört und nichts gesehen, Detective«, sagte Eleanor, noch bevor Ford sich einen Hocker heranziehen und vor ihr Platz nehmen konnte.

Er zückte seinen Notizblock, ohne sie anzusehen. »Ach, wirklich?«

Sie schwiegen eine Weile, dann wandte Eleanor sich erneut an ihn.

»Sie können unmöglich glauben, meine Tochter hätte das getan«, sagte sie verächtlich.

»Zum jetzigen Zeitpunkt können wir nichts ausschließen, Ma'am.«

»Machen Sie es sich nicht so einfach wie beim letzten Mal. Damals haben Sie sich darauf versteift, dass Julian ihren Mann ermordet hat, den wahren Mörder haben Sie nie gesucht. Wer immer Tad auf dem Gewissen hat, ist ungeschoren davongekommen«, sagte sie und schüttelte erbost den Kopf.

»Das können Sie laut sagen«, entgegnete Ford und dachte an den Tag zurück, an dem Julian freigesprochen worden war. Damals hatte er gemischte Gefühle gehegt, doch seit heute war er sicher, dass sie zu Unrecht zehn Jahre lang frei herumgelaufen war. Nun hatte ein weiterer Mann dafür bezahlt, mit seinem Leben.

Die alte Dame schnaubte und reagierte ebenso sarkastisch. »Diese Jury aus Lehrern und Automechanikern hatte ein weitaus besseres Gespür für die Wahrheit als Sie und Ihre Kollegen. Die haben es sofort gesehen. Julian wäre nicht stark genug, so ein Verbrechen zu begehen. Sie hätte nicht die *Nerven* dazu.«

So, wie Eleanor es aussprach, klang es fast wie eine Beleidigung. Ford musterte sie eindringlich. Er meinte, die Kälte in ihren Augen jetzt schon bei den Kindern wiederzuerkennen. Ihr Mund war eine gerade, verkniffene Furche in einer Landschaft aus Runzeln und erschlaffter Haut. Das kantige Kinn warnte jeden davor, sich mit ihr anzulegen, sie herauszufordern. Anscheinend war die Frau kein bisschen verstört, dabei war heute Nacht ihr Schwiegersohn brutal ermordet worden, vermutlich von ihrer eigenen Tochter, hier in dieser Wohnung. Als er die drei Ross betrachtete, wie sie nach dem schrecklichen Verbrechen einträchtig auf dem Sofa saßen, lief es ihm eiskalt den Rücken hinunter.

»Ich würde jetzt gern Ihre Aussage aufnehmen, Ms Ross.«

»Ich werde gegen Mittag ins Präsidium kommen, in Begleitung meines Anwalts. Lassen Sie mir Ihre Visitenkarte da, damit ich weiß, wo ich Sie finden kann.«

Er warf ihr einen strengen Blick zu, ahnte aber, dass sie sich nicht beeindrucken lassen würde. Sie hielt seinem Blick trotzig stand, und schließlich gab er es auf.

»Sie sind keine Verdächtige, Ms Ross.«

»Die Mitglieder der Familie Ross sprechen niemals ohne Anwalt mit der Polizei. Merkt euch das, Kinder.«

»Ja, Grandma«, sagten die Kinder leise. Fords Grusel-O-Meter ging durch die Decke. *Nette Familie*, dachte er.

»Wie Sie wollen«, sagte er und zog eine Karte aus seiner Sakkotasche.

»Wie immer«, entgegnete sie mit einem säuerlichen Lächeln. Die Grimasse schob ihre Augenlider zusammen.

Ford hörte Stimmen im Obergeschoss. Eleanor stand

auf und brachte die Kinder durch eine Tür im hinteren Teil des Wohnzimmers hinaus. Julians dünne, schrille Stimme hallte die Treppe herunter, sie jammerte unzusammenhängendes Zeug und brach schließlich in eine Art Schmerzgeheul aus.

»Ich bringe die Kinder auf ihre Zimmer.«

Ford nickte, die drei verschwanden. Kurz fragte er sich, wer sich jetzt um Julian kümmern würde … aber könnte es ihm nicht egal sein?

Als er sich zur Kinderfrau umdrehte, sah er, dass sie die Hände heruntergenommen hatte und mit weit aufgerissenen Augen kerzengerade dasaß. Sie starrte zur Treppe, als fürchte sie einen Dämon.

»Miss?«, sagte Ford und näherte sich ihr. Sie sah ihn erschrocken an, als hätte sie seine Anwesenheit jetzt erst bemerkt. »Sie sind das Kindermädchen von Lola und Nathaniel?«

»Ja, das bin ich«, sagte sie. Ihre Stimme war seltsam ruhig für einen Menschen, der so verängstigt war und eben noch verzweifelt geweint hatte.

»Wie heißen Sie?«

»Geneva Stout.«

Ford notierte sich ihren Namen. »Können Sie sich ausweisen?«

»Warum? Glauben Sie mir nicht?«

Er blickte von seinem Notizblock auf und erkannte so etwas wie Trotz in ihren Augen, vielleicht auch Angst. »Reine Routine. Mehr nicht«, beruhigte er sie.

Misstrauisch kniff sie die Augen zusammen, stand auf und verschwand durch dieselbe Tür wie Eleanor und die Kinder. Sie wirkte beinahe aggressiv, aber Ford würde ihr das nachsehen. Ihr Arbeitgeber war brutal ermordet worden, ihre Arbeitgeberin kreischte wie eine Verrückte, und jetzt war sie mit der bösen Königin allein. Wer wäre da nicht verzweifelt? Julians Geheul drang weiterhin bis ins Wohnzimmer herunter, Ford bekam eine Gänsehaut an den Armen und im Nacken. *So viel zum Thema Overkill.*

Geneva Stout kam zurück und reichte ihm einen in New York ausgestellten Führerschein und einen Studentenausweis der NYU. Er notierte sich die Ausweisnummern und gab ihr beide Plastikkarten zurück.

»Sind Sie noch irgendwo anders gemeldet?«, fragte er. Er hatte gesehen, dass auf beiden Dokumenten nur die Adresse der Familie Ross angegeben war.

»Nein«, sagte sie hastig und schüttelte den Kopf. »Ich bin das Au-pair. Ich kümmere mich in Vollzeit um Lola und Nathaniel.«

»Wann finden Sie Zeit zum Studieren?«

»Das geht schon«, sagte sie und schlug die Augen nieder. »Meistens.«

»Verwandte?«

Sie sah ihn verständnislos an. Ein bisschen zu verständnislos.

»Wo leben Ihre Eltern? Haben Sie Familie?«, fragte Ford langsam, ohne sie aus den Augen zu lassen.

»Nein«, sagte sie und schüttelte abermals den Kopf. »Ich habe keine Familie.«

Er wollte sie gerade bitten, sich näher zu erklären, als das Geheul wieder einsetzte. Geneva Stout schloss die Augen und rieb sich mit beiden Händen darüber.

»Was werden die mit ihr machen?«, fragte sie mit erstickter Stimme.

Was für eine seltsame Frage. In diesem Moment hätte sie sich alles Mögliche fragen müssen – doch sie wollte nur wissen, was mit Julian geschehen würde?

Ford setzte sich auf das Sofa neben Genevas Sessel und beugte sich vor.

»Stehen Sie der Familie sehr nah?«, fragte er sanft. Sie sah ihn an, als wäre er ein Vollidiot.

»Nun, ja. Ich wohne hier. Ich kümmere mich um die Kinder. Was glauben Sie denn?«

Aber dann verrutschte die Maske der taffen, jungen Frau, und Geneva fing abermals zu schluchzen an. »Ich … kann … es … nicht fassen«, stieß sie hervor. Er legte ihr eine Hand auf das Knie und spürte, dass ihr ganzer Körper bebte.

»Okay, Ms Stout. Lassen Sie sich Zeit. Sie können morgen zusammen mit Ms Ross ins Präsidium kommen und Ihre Aussage machen, wenn Sie sich ein wenig beruhigt haben.«

»Meine … Aussage?«, sagte sie und starrte ihn entsetzt an. »Ich habe nichts gesehen oder gehört, bis Julian angefangen hat zu schreien. Mein Schlafzimmer liegt am hinteren Ende dieses langen Flurs.« Zwischen den einzelnen Worten schnappte sie nach Luft, zeigte in den Gang.

»Okay«, sagte er und schrieb sich die Aussage auf. »Morgen reden wir weiter. Es sei denn, Sie möchten vorher mit mir sprechen. Sie können mich jederzeit anrufen.«

Er reichte ihr seine Visitenkarte, Geneva griff zu und nickte knapp. Sie sah ihn aus großen, dunklen Augen an, doch er konnte ihren Blick nicht deuten.

Im selben Moment hörte er ein Geräusch auf der Treppe. Er und Geneva schauten zu, wie die Sanitäter Julian auf einer Trage heruntertrugen. Sie hatte zu schreien aufgehört und schluchzte den Namen ihres Mannes verzweifelt vor sich hin. Als sie Ford im Wohnzimmer stehen sah, warf sie ihm einen flehentlichen Blick zu und sagte: »Er war wieder da. Jetzt werde ich ihm nie mehr entkommen. Keiner kann das.«

DREI

Die Temperatur in den Büroräumen von Mark, Striker und Strong schien um zehn Grad zu fallen, als Eleanor Ross durch die Glastüren trat. Schon aus der Ferne strahlte sie die strenge Haltung einer Gefängniswärterin aus, und in etwa denselben Charme. Ihr langer schwarzer Kaschmirmantel war bis zum Hals zugeknöpft, der Saum schleifte fast über den Boden. Der dunkelrote Lippenstift ließ ihr Gesicht unvorteilhaft bleich erscheinen, das stolz vorgereckte Kinn und der verkniffene Ausdruck um den Mund kündeten von Autorität und Geld, viel Geld. Diese Frau war der Überzeugung, dass jeder, der sich ihrem Willen widersetzte, es verdient hatte, geköpft zu werden.

Jeffrey Mark kannte die Frau bereits. Interessiert betrachtete er sie durch die Glaswände seines Büros, von dem aus er den Empfangsbereich überblicken konnte. Er brauchte ein paar Sekunden, um sie einzuordnen. Ihr Name war ihm gerade eingefallen, als die Sprechanlage summte.

»Jeff, eine Eleanor Ross ist hier, um mit Lydia zu sprechen«, sagte Rebecca, die Rezeptionistin der Firma, die nebenbei Forensik am John Jay College studierte. »Ich habe ihr gesagt, dass Lydia nicht im Haus ist, daraufhin meinte sie, sie wolle zu Ihnen.«

»Geben Sie mir eine Minute. Ich bin gleich da.«

Er hatte eben erst in den Nachrichten gesehen, wie Julian Ross aus ihrem Apartmenthaus an der Park Avenue getragen wurde. Er konnte sich an den Fall Jenson vor zehn Jahren noch gut erinnern, und es verwunderte ihn kein bisschen, dass man die Frau erneut des Mordes verdächtigte. Die einzige Überraschung war, dass es so lange gedauert hatte. Er wirbelte auf seinem schwarzen Drehsessel aus Leder herum, sah auf die Stadt hinaus und versuchte, die Fakten von damals zusammenzubringen.

Der Mord an Tad Jenson, Julians erstem Ehemann, war nie aufgeklärt worden. Nach Julian Ross' Verhaftung und Anklage wollte sich Jeffs guter Freund Ford McKirdy, der zuständige Mordermittler vom neunten Bezirk, nicht mit der Sache abfinden. Es war nicht unbedingt so, dass Ford an die Unschuld der Frau geglaubt hätte, doch er hatte das Gefühl, dass mehr dahintersteckte, dass ein Dritter an dem Verbrechen beteiligt gewesen war. Aus diesem Grund hatte Ford Jeff kontaktiert und um Hilfe gebeten, ganz inoffiziell … nicht als Ermittler, sondern als Freund.

Als ihr erster Ehemann ermordet wurde, hatte Julian angeblich die ganze Nacht in ihrem Atelier am anderen Ende des Lofts gearbeitet, bei geschlossener Tür und laut aufgedrehter Musik. Sie hatte behauptet, sie hätte das Atelier um sechs Uhr morgens verlassen, um Frühstück zu machen. Da erst habe sie die übel zugerichtete Leiche gefunden. Sie sei neben dem Toten auf die Knie gefallen und habe das Messer in die Hand genommen, das neben ihm lag. Als die Polizei nach einem anonymen Anruf die Tür eintrat, kniete Julian immer noch neben der Leiche.

Ford hatte Julian verhaftet, weil sie die Mordwaffe in

der Hand gehalten hatte, weil sie mit dem Blut ihres Ehemanns beschmiert war und weil niemand sonst am Tatort gewesen war. Auf dem Messergriff wurden nur ihre Fingerabdrücke gefunden. Der Portier des Gebäudes sagte aus, niemand außer Julian und Tad sei in der Wohnung gewesen. Doch Ford war immer argwöhnisch geblieben. Er war überzeugt, dass ein großes Puzzleteil fehlte. Während Julian vor Gericht stand, hatte er in seiner Freizeit und mit Jeffreys Hilfe versucht, weitere Verdächtige aufzutreiben. Aus verschiedenen Gründen waren Jeff und Ford sich einig, dass Julian den Mord unmöglich allein begangen haben konnte. Und zuletzt wurde sie aus genau diesem Grund von den Geschworenen freigesprochen.

Jetty Murphy, ein dreiundzwanzigjähriger Junkie, der vier Etagen unter Tads und Julians Wohnung im Abfall gewühlt hatte, sagte aus, er habe drei Stimmen gehört, zwei männliche und eine weibliche. Er habe einen unmenschlichen Schrei gehört, dann habe eine Frau gekreischt. Minuten später, Jetty hatte sich hinter den Mülltonnen versteckt, sei eine riesige Gestalt mit langen Haaren, die aussah »wie ein Obdachloser auf Anabolika, Mann, ein richtiger Riese, aber superschnell, wie der Speed Racer«, durch die Hintertür aus dem Haus gekommen. Der Zeuge gab an, die Gestalt bis in die Prince Street verfolgt zu haben, wo sie urplötzlich verschwunden sei.

Am Tatort hatte man mehrere lange, braune und graue Haare gefunden. Sie ließen sich niemandem aus Julians Umfeld zuordnen … Freunden, Kollegen, Nachbarn. Der Boden war blutverschmiert, dennoch sah es so aus, als hätte jemand bestimmte Stellen gewischt, möglicherweise um Hand- und Fußabdrücke zu entfernen; doch auch der hierfür benutzte Lappen wurde nie gefunden.

Das größte Rätsel hatte ihnen seinerzeit Julians Statur aufgegeben. Es schien undenkbar, wenn nicht gar unmöglich, dass eine so kleine Frau in der Lage gewesen sein sollte, einen dreißig Zentimeter größeren und doppelt so schweren Mann zu überwältigen. Bei dem Kampf auf Leben und Tod war das schöne Loft in NoHo vollkommen verwüstet worden; angeblich hatte Julian ihren Mann niedergerungen und mit einem geriffelten Küchenmesser erstochen. Aus den Nachrichten, die Jeffrey gerade gesehen hatte, ging hervor, dass Richard Stratton auf ähnliche Weise umgekommen war, beinahe enthauptet und ausgeweidet.

Und auch diesmal sprachen genug Indizien dafür, dass ein Dritter in der Wohnung gewesen war; aber niemand hatte eine Ahnung, wer der Unbekannte war und wie er unbemerkt in das Apartmenthaus und wieder hinausgelangen konnte.

Ford war ein guter Polizist, er besaß den Instinkt und die Zähigkeit eines Bluthundes. Seine Kollegen vom neunten Bezirk kannten ihn als zuverlässig und solide, er war der Mann aus Stahl, der niemals aufgab und kein Nein akzeptierte. Jeffrey wusste, dass sein Freund sich all die Jahre mit dem Fall Jenson beschäftigt hatte. Wann immer die beiden es schafften, sich bei McSorley's auf einen Drink zu treffen, fing Ford mit dem Thema an. Wie oft hatten sie abends dort gesessen und über den Fall diskutiert; bis heute trafen sie sich regelmäßig in der Bar, um Bier zu trinken und über alte Zeiten zu reden.

»Kannst du dich noch an den Fall Jenson erinnern?«,

sagte Ford kopfschüttelnd, wenn sie sich lange genug über ihre Jobs und seine Kinder unterhalten hatten.

Es wäre verstiegen und verklärt zu behaupten, der Fall hätte Ford in seinen Bann gezogen und würde ihn bis an sein Lebensende nicht mehr loslassen. Doch Jeffrey wusste, dass sein Freund bis heute daran zu knabbern hatte, dass er schlecht schlief, wenn er zufällig ein Interview mit Julian Ross in der Zeitung las oder im Fernsehen sah.

Jeffrey drehte sich zum Schreibtisch um, griff zum Telefon und hinterließ eine Nachricht auf Fords Anrufbeantworter. Er rief Lydia an, dann stand er auf und bat Eleanor Ross in sein Büro.

»Wissen Sie, warum ich hier bin, Mr Mark?«, fragte Eleanor, sobald Jeffrey die Tür geschlossen und sie in einem der beiden ledernen Eames-Sessel vor seinem Schreibtisch Platz genommen hatte. Ihre Stimme war dünn und blechern, sie klang wie eine Raucherin, auch wenn sie sich mit der Stärke und Anmut einer Tänzerin bewegte.

»Ich habe eben die Nachrichten gesehen. Mein Beileid«, sagte Jeffrey in höflich distanziertem, aber angemessen mitfühlendem Tonfall. Er lehnte sich an die Schreibtischkante. »Wie kann ich Ihnen helfen?«

»Sie müssen den Mörder meines Schwiegersohnes finden«, sagte Eleanor und bedachte ihn mit ihrem kühlen Blick.

Jeffrey spürte ihre Augen in seinem Rücken, als er um den Schreibtisch herumging und Platz nahm. Er konnte ihr Parfüm riechen, es war leicht und blumig und erinnerte ihn an einen Duft, den Lydia benutzte.

»Von welchem Schwiegersohn sprechen Sie?«, fragte er, legte die Fingerspitzen aneinander und erwiderte ihren Blick. Sie war eine Frau, die es gewohnt war, Leute herumzukommandieren; er wollte ihr von vornherein klarmachen, dass er kein Mann war, der Befehle entgegennahm.

Sie kniff die Augen zusammen, schien seine Gesichtszüge, seine Kleidung zu mustern wie ein Boxer, der sich ein Bild von seinem Gegner machen will.

»Schon vor zehn Jahren hat die Polizei ihre Hausaufgaben nicht gemacht«, sagte sie langsam und tonlos. »Ich werde dafür sorgen, dass das nicht noch einmal vorkommt.«

»Haben Sie schon einmal die Möglichkeit in Betracht gezogen, dass damals *die Geschworenen* ihre Hausaufgaben nicht gemacht haben, Ms Ross?«

Eleanors Züge wurden weich, ihr Gesicht schien in sich zusammenzufallen, als würde sie gleich zu weinen anfangen. Doch Jeffrey konnte sich nur schwer vorstellen, dass eine Frau wie sie ihre Gefühle nicht unter Kontrolle hatte. Eher rechnete er damit, dass die Freiheitsstatue Tränen vergoss.

»Ich weiß, wonach es aussieht, Jeffrey. Darf ich Sie so nennen?«, fragte sie unerwartet sanft und lehnte sich vor. Als Jeffrey nickte, sprach sie weiter.

»Aber ich kenne meine Tochter, und ich weiß, dass sie zu so einem Verbrechen niemals fähig wäre. Falls Sie sich mit den Details von vor zehn Jahren vertraut gemacht haben, wissen Sie bestimmt, dass es schon damals genug Hinweise auf die Anwesenheit eines Dritten in der Wohnung gab.«

»Haben Sie eine Ahnung, wer dieser Dritte gewesen sein könnte?«

Jeffrey meinte, ein Leuchten in ihrem Blick zu sehen; etwas, das über ihre eisblauen Augen huschte und dann ebenso schnell wieder verschwand. »Nein«, sagte sie heiser und legte sich eine Hand an den Hals. »Da fällt mir niemand ein.«

»Aber Sie glauben, dass der Mörder von Tad Jenson auch der Mörder von Richard Stratton ist?«

»Ich weiß nicht, was ich glauben soll«, sagte sie und schlug die Augen nieder. »Ich weiß nur, dass Julian es nicht war.«

In Momenten wie diesen brauchte er Lydia am dringendsten. Jeffrey war ein Faktenmensch, er lebte für die Empirie, für die handfesten Beweise, die unweigerlich zur Wahrheit führten. Lydia hingegen war der Meinung, dass die Wahrheit manchmal nicht viel mehr war als ein Dufthauch im Wind. Sie konnte einen Menschen erspüren, sein verborgenes Ich, seine heimlichen Motive, und manchmal brauchte sie dazu nur ein paar Sekunden. Normalerweise lag sie immer richtig. Jeffrey nannte es »das Kribbeln«. Lydia spürt es geradezu körperlich, wenn der Schein trog, wenn etwas nicht stimmte. Wenn er Eleanor so betrachtete, sah er eine Frau in Not, die ihrer Tochter helfen wollte; aber er fragte sich, was Lydia sehen würde.

Von seiner Beteiligung an den Ermittlungen vor zehn Jahren konnte Eleanor unmöglich erfahren haben. Niemand hatte etwas gewusst, nur Ford. Ein seltsamer Zufall, dass Eleanor nun ausgerechnet seine Detektei aufsuchte. Und Zufälle mochte Jeffrey gar nicht.

»Wer ist eigentlich der zuständige Ermittler?«, fragte er, obwohl er die Antwort längst wusste.

Sie zog eine Visitenkarte aus der Tasche ihres Mantels, den sie aufgeknöpft, aber nicht abgelegt hatte.

»Detective Halford McKirdy. Kennen Sie ihn?«

»Ja. Er ist ein guter Ermittler, Ms Ross. Möglicherweise verschwenden Sie Ihr Geld.«

»Meinen Sie, ich wüsste nicht, wie das läuft?« Sie rutschte an die Stuhlkante und riss verzweifelt die Augen auf. »Die Polizei wird sich auf den erstbesten Verdächtigen stürzen. Und im Moment ist das Julian. Ich bin ihre Mutter, ich weiß, dass sie unter Verdacht steht. Aber irgendjemand ist da draußen unterwegs, Jeffrey, irgendjemand, der Tad ermordet hat und jetzt auch Richard. Und er wird wieder davonkommen.«

Sie zog ein Taschentuch heraus und tupfte sich die Augen ab, obwohl Jeffrey keine Tränen gesehen hatte. Er ahnte, dass sie früher einmal eine Schönheit gewesen sein musste. Selbst jetzt noch, mit dem silbergrauen Haar, der ebenmäßig hellen Haut und den strahlend blauen Augen, war sie eine bemerkenswerte Erscheinung. Ihr Gesicht mochte von Falten durchzogen sein, doch die vermittelten Tiefe und Charakter, nicht hohes Alter oder verblasste Schönheit.

Noch während sie sich umständlich die Augen trocknete, sah er Lydia durch die Glastüren kommen. Wie immer machte sein Herz vor Aufregung einen Hüpfer. Dax folgte Lydia auf den Fersen, neben ihm sah sie winzig aus. Er sah ihre geröteten Wangen, den wippenden schwarzen Pferdeschwanz. Sie blieb kurz am Rezeptionstresen stehen und ging dann weiter zu seinem Büro, in selbstbewusster Haltung und ganz in Schwarz gekleidet, abgesehen von ihren weißen Nike-Laufschuhen.

Lydia trat ein, ohne vorher anzuklopfen, und brachte einen Schwung kalter Luft mit herein. Eleanor zuckte zusammen und ließ das Taschentuch sinken, dann stand sie auf und streckte ihre Hand aus.

»Ich bewundere Ihre Arbeit sehr, Ms Strong«, sagte sie. »Nur aus diesem Grund bin ich hier.«

»Und ich bin ein großer Fan Ihrer Tochter. Es tut mir sehr leid, dass Ihrer Familie heute eine solche Tragödie widerfahren ist«, antwortete Lydia und ergriff Eleanors Hand mit beiden Händen. Jeffrey fragte sich, wie sie in der knappen halben Stunde seit ihrem Telefonat an die Informationen gekommen war, während Lydia alle Aufmerksamkeit auf Eleanor richtete. Er hatte Leute unter Lydias Blick zusammenschrumpfen sehen, als spürten sie, dass er alles bloßlegte, was im Verborgenen bleiben sollte.

Doch Eleanor nahm das Kompliment bloß mit einem Nicken auf und setzte sich wieder hin, schaute zu Boden. Lydia nahm neben ihr Platz, lehnte sich zurück und schlug die Beine übereinander. Ihre Augen blitzten, während sie die Besucherin näher in Augenschein nahm.

»Ms Ross, wie können wir Ihnen helfen?«, fragte sie.

»Ms Ross möchte, dass wir den Mörder ihres Schwiegersohns finden«, sagte Jeffrey.

»Von welchem Schwiegersohn sprechen wir?«, fragte Lydia, und Jeffrey musste ein Lächeln unterdrücken. »Der Mord vor zehn Jahren wurde doch nie aufgeklärt, oder?«

»Nein. Deswegen bin ich hier«, antwortete Eleanor, offensichtlich verärgert darüber, dass sie sich wiederholen musste. »Ich möchte nicht, dass so etwas noch einmal passiert.«

Jeffrey bemerkte, dass sie die Maske der verzweifelten Mutter abgelegt hatte und ihre Arroganz wieder zum Vorschein kam.

»Wo ist Ihre Tochter jetzt?«, fragte Lydia.

»In der Payne Whitney Clinic, wo sie nach ihrem Nervenzusammenbruch behandelt wird. Eine völlig normale Reaktion nach einem so traumatischen Erlebnis, wie man mir versichert hat. Ganz besonders für eine Frau, die emotional ohnehin so … *labil* ist.«

»Sollte sie nicht ins Bellevue eingeliefert werden?«, fragte Jeffrey, der wusste, dass dieses Krankenhaus die erste Anlaufstelle für alle Personen war, die vom kriminaltechnischen Notdienst versorgt wurden.

»Unser Anwalt hat dafür gesorgt, dass sie in die Klinik gebracht wird, in der ihre Psychiaterin arbeitet.«

»Soll das heißen, dass sie in der Vergangenheit psychische Probleme hatte?«

»Julian hatte zeit ihres Lebens mit mehr oder minder schweren Depressionen zu kämpfen. Aber seit der Geburt der Zwillinge war sie stabil. Und jetzt … das. Nun ja …« Eleanors Stimme wurde brüchig, sie sprach den Gedanken nicht aus.

»Können wir mit ihr reden?«

»Sie ist nicht ganz bei sich.«

»Trotzdem …«

»Wenn Sie meinen, dass es nötig ist, werde ich einen Termin für Sie vereinbaren.«

Lydia betrachtete Eleanor und fragte sich, wie sie nach so einem Tag kühl und gefasst sein konnte. Als sie hereingekommen war, hatte die Frau sich anscheinend noch die Augen gewischt, jetzt aber konnte Lydia keine Trauer mehr wahrnehmen. Eleanor wirkte eher wie eine Vorstandsvorsitzende als wie eine um das Leben ihrer Tochter besorgte Mutter. Manche Menschen verbargen den Tumult aus Gefühlen hinter einer Maske der Gelassenheit. Doch Lydia hatte den Eindruck, dass Eleanors Kälte bis in ihre Knochen drang.

Unvermittelt warf Eleanor einen Blick auf die Uhr und stand auf.

»Ich muss jetzt meinen Anwalt abholen und zu diesem Detective fahren, um eine Aussage zu machen«, sagte sie zu Jeffrey. »Sicher können Sie Ms Strong auf den neuesten Stand bringen und mich später wissen lassen, ob Sie den Fall übernehmen möchten. Sie können sich denken, dass Geld keine Rolle spielt.«

»Wir werden uns spätestens heute Abend bei Ihnen melden«, antwortete Jeffrey.

Lydia stand auf und schüttelte schweigend Eleanors Hand. Die Finger der alten Frau waren so hart und kalt wie die einer Leiche. Eleanor drehte sich zur Tür um und rauschte mit wehendem Mantel hinaus.

Jeffrey begleitete sie bis zu den Aufzügen. Lydia blieb hinter der Glastür stehen und sah, dass die beiden noch ein paar Worte wechselten. Sie hörte Jeffreys tiefen Bariton, konnte aber keine einzelnen Worte verstehen. Die Aufzugtüren öffneten sich, und Jeffrey streckte den Arm aus, bis Eleanor hineingetreten war. Immer schon hatte Lydia Jeffreys Art bewundert, mit den Menschen umzugehen, er war immer so höflich und doch distanziert. Er war niemals kühl, doch genauso wenig war er aufgesetzt freundlich. Seine Art und seine Stimme strahlten Autorität aus. Seine nussbraunen Augen mit Sprenkeln in Gold und Grün wirkten abwechselnd streng oder verständnisvoll, liebevoll oder bedrohlich.

Als Eleanor hinter der Stahltür verschwunden war, drehte Jeffrey sich zu Lydia um, zog die Augenbrauen hoch und lächelte matt. Sie wusste, dass er sie nicht sehen konnte, doch er spürte ihren Blick. Der Gedanke ließ sie schmunzeln.

Auf der Herfahrt im Taxi hatte Lydia die Nachrichten auf ihrem Smartphone gelesen. Sie erinnerte sich daran, dass Jeffrey den Fall Ross-Jenson mehr als einmal erwähnt hatte, den Rest hatte sie sich zusammengereimt. Doch keinesfalls hätte sie damit gerechnet, Eleanor persönlich in Jeffreys Büro sitzen zu sehen.

Sie hatte sich nicht bei Eleanor einschmeicheln wollen, und sie hatte es auch zukünftig nicht vor. Sie war tatsächlich seit vielen Jahren ein Fan von Julian Ross' Bildern. Julians Kunst war grimmig und gewaltig und lebte von einer Leidenschaft, die Lydia berührte. Mehr als einmal hatte sie mit dem Gedanken gespielt, ein Original zu erwerben, doch dann hatte sie sich nie dazu durchringen können, das kleine Vermögen zu investieren. Abgesehen davon fanden sich in ihrem eigenen Leben genug Leidenschaft und Gewalt, um sie auf Trab zu halten.

Eleanor Ross hatte einen großen Eindruck hinterlassen. Lydia hatte auf den ersten Blick gesehen, dass sie eine besondere Frau war, stark und dominant, intelligent und nicht zu unterschätzen. Doch ebenso schnell hatte sie erkannt, dass Eleanor etwas zu verbergen hatte, etwas, das ihr Angst machte. Lydia hatte es an den eiskalten, fast zittrigen Händen der alten Frau gemerkt, an ihrem unsteten Blick und der starren, scheinbar gelassenen Maske, als Lydia den ersten Mord erwähnte. Das Kribbeln war so heftig gewesen, dass das Blut in Lydias Ohren gerauscht hatte.

Jeffrey kam ins Büro zurück und schloss die Tür hinter sich. Er trug einen dünnen schwarzen Armani-Pullover mit drei grauen Querstreifen auf der Brust, dazu eine dunkelgraue Bügelfaltenhose aus Wolle. Die schwarzen Lederstiefel bildeten den perfekten Abschluss des Outfits. Sein dunkelblondes Haar war kurz geschnitten, nur die Partie am Oberkopf ein bisschen länger, wie es gerade in Mode war. In Lydias Freundeskreis war er der einzige heterosexuelle Mann, der Designerklamotten und gepflegte Frisuren so sehr liebte wie sie.

»Was denkst du?«, fragte er und las ihr im selben Moment die Antwort vom Gesicht ab.

»Gruselig«, sagte sie lächelnd. Jeffrey zog sie an sich. Sie atmete den Duft seines Rasierwassers ein, fühlte seinen muskulösen Körper, die Bartstoppeln an seinem Kinn. Sie schlang ihre Arme um seine Taille.

»Wie geht es uns denn heute?«, fragte er, machte sich los und strich ihr über den immer noch flachen Bauch. Er wartete die Antwort nicht ab. »Ich bezweifle, dass es gut für dich ist, joggen zu gehen, meinst du nicht?«

Das verärgerte sie ein kleines bisschen. Es gefiel ihr gar nicht, dass er zu wissen meinte, was gut für sie war.

»Kann sein, aber ich bin erst im zweiten Monat«, sagte sie achselzuckend, trat einen Schritt zurück und drehte sich zum Sofa um.

Jeffrey lächelte und erwiderte nichts. Er wusste, es war

sinnlos, Lydia zu etwas überreden zu wollen. Er nahm eine Wasserflasche aus dem kleinen Kühlschrank unter der Hausbar und warf sie ihr zu. Lydia fing das Wasser und setzte sich damit auf das cremeweiße Sofa, das zum Fenster hin ausgerichtet war und von dem aus man einen spektakulären Ausblick auf Manhattan hatte. Sie legte die Füße auf die Glasplatte des Sofatisches mit Chromgestell und zog sich ein rostrotes Kissen an die Brust, während Jeffrey das Gespräch mit Eleanor schilderte und die Eckdaten des zehn Jahre zurückliegenden Mordfalles aufzählte.

»Was war damals mit den grauen Haaren? Liegen die immer noch irgendwo rum? Seither hat die DNA-Analyse große Fortschritte gemacht.«

Jeffrey zuckte die Achseln. »Alles ist möglich. Ich habe Ford eine Nachricht hinterlassen.«

»Und was glaubst du?«

Er holte tief Luft und rieb sich den Nasenrücken. »Die Sache würde mich reizen«, sagte er nachdenklich. »Damals sind zu viele Fragen offengeblieben. Und ich weiß, dass Ford das ähnlich sieht. Falls wir den Fall annehmen, können wir auf seine Unterstützung zählen.«

»Du glaubst also wirklich, dass da noch jemand war? Damals vor zehn Jahren, meine ich.«

»Ja, allerdings. Ich will nicht behaupten, dass Julian vollkommen unschuldig ist. Aber da hat sich bestimmt noch eine andere Person im Loft aufgehalten. Wir haben damals nur die halbe Wahrheit rekonstruieren können. Irgendwie habe ich das Gefühl, dass die Ereignisse von gestern Abend ein neues Licht auf die Vergangenheit werfen werden.«

Er stand auf und ging über den bunt gemusterten Perserteppich zum Fenster.

»Aber eines sollten wir vorher klären, Lydia. Bitte, reg dich jetzt nicht auf.« Argwöhnisch beäugte er sie von seinem Fensterplatz aus.

»Was denn?«, fragte sie und sah ihn stirnrunzelnd an.

»Ich brauche für diesen Fall nur deinen Verstand. Die Außeneinsätze sollen andere Teammitglieder erledigen.«

Lydia nickte. Sie hatten beschlossen, dass sie sich während der Schwangerschaft – und bis Jed McIntyre gefasst wurde – nicht in Gefahr begeben durfte. Doch ihr Widerwille machte sich jetzt schon wie ein Stein im Magen bemerkbar. Sie ließ die Mundwinkel hängen und legte die Stirn in Falten. Jeffrey trat ans Sofa und setzte sich neben sie, legte ihr einen Arm um die Schultern.

»Ich weiß, wie schwer es dir fällt. Aber es ist ja nicht für immer.«

»Gibt es Neuigkeiten?«, fragte sie und wich seinem Blick aus. Er sollte nicht merken, dass sie sich ständig Gedanken um Jed McIntyre machte.

»Keine Spur von ihm. Das FBI hat ein paar Leute abgestellt, die uns immer im Auge haben, und auch deine Großeltern auf Kauai. Alle Flughäfen, Bahnhöfe und Busstationen sind informiert. Wenn er versucht, die Stadt zu verlassen, werden wir es erfahren. Irgendwann wird er ein Risiko eingehen müssen.«

Sie nickte. Jeffrey hatte recht, aber das Warten bereitete ihr physische Schmerzen, sie konnte nicht mehr schlafen und fand keine Ruhe. Immerzu hatte sie das Gefühl, dass eine dunkle Wolke über ihr schwebte.

»Wie geht es deinen Großeltern?«, fragte er in dem

Versuch, ein weniger belastendes Gesprächsthema zu finden.

»Super«, sagte sie und zwang sich zu lächeln. »Es gefällt ihnen dort. Sie freuen sich auf unseren Besuch.«

Nach dem Vorfall mit Jed McIntyre im letzten Monat hatten sie Lydias Großeltern auf unbestimmte Zeit in den Urlaub nach Hawaii geschickt. Sie würden unter FBI-Schutz dort bleiben, bis Jed McIntyre wieder hinter Gittern saß. Oder bis er tot war.

»Hast du es ihnen schon gesagt?«, fragte Jeffrey. Sie wusste, er meinte die Schwangerschaft.

»Nein, ich werde es ihnen sagen, wenn wir im Februar dort sind«, sagte Lydia und lehnte sich an. Sie sah ihm lächelnd in die Augen, fuhr ihm mit den Fingern durch das dichte Haar. »Es ist noch zu früh. Außerdem möchte ich, dass wir es ihnen sagen … wir beide zusammen.«

Sie stand auf, trat ans Fenster und schaute auf die Stadt hinunter, lehnte die Stirn an die kühle Glasscheibe. Nach einer angespannten Schweigepause lachte sie leise.

»Was ist denn?«

»Ich habe mir eben überlegt, dass ich vom FBI beobachtet werde, von Jed McIntyre, von Dax … rund um die Uhr.«

»Bitte wirf mich nicht mit denen in einen Topf«, sagte Dax, der wie auf Kommando im Türrahmen aufgetaucht war. Er betrat das Büro und stellte sich neben Jeffrey.

»Schlechte Gesellschaft, was?«, fragte Jeffrey und klopfte Dax auf den Rücken.

Die Sprechanlage summte.

»Jeff, hier ist ein Detective McKirdy am Telefon«, tönte Rebeccas Stimme aus dem Lautsprecher.

»Stellen Sie ihn durch«, sagte Jeffrey, ging zum Schreibtisch und nahm den Hörer auf.

»Hey, Ford. Anstrengende Nacht gehabt?« Nach einer kurzen Pause lachte er und sagte: »Tja, du wirst nie erraten, wer eben bei mir im Büro war.«

Lydia sah Dax an und sagte: »Die Spiele sind eröffnet.«

VIER

Die kleine, verängstigte Frau versteckte sich im Schatten einer Mauer. Lydia konnte praktisch sehen, wie sich ihr Brustkorb hob und senkte, sie meinte sogar, ihre abgehackten Atemzüge zu hören. Das Gesicht der Frau war grau, sie blutete aus einer Platzwunde unter dem Auge, hielt sich die zerrissene Kleidung vor dem Leib zusammen und spähte vorsichtig um die Ecke, ganz vorsichtig, um nicht entdeckt zu werden. Doch die Bewegung war halbherzig, so als wollte sie eigentlich gar nicht wissen, was sich jenseits der Mauer abspielte. Vielleicht war es besser so, denn die andere Hälfte der Leinwand war die Hölle. Der Himmel war ein Strudel aus Rot und Schwarz, die Straßen von Blut überschwemmt. Überall lagen zusammengekrümmte Körper, ausgeweidet, geköpft, manche krallten sich an der Erde fest. Andere gaben sich brutalem Sex hin, wieder andere rangen miteinander … wer Täter war und wer Opfer, war schwer zu sagen. Manche Details waren fein herausgearbeitet, ein schreiender Mund, ein blutendes Auge, ein Mann, der ein Messer zwischen die Beine einer Frau rammt, eine Frau, die sich das Herz aus der Brust reißt. Über allem erhoben sich zwei schwarze Dämonen, ihre gekrümmten Krallen warfen schwarze Schatten auf den blutroten Boden. Die Leinwand war gigantisch groß, über zwei Meter hoch und drei Meter breit. Julian hatte das Bild *Selbstporträt* genannt.

Julians Kunst hatte Lydia immer angesprochen. Als sie jetzt in einer weiß gestrichenen Galerie in SoHo vor der riesigen Leinwand stand, das Geräusch des Straßenverkehrs durch die geöffnete Tür hereindrang und das Sonnenlicht durch die deckenhohen Fenster auf die glatten Holzböden fiel, war Lydia so ergriffen wie immer. Sie sah das Werk eines Opfers, einer Verfluchten, einer Gejagten. Ob vor den Dämonen in ihrem Kopf oder vor den Dämonen dieser Welt – Julian war auf der Flucht. Das konnte Lydia verstehen.

»Das ist ja schrecklich«, sagte Lydias Schatten.

»Das ist Kunst«, entgegnete Lydia knapp und ärgerte sich einmal mehr darüber, dass er sich ständig in ihre Privatsphäre und ihre Gedanken schob. Dax stand so dicht hinter ihr, dass sie seinen Pfefferminzatem riechen konnte.

Er schnaubte. »Kunst … so eine Leinwand vollschmieren kann doch jeder. So ein Unsinn.«

Sie ignorierte ihn und hoffte, er würde sie in Ruhe nachdenken lassen. Nachdem er eine Weile durch die Galerie geschlendert war, baute er sich draußen vor der Tür auf, breitbeinig und mit vor der Brust verschränkten Armen. *Mein Bodyguard*, dachte Lydia. Am liebsten hätte sie geschrien und mit Fäusten auf ihn eingetrommelt wie ein trotziges Kleinkind.

»Was machen wir eigentlich hier?«, fragte Jeffrey. Sie hatte ihn überredet, sie in die Galerie zu begleiten, in der Julians jüngste Arbeiten ausgestellt wurden. Eigentlich waren sie auf dem Weg zu Ford, der in einem Diner an der Vierten Straße auf sie wartete.

»Ich wollte mir nur einen Eindruck von ihren neuesten Bildern verschaffen«, erklärte Lydia. »Dieses hier«, sagte sie und zeigte auf das Schild neben der Leinwand, »ist erst zwei Monate alt.«

»Sehr eindringlich«, sagte er und betrachtete das Gemälde. »Nicht gerade das Werk eines ausgeglichenen Menschen, wenn du mich fragst.«

Lydia nickte. »Aber auch nicht unbedingt das Werk einer Mörderin.« Sie zeigte auf die Frauengestalt hinter der Betonmauer. »Julian Ross betrachtet sich als Opfer.«

»Kann sein ... aber ihr Ehemann ist derjenige, der an die Schlafzimmerwände geschmiert wurde.«

Lydia nickte. Zu diesem Kommentar fiel ihr keine gute Antwort ein.

»Kann ich Ihnen helfen?«, fragte eine samtige Männerstimme hinter ihrem Rücken.

Sie drehten sich um und sahen einen hochgewachsenen, gepflegten Latino mit rabenschwarzem Haar, das ihm bis über die Schultern fiel. Seine Lippen waren von einem warmen Rosa, die dunkelbraunen Augen ließen Lydia an Salsa-Nächte bei Vollmond denken, an skandalöse Affären und viel Sangria. Er trug eine schwarze Leinenhose, die sich elegant an seine schmalen Hüften schmiegte, und ein weißes Seidenhemd, das nicht ganz zugeknöpft war und seine unbehaarte Brust entblößte. Er streckte Lydia eine manikürte Hand entgegen. »Ich bin Orlando DiMarco, der Besitzer dieser Galerie«, sagte er und blickte ihr tief in die Augen.

Lydia gab ihm lächelnd die Hand, ohne sich mit Namen vorzustellen. Er ließ ihre Hand einen Moment später los, als schicklich gewesen wäre, trat an das Bild heran, zupfte die kleine Plakette von der Wand und ersetzte sie durch ein *Verkauft*-Schild.

»Leider wurde dieses Stück heute Morgen verkauft.«

»Schlechte Nachrichten verbreiten sich schnell«, sagte Jeffrey.

Orlando lächelte ihn kühl an. »Aber ich habe noch viele andere interessante Bilder im Lager, die ich Ihnen gern zeigen kann.«

Er war sehr attraktiv, erotisch auf eine unmännliche Art. Lydia hielt ihn nicht für schwul, sondern fühlte sich an europäische Männer erinnert. Als stünde er in gutem Kontakt zu seinen Gefühlen, als fürchte er im Gegensatz zu vielen amerikanischen Männern nicht, sie zu zeigen. Sie spürte sein hitziges Temperament. Die mandelförmigen Augen, der warme Händedruck und der sinnliche Hüftschwung ließen Lydia erahnen, dass er ein umwerfender Liebhaber war.

»Neue Bilder?«, fragte sie.

»Ja, natürlich. Das letzte wurde vor ein paar Tagen angeliefert. Könnte sein, dass es für eine ganze Weile das letzte bleibt. Aus diesem Grund ist es natürlich besonders wertvoll«, sagte er in nüchternem Tonfall. »Folgen Sie mir.«

Lydia drehte sich um, sie wollte Dax zurufen, dass sie ins Lager gehen würden. Doch Dax stand schon hinter ihr.

Das Lager der Galerie war größer, als Lydia vermutet hatte. Hunderte von Bildern lehnten von weißen Tüchern bedeckt an der Wand und sahen aus wie Gespenster. Das Licht war gedimmt, die Luft kühler als in der Galerie, vermutlich um die Leinwände zu schützen. Ein ganz leichter, nicht unangenehmer Geruch von Farbe und Leinöl lag in der Luft. Am hinteren Ende des Raumes entdeckte Lydia einen breiten, schwarz lackierten Schreibtisch, auf dem ein Computer, ein Kreditkartenterminal und ein paar Aktenordner standen. Und auch ein gerahmtes Porträt von Julian. Sie lächelte freundlich in die Kamera, ihre Wangen waren von der Sonne gebräunt, das dunkle Haar fiel ihr in die Augen. Sie sah glücklich aus, verliebt. Lydia runzelte gedankenvoll die Stirn und warf einen Blick zu Orlando hinüber, der auf einen Stuhl gestiegen war, um das Sackleinen vom größten der Bilder herunterzuziehen.

»Vertreiben Sie Julian Ross exklusiv?«, fragte sie, während er am Stoff zupfte, der sich an einer Ecke verfangen hatte. Jeffrey wollte ihm behilflich sein, doch Orlando winkte dankend ab.

»Na ja, so gut wie«, sagte er. »Ich habe erst in der letzten Zeit angefangen, auch andere Künstler zu vertreten. Julians Bilder waren immer sehr gefragt, aber in den letzten Jahren hat sie nur wenig gemalt.«

»Was glauben Sie, woran das liegt?«

»Sie war glücklich«, sagte er und klang dabei fast traurig. Im selben Moment fiel das Leintuch herunter.

Ein Monster starrte auf sie herunter. Sein Gesicht war zweigeteilt. Die eine Seite trug die Züge eines attraktiven, jungen Mannes, der die Lippen zu einem höhnischen Lächeln verzogen hatte. Er hatte schwarzblaues Haar und ein großes grünes Auge, in dem die Spiegelung einer schönen Frau zu erkennen war. Die Frauengestalt posierte vor dem Spiegel des Auges, sie war nackt, hob sich mit beiden Armen das Haar über den Kopf, reckte ihre

Brüste vor. Die andere Bildhälfte zeigte dasselbe Gesicht, nur später in der Zeit; die Züge waren vom Alter verzerrt, das Haar lang und grau und zu schmutzigen Locken verdreht, die spitzen Zähne bräunlich gefleckt. Die Lippen waren zum selben höhnischen Lächeln verzogen, aus dem Mundwinkel sickerte Blut. Im Auge spiegelte sich dieselbe Frau, doch diesmal war sie verstümmelt, ihr Körper war aufgeschnitten, und die Eingeweide quollen heraus. Die Leiche hing in den Ästen einer riesigen Eiche. Das Männergesicht und die Schattenbilder in den Augen waren beeindruckend detailgetreu, jedes Haar, jede Falte, jeder Muskel war deutlich zu erkennen, perfekt wiedergegeben von einer talentierten und erfahrenen Künstlerin. Das Bild war atemberaubend.

Die vier standen stumm davor.

»Was hat sie dazu gesagt?«, fragte Lydia schließlich.

»Nichts. Ein Kurier hat es gebracht. Ich habe sie angerufen, doch sie hat sich nicht wieder bei mir gemeldet«, antwortete der Galerist. Er klang verbittert.

»Wer ist das?«

»Schauen Sie genau hin.«

Lydia untersuchte die Gesichtszüge des Mannes und die der Frau in seinen grünen Augen.

»Sie ist es«, sagte Lydia. »Julian.«

»Die Frau?«, fragte Jeffrey und beugte sich vor, um dem Monster ins Auge zu blicken.

»Beide«, antwortete Lydia. Sie ging zum Schreibtisch und nahm das Porträt von Julian in die Hand. Orlando wirkte peinlich berührt, griff aber nicht ein. Lydia zeigte Jeffrey das Bild; Julian ähnelte dem Mann auf dem Gemälde auf verblüffende Weise.

»Wie hat sie es genannt?«

»Er wird mich holen«, sagte Orlando kopfschüttelnd. »Ich halte es für ihre verstörendste Arbeit. Warum, kann ich Ihnen nicht erklären. Aber irgendwie macht das Bild mir Angst.«

»Wie gut kennen Sie sie?«, fragte Lydia.

Orlando streckte den Arm aus und nahm Lydia das Foto aus der Hand. »Wer sind Sie?«, fragte er, und Argwohn schwang in seiner Stimme mit. »Sie sind nicht hier, um Kunst zu kaufen.«

»Nein«, sagte Jeffrey und reichte ihm seine Visitenkarte. »Eleanor Ross hat uns beauftragt herauszufinden, was Julians Ehemann zugestoßen ist. Ich bin Jeffrey Mark, das hier ist Lydia Strong. Und unser Mitarbeiter Dax Chicago.«

Orlando nickte, als wäre er kaum überrascht. Er wirkte kein bisschen irritiert, sondern einfach nur erschöpft. Lydia konnte sehen, wie er sich in sich selbst zurückzog. Seine Augen wurden glasig, als sei er in Gedanken ganz woanders. Er trat an den Schreibtisch, stellte das Foto an seinen Platz zurück und setzte sich.

»Seit über zwanzig Jahren arbeiten wir zusammen. Wir waren … wir *sind* Freunde«, sagte er in Richtung des Fotos, aber Lydia sah mehr als nur freundschaftliche Gefühle in seinem Gesicht.

»Dann kannten Sie sie also schon, als ihr erster Mann umgebracht wurde?«, fragte sie.

Orlando nickte. »Sie wurde freigesprochen«, sagte er hastig. »Sie ist unschuldig … damals wie heute. Da bin ich mir ganz sicher.«

»Woher wollen Sie das wissen?«

Er beugte sich vor und sah Lydia an. Sie näherte sich dem Schreibtisch, Dax und Jeffrey hielten sich zurück. Lydia nahm gegenüber von Orlando Platz, hielt die ganze Zeit den Blickkontakt. Der Mann schien fest von Julians Unschuld überzeugt zu sein, er hatte keine Zweifel. Doch würde nicht spätestens nach dem zweiten Mord selbst der beste Freund zu zweifeln anfangen?

»Weil ich sie kenne«, sagte er und lehnte sich zurück.

»Und haben Sie irgendeine Ahnung, wer einen Grund hätte, Julian Ross' Ehemänner umzubringen?«, fragte Lydia mit fester, leiser Stimme. Etwas huschte über seine Augen, als sei ihm gerade ein Gedanke gekommen. Was immer es war, er behielt es für sich.

»Wurde sie gestalkt, wollte irgendjemand ihr schaden, hatte sie Feinde?«, hakte Lydia nach. »Hatte sie vor irgendwem Angst?«

Orlando schüttelte zögerlich den Kopf. »Nein«, sagte er mit fester Stimme, doch schon weniger festem Blick.

Lydia nickte nachdenklich. Sie tastete sich vor, versuchte es in diese und jene Richtung, wollte sich ein Bild von Julians Leben machen, auf das Detail stoßen, das die schrecklichen Verbrechen erklärte.

»Sie haben gesagt, sie sei glücklich gewesen. Glücklich mit ihrem Ehemann?«, fragte Lydia. »Sie hat ihn geliebt?«

Er zuckte die Achseln. Wieder huschte ein Schatten über sein Gesicht.

»Ja, sie hat ihn geliebt. Er hat ihr das geschenkt, was sie sich am meisten gewünscht hat – Kinder«, sagte er leise. »Lola und Nathaniel … die liebt sie mehr als ihre Kunst. Nie im Leben hätte sie gewollt, dass die Kinder ihren Vater verlieren.«

Das war eine interessante Antwort. Interessant, weil er das Wichtigste ausgelassen hatte. Lydia hatte damit gerechnet zu hören, wie wunderbar Richard Stratton und Julian zueinander gepasst hätten, dass sie ihn mehr als alles liebte und ihm niemals wehgetan hätte. Doch nichts davon hatte der Galerist gesagt.

»Hatten sie Eheprobleme? Haben die beiden gestritten?«

Der Galerist hob die Hände und stand auf. Er errötete, wirkte plötzlich verärgert. »Es reicht. Was immer Sie hier suchen, Sie werden es nicht finden. Julian ist unschuldig. Das weiß ich mit Sicherheit.«

»Das können Sie nur sagen, wenn Sie wissen, wer Richard Stratton umgebracht hat.«

Orlando schien für eine Sekunde aus dem Konzept zu geraten, doch dann schüttelte er nur stumm den Kopf.

»Das brauche ich nicht zu wissen. Julian ist unschuldig, das fühle ich«, sagte er schließlich.

Lydia betrachte noch einmal das Monstergesicht auf dem Gemälde.

»Aber ihre Kunst ist so brutal. Wäre nicht denkbar, dass sie eine Seite hat, die Sie nicht kennen?«

Er folgte ihrem Blick zur Leinwand und überlegte. »Kann sein«, sagte er schließlich und wandte sich wieder dem Foto auf dem Schreibtisch zu. »Jeder von uns hat eine Seite, die die anderen nicht kennen, oder?«

Die Basketballplätze an der Vierten Straße waren wie immer überfüllt mit vielen schwarzen und ein paar weißen Jugendlichen, die sich ins Kampfgetümmel stürzten oder am Zaun herumhingen und zuschauten. Die meisten

Spieler hatten sich das T-Shirt ausgezogen und schwitzten, als wäre es Hochsommer, dabei war die Luft geradezu eisig. Das Puckern des Balles und das Quietschen der Gummisohlen auf dem Asphalt wurden von den hohen Gebäuden ringsum zurückgeworfen, gelegentlich übertönten der Applaus und die Anfeuerungen den Verkehrslärm, der von der Sixth Avenue herüberwehte. Jeffrey sah, wie ein junger Mann hart auf dem Boden aufkam, nachdem er vergeblich versucht hatte, sich einem Angreifer in den Weg zu stellen. Stöhnend rappelte er sich auf und spielte dann weiter, als wäre er aus Gummi. Unbeeindruckt flitzte er über den Platz.

»Ich weiß noch, wie es war, sich so jung und fit zu fühlen«, sagte Jeffrey wehmütig.

»Einen Rollstuhl brauchst du aber noch nicht, Opa«, sagte Lydia und klopfte ihm auf die harten Bauchmuskeln.

»Ich meine ja nur … nach so einem Sturz steht man nicht einfach so auf und rennt weiter, wenn man einmal über vierzig ist.«

»Das kann ich nicht beurteilen«, entgegnete sie lächelnd. Sie rieb ihm ihren Altersunterschied von zehn Jahren unter die Nase, wann immer sie konnte. Jeffrey bedankte sich mit einem bösen Blick.

Dax hatte sich überstürzt verabschiedet, nachdem er einen mysteriösen Anruf auf dem Handy bekommen hatte. Aus diesem Grund waren Lydia und Jeffrey nun allein zu dem Treffen mit Ford McKirdy unterwegs. Sie betraten das Yum Yum Diner an der Ecke, einen umgebauten Eisenbahnwagen, der neben einem Spielplatz unter Bäumen stand, und suchten sich einen Tisch im hinteren

Teil. Sie rutschten in die mit rotem Kunstleder gepolsterte Sitzecke, Lydia beschäftigte sich gleich mit der Minijukebox auf dem Tisch. Der Geruch von Kaffee, Frittierfett und Zigarettenqualm hatte sich in den Wänden und den Ledersitzen festgesetzt. Auf einmal hatte Lydia unglaublichen Hunger, sie ließ von der Jukebox ab und schaute zur Kuchenvitrine hinüber, wo sich Kuchen und Gebäck verführerisch auf Platten drehten. Das Yum Yum Diner war einer jener Orte, die um drei Uhr morgens, wenn die Leute aus den Clubs kamen, ebenso überfüllt waren wie wochentags zur Mittagszeit.

Jeffrey winkte Ford zu, der alte Freund kam herein und bahnte sich einen Weg durch die Gäste. Jeffrey stand auf und schüttelte Ford die Hand.

»Wir haben uns viel zu lange nicht gesehen, Mann«, sagte Jeffrey. »Wie geht es dir?«

»Gut siehst du aus, Jeffrey. Du auch, Lydia. Wie geht es euch?«, fragte Ford zurück und ergriff Lydias Hand.

Er legte einen braunen Briefumschlag auf den Tisch. Lydia fand, dass er fahl und teigig aussah. Sie wusste, dass er knapp über fünfzig war, und heute sah man ihm jeden Tag seines Lebens an. Die Nachtschichten, der Dauerstress und die schlechte Ernährung forderten ihren Tribut. Der Schweiß stand ihm auf der Stirn, sein Bauch stieß an die Tischplatte, als er sich mühsam auf die Bank schob.

»Wie war der Termin?«, fragte Lydia.

»Unterkühlt«, sagte Ford und wischte sich die Stirn mit einer Serviette ab. »Die Frau macht es einem wirklich nicht leicht. Sie sollte das Kindermädchen mitbringen, aber sie behauptet, sie könne die Kinder von niemand anderem betreuen lassen. Mit Geneva Stout werde ich also ein andermal reden müssen.«

»Konnte sie dir irgendwie weiterhelfen?«, fragte Jeffrey.

»Sie behauptet, sie habe nichts gesehen oder gehört, bis ihre Tochter zu schreien anfing.«

»Was hat sie über die Ehe gesagt?«, fragte Lydia.

»Die sei glücklich gewesen. Sie ist seit drei Wochen in New York City zu Besuch und hat die beiden kein einziges Mal streiten sehen.«

»Sie ist nur zu Besuch hier?«

»Sie lebt hauptsächlich in Boca, den Rest der Zeit verbringt sie hier in der Stadt bei ihrer Tochter. Sie wollte über die Feiertage bleiben und nach Silvester wieder abreisen.«

»Und, wie war's? Am Tatort, meine ich«, sagte Jeffrey.

»Vor zehn Jahren hast du mich genau dasselbe gefragt. Meine Antwort bleibt dieselbe: ein verdammtes Chaos. Anders als beim letzten Mal hat kein Kampf stattgefunden, aber Richard Stratton wurde genauso zerlegt wie der arme Tad. Ich habe Fotos für euch mitgebracht, außerdem meine vorläufigen Ermittlungsergebnisse und meine Notizen«, sagte Ford und schob ihnen den Umschlag hinüber. »Ihr nehmt den Fall doch an, oder?«

»Ich habe Eleanor Ross noch nicht zugesagt, aber ich habe es vor. Ich will eine zweite Chance, und du auch, oder?«

»Da hast du verdammt noch mal recht.«

»Glaubst du, dass dieses Mal ein Dritter dabei war?«

»Keine Ahnung. Sieht nicht danach aus. Dann wiederum wäre die Frau allein wohl kaum zu so etwas in der Lage, oder? Da waren Blutspuren an der Decke … in vier Metern Höhe, um Gottes willen. Der Nachtportier hat ausgesagt, durch den Haupteingang sei niemand gekommen oder gegangen, aber wir haben keine Mordwaffe gefunden. Der Rechtsmediziner sagt, es müsse sich um ein geriffeltes Messer handeln, so wie beim letzten Mal. Da ist noch etwas … bitte erzählt das nicht weiter. Wir haben es der Presse bislang verschwiegen. Richard Strattons Ringfinger ist verschwunden, mitsamt Ehering. Wenn Julian das Messer, den Ring und den Finger nicht verschluckt oder sehr gut versteckt hat, hat irgendjemand sie mitgenommen. Als ich in die Wohnung kam, war sie nicht in der Verfassung, Beweismittel zu unterschlagen.«

»Oder sie *wollte* diesen Eindruck erwecken«, sagte Jeffrey.

Ford nickte und zuckte die Achseln. »Ja. Ich sag dir was. Wenn sie mir das nur vorgespielt hat, ist sie eine verdammt gute Schauspielerin.«

»Tads Finger und der Ring sind damals ebenfalls verschwunden«, sagte Jeffrey zu Lydia.

»Nett«, sagte Lydia kopfschüttelnd.

Was hatte das zu bedeuten? War es ein Symbol? Versuchte die Frau, sich von den Ketten der Ehe zu befreien? Oder war ein anderer der Meinung, er müsste es für sie tun?

»Und als du sie gesehen hast, war sie nicht bei klarem Verstand?«, fragte Lydia.

»Sie war kurz davor durchzudrehen. Sie hat sich geweigert, den Tatort zu verlassen. Als die Sanitäter sie mitgenommen haben, hat sie geschrien und gekreischt. Unter anderem hat sie gesagt, jemand wolle sie ›holen‹.«

Lydia und Jeffrey tauschten einen Blick aus.

»Was ist denn?«

»Wir waren gerade in ihrer Galerie. Vor ein paar Tagen hat sie Orlando DiMarco ihr letztes Bild gebracht. Es heißt *Er wird mich holen*.«

Ford machte sich Notizen, Lydia konnte förmlich sehen, wie er die Informationen ordnete und in die Gleichungen einzusetzen versuchte, die er in Gedanken aufgestellt hatte.

»Ich werde gleich mal rüberfahren und es mir ansehen«, sagte Ford. »An Orlando DiMarco kann ich mich noch erinnern. Damals hat er zu viel gekokst. Angeblich hatten die beiden eine Affäre, mit Unterbrechungen ... nichts Ernstes. Aber ich konnte ihn nicht mit dem Mord in Verbindung bringen. Abgesehen davon halte ich ihn nicht für den typischen Gewaltverbrecher. Der würde sich doch niemals seine hübschen Klamotten schmutzig machen wollen.«

»Ich hatte das Gefühl, er ist verletzt. Ich würde Geld darauf wetten, dass er in sie verliebt ist«, sagte Lydia.

Ford nickte und sah sie geistesabwesend an. Sie kannte diesen Blick von Jeffrey, und auch von sich selbst. Ford schob die Informationen in Gedanken hin und her wie Puzzleteilchen.

»Und, wie ist der Plan?«, fragte er nach einer Weile, als er in die Gegenwart zurückgekommen war. »Ich glaube, ich sollte mir wirklich das Bild ansehen und mir diesen DiMarco vorknöpfen.«

»Und wir werden unterdessen Julian einen Besuch abstatten«, sagte Lydia.

»Viel Glück. Um mit ihr zu kommunizieren, braucht ihr einen Gedankendecoder.«

»Es ist einen Versuch wert«, sagte Lydia, und im selben Moment trat die Kellnerin an ihren Tisch. In ihrer pink-weiß karierten Uniform mit passender Kappe sah sie lächerlich und unglücklich aus, aber vermutlich war der Inhaber des Diners der Meinung, dass die Bedienungen in den fünfziger Jahren so ausgesehen hatten. Auf ihrem Namensschild stand *Buffy*. Sie war locker über fünfzig, ihre riesigen Brüste reichten fast bis an ihre Schürze. Buffys Augenlider leuchteten knallblau, ihre Wimpern waren schwer von zu viel Mascara.

»Was kann ich Ihnen bringen?«, fragte sie.

»Ich nehme einen doppelten Cheeseburger mit Bacon und Pommes und einen großen Schokomilchshake«, sagte Ford, die Kellnerin schrieb mit.

Lydia betrachtete ihn skeptisch. Hoffentlich würde er nicht noch hier am Tisch einen Herzinfarkt erleiden. Dann drehte sie sich zur Kellnerin um und sagte: »Das nehme ich auch.«

FÜNF

Der Gestank von Urin, Desinfektionsmitteln und Elend schlug Lydia und Jeffrey entgegen, als ein Mitarbeiter der Psychiatrie ihnen die schwere Metalltür öffnete. Sie betraten einen schmalen, spärlich beleuchteten Korridor mit fleckigem, auf Hochglanz poliertem Linoleumboden. Ein niedriges Holzgeländer säumte den Korridor zu beiden Seiten. Lydia hörte jemanden schluchzen, dann hysterisches Gelächter.

»Ist dies Ihr erster Besuch in der Psychiatrie?«, fragte Dr. Linda Barnes, eine aufgeweckte, hübsche, junge Frau, deren tiefe, ernste Stimme gar nicht zu ihrer mädchenhaften Gestalt passte. Die Ärztin hatte Lydia und Jeffrey vom Haupteingang der Payne Whitney Clinic abgeholt. Aus ihrer spröden Art schloss Lydia, dass sie mit dem Termin, auf den Eleanor gedrängt hatte, kein bisschen einverstanden war. Sie strahlte die Resignation eines Menschen aus, der wider besseres Wissen handelt, begrüßte die beiden höflich, aber knapp und eskortierte sie dann auf Julians Station. Ihre Schritte waren schnell und leise, die Gummisohlen ihrer Schuhe verursachten auf dem Linoleumboden kaum ein Geräusch. Lydia und Jeffrey mussten sich beeilen, mit ihr Schritt zu halten.

»Nein«, antwortete Lydia. »Wir beide kennen solche Einrichtungen viel zu gut.«

»Ich sage das nur, weil so ein erster Besuch sehr verstörend sein kann«, erklärte die Ärztin.

»Mit Wahnsinnigen kennen wir uns gut aus«, sagte Jeffrey.

Die Ärztin warf ihm einen tadelnden Blick zu. »Wir sprechen hier von psychisch Kranken.«

»Nennen Sie sie, wie Sie wollen, Doktor«, sagte Jeffrey.

Ein hochgewachsener Mann mit buschigen Augenbrauen und schlecht rasiertem Schädel schlurfte vorbei. Seine Augenlider waren dunkellila und hingen herunter, sein Blick ging ins Leere, während er unablässig die Hände zur Faust ballte. Er murmelte Unverständliches vor sich hin.

»Unter normalen Umständen würden wir überhaupt keine Besucher zu Ms Ross durchlassen«, erklärte Dr. Barnes. »Es schadet ihrer Genesung. Aber da die Umstände so besonders sind und ihre Mutter darauf besteht, habe ich eine Ausnahme gemacht. Ich muss Sie trotzdem bitten, sich so kurz wie möglich zu fassen.«

»Ich verstehe«, sagte Lydia. »Wie geht es ihr?«

»Sie hatte einen Nervenzusammenbruch. Das kommt vor, wenn die Psyche mit einem Trauma konfrontiert wird, das sie nicht verarbeiten kann. Julian hat sich mehr oder weniger in sich selbst zurückgezogen. Sie kann sich nicht verständlich machen … manchmal schimpft sie laut, manchmal ist sie geradezu katatonisch. Wahrscheinlich handelt es sich um einen vorübergehenden Zustand … aber ich kann Ihnen nicht sagen, wie lange er andauern wird.«

»Wäre denkbar, dass sie sich nur verstellt?«, fragte Jeffrey.

»Wenn ja, ist sie eine sehr überzeugende Schauspielerin«, sagte Dr. Barnes. »Mr Mark, die wenigsten Leute würden sich so viel Mühe geben, um an diesem Ort zu landen.«

»Besser als im Gefängnis.«

»Da bin ich mir nicht sicher«, sagte Lydia.

Eine ältere Frau in einem rosa Bademantel stützte sich mit einer Hand auf ihren Gehstock und schlug mit der anderen gegen eine Tür am Ende des Korridors. »Lasst mich rein!«, schrie sie und blickte sich immer wieder panisch um, hielt die weit aufgerissenen, blutunterlaufenen Augen auf den unsichtbaren Verfolger gerichtet. »Lasst mich rein!« Ein Pfleger in grünem Kittel eilte hin und führte sie sanft, aber bestimmt fort, während er beruhigend auf sie einflüsterte. Eine Gruppe von Patienten – alle trugen die gleiche dunkelrosa Kluft – hatte sich an einem Fenster versammelt, wo eine Krankenschwester die Medikamente in kleinen Pappbechern austeilte.

Lydia schaute sich um und fühlte eine Mischung aus Mitleid und Angst. Einen schlimmeren Ort konnte sie sich für sich selbst nicht vorstellen. Schmerz und Leid hallten von den Wänden wider, und sie fragte sich, wie es wäre, Tag für Tag hier aufwachen und einschlafen zu müssen, von den eigenen Albträumen verfolgt zu werden, sich verzweifelt nach der Normalität zurückzusehnen.

»Seit wann ist Julian Ross bei Ihnen in Behandlung?«, fragte Lydia.

»Während der letzten acht Jahre hat sie mich regelmäßig aufgesucht«, antwortete die Ärztin. »Bis vor einem Jahr.«

»Was ist passiert?«

»Sie kam zu einer Sitzung und eröffnete mir, sie brauche mich nicht mehr.«

»Hat sie gesagt, warum?«

»Sie hat etwas sehr Seltsames gesagt. Sie habe begriffen, dass neunzig Prozent ihrer Probleme daher kämen, dass sie nie sie selbst gewesen sei. Dass sie nun kapitulieren würde.«

»Kapitulieren?«

»Dieses Wort hat sie gebraucht. Sie wollte es nicht erklären. Sie hat sich bedankt, hat einen Scheck ausgestellt und ist gegangen. Ich habe sie nicht wiedergesehen, bis sie hier eingeliefert wurde.«

Lydia drehte das Wort in Gedanken hin und her. *Kapitulieren* … aufgeben, eine Niederlage eingestehen. Gegen was oder wen hatte Julian denn gekämpft?

»Ihre Mutter hat gesagt, sie habe unter Depressionen gelitten. Hatten Sie Hinweise darauf, dass sie größere Probleme hatte? Hat sie mit Ihnen jemals über den Mord an ihrem ersten Ehemann gesprochen?«

Dr. Barnes machte sich nicht mehr die Mühe, ihren Ärger zu verhehlen.

»Selbstverständlich«, antwortete sie pikiert. »Ich darf mit Ihnen nicht über meine Patientinnen sprechen. Aber wenn Sie wissen wollen, ob Julian meiner Meinung nach eine Gefahr für sich selbst oder andere dargestellt hat, lautet meine Antwort nein.«

»Hat sie Ihnen gegenüber jemals erwähnt, dass sie Angst vor jemandem hat? Hat sie Feinde, die ihr oder ihrer Familie schaden wollen?«

Die Ärztin schwieg und kniff die Lippen zusammen, als wollte sie die Worte in ihrem Mund einsperren.

Lydia blieb abrupt stehen, die Ärztin drehte sich zu ihr um. »Hören Sie, Dr. Barnes, ich kann mir kein Urteil über Ihre Arbeit erlauben. Aber ein Mensch ist gestorben, und Ihre Patientin ist die Hauptverdächtige – die *einzige* Verdächtige. Wir versuchen, ihr zu helfen. Vielleicht sollten Sie dasselbe tun?«

»Ich kann Ihnen nicht helfen. Und Julian kann ich nur helfen, indem ich ihre Krankheit behandele und mich ansonsten auf meine Schweigepflicht berufe.«

Damit war der Fall erledigt. Dr. Barnes war eine harte Nuss, und Lydia musste einsehen, dass sie bei der Frau keinen Zentimeter weiterkommen würden.

Nachdem sie auf dem langen, dunklen Korridor mehrmals abgebogen waren, erreichten sie eine zweite Metalltür. Der Türöffner summte, und sie fanden sich in einem weiteren Flur wieder, der vor einem großen, vergitterten Fenster endete und von dem sechs geschlossene Türen abgingen. Das Sonnenlicht fiel durch die Gitterstäbe ein, vor einer der Türen saß ein uniformierter Polizist auf einem grünen Metallstuhl und las die *New York Post*.

»In diesem Trakt leben die Patienten, die psychisch nicht in der Verfassung sind, mit anderen Insassen zusammenzutreffen. Julian Ross wurde aus offensichtlichen Gründen hier untergebracht«, sagte Dr. Barnes.

Der Polizist vor der Tür suchte und fand Lydias und Jeffreys Namen auf der Besucherliste. Er stand auf und trat beiseite, um die drei in Julians Zimmer zu lassen.

Julian Ross war nur noch ein Schatten der Frau, die Lydia auf dem Foto in der Galerie gesehen hatte. Sie saß auf dem Bett in einer Zimmerecke an die Wand gelehnt und hatte die Knie an die Brust gezogen. Sie war blass, ihre Augen waren verweint, ihre Wangen tränennass. Sie sah aus, als wäre ihr Lebenslicht erloschen. Lydia hatte das Gefühl, die Frau aufheben und in die Luft werfen zu können wie eine Puppe.

Sie versuchte, die zarte Gestalt vor ihren Augen mit dem entsetzlichen Verbrechen und den Tatortfotos zusammenzubringen, die Ford ihnen gezeigt hatte. Sie versuchte, sich vorzustellen, wie Julians kleine, zarte Hände das geriffelte Messer packten und in der Wohnung an der Park Avenue ein Blutbad anrichteten. Es funktionierte nicht. Lydia konnte sich die Szene einfach nicht vorstellen, aus unerklärlichem Grund. Sie zog einen Metallstuhl an Julians Bett, setzte sich und versuchte, ihr in die Augen zu sehen. Julian hatte Katzenaugen, flach und ohne jede Tiefe. Es war, als wäre ihre Seele davongeflogen und nur eine leere menschliche Hülle zurückgeblieben.

In Gegenwart von psychisch Kranken wurde Lydia nicht befangen. Sie hatte in der Vergangenheit viele von ihnen interviewt. Ehrlich gesagt fühlte sie sich in ihrer Gesellschaft manchmal wohler als unter »normalen« Menschen. Die Gedanken der Kranken folgten oft einer erstaunlichen Logik, machte man sich nur die Mühe, ihnen zuzuhören. Sie gaben sich nicht anders, als sie waren, spielten der Umwelt nichts vor. Sie waren verrückt, aber sie waren aufrichtig.

»Julian«, sagte die Ärztin so sanft, als spräche sie mit einem Kind. »Das hier sind Lydia Strong und Jeffrey Mark. Sie sind auf Bitten Ihrer Mutter hier.«

Nichts deutete darauf hin, dass Julian sie gehört hatte.

»Julian«, sagte Lydia, »wir möchten Ihnen helfen.«

Julian richtete ihre strahlend grünen Augen auf Lydia. Die spürte so etwas wie einen Stromstoß, als sie die Augen aus dem Bild in Orlando DiMarcos Galerie wiedererkannte. Sie fragte sich, ob diese kleine, verhuschte Frau so wie der Mann auf dem Gemälde eine zweite Seite hatte, eine dunkle Seite, die nur Tad Jenson und Richard Stratton kennengelernt hatten und die Julian vor allen anderen verbarg, vielleicht sogar vor sich selbst. Im grellen Neonlicht des Krankenzimmers konnte Lydia ihre stark vergrößerten Pupillen sehen. Julians langes, dunkles Haar mit den rötlichen Reflexen war zu einem lockeren Pferdeschwanz zurückgebunden, ein paar Strähnen waren herausgerutscht und hingen ihr schlaff in die Stirn und auf die zarten Schultern.

»Sie können mir nicht helfen«, sagte sie leise und mit belegter Stimme. »Keiner kann das.«

»Steht sie unter Medikamenten?«, fragte Lydia und sah die Ärztin an. »Oh, ja«, antwortete die Ärztin, »sie war hysterisch, eine Gefahr für sich selbst.«

Lydia drehte sich wieder zu der Patientin um. »Doch, wir können Ihnen helfen, Julian«, sagte sie sanft und beugte sich leicht vor. »Wenn Sie uns erzählen, woran Sie sich erinnern können.«

Die Ärztin seufzte, langsam wurde sie unruhig. »Sie werden damit kein Glück haben, Ms Strong. Sie kann sich an nichts erinnern.«

Jeffrey hob die Hand. »Geben Sie ihr eine Minute.«

Julian hielt Blickkontakt mit Lydia. »Meine Kinder«, sagte sie eher nachdenklich als fragend.

»Denen geht es prima«, sagte Lydia. »Sie sind bei Ihrer Mutter.«

Julian lachte leise und verdrehte die Augen. »Oh, ja

dann … dann geht es ihnen prima«, sagte sie, und ihre Stimme war von Wut und Sarkasmus verzerrt. »Sehen Sie sich nur an, was aus *mir* geworden ist.«

Mit einem unsichtbaren Stift schrieb sie etwas in die Luft, und dann zwinkerte sie Lydia zu, als könnte nur sie den Witz verstehen. »Meine Mutter, die Königin. Die Königin der Verdammnis. Die alte Hexe.«

»Sie halluziniert«, sagte die Ärztin.

»Das sehe ich«, sagte Lydia und drehte sich verärgert um.

»Warum sind Sie so wütend auf Ihre Mutter?«, fragte Lydia. Julian gab keine Antwort. Mit hektischen Bewegungen kritzelte sie weiter in die Luft.

Im Zimmer war es totenstill, Lydia konnte das Summen der Neonröhren unter der Decke und Julians schnelle, flache Atemzüge hören. Eine Motte flatterte durch den Raum, warf sich mit leisem Klopfen an die Leuchte.

»Julian, wissen Sie, wo Sie sind?«

»Wissen Sie, wo *Sie* sind?«, antwortete Julian kichernd. »Wer weiß das schon?«

»Ein paar von uns wissen es ziemlich genau«, antwortete Lydia sanft.

»Ich verstecke mich«, sagte Julian und nickte heftig, als wären damit alle Fragen beantwortet.

»Vor wem verstecken Sie sich?«, fragte Lydia.

Julian ließ sich an der Wand abwärtsrutschen, als hätte jemand die unsichtbaren Schnüre gekappt, an denen sie hing. Sie rollte sich zusammen und zog die Beine an. Sie war so mager, dass sich ihre Schulterblätter unter der blassen Haut abzeichneten.

»Vor meiner anderen Hälfte«, sagte Julian und schloss

die Augen. Wieder musste Lydia an das Gemälde denken, an den Mann mit dem zweigeteilten Gesicht, an die zwei Frauen in seinen Augen.

»Wie meinen Sie das, Julian?«

Doch Julian kehrte ihnen den Rücken zu. Sie starrte an die Wand, atmete immer langsamer und schwerer. Lydia wiederholte die Frage, bekam aber keine Antwort.

»Ich muss das jetzt unterbrechen, Ms Strong«, sagte die Ärztin. »Sie sehen ja, wie erschöpft sie ist. Kommen Sie in ein paar Tagen wieder.«

Zögerlich blickte Lydia auf Julians hagere Gestalt. Von hinten sah sie aus wie ein Kind. Lydia stand auf, schob den Stuhl an seinen Platz zurück. Sie hatte etwas in Julians Augen gesehen, es war zum Greifen nah gewesen. Sie wünschte, es gäbe eine Möglichkeit, Julian aus dem Gefängnis ihres Verstandes zu befreien. Die drei Besucher näherten sich der Tür.

»Lydia?«, sagte Julian, ohne sich umzudrehen.

»Ja?«

»Er ist wieder da. Jetzt kann ihn niemand mehr aufhalten.«

Lydia starrte Julian an und erinnerte sich an das Gemälde mit der Monsterfratze. Als die Ärztin ihr eine Hand an den Arm legte und sie aus dem Zimmer zog, lief Lydia ein kalter Schauder über den Rücken. Sie fühlte sich auf seltsame Weise mit der Künstlerin verbunden. Vielleicht lag es daran, dass auch Lydia eine Gejagte war.

Er spähte über seine *New York Times* hinweg und sah sie aus der Payne Whitney Clinic in der Achtundsechzigsten Straße kommen. Er roch die gerösteten Honignüsse vom Verkaufsstand an der Kreuzung, sein Magen fing zu knurren an. Aber wenn Lydia nicht aß, aß er auch nicht.

Heute strahlte sie, es war eine Pracht, und ihr Anblick erfüllte sein Herz mit Liebe. Ihre Haut wirkte glatt und samtig. Er hätte alles dafür getan, sie berühren zu dürfen. Aber Lydia war nie allein, niemals. Wenn Jeffrey Mark nicht in ihrer Nähe war, bewachte sie irgendein anderer Affe, dieser stämmige Australier zum Beispiel. Allein der Gedanke trieb seinen Blutdruck in die Höhe und schnürte ihm die Kehle zu. Niemals würde er vergessen, was Dax Chicago ihm angetan hatte.

Jed McIntyre wischte sich die Druckerschwärze an seinem langen schwarzen Wollmantel ab, den er für zehn Dollar in einem Secondhandladen im East Village gekauft hatte. Er rückte seine Golfermütze zurecht.

Heute spielte er einen alten Mann, der an der Bushaltestelle saß und Zeitung las. Gestern war er eine Obdachlose gewesen, die ihren Einkaufswagen an Lydias Wohnblock vorbeischob. Und morgen … nun, wer konnte es wissen? Jeder Tag war eine kreative Herausforderung. Die ganze Welt war auf der Suche nach ihm, und er versteckte sich in aller Öffentlichkeit. Nie sahen die Leute, was sich direkt vor ihrer Nase befand; darauf war immer Verlass.

Glücklicherweise hatte er, noch bevor Dax Chicago ihm die Tour vermasselt hatte, den Seesack von Alexander Harriman in einem Schließfach in der Grand Central Station verstaut. Der Schlüssel baumelte an einer Kette um seinen Hals. Er war flüssig, hatte keine Geldsorgen, auch wenn er das Auto hatte aufgeben müssen. Dann wiederum war ein Auto in dieser Stadt eher eine Belastung als eine Hilfe.

Durch die runde Goldrandbrille ohne Gläser sah er Lydia mit Jeffrey an der Ecke stehen. Er sah, wie sie ihm vertraulich die Hand an den Arm legte, wie sie auf ihn einredete. Sie war erregt, beugte sich vor, ihre Augen glühten. Jeffrey winkte ein Taxi heran und hielt Lydia die Tür auf. Er stieg nach ihr ein, sie brausten davon.

Jed McIntyre wartete, bis das Taxi außer Sichtweite war. Vor ihm hielt mit lautem Zischen ein Bus an, und er stieg ein, zog die Karte durch den Schlitz und suchte sich einen Platz im hinteren Teil. Er sah, wie sich ein weißer Lieferwagen in Bewegung setzte, in dem vor einer Minute noch kein Fahrer gesessen hatte. Der Lieferwagen folgte dem Taxi. Diese Typen vom FBI waren einfach überall, und doch sahen sie nichts. Er lachte ein wenig zu laut, die ältere Frau neben ihm beäugte ihn argwöhnisch. Er lächelte sie freundlich an.

»Ich kann das einfach nicht glauben«, sagte Lydia und blätterte in den Fotos, die Ford ihnen überlassen hatte. Der Taxifahrer schlängelte sich zwischen den Autos durch und raste über den West Side Highway, als wäre die Polizei hinter ihm her.

»Würden Sie bitte etwas langsamer fahren?«, sagte Jeffrey zu der kugelsicheren Glasscheibe, die sie vom Fahrer trennte. Doch der schien ihn nicht zu hören … oder vielleicht war es ihm scheißegal.

»Ich weiß, es ist nur schwer vorstellbar«, sagte er, nachdem er es aufgegeben hatte, auf den manischen Fahrer einzuwirken. »Aber im Moment sieht alles danach aus, dass kein Dritter im Zimmer war.«

»Der Beweis wird noch auftauchen«, sagte Lydia.

Manchmal klang sie so überzeugt, dass Jeffrey nicht anders konnte, als zu nicken, selbst wenn er gar nicht ihrer Meinung war.

»Weißt du, in bestimmten Situationen steht ein Mensch so unter Adrenalin, dass er wahre Superkräfte entwickelt.«

»Ja, wenn er bedroht wird«, sagte Lydia und dachte an das Gemälde.

»Oder wenn er unter Drogen steht.«

»Fords Ermittlungen haben ergeben, dass Julian sehr wenig Alkohol und keine verbotenen Substanzen im Blut hatte.«

»Oder wenn er sehr wütend ist«, ergänzte Jeffrey und tastete nach dem Sicherheitsgurt, als der Taxifahrer scharf vom Highway in die Sechsundneunzigste Straße abbog, die Straße, die die Stadt in zwei Hälften teilte. Die Sechsundneunzigste trennte den reichsten Teil Manhattans vom ärmsten, den sichersten vom gefährlichsten. Die Stadt war überall geteilt, doch nirgends war es so krass sichtbar wie hier. Wenn man über die Madison Avenue oder die Park Avenue gen Norden fuhr, konnte man den Wandel mit eigenen Augen sehen. Luxuswohnhäuser, schicke Cafés und Boutiquen wichen heruntergekommenen Wohnblocks und dunklen Gassen, leerstehenden Häusern mit vernagelten Fenstern und Graffiti an den Wänden, Baulücken voller Müll.

»Die wichtigste Frage ist doch«, sagte Jeffrey, »ob es einen anderen Weg ins Haus gibt.«

»Es gibt jede Menge Fragen«, sagte Lydia, die das Kribbeln bis in die Fingerspitzen spürte. »Zum Beispiel: Von wem fühlt Julian sich verfolgt? Von einer realen Person? Oder leidet sie an Wahnvorstellungen?«

»Ja, das auf jeden Fall.«

»Irgendetwas stimmt da nicht«, sagte Lydia und blickte aus dem Fenster.

»Wenn ich jedes Mal, wenn du das sagst, einen Cent bekommen würde …«

»Kriegst du doch«, sagte sie lächelnd.

»Stimmt.«

Jeffrey und seine Partner Jacob Hanley und Christian Striker hatten die Detektei vor fast sieben Jahren gegründet. Alle drei waren ehemalige FBI-Agenten, die genug hatten von der Politik des Büros, von der Paranoia, in der Öffentlichkeit ein gutes Bild abgeben zu müssen. Sie waren effektiver, wenn sie auf eigene Faust arbeiteten.

Sie hatten mit kleinen Fällen angefangen – Versicherungsbetrug, eifersüchtige Ehemänner, Diebstahl durch Angestellte. Später rollten sie für das FBI und das NYPD ungelöste Fälle neu auf, oder sie übernahmen Ermittlungen, bei denen der Polizei die Hände gebunden waren … in diesen Fällen war die Arbeit der Firma natürlich streng geheim. Der erste gemeinsame Fall von Lydia und Jeffrey, die berüchtigten Teenager-Morde, hatte den Durchbruch gebracht. Inzwischen residierte die Firma, die Jeffrey einst in einer Einzimmerwohnung im East Village gegründet hatte, auf einer Wolkenkratzeretage in der Siebenundfünfzigsten Straße und beschäftigte über hundert Mitarbeiter. Sie hatten wahnsinnig viel Erfolg gehabt, nicht zuletzt dank Lydia, die als Beraterin aushalf und sich von der Arbeit zu ihren Bestsellern inspirieren ließ. Als Jacob im letzten Jahr gestorben war, hatten Jeffrey und Christian Lydia angeboten, als Teilhaberin in die Firma einzusteigen.

»Stimmt allerdings«, wiederholte er und ergriff ihre Hand.

Das Taxi hielt vor einem hübschen Sandsteinhaus am Central Park West. Jeffrey bezahlte den Fahrer durch den Schlitz im Glas und gab ihm sogar Trinkgeld, auch wenn der Mann sie beinahe umgebracht hätte. Immerhin waren sie schnell ans Ziel gekommen, und darüber würde Jeffrey sich nicht beschweren. Aus reiner Gewohnheit merkte er sich den Namen – Abdul – und die Lizenznummer des Fahrers. Der Fahrer hatte sich kein einziges Mal zu ihnen umgedreht, nur ganz zum Schluss, um das Geld entgegenzunehmen.

Lydia stieg hinter Jeffrey aus dem Taxi und blickte sorgenvoll zur gynäkologischen Praxis hinauf.

»Vielleicht war das Testergebnis falsch«, sagte sie und blieb zögerlich auf dem Gehweg stehen.

»Vielleicht«, sagte Jeffrey und nahm sie bei der Hand. »Deswegen sind wir hier.«

Doch er hoffte, dass es nicht so war. Er wünschte sich dieses Kind, und im Grunde seines Herzens wusste er, sie wünschte es sich auch. Sie hatte Angst. Doch alles würde in Ordnung kommen, so wie es sein sollte … für sie drei.

SECHS

Die Vergangenheit war unsterblich. Sie hatte geschlafen, doch sie war nie verschwunden. Sie hatte sie all die Jahre verfolgt. Lautlos und geruchlos wie der gerissenste aller Jäger hatte die Vergangenheit ihr aufgelauert, und nun hatte sie zugeschlagen. Eleanor Ross saß in ihrer Dreizimmersuite im Waldorf Astoria an der Fifth Avenue und goss heißen Tee aus einer handbemalten Porzellankanne in die passende Tasse. Der Duft von Oolong stieg auf, stark und köstlich. Eleanor schloss den Deckel wieder und stellte die Kanne auf das Tablett zurück. Sie ließ sich auf das Plüschsofa sinken und trommelte mit ihren langen Fingernägeln auf die dunkle Eichenholzplatte des Sofatischs.

Kurz betrachtete sie ihre Hände mit den lackierten Fingernägeln und der schlaffen, fast transparenten Haut an den Handrücken, unter der sich dicke Adern abzeichneten. Es waren die Hände einer alten Frau. Sie fuhr sich mit den Fingern durchs Haar, spürte trockene, brüchige Strähnen, die zu einem Knoten zurückfrisiert waren. Die Haare einer alten Frau. Seltsam, wie sich das Äußere so drastisch veränderte, man innerlich aber immer dieselbe blieb. Ihre Wahrnehmung, ihr Selbstbild hatte sich kaum verändert, seit sie eine junge Mutter war, obwohl sie sich im Spiegel kaum noch wiedererkannte. Früher einmal war sie schön gewesen, so wunderschön. Groß und schlank, mit langem, dickem rotem Haar und mandelförmigen, strahlend grünen Augen, mit perfekten Brüsten und makellos weißer Haut. Aber all das war längst Vergangenheit … der einzige Teil ihrer Vergangenheit, der vergessen und vorbei war. Die Schönheit war verblasst, doch der Schrecken lebte ungestört weiter.

Heute erschien es ihr lächerlich, gedacht zu haben, sie könnten ihrem Erbe entkommen. Sie stellte sich ihre Tochter in dieser furchtbaren Klinik vor, dachte an die Zwillinge, die im Nebenzimmer schliefen. Die Kinder waren noch unschuldig, doch auch in ihren Augen konnte sie es bereits sehen. In diesen viel zu alten Augen. Wie sie einander manchmal ansahen, wie sie wortlos kommunizierten. Sie hatte versucht, es zu ignorieren, doch sie hatte es zu oft gesehen. Eleanor vermisste ihren Bruder immer noch, auch nach allem, was passiert war. Nun war er schon seit fast zwanzig Jahren tot. Zwischen ihnen gab es eine Verbindung, die nichts und niemand kappen konnte. Nicht einmal die Zeit. Nicht einmal der Tod.

Sie betrachtete die prächtigen Smaragde in der antiken Platinfassung an ihrer linken Hand. Ihr Verlobungsring, das Geschenk eines Mannes, den sie genug geliebt hatte, um ihn zu heiraten. Auch er lebte nicht mehr. Noch bevor sie sich besinnen konnte, lief ihr eine Träne über die Wange. Hastig wischte sie sie ab. Sie stand auf, trat ans Fenster und warf einen Blick auf die Straße hinunter, wo die Leute ihrem normalen Leben nachgingen. Aus einem Gullydeckel quoll weißer Dampf, stieg in Wolken in die Höhe und löste sich in der Kälte auf, lange bevor er den Himmel erreichen konnte. Der Tag war grau, es roch nach Schnee. Der Anblick der Menschen, die von der Arbeit kamen oder Weihnachtseinkäufe erledigten oder sich mit Freunden zum Abendessen trafen, erfüllte sie mit Neid. Wie es wohl sein mochte, nicht unter einem dunklen Schatten zu leben? Sie beruhigte sich mit dem Gedanken, dass auch diese Menschen von irgendetwas gequält wurden, nicht wahr? Ein jeder hatte seine Probleme. Niemand entschied sich freiwillig, im Teufelskreis der Familie stecken zu bleiben, Alkoholiker zu werden, seine Kinder zu schlagen, einer Krankheit zum Opfer zu fallen, im Alter zu vereinsamen und allein zu sterben, nicht wahr?

Das Telefon auf dem Tisch neben dem Sofa klingelte leise, zwei Mal, vielleicht drei Mal, bevor sie es hörte. Sie eilte hin und hob den Hörer ab.

»Hallo«, sagte sie barsch. Sie fürchtete sich vor einer weiteren schlechten Nachricht. Der Telefonhörer lag kalt und schwer in ihrer Hand.

»Ms Ross? Hier spricht Lydia Strong. Ich wollte Ihnen nur sagen, dass wir den Fall übernehmen werden.«

»Da bin ich aber froh«, sagte Eleanor, und sie war es tatsächlich. Die Erleichterung spülte über sie hinweg wie eine warme Welle.

»Da gibt es noch ein paar Formalitäten, die wir klären müssen. Soll ich Ihnen die Unterlagen vorbeibringen lassen, oder möchten Sie ins Büro kommen?«

»Sie haben heute meine Tochter besucht«, sagte Eleanor, ohne auf die Frage einzugehen. »Halten Sie sie für schuldig?«

Schweigen am anderen Ende der Leitung, und dann antwortete die junge Frau: »Nein. Nein, tue ich nicht.«

Eleanor war froh, das zu hören, auch wenn sie nicht wusste, ob sie Lydia Strong glauben konnte. »Ich komme morgen Mittag vorbei, wenn es Ihnen recht ist.«

»Das passt. Dann können wir uns noch ein wenig unterhalten. Ich hätte da noch ein paar Fragen an Sie.«

»Sehr schön«, sagte Eleanor. »Auf Wiederhören.« Sie legte auf und seufzte. Diese Leute konnten ihr Fragen stellen, so viel sie wollten. Sie würden nicht auf jede eine Antwort bekommen.

Lydia klappte Jeffreys Handy zusammen und gab es ihm zurück. Er steckte es ein und nahm ihre Hand. Sie saßen im altrosa gestrichenen Wartezimmer der Frauenarztpraxis. Hier war alles rosa oder geblümt, es roch nach Potpourri. Selbst das Notausgangsschild leuchtete rosa, und der Empfangstresen bestand aus rosa geädertem Marmor. Gegenüber von Lydia saß eine hochschwangere Frau und las in einer Elternzeitschrift. Sie sah jung und sehr zufrieden aus, ihre Wangen glühten vor Gesundheit. Sie saß neben einem jungen Mann, der in einem Wirtschaftsmagazin blätterte. Lydia beobachtete die beiden verwundert. Hatten sie denn gar keine Angst? Sie selbst wäre am liebsten aufgesprungen und schreiend hinausgerannt, doch diese beiden strahlten nichts als Ruhe und Frieden aus. Die junge Frau hob den Kopf, sie musste Lydias Blick gespürt haben. Sie lächelte schüchtern und klopfte sich auf den Bauch. »Ich bin ganz schön dick, was?«, fragte sie, und ihre blauen Augen strahlten. »Nur noch ein paar Wochen.«

Lydia lächelte zurück. »Sie sind wunderschön«, sagte sie, und sie meinte es ehrlich. Der Mann lächelte kurz und schaute wieder in sein Magazin. Nach ein paar Minuten kam eine Arzthelferin, um das junge Pärchen abzuholen. Lydias Blick fiel auf die Lampe neben dem Sofa, auf dem das junge Paar gesessen hatte. Der Specksteinfuß der Leuchte war einer Frauengestalt nachempfunden, in ihrer Bauchfalte lag ein zweiter, kleinerer Stein. *Mutterschaft*.

»Oh Gott«, sagte Lydia und drückte Jeffreys Hand.

»Ich bin da«, sagte er und lächelte nachsichtig.

»Das will ich auch gehofft haben«, entgegnete sie. »Du sitzt in der Falle … inklusive Blitzhochzeit und allem.«

Jeffrey lachte und ließ ihre Hand los, legte ihr einen Arm um die Schultern und zog sie an sich. »Jetzt wirst du mich nie mehr los«, flüsterte er ihr ins Ohr.

SIEBEN

Ford lenkte seinen grünen Taurus in die schmale Einfahrt vor seinem Reihenhaus in Bay Ridge. Er machte sich nicht die Mühe, das Auto in die Garage zu stellen, befestigte aber die Wegfahrsperre am Lenkrad. Er holte die Tüte mit chinesischem Essen aus dem Fußraum und schloss das Auto ab. Diese Dreckskarre würde sowieso niemand stehlen, einer der Gründe, warum er sie fuhr.

Müde und erschöpft schleppte er sich die rote Ziegeltreppe hinauf. Seine Nachbarn rechts und links hatten Lichterketten und Weihnachtsdekorationen aufgehängt, die ganze Straße blinkte in einem kitschigen Durcheinander aus bunten Glühbirnen, Weihnachtsmännern, Rentieren, Schneemännern und Plastikkrippen. Nur Fords Haus sah seltsam vernachlässigt aus. Bis jetzt war der Dezember ungewöhnlich warm gewesen, doch heute war die Luft kalt, zum ersten Mal war ein winterlicher Frost zu spüren. Ford drückte die Fliegentür mit dem Rücken auf, hängte sich die Plastiktüte ans Handgelenk und schob den Schlüssel ins Schloss. Im Haus war es still und dunkel.

Vor einer Ewigkeit waren ihm seine Kinder Katie und Jim – oder James, wie er sich jetzt nannte – aus dem fröhlichen Chaos entgegengesprungen und hatten ihn stürmisch begrüßt. Er hatte Max' dröhnendes Gebell im

Ohr, das Quietschen der Kinder. Seine Frau hatte im Durchgang zwischen Wohnzimmer und Esszimmer gestanden, er konnte ihr vom Gesicht ablesen, ob sie ihm heute Abend die Hölle heißmachen würde oder nicht. Er umarmte sie, es roch nach Abendessen. Aber an diesem Abend war es still im Haus. Max gab es schon lange nicht mehr, sie hatten ihn vor fast fünf Jahren einschläfern lassen müssen. Katie war Kindergärtnerin und lebte mit ihrem Mann und zwei Kindern in Houston, James arbeitete an der Wall Street und wohnte in Battery Park City, er arbeitete »wie ein Sklave« und feierte, »als wäre jeder Tag der letzte«. Jim bekam er noch seltener zu sehen als Katie, dabei lebte sein Sohn nur wenige U-Bahn-Stationen entfernt.

Kaum zu glauben, dass seine Frau Rose schon vor über einem Jahr ausgezogen war. All die Schwierigkeiten, die sie gemeinsam bewältigt hatten, die Hölle, die sie ihm zuliebe durchgemacht hatte, die vielen Streitereien und schlaflosen Nächte, in denen sie auf ihn gewartet hatte, die abgesagten Abendessen und vergessenen Hochzeitstage … und alles nur, weil er Karriere machen wollte. Nach dreißig gemeinsamen Jahren hatte sie die Nase voll gehabt.

»Ich habe noch ein paar gute Jahre vor mir«, sagte sie eines Abends, als er wieder einmal später von der Arbeit nach Hause kam. Sie saß am Küchentisch, neben sich eine Reisetasche und ihren Mantel. »Und *so* möchte ich sie nicht verbringen. Unsere Kinder sind erwachsen und aus dem Haus. Ich habe meinen Job erledigt, ich habe mich immer um die Familie gekümmert.«

Sie hatte ein bisschen Geld gespart und wollte reisen.

Wie sich herausstellte, hatte ihm wohl niemand verraten, dass ein überdurchschnittlich guter Polizist automatisch ein miserabler Vater und Ehemann ist. Er vermisste sie jeden Abend, wenn er in das stille Haus in Brooklyn zurückkehrte, in dem er seit fünfundzwanzig Jahren wohnte, vierundzwanzig davon mit Rose. Wenn er an sie dachte, musste er sich eingestehen, dass er vieles über sie nicht wusste, was ein Mann eigentlich über seine Frau wissen sollte: ihre Lieblingsfarbe, ihr Parfüm, was sie zum Lachen brachte. Bei seinen Mordfällen hatte er auf jedes Detail geachtet und sich Karteien angelegt; an Fälle, die zwanzig Jahre zurücklagen, erinnerte er sich, als wären sie gestern passiert. Aber was Rose betraf – und er schämte sich, es zugeben zu müssen –, so wusste er nicht einmal ihre Kleidergröße.

Ford schaltete das Licht im Flur ein und hängte seinen Mantel in den Schrank. Er betrachtete sich in dem Spiegel an der Innenseite der Tür, vor dem Rose sich früher immer die schwarzen Locken gekämmt und die vollen, weichen Lippen geschminkt hatte, bevor sie aus dem Haus ging. Er sah alt aus, hatte dunkle Augenringe und Bartstoppeln. Sein graumeliertes Haar müsste dringend einmal geschnitten werden. Er war bleich und übergewichtig. Verdammt, er stellte sich nicht einmal mehr auf die Waage. Er wollte die Wahrheit gar nicht wissen.

Er schaltete das Licht wieder aus, lief über den roten Wohnzimmerteppich und das gesprenkelte Linoleum des Esszimmers in die Küche.

Nachdem Rose ausgezogen war, hatte er gemerkt, dass er nicht einmal wusste, wie man die Geschirrspülmaschine bedient. Dass er nicht wusste, wann er das letzte Mal in einem Supermarkt gewesen war oder Wäsche gewaschen hatte. Er war vollkommen hilflos. Zum Glück gab es chinesische Lieferdienste und Waschsalons. Ohne die Asiaten wäre er ständig dreckig und hungrig.

Der Duft von Hühnchen mit Sesam stieg aus den Tüten auf, die er auf dem Küchentresen abstellte. Er wusch sich die Hände und holte einen Teller aus dem Schrank. Es war komisch, nicht auf eine lustige, sondern auf eine traurige und armselige Art, dass er sein ganzes Leben lang versucht hatte, anders zu sein als sein Vater, und dass er nun doch dasselbe Leben führte – einsam und immer in Gefahr, einen Herzinfarkt zu erleiden. Er schaltete den Fernseher ein, trug Teller und Tüte ins Esszimmer, setzte sich und sah sich die Elf-Uhr-Nachrichten an.

Fords Vater, ein irischer Einwanderer, war ein Familientyrann und Alkoholiker gewesen und hatte in keinem Job länger durchgehalten als einen Monat. Sie hatten von Sozialhilfe gelebt und von dem spärlichen Lohn, den Fords Mutter als Verkäuferin bei Macy's verdiente. Sein Vater hatte systematisch versucht, seiner Mutter und seinen Geschwistern das Leben schwer zu machen. Er hatte Ford und seinen älteren Bruder Tony geschlagen, einmal hatte er seine Frau fast umgebracht, bevor sie die Kraft fand, sich die Kinder zu schnappen und ihn zu verlassen. Sein Vater war einsam und allein in einem Zimmer im CVJM-Heim an einem Herzinfarkt gestorben, im Alter von sechsundfünfzig Jahren, und niemand hatte um ihn getrauert.

Sein ganzes Leben lang hatte Ford sich bemüht, das genaue Gegenteil von seinem Vater zu sein. Von seiner Mutter hatte er Disziplin und Fleiß gelernt, und er hatte sich geschworen, dass es seinen eigenen Kindern niemals an etwas mangeln sollte. Er hatte Überstunden gemacht, um seine Familie zu versorgen. Abends trank er prinzipiell nie mehr als ein oder zwei Bier. Aber trotz seiner Anstrengungen, trotz der festen Überzeugung, es richtig zu machen, ganz anders als sein Vater, saß er nun allein hier.

Niemals hätte Ford die Hand gegen seine Kinder erhoben; wenigstens in dieser Hinsicht hatte er es besser gemacht als sein Vater. Und doch waren Katie und James ihm gegenüber höflich, aber reserviert, zwei Fremde, die ihn aus reinem Pflichtgefühl jeden Sonntagabend anriefen und alle paar Monate zu Besuch vorbeikamen. Er nahm es ihnen nicht übel, denn er war kein guter Vater gewesen. Eigentlich war er gar kein Vater gewesen. Und doch war aus den Kindern etwas geworden, Rose sei Dank.

Er wollte gerade den Ton leiser stellen, als er sich selbst auf dem Bildschirm entdeckte. Im Fernsehen sah sein Gesicht noch unvorteilhafter aus als im Spiegel. Er stand unter der kastanienbraunen Markise von Julians Apartmenthaus an der Park Avenue und beantwortete die Fragen der Reporter.

»Bislang«, sagte er gerade zu einer hübschen Blondine, »steht Julian Ross nicht unter Mordanklage.«

Er zuckte zusammen, als er den Klang seiner eigenen Stimme hörte. Vor einem Monat noch wäre sein Partner Frank Benvenuto vor die Presse getreten. Ein gutaussehender Kerl, charismatisch und schlagfertig, der immer gewusst hatte, wie er die Pressekontakte zu seinem Vorteil nutzen konnte. Ford war weniger geschickt. Nun, da Frank im Ruhestand war und Ford noch keinen neuen Partner hatte, musste er sich ganz allein mit diesen Aasgeiern herumschlagen. Er versuchte, den Gedanken zu verdrängen, dass sein Chef ihm nur deswegen noch keinen neuen Partner zugeteilt hatte, weil er annahm, dass auch Ford bald in Rente gehen würde.

»Sind Sie der Meinung, dass die Jury einen Fehler gemacht hat, als sie Julian Ross vor zehn Jahren freisprach?«, fragte die Fernsehreporterin in einem völlig unpassenden, fröhlichen Ton.

»Es gibt keinen Grund zu der Annahme, dass die beiden Verbrechen miteinander in Verbindung stehen«, lautete die unverbindliche Antwort. *Warum fahre ich mir ständig mit den Fingern durchs Haar?*, dachte Ford. Er hasste den Klang seiner eigenen Stimme.

Ford dachte gar nicht daran, in Rente zu gehen. Er hätte nicht gewusst, was er mit so viel Freizeit anfangen sollte. Für Frank war das in Ordnung, der segelte jetzt auf einer zwanzig Meter langen Yacht durch die Karibik, zusammen mit seiner Frau Helen … davon hatte er geträumt, seit Ford ihn kannte. Ford bekam immer neue Postkarten von paradiesischen Orten: »Das smaragdgrüne Wasser ruft dich, mein Freund! Komm und triff uns auf St. Barth!« *Ja, klar. Und dann? Sitze ich rum und trinke Cocktails?*

»Wo ist Julian Ross jetzt?«, fragte die Reporterin.

»Sie wurde an einem geheimen Ort untergebracht und wird psychologisch betreut«, antwortete er.

»Gibt es noch andere Verdächtige?«, setzte die Reporterin nach.

»Nein, zu diesem Zeitpunkt nicht«, sagte er, wandte sich ab und ging zu seinem Dienstwagen, einem Caprice. »Das war's. Kein weiterer Kommentar.«

Als er sich selbst ins Auto einsteigen sah, entdeckte Ford einen großen, kahlen Fleck an seinem Hinterkopf. Seufzend füllte er sich etwas von dem Sesamhuhn auf den Teller, fing mit der Plastikgabel zu essen an. So gesehen konnte er sich glücklich schätzen, den Fall überhaupt bekommen zu haben, auch ohne Partner. Hätte er nicht beim ersten Mord in Julian Ross' Familie ermittelt, müsste er jetzt Leuten wie Piselli und Malone zuarbeiten, zwei jungen Kollegen, die ihm als Assistenten zugeteilt worden waren.

»Wie es aussieht«, sprach die Reporterin in die Kamera, »hat die Polizei noch keine heiße Spur nach dem Mord an Richard Stratton, Ehemann der weltberühmten Malerin Julian Ross. Doch polizeiinterne Quellen haben uns verraten, dass Ross' Verhaftung unmittelbar bevorsteht. Wir werden Sie über jede neue Entwicklung auf dem Laufenden halten. Betsy Storm für ABC News.«

Die Nachrichten reichten aus, um Ford von seinen privaten Problemen abzulenken und wieder über Julian Ross nachgrübeln zu lassen. Der Besuch in Orlando DiMarcos Galerie hatte zu nichts geführt. Der Typ hatte nicht zugeben wollen, dass er ein Verhältnis mit Julian hatte. Doch Ford hatte das Bild auf seinem Schreibtisch gesehen, von dem Lydia Strong gesprochen hatte. Wieder musste er an den Drogensüchtigen von damals denken. Der Zeuge Jetty Murphy hatte seinerzeit einen mysteriösen Fremden beschrieben, der das Haus durch die Hintertür verlassen hatte und in der dunklen Nacht verschwunden war. Es würde kein Problem sein, den Mann noch einmal ausfindig zu machen … dann wiederum könnte es durchaus ein Problem sein, an seine Erinnerungen heranzukommen.

Nachdem Murphy vor drei Jahren im Tompkins Square Park eine ältere Frau vergewaltigt und ermordet hatte, war er als paranoid schizophren diagnostiziert und in ein New Yorker Gefängnis für psychisch kranke Straftäter gesperrt worden. Ein furchtbarer Ort … dagegen war Payne Whitney der reinste Ferienclub. Wer dort landete, wurde nicht gesünder. Ford konnte kaum damit rechnen, dass Jettys Zustand sich verbessert hatte. Doch möglicherweise wäre es einen Versuch wert, er könnte Lydia und Jeff mitnehmen und herausfinden, ob sie beim ersten Mal etwas übersehen hatten.

Ford betrachtete seinen Teller und stellte verwundert fest, dass er das Hühnchen und den Reis restlos verputzt hatte. Er hatte kaum etwas geschmeckt. Er stand vom Tisch auf, warf die Essensverpackungen in den Müll, spülte den Teller und stellte ihn in den Geschirrspüler, neben den von gestern Abend. Er ging zum Kühlschrank, nahm eine Flasche Michelob Light heraus und machte sich auf den Weg zu seinem Arbeitszimmer, das hinter der stöhnenden alten Heizung und der Waschküche im Keller lag.

Sein Arbeitszimmer war eine ausgebaute Abstellkammer. In diesem winzigen Raum hatte er stundenlang über den Fall Ross nachgedacht, hier unten hatte er viele Jahre seines Lebens verbracht. Diesen engen Raum hatte er der Liebe und der Gesellschaft seiner Frau und seiner Kinder vorgezogen. Hier hatte er all seine Energien gelassen, all seine Freizeit, um in den alten Akten längst abgeschlossener Fälle zu wühlen. In diesem Raum hatte er sich voll und ganz seiner Arbeit hingegeben. Nur logisch, dass ihm nichts anderes mehr geblieben war, dachte er und zog an der Schnur, mit der sich die nackte Glühbirne unter der Kammerdecke einschalten ließ.

Der gebeugte, alte Mann trug eine Tüte von Balducci's, einen langen schwarzen Wollmantel und eine karierte Golfermütze. Unbeholfen stieg er am Astor Place aus dem Bus aus. Er bewegte sich langsam und mit gesenktem Kopf, bahnte sich mühsam einen Weg durch die Menschenmenge. Der Gehweg war immer noch überfüllt, dabei war es schon fast Mitternacht.

Er stieg die Treppe zur U-Bahn hinunter und ging bis ans Ende des fast menschenleeren Bahnsteigs durch. Der Straßenlärm drang durch die Tunneldecke bis zu ihm herunter. Die Linie 4/5 donnerte heran und hielt mit metallischem Kreischen, ein paar wenige Passagiere stiegen zu. Nur der alte Mann wartete, setzte sich auf die Bank an der gekachelten Wand. »Zurücktreten, bitte«, rief der Fahrer, und dann rumpelte die U-Bahn davon.

Der alte Mann trat an die Bahnsteigkante, warf einen Blick über seine Schulter und sprang dann so flink und geschmeidig wie ein Jugendlicher auf die Gleise. Er ging am Gleisrand, war immer bemüht, nicht auf die Stromleitung zu treten, und hielt nach den kreisförmigen Lichtern der herannahenden Züge Ausschau. Winzige Schatten huschten durch die Dunkelheit, kleine, rasiermesserscharfe Krallen kratzten über den Beton. Die Ratten störten ihn schon lange nicht mehr. Sie störten ihn kein bisschen.

Den nächsten Zug spürte er mehr, als dass er ihn hörte, und hinter der Biegung sah er zwei Lichter auf sich zukommen. Er setzte sich in Bewegung, fing zu traben an, dem Licht entgegen. Das Geräusch wurde immer lauter, der Zug kam näher, der Mann fing zu rennen an. Sein Herz klopfte, und sein Atem ging stoßweise, als er sich mit einem Satz in einen muffigen, rußigen Tunnel rettete. Der Zug rauschte als tosender Wirbel aus Licht und Lärm vorbei, Jed McIntyre duckte sich in den Durchgang und sah ihn davonrasen. Er lehnte sich an die Betonmauer und schnappte nach Luft, dann setzte er seinen Weg fort. Von der Decke fielen Wassertropfen rhythmisch zu Boden, liefen zu flachen Pfützen zusammen. Vor sich konnte er einen Feuerschein erkennen, das Echo von Stimmen hallte durch den langen Gang.

Unter den Straßen von New York City befand sich eine eigene Welt. Man hatte ihm davon erzählt, als er im Gefängnis saß. Ein paranoid-schizophrener Mithäftling hatte ihm von den Tunneln erzählt. Er hatte dem Kerl kein Wort geglaubt … immerhin waren alle anderen Insassen in der Gefängnispsychiatrie verrückt. Doch dann hatten ihn seine komplizierten Lebensumstände gezwungen, den Gerüchten nachzugehen.

Die Obdachlosen bildeten eine eigene, sehr spezielle Minderheit in New York. Sie taumelten durch die Straßen, schimpften und tranken, bettelten Passanten um Kleingeld an und wurden doch selbst von den gutmütigsten New Yorkern ignoriert, die mit ihnen den Gehweg teilten. Die Leute wollten sich die Existenz der Obdachlosen einfach nicht eingestehen, sie wollten nicht wahrhaben, dass sie selbst nur einen Gehaltsscheck vom selben Schicksal entfernt waren. Die Obdachlosen waren schmutzig und verrückt, man musste sie um jeden Preis ignorieren und meiden, so wie die Ratten. Noch mehr sogar … denn Ratten konnte man vergiften. Jed hatte selbst so gedacht, bis er einer von ihnen geworden war … nun ja, insofern, als dass er keinen festen Wohnsitz mehr hatte.

In einem kleinen Park in der Rivington Street hatte er einen Mann namens Charlie kennengelernt, einen alten Vietnamveteranen mit furchtbarem Mundgeruch und einer ungesunden Vorliebe für Heroin. Charlie hatte Jed McIntyre angesprochen, als der sich besonders verloren fühlte. Die Stadt wimmelte von Cops und FBI-Agenten, die sich Jeds Fahndungsfoto ans Armaturenbrett geklebt hatten; er hatte sich nur bei Dunkelheit bewegen können, durch Hintergassen, hatte sich als Obdachloser verkleidet und zwei Nächte in der U-Bahn geschlafen. Er hätte genug Geld gehabt, um im Waldorf Astoria oder sonst wo abzusteigen, doch er wagte es nicht, ein Hotel zu betreten, geschweige denn einen Flughafen oder einen Bahnhof. Er hatte sich auf einer Parkbank zusammengekauert und schlafend gestellt, als er das Klappern von Dosen in einem Einkaufswagen hörte und einen widerlichen Geruch wahrnahm … eine merkwürdige Mischung aus Urin und Fußfäule. Er öffnete die Augen und blickte in das schmutzige Gesicht seines Retters.

»Anfänger, was?«, sagte Charlie, setzte sich neben ihn und zog den Einkaufswagen in einer besitzerischen Geste dicht an sich.

Jed McIntyre hatte nur genickt und den Mann misstrauisch beäugt. Er konnte sich nicht erinnern, wann er das letzte Mal von einem Fremden angesprochen worden war. Ganz kurz fragte er sich, ob Charlie vielleicht ein verdeckter Ermittler war. Doch dann merkte er, dass der Mann dafür viel zu ungepflegt war; dem Geruch nach lebte er seit Jahren auf der Straße und badete nie. So überzeugend konnte kein Cop die Rolle spielen.

»Ich bin Charlie«, sagte der Alte und streckte Jed McIntyre eine schwielige Hand entgegen. Die Fingernägel starrten vor Dreck. Jed McIntyre ignorierte die Geste. Charlie zog seine Hand unbeeindruckt zurück.

»Tja, bald fängt es zu regnen an«, verkündete er salbungsvoll. »Bald wird es kalt. Hast du schon einen Plan?«

Jed McIntyre schüttelte den Kopf.

»Ich kenne einen Platz, da wärst du sicher … na ja, sicherer als in den Obdachlosenheimen. Du musst dir etwas Eigenes suchen, verstehst du? Hast du Geld?«

»Ein bisschen«, antwortete Jed McIntyre. Er war neugierig geworden.

»Könntest du einem alten Mann unter die Arme greifen?« Charlie schien unter Entzugserscheinungen zu leiden, er wippte mit dem Fuß und malmte mit dem Kiefer, als kaute er ein unsichtbares Kaugummi.

Und so einigten sie sich auf einen Handel … auch wenn das Geschäft ganz anders endete, als Charlie gedacht hatte. Nachdem Charlie Jed McIntyre von den Tunneln erzählt hatte, wie man hineingelangte und an wen man sich dort wenden musste, steckte Jed McIntyre eine Hand in die Manteltasche, wie um nach Geld zu suchen. Blitzschnell zog er eine Rasierklinge heraus und rammte sie dem alten Mann in die Kehle. Charlie machte keinen Mucks, Jed McIntyre bildete sich sogar ein, der Alte hätte ihn dankbar angesehen, so als hätte Jed ihm einen Gefallen getan und ihn erlöst. Jed blieb sitzen, bis der Mann kein Lebenszeichen mehr von sich gab; seine

Augen starrten in die Ferne. Einem Junkie war nicht zu trauen.

So hatte Jed McIntyre endlich ein neues Zuhause gefunden, einen geheimen Ort, ein sicheres Versteck vor der verrückten Welt da oben. Katakomben, Netze aus Tunneln, die sich kilometerlang hinzogen und zehn, manche behaupteten sogar zwanzig, Ebenen tief reichten. Überall gab es Nischen, Hohlräume, Brücken, Vorsprünge und Laufstege, eine Million Verstecke, wo man sich ein sicheres Nest bauen konnte, ungestört vom Trubel an der Oberfläche. Anfangs hatte er sich ein wenig gefürchtet und sich unwohl gefühlt. Aber die Dunkelheit und die Stille hatten ihn dann doch überzeugt … und außerdem, vor wem hätte Jed McIntyre sich denn fürchten sollen? Wer war perverser, niederträchtiger, verrückter, mörderischer als er selbst?

Er bog ein weiteres Mal ab und näherte sich dem Abschaum, der am Grund eines Schachtes um ein Feuer versammelt saß. Jed McIntyre wollte kein Teil der Gemeinschaft sein, die sich hier unten gebildet hatte. Er redete höchstens mit diesen Leuten, um Informationen zu sammeln, nach dem Weg zu fragen und sich immer besser zurechtzufinden. Er hatte den anderen einiges voraus. Zum einen besaß er Geld, zum anderen war er cleverer als sie. Hinzu kam, dass die meisten sich instinktiv vor ihm fürchteten. Wer da oben überlebt und es bis hierher geschafft hatte, besaß zwangsläufig ein gutes Bauchgefühl. Die Tunnelmenschen konnten das Böse riechen wie einen fauligen Gestank. So bekam er von ihnen, was er wollte, und ganz nebenbei hatte er etwas Wichtiges über die Tunnel gelernt.

Er würde sich eine Weile in seiner Nische ausruhen und dann seine Erkundung der Katakomben, wie er sie nannte, fortsetzen. Die Tunnel erinnerten ihn an Paris und die Knochen unter Montparnasse. Ein gewisser Graf von Artois, der spätere König Karl X., hatte vor der Französischen Revolution wilde Orgien in den dortigen Katakomben gefeiert. So wie Jed McIntyre hatte wohl auch er den Tod sehr reizvoll gefunden – natürlich nur den Tod der anderen.

Jed erreichte sein Zuhause. Hier herrschte absolute Stille. Er kletterte eine schmale Metalltreppe hinauf, zog einen Schlüssel aus der Tasche und öffnete das Vorhängeschloss, das er bei Big K gekauft hatte. Die Tür quietschte laut, das Echo hallte durch den Tunnel wie ein menschlicher Schrei.

Er trat ein, schaltete die akkubetriebene Laterne ein und sicherte die Tür von innen mit dem Vorhängeschloss, jedoch ohne den Schlüssel abzuziehen – nur für den Fall, dass er schnell fliehen musste. Sein kleines Privatreich hatte nur diesen einen Eingang, deswegen fühlte er sich hier relativ sicher. Aber man konnte nicht vorsichtig genug sein.

In derselben Big-K-Filiale hatte er auch eine Luftmatratze und hübsches Bettzeug gekauft, dazu Decken und ein Kissen aus der Martha-Stewart-Kollektion. Lydias Werke standen an der Wand aufgereiht, daneben Bücher über die Geschichte von New York und sein U-Bahn-Netz sowie einige Informatikratgeber. Jed wollte schließlich auf dem Laufenden bleiben. Er mochte sein kleines Nest.

Er setzte sich auf den Boden und holte Gänseleberpastete und eine Packung Cracker aus der Balducci's-Tüte.

Er hatte auch noch andere Köstlichkeiten gekauft, doch die würde er sich für später aufbewahren. Mit einem Plastikmesser schmierte er etwas Pastete auf einen Cracker, ließ sich den würzigen Happen auf der Zunge zergehen und starrte an die Wand. Sie war bedeckt von braunen Papierservietten, die er mit Klebeband befestigt und mit Kohlestift bemalt hatte. Er führte detailliert Buch über seine Wanderungen durch die Katakomben, notierte sich, wie die Tunnel und Etagen miteinander verbunden waren und welcher Schacht zu welcher New Yorker Straße hinaufführte. Seinen Berechnungen zufolge befand sich sein kleines Zuhause ziemlich genau unter Lydias und Jeffreys Gebäude in der Great Jones Street.

Gerüchten zufolge führte einer der Tunnel direkt in das Gebäude hinein, angeblich gab es unzählige dieser Zugänge. Sie waren während der Prohibitionszeit gegraben worden, damit die Schnapsbrenner ihre illegale Ware unters Volk bringen konnten, ohne von der Polizei erwischt zu werden. Bis heute hatte er keinen einzigen dieser Zugänge gefunden, er war sich nicht einmal sicher, ob sie tatsächlich existierten. Doch er fand die Vorstellung einer dunklen Unterwelt, die durch geheime Portale mit der Welt dort oben verbunden war, zu verlockend; er stellte sich unbewachte Zugänge vor, durch die die Dämonen ins Leben der Menschen eindringen, sich ein Opfer schnappen und unbemerkt wieder verschwinden konnten. Allein der Gedanke ließ ihn vor Wonne erschaudern.

Dax Chicago liebte Lydia Strong. Nicht auf eine romantische oder sexuelle Weise. Nein, die Frau würde ihn verrückt machen. Er liebte sie wie eine Freundin, und das war für Dax die stärkste Liebe. Jeffrey liebte er ebenso, das Gefühl war eine Mischung aus glühender Loyalität und tiefer Zuneigung. Weil sie bedroht wurden, weil ihr Leben und ihr Glück in Gefahr waren, fühlte er sich ebenso bedroht; außerdem hatte er seit jener Nacht, als Jed McIntyre ihm entwischt war, das Gefühl, etwas wiedergutmachen zu müssen.

Jeffrey hatte Dax zu Recht gewarnt. »Du darfst ihn nicht unterschätzen«, hatte er gesagt. »Er ist nicht so dumm, wie er aussieht.« Dax hatte nicht zugehört. Ja, Jed McIntyre hatte damals Hilfe von außen bekommen. Trotzdem. Wenn Dax vorsichtiger gewesen wäre ... Dax betrachtete es als seine Pflicht, das Ganze wieder in Ordnung zu bringen, und zwar so schnell wie möglich.

Er lenkte seinen Range Rover in die Zehnte Straße. Die Nachtluft war eisig, die Kälte kroch in seine Jackenärmel und in seinen Kragen, er spürte sie bis in die Knochen, obwohl die Heizung des Range Rover voll aufgedreht war. Die Prostituierten und Transvestiten, die in Minirock und Netzstrümpfen am Straßenrand ausharrten, taten ihm leid. Für die Streuner dieser Welt hatte er immer schon eine Schwäche gehabt, für die gebrochenen und kaputten Menschen. Manche Leute, fand Dax, hatten im Leben einfach nie eine Chance bekommen.

Er sah, wie sie sich im orangefarbenen Licht der Straßenlaternen zur Schau stellten, auf und ab stolzierten. Ihre leuchtend bunte Glitzerkleidung bildete einen krassen Kontrast zu den grauen Gebäuden und den düsteren Toreinfahrten. Manche der Prostituierten sahen aus der Ferne ganz okay aus, aber wenn man ihnen näher kam, wirkten sie ungepflegt und zehn Jahre älter, als sie tatsächlich waren, zerstört von Drogen und Sex. Doch keiner kannte die Straßen so gut wie diese Leute, niemand wusste besser als sie, was wo passierte.

Er drehte an der Klimaanlage herum, stellte das Gebläse neu ein, obwohl er wusste, dass die Heizung mit voller Stärke lief; an diese verdammte Kälte würde er sich einfach nicht gewöhnen. Seine starken Hände hielten das Lenkrad fest umklammert, während er die Reihe der Frauen und Möchtegernfrauen abscannte. Er suchte eine ganz bestimmte. Während er langsam vorbeirollte, pfiffen und riefen sie, gingen neben dem Auto her. Eine kleine Frau mit orangerotem Haar und roter Lederhose zeigte ihm den Stinkefinger, weil er nicht stehen blieb. Er konnte ihr Alter nicht einschätzen, versuchte den Gedanken zu verdrängen, dass sie vielleicht erst ein Teenager war. Er fuhr langsam genug, um ihr in die Augen zu sehen. Sie waren jetzt schon tot, als sei das vorzeitige und traurige Ende dieser Frau längst beschlossene Sache.

Schließlich entdeckte er sie. Sie stand mit hochgezogenen Schultern in der Kälte neben einer Mülltonne, die hellblonde Perücke reichte ihr bis an die schmale Taille, ihre langen, wohlgeformten Beine steckten in roten Strümpfen und schwarzen Plateauschuhen. Sie trug Hotpants und eine kurze Kunstfelljacke in Knallrosa. Der Reißverschluss war weit genug geöffnet, um das Lederbustier darunter hervorblitzen zu lassen. Dax fuhr an den Straßenrand und ließ die Seitenscheibe herunter. Sie schlenderte auf das Auto zu, legte einen Unterarm aufs Wagendach und beugte sich in Nuttenmanier zu ihm hinunter.

»Dax. Ich habe dich vermisst«, sagte sie mit tiefer, heiserer Stimme.

»Du könntest dich mal wieder rasieren, Danielle«, sagte Dax lächelnd und öffnete die Türverriegelung.

»Ich habe eine lange Nacht hinter mir«, jammerte sie und schob ihre einen Meter achtzig lange Gestalt so anmutig wie eine Prinzessin auf den Beifahrersitz. Dax reichte ihr einen Hundertdollarschein, den sie sofort in ihre kleine rosa Handtasche stopfte.

»Ach, Schätzchen«, sagte Danielle. »Das ist doch nicht nötig.«

»Das ist das Mindeste«, antwortete Dax und wich ihrem Blick aus. In Danielles Gegenwart fühlte er sich befangen; sie war ein schwarzes Loch, das alle Energien aufsaugte und nichts als Bedürftigkeit und Elend ausstrahlte, und Dax wusste, dass er sie letztendlich nicht retten konnte. Er sollte auf Abstand bleiben.

»Da hast du recht, Cowboy«, sagte sie und wirkte plötzlich angespannt. Sie spürte seine Befangenheit und war gekränkt. »Aber was ich für dich habe, wird dich ein bisschen mehr kosten.«

»Erzähl mir, was du für mich hast, und dann entscheide ich, wie viel es mir wert ist.«

Sie lachte ein tiefes, herzliches Lachen … ein Männerlachen. Dann machte sie Anstalten, aus dem Auto auszusteigen.

»Okay, okay. Wie viel?«, fragte er.

»Fünfhundert«, antwortete sie.

Er zog das Geld aus der Brusttasche seiner Lederjacke, reichte es ihr und sah es in ihrer Handtasche verschwinden. Als sie ihm die Scheine aus der Hand zupfte, spürte er die Schwielen an ihren Fingern. Er hatte ohnehin vorgehabt, ihr das Geld zu geben. Sie machte es sich auf dem Beifahrersitz bequem, streckte die Finger nach dem Gebläse aus und rieb sich die Hände.

»Also schön, Danielle, komm auf den Punkt«, sagte Dax ungeduldig. »Erzähl mir, was du weißt.«

»Oh, ich liebe deinen Akzent! Er ist ja so sexy. Lad mich zu McDonald's ein, bestell mir einen Big Mac und Fritten, ja? Ich bin am Verhungern. Ich erzähle dir alles beim Essen.«

Danielles Gesicht war ein Trümmerfeld. Ihre Nase war gebrochen und nie richtig verheilt, so dass ein Höcker den Nasenrücken verunzierte. Ihre violettblauen Kontaktlinsen wirkten in Kombination mit ihrer dunklen, vernarbten Haut irgendwie gruselig. Dax bemerkte, dass ihre Lippen und ihre Hände zitterten, und seine Ungeduld schlug in Mitleid um. Er ließ den Motor an und fuhr los. Es würde eine lange Nacht werden.

ACHT

Noch nie hatte Lydia ihre Toilettenschüssel so oft aus der Nähe gesehen wie in den letzten Tagen. Besonders morgens hatte sie das Gefühl, als würde ihr ein Alien die Eingeweide aus dem Leib reißen. Sie fühlte sich schwach und müde, kam aber nachts nicht zur Ruhe. Sie hatte von Julian geträumt und von dem Gemälde, konnte sich aber an nichts weiter erinnern, als sie schweißgebadet und mit einem unguten Gefühl im Magen aufgewacht war. Sie lehnte die Stirn an den Schüsselrand und machte sich auf den nächsten Schwall gefasst, als sie voller Dankbarkeit spürte, wie die Übelkeit nachließ.

»Ist alles in Ordnung?«, fragte Jeffrey, der ins Badezimmer gekommen war, neben ihr kniete und ihr eine Hand auf den Kopf legte.

»Geht schon«, sagte sie und versuchte zu lächeln. Sie blickte in seine Augen und sah, wie glücklich er war, und das machte auch sie glücklich.

Sie riss sich zusammen, stand vom Marmorfußboden auf, lehnte sich ans Spülbecken und untersuchte ihr Gesicht im Spiegel. Jeffrey stellte sich hinter sie und lächelte sie an. Er war schon angezogen, trug ein marineblaues Oxfordhemd von Ralph Lauren, eine dunkelgraue Hose, einen schwarzen, italienischen Ledergürtel mit gebürsteter Metallschnalle und passende Schnallenstiefel.

Während sie sich die Zähne putzte und das schwarze Haar kämmte, benutzte er ihr Haargel.

»Trinkst du einen Kaffee mit mir, bevor ich losmuss?«, fragte er und umarmte sie von hinten.

»Klar«, sagte sie und trudelte hinter ihm die Treppe hinunter, immer noch in ihrem lila Seidenpyjama. In wenigen Stunden würde sie sich mit Eleanor Ross in der Firma treffen, bis dahin würde sie das Internet nach Informationen über Julian Ross und ihre Vergangenheit durchforsten. Dax saß auf dem Sofa, hatte die Füße auf den Tisch gelegt und schaute die *Today Show*.

»Wann bist du denn gekommen?«, fragte Jeff.

»Vor ein paar Minuten«, sagte Dax, ohne die Augen vom Fernseher zu nehmen. »Ich habe Kaffee gemacht.«

»Er hat einen Schlüssel?«, fragte Lydia.

»Ich dachte, es wäre eine gute Idee«, antwortete Jeff achselzuckend.

»Meine Güte, warum zieht er nicht gleich hier ein? Er könnte Miete bezahlen.«

»Katie Couric ist wirklich scharf, wisst ihr. Macht voll auf das sexy Mädchen von nebenan«, sagte Dax.

»Und, wo warst du gestern, Dax?«, fragte Lydia und holte zwei Kaffeebecher aus dem Küchenschrank. Auf dem Weg zum Diner war er von einem Unbekannten angerufen worden. Während des dreißigsekündigen Gesprächs hatte er hauptsächlich gebrummt. Dann hatte er aufgelegt und gesagt: »Ich muss los. Bis morgen.« Er war ohne jede weitere Erklärung losmarschiert und hinter der nächsten Ecke verschwunden.

»Geht dich verdammt noch mal nichts an«, sagte er grantig. »Mein Gott, bist du neugierig.«

»Du bekommst einen Anruf und bist plötzlich verschwunden wie James Bond auf einer Mission?«

»Ich habe auch noch andere Klienten, weißt du«, sagte er, kam in die Küche, schenkte sich Kaffee nach und gab die Kanne an Lydia weiter. »Du bist nicht das Zentrum meines Universums«, fuhr er fort und tätschelte ihre Wange. »Ich weiß, für dich ist so was schwer zu verstehen.«

»Ach, komm schon, Dax«, sagte sie, »verrate es mir. Tu nicht so geheimnisvoll. Das halte ich nicht aus.« Die Neugier auf sein Leben und seine Vergangenheit quälte sie wie ein Juckreiz an einer unerreichbaren Stelle. Sie füllte die Becher mit Kaffee, stellte die Kanne in die Maschine zurück. Sie wollte sich gerade wieder Dax zuwenden, als sie von einer weiteren Welle der Übelkeit erfasst wurde. Sie drehte sich um, lief ins Gästebad und knallte die Tür hinter sich zu. Sobald sie verschwunden war, drehte Dax sich zu Jeffrey um und raunte: »Ich habe eine Spur.«

Jeffrey zog die Augenbrauen hoch. Sie hatten vereinbart, sich persönlich darum zu kümmern, sollten sie einen Hinweis auf Jed McIntyre bekommen – ohne das FBI und ohne Lydia.

»Eine heiße?«

Dax zuckte die Achseln. »Ich glaube schon. Wir sollten dem Tipp nachgehen. Lieber früher als später.«

»Lydia trifft sich heute mit Eleanor Ross. Lass uns später weiterreden.«

Dax nickte, Lydia wankte herein. Sie hielt sich den Bauch, sah bleich und verschwitzt aus. Stöhnend ließ sie sich auf das Sofa sinken. »Dieses Kind macht mich jetzt schon fertig.«

»Ach, weißt du«, sagte Dax, setzte sich neben sie und legte ihr einen Arm über die Schultern, »du strahlst gar nicht vor Gesundheit wie die anderen Schwangeren.« Er drückte sie aufmunternd.

»Halt die Klappe, Dax.«

Lydias Büro war mehr oder weniger vollständig aus ihrem mittlerweile verkauften Haus in Santa Fe nach New York gebracht worden und nahm den größten Raum im unteren Geschoss der Wohnung ein. Nach Süden ging es auf die Great Jones Street hinaus, die Außenwand bestand zum Großteil aus Glas. Alle anderen Wände waren von deckenhohen Bücherregalen bedeckt, in denen sich alles angesammelt hatte, was Lydia in den letzten Jahren gelesen oder geschrieben hatte. Gegenüber vom Schreibtisch stand ein riesiges rostrotes Ledersofa mit passendem Sessel, davor ein niedriger Holztisch aus Mahagoni. Die Tischplatte hatte im achtzehnten Jahrhundert in einem spanischen Schloss als Tür gedient.

Das Arbeitszimmer war ihr Rückzugsort, ihr Kokon. Lydia ließ sich in den schwarzen Ledersessel fallen und schaltete ihren Laptop ein, lauschte auf die gedämpften Geräusche, die von der Straße heraufdrangen und durch die schallgedämpften Fenster kaum noch zu hören waren. Die Duftkerze auf dem Schreibtisch verströmte das Aroma von Jasmin, obwohl sie nicht einmal brannte. Hinter dem Schreibtisch hingen alle möglichen Auszeichnungen an der Wand, die wichtigste davon war Lydias Pulitzerpreis. Dazwischen fanden sich ausgesuchte Schwarz-Weiß-Fotografien: eine mit Lichterketten geschmückte, mexikanische Lehmkirche vor einem dunklen Himmel, das Porträt, das Herb Ritts im Auftrag der *Vanity Fair* von Lydia gemacht hatte und auf dem sie zu ihrer großen Freude geheimnisvoll und melancholisch aussah, schelmisch und weise. Nach dem Shooting war sie überrascht gewesen, wie souverän sie auf den Bildern wirkte, wo sie sich doch eigentlich so verloren fühlte. Zum Glück sah man es ihr nicht an.

Hier in ihrem Büro war sie frei. Hier musste sie nicht über Jed McIntyre nachdenken oder über ihre Schwangerschaft. Sie brauchte nichts weiter zu tun, als sich auf den aktuellen Fall zu konzentrieren, dem Kribbeln nachzugeben und die Puzzleteile zusammenzusuchen. Es war wie eine Droge, sie floh vor der Realität, indem sie in das Leben eines anderen Menschen abtauchte.

Sobald der Laptop eingeschaltet war, flogen ihre Finger über die Tastatur. Lydia gab Julian Ross' Namen in die Suchmaschine der Detektei ein und erzielte über tausend Treffer. Die alten Berichte über den Mord an Julians erstem Ehemann interessierten Lydia weniger. Aus Fords Akten und Jeffreys Erzählungen würde sie mehr erfahren als online. Sie wusste selbst nicht genau, wonach sie suchte. Sie suchte einfach nur. Sie würde es spüren, wenn das Richtige auftauchte ... wenn der vertraute Adrenalinstoß durch ihre Adern fuhr.

Sie überflog Kunstkritiken, Porträts, Klatschkolumnen, eine Hochzeitsanzeige. Die Fotos erstaunten Lydia. Eine strahlende, fotogene Julian zeigte sich mal lachend und tanzend, mal ernst mit durchdringendem, hellwachem Blick; sie gab Interviews; sie ging mit ihren Kindern im Washington Square Park spazieren, ihren Ehemann an ihrer Seite.

Lydia fand mehrere Fotos, die Julian und Richard Stratton zusammen zeigten. Er wirkte viel mehr wie ein Vater als wie ein Ehemann, war eine elegante Erscheinung mit grauen Schläfen, hoher Denkerstirn und kühlem Blick gewesen. Auf einem Bild stand das Ehepaar in Tenniskleidung auf dem Rasen einer Villa am Hudson, auf einem anderen hatte es sich für ein Event im Guggenheim schick gemacht. Ein Paparazzofoto zeigte die Familie beim Shoppen auf der Fifth Avenue. Drei unterschiedliche Situationen, aber die Körpersprache blieb auf jedem Foto gleich. Richard Stratton hatte beschützerisch einen Arm um ihre Schulter gelegt oder ihre Hand in seine genommen. Julian schien auf Abstand zu gehen oder schaute in eine andere Richtung. Auf dem Paparazzofoto schien sie vor seiner Berührung zurückzuschrecken, ihr sehnsüchtiger Blick verriet, dass sie am liebsten woanders wäre.

Doch insgesamt wirkte die Julian Ross, die Lydia hier auf Schnappschüssen und gestellten Porträts zu sehen bekam, mindestens zufrieden, wenn auch nicht überglücklich. Sie schien ihr Leben als Mutter, Künstlerin und Ehefrau im Griff zu haben. Diese Frau hatte nichts mit der kaputten, verzweifelten Gestalt zu tun, die Lydia in der Klinik kennengelernt hatte.

»Was ist mit dir passiert?«, flüsterte sie.

Sie klickte einen Artikel der *New York Times* an, der den Titel »Hausbesuch bei Julian Ross« trug. Ein Farbfoto von Julian offenbarte ihre zarte Schönheit; sie saß im hellen Sonnenlicht, das durch die hohen Fenster der Maisonettewohnung einfiel, auf dem roten Samtsofa. Ihre kleinen Zwillinge, die Kinder sahen sich zum Verwechseln ähnlich, saßen rechts und links von ihr. Sie waren ihr wie aus dem Gesicht geschnitten – die zarten Gesichtszüge, die grünen, klugen, unergründlichen Augen. Von Richard Stratton war in diesen Gesichtern keine Spur zu sehen. Die Kinder starrten in die Kamera wie hypnotisiert. Das kleine Mädchen, Lola, nuckelte am Daumen. Als Lydia das Foto sah, krampfte sich ihr Magen zusammen. Die Kinder strahlten etwas Übersinnliches aus. Es war beinahe … gruselig.

Sie las den Artikel, eine Lobeshymne auf Julian, die angeblich so wunderbar, so talentiert, so unverwüstlich war in ihrer Fähigkeit, sich von Schicksalsschlägen zu erholen. Die Frage, wer Tad ermordet hatte, wurde nicht gestellt. Der Artikel konzentrierte sich auf Julians Auseinandersetzungen mit den konservativen Kunstprofessoren an der Tisch School of the Arts, ihr Studium in Paris und Florenz, auf ihre Grundschullehrerin, die in ihrer kleinen Heimatstadt im Norden von New York auf das talentierte Kind aufmerksam geworden war. Der Ort hieß Haunted, ausgerechnet.

Der passende Ort, um Kinder großzuziehen, dachte Lydia und stellte sich abgestorbene Bäume und verfallene Friedhöfe vor.

Sie warf einen Blick auf die kleine Uhr in der Bildschirmecke und stellte fest, dass sie jedes Zeitgefühl verloren hatte. Sie würde sich beeilen müssen, wollte sie den Termin mit Eleanor Ross einhalten. Doch eine Sache musste sie vorher noch schnell erledigen. Sie gab »Haunted, New York« in die Suchmaske ein. Die Zahl der Treffer war begrenzt, und so fand Lydia auf Anhieb, wonach sie gesucht hatte. Sie stutzte, lehnte sich zurück, schnappte nach Luft, und das Kribbeln breitete sich in ihrem ganzen Körper aus.

»Wusstet ihr, dass 1965, Julian war gerade fünf Jahre alt, ihr Vater Jack ermordet wurde? Und dass Eleanor vor Gericht stand und freigesprochen wurde?«, sagte Lydia in ihr Handy. Sie saß im Taxi und war auf dem Weg nach Uptown. Sie hatte Jeff und Ford in der Leitung.

Die Männer schwiegen, schließlich sagte Ford: »Oh. Nein. Stimmt das? Wo hast du das her?«

»Ich habe es im Internet gefunden, in einem Lokalzeitungsarchiv. Ich habe den Artikel ausgedruckt. Habt ihr euch während der letzten Mordermittlungen mit Julian Ross' Kindheit befasst? Oder ging es eher um die forensischen Analysen und die Zeugenaussagen?«

»Na ja, ich muss zugeben«, sagte Jeffrey, »dass wir uns ziemlich auf die Gegenwart konzentriert hatten.«

»Wie wurde er ermordet?«, fragte Ford.

»Auf dieselbe Weise wie Tad Jenson und Richard Stratton. Brutal abgeschlachtet. Eleanor wurde aus denselben Gründen freigesprochen wie Julian ein paar Jahrzehnte später. Die Geschworenen hielten sie für unschuldig. Niemand konnte glauben, dass eine Frau, noch dazu eine so zierliche, körperlich zu dem Verbrechen in der Lage gewesen wäre.«

Der Taxifahrer drückte sinnloserweise auf die Hupe, während er sich durch den Berufsverkehr von Midtown quälte. Die Fahrer der Autos, die vor und hinter ihnen im Stau feststeckten, taten es ihm gleich.

Sie hörte Ford am anderen Ende der Leitung laut seufzen. »Meine Güte … wie konnten wir das übersehen?«

»Und, was schlägst du vor?«, fragte Jeffrey. »Glaubst du, dass der mysteriöse Killer fünfunddreißig Jahre später wieder zugeschlagen hat?«

»Ich glaube, dass es sich lohnt, der Sache nachzugehen. Das Verbrechen geschah in einer Stadt namens Haunted, New York.«

»*Haunted*?«, sagten beide Männer wie aus einem Mund.

»Ja.«

»Lydia, ehrlich gesagt«, sagte Ford, »kenne ich den Ort. Er liegt ziemlich weit nördlich, neben dem New Yorker Staatsgefängnis für psychisch kranke Straftäter …«

Als Lydia den Namen der Institution hörte, in der Jed McIntyre jahrelang eingesessen hatte und aus der er letztendlich entkommen war, drehte sich ihr der Magen um.

»Ich werde heute Nachmittag hinfahren«, sagte Ford. »Wer kommt mit?«

»Was willst du da oben?«

»Mit Jetty Murphy reden. Jeffrey, sicher erinnerst du dich an ihn? Er war der Augenzeuge, der den Unbekannten aus dem Haus hat kommen sehen.«

»Er ist ein Junkie, Ford.«

»Ja, und inzwischen auch ein Mörder und Vergewaltiger. Aber er hat zwei Augen. Es schadet nichts, noch einmal mit ihm zu sprechen. Man kann nie wissen.«

»Ich komme mit, Ford«, sagte Lydia. »Wenn wir einen Zwischenstopp in Haunted einlegen.«

»Lydia«, sagte Jeffrey, »hältst du das wirklich für eine gute Idee?« Sie hörte die Besorgnis in seiner Stimme, sah ihn in Gedanken die Stirn runzeln und mit dem Füller auf die Tischplatte klopfen.

»Jed McIntyre ist nicht mehr dort, Jeffrey. Außerdem wird das Gefängnis der Ort auf der Welt sein, an den er mich nicht verfolgen wird.«

»Oh, verdammt, Lydia. Es tut mir leid«, sagte Ford, der sich für seine Gedankenlosigkeit schämte.

»Ist schon gut«, sagte sie und ärgerte sich darüber, wie eine zerbrechliche Puppe behandelt zu werden. »Hol mich um eins im Büro ab.«

»Bis später. Jeffrey, mach dir keine Sorgen, ich passe auf sie auf.« Ford legte auf.

»Ist das wirklich in Ordnung für dich?«, fragte Jeffrey.

»Ich habe dir versprochen, mich nicht in Gefahr zu bringen, und ich habe es ernst gemeint. Vertraue darauf, dass ich selbst auf mich aufpassen kann, okay?«, sagte sie.

»Weiß ich doch«, sagte er. Doch sie glaubte ihm kein Wort. Sie wusste, dass er sie für rücksichtslos stur hielt. Und manchmal war sie das vielleicht auch.

»Bis gleich.«

Nach dem Telefonat fühlte sie sich ruhelos und eingesperrt. Sie kam nicht damit zurecht, dass sie sich nicht frei bewegen durfte. Geh da nicht hin, denk an Jed McIntyre, tu das nicht, du bist schwanger. In ihr brannte die kleine Flamme der Rebellion, sie spürte den brennenden Wunsch, sich gegen die Fesseln zu wehren. Und sie spürte einen Migräneanfall aufziehen.

»Mach dir keine Sorgen«, sagte Dax, der neben ihr saß. Manchmal wurde er so still, dass sie ganz vergaß, dass er noch da war. Sie drehte sich zu ihm um und begegnete seinem ernsten Blick. »Bald ist das alles vorbei. Das habe ich im Gefühl.«

Sie wusste, dass er von Jed McIntyre sprach. Manchmal

konnte er sich überraschend gut in sie hineinversetzen. Sie musste lächeln.

»Du hast recht«, log sie. »Ich fühle es auch.«

Als Lydia und Dax in der Firma ankamen, saß Eleanor Ross schon an Lydias Schreibtisch und füllte Formulare aus … Honorarvereinbarung, Haftungsausschluss und so weiter. Lydia wurde bewusst, dass sie zum ersten Mal eine eigene zahlende Klientin hatte. Normalerweise übernahm sie ihre Fälle aus anderen Motiven – aus Intuition, aus einem Gefühl heraus. Irgendetwas weckte ihr Interesse, sie ließ sich darauf ein und riss Jeffrey mit sich ins Chaos.

Sie stieß die Glastüren auf. Heute trug sie einen langen schwarzen Kaschmirmantel, schwarze Jeans und einen roten Strickpullover von Calvin Klein mit weitem Schalkragen. In einer großen Schultertasche aus Leder schleppte sie ihr »halbes Leben« mit sich herum – ihren Palm Pilot, ihre Beretta, eine Haarbürste.

Bevor sie in ihrem Büro verschwand, fragte sie Dax: »Und, was wirst du in der nächsten Stunde machen?«

Es war ein Wink mit dem Zaunpfahl. Das Gespräch mit Eleanor wollte sie lieber allein führen. Sie hatte keine Lust, dass er die ganze Zeit mit mürrischem Gesicht in der Ecke saß, während sie der alten Frau die Informationen einzeln aus der Nase zog.

»Keine Ahnung«, murmelte er geistesabwesend und mit einem Blick auf Jeffreys Bürotür. »Ich werde mich zu Jeff reinsetzen.«

»Super«, sagte sie und verschwand in ihrem Büro.

Eleanor Ross hob den Blick von den Formularen.

»Ich hoffe, ich habe Sie nicht allzu lange warten lassen«, sagte Lydia. Sie trat an den Schreibtisch und wartete darauf, dass die alte Dame den Chefsessel räumte und auf einen der Besucherplätze umzog. Die Tatsache, dass sie sich einfach so an Lydias Schreibtisch gesetzt hatte, war ein Affront, eine Grenzüberschreitung. Auf keinen Fall würde Lydia sich auf das Sofa oder einen der Besucherstühle setzen und Eleanor die Führung überlassen. Nach einer Weile stand die alte Dame auf und warf einen Blick auf ihre Armbanduhr.

»Bei Ihrem Stundenhonorar hätte ich gedacht, dass Sie pünktlicher sind«, sagte sie und ging an Lydia vorbei.

Lydia lächelte höflich, und im selben Moment fiel ihr wieder ein, warum sie es eigentlich ablehnte, gegen Bezahlung zu arbeiten. Sie nahm am Schreibtisch Platz und vergewisserte sich mit einem Blick, dass nichts verändert war.

»Lassen Sie mich kurz die Regeln erklären, Ms Ross«, sagte Lydia in zuckersüßem Ton. »Zunächst einmal bezahlen Sie uns für Ermittlungsergebnisse, nicht für unsere Zeit. Diese Ergebnisse entsprechen möglicherweise nicht dem, was Sie sich erhofft haben. Zweitens, ich bin nicht Ihre Angestellte. Und für den Fall, dass Ihre Ansprüche unsere Ressourcen und Fähigkeiten übersteigen oder dass Sie uns nicht die Wahrheit sagen oder unsere Ermittlungen auf anderem Wege behindern, werden wir den Fall niederlegen. Haben Sie mich verstanden?«

Eleanor echauffierte sich. »Ihr Ton gefällt mir …«

»Wenn Sie mit meinem Ton ein Problem haben, können wir die Zusammenarbeit beenden, bevor Sie sich weiter mit den Formularen abmühen.«

Lydia rechnete fast damit, dass Eleanor aufstehen und gehen würde. Sie saß kerzengerade, ihre Augen sprühten vor Wut und Empörung. Doch der Moment verstrich, und ihre Gesichtszüge wurden weich. »Ja, ich habe verstanden«, stieß sie schließlich mühsam hervor.

»Sehr gut. Nun, da das geklärt wäre, würde ich gern erfahren, warum Sie es für irrelevant halten, dass Sie 1965 in Haunted, New York, für den Mord an Ihrem Ehemann Jack Proctor vor Gericht standen. Ganz besonders, da die Todesart auf unheimliche Weise den Verbrechen an Ihren beiden Schwiegersöhnen gleicht.«

Eleanor Ross erbleichte. Sie schien zu wanken, doch Lydia rührte sich nicht. Eleanor Ross war eine starke Frau, und Lydia wusste es.

»Kann ich bitte ein Glas Wasser haben?«, sagte die alte Frau leise. Lydia stand auf, ging an der Fensterfront mit Blick auf Manhattan vorbei und öffnete den Kühlschrank neben dem großen schwarzen Ledersofa. Lydias Büro war fast so groß wie das von Jeffrey und in denselben warmen Farben gehalten – Cremeweiß, Rostrot, Braun- und Grüntöne. Sie nahm eine kleine Flasche Evian heraus und reichte sie Eleanor, die den Deckel abschraubte und zögerlich nippte. Lydia ging zu ihrem Mahagonischreibtisch zurück, setzte sich, wartete.

»Ich habe meinen Ehemann nicht umgebracht, falls es das ist, was Sie denken«, sagte Eleanor, ohne Lydia anzusehen.

»Wer dann?«

»Das weiß ich nicht«, antwortete sie, und der Kummer, der ihr Gesicht verzerrte und ihren Blick trübte, schien echt zu sein. Doch Lydia war noch nicht ganz überzeugt.

»Doch Sie glauben, dass zwischen den drei Verbrechen eine Verbindung besteht?«

»Ist das nicht offensichtlich?«, fragte Eleanor und blickte Lydia ins Gesicht.

»Warum haben Sie uns dann nicht früher davon erzählt?«

»Wie Sie vielleicht verstehen können, gehört das zu einem Kapitel meines Lebens, mit dem ich abgeschlossen habe.«

»Nun, es sieht danach aus, als wäre es wieder geöffnet. Die Frage ist doch nur: durch wen?«

Eine Weile schwiegen sie. Eleanor betrachtete ihre Hände, und Lydia betrachtete die alte Frau, suchte nach Anzeichen für ein Gefühl. Eleanor verschränkte die Arme vor der Brust und krümmte ihre Schultern. *Sie will sich schützen*, dachte Lydia. Sie wusste, oft waren es die flüchtige Geste, der nervöse Tic, der zappelnde Fuß, die am meisten über einen Menschen verrieten. Worte ließen sich kontrollieren, doch die Körpersprache log nie.

»Sie haben nie wieder geheiratet«, sagte Lydia in die Stille hinein.

»Nein …«, sagte Eleanor.

»Warum nicht?«

Eleanor stand auf und trat ans Fenster. »Ich habe in meinem Leben genug Liebe gegeben. Mein Ehemann … niemand hätte ihm das Wasser reichen können. Er war meine große Liebe. Wir waren Geliebte, Freunde und Lebensgefährten. So etwas lässt sich nicht wiederholen. Ich habe es zumindest nie versucht.«

Lydia fühlte sich angesprochen. Es erinnerte sie an ihre Beziehung zu Jeffrey. Und an ihre alten Ängste, ihn zu verlieren, denn damit würde das Licht ihres Lebens verlöschen. Sie erschauderte innerlich, versuchte, das Gefühl der Verlustangst im Keim zu ersticken.

»Was glauben Sie, wer ihn ermordet hat?«, fragte Lydia mit sanfter Stimme.

»Ich weiß es nicht«, sagte Eleanor noch einmal. Ihre Augen schienen weit in die Vergangenheit zu blicken, die für sie wohl eher ein Sammelplatz der schlechten Erinnerungen war. Da gab es zu viel, das sie nicht noch einmal sehen wollte, über das sie nicht sprechen konnte.

»Sie haben niemanden in Verdacht, Eleanor?«, hakte Lydia nach. »Sie waren zu Hause, als es passierte, nicht wahr? So wie Julian.«

»Ich war im Garten und habe die Rosen geschnitten. Ich war weit vom Haus entfernt, neben dem Gartenpavillon unten am See«, sagte sie hastig, wie um sich zu verteidigen. »Ich habe nichts gesehen und nichts gehört.«

Die Frau zitterte, Lydia gab ihr eine Minute. Eleanor holte tief Luft, ging zurück zum Sofa und setzte sich, trank einen Schluck Wasser und dachte nach. Im Pfeilhagel der Vergangenheit klammerten manche Leute sich an die Verleugnung wie an einen allerletzten Schutzschild. Sie zu überreden, ihn sinken zu lassen und der Wahrheit ins Auge zu blicken, kam einer Aufforderung zum Selbstmord gleich.

»Ich verstehe nicht, warum Sie uns engagiert haben. Sie glauben, dass die Verbrechen an Ihren Schwiegersöhnen mit dem Mord an Ihrem Ehemann in Verbindung stehen, gleichzeitig haben Sie uns nicht darüber informiert. Haben Sie uns engagiert, weil Sie die Wahrheit erfahren wollen? Denn für mich sieht es nicht danach aus.«

»Ich habe Sie engagiert, weil das Morden ein Ende haben muss«, sagte sie mit grimmiger Entschlossenheit. Auf einmal zeigten sich wahre Emotionen auf ihrem Gesicht, kam ihr wahrer Charakter hinter der gepflegten Fassade zum Vorschein. »Weil die Kinder dieser Familie unbeschwert aufwachsen sollen.«

Sie blickte an die Decke und ballte die Hände zu Fäusten. »Ich habe sie angefleht, nicht noch einmal zu heiraten«, zischte sie.

Sie ließ den Kopf zwischen die Hände sinken, Wut und Enttäuschung schüttelten sie durch. Lydia beugte sich vor, sie war ebenso verwundert wie fasziniert.

»Warum, Eleanor?«, fragte sie kopfschüttelnd. »Warum hätte Julian nicht noch einmal heiraten sollen?«

»Weil in unserer Familie«, sagte Eleanor und nahm ihre Hände von dem tränennassen Gesicht mit der verschmierten Wimperntusche und den zitternden Lippen, »die Ehemänner seit Generationen ermordet werden.«

Ihre Worte blieben in der Luft hängen. Lydia betrachtete Eleanor Ross und fragte sich, ob es in der Familie Fälle von Geisteskrankheit gab.

»Mein Ehemann, mein Vater, mein Großvater. Und wahrscheinlich auch dessen Vater. In jeder neuen Generation glaubt eine Frau, sie könnte diesem Schicksal entkommen. Und jedes Mal liegt sie falsch. Sie müssen herausfinden, was mit meiner Familie los ist … und Sie müssen es beenden. Es reicht.«

NEUN

Der Himmel hatte sich von strahlend blau zu schiefergrau verfärbt, und die Luft roch nach Schnee, als Lydia und Ford auf dem Highway zum New Yorker Staatsgefängnis für psychisch kranke Straftäter unterwegs waren.

»Und sie hat keine Ahnung, wer hinter dieser Verbrechensserie stecken könnte?«, fragte Ford. Er machte sich nicht einmal die Mühe, seine Fassungslosigkeit zu verhehlen.

»Sie behauptet, keinen blassen Schimmer zu haben«, sagte Lydia und starrte in die grauen Wälder. An den winterlichen Ästen hingen noch die letzten bunten Blätter. In den Sonnenstrahlen, die sich hier und da durch die dicke Wolkendecke verirrten, leuchteten Straße und Laub silbrig. Die Stimmung war so unheimlich und bedrückend wie vor einem Gewitter.

»Was soll das sein? Der Fluch der schwarzen Witwe?«

Lydia zuckte die Achseln. »Ich weiß es nicht.« Nach dem Gespräch mit Eleanor Ross war ihre ohnehin mäßige Stimmung vollends gekippt.

»Was ist eigentlich mit dir los? Suchst du Streit?«

»Wo sind Dax und Jeffrey?«, fragte sie und ignorierte seine Frage.

»Keine Ahnung«, antwortete Ford, ohne die Augen

von der Straße zu nehmen. »Als ich in die Firma kam, waren sie schon weg.«

»Ja, klar«, sagte Lydia.

Ford tat so, als hätte er den Sarkasmus nicht herausgehört.

Lydias Unterhaltung mit Eleanor hatte abrupt geendet. Die Frau war einfach aufgestanden und gegangen. Da sie offenbar mit den Nerven am Ende war, hatte Lydia sie ziehen lassen. Später würden sie sich noch einmal unterhalten, davon war sie überzeugt. Eleanor hatte noch eine Menge zu erklären. Mit der Vergangenheit war es immer dasselbe; das Trauma ließ sich nicht beliebig lange unterdrücken. War der Deckel der Gefühlskiste einmal verrutscht, bahnten sich die Dämonen einen Weg ins Freie und ließen sich unmöglich wieder einfangen.

Als sie in Jeffreys Büro gegangen war, war der schon verschwunden. Ebenso Dax. Ford saß im Wartezimmer und blätterte in einer Ausgabe des *National Geographic.*

»Jeffrey und Dax mussten los«, sagte Rebecca mit schwerem Brooklyn-Akzent und hellrosa geschminkten Lippen. Sie hatte ein hübsches, rundliches Gesicht und einen raffiniert geschnittenen Bob. Ihre dunkelbraunen Augen überstrahlten alles.

»Jeff hat gesagt, er wird Sie anrufen und so lange sollen Sie bei Mr McKirdy bleiben.«

»War das ein Befehl?«, fragte Lydia und richtete ihre ganze Verärgerung auf Rebecca, die gar nichts dafür konnte. Ford steckte seine Nase angestrengt in die Zeitschrift und vermied es, zu den Frauen hinüberzusehen.

Rebecca reagierte so gelassen wie immer und hob beide Hände. »Bestrafen Sie nicht den Überbringer der

Nachricht. Die sind rausgerannt, als hätten sie ein Gespenst gesehen.«

»Wo wollten sie hin?«

»Ich weiß es nicht, ehrlich.«

Lydia hatte das eindeutige Gefühl, an Ford übergeben worden zu sein; ihr Widerwille stieg ins Unermessliche und aktivierte sämtliche Fluchtreflexe. Doch am meisten ärgerte es sie, nicht zu wissen, wo Dax und Jeffrey steckten und warum ihr niemand sagte, was hier vor sich ging. Es war völlig untypisch für Jeffrey, und sogleich beschlich sie ein ungutes Gefühl. Ein heftiges Ziehen im Unterleib ließ sie nach Luft schnappen.

»Ist alles in Ordnung?«, fragte Ford besorgt, aber der Schmerz verebbte so schnell, wie er gekommen war.

»Ich glaube schon«, sagte Lydia, doch in ihrem Herzen keimte die Angst auf.

Dax und Jeffrey stiegen die Treppe zur längst geschlossenen U-Bahn-Station Lafayette Street hinunter. Hinter dem letzten Treppenabsatz bogen sie um eine Ecke und fanden sich vor einem verschlossenen Metallgitter wieder. Von oben fiel Licht ein, doch jenseits des Gitters erstreckte sich der Tunnel in Finsternis; es war, als hätte jemand einen lichtundurchlässigen Vorhang zugezogen. Die Wände waren mit Graffiti beschmiert, die einzige Leuchtröhre im Durchgang brummte und flackerte, als könnte sie jeden Augenblick erlöschen. Jeffrey schaute zu, wie Dax einen Schlüssel herausholte und in das Vorhängeschloss an der Metalltür steckte.

»Wo hast du den denn her?«, fragte er.

»Wenn die Stadt eine Station schließt, werden die

Eingänge mit speziellen Schlössern gesichert. Sie stellen vierhundert Schlüssel her, für die Gleisarbeiter. Mein Kontakt hat mir von einer Eisenwarenhandlung in Brooklyn erzählt, wo man Kopien dieser Schlüssel kaufen kann. Kannst du das fassen? Ich hab gedacht, sie will mich verarschen, aber bitte sehr.« Er entfernte das Vorhängeschloss, zog die Kette aus dem Gitter und stieß die Tür auf.

»Lass sie offen stehen, nur für den Fall, dass wir schnell von hier verschwinden müssen«, sagte Jeffrey. Dax nickte, wickelte die Kette wieder um das Gitter und hakte das Vorhängeschloss ins letzte Glied.

Dax sprang auf die Gleise, Jeffrey hinterher. Sie betraten den dunklen, zugemüllten Tunnel, hörten in der Ferne das Rumpeln der U-Bahnen. Es stank nach Urin und Schimmel. Unter den Straßen New Yorks befand sich ein Labyrinth aus Gängen, Bahntunneln, Leitungen, Kanalisationsschächten und Röhren. Es gab Ebenen für Telefonkabel, Internetkabel, Kabel für die Stromversorgung der Ampeln und der Straßenbeleuchtung, für Gasleitungen und Wasserleitungen. Es gab über hundert Kilometer Dampfrohre, unterhalb derer sich die Abwasserschächte hinzogen. Das Netzwerk war das reinste Chaos. Vom New Yorker Untergrund existierte keine gültige Karte. Im Laufe der Jahrzehnte hatten sich so viele verschiedene Firmen um den Bau von Gleisen und Versorgungsnetzen gekümmert, dass nicht einmal die Arbeiter, die für Instandsetzung und Reparaturen zuständig waren, genau wussten, was sie am Ende eines bestimmten Tunnels erwartete. Jeffrey hatte einmal gelesen, dass unter der Front Street ein Kaufmannsschiff aus dem achtzehnten Jahrhundert gefunden worden war, an der Südspitze Manhattans, wo man Land angeschüttet hatte. Die Wall Street hatte ihren Namen von einem dreihundert Jahre alten Wall, der heute weit unterhalb des Straßennetzes lag. Vermutlich war er gebaut worden, um Angreifer abzuwehren, Indianer vielleicht.

Tief unter der Erde gab es stillgelegte U-Bahnhöfe und U-Bahn-Strecken. Angeblich lebten hier unten hunderte von Obdachlosen, sie bildeten Gemeinschaften und soziale Netzwerke. Die meisten Leute hielten das Gerede von einer Bevölkerung im Untergrund für eine urbane Legende, zu fantastisch, um wahr zu sein. Doch im Laufe seiner Zusammenarbeit mit dem NYPD hatte Jeffrey erfahren, dass es die traurige Wahrheit war – über die die Polizei so wenig Worte wie möglich verlor. Die wachsende Zahl der Obdachlosen war eine der größten Herausforderungen für das Polizeipräsidium, und die Tatsache, dass die Zahl der Entwurzelten unter der Stadt in die Tausende ging, machte es nicht besser.

»Woher will dein Kontakt wissen, dass er hier unten ist? Und woher wusste sie überhaupt, dass du auf der Suche nach ihm bist?«, hatte Jeffrey Dax im Büro gefragt. Dax hatte gezögert, die Information preiszugeben.

»Ich habe einfach ein Gerücht gestreut und gewartet, was zurückkommt«, sagte er achselzuckend. »Ich werde dir das leider in Rechnung stellen müssen. Die Information hat mich fünfhundert Dollar gekostet, plus weitere sieben bei McDonald's.«

»Setz es einfach auf die Spesenliste«, sagte Jeffrey geistesabwesend. »Wie meinst du das, du hast ein Gerücht gestreut?«

»Du weißt doch, es gibt die Buschtrommeln, hier oben und unter der Erde. Die Informationen wandern von einem zum andern.«

»Ja, und das Ganze ist so zuverlässig wie Stille Post.«

»Mehr haben wir nicht, Kumpel. Lass uns mal nachsehen«, sagte Dax in nüchternem Tonfall. »Wir haben nichts zu verlieren.«

Du *hast vielleicht nichts zu verlieren*, dachte Jeffrey.

Sie hatten auf Ford gewartet, ihn über ihr Vorhaben informiert und ihn gebeten, bis zu ihrer Rückkehr nicht von Lydias Seite zu weichen. Sie hatten das Büro verlassen, bevor Lydias Meeting mit Eleanor zu Ende war. Jeffrey wusste, das würde ihr nicht gefallen. Aber auf keinen Fall würde er zulassen, dass sie ihn auf diese Mission begleitete; und wenn sie einmal davon erfuhr, würde sie sich nicht abwimmeln lassen. Er würde sich später dafür zusammenfalten lassen.

»Danielle hat gesagt, der Eingang ist irgendwo auf der rechten Seite«, murmelte Dax. Einen Moment später entdeckten sie eine Öffnung in der Betonwand. Aus der Ferne waren Stimmen zu hören. Dax und Jeffrey tauschten einen Blick. »Nach dir«, sagte Jeffrey lächelnd, Dax verschwand in dem Loch. Jeffrey folgte ihm in die Dunkelheit hinein.

Das New Yorker Staatsgefängnis für psychisch kranke Straftäter erhob sich am fernen Horizont wie ein beigegraues Monument des Elends. Lydia und Ford waren kilometerweit durch dichte Wälder gefahren, ohne dass ihnen ein anderes Auto entgegengekommen wäre und ohne dass sie irgendwelche Häuser gesehen hätten. Es hatte angefangen zu schneien. Ob es nun an den harten Konturen des Gebäudes lag, an den vergitterten Fenstern oder einfach nur daran, dass sie wussten, welches Elend sich dahinter verbarg, Lydia fing zu frieren an. In ihrer Vorstellung war dieses Gebäude immer ein Haus des Schreckens gewesen … wo Geisteskranke wohnten, seelisch verkrüppelte Menschen, die keinen Ausweg aus dem Wahn mehr fanden. Sie stellte sich flackernde Glühbirnen, dunkle, feuchte Korridore, ein unablässiges Scharren und Stöhnen vor. Einen Ort, wo die Therapien – Elektroschocks, Lobotomie – noch schlimmer waren als die Erkrankungen selbst. Sie fragte sich, ob die Mauern des Gebäudes die Albträume ihrer Bewohner absorbierten, ob ihre Fantasien irgendwo in Beton und Metall weiterlebten. Und ob der Anblick ihr deswegen so viel Angst bereitete.

Sie war froh, dass sie noch nicht ganz am Ziel waren; inzwischen bereute sie, mitgefahren zu sein. Was hatte sie davon, diesen Ort aufzusuchen, das frühere Zuhause von Jed McIntyre? Immerzu musste sie sich etwas beweisen … wie mutig, stark und gelassen sie jedes Problem meisterte.

»Wie geht es Rose?«, fragte sie, um ein bisschen Konversation zu machen. Aus dem Autoradio tönte Billy Joels »Piano Man«, die Melodie kam knisternd blechern aus den billigen Lautsprechern. Das Schweigen, das sie auf ihre Frage erntete, verriet ihr, dass sie ins Fettnäpfchen getreten war.

»So gut wie nie zuvor, wenn du sie fragst«, lachte Ford verbittert. »Sie hat mich vor etwa einem Jahr verlassen.«

»Das tut mir leid«, sagte sie. Er trommelte mit den

Fingern aufs Lenkrad, sein Kiefer mahlte. Anstatt es gut sein zu lassen, fragte Lydia: »Was ist passiert?«

Sie hatte Rose nur ein paarmal getroffen, einmal bei einer Weihnachtsfeier der Detektei und einmal, als sie vor über zwei Jahren zu viert bei Burrito Loco zu Abend gegessen hatten. Sie hatte damals nicht gefunden, dass Ford und Rose einen besonders glücklichen Eindruck machten, doch irgendwie schienen sie zusammenzupassen wie zwei Buchstützen. Der eine brauchte den anderen.

»Was passiert ist? Das weiß ich nicht … was passiert im Leben? Ich war ein Arschloch, und sie hat sich dreißig Jahre lang damit abgefunden. Und dann hatte sie plötzlich keine Lust mehr dazu. Sie hat gesagt, wenn sie schon nicht für mich das Wichtigste sei, wolle sie wenigstens für sich selbst das Wichtigste sein.«

Sie schwiegen eine Weile. Lydia fand, dass genug zu dem Thema gesagt war, aber dann sprach er weiter, als sei er dankbar für die Gelegenheit.

»Sie hat gesagt, als die Kinder noch klein waren, wäre es zu ertragen gewesen. Da fühlte sie sich geliebt und gebraucht. Sie hatte immer etwas zu tun. Doch als die Kinder auszogen, dämmerte ihr plötzlich, dass wir kein Paarleben mehr hatten. Sie hat über ihr restliches Leben nachgedacht und wusste nicht mehr, ob sie es mit mir verbringen wollte. Nicht, wie ich war, arbeitssüchtig und in Gedanken immer woanders. Ich kann es ihr nicht einmal vorwerfen.«

»Sie hat ihre Koffer gepackt und ist gegangen?«

»Ja, mehr oder weniger«, sagte er achselzuckend und dachte an Rose, wie sie neben der Tasche in der Küche gesessen hatte.

»Hast du versucht, sie aufzuhalten?«

»Sie wollte nicht aufgehalten werden.«

»Vielleicht wollte sie, dass du mitkommst.«

Er schwieg, als habe er an diese Möglichkeit noch nie gedacht.

»Tja, nun ist es sowieso zu spät«, sagte er schließlich.

»Es ist nie zu spät, Ford. Nicht nach so vielen Jahren. Nicht, wenn du sie immer noch liebst. Du solltest in den Ruhestand gehen und ihr nachreisen.«

»Ja, genau. Was bin ich denn, wenn ich kein Polizist mehr bin?«

»Vielleicht wäre es an der Zeit, genau das herauszufinden.«

Schweigend näherten sie sich dem Gefängniskrankenhaus, das bedrohlich am Horizont aufragte. Ford warf einen Blick zu Lydia hinüber. Sie fragte sich, ob sie ihm zu nahe getreten war. Dann wiederum war sie nicht gerade bekannt dafür, dass sie Grenzen respektierte oder ihre Meinung für sich behielt.

»Weißt du«, sagte er, »manchmal ist man so mit sich selbst beschäftigt, so egoistisch, dass man diejenigen vergisst, die einen lieben und brauchen. Man geht durchs Leben und richtet nichts als Schaden an. Und wenn man es dann merkt, ist man zu alt und zu müde, um die Fehler wiedergutzumachen. Dazu ist es sowieso zu spät.«

Lydia starrte auf die Straße und dachte bei sich, wie traurig es wäre, so auf sein Leben zurückzublicken. Sie fragte sich, ob Ford recht hatte.

»Aber für einen Neuanfang ist es nie zu spät«, sagte sie. Ford zuckte die Achseln und nickte höflich, als wäre er nicht überzeugt, wünschte sich aber das Ende des Gesprächs. Das Thema war erledigt, und beide fühlten sich ein kleines bisschen schlechter als vorher.

Ford bog nach rechts auf die Zufahrtsstraße ab. Der Schneefall hatte zugenommen, eine dünne Decke hatte sich auf die Bäume und die Landschaft gelegt. Sie waren am Ende der Welt, in Lydias Augen der passende Ort für eine Einrichtung, in der gemeingefährliche Kriminelle untergebracht waren. Zwischen den Bäumen erkannte sie einen hohen Metallzaun, dessen Oberkante mit Stacheldraht zusätzlich gesichert war und der parallel zur Straße verlief. Hinter den Bäumen war kaum noch etwas zu sehen.

Die Wirklichkeit des Krankenhauses hatte mit Lydias Vorstellung natürlich wenig gemein. Das Staatsgefängnis war gegen Ende des achtzehnten Jahrhunderts gebaut worden und befand sich auf einem riesigen Waldgrundstück. Es war die erste psychiatrische Einrichtung in New York und eine der ersten in ganz Nordamerika gewesen; der Komplex war bis heute für seine Geschichte und seine Architektur bekannt. Das Hauptgebäude – es war inzwischen geschlossen, doch es stand noch – war von Captain William Clarke entworfen worden. Der hundertsiebzig Meter breite Bau mit den riesigen dorischen Säulen wirkte immer noch prächtig und beeindruckend und vermittelte ein Gefühl von Autorität und Stabilität. Die umliegenden Gebäude waren ein Sammelsurium von unterschiedlichen Baustilen, einziges verbindendes Merkmal waren die vergitterten Fenster und die trostlose Aura.

Im Lauf der Jahre war das Krankenhaus immer wieder umgewidmet worden. Ursprünglich hatte es hoffnungslose Fälle beherbergt, Leute, die psychisch krank, aber ungefährlich waren. Als in den fünfziger Jahren Gewalttäter und fluchtgefährdete Verurteilte aus anderen Gefängnissen hierher verlegt wurden, war die Institution bald überfordert, und auf dem Gelände wurde ein Neubau errichtet; doch schon damals war das Gefängnis hoffnungslos überfüllt.

Aufgrund von Geldmangel und Gerüchten über Misshandlung und Korruption wurde es in den siebziger Jahren vorübergehend geschlossen. Doch das Justizsystem wurde von psychisch kranken Straftätern überflutet, so dass die Anstalt 1985 wieder geöffnet wurde, gerade rechtzeitig, um Jed McIntyre ein Bett zur Verfügung zu stellen. Niemand kam hierher, um gesund zu werden. Es ging einfach nur darum, die Verurteilten, die zu krank fürs Gefängnis und für die Gesellschaft waren, sicher zu verwahren, auch wenn niemand das öffentlich zugeben wollte.

Rechts und links des gigantischen Eingangstors saßen zwei bewaffnete Wachmänner. Das Tor trennte die Anstalt vom Rest der Welt. Lydia entdeckte einen dritten Wachmann in einem Turm, die Silhouette seines Gewehres hob sich vom grauen Himmel ab. Der jüngere der beiden Wachmänner näherte sich dem Auto, Ford reichte ihm seine Dienstmarke und seinen Ausweis. Der Mann marschierte zur Pförtnerloge, sein Kollege griff zum Telefon und sprach kurz in den Hörer.

»Bitte fahren Sie zum Besuchereingang«, sagte der Wachmann, als er wieder beim Auto war und Ford seinen Ausweis und seine Dienstmarke zurückgegeben hatte.

Das gigantische Tor öffnete sich, Ford fuhr an und

blieb vor einem zweiten Tor stehen. Das erste fiel mit einem metallischen Krachen ins Schloss, und Lydia wirbelte erschrocken herum. Sie atmete tief durch, das zweite Tor öffnete sich, sie fuhren weiter.

Der Geruch im Tunnel war schwer zu beschreiben, doch es stank so überwältigend nach menschlichen Exkrementen und verschimmelter Erde, dass Jeffrey die Tränen in die Augen traten. Die Männer gingen weiter durch die Dunkelheit, immer dem Lichtkegel von Dax' Taschenlampe nach. Jeffrey hielt sich mit einer Hand Mund und Nase zu und tastete sich mit der anderen an der Wand entlang. Plötzlich knirschte es bei jedem Schritt, Dax richtete die Taschenlampe zu Boden. Kakerlaken, so groß wie Hamster, flitzten nach allen Seiten davon wie ein brauner, sich selbst auflösender Teppich.

»Verdammte Scheiße. Ich hasse diese Viecher«, sagte Dax. »Mein Gott. Ich wünschte, ich hätte keine Taschenlampe.« Sie beschleunigten ihre Schritte, Jeffrey widerstand dem Impuls, sich am ganzen Körper zu kratzen.

»Hast du irgendeine Vorstellung, wo wir rauskommen?«, fragte er und drehte sich zum Tunneleingang um, der in der Ferne als schwacher Lichtstreif zu erkennen war. Er versuchte, den Gedanken zu verdrängen, dass man sie niemals finden würde, sollte hier unten irgendetwas schiefgehen.

»Da vorne rechts müsste gleich eine Treppe kommen«, sagte Dax. »Da werden wir abgeholt.«

»Von einem deiner mysteriösen Kontakte?«

»So in der Art.«

»Und was weiß diese Person?«

»Nun, das werden wir erfahren, wenn wir mit ihr reden, oder?«, sagte Dax.

In der Ferne – das Echo im Tunnel machte es unmöglich zu ergründen, ob die Geräusche von oben oder unten kamen, von vorn oder von hinten – hörten sie Stimmen. Jeffrey meinte sogar, Flötentöne zu hören, traurig und langsam und sehr melodisch. Durch ein Gitter über ihren Köpfen fiel ein trübes Licht, so dass sie Durchgänge zu beiden Seiten erkennen konnten, in denen dunkle Gestalten herumlungerten. Jeffrey tastete sich weiter, die Wand fühlte sich kalt und feucht an. Irgendwo tropfte Wasser herunter, zweimal stieß er mit der Schuhspitze an Gestein. Die Glock in seinem Hosenbund beruhigte ihn kein bisschen. Sie waren in der Unterwelt, alles erschien surreal. Von Pistolenkugeln ließen sich die Schatten nicht aufhalten.

»Das ist schlimmer, als ich gedacht hätte«, sagte Dax.

»Ach, wirklich«, sagte Jeffrey.

»Ist schon logisch, dass ein Tier wie Jed McIntyre sich hier unten wohlfühlt«, sagte Dax. »Ich kann mir für ihn keinen besseren Ort vorstellen.«

»Ich schon«, sagte Jeffrey.

Dax drehte sich um, erkannte aber nur Jeffreys dunkle Silhouette. »Wir sind da«, sagte er Momente später und richtete den Lichtkegel der Taschenlampe in eine stockfinstere Wandöffnung, die scheinbar ins Nichts führte. »Es ist genau so, wie sie es beschrieben hat.«

Über eine Metalltreppe stiegen sie in eine neue Ebene der Dunkelheit hinunter, in der sämtliches Straßenlicht von einer feuchten Schwärze absorbiert wurde. Die Stille war so absolut, dass Jeffrey seinen und Dax' Atem hören konnte. Die Stufen führten in einen schmalen Gang, an dessen Ende sie im Licht von Dax' Taschenlampe eine Metalltür ohne Griff erkennen konnten. Jeffrey fühlte sich wie in einem Grab. Sie näherten sich der Tür, blieben stehen.

»Und jetzt?«, fragte Jeffrey.

»Klopfen wir an«, sagte Dax, hob die Faust und schlug gegen das Metall.

Jetty Murphy erinnerte Lydia in erster Linie an Gollum, das Wesen aus dem *Herr der Ringe*, das in der Dunkelheit lebt und seinen kostbaren Schatz bewacht. Er saß so verdreht und krumm da wie ein alter Ast, und er war so dünn, dass seine Ellbogen wie Astknoten aussahen und seine Schlüsselbeine sich unter der Haut durchdrückten. Der übergroße Kopf wiegte sich auf einem dünnen Hals hin und her, der kaum kräftig genug wirkte, die Last zu tragen. Die schwarzen, wilden Locken hingen ihm bis auf die Schultern. Er schlug sich die Hände vor den Mund, seine gespenstisch langen Finger hatten blutig abgekaute Nagelbetten, seine Augen standen wie schwarze Untertassen im hageren Gesicht. Er saß gegenüber von Ford und wiegte sich vor und zurück. Lydia stand neben dem bewaffneten Wachmann an der Tür.

»Jetty Murphy, können Sie sich an mich erinnern?«, fragte Ford. Er saß entspannt, lehnte sich zurück. Lydia fiel auf, dass er es schaffte, vollkommen wohlwollend und verständnisvoll auszusehen.

»Natürlich erinnere ich mich an Sie. Ich bin verrückt, aber nicht blöd«, sagte Jeffrey beleidigt. Er stellte die Füße auf den Boden, setzte sich auf und drückte den Rücken durch. Er hob das Kinn in einer Geste gespielter Würde.

»Na ja, es ist lange her«, sagte Ford sanft und fuhr mit den Fingern über die Tischplatte. »Selbst ich hatte Schwierigkeiten, mich so weit zurückzuerinnern. Wie viele Jahre sind vergangen?«

»Zehn oder so«, antwortete Jetty Murphy achselzuckend. »Was wollen Sie von mir?«

»Ich habe ein Problem, Jetty. Ich glaube, Sie können mir helfen.«

»Ich Ihnen helfen?«, lachte er leise, so als wäre das unvorstellbar. Aber Lydia sah, wie seine Miene sich aufhellte. Er hatte etwas, das ein anderer brauchte, und diese Situation schien ihm völlig neu zu sein.

»Ich möchte, dass Sie sich mir zuliebe noch einmal an jene Nacht erinnern. Erzählen Sie mir noch einmal, was Sie gesehen haben.«

»Was kriege ich dafür?«, fragte er und sah schnell zwischen Lydia und Ford hin und her. »Können Sie einen Deal für mich rausschlagen?«

Er beugte sich vor, der Wärter zuckte.

»Hinsetzen, Murphy«, blaffte er Jetty an. Seine Stimme hallte von den nackten Wänden wider. Jetty zuckte zusammen, als hätte man ihm einen Elektroschock verpasst.

»Ist schon okay«, sagte Ford zu dem Wachmann. »Ich und Jetty kennen uns schon ewig. Stimmt's, Jetty?«

»Das stimmt. Ewig«, sagte Jetty Murphy, entspannte sich und lächelte den Wachmann höhnisch an.

»Ich kann keinen Deal für Sie herausholen, Jetty. Ich will Sie nicht anlügen. Aber vielleicht kann ich ein paar

Privilegien für Sie erwirken oder bei Ihrer Revision ein gutes Wort für Sie einlegen. Ich sage es Ihnen gleich, Sie müssen mir nicht helfen. Aber wenn Sie es tun würden, wäre ich Ihnen sehr dankbar.«

Irgendetwas an Fords Art, seine Stimme zu einem vertraulichen Flüstern zu dämpfen, sich vorzubeugen, schien zu wirken. Jetty Murphy wurde ein bisschen weniger hoffnungslos, ein bisschen weniger gereizt. Lydia musste sich immer wieder sagen, dass sie es mit einem Vergewaltiger und Mörder zu tun hatten, dann wiederum war es nicht schwer, mit einem Menschen, der so schwach und verzweifelt aussah, Mitleid zu empfinden. Ford griff zu einer Tüte, die neben seinen Füßen gestanden hatte und in der sich Schokoriegel und eine Stange Zigaretten befanden.

»Ich weiß noch, dass Sie eine Vorliebe für Süßes haben, Jetty.«

»Das Zeug ist hier nicht erlaubt«, sagte Jetty mit einem sehnsüchtigen Blick auf die Tüte.

»Ich bin mir sicher, dass wir eine Ausnahme machen können, wenn Sie mir weiterhelfen. Was meinen Sie?«

Ford zog eine Tafel Schokolade aus der Tüte und schob sie zu Jetty hinüber. Er griff zu, riss das Papier auf und steckte sich die halbe Tafel in den Mund. Er kaute manisch, mit schokoladenverschmiertem Gesicht, als hätte er Angst, jemand könnte ihm die Köstlichkeit wieder wegnehmen. Lydia schlug die Augen nieder. Das war erbärmlich. Sie fragte sich, wie ein Mensch so tief sinken konnte.

Ford zog ein Foto aus seiner Tasche, schob es zu Jetty hinüber und wartete geduldig. Als er fertig war, wischte sich Jetty die Hände am Overall ab und hinterließ langgezogene Schokoladenflecken an seinem Hosenbein. Er griff zu dem Foto und sah es sich an.

»Es ist ein Gemälde. Kommt es Ihnen bekannt vor?«, fragte Ford.

»Ja … ja! Das ist der Mann, den ich damals gesehen habe. Von dem habe ich Ihnen doch erzählt.«

»Sagen Sie mir noch einmal, was Sie damals gesehen haben.«

»Ich war hinter dem Haus und habe im Müll gewühlt. Ich habe damals noch Drogen genommen und war immer auf der Suche nach irgendwas, das sich verkaufen ließ, Sie wissen schon. Ich habe Stimmen gehört, von oben … laute, erschrockene Stimmen. Klang nach zwei Männern und einer Frau.« Seine Stimme überschlug sich, der Zucker machte ihn nervös.

»Versuchen Sie, sich genau zu erinnern. Haben Sie irgendetwas verstanden? Was haben die Leute gesagt?«

Jetty Murphy schloss die Augen, als versuche er, sich in jene Nacht zurückzuversetzen.

»Ich habe die Frau gehört. Sie hat etwas gesagt.«

Ford sah überrascht aus. »Wirklich? Das haben Sie damals gar nicht ausgesagt.«

»Nicht?« Jetty zuckte die Achseln. »Glauben Sie mir nicht?«

»Doch, natürlich glaube ich Ihnen. Was hat sie gesagt?«

»Sie hat gesagt: ›Ich liebe dich nicht. Nicht so. Habe ich nie.‹ Sie hat geschrien. Im Ernst, die hat sich die Lunge aus dem Leib geschrien. Dann hat eine andere Stimme gesagt: ›Du lügst. Gib endlich auf.‹ Auch er hat geschrien. Mehr habe ich nicht verstanden.«

Lydia musste sofort an Julian denken, die zu Dr. Barnes gesagt hatte, sie habe kapituliert.

Ford betrachtete Jetty. Er konnte nicht entscheiden, ob der Kerl glaubwürdig war. Vor zehn Jahren hatte Jetty Murphy eine Aussage gemacht und vor Gericht ausgesagt, und nie hatte er diese Worte erwähnt. Doch warum sollte er jetzt lügen?

»Und dann war da noch … ich kann es nicht anders beschreiben, es war wie ein Brüllen. Ich hatte Angst, Mann. Ich wäre am liebsten weggerannt, aber da war so viel guter Müll. Dann habe ich eine ganze Weile nichts mehr gehört, außer vielleicht eine Art Wimmern, ganz leise. Und dann, als ich schon dachte, es wäre vorbei, und mich wieder in den Müll stürzen wollte, flog die Tür krachend auf, und ein riesiger Mann mit langen grauen Dreadlocks kam heraus, er sah genauso aus wie der hier«, sagte er und hielt das Foto in die Höhe. »Er hat sich umgesehen, aber ich war hinter der Mülltonne. Er hat mich nicht gesehen. Es war dunkel, ich habe sein Gesicht nicht ganz erkannt. Dann ist er losgerannt. Ich hinterher, weiß selbst nicht, warum. Und auf einmal war er weg … er ist an der Lafayette um die Ecke gegangen und verschwunden. Das war's. Mehr habe ich nicht gesehen.«

Ford war beeindruckt, dass dieser Mann, dessen Gehirn von Drogen und Medikamenten weichgekocht war, sich überhaupt an etwas erinnern konnte. Abgesehen von der Unterhaltung, die er angeblich mit angehört hatte, wich seine Geschichte in den Details nicht von seiner Aussage von vor zehn Jahren ab. Ford wunderte sich. Wenn der Zeuge damals das Gesicht des Mannes beschrieben hätte, hätte es doch sicher eine Phantomzeichnung gegeben. Vermutlich war der Mann auf dem Gemälde Julians Schöpfung, und Jetty Murphy schmückte seine Geschichte nur aus, um sich wichtigzumachen.

»Und Sie sind sicher, dass Sie den Mann auf diesem Foto damals gesehen haben?«, fragte Ford.

»Dieses Gesicht kann man nicht mehr vergessen«, sagte Jetty Murphy, und Ford sah, dass er wirklich meinte, die Wahrheit zu erzählen.

»Und als Sie um die Ecke kamen, haben Sie nichts mehr gesehen? Denken Sie nach. Ein Taxi, das wegfährt, eine Tür, die sich schließt ... irgendeinen Hinweis darauf, wohin er verschwunden ist?«

»Da war eine U-Bahn-Station.«

»Wir sind damals zu dieser Station runtergegangen. Sie war mit einem Metallgitter verschlossen. Da konnte er nicht durch.«

»Na ja, stimmt nicht ganz. Heute weiß ich über diese Zugänge mehr als früher«, sagte Jetty mit einem verschlagenen Lächeln und tappte mit dem Fuß auf den Boden. Lydia sah, dass viele seiner Zähne braun oder abgebrochen waren, manche fehlten ganz.

»Was denn zum Beispiel?«, fragte Ford.

»Da unten leben Leute, Mann. In den Tunneln. Die Maulwurfmenschen.«

»Ach Jetty, kommen Sie.«

»Nein, im Ernst. Da gibt es eine, wie sagt man da, ganze *Gesellschaft* ... hauptsächlich Psychos und Junkies, aber die leben da unten, bauen sich ganze Städte und so ... mit Bürgermeistern und Kurieren, das sind Leute, die von oben Sachen besorgen. Ich denke mir das nicht aus. Gehen Sie hin und überzeugen Sie sich selbst.«

»Das werde ich tun«, sagte Ford. Er würde mit dem Insassen eines Irrenhauses keine Diskussion anfangen. Er hatte die Geschichte schon einmal gehört, aber nie daran geglaubt. Die Vorstellung, dass Leute unter der Erdoberfläche ihr Leben fristeten, war einfach zu seltsam, um wahr zu sein. Er kannte viele Polizisten, die daran glaubten, aber er selbst hatte nie einen Beweis gesehen. Abgesehen davon musste jeder, der freiwillig da runterging, eine Schraube locker haben – auch Jeff und Dax.

Nun, da er seine Aussage gemacht hatte, schien Jetty sich auf Lydia zu konzentrieren. Er konnte den Blick nicht mehr von ihr abwenden, wofür Ford Verständnis hatte. Wahrscheinlich hatte er schon lange keine Frau wie sie mehr gesehen.

»Dich kenne ich doch«, sagte er plötzlich, zeigte mit einem knorrigen Finger auf sie und verzog den Mund zu einem schiefen Grinsen.

»Das glaube ich nicht«, sagte Lydia und lächelte höflich.

»Doch, ich kenne dich«, sagte er und nickte heftig. »Du bist die Freundin von Jed McIntyre.«

Dax schlug mit der Faust gegen die Metalltür, und der Schlag hallte von den Betonwänden wider wie Donnergrollen. Keine Reaktion. Beide Männer hielten den Atem an, warteten. Fast hoffte Jeffrey, dass niemand ihnen die Tür öffnen würde und sie von hier verschwinden konnten.

Nach einer Weile hörten sie ein Schlurfen, und dann fragte jemand zögerlich und im Flüsterton: »Wer ist da?«

»Danielle schickt uns. Sie hat gesagt, Sie würden uns helfen, eine bestimmte Person zu finden«, sagte Dax und klang dabei so harmlos wie eine Pfadfinderin, die an der Haustür Kekse verkauft.

Langsam öffnete sich die Tür, Dax und Jeffrey betraten einen kleinen, beheizten und aufgeräumten Raum, in dem Sturmlampen brannten. Die Decke war gut fünf Meter hoch, der Boden unglaublicherweise von Teppichen bedeckt. Überall lagen große Kissen und Sitzsäcke herum, an der Hinterwand stand ein Holztisch mit schwarzer Häkeldecke und Seidenblumen in einer blau-weißen Vase. Rechts und links davon stand jeweils eine Sturmleuchte. Die Futonmatratze in der Ecke war mit Laken und Decken und Kissen bedeckt. Irgendwo brummte ein Kühlschrank, auf einer Kochplatte stand ein Teekessel.

»Sie haben hier unten Strom?«, fragte Dax ungläubig, während er den Blick durch den Raum schweifen ließ.

»Selbstverständlich, junger Mann. Dass wir nicht in Häusern wohnen, bedeutet nicht, dass wir unzivilisiert wären«, antwortete die Frau, die sie hereingelassen hatte.

»Natürlich nicht«, sagte Dax und sah Jeffrey an.

»Ich bin Violet«, sagte sie. Ihre Stimme schepperte wie Münzen, die auf ein Blech fallen; das weiße Haar stand ihr wie Draht vom Kopf ab. Ihre schiefen und eingesunkenen Augen waren von einem verstörenden Violett, daher vielleicht ihr Name. Jeffrey brauchte ein paar Sekunden, um zu begreifen, dass sie blind war. Sie war klein und rundlich, hatte krumme Schultern und einen schlurfenden Gang. Sie tastete nach den Besuchern, und Dax und Jeffrey stellten sich ihr mit einem festen Händedruck vor. Sie trug einen grauen Bademantel über einem schäbigen grünen Pullover und einer dunkelblauen Jogginghose. Ihre Füße steckten in zu kleinen, schwarzen, chinesischen Hausschuhen. Auf einen Stock gestützt durchquerte sie das Zimmer und nahm umständlich auf einem Kissenberg Platz.

»Setzt euch und erzählt mir, was ich für euch tun kann«, sagte Violet freundlich.

Jeffrey und Dax setzten sich und erzählten ihr, wen sie suchten. Jeffrey fragte sich, ob es unhöflich wäre zu fragen, ob eine blinde Frau ihnen bei der Suche nach Jed McIntyre überhaupt behilflich sein konnte.

»So wie bei euch da oben gibt es auch hier unten Gut und Böse«, sagte die alte Frau und starrte ins Nichts. »Das Verhältnis ist dasselbe, bloß dass sich oben ein paar Leute geschickter tarnen. Hier unten sind alle Masken gefallen. Der Mann, den ihr sucht, ist böse. Er ist böse auf eine ganz einzigartige Weise.«

»Ich möchte nicht unhöflich sein«, sagte Dax, »aber Sie sind blind. Woher wollen Sie das wissen?«

»Wenn ihr so wollt, bin ich im Vorteil«, sagte sie. »Ihr seid durch den Tunnel gestolpert, weil ihr die Dunkelheit nicht kennt. Ich habe euch schon, zehn Minuten bevor ihr angeklopft habt, gehört. Die Dunkelheit ist meine natürliche Umgebung. Das Licht schalte ich nur für Besucher ein. Abgesehen davon wohne ich schon länger hier unten als die meisten anderen. Die Leute kommen mit Klatsch und Tratsch zu mir und um mich um Rat zu fragen. Ich weiß alles, was hier vor sich geht.«

Jeffrey und Dax tauschten einen Blick aus. Jeffreys Skepsis war greifbar, aber Dax zuckte nur die Achseln.

Jeffrey starrte die Frau an, die ihn ein wenig an Yoda erinnerte, nur ohne die Ohren. Er wollte nicht infrage stellen, dass sie bei Verstand war; durch ihre Äußerungen wurde klar, dass sie ebenso vernünftig war wie er und Dax, und gebildet und intelligent noch dazu.

»Tja, dann … wo ist er?«

»Ich werde euch hinführen. Wenn es euch nichts ausmacht, hinter einer blinden alten Frau herzulaufen«, sagte sie mit einem heiseren Glucksen, das halb Husten, halb Kichern war.

»Und was verlangen Sie für Ihre Hilfe?«, fragte Dax. Seiner Erfahrung nach erwarteten Leute wie sie immer eine Gegenleistung. So lief das auf der Straße.

Sie legte den Kopf schief. »Nun, ich will einfach nur, dass er aus den Tunneln verschwindet. Die Leute haben Angst vor ihm. Sie nennen ihn das Virus, denn er bringt uns nur Schlechtes. Niemand ist sicher, solange er hier unten ist. Er ist auf der Flucht, was bedeutet, dass uns allen Ärger droht. Heute seid nur ihr zwei gekommen, aber demnächst kommt dann die Polizei oder das FBI. Dieses Loch«, sagte sie und schwenkte den Gehstock, »ist alles, was ich auf der Welt noch habe. Wenn ich das verliere, bleibt mir nichts mehr.«

Dax nickte. »Nun, dann lassen Sie uns gehen.«

Die drei verließen den Bau und durchquerten den Tunnel, durch den sie gekommen waren. Violet ging voraus, Dax bildete das Schlusslicht. Sie kamen nur langsam voran, und die Dunkelheit und der Gestank wurden unerträglicher, je tiefer sie in die Tunnel eindrangen. Dax' Taschenlampe schnitt einen kleinen Lichtkegel in die Dunkelheit, aber da waren zu viele Vorsprünge und Nischen, die er nicht ausleuchten konnte. Nach einer Weile hatte Jeffrey jede Orientierung verloren. Er stieß ein stummes Stoßgebet aus, dass die Frau tatsächlich vertrauenswürdig war und sie wieder aus dem Labyrinth herausführen würde.

Obwohl sie humpelte und auf den Stock angewiesen war, stolperte Violet kein einziges Mal, und anders als Dax oder Jeffrey erschreckte sie nicht über das Geräusch der Ratten und die Stimmen in der Ferne. Sie war hier unten zu Hause, die anderen waren es nicht; sie konnte sehen, die anderen waren blind.

»Wie sind Sie hier gelandet?«, fragte Jeffrey, als sie eine Weile gegangen waren. Violet schlug den Arm weg, den er ihr anbieten wollte, und humpelte weiter. Sie seufzte leise, als hätte sie auf die Frage gewartet und keine Lust, sie zu beantworten.

»Warum sind Sie nicht hier unten gelandet, Jeffrey?«, fragte sie zurück. »Gar nicht so einfach zu beantworten, was? Wie viele große und kleine Entscheidungen haben Sie in Ihrem Leben schon getroffen, jeden Tag aufs Neue, wie viele bekannte und unbekannte Faktoren haben Ihr Leben zu dem gemacht, was es heute ist?«

»So habe ich das nie betrachtet«, antwortete er reumütig.

»Warum auch? Sie wirken nicht wie jemand, der seine Entscheidungen infrage stellen müsste … oder die Zeit dafür hätte. Ich habe von beidem zu viel. Gründe zum Nachdenken und Zeit, meine ich«, flüsterte sie, doch ihre Stimme war frei von Verbitterung.

»Und wie war es bei Ihnen?«, fragte Jeffrey und spürte, wie Dax sich herunterbeugte, um die Antwort zu hören.

»Die kurze Version: Ich wurde Ende der Dreißigerjahre blind geboren, in eine irische Großfamilie, die in einer Eisenbahnerwohnung im East Village wohnte. Ich wurde erwachsen, habe geheiratet und als Lehrerin an der Helen-Keller-Blindenschule gearbeitet. Mein Ehemann Patrick arbeitete in einer Näherei in der Bowery und stellte Herrenhemden her. Er hat sich immer um alle Finanzen gekümmert, und ich habe ihm vertraut, obwohl er ein spielsüchtiger Säufer war. Unser ganzes Leben lang dachte ich, er würde Geld für unser Altenteil zurücklegen. Ich war krankenversichert, hatte eine Pension. Aber als er vor zehn Jahren starb, musste ich erfahren, dass er jeden Penny versoffen und verspielt hatte, er hatte sogar meine Pension beliehen. Wenige Monate nach seiner Beerdigung fand ich mich auf der Straße wieder.«

»Keine Angehörigen?«, fragte Dax.

»Keine, an die ich mich hätte wenden können«, sagte sie leise.

»Aber da muss es doch irgendwelche staatlichen Programme für Leute wie Sie geben«, sagte Jeffrey.

Violet hob einen krummen Finger in die Höhe. »Ich würde niemals in ein Heim oder Krankenhaus gehen, wo man mich behandeln würde wie eine Invalide. Ich brauche meine Privatsphäre. Hier unten ist es gar nicht so übel … wenn man blind ist. Immerhin ist es ruhig. Ich habe Leute, die mir alles bringen, was ich brauche, und einen gemütlichen Schlafplatz. Hier unten bin ich sicherer als oben auf der Straße.«

»Ich könnte Ihnen helfen, Violet«, sagte Jeffrey. Er musste an seine Mutter denken, die vor fünf Jahren an

Bauchspeicheldrüsenkrebs gestorben war, im Kreise ihrer Lieben. Er hatte ihren Tod nicht verhindern können, doch er war froh darüber, dass sie in dem Wissen gestorben war, dass sie geliebt wurde, dass ihr Leben von Bedeutung gewesen war. Lieber wäre er selbst tot, als sie an Violets Stelle zu sehen, hier unten, in dieser Gruft.

»Du bist ein guter Junge«, sagte sie, ohne sich zu ihm umzudrehen. »Aber im Grunde bin ich wie diese Langzeithäftlinge. Diese Typen im Gefängnis, die die ganze Zeit jammern, wie gerne sie rauswollen. Aber sobald sie es geschafft haben, wissen sie nichts mit sich anzufangen. Und dann wandern sie gleich wieder in den Bau. Ich kann mir kein anderes Leben mehr vorstellen.«

»Nun, sollten Sie Ihre Meinung jemals ändern, können Sie über Dax und Danielle Kontakt zu mir aufnehmen. Wenn Sie mir helfen, Jed McIntyre zu finden, bin ich Ihnen mein Leben schuldig«, sagte er und legte eine Hand auf ihre Schulter.

Sie schüttelte ihn ab. »Bitte nicht anfassen«, sagte sie streng.

»Sorry«, sagte Jeffrey und drehte sich zu Dax um, der grinsend die Hände hob. Er zeigte sich an die Stirn und machte eine Kreisbewegung, *verrückt*. Jeffrey schüttelte den Kopf.

»Wir kommen jetzt in Rains Gebiet«, sagte sie. »Bleibt dicht hinter mir und haltet den Mund.«

»Wer ist Rain?«, fragte Dax.

»Jemand, mit dem ihr euch nicht anlegen wollt.«

Dax lachte verächtlich, Jeffrey tastete nach der Glock in seinem Hosenbund.

»Was haben Sie da gesagt?«, fragte Lydia, und der Fußboden und die Wände fingen zu schwanken an. Sie starrte die jämmerliche Gestalt an, die lüstern zurückstarrte. Am liebsten hätte sie sich auf ihn gestürzt und ihn gewürgt, doch sie blieb neben dem Wachmann stehen. Auf einmal war das Zimmer viel zu eng und viel zu heiß, sie wollte nichts lieber, als zu verschwinden. Gleichzeitig wollte sie erfahren, wie dieser kleine Psycho darauf kam, sie als Jed McIntyres Freundin zu bezeichnen. »Wovon reden Sie da, Jetty?«, fragte Ford. Von der freundlichen, schmeichlerischen Art, mit der er Jetty Murphy eben noch Informationen entlockt hatte, war nichts mehr zu spüren. Ford klang, als hätte er Jetty am liebsten die letzten verbliebenen Zähne ausgeschlagen.

Jetty Murphy sah ihn überrascht an, sein Lächeln zerbröselte zu einem sorgenvollen Stirnrunzeln. Traurig betrachtete er die Tüte mit den Süßigkeiten und den Zigaretten, auf der Fords Hand lag.

»J-J-J-Jed«, stotterte er, »hatte Fotos von ihr. Er hat die ganze Zeit von ihr geredet. Hat gesagt, sie würde draußen auf ihn warten.«

»Wann hat er das gesagt?«, fragte Lydia, die sich McIntyre immer vorgestellt hatte wie Hannibal Lecter, gefesselt, isoliert, mit einer Maske vor dem Gesicht. Zumindest sah so ihre Wunschvorstellung aus.

»In der Kunsttherapie«, sagte Jetty Murphy leise. »Er hat immer nur Sie gemalt.«

Lydia musste ein Lachen unterdrücken, auch wenn es hier nichts zu lachen gab. Die Vorstellung, dass Jed McIntyre zur Kunsttherapie gegangen war und Bilder von ihr gemalt hatte, brachte die ganze Idiotie von psychiatrischen Einrichtungen im Allgemeinen und diesem Krankenhaus im Speziellen zum Ausdruck. Kein Wunder, dass er entkommen war. »Schweine«, murmelte Lydia.

»Das war ein böses Wort«, ermahnte Jetty sie. Lydia warf ihm einen eisigen Blick zu, und er krümmte sich, als hätte sie ihn geschlagen. Eine Sekunde lang hatte sie ein schlechtes Gewissen. Dann kam ihr ein neuer Gedanke.

»Jetty«, sagte sie, näherte sich dem Tisch und setzte sich neben Ford. »Haben Sie Jed McIntyre von den Tunneln unter der Stadt erzählt?«

Jetty nickte. »Er wollte es nicht glauben.«

Ford warf Lydia einen schuldbewussten Blick zu und schüttelte den Kopf.

»Was ist denn?«, fragte sie und runzelte die Stirn. Das ungute Gefühl schien sich dauerhaft in ihrem Bauch eingenistet zu haben.

Sie näherten sich einer bunt zusammengewürfelten Gruppe von Männern, die an einem schiefen Tisch saß und bei Kerzenlicht Poker spielte. Jeffrey glaubte sich in einer Folge von *Twilight Zone*. Offenbar spielten die Männer um Leergut, Kronkorken und Schraubdeckel dienten ihnen als Jetons. Um den Tisch verstreut lagen Tüten voller leerer Flaschen und Dosen. Die Männer lallten, waren in einen lautstarken Streit über die Frage verstrickt, wer die letzte Runde gewonnen hatte, und so bemerkten sie Violet, Jeffrey und Dax nicht, bis Dax die Runde aus Versehen anleuchtete.

»Hey, Mann«, schimpfte ein stämmiger Typ mit roter Baseballkappe. »Kümmer dich um deinen eigenen Scheiß.«

Jeffrey machte sich darauf gefasst, dass Dax ausrastete, doch er hob nur zur Entschuldigung die Hand. »Sorry, Kumpel.«

Sie kamen an provisorischen Zelten vorbei, die sich in einer schier endlosen Reihe dahinzogen. Die meisten waren von innen beleuchtet, Jeffrey und Dax sahen Schatten tanzen, gelegentlich waren Stimmen zu hören. Jeffrey meinte, den Geruch von gekochtem Fleisch wahrzunehmen.

»Gleiskaninchen«, sagte Violet.

»*Gleiskaninchen*?«, fragte Dax und verzog das Gesicht. »Darf ich fragen, warum?«

»Die Leute haben Hunger. Und die Ratten werden hier ziemlich groß«, sagte sie achselzuckend. »Sie sind gar nicht so übel. Die Vorstellung ist schwerer zu schlucken als das Fleisch an sich.«

»Das ist ja widerlich«, sagte Dax.

»Das sagt nur jemand, der niemals hungern musste«, sagte Violet.

»Wie Sie meinen«, entgegnete Dax, dem ihre vorwurfsvolle Art offenbar gar nicht gefiel. Jeffrey verdrehte die Augen; manchmal merkte Dax nicht einmal, wie sehr er den Leuten auf die Füße trat. Dann wiederum schätzte Jeffrey seine direkte Art, auch wenn sie manchmal unpassend schien. Dax konnte sich einfach nicht verstellen. Ihm war scheißegal, was die Leute von ihm dachten, und das machte ihn in Jeffreys Augen zu einem der vertrauenswürdigsten Menschen überhaupt. In dieser Hinsicht war Dax wie Lydia, wahrscheinlich kamen die beiden deswegen nicht miteinander aus.

Er spürte Dax' Hand auf seinem Arm, kurz bevor er

eine hochgewachsene Gestalt bemerkte, die ihnen den Weg versperrte und den Tunnel in der Höhe und Breite fast komplett ausfüllte. Violet schien zu zögern, als hätte sie Bedenken, doch dann ging sie einfach weiter.

»Da ist jemand«, flüsterte Jeffrey.

»Ich weiß.«

Jeffrey hörte, wie Dax seine Waffe entsicherte. Im Näherkommen erkannte er, dass irgendwo hinter dem Mann ein Licht brannte, so dass sein Schatten übermäßig groß erschien.

»Hast du die Bullen mitgebracht, Violet?«, fragte der Schatten mit tiefer, dröhnender Stimme. Er war etwa eins achtzig groß und schien eine Art Robe zu tragen, doch im Gegenlicht konnte Jeffrey nur wenig von Gesicht und Kleidung erkennen. Der Mann sah aus wie ein Gespenst, ein dunkler Schatten im Land der Finsternis.

Violet hatte Dax gebeten, die Taschenlampe auszuschalten, und der Moment schien ungünstig, sie ausgerechnet jetzt wieder einzuschalten, auch wenn es Dax in den Fingern juckte. Dann wiederum hatte er beide Hände an seiner Magnum Desert Eagle, deren Rückstoß ihn jedes Mal an einen Güterzug erinnerte.

»Das sind keine Bullen, Rain. Das sind Freunde von Danielle.«

Eine Pause, dann ein tiefes, höhnisches Lachen. »Danielle hat keine Freunde.«

»Doch, hat sie«, sagte Dax wütend. Er konnte es nicht leiden, wenn man seine Freunde beleidigte.

Sie standen einander gegenüber. Rain rührte sich nicht, er sah aus, als könnte er sich jeden Moment spurlos in der Dunkelheit auflösen.

»Was wollen sie hier?«, fragte er schließlich.

»Sie sind wegen des Virus gekommen.«

Violet setzte sich wieder in Bewegung und schlurfte an Rain vorbei, neben dem sie auf Zwergengröße schrumpfte. Jeffrey und Dax hielten sich zurück, wollten erst den Ausgang des Duells abwarten.

»Wir sind das Gegenmittel«, sagte Dax mit leiser, doch sonorer Stimme, die von den Wänden widerhallte.

Rain nickte, ohne den Weg freizugeben. »Und dann?«

»Und dann verschwinden wir und kommen nie wieder«, sagte Jeffrey.

»Und ihr werdet niemandem erzählen, dass ihr hier wart?«

»Klingt nach einem Deal.«

»Lasst die Leiche zurück. Wir kümmern uns darum. Niemand wird sie je finden.«

Und mit diesen Worten verschmolz er mit der Dunkelheit und war verschwunden. Jeffrey lief ein kalter Schauder über den Rücken, sein Herz wurde von Angst gepackt. Sie würden sich zu Mördern machen, und er war nicht sicher, ob er damit würde leben können. Es war gerecht, davon war er überzeugt. Er fragte sich nur, ob sie diejenigen waren, die das Urteil vollstrecken durften. Er kannte Lydias Meinung; sie hatten versucht, das Problem auf ihre Weise zu lösen … auf legale Weise. Sie waren gescheitert, und jetzt war Jed McIntyre auf freiem Fuß. Das konnte Jeffrey nicht akzeptieren.

Die drei gingen schweigend weiter. Jeffrey wollte nicht mehr reden, er wünschte sich, das Ganze wäre nur ein bizarrer Traum. Aber wenn er nicht hundertprozentig überzeugt wäre, dass sie keine andere Wahl hatten, wären sie jetzt nicht hier unten. Die Wahrheit sah so aus: Er hätte sein Leben und seine Seele gegeben für die Frau, die er liebte, und für das Kind, mit dem sie schwanger war.

ZEHN

Was denken die sich eigentlich dabei?«, fragte Lydia, die am Steuer von Fords Taurus saß. Sie waren auf dem Rückweg nach New York City. Ford ließ sie fahren, weil er wusste, dass sie sich irgendwie ablenken musste, um nicht den Verstand zu verlieren. Doch nun, da sie das Gaspedal durchtrat und das alte Auto an seine Grenzen brachte, bereute er seine Entscheidung. Sie glaubte wohl, sie wäre in einem Sportwagen unterwegs. Was definitiv nicht der Fall war. Ford hörte ein ganz neues Geräusch aus dem Motorraum.

»Hör mal … kein Grund, in Panik auszubrechen und zu rasen«, sagte Ford. »Wir sollten einfach nach Haunted weiterfahren, wie es geplant war. Die werden anrufen, wenn sie fertig sind.«

»Fertig womit?«, fragte Lydia. »Selbst wenn Jed McIntyre sich in irgendeinem U-Bahn-Tunnel versteckt – was haben die beiden denn vor?«

»Das brauche ich nicht zu wissen. Und du auch nicht. Die beiden sind erwachsen, sie können auf sich aufpassen und lassen sich nichts gefallen. Was willst du denn tun, wenn wir wieder in der Stadt sind? In den nächsten U-Bahn-Schacht klettern und sie suchen? In der Wohnung sitzen und dir die Haare raufen?«

Lydia fuhr an den Straßenrand und legte die Stirn ans

Lenkrad. Ford hatte recht. Aber ihr ganzer Körper stand unter Spannung, sie wollte unbedingt nach New York zurück. Was, wenn den beiden etwas zustieß? Bei der Vorstellung, Jeffrey könnte auf der Suche nach Jed McIntyre unter den Straßen herumkriechen, wurde ihr schlecht. Wie konnte er ihr so etwas antun? Ohne irgendetwas zu sagen? Sobald sie sich davon überzeugt hatte, dass es ihm gut ging, würde sie ihn umbringen.

Ford legte ihr eine warme, schwielige Hand in den Nacken, sie setzte sich auf und holte tief Luft. Er hatte ein freundliches, väterliches Gesicht. Sie hatte gesehen, wie es in einer Sekunde eiskalt werden konnte. Seine braunen Augen verrieten eine Tiefe und Sensibilität, die sie bei ehrgeizigen Polizisten nur selten beobachtet hatte, und sie wusste, dass er sich seine Menschlichkeit und sein Mitleid bewahrt hatte, die so oft dem Job zum Opfer fielen. Ein schwaches Lächeln vertiefte die Falten an seinen Mundwinkeln. Er schien ständig unrasiert zu sein und wirkte deswegen ein bisschen taff, ein bisschen verwahrlost. Er roch nach Old Spice und Sesamhühnchen.

»Reiß dich zusammen, Mädchen«, sagte er. »Wir fahren nach Haunted.«

Lydia wollte gerade nachgeben, als sein Handy klingelte. Er zog es aus der Tasche seines beigen Regenmantels.

»McKirdy«, meldete er sich. »Ach, wirklich?«, sagte er und zog die Augenbrauen hoch. »Was soll das heißen, *seltsam*?« Ungeduldig tippte er mit dem Finger auf das Armaturenbrett. »Nun ja, wir können frühestens in einer Stunde da sein.«

Er warf einen Blick auf die Uhr, dann auf die weiße

Sonne, die tief am Himmel stand. Das Licht war dämmrig, als würde es Abend werden. »Okay. Ich komme, so schnell ich kann.«

»Was ist denn?«, fragte Lydia, als er das Telefon wieder einsteckte.

»Wie es aussieht, gibt es Videoaufzeichnungen aus dem Apartmentgebäude der Ross.«

»Wirklich? Was ist darauf zu sehen?«

»Das wissen sie noch nicht. Mein junger Kollege schien sehr verwirrt. Die Kamera befindet sich im Keller des Gebäudes, in der Waschküche. Gegen halb drei Uhr nachts taucht etwas Merkwürdiges auf den Bildern auf, dann wird alles schwarz.«

»Hm«, sagte Lydia. »Was heißt das?«

»Das heißt, dass wir nach New York zurückfahren. Haunted muss bis morgen warten.«

Lydia fuhr wieder an, sie machten sich auf den Weg in die Stadt. Sie wusste nicht, ob sie erleichtert oder noch besorgter sein sollte. Ein Teil von ihr wollte nach Haunted fahren und vor allem flüchten, was in ihrem Leben gerade passierte, so als wäre die Aktion von Dax und Jeffrey weniger real, wenn sie nichts davon wusste. Doch ein anderer Teil wollte unbedingt zurück, vor Ort sein, so als könnte sie allein mit ihrer Anwesenheit in der Stadt das Schlimmste verhindern. Mit der Hilflosigkeit kam sie nicht zurecht, sie verknotete ihr die Gedärme und bereitete ihr dumpfe Kopfschmerzen. Sie klammerte sich ans Lenkrad und trat aufs Gaspedal. Das Auto bockte auf, Lydia trat noch fester zu, als könnte sie die Zeit selbst beschleunigen.

»Weiter gehe ich nicht«, sagte Violet. »Ich warte hier auf euch, dann führe ich euch zurück.«

Sie standen an einer Tunnelkreuzung. Etwa zweihundert Meter weiter konnten sie im Schein von Dax' Taschenlampe eine Metalltreppe erkennen; vom oberen Absatz führte ein schmaler Laufsteg bis vor eine Tür.

»Ist er da drin?«, fragte Dax.

»Ich weiß, dass er hinter dieser Abzweigung wohnt. Ich weiß aber nicht, ob er da ist.«

»Wir sollten abwarten«, sagte Jeffrey zu Dax. »Mach das Licht aus. Wir werden sehen, ob sich was tut.«

»Ach, komm schon, Mann. Wir holen uns das Schwein. Ich habe lange genug gewartet. Ich kriege hier unten noch Klaustrophobie«, sagte Dax und verdrehte den Kopf nach rechts und links, bis es knackte.

»Es hat keinen Sinn, die Tür einzutreten, wenn er gar nicht zu Hause ist. Damit verraten wir uns höchstens, und die Gelegenheit ist vertan. Hab Geduld.«

Dax schaltete die Taschenlampe aus, und Jeffrey machte ihm ein Zeichen, ihm bis an die Treppe zu folgen. Unter dem Treppenabsatz befand sich eine schmale Nische in der Wand, in der früher vielleicht einmal ein Notfalltelefon gehangen hatte. Die beiden Männer passten Schulter an Schulter hinein. Sie befanden sich direkt unter der Tür und hatten im Blick, wer sich von rechts und links näherte.

Dax seufzte und ging in die Hocke. Er zog die Magnum aus dem Schulterholster und entsicherte sie. Jeffrey zog seine neue Glock aus dem Hosenbund. Seine alte hatte er in Albanien zurücklassen müssen, diese hier hatte er erst ein Mal ausprobiert, auf dem Schießstand. Er mochte Semiautomatikwaffen und trug fast immer eine bei sich, dann wiederum bargen sie, anders als Revolver, ein gewisses Risiko. Revolver waren Arbeitstiere, sie blockierten nie; eine Semiautomatik war weniger verlässlich, fasste jedoch mehr Munition.

Er versuchte, sich in die Situation einzufühlen, aber es war, als hätten die Tunnel seine Sinne getrübt. Als junger FBI-Agent hatte er immer geglaubt, dass man spürte, wenn man sich in Gefahr begab; man betrat ein menschenleeres Haus und wusste intuitiv, ob sich dort jemand versteckte; man ahnte, ob eine Razzia schiefgehen würde, ob Verhandlungen scheiterten. Doch im Laufe der Jahre hatte er gelernt, dass man nie wissen konnte, wie schnell eine Situation eskalieren würde.

Er lehnte sich an die Wand und fuhr sich mit einer Hand durchs Haar, nass von Schweiß und der feuchten Luft. Er bereute, sich nicht von Lydia verabschiedet zu haben. Das Gefühl drückte ihm auf den Solarplexus; es war arrogant gewesen zu glauben, er könnte vor ihr zurück sein. Er wusste nicht mehr genau, wie viel Zeit verstrichen war oder wann er sie wiedersehen würde. Wenn sie so etwas mit ihm machen würde, würde er ihr die Leviten lesen. Er tröstete sich mit dem Gedanken, dass sie es genauso gemacht hätte wie er.

»Ich habe etwas gehört«, sagte Dax.

»Aus welcher Richtung?«, fragte Jeff.

»Von hinter der Tür«, sagte Dax.

Jeffrey lauschte in die Dunkelheit hinein, und dann hörte er es auch, ein leises Schlurfen von oben. »Los geht's«, murmelte er.

Die Metalltreppe war überraschend stabil und

quietschte nicht einmal leise, als sie hinaufstiegen. Sie bewegten sich vorsichtig und schlichen dann über den Laufgang, den Rücken an die Wand gepresst. Dax schob sich bis an die Türangeln, um sie zu untersuchen. Er war froh zu sehen, dass die Tür nach innen aufging; das würde ihnen einen schnelleren Zutritt ermöglichen. Die schwere graue Metalltür hatte einen Riegel für ein Vorhängeschloss, doch von außen war sie nicht gesichert. Dax stupste die Tür mit einem Finger an, sie bewegte sich leicht. Sie war offen. Jeffrey hob die Hand und zählte an drei Fingern ab, doch noch bevor er bei *Los!* angekommen war, hatte Dax die Tür aufgestoßen und war mit erhobener Waffe hineingesprungen.

»Runter auf den Boden, verdammt«, schrie Dax ins Nichts. Jeffrey folgte ihm, die Glock in der einen, die Taschenlampe in der anderen Hand. Dax' Stimme dröhnte von Wand zu Wand.

Der Raum war leer, abgesehen von einer großen Ratte, die in einer Balducci's-Tüte wühlte. Missmutig starrte das Nagetier sie an. Neben der Tüte lag eine Ausgabe von Lydias erstem Buch und ein Blatt von einem Schreibblock.

»Verdammte Scheiße«, murmelte Dax, seine Wangen wurden rot. Er bückte sich, hob den Zettel auf und hielt ihn in die Höhe. Darauf stand: *Ihr habt doch nicht geglaubt, dass es so einfach wird?* Er zerknüllte den Zettel in seiner Faust und warf ihn gegen die Wand. Die Ratte entfernte sich ohne Eile.

»Offenbar funktioniert die Stille Post in beide Richtungen«, sagte Jeffrey und ging an die Tür zurück, nur für den Fall, dass jemand sie in einen Hinterhalt gelockt hatte.

»Er ist aalglatt, das muss man ihm lassen«, sagte Dax mit fester Stimme, auch wenn er Mühe hatte, sich zu beherrschen. Jeffrey sah die Wut in seinen Augen. Dax' sonst so freundliches Gesicht war kalt und hart.

»Wir müssen von hier verschwinden«, sagte Jeffrey, denn auf einmal hatte er das Gefühl, die Wände rückten zusammen. Er warf einen letzten Blick in den Raum, ließ den Lichtkegel über Wände und Decke gleiten. Es gab keinen zweiten Ausgang. Jed McIntyre war verschwunden, bevor sie gekommen waren. Gerade als er sich abwenden wollte, entdeckte er etwas an der gegenüberliegenden Wand ... Reste von Klebeband, an dem Papierfetzen hingen. Es sah so aus, als habe jemand etwas an der Wand befestigt und dann eilig abgerissen.

»Was ist das?«, fragte Dax.

»Keine Ahnung«, sagte Jeffrey und kam näher heran, um die Fetzen zu untersuchen. Er erkannte den Rest einer Skizze, konnte sich aber nicht vorstellen, was sie darstellen sollte.

»Mist«, sagte er, und der Ärger darüber, dass Jed McIntyre ihnen schon wieder entkommen war, trieb seinen Blutdruck in die Höhe.

Als sie die Treppe hinunterstiegen, leuchtete Jeffrey auf der Suche nach Violet den Tunnel ab, konnte sie aber nicht sehen. Er wollte ihren Namen rufen, überlegte es sich dann aber anders, weil er nicht wusste, wer oder was sie in der Dunkelheit erwartete. Er unterdrückte seine Panik, als Violet auch hinter der nächsten Biegung nicht zu sehen war. Er und Dax hielten inne und sahen einander ratlos an.

»Verdammte Hölle«, sagte Dax leise, nahm Jeffrey die

Taschenlampe aus der Hand und leuchtete in beide Richtungen in den Tunnel. Das Licht war wie ein dünner Faden in einem schwarzen Teppich.

»Violet!«, rief Dax, seine Stimme echote durch die Gänge. Sie hörten ein leises Lachen, das aus allen Richtungen zu kommen schien. Eine riesige Form löste sich aus der Tunnelwand und trat ins Licht. Sie kam ihnen langsam entgegen, schien eher zu schweben, als zu gehen. Jeffrey und Dax hielten ihre Waffen in die Höhe.

»Keine Bewegung, sonst puste ich dir den Kopf weg«, rief Jeffrey mit tiefster Polizistenstimme und richtete die Glock mit klopfendem Herzen auf das Ziel.

»Das ist jetzt nicht der richtige Zeitpunkt, den Helden zu spielen, Jungs«, sagte eine Stimme hinter ihnen. »Rennt! Folgt mir!«

In der Wache herrschte Trubel, Telefone klingelten, die Verhafteten schrien wild durcheinander, und Bürger standen Schlange, um eine Anzeige aufzugeben, als Lydia und Ford durch die hohen Holztüren des Haupteingangs traten. Der Beamte am Empfang, er hatte eine Monobraue und ein Dauerstirnrunzeln im Gesicht, drückte auf den Türöffner, und die beiden traten ein. Lydia und Ford gaben ihre Waffen bei einem jungen Polizisten ab, der die Schließfächer bewachte. Wegen der kalten Temperaturen draußen war die Wache überheizt, ein riesiger, geschmückter Weihnachtsbaum welkte in einer Ecke vor sich hin. Sie wurden durch eine zweite Tür gelassen und stiegen die Treppe in den zweiten Stock zum Morddezernat hoch.

Das Morddezernat war still und leise im Vergleich zu

dem Durcheinander, das von unten heraufschallte. Computermonitore leuchteten grünlich im Halbdunkel, irgendwo klingelte ein Telefon. Lydia warf einen Blick aus dem Fenster und bemerkte, dass die Dämmerung vorüber und es nun offiziell dunkel war. Es war ganz offiziell Nacht, und noch immer hatte Jeffrey sich nicht gemeldet. Sie zog ihr Handy heraus, um nachzusehen, ob sie seinen Anruf verpasst hatte. Sie versuchte, das latent schlechte Gefühl zu unterdrücken, das sich nun, da sie ihm Beachtung schenkte, erneut meldete. Sie folgte Ford in den hinteren Teil der Büroräume, konzentrierte sich ganz auf die anstehende Aufgabe. Alles andere war jetzt sinnlos.

Im Medienraum saßen zwei von Fords Kollegen. Eigentlich handelte es sich nur um einen Verhörraum, in dem ein Fernseher, ein Videorekorder und ein Kassettenspieler auf einem stählernen Servierwagen standen, den man hinausschieben konnte, falls der Raum für seinen ursprünglichen Zweck gebraucht wurde.

»Was haben wir, Jungs?«, fragte Ford im Hereinkommen und legte seinen Regenmantel ab. Lydia behielt ihren Kaschmirmantel an, denn trotz der Wärme im Zimmer fror sie innerlich. Sie wurde Detective Joe Piselli vorgestellt, einem kleinen, dunkelhaarigen Mann mit mädchenhaft langen Wimpern, einem strahlenden Lächeln und festem Händedruck. Und Detective Al Malone, einem unbeholfenen Jüngling mit schlimmen Aknenarben und krummen Schultern. Keiner der beiden konnte viel älter als fünfundzwanzig sein, alles andere hätte Lydia überrascht. Sie wirkten hellwach und diensteifrig, strahlten, was ihren Job anging, einen ungebrochenen Optimismus aus.

»Wir haben es uns immer wieder angesehen, aber es ergibt einfach keinen Sinn«, sagte Piselli und trat an den Monitor. Er drückte auf *play* und spulte vor, Ford nahm neben Lydia Platz.

Die Videoaufnahme zeigte eine Wand mit zehn Waschmaschinen und gegenüberstehenden Wäschetrocknern. Die Kamera, sie musste sich irgendwo über der Tür befinden, filmte fast die gesamte Waschküche. Der Raum war in grelles Neonlicht getaucht; während das Band weiterlief, betrat eine kleine, stämmige Frau in einem Haushaltskittel den Waschkeller, befüllte eine Maschine und verschwand in Sekundenschnelle wieder. Ihre beschleunigten Bewegungen erinnerten an eine Aufziehpuppe. Wenige Augenblicke später kehrte sie zurück, um die Wäsche in den Wäschetrockner umzuladen.

»Können wir schneller vorspulen?«, fragte Ford ungeduldig. »Das ist ein Wäschekeller. Wenn wir hier nichts weiter zu sehen kriegen als Leute, die Wäsche waschen …«

»Eine Sekunde …«, sagte Malone. »Da.« Er beugte sich vor und drückte auf *play*. Lydia kniff die Augen zusammen und sah den Schatten einer Bewegung, irgendetwas schob sich knapp an der Kamera vorbei. Dann wurde das Bild schwarz.

»Gibt es einen zweiten Zugang zu diesem Raum?«, fragte sie.

»Keinen, den wir gefunden hätten«, antwortete Piselli. »Nur diese eine Tür. Der Hausmeister sagt, es gibt keinen anderen Weg rein.«

»Wie viel von der Grundfläche wird von der Kamera erfasst?«, fragte Ford.

»Schätzungsweise fünfundsiebzig Prozent. Man kann

nicht sehen, was sich direkt unter der Kamera und in der hintersten Ecke abspielt. Und offensichtlich gibt es da auf der rechten Seite noch einen Winkel, den wir nicht einsehen können.«

»Dann würde sich jemand, der sich auskennt, rechts an der Wand entlangschieben?«, fragte Lydia.

Piselli nickte achselzuckend.

Sie spulten das Band zurück, und Lydia schaute noch einmal genauer hin, beugte sich weit vor. Die fließende Bewegung und die Andeutung eines Musters ließen sie an Stoff denken.

»Das ist ein Saum«, sagte sie schließlich und legte den Finger an den Bildschirm. Piselli spulte noch einmal zurück, und alle beugten sich vor. »Das ist der Saum eines Kleidungsstücks. Schauen Sie mal … dunkler Stoff mit kleinen Herzchen.«

»Warum sollte sich jemand um halb drei Uhr nachts im Wäschekeller herumtreiben? Und warum meidet er die Kamera?«, dachte Ford laut.

»Die Person müsste ziemlich klein sein, um außerhalb des Sichtfeldes zu bleiben«, sagte Malone.

»Und wie wurde die Kamera ausgeschaltet, ohne dass man sehen kann, durch wen?«, fragte Piselli.

»Vielleicht finden wir da unten die Mordwaffe und auch Richard Strattons Ring … ganz zu schweigen von seinem Finger«, sagte Ford.

»Nun, irgendetwas werden wir finden«, sagte Lydia, stand auf und ging zur Tür. »Los geht's.«

»Wer braucht schon Feinde, wenn er Freunde wie euch hat?«, fragte Rain mit einem knappen, verächtlichen Lachen. »Ich dachte, ihr habt einen Plan und würdet euch um das Problem kümmern. Stattdessen muss ich euch jetzt auch noch aus der Patsche helfen.«

»Wer war der Kerl?«

Rain antwortete nicht, lief einfach immer weiter vor ihnen her. Offenbar war er ein älterer, schwarzer Mann mit weißem Vollbart. Seine Augen waren nüchtern und klar, aber sein Gesicht war vom Überlebenskampf gezeichnet. Ohne seine Robe war er einfach nur ein gebeugter Alter, der ein Bein nachzog. Vermutlich wurden die meisten Leute hier unten nicht so alt wie er, Jeffrey war neugierig auf seine Geschichte, wagte aber nicht zu fragen. Vor ihnen konnte er eine Art Lichtquelle erkennen; es sah aus, als scheine das Licht einer Straßenlaterne durch ein Gitter. Wenn es nach ihm ging, konnte es jetzt nicht schnell genug gehen.

»Jetzt ist er auf der Flucht, und wir werden ewig brauchen, ihn wieder zu orten«, sagte Rain. »Eure Aktion hat ein Chaos angerichtet.«

»Du hast meine Frage nicht beantwortet«, sagte Dax gereizt. Er hatte genug von den Obdachlosen und ihren Vorwürfen.

»Was ich auch nicht tun werde«, antwortete Rain, drehte sich zu Dax um und hob drohend den Finger.

»Woher wusste er, dass wir hinter ihm her sind?«, ging Jeffrey dazwischen.

»Er wurde vorgewarnt. Ich weiß nicht, von wem. Aber ich werde es herausfinden, und dann werde ich mir denjenigen vorknöpfen, das könnt ihr mir glauben.«

»Wer bist du, der Bürgermeister der Tunnel, oder was?«, höhnte Dax.

»Etwas in der Art. Deine pampige Art gefällt mir gar nicht, Junge«, sagte Rain. Wäre Bill Cosby ein Höhlenbewohner unter den Straßen von New York, er würde genau so aussehen wie Rain.

»Was ist mit Violet?«, fragte Jeffrey und schob sich zwischen Dax und Rain.

»Das weiß ich nicht«, antwortete Rain, wandte sich von Dax ab und zog ein sorgenvolles Gesicht. Er steckte die Hände in die Taschen, warf Dax einen letzten warnenden Blick zu und ging weiter. Bald fanden sie sich vor der Wandöffnung wieder, durch die sie in das Tunnelsystem eingestiegen waren. Noch nie in seinem ganzen Leben war Jeffrey so froh, U-Bahn-Gleise zu sehen.

»Vergesst nicht euer Versprechen«, sagte Rain zu Jeffrey und wollte verschwinden.

»Moment mal. Wir sind hier noch nicht fertig.«

»Das ist nicht mein Problem«, sagte der Alte und humpelte los, ohne sich umzudrehen.

»Doch, das glaube ich schon«, rief Jeffrey ihm hinterher. »Wenn wir dem FBI verraten, dass er sich irgendwo hier unten versteckt, werden die Agenten alles auf den Kopf stellen.«

Rain hielt abrupt inne, Dax lächelte. »Ohne deine Stadt bist du wohl kaum noch Bürgermeister, was?«, sagte er.

»Was wollt ihr von mir?«, fragte der Alte und drehte sich um. »Verdammt, ich wusste doch, dass der Typ Ärger machen wird, vom ersten Moment an.«

»Warum hat sich dann keiner darum gekümmert?«, fragte Jeffrey.

»Weil das hier unten der Verhaltenscode ist, Mann. Jeder bekommt eine Chance, sich der Gemeinschaft anzuschließen. Hier leben nur Verlierer – Drogensüchtige, Prostituierte, Kriminelle, Verrückte. Hier gibt es einen Platz für jeden, solange er sich an die Regeln hält, niemandem schadet und nicht mit der Polizei oder den Leuten von oben über das Leben hier unten spricht.«

»Rain, dieser Mann ist ein Mörder«, sagte Jeffrey. »Er wird noch mehr Menschen töten. Sag uns einfach nur, wo er ist, um den Rest kümmern wir uns. Gib uns Bescheid, sobald du erfährst, wo er steckt. Mehr verlangen wir nicht.«

»Und dann nehmt ihr die Sache in die Hand? So wie heute?«

»Du hast eine Woche Zeit«, sagte Dax. »Wenn wir bis dahin nichts hören, kommen wir mit dem FBI zurück, und dann könnt ihr euch alle von eurem hübschen kleinen Traumreich verabschieden. Ihr werdet in Obdachlosenheime und Irrenanstalten gesteckt, wo ihr hingehört.«

Jeffrey warf Dax einen strengen Blick zu, der jedoch von der Finsternis verschluckt wurde und abgesehen davon keinerlei Wirkung gezeigt hätte. Was den Umgang mit Menschen anging, hatten sie einfach unterschiedliche Ansätze. Jeffrey glaubte fest daran, dass alle Leute unabhängig von den Umständen respektvoll zu behandeln waren, solange sie sich nicht als unwürdig erwiesen hatten. Dax sah es genau andersherum. Er hatte einigen wenigen Menschen ewige Treue geschworen, der Rest konnte seiner Meinung nach zur Hölle fahren.

»Hör mal«, sagte Jeffrey, um Dax' Worte abzumildern. Doch Rain ging schon davon. »Rain, lass uns darüber reden.«

»Keine Sorge«, sagte Dax, kletterte durch die Öffnung

und stellte sich auf die vergleichsweise gut beleuchteten Gleise auf der anderen Seite. »Der wird sich melden.«

»Mist«, sagte Jeffrey und sah seine einzige Möglichkeit, Jed McIntyre zu finden, in der Dunkelheit verschwinden.

»Glaub mir, Kumpel«, sagte Dax mit jenem gewinnenden Lächeln, das Jeffrey immer wieder vergessen ließ, was für ein unberechenbares Arschloch er manchmal sein konnte. »Ich kenne diese Leute. Wenn er uns jetzt versprochen hätte, sich zu melden, würde ich mir Gedanken machen. Lass uns zurück nach oben gehen und Lydia anrufen. Die wird dich ungespitzt in den Boden rammen. Das darf ich mir nicht entgehen lassen.«

ELF

Nichts verabscheute Lydia mehr, als sich vor fremden Leuten zu streiten. Selbst wenn sie bester Stimmung war, fühlte sie sich ungern beobachtet, und schon gar nicht, wenn sie wütend und verletzlich war. Die Leute bildeten sich vorschnell ein Urteil, und sie hatte keine Lust, sich auch noch um die Meinungen der anderen Gedanken machen zu müssen. Allein deswegen sprach sie mit freundlicher, fester Stimme, als Jeff sie endlich auf dem Handy anrief. Sie war vor Erleichterung wie elektrisiert, als sie seine Nummer auf dem Display erkannt hatte. Als die Erleichterung verflogen war, stellten sich die Wut und die Angst sofort wieder ein.

»Hallo«, hatte sie gesagt. Ford saß neben ihr, die Detectives Piselli und Malone auf der Rückbank. Im Auto war es still, alle hörten zu.

»Hey, wie geht's?«, fragte Jeffrey schuldbewusst. Die Verbindung war schlecht, es klang, als wäre er auf dem Mond. Was er auch genauso gut hätte sein können, so fern fühlte sie sich ihm gerade.

»Gut. Was ist los?« Ihre Stimme klang unbeschwert, doch die Worte fühlten sich wie Steine in ihrem Mund an.

»Nichts«, log er. »Ist Ford bei dir?«

»Ja. Und du? Bist du mit Dax unterwegs?«

»Ja. Wollen wir uns treffen?«

»Klar. Wir sind zum Apartmenthaus der Ross unterwegs. Wir haben etwas auf den Überwachungsbändern entdeckt und wollen der Spur nachgehen. Wir treffen uns dann in der Waschküche.«

»In der Waschküche?«

Lydia wollte einen Witz machen, doch sie klang schroff und wütend. »Ich glaube, da ist ein Echo in der Leitung.« Sie war nie gut darin gewesen, aus ihren Gefühlen einen Hehl zu machen.

»Du bist sauer«, sagte er.

»Wieso sollte ich sauer sein?« Ihre Stimme triefte vor Sarkasmus, aus dem Augenwinkel sah sie, wie Ford sich zu ihr umdrehte.

»Wir haben viel zu besprechen.«

Darauf antwortete sie nicht. Sie versuchte, aus seiner Stimmung zu ergründen, wie es gelaufen war.

»Habt ihr es geschafft?«, fragte sie schließlich. In der Schweigepause, die sich nun ergab, löste sich die Hoffnung, die sie insgeheim gehegt hatte, in Luft auf.

»Nein. Leider nicht.«

»Bis gleich.«

»Lydia …«

Sie beendete das Gespräch. Eigentlich war sie gar nicht wütend auf Jeffrey. Nicht so richtig. Sie hatte Angst und war müde. Doch mit der Wut konnte sie besser umgehen, denn Wut bedeutete Macht. Wut verlangte nach einer Reaktion. Wut machte stark. Angst machte schwach, hilflos, zum Opfer. Und das war für Lydia nicht hinnehmbar.

»Ist alles in Ordnung?«, fragte Ford. Er klang, als hätte er seine Hand in einen Löwenkäfig gesteckt.

Sie wusste nicht, was sie darauf antworten sollte. Also nickte sie bloß und schaute aus dem Fenster, bis sie vor dem Apartmenthaus in der Park Avenue hielten.

»Eigentlich wird diese Waschküche kaum benutzt, wissen Sie«, sagte der Portier, als er sie zum Servicelift führte. Sein Yonkers-Akzent war schwer, er passte nicht so recht in den rostroten Frack mit den Schulterklappen und den goldenen Knöpfen, die alle Hausangestellten tragen mussten. Vermutlich war es sein einziger Anzug, und selbst der war verknittert und an den Beinen zu kurz. Der Mann wirkte unbeholfen, aber sehr hilfsbereit. Sein Name war Anthony Donofrio.

»Die Leute hier im Haus haben Geld, wissen Sie«, sagte er und rieb Daumen und Zeigefinger aneinander. Beim Lächeln zeigte er seine schiefen gelben Zähne. »Die meisten haben Waschmaschine und Trockner oben in der Wohnung. Ein paar von den alten Bewohnern kommen noch runter, die sind zu geizig, sich eine eigene Maschine zu kaufen. Aber hauptsächlich wird der Keller von den Putzfrauen und den Kindermädchen benutzt, wenn sie mehr als eine Maschine Wäsche zu erledigen haben und Zeit sparen wollen. Der Monitor der Kamera steht in der Pförtnerloge, ich kann an einer Hand abzählen, wie viele Bewohner persönlich runterfahren. Aber meistens übernehme ich ohnehin die Nachtschicht.«

Ford merkte, wie sehr Anthony seinen kleinen Auftritt genoss. Seit die Polizei und das Fernsehen dagewesen waren, waren alle viel freundlicher zu ihm. Die Leute hatten das Gefühl, an etwas Wichtigem teilzuhaben, und waren der Polizei gegenüber sehr auskunftsfreudig, außer sie hatten etwas zu verbergen. Bestimmt war Anthony Donofrio ein Kerl, der regelmäßig seine Mutter besuchte, sich mit Frauen schwertat und immer noch mit denselben Freunden herumhing wie zu Schulzeiten. Falls er etwas zu verbergen hatte, dann höchstens, dass er jeden Abend vor einem Pornomagazin wichste. Und wer tat das nicht?

»Aber wie kam es, dass die Kamera in der Nacht ausgeschaltet wurde, Anthony?«, fragte Ford und zückte seinen Notizblock.

»Keine Ahnung«, sagte der Portier mit übertriebenem Schulterzucken. Seine Augen waren vor Unschuld weit aufgerissen, doch Ford konnte es sehen. Ein kurzes Zucken der Pupillen. »Ich habe das gar nicht bemerkt. Erst als Sie sich die Bänder angeguckt haben, kam raus, dass sie aus- und wieder eingeschaltet wurde.«

Ford schwieg eine Weile, starrte wie tief in Gedanken auf seinen Notizblock. Er wartete ab, bis das Schweigen unerträglich wurde.

»Ach, ich weiß auch nicht«, sagte Anthony noch einmal und kicherte nervös. Ford legte den Kopf schief und sah ihn stirnrunzelnd an. Auf einmal schien der Portier sich gar nicht mehr so wohl in seiner Haut zu fühlen.

»Und die Kamera lässt sich nur von dort ausschalten? Hinter Ihrem Tresen?«

Anthony Donofrio schwieg, trat von einem Fuß auf den anderen.

»Ja, hinter dem Tresen.«

»Haben Sie Ihren Platz irgendwann verlassen? Um pinkeln oder rauchen zu gehen oder was auch immer?«

Anthony Donofrio starrte auf seine Füße und schwieg.

»Ja, vielleicht«, sagte er schließlich. »Ja.«

»Was haben Sie denn gemacht?«

»Bin pinkeln gegangen. Wahrscheinlich.«

»Wahrscheinlich?«

»Hören Sie«, sagte er, trat einen Schritt vor und sah sich hastig um. »Ich darf keine Pausen machen. Ich könnte meinen Job verlieren.«

»Anthony«, sagte Ford. »Wenn Sie nicht ehrlich zu mir sind, wird der Job Ihr geringstes Problem sein.«

Anthony atmete langsam aus und schüttelte den Kopf. »Hin und wieder«, sagte er mit gesenktem Blick, »gehe ich raus, Sie wissen schon, um eine zu rauchen.«

»Dann war die Anlage in der Nacht also mehr als einmal unbeaufsichtigt. Jemand hätte reinkommen, die Kamera ausschalten und später wieder einschalten können, während Sie draußen waren?«

»Kann sein. Ja, schon möglich.«

Ford sah Anthony eindringlich an. Vielleicht hatte er doch mehr zu verbergen als das Pornomagazin. »Was noch, Anthony? Wenn es da noch etwas gibt, das Sie uns verschwiegen haben, wäre jetzt der geeignete Moment, damit rauszurücken.«

»Nein, das war's. Ich schwöre«, sagte er und blickte Ford in die Augen.

Ford nickte, gab Anthony jedoch mit einem Blick zu verstehen, dass er noch nicht zu hundert Prozent überzeugt und das Gespräch noch nicht beendet war.

»Hören Sie«, sagte Anthony mit gedämpfter Stimme, »ich bin wirklich auf diesen Job angewiesen.«

»Das hätten Sie sich früher überlegen sollen, meinen Sie nicht?«

Die Waschküche sah aus wie ein gewöhnlicher Kellerraum – kaltes Licht, hellgrau gestrichene Betonwände, Linoleumboden. Es roch nach Waschmittel und Trocknerluft. Nur ein Wäschetrockner rumpelte leise vor sich hin, hinter dem Bullauge drehten sich rosa Kleidchen und blaue und weiße Handtücher. An einer Pinnwand hingen Mitteilungen der Hausverwaltung, eine am Computer gestaltete Babysitteranzeige und ein paar Hinweise zur Gebäudesicherheit. Der Raum war sauber, hier war nichts auffällig. Das würde sich ändern; die Forensiker sollten jeden Moment eintreffen.

»Niemand rührt hier irgendetwas an«, sagte er zu Lydia und den beiden Detectives.

»Das ist ein Waschkeller, Ford. Hier werden wir alle möglichen Fingerabdrücke finden. Wollen Sie wirklich von jedem Menschen, der Zutritt hat, die Fingerabdrücke nehmen lassen?«, fragte Piselli.

»Heißt das, Sie melden sich freiwillig?«, fragte Ford stirnrunzelnd. Piselli verdrehte die Augen.

»Diese verdammten Anfänger, sind keine fünf Jahre dabei und glauben tatsächlich, alles besser zu wissen. Kann sein, dass es nicht anders geht. Vielleicht haben wir keine Wahl.«

Lydia schaute sich um. Sie hatte das Gefühl, in einer Sackgasse zu stehen; hier gab es nichts zu sehen als Waschmaschinen und Trockner, nackte Wände und Fußböden.

»Wie oft wird dieser Raum gereinigt?«, fragte sie.

»Die Putzkolonne kommt einmal pro Woche, um die Räume zu fegen und zu wischen«, sagte Anthony, froh darüber, sich nützlich machen zu können.

»War sie da, seit Richard Stratton ermordet wurde?«

»Nein, die kommen immer freitags … übermorgen.«

Lydia schritt die Reihe der Trockner ab, bewegte sich in die Ecke, in der die Gestalt sich vor der Kamera versteckt hatte. Ganz hinten entdeckte sie eine Lücke zwischen dem letzten Trockner und der Wand. Sie kniete sich auf den Boden und spähte unter das Gerät.

Ford kam näher. »Ist da was?«

»Ich bin mir nicht sicher«, sagte sie, stand auf und klopfte sich den Staub von der Hose. »Wir sollten das Gerät herausziehen.« Piselli und Malone zogen Schutzhandschuhe über und bewegten das Gerät. Zu viert beugten sie sich hinüber und schauten dahinter.

»Na so was«, sagte Malone.

»Was ist denn hier los?«, tönte eine Männerstimme hinter ihnen. Jeffrey und Dax waren da.

»Meine Güte, ihr stinkt wie zwei Kanalratten«, sagte Ford, als sie näher kamen.

»Eine Falltür«, sagte Lydia, ohne Dax und Jeffrey anzusehen. Sie war ganz auf ihre Entdeckung konzentriert. Abgesehen davon *wollte* sie die beiden jetzt gar nicht sehen.

»Ja. Aber wohin führt sie?«, fragte Piselli, als wollte er es lieber nicht wissen.

Die hölzerne Falltür hatte einen schmiedeeisernen Ring. Offenbar war sie zwischenzeitlich zugenagelt und mit Farbe überstrichen worden und unter dem Linoleumboden verschwunden. Doch jemand hatte ein Rechteck aus dem Bodenbelag herausgeschnitten, die Nägel herausgezogen und die Farbe entlang der Ritzen entfernt. Ford drückte sich am Wäschetrockner vorbei und hob die Luke an. Eine Leiter führte in ein dunkles schwarzes Loch hinunter. Der faulige Gestank von Schimmel und Verwesung strömte ihnen aus der Finsternis entgegen. Dax und Jeffrey kam der Geruch bekannt vor.

»Grade als ich dabei war auszusteigen, ziehen sie mich wieder rein«, zitierte Dax einen Satz aus *Der Pate*. Keiner lachte.

ZWÖLF

Durch dunkle Ritzen, unterirdische Tunnel und Geheimtüren dringen die Dämonen in unser Leben ein, um es in Trümmer zu legen. Sie kommen von dort, wo die Sonne niemals scheint und wo sie sich wie Bakterien in einer warmen, feuchten Wunde vermehren können. Als sie die dunkle Öffnung sah, tat sich auch in Lydia ein schwarzer Abgrund auf. Jemand war aus diesem Loch herausgekrochen, um Richard Stratton zu ermorden und Julians Leben zu zerstören. Julians schlimmster Albtraum schlich unter den Straßen dieser Stadt herum. Lydia fühlte Mitleid mit ihr. Sie hatte mehr mit Julian gemein, als sie geahnt hatte. Sie fragte sich, ob sie ein ähnliches Schicksal erleiden würde wie die Malerin.

Als Lydia Jed McIntyre von Angesicht zu Angesicht gegenübergestanden hatte, fürchtete sie, in Flammen aufzugehen. Er war in ihrem Leben immer nur ein Phantom gewesen, das alle freudigen Momente überschattete, in Zeiten von Trauer und Sorge wuchs und alle ihre Lebensentscheidungen beeinflusste. Wenn er nicht ihre Mutter ermordet hätte, wäre Lydia heute ein anderer Mensch. Der Schmerz, der sie dazu drängte, in die Köpfe der Verrückten zu kriechen, ihr ständiger, zum Scheitern verurteilter Versuch, das Chaos darin verstehen und benennen zu wollen, war allein das Werk von Jed McIntyre.

Dann wiederum war er im Laufe der Jahre zu einer abstrakten Vorstellung abgemagert. Er gab der Angst, dem Schmerz, dem Bösen ein Gesicht. Er stand für jede Sünde, jeden Mord. Und indem er zu alldem geworden war, war er nach so langer Zeit nur noch eine Vorstellung, kein Mensch mehr. Ihn in Fleisch und Blut zu sehen hatte in Lydia tiefe, längst vergrabene Ängste ausgelöst. Wenn sie sich vorstellte, dass er sie belauerte, immer auf dem Sprung war, verlor sie fast den Verstand. Sie fühlte sich dumpf, wie im Nebel. Und je länger er frei herumlief, desto dichter und erstickender wurde dieser Nebel. Sie bekam kaum noch Luft.

Unter ihr gähnte das Loch, sie schien ganz allein zu sein. Sie hatte das Gefühl, vor den Toren der Hölle zu stehen, an den Ort des Elends hinuntergezogen zu werden. Die Anziehungskraft war geradezu magnetisch.

»Lydia.« Jeffreys Stimme hörte sie nur wie durch eine Glasscheibe. Sie spürte seine Hand auf ihrer Schulter und wirbelte herum.

»Ruhig, Brauner«, sagte er lächelnd, und auf einmal war die Welt wieder da. »Ist alles in Ordnung?«

»Warum werde ich das ständig gefragt?«, entgegnete sie schnippisch, machte sich von ihm los und ging in den kühlen, dunklen Kellerflur hinaus. Sie lehnte sich an die Wand und lehnte den Kopf gegen die Steine. Wieder spürte sie dieses Ziehen in der Seite. Es war ganz leicht, doch sicherlich kein gutes Zeichen. Sie rieb sich die Augen. Als sie den Kopf wieder hob, stand Jeffrey vor ihr.

Wenn Jed McIntyre alles Schlechte, Falsche und Böse in diesem Universum verkörperte, dann stand Jeffrey für das Gute. Seit ihrer ersten Begegnung war er für sie so etwas wie ein Superheld. Erst als er auf der Jagd nach einem Kindermörder auf einem Dach in der Bronx angeschossen worden war, hatte sie begriffen, dass auch er sterblich war. Doch anstatt das Bild zu schmälern, war er ihr dadurch nur noch kostbarer geworden. Gleichzeitig war ihre kindliche Bewunderung zu Liebe herangereift. Ein Teil von ihr glaubte immer noch, er könnte schneller rennen als eine Kugel und von Hochhäusern springen, ohne sich zu verletzen. Ein Teil von ihr würde das immer glauben.

»Wir fahren nach Hause«, sagte er.

»Was? Nein. Ich will sehen, wohin die Leiter führt.«

»Dax bleibt hier. Er wird anrufen, sobald es Neuigkeiten gibt.«

»Aber …«, protestierte sie, doch ihre Stimme klang schwach.

Sie ließ sich von Jeffrey umarmen und zu den Aufzügen führen. Sie lehnte sich an, gab sich der Sicherheit und dem Trost hin. Sie würde ihm den Kopf abreißen, weil er sich wie ein Verrückter benommen und sie zu Tode erschreckt hatte. Aber das könnte auch noch ein bisschen warten.

Ihr Kopf war unnatürlich zur Seite verdreht, die Augen weit geöffnet, der Mund zu einem Staunen aufgerissen. Ihre Arme waren seitlich ausgestreckt und die Knie angezogen, als wollte sie vor Freude in die Höhe springen. Ihre Augen schienen im Halbdunkel zu glühen. Wie sie da auf dem schmutzigen Boden lag, sah sie aus, als wäre sie eben erst gestorben, weggeworfen wie Abfall.

Rain beugte sich über Violets Leiche und fühlte nichts als Mitleid, Mitleid dafür, dass sie so ein hartes Leben gehabt und so ein hässliches Ende gefunden hatte. Als er ihren blutigen, geschundenen Körper vor dem Versteck des Virus entdeckt hatte, hatte er einen Schrei ausgestoßen. Die anderen hatten ihn gehört, sie schlurften heran, schnappten nach Luft, als sie die Leiche sahen. Jemand fing zu weinen an, doch die meisten schwiegen nur. Der Tod schlug hier jeden Tag zu; die meisten überlebten in den Tunneln nicht lang. Niemand war überrascht, wenn er über eine Leiche stolperte.

Sie nannten ihn Rain, nach einem Satz, den Robert de Niro in *Taxi Driver* gesagt hatte: »Endlich hat es geregnet. Dreck und Abfälle wurden von den Bürgersteigen gespült.« Die Leute verließen sich auf ihn, sie brauchten einander. Selbst an einem Ort wie diesem sehnten die Menschen sich nach Geborgenheit.

Er spürte, wie die anderen sich in seinem Rücken drängten und auf ein Wort von ihm warteten, auf eine Erklärung oder einen Trost. Doch ihm fehlten die Worte. Er hatte sich so wie alle anderen immer auf Violet verlassen, auf ihren mütterlichen Rat, auf ihren Zuspruch und ihre Einfälle. Und nun, da sie nicht mehr lebte, spürte er eine tiefe Verzweiflung. Mehr Trauer, als er nach dem Tod seiner eigenen Mutter gespürt hatte, die eine drogensüchtige Hure gewesen und vor einer halben Ewigkeit gestorben war. Er kämpfte mit den Tränen, hielt den anderen den Rücken zugekehrt.

Er gab sich selbst die Schuld. Er hätte das Problem selbst in die Hand nehmen müssen. Nun standen sie alle mit dem Rücken zur Wand. Die kleine Welt, die sie sich hier unten erschaffen hatten, war in Gefahr, entdeckt und zerstört zu werden. Zum Teufel mit den »Regeln«. Wem wollten sie eigentlich etwas vormachen? Hier unten gab es keine Regeln. Einen gesetzloseren Ort gab es auf der ganzen Welt nicht.

Er drehte sich zu den anderen um, spürte ihre Blicke.

»Wir werden herausfinden, wer das getan hat«, sagte er mit tiefer, entschlossener Stimme. Ein Raunen ging durch die Menge. Rain dachte an Dax Chicago und Jeffrey Mark, an die Drohung, die sie ausgesprochen hatten, und zuckte innerlich mit den Schultern. *Mach dir deine Feinde zu Verbündeten.*

DREIZEHN

Das Schweigen zwischen ihnen war erdrückend. Lydia lag auf dem Sofa und starrte die Decke an, Jeffrey stand in der Küche und bereitete einen Salat zu, während sie auf die Pizza warteten. Vom Küchentresen aus konnte er ins tiefer gelegene Wohnzimmer hinuntersehen. Lydia drehte sich eine schwarze Haarsträhne auf den Finger und betrachtete die Halogenleuchten, die parallel zur Fensterfront verliefen. Während er Tomaten, Avocado, Zwiebeln und Koriander mit dem Salat mischte, fragte er sich, was in ihrem Kopf vor sich ging. Sie waren mit dem Taxi nach Hause gefahren, ohne ein Wort über die Ereignisse des Tages zu verlieren, hatten sich auf ein Abendessen geeinigt und darüber hinaus nicht weiter gesprochen.

Im orangegelben Licht der drei Hängeleuchten wirkte die Küche mit dem schwarzen Granittresen, den Terrakottafliesen, den Holzschränken mit Stahlbeschlägen gemütlich und einladend. Wie jeden anderen Raum im Apartment hatten sie auch diesen gemeinsam eingerichtet und auf alle Details ihres gemeinsamen Zuhauses geachtet. Als sie die Wohnung im letzten Jahr gekauft hatten, hatten sie die meisten ihrer alten Möbel verschenkt und nur behalten, was ihnen wirklich am Herzen lag.

»Ein Neuanfang schreit nach neuen Möbeln«, hatte Lydia gesagt, und Jeff hatte ihr beigepflichtet. Er hing ohnehin nicht an den Dingen. Er hatte nie viel Zeit zu Hause verbracht und sich deswegen kaum in der Wohnung im East Village aufgehalten, die er nach seiner Kündigung beim FBI bezogen hatte. Dort hatte er seine Privatdetektei gegründet, er hatte auf einem Ausziehsofa im Gästezimmer geschlafen. Während all seiner Jahre dort hatte er es nicht geschafft, richtige Möbel anzuschaffen. Nur der Verlobungsring seiner Mutter, die alte Dienstwaffe seines Vaters und sein Schrank voller Designeranzüge bedeuteten ihm etwas.

Lydias Wohnung am Central Park West hatte dagegen ausgesehen wie aus einem Magazin für Inneneinrichtung. Sie war luftig und modern und geschmackvoll dekoriert, dabei aber, wie Jeffrey fand, kalt und unpersönlich. »Du lebst im Klischee von New Yorks stylischster Wohnung«, hatte er einmal zu ihr gesagt. Sie hatte die Wohnung so, wie sie war, an einen Programmierer verkauft, inklusive der Möbel und wenige Monate bevor die Internetblase platzte. Auch Jeffrey hatte seine Wohnung verkauft und das Ausziehsofa und den wackligen Küchentisch mit den unbequemen Stühlen darin stehen lassen. Vom Gewinn hatten sie sich die Vierzimmerwohnung mit Galerie und Dachterrasse geleistet.

Von der Great Jones Street aus gelangte man durch eine mit drei Schlössern gesicherte Metalltür in die schlichte, weiß gestrichene Vorhalle. Ein alter New Yorker Industrieaufzug mit schweren Metalltüren fuhr direkt in ihr Apartment hinauf, das für New Yorker Verhältnisse ein wahrer Palast war. Der Preis war natürlich völlig überteuert gewesen, doch die Wohnung war schick und cool. Sobald Lydia aus dem Aufzug auf das alte Holzparkett getreten war, hatte sie ihre Entscheidung gefällt. Der private Dachgarten, mindestens ein Stockwerk höher gelegen als alle umliegenden Terrassen und Balkone, hatte alle Zweifel beseitigt. Von hier aus konnten sie die ganze Stadt überblicken. Nachts lag sie ihnen zu Füßen wie eine dunkle, von Sternen übersäte Decke, was praktisch war, immerhin bekam man die echten Sterne in New York kaum zu sehen. Inzwischen war es ihr Zuhause geworden, ihr gemeinsamer Ruhepol.

»Nun«, sagte er, stellte den Salat auf den Tisch und ging ins Wohnzimmer. »Woher wusstest du, wo wir sind? Hat Ford es dir verraten?«

»Nicht direkt«, sagte sie und sah ihn an. Er hob ihre Füße an, setzte sich und nahm sie auf seinen Schoß. Sie erzählte von ihrem Besuch bei Jetty Murphy und was er ausgesagt hatte.

»Als Jetty Murphy die Tunnel erwähnte, wirkte Ford auf einmal so erschrocken, dass ich sofort wusste, da seid ihr. Ich kann nicht glauben, dass ihr ohne mich losgezogen seid. Wie konntest du nur, Jeffrey?«

Er zuckte die Achseln, beugte sich vor. »Ich habe keine andere Lösung gesehen. Wärst du einverstanden gewesen? Dass wir da runtergehen?«

»Himmel, auf keinen Fall. Das war eine verrückte Idee. Was, wenn euch etwas zugestoßen wäre? Ich hätte dabei sein sollen.«

»Siehst du, genau das meine ich«, sagte er und schüttelte den Kopf über so viel Starrsinn. »Du bist schwanger. Wann geht dir das endlich in den Kopf?«

»Ich bin schwanger«, sagte sie, zog die Füße an und setzte sich auf. »Na schön. Ihr hättet trotzdem nicht runtergehen dürfen. Du hättest Dax allein schicken sollen. Oder das FBI. Aber du darfst nicht einfach so verschwinden, ohne mir ein Wort zu sagen. Das ist nicht fair.«

Er nickte. Sie hatte recht, und es tat ihm leid, ihr Kummer bereitet zu haben. Doch er würde es wieder tun. Deswegen sagte er nichts, schaute nur zu Boden.

»Ich meine, was wolltet ihr denn machen, wenn ihr ihn gefunden hättet? Ihn auf die nächste Polizeiwache schleppen?«

Wieder wusste Jeffrey keine Antwort. Sie wussten beide, dass er und Dax nicht vorgehabt hatten, Jed McIntyre Handschellen anzulegen und an das NYPD auszuliefern. Er hatte es bereits ein Mal geschafft zu entkommen, und Jeffrey würde nie wieder ruhig schlafen können, solange der Mann lebte. Lydia würde in Gefahr sein, bis Jed McIntyre irgendwann starb. Und damit konnte Jeffrey nicht leben.

»Es ist Mord, Jeffrey, egal, wie man es dreht und wendet. Bist du ein Mörder?«

Das Wort klang genauso schroff und hässlich, wie es war, und Jeffreys Magen drehte sich um. Er blickte in Lydias blasses, müdes Gesicht. Ihre Augen waren dabei überzulaufen. Ihre Worte waren wie ein Urteilsspruch, und er schämte sich unsäglich vor ihr.

»Noch nicht«, antwortete er, es klang selbstgefälliger, als es sollte.

Ihr Blick verriet eine Mischung aus Sorge und Enttäuschung. Die Türklingel läutete, Jeffrey erhob sich vom Sofa. »Wer ist da?«, sagte er in die Gegensprechanlage.

»Ich bin's«, rief Dax. »Und ich habe Pizza dabei. Ich weiß allerdings nicht, was ihr zwei essen wollt.«

»Die Leiter führt etwa vier Meter abwärts, dann geht es sechzig Meter durch einen Tunnel, der sich am Ende in drei separate Gänge aufteilt. Wir werden ein paar Männer und viel Zeit brauchen, um jeden einzelnen zu untersuchen. Das wird kein Zuckerschlecken, wie wir jetzt wissen«, sagte Dax und biss erneut in seine Pizza. Lydia hatte mitgezählt: Er brauchte vier Happen für ein Viertel. Jeffrey hatte Pizza nachbestellen müssen, nachdem Dax in weniger als zehn Minuten das meiste Essen vernichtet hatte. »Auf keinen Fall will ich wieder da runter. Nicht nach unserem kleinen Abenteuer heute.«

»Was war denn mit eurem kleinen Abenteuer?«, fragte Lydia mit einem Blick auf Jeffrey. »Ich kenne die Details noch gar nicht.«

»Es war einfach nur schrecklich«, sagte Dax. Er zählte die Höhepunkte auf, Lydia hörte mit weit aufgerissenen Augen zu. Sie stocherte in ihrem Salat herum, hatte jeden Appetit verloren. Vor Dax' Ankunft hatte ihr Magen vor Hunger geknurrt.

»Wenn ich es nicht besser wüsste, würde ich sagen, ihr habt euch das alles nur ausgedacht«, sagte sie schließlich. »Hat dieser Rain euch gesagt, wer der Typ war?«

»Nein«, sagte Jeffrey und erinnerte sich an das Phantom, das mit der dunklen Tunnelwand verschmolzen war.

»Ich kann nicht glauben, dass es Menschen gibt, die so leben«, sagte Dax, als würde er in einem Reihenhaus mit weißem Gartenzaun, zwei Kindern und Hund wohnen.

»Offenbar gibt es da unten mehr als ein Krokodil in der Kanalisation«, sagte Jeffrey und meinte damit, dass sich in den Tunneln unter der Stadt möglicherweise nicht nur Jed McIntyre versteckt hielt, sondern auch die Lösung für ihren Fall.

»Nun wissen wir also, dass ein Dritter sich in der Nacht von Richard Strattons Ermordung Zugang zum Gebäude verschafft hat«, sagte Lydia nachdenklich.

»Ja und nein«, sagte Dax.

»Richtig«, sagte Jeffrey, der wusste, worauf Dax hinauswollte. »Jemand im Haus hat den Trockner beiseitegerückt, denn von unten lässt sich die Falltür nicht öffnen.«

»Dann haben wir auf den Bändern entweder Julian oder Eleanor gesehen«, sagte Dax.

»Da bin ich mir nicht sicher«, sagte Lydia, als hätte sie schon länger darüber nachgedacht. »Die Person, die da unten rumgeschlichen ist, muss klein und zierlich gewesen sein. Und irgendjemand hat oben am Empfangstresen die Kamera ausgeschaltet. Andernfalls hätte sie gefilmt, wie der Trockner von der Wand gezogen wurde.«

»Dann reden wir von zwei Tätern?«

»Auf alle Fälle. Zwei Täter.«

»Eleanor und Julian?«, fragte Dax.

»Oder vielleicht …«, sagte Jeffrey und sah Lydia an.

Sie beendete den Satz für ihn. »Die Zwillinge.«

Manchmal ist es für eine Beziehung das Beste, einen Streitpunkt einfach auszuklammern: wenn keine Lösung in Sicht ist und weiteres Debattieren nur noch mehr Schaden anrichtet, anstatt zu einer Einigung zu führen. Lydia und Jeffrey hatten beschlossen, die Sache vor dem Schlafengehen nicht noch einmal zu besprechen. Aber während Jeffrey sofort eindöste, lag Lydia noch lange wach und starrte an den kleinen Wasserfleck, der sich vor kurzem unter der Zimmerdecke gebildet hatte.

Nachdem Dax gegangen war, hatten sie versucht, die Diskussion fortzuführen. Doch sie fanden keine Lösung. Jeffrey entschuldigte sich dafür, sie erschreckt zu haben, doch weiter wollte er nicht gehen. Lydia hatte das unangenehme Gefühl, dass er es beim nächsten Mal wieder genauso machen würde. Sie betrachtete ihn im Schlaf und fühlte eine seltsame Fremdheit. Sie war wütend und hilflos. Am liebsten hätte sie ihn geweckt und weitergeredet, um das ungute Gefühl loszuwerden.

Sie hörte den Straßenlärm von der Lafayette, vorbeirasende Autos, das gedämpfte Summen von einer Million Unterhaltungen, den Strom in den Leitungen, die U-Bahnen in den Tunneln, eine Mischung aus unendlich vielen Geräuschen. Nie hatte sie an das Paralleluniversum gedacht, das darunter existierte. Natürlich nicht. Sie hatte Gerüchte und Geschichten gehört, doch nie ernst genommen. Nun musste sie sich mit dem Gedanken anfreunden, dass nur wenige Meter unter ihren Füßen ein Niemandsland begann, der erste Kreis der Hölle, wo die Albträume lauerten. Bei dem Gedanken wurde ihr kalt.

Der Saum, den sie auf dem Videoband erkannt hatte, ein dunkles Muster mit kleinen weißen Herzen, hatte sie an Kinderbekleidung erinnert. Nur so war sie auf den Gedanken gekommen, dass möglicherweise die Zwillinge den Unbekannten ins Gebäude gelassen hatten. Ja, der Gedanke schien weit hergeholt, doch unmöglich war es nicht. Das Wie und Warum würde sich aufklären lassen. Morgen würde sie Eleanor und die Zwillinge sehen. Ford hatte versprochen, sich um einen Durchsuchungsbeschluss zu kümmern, damit sie in den Kinderzimmern nach dem Nachthemd suchen konnten. Er konnte sich leider nicht erinnern, was das kleine Mädchen in der Todesnacht des Vaters getragen hatte. Er hatte versprochen, darüber nachzudenken, Lydia am nächsten Morgen abzuholen und nach Haunted mitzunehmen.

Sie spielte kurz mit dem Gedanken, aufzustehen, in ihr Arbeitszimmer zu gehen und eine Internetrecherche zu starten. Aber dann wurden ihre Lider schwer, und die Vorstellung ihrer nackten Füße auf dem kalten Holzfußboden war abschreckend. Sie rollte sich auf die Seite und rutschte an Jeffrey heran, dessen Körperwärme wie ein starker Magnet auf sie wirkte. Sie schloss die Augen und zog die Knie an. Während des Abends hatte sie den Schmerz nicht noch einmal gespürt und sich eingeredet, dass sie vielleicht nur unter Blähungen litt. Sie schloss die Augen und schlief ein.

Die Dunkelheit umschloss sie. Sie träumte, sie wäre in einem winzigen Ruderboot mit nur einem Ruder. Sie wurde von einer Welle aus Blut durch einen schmalen Tunnel gespült und war ständig bemüht, nicht das Gleichgewicht zu verlieren. Aus allen Richtungen hörte sie Schreie, konnte jedoch nichts sehen außer Tunnelwände und das Blut unter sich. Sie hielt einen Finger hinein, als sie ihn herauszog, war er blutrot. Bei diesem Anblick wäre sie am liebsten gestorben vor Verlustangst. Sie wusste nicht, was sie verloren hatte, sie wusste nur, dass es unendlich kostbar gewesen war. Dann hörte sie das irre Lachen eines Verrückten von den Wänden widerhallen. Es umgab sie, sie wusste nicht, ob sie sich von der Geräuschquelle entfernte oder auf sie zugetragen wurde.

VIERZEHN

Haunted, New York, war genauso trostlos und noch hässlicher, als Lydia gedacht hatte. Der graue Himmel hing tief, die Bäume hatten ihr Laub abgeworfen. Die schwarzen, krummen Winteräste reckten sich gen Himmel, die Erde war so kalt und hart wie ein Friedhof. Selbst das wettergegerbte, alte Schild *Willkommen in Haunted* sah aus, als hätte die Sonne noch nie darauf geschienen. Jemand hatte *Lauf weg, so schnell du kannst* darüber gesprüht. Lydia fragte sich, warum niemand das Schild repariert oder ausgetauscht hatte.

Sie saß auf dem Beifahrersitz, Jeffrey auf der Rückbank des alten Taurus.

»Ford, warum kaufst du dir nicht ein neues Auto? Was für eine Rostlaube«, hatte Lydia gesagt, als er sie und Jeffrey vor ein paar Stunden in der Great Jones Street abgeholt hatte. Trotz der unruhigen Nacht fühlte sie sich besser als am Vorabend. Im Tageslicht wirkten die Probleme von gestern klein und weit weg. Sie ließ sie in der Stadt zurück, wie auch alle Gedanken an Jed McIntyre.

»Jetzt bin ich beleidigt. Nur weil etwas rostig aussieht, muss es noch lange nicht rostig sein«, antwortete Ford, warf einen Blick in den Rückspiegel und strich sich eine widerspenstige Haarsträhne aus der Stirn, als die anderen einstiegen. »Abgesehen davon bin ich froh, dass es überhaupt noch fährt, so wie du gestern gefahren bist. Ein Wunder, dass der Motor nicht explodiert ist.«

»Du hast sie fahren lassen?«, fragte Jeffrey. »Du solltest sie nicht fahren lassen, wenn sie sauer ist.«

»Ich bin eine ausgezeichnete Autofahrerin«, sagte Lydia empört.

»Ja, das denken alle Raser.«

Lydia drehte sich um und warf ihm einen Blick zu, um ihn daran zu erinnern, dass er immer noch in Ungnade gefallen war und bis auf Weiteres auch bleiben würde.

»Und, was ist gestern Abend noch passiert?«, sagte sie zu Ford.

»Nicht mehr viel. Die Forensiker sind gekommen und haben ihre Arbeit gemacht … natürlich haben sie jede Menge Fingerabdrücke, Fasern und Haare gefunden. Wir können noch nicht wissen, ob es uns weiterbringen wird. Wir haben jedoch keine Spuren auf der Leiter oder am Griff der Falltür gefunden. Der wurde wohl gereinigt. Wir haben ein paar Männer in den Tunnel runtergeschickt. Wenigstens wissen wir jetzt, dass es einem Eindringling theoretisch möglich gewesen wäre, unbemerkt ins Gebäude zu gelangen. Das ist eine gute Nachricht für Julian. Für uns bedeutet es natürlich nur noch mehr Probleme.«

»Blutspuren?«

»Keine sichtbaren. Heute Abend führen wir einen Luminoltest durch. Mal sehen. Eleanor Ross erwartet uns um vier, sie hat gesagt, wir könnten dann auch mit den Zwillingen sprechen … natürlich nur in Anwesenheit des Familienanwalts.«

»Natürlich«, sagten Lydia und Jeffrey wie aus einem

Mund. Sie tauschten einen Blick durch den Seitenspiegel aus.

»Von den Durchsuchungsbefehlen für Julians Wohnung und Eleanors Hotelzimmer habe ich ihr nichts gesagt. Ich muss schon zugeben, Lydia, ich finde die Vorstellung, die Kinder könnten etwas damit zu tun haben, ein bisschen verrückt.«

»Es sind schon viel verrücktere Dinge passiert. Wäre nicht das erste Mal, dass Kinder für ein Verbrechen missbraucht werden.«

Lydia dachte an Fälle zurück, in denen Kinder furchtbare Taten begangen hatten oder zur Beihilfe gezwungen worden waren. Roger Jeffers, ein Steuerberater mittleren Alters aus New Orleans, hatte seinen zehnjährigen Sohn dazu benutzt, Kinder aus öffentlichen Schwimmbädern und Parks wegzulocken, und dann hat er den Jungen gezwungen zuzuschauen, wie er seine Opfer missbrauchte und ermordete. Auch Lydias und Jeffreys erster gemeinsamer Fall hatte einen Teenager betroffen. Die fünfzehnjährige Wanda Jane Felix war von Klassenkameradinnen gequält und gemobbt worden, sie hatte ihrer Mutter geholfen, die Mädchen zu entführen und aus Rache zu verstümmeln. Dann war da noch der zwölfjährige Randy Crabtree, der von Tür zu Tür gegangen war und Tombolalose für die Fußballmannschaft seiner Schule verkauft hatte. Ein elfjähriger Junge machte ihm auf und gab an, kein Geld im Haus zu haben, woraufhin Randy sich gewaltsam Zutritt verschaffte und das Kind mit einer Kabeltrommel erschlug. Zu viele Kinder wuchsen in der Obhut von geisteskranken Erwachsenen auf. Ja, die Zwillinge waren noch klein. Aber sie waren groß genug, um Befehle ausführen zu können. Kinder sind kleine und loyale Soldaten, sie wollen gefallen und haben keine andere Vorstellung von Richtig oder Falsch als die, die ihnen eingetrichtert wird. Es ist richtig zu morden, es ist falsch, jemandem davon zu erzählen.

Sie verließen die Schnellstraße, die sie nach der Interstate genommen hatten, und folgten den Schildern zur Main Street. Anders als andere kleine New Yorker Städtchen, die stolz auf ihre hübschen, sanierten Innenstädte mit den hippen Cafés und schicken Boutiquen waren, sah Haunted aus, als hätte man es in den siebziger Jahren neben der Straße abgeladen und vergessen. Es war nicht einfach nur verfallen, sondern einer chronischen und unheilbaren Gleichgültigkeit zum Opfer gefallen.

Der Taurus rollte durch eine Straße voller Schlaglöcher. Eine alte Frau mit Rollator schlurfte über den Gehweg und verschwand in einer Bäckerei ohne Ladenschild. Das Wort »Bäckerei« stand einfach in blassblauer Farbe auf die Fensterscheibe geschrieben. Es gab einen Haushaltswarenladen und einen Friseur mit der obligatorischen rot-weiß-blau geringelten Säule vor der Tür. Das Rusty Penny war ein Diner, in dem sich außer ein paar gelangweilten Kellnerinnen, die lesend am Tresen saßen, kaum jemand aufhielt. Alle Gebäude waren im selben Schiefergrau gestrichen und gingen nahtlos in den Himmel über. Auf den Bordsteinen lagen schmutzig braune Schneereste, abgesehen davon war der Neuschnee vom Vortag geschmolzen. Sie hielten an einer roten Ampel, außer dem verbeulten Chevrolet hinter ihnen war kein Auto weit und breit zu sehen. Die Wartezeit kam ihnen endlos vor.

»Was für ein idyllischer kleiner Ort«, sagte Ford. »Wo fangen wir an?«

»In der Stadtbücherei«, sagte Lydia. »Du kannst mich da absetzen, und dann könnt ihr beide zur Polizeiwache weiterfahren. Vielleicht findet sich jemand, der sich an 1965 erinnern kann und reden will.«

»Klingt nach einem guten Plan.«

Die Bibliothekarin der Stadtbücherei von Haunted wirkte so trocken und verstaubt wie ein uraltes Wörterbuch. Ein Tankwart, der aussah, als hätte er irgendwelche Drogen genommen, hatte ihnen den Weg erklärt. Die Bücherei lag zehn Fahrminuten von der Main Street entfernt. Zufälligerweise befand sich die Polizeiwache in derselben Straße und war vom Parkplatz der Bücherei, einer umgebauten Kirche, gut zu sehen. Lydia hatte damit gerechnet, in einer kleinen, rückständigen Siedlung wie Haunted auf Misstrauen zu stoßen; zumindest hatte sie das über solche Orte immer gehört. Aber die wenigen Bewohner, die sie antrafen – der junge Mann an der Tankstelle, die Kellnerin im Rusty Penny, wo sie einen furchtbaren Kaffee getrunken hatten –, schienen sie kaum wahrzunehmen. Tatsächlich schienen sie nicht einmal zu merken, dass sie am Leben waren. Die Bibliothekarin hingegen war von einer ganz anderen Sorte.

Lydia hatte die eine oder andere Provinzbücherei von innen gesehen. Sie hatte sich auf ein paar Regale mit Bestsellern, ein paar alte Ausgaben von *Reader's Digest* und ein Archiv der Lokalzeitung eingestellt. Sie hatte mit miefiger Atmosphäre, Holzfurniermöbeln und geschmacklosem Teppichboden gerechnet, mit Neonröhren und dem säuerlichen Geruch von Apfelsaft, der bei einer allzu aufregenden Lesestunde vergossen worden war. Doch nun fand sie sich in einem schwach ausgeleuchteten Altbau wieder. Auf dem schweren Eichenholzschreibtisch am Eingang stand eine goldene Plakette mit der Aufschrift *Willkommen in der Bücherei – Marilyn E. Woods, Chefbibliothekarin*, die offenbar dem Zweck dienen sollte, Besucher abzuschrecken. Zwei Bibliotheksleuchten mit dunkelgrünem Glasschirm standen auf dem Schreibtisch und warfen ein warmes Licht. Dahinter erkannte Lydia scheinbar endlose Reihen dunkel lackierter Eichenholzregale, auf denen in Leder gebundene Wälzer mit vergilbtem Schnitt standen. Eine Treppe führte in eine Galerie hinauf, die durch eine Gittertür und Glasscheiben vom Hauptraum abgetrennt war und in der noch mehr alte Bücher aufbewahrt wurden. Zu Lydias Rechten fand sich eine gemütliche Sitzecke mit roten Plüschsesseln und einem langen, auf Hochglanz polierten Tisch, ebenfalls aus Eichenholz. Diese Bibliothek hätte besser zu einer Eliteuni oder einem ehrwürdigen Landsitz gepasst.

»Kann ich Ihnen helfen?«

Marilyn sah aus, als wäre sie als Bibliothekarin auf die Welt gekommen. Sie war eine kleine Frau mit schmalen Schultern und einem langen, schlanken Hals. Das graue Haar floss ihr in üppigen Locken über den Rücken und wurde von einer Haarspange aus der Stirn gehalten. Ihr Gesicht war so blass wie der Mond. Auf ihrer Adlernase saß eine Nickelbrille; die Augen dahinter leuchteten dunkel und sprühten vor Neugier und Intelligenz. Die Frau trug ein schlichtes schwarzes Kleid mit langen Ärmeln und ein Jadeamulett um den Hals. Sie schien wie gemacht zu sein für diesen Ort, als gehörte sie ebenso dazu wie die Eichenholzregale.

»Ist dies eine öffentliche Bücherei?«, fragte Lydia überflüssigerweise, immerhin stand sie direkt vor dem Schild.

»So steht es auf dem Schild«, sagte die Frau mit einem höflichen Lächeln und neugierigen Blick.

»Haunted scheint keine besonders reiche Stadt zu sein. Aber diese Bibliothek ist wunderschön.«

»Ehrlich gesagt wird unsere Bücherei von einer privaten Stiftung finanziert«, sagte Marilyn und lächelte so breit, als hätte Lydia sie selbst als wunderschön bezeichnet. Das Lächeln machte sie um zehn Jahre jünger.

»Darf ich mich ein wenig umsehen?«

»Aber natürlich«, sagte sie und drückte auf einen Knopf unter dem Schreibtisch. Ein leises Summen ertönte, und ein Türchen neben dem Schreibtisch sprang auf. »Kann ich Ihnen irgendwie behilflich sein? Ich muss Sie vorwarnen, die meisten unserer Bücher sind Nachschlagewerke, die man nicht ausleihen kann. Wir haben auch ein paar Erstausgaben von New Yorker Schriftstellern, historische Texte, alte Landkarten und die Stammbücher einiger sehr bekannter Familien. Weiter hinten stehen ein paar Regale mit populären Werken.« Das Wort *populär* schien ihr Schwierigkeiten zu bereiten, sie spuckte es geradezu aus. »Außerdem kann ich Ihnen aus den größeren Bibliotheken fast alles bestellen, wenn Sie einen Bibliotheksausweis haben. Aber den haben Sie vermutlich nicht, oder?«

»Nein.«

Es roch nach Holz und Leder, Lydia schlenderte an den Regalen entlang und betrachtete die schönen Bücher.

Sie fuhr mit dem Finger über die Buchrücken und meinte, einen Hauch von Zitruspolitur zu riechen.

Sie erreichte die schmale Treppe, die zur Galerie führte. Das Geländer aus Mahagoni glänzte. Die kleine Plakette an der untersten Stufe verriet, dass sich im Obergeschoss historische Dokumente und Familienstammbäume befanden, die nur auf Anfrage einzusehen waren. Lydia blickte sich um, sie rechnete damit, dass die Bibliothekarin hinter einem Regal hervorspringen und sie aufhalten würde. Doch niemand war zu sehen, und so stieg Lydia die Treppe hinauf. Kaum zu glauben, dass ein so kleiner und unscheinbarer Ort wie Haunted über so viel Literatur verfügte, die sich allein mit seiner Geschichte und seinen Bewohnern befasste, mindestens zehn deckenhohe Regale mit dicken, ledergebundenen Schinken. Lydia schaute sich vergeblich nach einem Lichtschalter um. Im trüben Licht aus dem Untergeschoss schritt sie die Regale ab. Sie suchte bei Q bis T in der Hoffnung, etwas über die Familie Ross zu finden, kniff die Augen zusammen, um die Schrift auf den Buchrücken lesen zu können. Am hinteren Ende entdeckte sie ein Buch mit dem Titel *Hiram Ross – Sohn der Gründerväter*. Sie zog es heraus und trug es zu einem Tisch neben dem Treppenabsatz, wo das Licht besser war.

Sie setzte sich und schlug das Buch auf. Es war in einem tadellosen Zustand, Zitronenduft stieg heraus. Lydia warf einen Blick auf das Inhaltsverzeichnis und fand ein Kapitel namens »Nachkommen«, blätterte zur entsprechenden Seite weiter. Sie fand einen Stammbaum, der bis zu Hirams Urgroßeltern zurückreichte und aus dem seine Heirat mit einer Frau namens Elizabeth Rye im Jahr 1856 hervorging. Sie war bald darauf gestorben, noch vor ihrem zweiundzwanzigsten Geburtstag im Jahr 1859. Kein Jahr später ehelichte Hiram eine Frau namens Eleanor Hawthorne, die ihm einen Sohn und Zwillinge schenkte, einen Jungen und ein Mädchen. Die Zeichnung bedeckte mehrere Seiten und erstreckte sich über viele Generationen, bis zur Geburt von Eleanor und Paul Ross, Zwillinge und Nachfahren von Hiram. Der Stammbaum endete mit Eleanors und Jacks Heirat. Julians Geburt und Jacks Tod waren nirgendwo verzeichnet. Lydia sah sich die Eheschließungen an und stellte fest, dass Eleanor die Wahrheit gesagt hatte. Fast alle Männer waren kurz nach der Geburt ihrer Kinder gestorben.

»Was genau suchen Sie denn?«, fragte die Bibliothekarin, die plötzlich auf der Treppe stand und auf einen Lichtschalter drückte, den Lydia übersehen hatte. Lydia zuckte verschreckt zusammen, doch sie konnte das Gefühl verbergen.

»Seit wann arbeiten Sie hier?«, fragte sie, ohne die Frau anzusehen.

»Seit gut dreißig Jahren«, antwortete sie.

»Sind Sie hier aufgewachsen?«

Marilyn schien verblüfft über eine so persönliche Frage. Sie zögerte, bevor sie antwortete. »Ja. Warum?«

»Sagt Ihnen der Name Ross etwas?«

Marilyn lachte kurz und verunsichert auf und wich einen Schritt zurück. »Der Name Ross sagt in dieser Gegend jedem etwas. Und jedem etwas anderes.«

Lydia hob den Blick aus dem Buch. Marilyn sah aus, als würde sie am liebsten kehrtmachen und fliehen, doch sie blieb.

»Wer sind Sie? Was wollen Sie hier?«, fragte sie schließlich.

»Ich bin auf der Suche nach Informationen über Eleanor Ross und ihren Mordprozess 1965. Was können Sie mir über die Familie erzählen?«

Ein seltsamer Ausdruck huschte über das Gesicht der Frau, eine Mischung aus Lust und Angst, der Wunsch zu reden und das Wissen, dass es besser wäre zu schweigen.

»Eine Bibliothekarin ist der Dreh- und Angelpunkt für alle Informationen in so einer kleinen Stadt«, schmeichelte Lydia ihr, denn sie erinnerte sich daran, wie sehr Marilyn sich eben über das Lob gefreut hatte. »Und wie ich sehe, war es gut, zunächst hierherzukommen.«

»Wer sind Sie?«, fragte Marilyn noch einmal und kam einen Schritt näher.

»Mein Name ist Lydia Strong. Ich bin Autorin und interessiere mich sehr für die Familie.«

»Oh ja, natürlich«, sagte die Bibliothekarin und schlug sich eine Hand vor den Mund, um ihr Lächeln zu verbergen. »Ich hätte Sie erkennen müssen. Ich habe all Ihre Bücher gelesen!«

Lydia lächelte. Die Bibliothekarin kam die Treppe herauf, stellte sich neben sie und beugte sich über das Buch. Lydia streckte eine Hand aus, die Marilyn begeistert schüttelte.

»Marilyn, können Sie mir helfen?«

Die Frau konnte ihre Aufregung kaum verbergen, doch sie fasste sich und bemühte sich um Gelassenheit. »Nun ja, kommt darauf an, was Sie wissen wollen. Aber eins kann ich Ihnen verraten. In diesen Büchern werden Sie längst nicht alles finden.«

Lydia folgte Marilyn in ihr Büro hinunter, das neben dem Empfangsschreibtisch lag, und nahm auf einem breiten Plüschsofa Platz. Marilyn bot ihr Tee an, Lydia nahm dankend an. Daraufhin verschwand die Bibliothekarin eine Weile. Lydia schaute sich in dem engen Büro um, das durch die schweren Holzpaneele und den großen Schreibtisch mit den gleichen Bibliothekslampen wie draußen noch kleiner wirkte. An der Wand hingen Marilyns Diplome: Bachelor in englischer Literatur, Master in Bibliothekswissenschaften, dazu ein zweiter Abschluss in amerikanischer Geschichte. Alle Urkunden stammten von der Universität von Syracuse. Lydia stand auf und nahm sie näher in Augenschein.

Marilyns Schreibtisch war natürlich vorbildlich aufgeräumt. In der rechten oberen Ecke lagen säuberlich aufgestapelte Briefumschläge, aus dem Lederbecher daneben ragten zehn identisch aussehende schwarze Kugelschreiber. Auf einem Untersetzer stand eine Teetasse, der Tee dampfte noch. Auf einem kleinen Silbertablett lagen Gummibänder und Büroklammern. Als Lydia zufällig an die Maus stieß, ploppte auf dem Computerbildschirm ein Solitärspiel auf. *Sie muss sich zu Tode langweilen*, dachte Lydia, als die Bibliothekarin mit schwarzem Tee, Milch und Zucker zurückkehrte.

»Sie sagen, die Bücherei werde von einer privaten Stiftung finanziert?«, fragte Lydia, nahm wieder auf dem Sofa Platz und stellte die Teetasse neben sich ab. Marilyn beeilte sich, einen Untersetzer darunter zu schieben, dann setzte sie sich ebenfalls.

»Ja, das Geld stammt aus dem Erbe eines unserer Siedlungspioniere, er hieß Thomas Hodge. Er war der Vorfahre einer Frau, die bis heute in Haunted lebt. Sie heißt Maura Hodge.«

Sie hielt kurz inne, trank einen Schluck Tee.

»Hat Ihr Besuch etwas mit der Ermordung von Richard Stratton zu tun?«, fragte Marilyn.

»Ja«, sagte Lydia, ohne sich weiter zu erklären.

Marilyn nickte und wirkte verunsichert, als wüsste sie nicht genau, wie viel sie Lydia verraten durfte, doch nach einer Weile fing sie zu erzählen an. »Die Vorfahren der Familie Ross stammen aus Holland und haben sich im achtzehnten Jahrhundert in Haunted niedergelassen. Das Land haben sie natürlich den Seneca-Indianern weggenommen, einem der vielen Stämme, die vor der Kolonisierung hier gelebt haben. Die Siedler waren hauptsächlich Bauern und Fallensteller und fühlten sich hier in den neuen Niederlanden sehr wohl.«

Lydia lächelte höflich. Auf eine Geschichtsstunde hatte sie ehrlich gesagt keine Lust. Die Frau musste es ihr vom Gesicht abgelesen haben, denn sie sagte: »Ich weiß, das scheint ein wenig weit ausgeholt, aber ich glaube, dass es für die Geschichte sehr wichtig ist«, erklärte sie.

»Bitte, erzählen Sie weiter«, sagte Lydia. »Das ist alles sehr spannend.«

»Gegen Anfang des neunzehnten Jahrhunderts waren die Ross die reichsten Farmer im Norden. Sie besaßen auch die meisten Sklaven. Bevor die Sklaverei 1865 abgeschafft wurde, lebten in New York mehr Sklaven als in jedem anderen Nordstaat.«

Sie hielt abermals inne und nippte an ihrem Tee, wobei sie Lydia über den Rand der Tasse beobachtete.

»Die Ross waren für ihren brutalen Umgang mit den

Sklaven bekannt und gefürchtet. Ganz besonders Hiram, Eleanors Ur-Ur-Urgroßvater, soll seine Sklaven verprügelt und sogar getötet haben. Körperliche Züchtigungen waren natürlich an der Tagesordnung. Aber zu einem Mord kann es nur selten, schließlich waren die Sklaven extrem wertvoll. Für einen starken jungen Mann bekam man über zweitausend Dollar, das war damals eine Menge Geld ... so abscheulich es auch ist, menschlichem Leben einen Wert beimessen zu wollen.«

Lydia nickte zustimmend. Auf einmal wurde ihr kalt, und sie fürchtete, dass diese Geschichtsstunde höchst unangenehm werden würde.

»Wie dem auch sei, Hiram wurde von allen, die ihn kannten, gehasst und gefürchtet ... von den Sklaven, den anderen Bauern, sogar von seiner Familie. Er war ein Betrüger und ein Lügner, und wenn die Gerüchte stimmen, war er auch ein Mörder und Vergewaltiger. Angeblich hat er viele seiner Sklavinnen geschwängert, die Kinder wuchsen heran und mussten ebenfalls als seine Sklaven arbeiten.«

Marilyn beugte sich vor, ihre Wangen glühten. Auch Lydias Interesse war geweckt.

»Nun, Elizabeth Ross, Hirams Frau, war nicht gerade eine Heilige. Sie hatte eine Affäre mit einem Sklaven, einem Mann namens Austin Steward. Beide waren noch jung, und angeblich waren sie wirklich verliebt. Hiram war kein Dummkopf, er erfuhr bald davon. Die Legende besagt, dass er sich eines Abends verabschiedete, weil er die Ernte verkaufen wollte. Er kam früher nach Hause zurück und fand die beiden auf dem Boden des Salons wieder, in den Fängen der Leidenschaft.«

Lydia stellte sich vor, wie die Liebenden auf dem Teppich des prächtig ausgestatteten Salons lagen, ihre nackten Leiber im Mondlicht. Sie sah eine dunkle Männergestalt im Türrahmen, ihr Gesicht von Wut verzerrt, sie hatte kochenden Hass in den Adern.

»Hiram tobte natürlich vor Wut«, fuhr Marilyn fort. »Und Elizabeth behauptete, aus Angst oder Feigheit oder beidem, Austin Steward hätte sie vergewaltigt.«

Lydia sah die junge Frau, wie sie auf Abstand zu ihrem Liebhaber ging, vielleicht raffte sie ihre Kleider zusammen, verbarg ihren nackten Körper vor den Blicken der beiden Männer … ihr Liebhaber und ihr Ehemann, die ihr auf einmal beide feindselig und fremd waren.

»Austin war ebenfalls verheiratet, mit einer jungen Sklavin namens Annabelle Taylor. Das war natürlich nur ihr Sklavenname. Ich habe keine Aufzeichnungen zu ihrem richtigen Namen finden können, doch sie stammte aus Haiti. Hiram brachte Austin und Elizabeth zu der Hütte, in der Annabelle mit den fünf Kindern lebte. Er zog die Kinder aus dem Bett und fragte Elizabeth noch einmal, ob sie eine Affäre mit dem Mann habe oder vergewaltigt worden sei. Er kündigte an, für jede Lüge ein Kind zu ermorden. Elizabeth log fünf Mal. Hiram tötete alle fünf Kinder nacheinander mit einem Kopfschuss, während Annabelle und Austin zuschauen mussten, zurückgehalten von den Sklaventreibern. Austin wurde später gehängt. Von Elizabeth heißt es, sie habe den Verstand verloren. Sie starb im darauffolgenden Winter an der Grippe.«

Marilyn hatte die Geschichte erzählt, als handele es sich um ein Märchen, um eine gruselige Schauergeschichte. Ihr Eifer erschien Lydia unpassend. So ging es mit den Legenden; die Jahre ließen den Horror verblassen, und am Ende blieb nur ein Echo zurück. Doch in Marilyns Schilderung hatte Lydia die ganze Traurigkeit und Grausamkeit der Geschichte erfahren. Lebhaft konnte sie sich die Szenen an jenem Abend vorstellen, sie meinte, den Vollmond zu sehen und Annabelles Weinen zu hören, Elizabeths Lügen, sie sah die toten Kinder, die kleinen, leblosen Körper am Boden, nahm den Geruch von Schießpulver wahr, das Krachen der Schüsse. Es war eine der schlimmsten Geschichten, die sie je gehört hatte. Und sie hatte schon viele schlimme Geschichten gehört.

»Das ist eine sehr interessante Sage, Marilyn. Ich weiß aber nicht genau, was das mit …«

»Es geht noch weiter. Annabelle wurde sehr alt. Man sagt, nur ihr Hass auf die Familie Ross habe sie am Leben erhalten. Manche Leute glauben, dass Annabelle in Haiti eine Voodoopriesterin gewesen war. Und in der Nacht, in der ihre Kinder starben, belegte sie die Ross und ihre Erben mit einem Fluch. Ein Fluch, der in ihrer Tochter und in deren Töchtern weiterleben würde … ein Erbe des Hasses.«

»Und wie lautete der Fluch?«, fragte Lydia.

»Keine Frau, die von Hiram abstammte, sollte jemals wahre Liebe erfahren. Sollte sie sich verlieben und heiraten, würde ihren Ehemann ein furchtbares Schicksal ereilen.«

»Was war mit den Kindern? Hiram hat ihre Kinder ermordet. Sind auch die Kinder der Ross verflucht?«

»Nein, wie es schien, wollte sie den Kindern nicht

schaden, egal, welche Verbrechen ihre Vorfahren begangen haben.«

»Dann leben Annabelles Nachkommen also noch?«

»Ja, hier in Haunted. Annabelle Taylor hat wieder geheiratet und einige Jahre nach der Tragödie weitere Kinder bekommen. Als Hiram ihre Kinder ermordete, war sie gerade einmal neunzehn Jahre alt.«

»Wirklich?«, sagte Lydia erstaunt. »Wie sind Sie an all diese Informationen gekommen?«

»Neben meiner Tätigkeit als Bibliothekarin bin ich die Chronistin der Stadt«, sagte sie stolz. »Und eine von Annabelles Nachfahren ist die Frau, die ich eben erwähnte und die die Stiftung ins Leben gerufen hat, Maura Hodge. Ein Nachfahr von Thomas, Benjamin Hodge, heiratete eine Nachfahrin von Annabelle Taylor, Marjorie Meyers ... eine seinerzeit sehr umstrittene Eheschließung, da Marjorie haitianisches Blut in den Adern hatte. Maura war ihr einziges Kind. Ihre Ahnen waren sowohl Siedler als auch Sklaven. Sie weiß alles, was es über die Geschichte dieser Stadt, die Familie Ross und den Fluch zu wissen gibt.«

»Und als Eleanors Ehemann Jack ermordet wurde, haben die Leute geglaubt, es hätte etwas mit dem Fluch zu tun?«

Marilyn schlug die Augen nieder, dann erst begegnete sie Lydias Blick.

»Das klingt wohl sehr albern für jemanden, der ... der nicht von hier ist.«

»Und außer ihr gab es keine Verdächtigen? Keine Gerüchte?«

Nachdenklich schüttelte Marilyn den Kopf. »An einem

Ort wie diesem, wo so wenig passiert und sich kaum jemals etwas verändert, erscheint die Vergangenheit sehr nah. Aberglaube und Gespenstergeschichten sind hier einfach realer als woanders. Als Eleanor freigesprochen und kein anderer angeklagt wurde, erschien das den Leuten fast wie ein Beweis dafür, dass der Fluch immer noch wirkt.«

Lydia betrachtete Marilyn, fand sie plötzlich naiv und weltfremd. Haunted lag nur wenige Stunden von New York entfernt und hätte doch auf dem Mond sein können, so weit weg war es von der Realität.

»Nun, es ist, wie ich sagte«, fuhr Marilyn fort, »Maura weiß viel mehr über den Fluch und die Familie Ross als ich. Aber ich muss Sie warnen, sie ist nicht besonders freundlich und Fremden gegenüber sehr misstrauisch. Seit ihre Vorfahren sich hier niedergelassen haben, betrachtet sie die Stadt als ihr persönliches Eigentum. Ich weiß, von unserer einstigen Pracht ist nicht viel übrig, aber sie würde die Reste mit ihrem Leben verteidigen.«

Lydia dachte an die Straßen voller Schlaglöcher und die verfallene Main Street. Sie dachte an das Land, das den Indianern entrissen worden war, an die Sklaven, die darauf geschuftet und geblutet hatten. Sie dachte an Annabelle Taylor und die Seelen ihrer toten Kinder. Hatte jemals ein Ort einen passenderen Namen getragen?

»Der Boden hier scheint mit Blut getränkt«, dachte Lydia laut.

»Da haben Sie wohl recht.«

»Im Ernst, Detective, ich weiß nicht, was dieser Skandal vor vierzig Jahren mit Ihrem aktuellen Fall zu tun haben soll.« Police Chief Henry Clay war ein fetter, lethargischer Mann mit einem riesigen Bauch und einem Gesicht, so braun gefleckt und runzlig wie eine alte Kartoffel. Er war kahl, abgesehen von ein paar silberweißen Strähnen, die von dem Heizlüfter hinter seinem Kopf mal in diese, mal in jene Richtung geblasen wurden. Seine wulstigen Hände erinnerten Jeffrey an rosa Knete.

»Nun, Chief«, sagte Ford und bemühte sich, süß statt sauer zu klingen, »vielleicht hat das eine nichts mit dem anderen zu tun, vielleicht aber doch. Wir würden einfach gern hören, was Sie über den Prozess von 1965 denken.«

Der alte Mann stieß ein Geräusch aus, das halb Grunzen, halb Rülpsen war, und stemmte sich aus seinem Schreibtischstuhl hoch. Er ging an ihnen vorbei, öffnete die Milchglastür, auf der sein Name stand, und rief seiner Sekretärin zu: »Miss Jean, würden Sie bitte mal ins Archiv runtergehen und die Akte Eleanor Ross heraussuchen?«

Schweigen, dann fragte die Frau, die mindestens so alt war wie der Polizeichef, in ungläubigem Tonfall: »Die Akte Eleanor Ross, Henry? Wirklich?«

»Verdammt noch mal, Sie haben mich doch verstanden«, sagte er und machte die Tür wieder zu.

»Der Fall wurde nie gelöst, nicht wahr?«, fragte Jeffrey.

»Das stimmt«, sagte er und ließ sich seufzend auf den Stuhl sinken, der unter seinem Gewicht ächzte.

»Wer waren die anderen Verdächtigen?«, fragte Ford.

»Es gab keine anderen Verdächtigen. Zumindest nicht offiziell. Da war niemand, den wir hätten vor Gericht stellen können.«

»Aber Sie hatten jemanden im Sinn«, lockte Ford.

»Zwischen Eleanor Ross und einer anderen Anwohnerin, einer verrückten alten Frau namens Maura Hodge, gab es lange schon böses Blut. Es hat mit ihren Vorfahren zu tun, da gab es so eine Art Familienfehde, die bis in die Siedlerzeiten zurückreicht. Aber das ist alles nur Klatsch und Tratsch. Maura war immer schon eine mürrische Alte, total verbittert. Alle wussten, wie sehr sie Eleanor hasste. Sie war neidisch, so habe ich das immer gesehen. Sie wissen ja, wie die Frauen so sind.«

Jeffrey bedankte sich stumm, dass Lydia nicht dabei war. Sie konnte Frauenverächter nicht ausstehen und hätte einem Mann wie Henry Clay ordentlich die Meinung gegeigt.

»Ja.« Ford lachte kumpelhaft.

»Lebt sie noch?«, fragte Jeffrey.

»Ja, die alte Hexe stirbt wohl nie«, sagte der alte Chief, und sein heiseres Lachen ging in Husten über. »Sie lebt am Ende der Main Street in einem großen alten Haus. Prächtiges Anwesen aus dem Erbe ihres Ehemannes. Ich habe jedoch gehört, dass es in den letzten Jahren ganz schön verfallen ist. Sie kümmert sich nicht drum. Lässt niemanden aufs Grundstück, der ihr helfen könnte. Sieht aus wie das Haus der Familie Ross. Also, das ist vielleicht eine Bruchbude!«

»Das Haus, in dem Eleanors Ehemann ermordet wurde?«

»Genau. Die Ross haben es nie verkauft, aber es steht seit fünfzehn Jahren leer. Sie zahlen immer noch Steuern dafür, alles ist so, wie sie es zurückgelassen haben. Mit Möbeln und allem. Wir haben immer wieder Probleme mit Jugendlichen, die da einbrechen. Natürlich sagen alle, es würde dort spuken.«

Der Chief war in Fahrt gekommen, Ford hakte sofort nach. »Gab es noch jemanden, der als Verdächtiger infrage gekommen wäre?«

Der alte Mann lehnte sich weit zurück, hob die Arme über den Kopf und faltete seine Hände hinter dem Kopf. Er musterte sie aus kleinen blauen Schweinsäuglein und blinzelte, als könnte er in die Vergangenheit sehen.

»Eleanors Bruder hat ständig Ärger gemacht, schon als Kind. Mit dem stimmte irgendwas nicht … Sie wissen schon. Der war nicht ganz richtig im Kopf. Ständig gab es Gerüchte über ihn und seine Schwester. Angeblich war die Beziehung …« Er unterbrach sich mitten im Satz und sah seine Besucher an. Auf einmal schien er zu merken, dass sie ihn aus der Reserve gelockt und zum Reden gebracht hatten. »Aber das ist lange her.«

»Wo ist er jetzt?«

»Paul? Ist vor über dreißig Jahren verschwunden. Die meisten halten ihn für tot«, sagte er mit einem Blick auf die Uhr. Im selben Moment klopfte es an die Tür, und die Sekretärin trat ein, ohne eine Antwort abzuwarten.

»Sir, ich kann diese Akte einfach nicht finden«, sagte sie und zog ein reumütiges Gesicht. Ford glaubte ihr kein Wort. »Ich werde aber weitersuchen und Sie informieren, sobald ich sie habe.«

»In Ordnung, Miss Jean«, nickte der Chief. »Gentlemen, wenn Sie dann bitte Ihre Visitenkarten hierlassen würden, dann kann ich Sie anrufen, wenn die Akte wieder aufgetaucht ist.«

Ford reichte ihm seine Karte, der Chief beäugte sie

argwöhnisch und steckte sie in seine Brusttasche. »Wenn das dann alles wäre …«

»Ehrlich gesagt, Chief, bin ich neugierig geworden«, sagte Ford, beugte sich verschwörerisch vor und sprach in vertraulichem Ton. »Glauben Sie, dass Eleanor Ross damals ihren Ehemann umgebracht hat? Sie hat einen Mord begangen und ist ungestraft davongekommen?«

Der Chief sah Ford an und verzog die Lippen zu einem hässlichen Grinsen. »Ich sag Ihnen was. Spielen Sie mit dem Gedanken, eine Ross zu heiraten? Überlegen Sie es sich gut, das wäre mein Rat.«

FÜNFZEHN

Angeblich war er in den Tunneln nicht mehr willkommen. Zu schade auch. Angeblich war Rain, dieser allwissende, allgegenwärtige Rain, den der Abschaum zu seinem Gott und Messias erkoren hatte, verärgert über den Mord an Violet und sann auf Rache. Jed war es scheißegal. Er fürchtete Rains Zorn nicht, anders als Horatio der Zwerg, der Jed gesucht und ihm die Neuigkeit erzählt hatte.

»Du solltest verschwinden, und zwar schnell«, sagte Horatio, trat nervös von einem Bein aufs andere und rang die Hände. Jed schenkte ihm zum Dank für die Warnung einen Keks. In der Hinsicht war Horatio seltsam. Er machte sich nichts aus Drogen oder Geld; er trank nicht einmal. Aber er hatte eine Schwäche für Süßes und hielt Jed McIntyre im Austausch gegen Gebäck von den feinsten Konditoreien der Stadt auf dem Laufenden. Horatio mochte keine abgepackten Lebensmittel; frischgebacken mussten sie sein.

»Ich gehe nirgendwohin, Horatio«, sagte er und tätschelte dem kleinen Mann den Kopf.

»Das hast du schon mal gesagt. Was, wenn du nicht auf mich gehört hättest?«, fragte der mit vollem Mund zurück.

Er hatte recht. Als Horatio gestern an die Tür geklopft

hatte, um Jed vor den Eindringlingen zu warnen, waren ihm ganze siebenundzwanzig Minuten geblieben, seine Sachen zusammenzupacken und in den Tunneln zu verschwinden. Er hatte Horatio beladen wie einen Packesel und fortgeschickt, dann hatte er sich in der Dunkelheit auf die Lauer gelegt. Während Dax Chicago und Jeffrey Mark seinen Bau erkundeten, ermordete er lautlos ihre Begleiterin. Er hatte mit dem Gedanken gespielt, die beiden ebenfalls zu erledigen, weil sie praktisch schon in der Falle saßen. Aber Dax Chicago hatte die ganze Zeit an der Tür gestanden und ihm kein einziges Mal den Rücken zugekehrt. Außerdem hatte er die größte Pistole dabei, die Jed McIntyre je gesehen hatte. Dem war nicht zu trauen; der Kerl war verrückt. Und stark. Also hatte Jed sich Violets Leiche über die Schulter geworfen – für eine so kleine Frau war sie überraschend schwer – und war verschwunden. Er legte die Leiche dort ab, wo sie schnell gefunden würde. Sie sollte eine Warnung an alle sein, die in Erwägung zogen, ihn zu verraten.

Horatio war der Einzige, der sein neues Versteck kannte. Der überstürzte Umzug war unbequem gewesen, aber letztendlich hatte Jed McIntyre nun einen viel besseren Ort gefunden, näher am Ausgang. Näher an Lydia. Die Karte, an der er gearbeitet hatte, war verloren, doch er hatte sich alles eingeprägt und war nun dabei, sie auf einem Notizblock, den er immer bei sich trug, erneut zusammenzustellen.

Horatio, er war nicht besonders helle und ähnelte einem verdreckten, verlumpten Oompa Loompa, hatte in Jed McIntyre zum ersten Mal seit der Grundschule so etwas wie einen Freund gefunden. Der Mann hatte wirres schwarzes Haar, und sein Gesicht war von Haarbüscheln bedeckt, die sich weigerten, sich zu einem Bart zusammenzuschließen. Seine Augen waren hellblau, insgesamt sah er nicht aus wie ein Mensch, sondern wie eine Gestalt aus den Büchern der Gebrüder Grimm. Er war nichts, doch er hatte sich als nützlich und loyal erwiesen.

»Du bist der Einzige, der weiß, wo ich bin, oder?«, fragte Jed und blickte von seinem Notizblock auf. Horatio schien zusammenzuzucken.

»Natürlich«, sagte er eifrig.

»Dann müssen wir uns doch keine Sorgen machen. Oder?«

»Niemand kennt diese Tunnel so gut wie Rain. Wenn er dich finden will, wird er dich finden«, sagte Horatio und runzelte die Stirn. Den Keksrest in seiner Hand hatte er vergessen.

»Dann sorge dafür, dass das nicht passiert.«

»Wie?«

»Ich bin überzeugt, du wirst einen Weg finden, sie von mir wegzulocken.«

»Ich weiß nicht …«

»Überleg dir was, Horatio. Du möchtest doch sicher nicht, dass Rain von deinem Verrat erfährt. Dann schickt er dich nach oben zurück, wo du in der U-Bahn für Geld tanzen kannst.«

Horatio hatte den Fehler begangen, Jed von seiner Angst vor dem Leben oben zu erzählen, von der Gewalt, die er als obdachloser Kleinwüchsiger erlebt hatte, und dass er mehr als einmal beinahe umgekommen wäre. Rain hatte ihm ein Zuhause und eine Gemeinschaft gegeben, in der er sich sicher fühlte. Nun benutzte Jed

McIntyre diese Informationen, um ihn zu manipulieren. Traurig betrachtete der Zwerg seinen Keks, als wäre der der Grund für seine schreckliche Lage. Er nickte.

»Gut«, sagte Jed McIntyre. »Ich werde für ein paar Tage verschwinden müssen. Ich brauche deine Hilfe.«

SECHZEHN

Das Essen im Rusty Penny war noch schlechter als der Kaffee. Ford, Lydia und Jeffrey saßen an einem Tisch im hinteren Teil. Lydia führte sich nie vor Augen, wie gut das Essensangebot in der Stadt war, bis sie gezwungen waren, die Stadt zu verlassen. Selbst der schlimmste Laden in Manhattan hatte irgendetwas Besonderes im Angebot, war originell oder hatte eine Geschichte. Doch der Rusty Penny lag am Arsch der Welt, hier gab es nichts, was man genauer in Augenschein nehmen oder sich gar in den Mund schieben wollte.

Lydia zupfte am Sesambrötchen ihres harten und fettigen Hamburgers. Ford schien nichts zu bemerken und aß, als hätte er seit einer Woche nichts bekommen. Jeffrey schob sein Putensandwich von sich und aß Pommes Frites aus einer kleinen Tüte.

»Ich glaube, es wäre das Beste, wenn wir nicht dabei sind, solange Ford mit den Zwillingen spricht«, sagte er und trank einen Schluck Mineralwasser. »Immerhin arbeiten wir für Eleanor. Es würde keinen guten Eindruck hinterlassen, wenn wir mit einem Polizisten da auftauchen, besonders weil sie eine so geringe Meinung von dir hat.«

»Allerdings. Was mich betrifft – ich kenne euch nicht«, sagte Ford mit einem Blick auf die Armbanduhr.

Lydia nickte. Sie wäre bei dem Gespräch gern dabei gewesen, doch sie wollte sich mit Maura treffen.

»Wie kommt ihr in die Stadt zurück?«, fragte Ford.

»Dax ist unterwegs«, sagte Jeffrey. »Er holt uns mit dem Range Rover ab.« An diesem Morgen hatte Dax mit einem anderen »Klienten« zu tun gehabt.

»Was macht der Kerl eigentlich?«, fragte Ford. Dann hielt er schnell die Hand hoch. »Wisst ihr was? Sagt es mir nicht.«

Sie schwiegen. Lydia musste die ganze Zeit an Marilyns Worte denken.

»Wie denkst du über die Geschichte der Bibliothekarin?«, fragte sie Ford.

»Was«, lachte Ford, »der Fluch?«

»Du findest das lustig?«, fragte Lydia und beugte sich vor.

»Na ja, lustig würde ich es nicht gerade nennen«, antwortete Ford, doch er kniff amüsiert die Augen zusammen und zog die Mundwinkel hoch.

»Aber es könnte doch sein, dass diese Maura auf ihre Weise dafür sorgt, dass der Fluch in Erfüllung geht … so oder so.«

»Was soll das heißen … dass sie die Ehemänner umbringt?«

»Oder dass sie jemanden dafür bezahlt. Oder einen Komplizen hat.«

Ford zuckte die Achseln, er schien über die Möglichkeit nachzudenken. »Scheint mir ein bisschen weit hergeholt«, sagte er schließlich.

»Was ist daran weit hergeholt?«

»Wie alt ist die Frau?«

»Mitte sechzig, sagt die Bibliothekarin.«

»Dann wäre sie beim Tod von Eleanors Mann Ende zwanzig gewesen.«

»Ungefähr. Was willst du mir sagen?«

»Nichts. Bei beiden Morden hat es einen Overkill gegeben. Du weißt schon, Töten in blinder Wut. Ein bezahlter Killer richtet seine Opfer nicht dermaßen zu. Und was Maura betrifft, wie viel Wut soll noch in ihr stecken? Der Streit ist fast zweihundert Jahre alt.«

»Streit? Eine Frau musste mit ansehen, wie ihre fünf Kinder ermordet wurden, und dann wurde ihr Mann gehängt. Und alles nur, weil Elizabeth Ross nicht den Mut hatte, die Wahrheit zu sagen. Ich würde sagen, das ist mehr als ein Streit.«

»Wie immer du es nennen willst, es war Annabelles Sache. Nicht Mauras. Verstehst du, was ich sagen will? Wer immer diese Männer umgebracht hat, ist *jetzt* voller Wut«, sagte er und begleitete die letzten Silben mit einem Tappen auf die Tischplatte. »Jetzt, nicht vor hundertfünfzig Jahren.«

Lydia versetzte sich in die Situation, schlüpfte in Annabelles Haut. Sie spürte die ohnmächtige Wut, den Schmerz, die ungeheure Trauer, die ihr auf die Brust drückte und sie in den Wahnsinn trieb. Sie hörte die gellenden Schreie in der Nacht, spürte Panik und Todesangst. Was, wenn eine solche Wut, ein solcher Schmerz sich in die DNA einprägten? Was, wenn sich eine Krankheit entwickelte, die von einer Generation zur nächsten weitergegeben wurde, von einer Seele zur nächsten? Und was, wenn im Laufe der Zeit diese Wut immer stärker wurde statt schwächer? Doch Leuten wie Ford konnte man so etwas nicht erklären. Er stand mit beiden Beinen auf dem Boden der Tatsachen; er würde sie für verrückt halten. Sie konnte ihm nicht sagen, dass das Kribbeln intensiver war als je zuvor. Dass sie das Böse in diesem verfallenden Ort spürte, dass sie nicht wusste, ob es einfach nur in den Dingen steckte oder immer noch quicklebendig war. Vielleicht war es ins Grundwasser eingesickert und hatte die ganze verdammte Stadt vergiftet.

Sie legte sich eine Hand an den Bauch. Die Geste war unbewusst, doch als sie über den Jeansstoff strich, wurde ihr etwas bewusst, das sich seit Tagen angekündigt hatte. Es war das Gefühl, nicht mehr allein zu sein. Alles, was sie fühlte und dachte, was sie aß, selbst die Luft, die sie einatmete, teilte sie mit einem anderen Lebewesen. All das hatte sie natürlich längst gewusst, doch hier im Rusty Penny spürte sie, wie die Information in ihrem Herzen ankam. Zum ersten Mal fühlte es sich real an.

Sie verstand nicht genau, warum das Gefühl sich ausgerechnet jetzt einstellte. Vielleicht, weil sie sich die Frage gestellt hatte, was ein Mensch an seine Kinder weitergibt. Und dass die Albträume einer Familie auf die jüngsten Mitglieder übertragen werden; dass der Rachedurst zwei Familien fest im Griff hatte, seit jener schrecklichen Nacht vor langer Zeit. Vielleicht, weil sie an ihren eigenen Albtraum denken musste. Und weil sie sich geschworen hatte, ihr Kind davor zu schützen. Sie hob den Kopf und begegnete Fords und Jeffreys Blick.

»Was ist denn?«, sagte sie. »Ich habe nicht zugehört.«

»Was ist los?«, fragte Jeffrey, sah sie besorgt an und legte ihr eine Hand auf den Rücken.

»Nichts«, sagte sie. Sie lächelte.

»Fluch hin oder her. Ich muss zurück in die Stadt«, sagte Ford und wischte sich mit einer Serviette den Mund ab. Er warf einen Zehndollarschein auf den Tisch. »Nimm es mir nicht übel, Lydia. Ich kann mit diesem Hokuspokus nichts anfangen. Ich muss mich auf die Fakten konzentrieren, auf die Frage, wer aus diesem Loch gekrochen ist, wer ihn reingelassen hat und wer Richard Stratton ermordet hat. Das finden wir nicht heraus, indem wir irgendwelche Kleinstadtmythen ausgraben.«

»Aber was ist mit Eleanors mysteriösem Bruder, der angeblich verschwunden ist? Und mit der Einsiedlerin, dieser Maura? Was, wenn die Antwort auf alle Fragen hier in Haunted zu finden ist?«

»Ruf mich auf dem Handy an. Und immer schön nach dem kopflosen Reiter Ausschau halten, ja?«

»Sehr lustig.«

»Im Ernst, haltet mich auf dem Laufenden. Ich rufe euch an, wenn ich mit Eleanor und den Zwillingen fertig bin.«

»Ford, was ist mit dem Autopsiebericht? Wann kommt der?«, fragte Jeffrey.

»Heute. Die haben sich Zeit gelassen. Das Morddezernat hat diesen Monat viel zu tun, aber mein Fall wurde vorgezogen, weil er so wichtig ist. Morgen findet ein Meeting statt – Rechtsmediziner, Forensiker, Detectives, zehn Uhr in der Hauptwache in Midtown. Ihr könnt teilnehmen, wenn ihr euch bedeckt haltet. Ich sage euch Bescheid.«

»Wir werden da sein«, sagte Jeffrey. Ford stand vom Tisch auf. Bevor er ging, warf er den beiden einen ernsten Blick zu und hob väterlich den Zeigefinger.

»Passt auf euch auf«, sagte er zerstreut, als wäre er in Gedanken längst woanders. »Und ruft mich an, falls ihr etwas Konkretes findet.«

Lydia schaute ihm nach. Mit seinem alten, abgetragenen Regenmantel und dem schlecht sitzenden dunkelblauen Anzug sah er aus wie ein Klischee seiner selbst. Ein verlotterter Cop mittleren Alters, der einzig und allein für seinen Job lebt. *Etwas Konkretes* … dachte sie. Ihrer Ansicht nach waren die Informationen, die sie von der Bibliothekarin bekommen hatte, das Konkreteste, was sie hatten.

»Ich würde vorschlagen«, meinte Dax, der hinterlistig lächelnd auf der Rückbank saß, »wir gehen mit der Waffe im Anschlag da rein. Fragen stellen können wir hinterher immer noch.«

Die drei saßen im Range Rover vor einem riesigen schmiedeeisernen Gittertor, dessen Stäbe Reben und Dornen nachempfunden waren. Das Schild rechts vor dem Eingang verkündete, die Bewohner seien befugt, Eindringlinge zu erschießen. Es warnte ebenfalls vor den Dobermännern, die angeblich frei auf dem Gelände herumliefen. Die Hausbesitzerin übernehme keinerlei Haftung für Schäden, die die Tiere möglicherweise anrichteten. Und doch stand das Tor weit offen. Lydia empfand das als Einladung.

»Sosehr ich deine Meinung auch schätze, Dax«, sagte sie tonlos, »wäre ich dafür, zivilisierter vorzugehen.«

Sie zog ihr Handy aus der Tasche ihres schwarzen Lederblazers.

»Ich habe schon Kaugummis gesehen, die waren größer als das da«, sagte Dax und zeigte auf ihr Telefon. »Ich bräuchte mindestens sechs davon. Ich würde jeden Tag eins zerbrechen.«

Lydia musste lächeln. Sie war immer noch bemüht, beide Männer für den Ausflug am Vortag mit kühler Verachtung zu strafen, aber es war schwierig, nachtragend zu sein, außerdem wusste sie, dass die beiden sich einfach nur Sorgen um sie gemacht hatten.

»Da«, sagte Dax und stieß ein triumphierendes Lachen aus, weil er ihr Gesicht im Rückspiegel gesehen hatte. »Ich wusste doch, dass du nicht den ganzen Tag rumzicken wirst.«

»Bilde dir nichts darauf ein. Du wirst überrascht sein, wie nachtragend ich bin«, sagte Lydia und wandte das Gesicht ab, damit er sie nicht grinsen sah.

»Ich nicht«, sagte Jeffrey und seufzte theatralisch. Lydia boxte ihm mit der freien Hand auf den Oberarm.

Auf einem Zettel an der Rückseite ihres Handys stand die Nummer von Maura Hodge. Lydia wählte sie und hörte es dreimal klingeln, bevor sich ein Anrufbeantworter meldete. »Hinterlassen Sie eine Nachricht«, sagte eine unfreundliche Stimme. »Ob ich zurückrufe, überlege ich mir dann.«

»Ms Hodge, mein Name ist Lydia Strong. Marilyn von der Bücherei hat gesagt, Sie würden mit mir sprechen. Ich bin schon in Haunted, genauer gesagt stehe ich vor Ihrer Einfahrt. Hätten Sie kurz Zeit für mich? Bitte rufen Sie mich zurück. Übrigens, das Tor steht weit offen. Ich dachte, das interessiert Sie vielleicht.« Lydia sprach ihre Nummer auf Band und beendete das Gespräch.

»Und jetzt?«, fragte Dax.

»Jetzt warten wir ein paar Minuten.«

»Warum glaubst du, dass sie sich melden wird?«, fragte der skeptische Jeffrey.

»Weil sie einsam ist. Einsame Leute wollen immer reden. Ganz besonders wenn sie etwas zu erzählen haben.«

»Vielleicht wird sie es uns hoch anrechnen, dass wir nicht einfach reingegangen sind, obwohl das Tor offen steht.«

»Genau mein Gedanke.«

Sie warteten schweigend, und nach wenigen Minuten klingelte Lydias Handy.

»Hallo?«

»Was wollen Sie?«, meldete sich die Stimme vom Anrufbeantworter, nur dass sie noch unfreundlicher klang. Lydia wusste, sie hatte genau eine Chance, auf Mauras Grundstück zu gelangen. Wenn sie scheiterte, würden sie sich gewaltsam Zutritt verschaffen müssen, was bedeutete, dass sie entweder erschossen oder von den Dobermännern zerfleischt werden würden. »Ich schreibe an einem Buch über die Familie Ross. Marilyn hat mir erzählt, dass Sie eine Menge über die Familiengeschichte wissen. Ich hatte gehofft, dass Sie mir die Wahrheit über diese Leute erzählen, Ms Hodge.«

Am anderen Ende der Leitung herrschte Schweigen, Lydia hielt den Atem an. Dann sagte die Frau: »Kommen Sie rauf und machen Sie das Tor hinter sich zu.«

»Okay«, sagte Lydia und legte auf. Sie sah Jeffrey an. »Los geht's.«

Dax sprang aus dem Wagen, um den Range Rover durchzulassen und das Tor hinter ihnen zu schließen. Zumindest fast. Auf gar keinen Fall würde er den Fluchtweg blockieren. Als er wieder eingestiegen war, fuhren sie die schmale Einfahrt hinauf, begleitet von einem unguten Gefühl.

Maura erwartete sie wie eine Göttin mit abgesägter Schrotflinte. Sie stand auf der Veranda ihres Hauses, hielt das Gewehr in den Armen wie ein Kleinkind. Ihr schwarzes Haar war so dunkel und wild wie eine Gewitterwolke, stand ihr nach allen Seiten vom Kopf ab und fiel ihr fast bis an die Taille. Sie trug einen durchlöcherten Flickenrock und eine lange schwarze Wollstrickjacke. Maura war eine hochgewachsene Frau mit großen Brüsten, breiten Schultern, Beinen wie Baumstämme und Armen wie Schinken. Sie beobachtete die Besucher mit starrem Blick, der die meisten Leute wahrscheinlich abgeschreckt hätte. Zum Glück waren sie nicht wie die meisten Leute. Auch wenn Lydia sich das oft wünschte.

»Sind das Ihre Bodyguards?«, fragte Maura und nickte in Richtung der Männer.

»Das sind meine Mitarbeiter«, sagte Lydia, ohne Mauras Blick auszuweichen. Bei Frauen wie ihr durfte man keinen Millimeter nachgeben, ansonsten wurde man von einem Bulldozer überrollt, das sah Lydia auf den ersten Blick. Und sie sah auch, dass die Frau gar nicht so bissig war, wie es schien; ob das auch für die Dobermänner galt, die hinter Maura auf der Veranda lagen, wusste Lydia allerdings nicht. Die Hunde wirkten jedoch ein wenig träge. Sie hoben nicht einmal den Kopf.

»Ich habe zwei Anrufe bekommen. Von Marilyn, die mir erzählt hat, dass Sie Schriftstellerin sind und sich für

Eleanors Prozess interessieren. Und von Henry, der mir gesagt hat, dass Ihre Mitarbeiter Privatdetektive sind. Was stimmt denn nun?«

»Alles ein bisschen«, sagte Lydia.

Hätte Lydia sich die Nachfahrin einer Voodoopriesterin vorstellen müssen, Maura wäre dem Bild ziemlich nah gekommen. Ihre buntgemischte Abstammung hatte ihre Haut zu einem Milchkaffeeton aufgehellt, doch ihre Augen waren so schwarz wie der Hass und glühten leidenschaftlich. Ein Leben voller Bitterkeit hatte ihren Rücken dauerhaft gekrümmt. Ihr Mund war eine schmale, verkniffene Linie, es sah aus, als hätte sie noch nie gelacht oder ein nettes Wort gesagt.

Lydia ging auf die Frau zu und streckte ihr eine Hand entgegen. Im selben Moment sprangen die Hunde auf, fletschten die Zähne und knurrten leise.

»Ruhig, Jungs«, sagte Maura, und die drei Hunde legten sich zögerlich wieder hin. Lydia atmete auf. »Und jetzt pfeifen Sie *Ihren* Wachhund zurück«, sagte Maura. Lydia drehte sich um und sah, dass Dax seine Waffe gezogen hatte. Sie wusste nicht, wie er das so schnell geschafft hatte. Jeffrey war kaum aus dem Auto gestiegen. Anscheinend hatten die beiden Männer mehr Angst als sie selbst.

»Ruhig, Tiger«, sagte Lydia zu Dax.

»Ich kann Hunde nicht leiden«, murmelte Dax, ließ die Waffe sinken und beäugte die Tiere misstrauisch.

»Das beruht wohl auf Gegenseitigkeit«, sagte Maura. Sie drehte sich um und verschwand im Haus, die Hunde folgten ihr auf dem Fuße. Die drei Besucher blieben vor dem Haus stehen. Jeffrey sah Lydia fragend an, doch sie zuckte nur die Achseln. Langsam wurde es kühl, Lydia spürte förmlich, wie die kalte Luft ihre Wangen und ihre Nasenspitze rötete.

»Ich bleibe im Auto«, sagte Dax, setzte sich auf den Fahrersitz und ließ den Motor an, so als müssten sie jeden Augenblick fliehen. Wahrscheinlich hatte er nur Angst vor den Hunden.

»Er mag es nicht, wenn sich jemand nicht einschüchtern lässt«, flüsterte Lydia Jeffrey zu.

»Wer mag das schon?«, antwortete er achselzuckend.

Mauras Zuhause wirkte verfallen. Alles wirkte verwahrlost, die Wände waren vergilbt und die Oberflächen staubig. Sand knirschte unter Lydias Schuhsohlen, als sie den Parkettboden der Eingangshalle betrat. Der Kronleuchter unter der Decke wirkte bedrohlich instabil. Der große Spiegel gegenüber vom Eingang hatte einen angeschlagenen Rahmen und war blind. Und es stank – nach Schimmel, Dreck, im Holz gefangener Feuchtigkeit. Lydia konnte den Geruch nicht ganz einordnen, doch ihre Nasenschleimhäute schwollen an, und ein Kopfschmerz machte sich breit. Maura war nirgendwo zu sehen. Sie gingen dem leisen Klimpern der Hundehalsbänder nach und dem Kratzen der Krallen auf dem Holzfußboden und gelangten in einen dunklen Flur. Lydia sah sich nach einem Lichtschalter um, doch dann merkte sie, dass in die Lampe ohnehin keine Glühbirne eingedreht war. Einmal meinte sie, Schritte über ihrem Kopf zu hören, doch sie verhallten sofort wieder. Vielleicht war es nur das alte Haus, das knackte und ächzte.

»Leben Sie allein, Ms Hodge?«, fragte Lydia, als sie in einem großen Wohnzimmer angekommen waren. Im

Kamin brannte ein Feuer, Maura saß auf einem dunklen Holzstuhl mit hoher Lehne, das Gewehr auf dem Schoß.

»Ich dachte, Sie wollen über die Familie Ross sprechen?«, fragte Maura zurück und verzog den Mund zu einer verächtlichen Miene, die vielleicht ihr natürlicher Gesichtsausdruck war.

Lydia setzte sich ihr gegenüber auf ein Sofa, auch wenn niemand sie dazu aufgefordert hatte, Jeffrey blieb neben ihr stehen. »Der Chief behauptet, zwischen Ihnen und Eleanor Ross habe es Streit gegeben. Stimmt das, Ms Hodge?«

Die Frau lachte höhnisch und schüttelte den Kopf. »Ich hoffe, Sie sind nicht gekommen, um über diesen albernen Fluch zu reden«, sagte sie.

»Ehrlich gesagt ...«

»Denn ich kann Ihnen gleich sagen, das ist Blödsinn.«

Lydia hatte das Gefühl, im Wohnzimmer von Graf Dracula zu sitzen. Das gesamte Haus war im gotischen Stil eingerichtet. Der dunkelrote Teppich hätte dringend einmal gesaugt und gereinigt werden müssen, der riesige Kamin wurde von einem prächtig geschnitzten Holzmantel eingefasst, auf dem ein schmiedeeiserner Kerzenleuchter stand. Von den Kerzen war nichts mehr übrig als weiße Wachsreste, die am Leuchter und am Holz darunter klebten wie Stalaktiten. Die Füße der mit rotem und gelbem Brokat bezogenen Sofas und Sessel sollten Löwenfüße darstellen, doch Lydia kannte den Namen der Stilrichtung nicht. Ein hübscher Sekretär mit geöffnetem Rolldeckel stand in einer dunklen Ecke, darauf stapelten sich Bücher, Briefe und allerlei Papierkram. Lydia juckte es in den Fingern, in den Dokumenten zu wühlen.

»Marilyn scheint das anders zu sehen«, sagte sie.

»Das ist eine lange Geschichte, Ms Strong. Eine moderne – oder in diesem Fall unmoderne – Legende.«

»In den meisten Legenden steckt ein Körnchen Wahrheit«, sagte Jeffrey.

»Ich will nicht behaupten, die Geschichte habe sich nicht tatsächlich zugetragen«, sagte Maura und griff zu einem Aschenbecher, in dem eine Pfeife lag. Sie klopfte den alten Tabak aus dem Kopf. »Ich will nur sagen, dass der Fluch nichts ist als Gerede.«

Sie zog einen Samtbeutel aus der Rocktasche und nahm etwas Tabak heraus. Sie steckte sich die Pfeife zwischen die Lippen und zündete sie mit einem kleinen goldenen Feuerzeug an. Ihre Finger waren gelb, die Nägel kurz und abgesplittert.

»Und doch sieht es so aus, als hätten alle Männer, die in die Familie Ross einheiraten, großes Pech, finden Sie nicht?«, gab Lydia zurück.

Zum ersten Mal lächelte Maura Hodge. »Dafür habe ich leider auch keine Erklärung.«

»Doch es amüsiert Sie?«

»Sie ernten, was sie gesät haben«, antwortete Maura und lehnte sich zurück. Lydia konnte sehen, dass sie keine gütige Frau war, dass die schwere Bürde des ererbten Hasses sie hart und kalt gemacht hatte. Der Tabak roch nach Kirschholz, vom Geruch wurde Lydia übel. Oder vielleicht lag es an der Gesellschaft?

»Dann gibt es also keinen Fluch. Aber Sie hassen die Familie trotzdem? Warum?«

Wieder die Schritte im Obergeschoss. Aus dem Augenwinkel sah Lydia, wie Jeffrey den Kopf in den Nacken legte. Selbst die Dobermänner, die sich zu Mauras Füßen niedergelassen hatten, spitzten die Ohren und winselten leise.

»Jemand wie Sie kann das vielleicht nicht verstehen«, sagte Maura in leicht herablassendem Tonfall und blies eine Qualmwolke aus, die im Licht der Stehlampe tanzte wie ein Gespenst. »Aber wenn man von Sklaven abstammt, kann man mit Leuten, die von Sklavenhaltern abstammen, nicht so viel anfangen.«

»Aber Marilyn hat gesagt, Sie stammen von beiden ab?«

Ein ärgerlicher Ausdruck machte sich auf Mauras Gesicht breit, offenbar wollte sie sich ihren Hass nicht ausreden lassen. »Mein Vater und meine Mutter haben sich geliebt, Ms Strong. Doch das weiße Blut in den Adern meiner Mutter ist das Ergebnis einer Vergewaltigung. Die Sklavenhalter haben ihre Sklavinnen missbraucht. So viele Verbrechen, so viel Ungerechtigkeit … sagen wir es so, das vergisst man nicht so leicht.«

»Und deswegen hassen Sie Eleanor Ross?«

»Deswegen und weil sie eine verwöhnte Ziege ist und eine Lügnerin«, sagte sie, klang dabei aber vollkommen gelassen. Da war keine Leidenschaft in ihrer Stimme, nur eine alte, langgehegte Abscheu. Lydia dachte an Ford und den Overkill, an Verbrechen aus Leidenschaft. Maura Hodge war eine große, starke Frau, doch sie wirkte lethargisch, so unbeweglich wie ihre schweren, alten Möbel aus Eichenholz. Mal sehen, wie leidenschaftlich sie werden konnte.

»Sie sind zusammen in dieser Stadt aufgewachsen«, sagte Lydia. Es war eine Feststellung, keine Frage, und nur Jeffrey hörte den schelmischen Unterton heraus.

»Das stimmt.«

»Woran liegt es also? Hat sie Ihnen vor dem Abschlussball den Tanzpartner ausgespannt? Hat sie Ihre Klamotten versteckt, als Sie mit Ihrem Freund nackt baden waren? Hat sie Ihre Telefonnummer an irgendeine Klowand gekritzelt? Oder liegt es nur daran, dass sie schön und wohlhabend war und Sie nicht – ist es einfach nur Eifersucht? Warum hassen Sie Eleanor Ross?«

Die Augen der Frau blitzten, ihr Kiefer spannte sich an. Doch Lydia bekam nicht die Reaktion, auf die sie gehofft hatte.

»Der Hass ist erblich«, erklärte Maura und sog an ihrer Pfeife. »Ein Andenken an Annabelle Taylor.«

»Wäre dieser Hass stark genug, um einen Menschen zum Mörder werden zu lassen?« Natürlich erwartete Lydia kein Geständnis, nur eine Reaktion, die sie deuten konnte, irgendetwas, das die Ermittlungen voranbringen würde.

Maura kicherte, und das Glucksen steigerte sich zu einem herzlichen Lachen. »Sie glauben, ich hätte die Ehemänner dieser Frauen umgebracht?«, fragte sie, nachdem sie sich beruhigt hatte.

Lydia antwortete nicht, sie saß ruhig da und beobachtete Maura. Es brauchte schon ein bisschen mehr als Gelächter, um sie aus der Fassung zu bringen.

»Hören Sie«, sagte Maura mit steinhartem Blick. »Die Familie Ross braucht keinen Fluch. Die sind so kaputt, die sind sich selbst Strafe genug.«

»Wie meinen Sie das?«

»Karma, Ms Strong. Schlechtes Karma.«

»Aber warum sind sie kaputt?«

»Diese Frage kann nur Eleanor Ihnen beantworten. Nur sie kennt die Wahrheit. Wir anderen können nur spekulieren, was in jenem Haus nach dem Tod von Eleanors Mann vor sich ging. Die meisten von uns waren noch zu jung, um sich an den Mord an Eleanors Vater zu erinnern. Aber als dann auch Jack ermordet wurde – Sie können sich den Skandal vorstellen, die Aufregung in dieser Kleinstadt. Für die meisten Leute war es, als wäre der kopflose Reiter persönlich durchgeritten. Danach behandelten sie mich natürlich anders. Da ich eine direkte Nachfahrin von Annabelle Taylor bin, haben sie natürlich geglaubt, ich hätte mit der Sache zu tun – auf eine magische Weise. Als würde ich hier den ganzen Tag im Wohnzimmer herumsitzen und Flüche ausstoßen.«

»Und, hatten Sie etwas damit zu tun?«

»Ich bitte Sie«, sagte sie, verschob den schweren Körper in eine bequemere Sitzposition und verdrehte die Augen.

»Ms Hodge, haben Sie Töchter?«

»Nur Totgeburten«, antwortete sie barsch. »Ich habe keines meiner Kinder austragen können.«

Und nun sah Lydia die Wut, auf die sie die ganze Zeit gewartet hatte – Wut und Trauer, gemischt mit grenzenloser Enttäuschung. Immer eine gefährliche Mischung.

»Das tut mir leid«, sagte Lydia.

»Vielleicht ist es besser so. Die ganzen Gerüchte um den Fluch werden zusammen mit mir beerdigt werden.«

»Was wissen Sie über Eleanors Bruder?«

»Die meisten glauben, er wäre tot«, sagte sie, und ihre Betonung verriet, dass das nicht die ganze Geschichte war. Maura schwieg, biss auf dem Mundstück ihrer Pfeife herum. Lydia konnte ihr ansehen, dass sie noch etwas sagen wollte und mit sich rang. Die Lust am Klatsch blitzte aus ihren schwarzen Augen.

»Manche Leute behaupten, er hätte sie sehr geliebt«, sagte sie schließlich mit gedämpfter Stimme. »Aber nicht so, wie ein Bruder seine Schwester liebt. Sie sagen, es hätte ihn gequält und in den Wahnsinn getrieben.«

»Was ist mit ihm passiert?«

»Angeblich hat die Familie ihn verstoßen. Manche Leute glauben, er wäre in die Armee eingetreten, aber das hartnäckigste Gerücht besagt, dass er in eine Irrenanstalt eingeliefert wurde und sich das Leben genommen hat. Und wieder andere …«, sagte sie und hielt kurz theatralisch inne, »… wieder andere glauben, dass er abgehauen ist – aus der Armee oder der Irrenanstalt, je nachdem – und Eleanors Ehemann ermordet hat, weil er den Gedanken nicht ertragen konnte, dass ein anderer sie besitzt. Man sagt, danach habe er sich abgesetzt und sie im Stich gelassen, zur Strafe dafür, dass sie seine Liebe nicht erwidert hat.«

Sie schüttelte den Kopf. »Doch ich habe das nie geglaubt. Paul war ein stiller Junge, sehr sanft, vielleicht sogar ein bisschen schwer von Begriff. Er wäre dazu nicht fähig gewesen. Das sind alles nur Gerüchte für die gelangweilten Spießer dieser Stadt.«

Lydia schwieg.

»Er war der einzige Ross, der nicht durch und durch verdorben war«, sagte Maura und blickte über Lydias Kopf hinweg. Sie machte den Mund wieder auf, klappte ihn zu, wie um die Worte zurückzuhalten. Ihre Miene war wie versteinert, sie starrte Lydia an. Lydia spürte, dass sie den Bogen fast schon überspannt hatte, doch sie ließ nicht locker.

»Was glauben Sie also, wer diese Männer umgebracht hat?«

Ein Lächeln, zugleich spöttisch und triumphierend, breitete sich auf Mauras Gesicht aus. »Meine große Hoffnung war immer, dass es Annabelle war, die aus dem Grab gestiegen ist, um die Aufgabe persönlich zu erledigen.«

»Ich dachte, Sie glauben nicht an Flüche«, sagte Lydia. Eine Gänsehaut überzog ihre Unterarme.

»Tue ich auch nicht«, sagte Maura und atmete Qualm durch die Nasenlöcher aus wie ein Drache. »Aber an Geister.«

SIEBZEHN

Wie sie da auf dem Sofa im Sonnenlicht saßen, das durch die großen Fenster einfiel, die auf die Fünfte Straße hinausgingen, sahen Lola und Nathaniel nicht wie Kinder aus, sondern wie winzige Erwachsene. Doch sie *waren* Kinder, und sie zu verhören war eine heikle Angelegenheit. Erst auf dem Rückweg war Ford eingefallen, dass er möglicherweise nicht über das nötige Fingerspitzengefühl verfügte, das in diesem Fall erforderlich war. Er wollte es nicht vermasseln, und so rief er eine Bekannte an, eine Kinderpsychologin namens Irma Fox. Er und Irma hatten im Laufe der vergangenen fünf Jahre ein paarmal zusammengearbeitet, zum letzten Mal, als der sechsjährige Sohn eines der Opfer der einzige Zeuge eines Doppelmordes war. Ford erinnerte sich daran, wie er Nicholas Warren in jener Nacht aufgefunden hatte. Der Kleine hatte einen *Toy-Story*-Pyjama getragen und einen großen, blutverschmierten Plüschhund an sich gedrückt.

Sie hatten ihn im Kleiderschrank im Schlafzimmer gefunden, wo er aus nächster Nähe mitbekommen hatte, wie sein Vater und seine Stiefmutter im Bett erschossen wurden. Der Junge hatte Ford erzählt, er habe schlecht geträumt und sei ins Zimmer des Vaters gegangen, und dann habe er Schritte auf der Treppe gehört. Er hatte sich im Schrank versteckt, die Tür aber nicht ganz geschlossen, er hatte sich die Augen zugehalten und nichts gesehen. Doch Ford wusste, dass Nicholas den Mörder identifizieren konnte. Er musste irgendwie an die Information kommen, ohne das Kind zu traumatisieren.

Irma brauchte eine ganze Weile, um Nicholas dazu zu bringen, die Wahrheit über jene Nacht zu erzählen. Nach zwei Stunden hinter geschlossenen Türen offenbarte der Kleine Irma, dass er seiner Mutter die Haustür geöffnet hatte, so wie es abgesprochen war. Und dass seine Mutter seinen Vater und dessen Ehefrau ermordet hatte. »Damit ich wieder bei Mami wohnen kann.« Inzwischen saß Nicholas' Mutter zweimal lebenslänglich ab, und Nicholas wohnte bei seiner Tante und seinem Onkel in einem Stadthaus in Brooklyn Heights. Ford hoffte, dass das Kind in Therapie war und nicht eines Tages auf der Fahndungsliste des FBI auftauchen würde.

Irma hatte eine ganz eigene Art, und alle reagierten darauf, nicht nur Kinder. Sie war eine achtsame Person, wählte ihre Worte mit Bedacht und sprach niemals zu laut. Wenn sie sich mit jemandem unterhielt, richtete sie ihre ganze Aufmerksamkeit auf ihr Gegenüber, betrachtete es aus warmen grünen Augen voller Mitgefühl und Respekt, bis man nicht anders konnte, als sein Herz auszuschütten. Ford hatte die Erfahrung am eigenen Leib gemacht; im Laufe der vergangenen Jahre hatte er Irma mehr anvertraut als seiner Ehefrau.

Sie war hübsch, aber keine Schönheit im klassischen Sinn, hatte ein freundliches Gesicht und glatte, blasse Pfirsichhaut. Sie war klein und nicht gerade dünn, hatte große Brüste und breite Hüften. Sie war immer geschmackvoll gekleidet, aber nie zu modisch. Es war, als hätte sie es darauf angelegt, eine angenehme Erscheinung zu sein und niemals bedrohlich zu wirken. Als wollte sie von den Leuten nicht wirklich wahrgenommen werden, um sie nicht vom Wesentlichen abzulenken.

Er rief sie vom Wagen aus an, und als er vor ihrer Praxis am Central Park West hielt, hatte sie sich bereits den Nachmittag für ihn frei genommen. Sie war ihm einen großen Gefallen schuldig. Er hatte es geschafft, ihren achtzehnjährigen Sohn vor einer möglichen Gefängnisstrafe zu bewahren, nachdem er betrunken Auto gefahren war. Stattdessen hatte der Junge sich bei den Anonymen Alkoholikern anmelden müssen. *Die Kinder der Seelenklempner trifft es immer am härtesten*, hatte Ford damals gedacht.

Nachdem sie die Suite im Waldorf Astoria betreten hatten, gab es einen kleineren Tumult, weil Irma darauf bestand, die Kinder allein zu befragen, ohne Eleanor und ohne den Anwalt. Sie erklärte sich zu einer Videoübertragung bereit, damit die anderen vom Nebenraum aus zuschauen konnten. Es dauerte eine ganze Weile, bis der Beamte mit dem technischen Gerät eintraf.

Als das Gespräch begann, durchsuchte Piselli das Kinderzimmer der Suite, während Detective Malone zum Tatort zurückgefahren war, um die Kinderzimmer dort zu durchsuchen. Ford war überzeugt, dass sie das eine oder andere finden würden. Entweder das oder er wäre seinen Job los. Eleanor war sauer auf ihn und würde ihn nicht davonkommen lassen. Er spürte, wie ihre Blicke sich in seinen Schädel bohrten, als Irma sich nebenan Lola und Nathaniel vorstellte und die anderen vor dem kleinen Schwarz-Weiß-Monitor saßen.

Die Zwillinge hatten unterschiedliche Temperamente. Lola wirkte kühl und gefasst, Nathaniel offen und arglos. Lola saß kerzengerade, hatte die Beine übereinandergeschlagen wie eine kleine Lady und einen Arm elegant auf die Armlehne gelegt. Nathaniel saß mit krummem Rücken da, ließ die Beine baumeln und zappelte ständig herum.

»Wisst ihr, warum ich heute hier bin?«, fragte Irma die Kinder mit fester, fröhlicher Stimme.

Ein kurzes Schweigen, Nathaniel sah Lola an. Irma wartete ab. Sie bedrängte die Kinder nicht.

»Jemand hat unseren Daddy umgebracht«, sagte Lola leise. Nathaniel nickte.

»Das tut mir leid, Lola«, sagte Irma sanft, und Ford spürte ihr freundliches Lächeln, obwohl er ihr Gesicht auf dem Bildschirm nicht erkennen konnte, nur ihre linke Schulter. »Ja, das stimmt. Es ist sehr tapfer von euch beiden, heute mit mir zu sprechen, obwohl ihr so traurig seid. Seid ihr das?«

»Unser Daddy ist jetzt bei den Engeln«, sagte Nathaniel und nickte eifrig. Wieder Schweigen, Ford stellte sich vor, wie Irma nickte, ihr Gesicht Ruhe und Verständnis ausstrahlte.

Dann fragte sie: »Könnt ihr euch daran erinnern? An die Nacht, als euer Vater gestorben ist?«

Nathaniel wollte etwas sagen, als Lola ihn ansah und ihm das Wort abschnitt. »Wir haben geschlafen«, sagte sie entschieden.

»Okay«, sagte Irma. »Erzählt mir, was ihr vor dem Schlafengehen gemacht habt.«

Wieder warf Nathaniel Lola einen Blick zu. »Wir waren mit Mommy, Daddy und Grandma in einem Restaurant«, sagte Lola.

»Das klingt nett. Wo wart ihr denn?«

»Im Twenty-one. Ich hatte einen Hamburger und eine Pepsi.«

»Und du, Nathaniel, was war mit dir? Was hast du gegessen?«

Ford verdrehte die Augen und versuchte, seine Ungeduld zu verbergen. Er hatte nicht die Zeit, sich die Speisekarte des Twenty-one aufsagen zu lassen. Dann fiel ihm wieder ein, dass seine Ungeduld der Grund dafür war, dass Irma das Gespräch führte. Er unterdrückte ein Seufzen, als Irma und die Kinder sich lang und breit über das Abendessen unterhielten, über die Geschichte, die die Großmutter ihnen vor dem Schlafengehen vorgelesen hatte, und über weitere Details, die die Kinder entspannen und zum Reden animieren sollten. Ford hörte nur noch mit einem Ohr zu, ließ sich vom Rhythmus von Irmas sanfter Stimme einlullen, der immer wieder von den hellen Kinderstimmen unterbrochen wurde.

»Versuchen wir ein kleines Spiel«, sagte Irma fröhlich. »Mal sehen, wie viele kleine Sachen ihr noch wisst.«

»Was denn zum Beispiel?«, fragte Lola misstrauisch. Ihre Art zu reden, selbst ihre Mimik ließ sie viel älter als ihren Bruder erscheinen. Sie strahlte eine Intelligenz und Gefasstheit aus, die Nathaniel fehlte, was er aber durch seine arglose Freundlichkeit wettmachte.

»Ich weiß nicht …«, lachte Irma. »Alles, was euch einfällt. Zum Beispiel: Welche Stofftiere habt ihr an dem Abend mit ins Bett genommen?«

Nathaniels Miene hellte sich auf. »Ich hatte meinen

Hasen«, sagte er und blickte sich im Zimmer um, als wollte er Irma das Spielzeug zeigen.

»Ich nehme keine Plüschtiere mit ins Bett«, sagte Lola verächtlich und warf ihrem Bruder einen missbilligenden Blick zu. Nathaniel schlug betreten die Augen nieder, und Ford spürte einen kleinen Stich. Die Kinder schwiegen und sahen einander an, Lola runzelte die Stirn, Nathaniel kniff besorgt die Augen zusammen. Zwischen den beiden ging etwas vor sich, es war unausgesprochen, eine Art Metakommunikation. Ford bemerkte, dass der Junge verunsichert schwieg, die Entwicklung abwartete. Selbst auf dem Monitor war noch zu erkennen, wie Nathaniels Augen feucht wurden.

»Ich will meinen Hasen«, quengelte er plötzlich.

»Du bist so eine Heulsuse«, sagte Lola angewidert.

»Ist schon okay, Nathaniel. Wir suchen deinen Hasen«, sagte Irma, drehte sich um und schaute in die Kamera.

»Er geht uns schon die ganze Zeit damit auf die Nerven«, sagte Lola schnippisch.

»Ist schon gut, Nathaniel«, sagte Irma noch einmal mit leichter, beschwingter Stimme. Nathaniel sah sie an und lächelte. Er schniefte, schien sich aber wieder zu beruhigen. »Wir spielen immer noch das Spiel«, erinnerte Irma ihn, »und du hast das super gemacht. Woran kannst du dich noch erinnern?«

Nun schmollte Lola. Ford kannte dieses Gesicht – er sah ein verängstigtes Kind, das sich hinter seiner Wut versteckte. Trotz ihrer Gefasstheit war sie nur ein kleines Mädchen, das ein traumatisches Erlebnis hinter sich hatte.

»Hmm …«, sagte Nathaniel und zog ein demonstrativ nachdenkliches Gesicht.

»Ich weiß«, sagte Irma begeistert, als wäre es ihr spontan eingefallen, »was hast du getragen?«

»Oh! Meinen SpongeBob-Pyjama!«, sagte Nathaniel glücklich. »Den habe ich immer an. Willst du ihn sehen?«

»Das ist wunderbar! Ich will ihn unbedingt sehen, wenn wir mit dem Spiel fertig sind«, sagte Irma. »Was ist mit dir, Lola?«

»Weiß ich nicht mehr«, sagte sie mürrisch.

Nathaniel warf seiner Schwester einen Blick zu, offenbar belastete ihn ihre schlechte Laune. Er legte seine Hand auf ihren Oberschenkel, sie ergriff sie. Ford sah die Nähe zwischen den Kindern, die ihm schon am ersten Abend aufgefallen war. Nathaniel rutschte ein Stück näher an Lola heran.

»Ich weiß es noch«, sagte Nathaniel. »Du hattest das rote Nachthemd mit den Herzchen an. Weißt du noch?«

Bingo, dachte Ford. Keines der Kinder schien das Gefühl zu haben, in der Kleiderfrage lügen zu müssen. Er hatte befürchtet, Lola könnte clever genug sein, den Sinn der Frage zu verstehen. Er warf Eleanor einen Seitenblick zu. Falls sie sich bei Nathaniels Antwort irgendetwas dachte, verbarg sie es meisterlich. Sie stand mit verschränkten Armen vor dem Monitor und blickte starr geradeaus. Der Anwalt saß hinter ihr auf dem Sofa und machte sich Notizen.

»Sprechen wir noch einmal über jene Nacht. Macht die Augen zu und denkt gut nach, okay? Eure Großmutter hat euch vorgelesen. Dann hat eure Mutter euch ins Bett gebracht. Was wisst ihr noch?«

Nathaniel riss die Augen auf. Lola beobachtete ihn mit strenger Miene, er fing zu schluchzen an.

»Was ist denn, Nathaniel? Was ist?«, fragte Irma mit sanfter Stimme.

»Nathaniel«, sagte Lola in warnendem Tonfall. Sein kleiner Mund verzog sich, seine großen Augen füllten sich mit Tränen.

»Der Schwarze Mann«, sagte Nathaniel. »Der Schwarze Mann ist gekommen.« Und dann fing er zu heulen an, es war herzzerreißend und erschreckend zugleich. Ford stellten sich alle Nackenhaare auf.

»Kakerlaken, Abwasserkanäle, Flüche, Hunde – und jetzt auch noch Geister. Da lobe ich mir den Nahkampf«, sagte Dax, der wieder auf der Rückbank des Rover saß. Der Himmel draußen hatte sich in blauen Samt verwandelt, die Sterne fingen zu funkeln an. Die Heizung war voll aufgedreht, doch innerlich fror Lydia nach der Begegnung mit Maura Hodge immer noch.

»Was ist los, Dax? Angst?«, fragte sie.

»Kein verdammtes bisschen«, schnaubte er verächtlich. »Aber diese Frau und ihre Hunde waren doch gruselig. Wer war sonst noch im Haus?«

Lydia drehte sich zu Dax um. »Niemand, hat sie gesagt. Dabei habe ich im Obergeschoss etwas gehört, oder es mir zumindest eingebildet.«

»Ja, ich habe hinter einem Fenster jemanden gesehen. Da war definitiv jemand im ersten Stock.«

»Ein Mann oder eine Frau?«

»Was habe ich, Laseraugen? Es war dunkel.« Dann fügte er hinzu: »Wo fahren wir hin?«

»Zum Spukhaus«, sagte Jeffrey und warf einen Blick in den Rückspiegel. »Im Ernst.«

»Natürlich.«

Nach dem Besuch bei Maura Hodge hatten sie das beunruhigende Gefühl, dass die Frau entweder verrückt oder verlogen oder beides war. Lydia war mit dem Verlauf des Gespräches unzufrieden; sie fühlte sich auf den Arm genommen und hatte mehr Fragen als je zuvor. Sie hatte das eindeutige Gefühl, dass Maura einzig und allein mit ihnen geredet hatte, weil sie wusste, dass sie sich nicht hätten abwimmeln lassen. Dabei hatte sie es geschickt vermieden, ihnen tatsächlich irgendetwas zu verraten. Oder vielleicht wusste sie auch nichts. Vielleicht war sie nur eine alte Frau, die mit ihren verbitterten und verrückten Gedanken allein war und nichts anderes zu erzählen hatte.

Sobald sie wieder im Auto saßen, telefonierte Jeffrey kurz mit Ford, und beide schilderten den Verlauf des jeweiligen Gesprächs.

»Dann habt ihr also Gespenster und ich den Schwarzen Mann«, hatte Ford gelacht.

»Ja, sieht so aus. Und jetzt?«

»Jetzt fahre ich zurück in die Waschküche und schaue dem Erkennungsdienst bei der Arbeit zu. Falls der Mörder durch den Keller entkommen ist, müssen irgendwo Blutspuren sein. Selbst wenn der Raum geputzt wurde, wird die chemische Komponente im Luminol mit dem Eisen des Hämoglobins reagieren und das Blut sichtbar machen. So hätten wir immerhin bewiesen, dass in jener Nacht noch jemand am Tatort war. Außerdem wollte ich dir noch sagen, dass wir zwanzig Kollegen in den Tunnel runtergeschickt haben … auch da wird uns das Luminol möglicherweise weiterbringen. Ich habe einen Architekturhistoriker von der Columbia ausfindig gemacht, er hat mir erzählt, dass Tunnel unter den älteren Gebäuden keine Seltenheit sind. Während der Prohibition wurden viele davon gesprengt, weil sie den Clubbesitzern und Schwarzbrennern als Handelsweg dienten. Interessant, was? Das wusste ich gar nicht.«

»Ich auch nicht.«

»Wie dem auch sei, die sind jetzt da unten unterwegs, ganz besonders im East Village. Die meisten Hauszugänge scheinen jedoch vermauert zu sein.«

Jeffrey überlegte für eine Weile, versuchte, sich das Netz aus Geheimgängen unter der Erde vorzustellen. Die Stadt, die er so gut zu kennen meinte, hatte eine ganze Dimension hinzugewonnen. Und irgendwo dort unten kroch Jed McIntyre herum, und der Gedanke gefiel Jeffrey gar nicht.

»Hallo?«, sagte Ford.

»Sorry. Wir fahren jetzt zum Anwesen der Ross«, sagte Jeffrey. »Angeblich steht es seit Jahren leer. Lydia glaubt, dass wir dort eine Spur finden.«

»Viel Glück. Bis morgen.«

Einen Hausfriedensbruch zu begehen schien keine große Sache mehr zu sein. Lydia konnte sich an eine Zeit erinnern, in der es sehr aufregend gewesen war, sich in dieser Grauzone zu bewegen, auf dem schmalen Grat zwischen legal und illegal zu balancieren. Aber heute Abend brauchte Jeffrey keine fünfzehn Sekunden, um das Türschloss zu knacken, und dann spazierten sie einfach hinein, als hätten sie einen Schlüssel.

»Das Schloss ist neu«, sagte Jeff und stieß die Tür auf.

Sie quietschte laut. Sie hatten kurz darüber debattiert, ob Lydia im Auto warten sollte, nur für den Fall, dass die Dielenbretter im Haus morsch waren. Lydia wollte natürlich nichts davon wissen. Jeffrey wiederum hatte das Gefühl, dass ihr Versprechen, sich nicht in gefährliche Abenteuer zu stürzen, nur ein Lippenbekenntnis gewesen war. Nun war es an ihm, sich zu ärgern. Er ärgerte sich über ihren Starrsinn; er ärgerte sich darüber, dass er sich ständig Sorgen um ihre Sicherheit machen musste – was unter diesen Umständen völlig normal war – und sie das ignorierte. Schlimmer noch, sie gab ihm das Gefühl, ein Neandertaler zu sein, nur weil er seine Frau und sein Kind beschützen wollte. So langsam nahm er ihr das übel. Er fragte sich, wann sie endlich anfangen würde, an ihre Sicherheit zu denken … und ob sie überhaupt jemals Muttergefühle entwickeln würde.

Die drei standen im halbdunklen Foyer herum und betrachteten die Verwüstung, die die Randalierer und die Zeit angerichtet hatten. Die Lichtkegel ihrer Taschenlampen durchschnitten die Dunkelheit wie Rasierklingen, das Licht huschte über Graffiti an den Wänden, Bierflaschen auf dem Fußboden. Im Kronleuchter über ihren Köpfen glitzerten und wehten die Spinnweben. Aus dem antiken Sofa und den Sesseln hatte jemand die Füllung herausgerupft, der Kamin war voller Müll. Draußen war es windig, die Zugluft ging durch das Haus wie ein Stöhnen.

»Wonach suchen wir?«, fragte Dax.

»Das weiß ich, sobald ich es gefunden habe«, sagte Lydia und verschwand im Flur, der tiefer ins Haus führte. Dax bog nach rechts ab und stieg die Treppe hinauf. Die

Stufen quietschten bedenklich unter seinem Gewicht. Lydia hielt den Atem an und machte sich darauf gefasst, das Holz splittern zu hören, doch dann hatte Dax die obere Etage erreicht.

Am Ende des Flurs fanden Lydia und Jeff sich vor einer Doppeltür wieder, hinter der sich die Bibliothek befand. Jeder Zentimeter der Wand war von Eichenholzregalen bedeckt. Die Decke war hoch, orientalische Teppiche bedeckten die dunklen Holzböden, der Kamin vor dem breiten Ledersofa war so groß wie eine Höhle. Neben dem Sofa standen passende Sessel mit geschwungener Lehne und ein niedriger Tisch. Der Raum war elegant auf eine maskuline Art. Alles war von einer dicken Staubschicht überzogen, roch nach Verfall und Vergessen.

Lydia trat ans Bücherregal und ließ den Blick über die ledergebundenen Wälzer schweifen, entdeckte Gesamtausgaben von Tolstoi, Dickens, Milton, Lawrence, Hawthorne und Shakespeare und auch sonst fast jeden großen Autor, der ihr einfiel. Daneben standen medizinische und juristische Fachliteratur, Bücher über Botanik, Biologie und Psychologie. Sie zog ein Buch heraus, *Sturmhöhe* von Emily Brontë, und schlug es auf. Die steife Bindung knackte, die makellos glatten Seiten verrieten, dass dieses Buch womöglich nie gelesen worden war. Doch dann entdeckte Lydia im vorderen Teil eine Widmung:

Für Eleanor
Niemand kann uns trennen.
Paul

Lydia musste an Maura denken und was sie über Eleanor und ihren Bruder gesagt hatte. Diese Widmung schien so endgültig, war fast mehr eine Drohung als eine brüderliche Liebeserklärung. Ehrlich gesagt hatte sie überhaupt nichts Brüderliches, und während ihr Blick auf der jugendlichen Handschrift ruhte, zogen dunkle Ahnungen über die Familie Ross durch Lydias Kopf wie ruhelose Geister.

Die Staubpartikel tanzten im Licht von Jeffreys Taschenlampe, die er auf Lydia gerichtet hielt. Sie lächelte ihn an und hielt ihm das Buch hin.

»Wie seltsam.« Er nickte, dachte über ihre Entdeckung nach.

Lydia stellte das Buch ins Regal zurück und trat hinter den großen Schreibtisch am Erkerfenster. Der Ledersessel knackte unter ihrem Gewicht, als sie sich setzte und nacheinander alle Schubladen aufzog. Sie sah aus wie Alice im Wunderland, als wäre das Möbelstück für Menschen gemacht, die viel größer waren als sie. Jeffrey wollte gerade auf dem Sofa Platz nehmen, als sein Blick auf ein benutztes Kondom fiel. Er beschloss, stehen zu bleiben.

»Lass uns nachdenken«, sagte er, stellte sich hinter Lydia und warf einen Blick aus dem Fenster.

»Okay«, sagte Lydia. »Wie sehen die Fakten aus?«

Es war ein Ritual. Die Fakten nebeneinander aufzureihen wie Blechdosen auf einer Mauer und sie dann eine nach der anderen mit Logik, Intuition, Beweisen oder einfach nur Mutmaßungen herunterzuschießen. Die letzte verbleibende Dose war der Gewinner, oder der Verlierer, je nachdem, wie man die Sache betrachtete.

»Beide Männer von Julian und auch der Mann von Eleanor wurden auf ähnliche Weise brutal umgebracht. Und alle drei Verbrechen sind bis heute nicht aufgeklärt.«

»Wir wissen, dass Eleanor einen Zwillingsbruder hat, der tot ist, oder vielleicht auch nicht«, sagte Lydia. »Und wir wissen, dass sie uns den Umstand verschwiegen hat. Sie hat uns ebenso verschwiegen, dass ihr Ehemann umgebracht wurde. Was sagt uns das über Eleanor?«

»Dass sie nicht immer die ganze Wahrheit erzählt.«

»Aber warum hat sie uns dann überhaupt erst engagiert?«

»Weil auch sie nicht weiß, wer die Männer umgebracht hat.«

»Oder weil sie Angst hat.«

Jeffrey zuckte die Achseln, die Frage blieb in der Luft hängen, während Lydia in einem Stapel alter Briefe wühlte. Er ging zu ihr, lehnte sich an die Fensterbank und warf einen Blick über ihre Schulter.

»Angst wovor?«, fragte er.

»Oder: vor wem?« Lydia legte die Briefe in den Schreibtisch zurück, offenbar war das alles uninteressant. Sie öffnete eine neue Schublade, in der alte Fotos durcheinanderlagen. Es waren so viele, dass sie die Schublade nur mühsam herausziehen konnte.

»Die Frage ist doch … und auf diesen Punkt läuft es fast immer hinaus … wer profitiert am meisten von Richard Strattons Tod?«

»Julian«, sagte Lydia sofort. Ford hatte Richard Strattons Geschäfte genauer unter die Lupe genommen und auch sein Privatleben. Niemand hatte von seinem Tod einen so großen finanziellen Nutzen wie seine Ehefrau.

»Was ist mit Eleanor?«

»Was soll mit ihr sein?«

»Nun ja, momentan ist Julian in einer geschlossenen Anstalt untergebracht. Und falls sie für unzurechnungsfähig erklärt wird ... wird wahrscheinlich Eleanor als ihr Vormund eingesetzt. Dann kann sie frei über das Geld und die Kinder verfügen.«

Lydia nickte nachdenklich. »Was uns wieder zu der Frage führt, warum sie uns nicht die Wahrheit erzählt hat. Aber lass uns bei den Fakten bleiben. Wir wissen, dass es einen weiteren Zugang ins Gebäude gibt«, sagte sie. »Es bestünde demnach die Möglichkeit, dass noch jemand in der Wohnung war.«

»Und wir wissen, dass jemand diese Person ins Haus gelassen hat. Wahrscheinlich die Zwillinge.«

»Warum?«

»Ist doch logisch. Julian wäre rein physisch nicht in der Lage gewesen, ihren Mann zu ermorden. Was auch für eine andere Frau gelten würde, oder?«

»Maura Hodge ist eine Riesin. Und sehr stark.«

Lydia sprach, ohne den Blick von den Fotos zu nehmen. Eine junge und atemberaubend schöne Eleanor mit leuchtend rotem Haar stand im Rosengarten; Julian als Kleinkind an Weihnachten, wie sie in ein Puppenhaus hineinspäht; Eleanor Arm in Arm mit einem Mann, vermutlich ihrem Gatten. Die Leute auf diesen Fotos waren gutaussehend, sie schienen ein idyllisches Leben in Wohlstand zu führen, ihr glückliches Lächeln verriet nichts von ihrer traurigen Vergangenheit und von ihrer tragischen Zukunft. Das Geschlecht der Ross war bis ins Mark verdorben, aber das ahnte man nicht, wenn man sich diese Bilder ansah. So oft setzte die Natur Schönheit als Tarnung ein.

»Willst du damit sagen, dass sie verdächtig ist?«

Lydia hob ein Foto in die Höhe, richtete ihre Taschenlampe darauf. »Nicht unbedingt. Was ist mit Eleanors mysteriösem Bruder? Wäre es nicht möglich, dass er sich all die Jahre im Hintergrund gehalten und nur auf eine Chance gewartet hat, erneut zuzuschlagen?«

»Er lebt in den Tunneln unter New York, versteckt sich in den Wäldern von Haunted? Möglich, aber unwahrscheinlich.«

»Was ist mit dem Keller dieses Hauses?«, sagte Dax, der plötzlich im Türrahmen stand.

Beide drehten sich zu ihm um.

»Folgt mir«, sagte er.

Die Tür zum Keller hätten sie glatt übersehen, wenn Dax nicht auf einer feuchten Stelle ausgerutscht wäre, an der sich die Dielen aufgebogen hatten. Bei Dax' Versuch, sich abzustützen, hatte die Wand leicht nachgegeben; auf den zweiten Blick hatte er eine Tür entdeckt, die perfekt in die Holzverkleidung eingepasst war. Der Türöffner befand sich in einer Aussparung im Holz, die einem Astloch täuschend ähnlich sah.

Lydia und Jeffrey folgten ihm die Kellertreppe hinunter, er ging mit Taschenlampe und gezückter Waffe voraus. Alle schwiegen. Es stank nach Schimmel und nasser Erde, und irgendwie erinnerte der Geruch Lydia an ein Grab. Der dunkle Raum schien sich ewig hinzuziehen, das Licht ihrer Taschenlampen verlor sich in der Finsternis, ohne gegen eine Wand zu treffen. Lydia stellten sich die Nackenhaare auf.

»Seht euch das an«, sagte Dax und leuchtete in die Nische unter der Treppe.

Jemand hatte sich unter einem blauen Campingzelt einen Unterschlupf eingerichtet. Jeffrey ging in die Hocke, Lydia tat es ihm gleich. Sie steckten die Köpfe durch die Zeltplane. Das Erste, was ihnen entgegenschlug, war der Geruch … eine Mischung aus Schweiß und Sperma, intensiv und faulig. Er schien sich im Zeltstoff festgesetzt zu haben und in der schmuddeligen braunen Decke auf der Luftmatratze. Überall lagen leere Schokoladenverpackungen, Chipstüten und halb volle Dosen mit Bohnen herum, aus denen noch Plastiklöffel ragten. Das Aroma von Salz und Essig mischte sich in den Gestank.

»Heilige Scheiße«, sagte Jeffrey. Lydia wusste nicht genau, ob er den Geruch meinte oder die Tatsache, dass die gesamte Zeltwand von innen mit Bildern von Julian Ross ausgekleidet war – Fotos, Zeitungsausschnitte, Artikel.

In Momenten wie diesen, und sie waren rar, freute Lydia sich darüber, so vorausschauend zu denken. Aus ihrer Manteltasche zog sie zwei Plastiktütchen, Latexhandschuhe und eine Pinzette.

»Nicht schlecht«, sagte Jeffrey mit einem Lächeln.

Lydia hatte die Sachen eingesteckt, bevor sie aus dem Auto gestiegen waren. Nun zog sie die Handschuhe über, griff zur Pinzette und tütete eine leere Milky-Way-Verpackung ein. Sie fuhr mit den Fingern über die Bettdecke, leuchtete die Oberfläche mit der Taschenlampe ab. Sie fand, wonach sie gesucht hatte, ein paar Haare, lang und grau. Sie zupfte sie mit der Pinzette von der Decke und steckte sie in die zweite Tüte, dann verstaute sie alles in ihrer Manteltasche. Sie sah Jeffrey an und musste plötzlich an die grauen Haare denken, die man an Tad Jensons Leiche gefunden hatte.

»Hey, Leute«, sagte Dax. Beim Klang seiner Grabesstimme fuhr Lydia zusammen. Eigentlich war Dax immer für einen Witz gut, er fand ständig einen Grund zu lachen. Außer wenn er sich Sorgen machte. Dann war er todernst. Und Dax machte sich nicht oft Sorgen.

»Der Heizlüfter hier … seht ihr den?«

»Ja?«, sagten Lydia und Jeffrey wie aus einem Mund und drehten sich um.

»Er ist ausgeschaltet. Und warm.«

Sie hatten keine Gelegenheit, sich darüber zu wundern, denn in der nächsten Sekunde wurden sie von einem unmenschlichen Brüllen überrollt wie von einem Güterzug. Das Monster, und nichts anderes meinte Lydia zu sehen, riss Dax zu Boden, noch bevor er sich umdrehen konnte. Lydia und Jeffrey sprangen auf, Jeffrey zog seine Waffe, und Lydia fiel ein, dass sie ihre wie immer im Auto gelassen hatte. Sie holte mit der Taschenlampe aus, um die Kreatur, die Dax angefallen hatte, zu schlagen, konnte in der Dunkelheit aber so gut wie nichts erkennen. Noch bevor sie einen Schlag landen konnte, drehte das Monster sich um und schleuderte ihr seinen Arm entgegen wie einen Holzknüppel. Kurz bevor der Schlag sie traf und sie das Bewusstsein verlor, sah Lydia leuchtend grüne Augen und einen geöffneten Mund mit schiefen gelben Zähnen, eine Maske der Bosheit. Sie kannte dieses Gesicht.

Das Büro von Mark, Striker und Strong war still und dunkel. Alle waren nach Hause gegangen, alle außer Rebecca Helms, die ihre Handtasche packte und von ihrem Platz am Empfangstresen aus das Computersystem herunterfuhr. Die Sicherheitsstandards in der Firma waren sehr hoch und betrafen auch das Intranet. Craig, der selbsternannte Internetnavigator, hatte eine Firewall errichtet, die angeblich stabiler war als die des FBI. Und er musste es wissen, immerhin war er der meistgesuchte Hacker der Welt gewesen, bis er kurz nach seinem achtzehnten Geburtstag aus genau diesem Grund verhaftet worden war. Er war in die Datenbank des FBI eingebrochen und hatte ein Chaos verursacht. Inzwischen setzte er seine Talente, wie er gern sagte, nur noch »für das Gute und nicht für das Böse« ein. Zu seinem großen Glück war sein Onkel Jacob Hanley Teilhaber der Firma gewesen, zusammen mit Jeff und Christian Striker. Die drei ehemaligen FBI-Agenten hatten es geschafft, einen Deal für den Jungen herauszuschlagen. Nun saß Craig fast den ganzen Tag vor dem Computer, um die Firma auf mehr oder weniger legale Weise zu unterstützen. Lydia nannte ihn hinter seinem Rücken »das Gehirn«, sie witzelte oft, dass sie eines Tages in sein fensterloses Büro gehen und feststellen würde, dass er in den Monitor hineingesogen worden war wie in einem Buch von William Gibson.

Das Herunterfahren der Computer war eine komplizierte Prozedur, die mit der Alarmanlage der Firma zusammenhing. Rebecca Helms war gerade dabei, die letzte Sequenz einzuleiten, nach der ihr genau fünfzehn Minuten bleiben würden, das Büro zu verlassen, als sie den Fahrstuhl hörte. Sie warf einen Blick auf die Uhr – 20:15. Rodney, der letzte Kurierfahrer des Tages, hatte sich offenbar verspätet. Rebecca Helms war ausgebildet, auf derlei Kleinigkeiten zu achten. Sie hatte die Zentrale angerufen, aber der Disponent hatte eine Erklärung gehabt. »Heute war ein verrückter Tag. Zwei meiner Fahrer hatten einen Unfall. Rodney oder ein anderer wird heute noch vorbeikommen, versprochen.«

Christian wartete auf Fotos aus dem Labor in SoHo, und Rebecca wusste, dass sie warten und die Lieferung in Empfang nehmen musste, auch wenn alle anderen schon gegangen waren. Sie schminkte sich nach, betrachtete ihre rosige Haut im Spiegel ihrer Puderdose und wartete, während die Leuchtziffer über der Aufzugtür in die Höhe stieg und zuletzt grün blinkte. Rebecca bürstete sich das seidig blonde Haar und trug beerenfarbenen Lippenstift auf.

Die Edelstahltür des Aufzugs öffnete sich, und ein drahtiger Fahrradkurier mit langen dunklen Locken und Pferdeschwanz, dreckigen Radlerhosen und engem weißem T-Shirt mit dem Aufdruck *Just do it* betrat die Lobby. Rebecca bemerkte die große Kuriertasche an seiner Schulter und dass er Stollenschuhe trug. Er stieß die Glastür auf.

»Speedy Messenger?«, fragte sie.

»Genau. Entschuldigen Sie die Verspätung«, sagte er und zog eine Handvoll Tüten aus der Tasche.

»Dann können Sie jetzt hoffentlich auch Feierabend machen«, sagte Rebecca und suchte auf ihrem Schreibtisch nach einem Stift, um zu unterschreiben.

»Noch nicht ganz«, sagte er. Etwas an seiner Stimme ließ Rebecca den Kopf heben. Sie blickte in eisblaue Augen und entdeckte ein paar rote Strähnen unter dem schwarzen Haaransatz. Zu spät merkte sie, dass Jed McIntyre vor ihr stand.

ACHTZEHN

Noch bevor Jeffrey reagieren und verhindern konnte, dass Lydia zu Boden geschlagen wurde, sah er einen grellweißen Blitz und hörte den Knall einer Desert Eagle. Die Explosion war laut wie eine Bombe, die Druckwelle fast spürbar. Der Geruch von Schwarzpulver stieg ihm in die Nase, und die Schreie des Angreifers, der sich vor Angst oder Schmerzen auf dem Boden wälzte, dröhnten in seinen Ohren. Jeffrey drehte sich zu Lydia um, das Monster sprang auf die Füße und jagte in unglaublicher Geschwindigkeit die Treppe hinauf. Dax ignorierte die blutende Platzwunde an seiner Schläfe und nahm augenblicklich die Verfolgung auf.

»Ich habe ihn verfehlt! Ich kann es nicht fassen. Er stand direkt vor mir«, schrie er und verschwand in der Dunkelheit. Jeffrey hörte einen zweiten Schuss krachen, als er Lydia in die Arme nahm. Sein Herz krampfte sich vor Erleichterung zusammen, als sie leise stöhnte. Aus ihrer Nase lief Blut, ihre rechte Gesichtshälfte war jetzt schon verfärbt. Jeffrey wusste, dass sich dort in ein paar Tagen ein dunkelblaues Hämatom ausbreiten würde.

»Du liebe Güte«, sagte er mit erstickter Stimme. Am liebsten hätte er sie für den Rest ihres Lebens in einen gepolsterten Raum eingeschlossen. Er hasste sich selbst dafür … und sie, weil sie es ihm nicht erlaubte. Er hatte gewusst, dass so etwas passieren würde, wenn sie nicht aufpassten. Und sie hatten nicht aufgepasst.

»Dax«, sagte sie und schlug die Augen auf, während oben weitere Schüsse dröhnten. »Mir geht es gut. Geh! Er braucht deine Hilfe.«

Sie setzte sich auf und signalisierte ihm mit einem Nicken, dass es in Ordnung war. Ihre Schläfen pulsierten, der ganze Keller schien zu flackern und zu schwanken.

»Nicht bewegen«, sagte Jeffrey und küsste sie auf den Scheitel. Dann sprang er die Treppe hinauf, immer zwei Stufen auf einmal, die Glock in der Hand. Sobald er außer Sichtweite war, beugte Lydia sich vor und würgte den Kaffee und das widerliche Essen aus dem Rusty Penny aus. Beim zweiten Mal schmeckte es noch schlimmer.

Als sie einigermaßen sicher sein konnte, dass sie wieder festen Boden unter den Füßen hatte, tastete sie nach der Taschenlampe, die ihr aus der Hand gefallen war. Sie drückte auf den schwarzen Gummiknopf, und ein heller Lichtstrahl zerteilte die Dunkelheit. Sie hörte Dax aus der Ferne etwas rufen, wollte sich aufraffen, doch der Boden schien immer noch zu schwanken. In diesem Zustand wäre sie den anderen keine Hilfe, sondern eine Last. Die erste vernünftige Entscheidung des Tages. Ein weiterer Schuss krachte, und Lydia klammerte sich an den Gedanken, dass alles in Ordnung war, solange sie die anderen noch hören konnte.

Ihre Fantasie fuhr Karussell, ihr Herz klopfte, und ihre Hände zitterten immer noch, weil das Adrenalin durch ihre Adern schoss wie ein Rennauto. Sie griff sich in die Hosentasche und zog das Foto heraus, das sie oben in der Bibliothek eingesteckt hatte. Darauf waren ein Junge und ein Mädchen zu sehen, die Seite an Seite vor einer Baumgruppe standen. Die Kinder sahen sich sehr ähnlich – die feinen Gesichtszüge, die leuchtend grünen Augen, das schüchterne Lächeln. Der Junge war größer und breitschultriger als das Mädchen. Er hatte der Schwester einen Arm über die Schulter gelegt und seinen glücklichen Blick auf sie gerichtet. Lydia erkannte Julian in dem Mädchen wieder, der Junge musste ihr Bruder sein, vielleicht sogar ihr Zwillingsbruder. Der Gedanke kam ihr zum ersten Mal, aber wenn Eleanor ein Zwilling war und Julians Kinder ebenfalls, könnte auch Julian einer sein. Lydia hätte all ihr Geld darauf verwettet, dass sie soeben Julians anderer Hälfte begegnet waren … in Gestalt des Mannes, der sie gerade angegriffen hatte.

Sie versuchte abermals aufzustehen, aber der Kellerraum fing zu vibrieren an und schien sich seitwärts und gleichzeitig vor und zurück zu bewegen. Lydia machte sich auf einen weiteren Übelkeitsanfall gefasst.

»Tut mir leid«, murmelte sie ihrem Baby zu, strich sich über den Bauch und streckte die Hand nach dem Treppengeländer aus, um sich in die Höhe zu ziehen. Es funktionierte nicht ganz, sie stand vornübergebeugt da und zögerte. Sie versuchte zu verdrängen, dass sie ihrem Kind möglicherweise Schaden zugefügt hatte; sie würde sich zwingen, stark zu sein und dem Schmerz mit etwas Bewegung entgegenzuwirken. Sobald sie aufrecht stehen könnte, würde sie genau das tun.

Donnernde Schritte zerrissen die Stille, Dax und Jeffrey kamen die Treppe heruntergepoltert wie eine Büffelherde. Der Krach zerrte an Lydias Nerven und hallte in ihrem Kopf nach.

»Was ist passiert?«, fragte sie Jeffrey, der sie stützen wollte.

»Er ist weg. Im Wald. Aber ich glaube, dass ich ihn angeschossen habe«, sagte Dax.

»Verdammt noch mal, du darfst nicht von hinten auf einen Flüchtenden schießen, verflucht«, sagte Jeffrey. Sein Gesicht war von der Anstrengung gerötet und seine Stirn gerunzelt, weil er sich Sorgen um Lydia machte und sich gleichzeitig über Dax ärgerte.

»Ich habe nicht *verflucht* auf ihn geschossen«, rief Dax. »Ich habe *absichtlich* auf ihn geschossen. Er hat mich zu Tode erschreckt. Er hat mich umgerissen. Er hat Lydia geschlagen. Ich bin kein verdammter Polizist. Ich spiele nach meinen eigenen Regeln.« In seiner Aufregung war er noch aggressiver und unvernünftiger als sonst.

Jeffrey rieb sich die Augen und schüttelte den Kopf.

»Können wir bitte die philosophischen Differenzen beiseitelegen und von hier verschwinden, bevor Julians böser Zwillingsbruder zurückkommt?«, fragte Lydia.

»Julians Zwillingsbruder?«

Sie reichte Jeffrey das Foto. »Eine weitere Information, die unsere Auftraggeberin uns vorenthalten hat«, sagte er und gab es ihr zurück.

»Diese alte Hexe. Wir sollten hinschmeißen«, sagte Dax.

»Aber vorher habe ich noch etwas zu erledigen«, sagte Lydia.

»Genau dasselbe habe ich auch gedacht«, sagte Jeffrey und ergriff ihren Arm. »Wir fahren ins Krankenhaus.«

Dr. Franklin Wetterau wirkte schon auf den ersten Blick wie ein Mann, der eine Million Hälse ausgepinselt, tausend Babys auf die Welt gebracht und gegen etliche Krankheiten, von Schnupfen bis hin zu Magenkrebs, gekämpft hatte. Er sah aus, als hätte er sein Leben lang getröstet, beraten und ermahnt, mit demselben sanften Lächeln und demselben wissenden Blick, den er nun auf die verschmutzte und erschöpfte Lydia auf der Untersuchungsliege richtete. Dr. Wetterau war ein altmodischer Landarzt, der im Erdgeschoss einer alten viktorianischen Villa an der Maple Street eine kleine Praxis betrieb.

Das nächste Krankenhaus war fast fünfzig Kilometer entfernt und Dr. Wetterau in dieser Stadt offenbar derjenige, der sich Tag und Nacht um die Notfälle kümmerte. Zumindest hatte ihnen das der junge Mann an der Tankstelle erzählt, bei dem sie sich erkundigt hatten, dieselbe Tankstelle übrigens, an der sie schon früher am Tag einen Zwischenstopp eingelegt hatten. Inzwischen war ein anderer, genauso beschränkter Tankwart im Dienst. Der junge Mann – Hank, wenn Lydia der Stickerei auf seinem gestreiften Hemd Glauben schenken konnte – gab ihnen die Nummer des Arztes. Der Tankwart vom Morgen hatte ebenfalls ein Hemd mit der Aufschrift Hank getragen. *Heißen sie beide Hank, oder teilen sie sich ein Hemd?*, dachte Lydia, als Hank ins Auto starrte, in dem sie und Dax unverkennbar verschrammt und blutend saßen.

Sie gingen auf einem schmalen Pfad um die Villa herum, genau so, wie der Arzt es ihnen am Telefon beschrieben hatte. Der alte Mann erwartete sie an der Hintertür. Er musterte sie von oben bis unten, doch sein Gesicht verriet weder Erschrecken noch Verwunderung oder Misstrauen, höchstens milde Neugier. Drinnen saß eine Frau in einem hübschen roten Morgenmantel mit weißem Kragen hinter dem Empfangstresen. Mit ihrem breiten, rotwangigen Gesicht und dem grauen, zu einem Knoten hochfrisierten Haar sah sie aus wie die Frau vom Weihnachtsmann. Sorgfältig trug sie Namen und Adressen in eine Art Logbuch ein. Sie bot den Besuchern Wasser oder Tee an, und als die dankend ablehnten, verschwand sie durch eine Tür mit der Aufschrift *Privat*, die vermutlich in die Wohnräume des Arztpaares führte.

Während Lydia auf der Untersuchungsliege saß und sich vom Arzt ins eine und dann ins andere Auge leuchten ließ, warteten Jeffrey und Dax draußen im Wartezimmer. Dax' Platzwunde war gesäubert und vernäht, Jeffrey hatte schlechte Laune und überlegte, wie er Lydia für den Rest ihres Lebens wegsperren könnte.

»Mrs Smith«, sagte der Arzt zu Lydia, »in welche Art von Unfall wurden Sie, Ihr Mann und Ihr, ähem, Bruder denn verwickelt?«

»In keinen«, sagte Lydia ruhig.

Der Arzt nickte, öffnete einen kleinen Kühlschrank und holte ein Kühlpack heraus. Lydia legte es sich an die Schläfe, doch sobald sie die Kälte und den stechenden Schmerz spürte, wurde ihr wieder schwindlig. Sie ließ sich zurücksinken, hörte das Knistern der Schutzfolie auf dem Kunstleder. Das Geräusch erinnerte sie an ihre Besuche beim Kinderarzt, die sie mit ihrer Mutter erlebt hatte. Wie schön es war, sich im Krankheitsfall umsorgt zu fühlen.

»Offenbar haben Sie eine leichte Gehirnerschütterung erlitten, Mrs Smith. Ich verfüge hier aber nicht über die nötigen Geräte, um mich von der Gesundheit Ihres Kindes zu überzeugen. Deswegen schlage ich Ihnen vor, sich so bald wie möglich an einen Gynäkologen zu wenden. Ich muss jedoch sagen, dass jede Form von Schlag den Fötus gefährden kann. Ich rate Ihnen deswegen, derlei Unfällen zukünftig aus dem Weg zu gehen.«

Lydia drehte den Kopf, und obwohl ihr Blick nicht ganz klar war, erkannte sie seine klaren blauen Augen, die sie verständig und ein bisschen streng ansahen. Obwohl sie den Mann gar nicht kannte, fühlte sie sich durchschaut. Offenbar war er in der Lage, die Wahrheit zu erspüren, die Identität eines Menschen, weil er auf die kleinen Details achtete, auf alles, was die Leute sagten und verschwiegen. Jeder Mensch trägt eine Maske und wünscht sich, dass die anderen die Maske als sein echtes Gesicht akzeptieren. Nur selten konnte man einem Menschen ansehen, wie er wirklich war. In den meisten Fällen war da mehr hinter der Maske. Eine belanglose Geste, ein unsteter Blick, ein wippender Fuß konnten eine Menge verraten, Aspekte der Persönlichkeit zum Vorschein bringen, die im Verborgenen bleiben sollten. Immer schon hatte Lydia die Eigenschaft besessen, hinter die Fassaden der Leute zu schauen. Nun fragte sie sich, was dieser Arzt in ihr sah. Eine rücksichtslose, gedankenlose Frau vielleicht, die mehr an ihren Abenteuern interessiert war als am Leben ihres Kindes. Die fürchtete, den Anforderungen, die mit dem Kind auf sie zukamen, nicht gewachsen zu sein. Die von ihren Problemen davonlief, indem sie sich mit den Albträumen anderer Menschen ablenkte.

»Das ist in meinem Beruf nicht immer möglich«, sagte sie, wie um sich zu verteidigen.

Er legte ihr eine Hand auf den Arm. »Machen Sie Urlaub«, sagte er sanft.

Seine Hand war groß und warm und leicht schwielig. Er sah aus wie ein Großvater, wie ein Vater, wie jemand, der immer für seine Familie da ist und den anderen eine Stütze. Lydia fragte sich, wie ihr Leben gelaufen wäre, wenn sie so einen Vater gehabt hätte. Ganz sicher wäre es einfacher gewesen. Sicher hätte sie dann vernünftigere Entscheidungen getroffen. Wenn man jemanden wie Dr. Wetterau um Rat fragen konnte, musste man sich weniger Gedanken um Richtig oder Falsch machen. Lydia kämpfte gegen die Tränen an; die Schwangerschaft machte sie emotionaler, als ihr lieb war.

Sie nickte und setzte sich langsam auf. »Vielleicht haben Sie recht«, sagte sie.

Er beobachtete sie mit wachsamem Blick, und ihr wurde unwohl. Als ihre Augen sich scharfgestellt hatten, erkannte sie den kampferprobten Soldaten in ihm. Man konnte es einem Mann ansehen, wenn er in seinem Leben schon einmal getötet hatte. Es war, als hätte sich ihm ein Teil einer kosmischen Wahrheit offenbart, die anderen auf ewig verschlossen bleibt, und als hätte sich dieses Wissen in seiner Augenfarbe niedergeschlagen. Es ist immer da, sogar wenn er lacht oder liebevoll seine Frau ansieht. Lydias Großvater hatte solche Augen, er lebte immer in der Angst, von den Bildern eingeholt zu werden, von den schrecklichen Eindrücken, die man jemandem, der nicht dabei war, unmöglich erklären konnte. Vielleicht könnte Lydia, wenn sie nur tief genug in seine Pupillen blickte, die Bilder sehen wie auf einer Leinwand. Als hätten seine Augen eine eigene Erinnerung. Auf einmal war das Bild, das sie von Dr. Wetterau hatte, gestochen scharf.

»Kannten Sie die Kinder der Familie Ross?« Ein Schuss ins Blaue.

Der Doktor rieb sich gedankenverloren über das Gesicht und betrachtete Lydia, als müsse er abwägen, ob es in ihrem oder seinem Interesse sein konnte, diese Information weiterzugeben.

»Ja«, antwortete er in einem fragenden Ton.

»Julian und …«, sagte sie in der Hoffnung, dass er den Satz beendete.

»Sind Sie und Ihre Freunde aus diesem Grund hier? Suchen Sie ihn?«

Lydia gab keine Antwort, doch sie schlug die Augen nieder, als sei ihr cleverer Trick aufgeflogen. »Wissen Sie, wo er ist?«

»James? Ich weiß, wo er *hingehört*«, antwortete er. »Aber da ist er schon seit über zehn Jahren nicht mehr.«

»Wo denn?«

»Er wurde auf meine Empfehlung von seiner Familie in die Fishkill eingeliefert, eine psychiatrische Klinik nicht weit von hier.«

»Warum?«

»Er hat versucht, das Haus anzuzünden. Seine Mutter und seine Schwester waren zu Hause«, sagte der Doktor mit einem traurigen Kopfschütteln. »Ein sehr verstörter junger Mensch.«

»Hat er gesagt, warum er das getan hat?«

»Er meinte, seine Mutter und seine Schwester hätten ihn mit einem Fluch belegt, und sie und das Haus zu verbrennen wäre die einzige Möglichkeit, sich zu retten. Er glaubte, dass das Böse in dem Haus lebt.«

»Er hat sie für Hexen gehalten? War das der Grund?«

»Zeitweise«, antwortete der Arzt achselzuckend. »Das und seine absurde Fixierung auf Julian. Er hat geglaubt, dass in ihrem Körper eine andere steckt, seine Lebensgefährtin aus einem früheren Leben, und dass er ihre Seele nur befreien könnte, indem er Julian tötete. Später wurde er mit paranoider Schizophrenie diagnostiziert. Die Medikamente schlugen zunächst nicht an, doch nach ein paar Jahren in Behandlung kam er in den offenen Vollzug. Eines Abends kehrte er von seinem Job in der Bücherei nicht in die Klinik zurück. Das war vor über zehn Jahren.« Die Erinnerung schien den Arzt zu betrüben. »Als ich von der Sache mit Julians Ehemann hörte, habe ich zuerst an ihn gedacht.«

»An welchen Ehemann haben Sie gedacht?«

»An beide. Tad wurde nur wenige Monate nach James' Verschwinden ermordet.«

»Sind Sie zur Polizei gegangen?«

Er schüttelte seufzend den Kopf. »Nein.«

»Warum nicht?«

Ein weiterer Seufzer. »Die Familie Ross ist wie … ein Virus. Wenn man gesund bleiben will, sollte man sich fernhalten. Diese Lektion habe ich schon vor langer Zeit gelernt. Und ich habe das Gefühl, dass auch Sie das einsehen sollten. Bevor es zu spät ist.«

»Eine Unschuldige wäre fast dafür ins Gefängnis gekommen«, sagte Lydia.

»Lassen Sie mich Ihnen etwas sagen: Es gibt in dieser Familie keine Unschuldigen«, sagte er, lächelte freudlos und richtete seine Augen, die schon zu viel gesehen hatten, auf Lydia.

»Was soll das heißen, Doktor?«

»Gehen Sie ihnen einfach aus dem Weg, Mrs Smith. Beherzigen Sie meinen Rat.«

Seine zusammengekniffenen Lippen und die tonlose Stimme verrieten ihr, dass er über die Familie Ross nicht mehr zu sagen hatte.

»Das Kühlpack können Sie behalten«, sagte er und reichte ihr die Hand, um ihr von der Liege herunterzuhelfen.

Jeffrey bezahlte die Arztrechnung in bar, sie verließen die Praxis. Auf dem Weg zum Auto drehte Lydia sich noch einmal um und sah Dr. Wetterau im Türrahmen stehen. Der Abend war bitterkalt geworden, Lydia zog den Mantel fester um sich. Ein kühler Wind war aufgekommen, einzelne Schneeflocken tanzten durch die Luft. Die große Gestalt des Arztes füllte den Türrahmen fast ganz aus.

»Er ist noch hier, wissen Sie. In Haunted.«

Der Arzt wirkte kein bisschen überrascht. »Manche Leute sagen, er hätte Haunted nie verlassen und würde irgendwo da draußen in den Wäldern leben. Er ist zu einer Art Legende geworden. Eltern verbieten ihren Kindern, nach Einbruch der Dunkelheit allein rauszugehen.«

»Sei brav, sonst kommt James Ross und holt dich?«

»Genau.«

Als sie wieder im relativ warmen Auto saßen, schilderte Lydia den anderen, was der Arzt ihr verraten hatte. Obwohl die Heizung voll aufgedreht war, spürten sie die Kälte wie eine vierte Person im Wagen. Lydia zitterte und hielt die Hände an das Gebläse. Dankbar nahm sie zur Kenntnis, dass der Motor warmlief.

»Sollen wir Henry Clay anrufen?«, dachte sie laut.

»Um ihm was zu erzählen? Dass wir bei den Ross eingebrochen sind und den Schwarzen Mann gesehen haben?«, fragte Jeffrey, während er vorsichtig auf die dunkle, von einer dünnen Schneeschicht bedeckte Straße fuhr.

»Und dass er uns eine Abreibung verpasst hat?«, fügte Dax von der Rückbank hinzu.

»James ist nicht der Schwarze Mann. Er ist des zweifachen Mordes verdächtig und streift ungehindert durch die Wälder dieser Gegend. Er ist gefährlich«, sagte Lydia.

»Für mich klingt das so, als wäre er nur für seine Familie gefährlich.«

»Einspruch«, sagte Dax. »Was ist mit den acht Stichen in meinem Gesicht?«

»Das können wir nicht wissen«, sagte Lydia zu Jeffrey. »Er sollte zumindest von der Polizei verhört werden.«

»Ja, aber wir sind nicht diejenigen, die ihn dorthin schleifen. Außerdem habe ich keine Lust, der Polizei zu erklären, warum wir in das Haus eingebrochen sind.«

»Und jetzt? Lassen wir ihn einfach frei rumlaufen?«

»Nein. Wir rufen Ford an und erzählen ihm, was wir entdeckt haben. Soll er sich doch mit der Polizei von Haunted einigen.«

»Und wenn es zu spät ist?«

»Lydia, der Kerl ist seit zehn Jahren auf der Flucht und treibt sich immer noch in der Nähe seines Elternhauses herum. Ich würde mal tippen, dass er nicht verschwindet. Falls er tatsächlich geisteskrank ist, wird er schnurstracks in sein Zelt im Keller zurückkehren. Wir werden uns um ihn kümmern, aber nicht heute Abend.«

Lydia war ausnahmsweise zu müde, um sich weiter zu

streiten. Ihre Schläfen pochten, und die Erschöpfung ließ ihre Glieder bleischwer werden. Zudem war Jeffreys Logik wie immer unwiderlegbar.

Lydia hatte vor der Abfahrt noch einmal bei Maura vorbeischauen wollen, doch nun erwähnte sie das nicht einmal, als Jeffrey auf den Highway auffuhr. Zwischen ihnen standen eine Million Dinge, die keiner von beiden ansprechen wollte. Keiner hatte die nötige Energie. Jeffrey rief Ford an und erzählte ihm alles über James Ross, und dann fuhren sie schweigend weiter, bis Lydia in einen unruhigen Schlaf fiel und alle paar Kilometer zuckend aufwachte, weil sie immer wieder das Gesicht des Angreifers vor sich hatte, nur dass es aussah wie das Gesicht von Jed McIntyre.

NEUNZEHN

In der WCOU Bar in der Zweiten Straße war montagabends nicht viel los. Deswegen hatte Ford Irma hierher eingeladen und weil der alte Barmann einen höllisch guten Manhattan mixte und ein Relikt aus der Vergangenheit war, genauso wie die antike Jukebox und die Art-déco-Uhr mit Neonziffern an der Wand. Die Bar war klein und verqualmt, das Licht trüb. Zu einer Seite zogen sich hohe Tische und Barhocker bis ans Ende des Raumes. Die entspannte Atmosphäre hatte viel mit der schlechten Beleuchtung zu tun; andernfalls hätte man Zigarettenkippen auf dem Boden und Löcher in der Wand gesehen, und die Wasserflecken unter der Decke. Doch im sanften Schein der kraftlosen Glühbirnen hinter Glas fühlte man sich wie in einem alten Schwarz-Weiß-Film. Man hatte das Gefühl, Humphrey Bogart könnte jeden Moment hereingeschlendert kommen und um eine Zigarette bitten.

Die Forensiker hatten in der Waschküche nichts entdecken können. Ford und Irma hatten sich nach dem Gespräch mit den Zwillingen mit dem Leiter des Teams unterhalten. Der Luminoltest hatte keine Blutspuren nachgewiesen. Weil so viele Leute Zugang zu dem Waschkeller hatten, war es unwahrscheinlich, dass die Fingerabdrücke, Haare und Fasern, die sie dort eingesammelt hatten, irgendwohin führen würden. Abgesehen davon würde die Analyse unendlich viel Zeit in Anspruch nehmen.

Ford bestellte zwei Drinks beim Barmann und trug sie an den Tisch, den Irma ausgesucht hatte. Er legte seinen Mantel ab, verschränkte die Arme vor der Brust und sah sie fragend an.

»Und, was denkst du über die Zwillinge?«

Sie seufzte leise und nippte an ihrem Cosmopolitan. »Die Kinder sind extrem verschlossen«, sagte sie mit gedämpfter Stimme. »Jemand übt einen großen Einfluss auf sie aus. Beide sind sehr intelligent, besonders Lola, sie spüren also, dass etwas nicht stimmt. Doch sie spüren auch ihre Ohnmacht. Was in ihrer Lage völlig natürlich ist.«

»Und wer übt Einfluss auf sie aus?«

»Jemand, vor dem sie Angst haben und der in Nathaniels Vorstellung zu einem Monster herangewachsen ist, zum Schwarzen Mann.«

Irma nippte noch einmal an ihrem Cocktail, Ford trank Mineralwasser mit Zitrone. Genau genommen war er immer noch im Dienst, den Manhattan würde er ein andermal bestellen müssen.

Seine Gedanken sprangen zwischen Irmas Erläuterungen, Jeffreys Mutmaßungen über einen Zwillingsbruder, dem Gemälde in der Galerie und dem Fremden, den Jetty Murphy in der Nacht von Tads Ermordung gesehen haben wollte, hin und her. War James Ross der Schwarze Mann, von dem Nathaniel gesprochen hatte? Hatte er auch Tad Jenson ermordet?

Dass Julian einen Zwillingsbruder hatte, war eine weitere wichtige Information, die er bei den Ermittlungen vor zehn Jahren nicht gehabt hatte. Allein bei dem Gedanken wurde ihm übel vor Wut – er war wütend auf sich selbst, weil er damals nicht gründlich genug gearbeitet hatte. Das konnte er nicht mit seinem Selbstbild als Ermittler vereinbaren. Dass er ein nachlässiger Vater und Ehemann gewesen war, hatte er sich immer mit seinem Job schöngeredet. Doch heute Abend musste er einsehen, dass er nicht einmal ein besonders guter Polizist gewesen war. Seine Laune war schlecht und wurde immer schlechter.

Ihre Versuche, Nathaniel Ross zu beruhigen, waren fehlgeschlagen. Irma hatte Ford davon überzeugt, dass es sinnlos wäre, die Kinder vielleicht sogar traumatisieren würde, wenn man sie weiter mit der Frage bedrängte, warum sie nachts im Waschkeller gewesen waren. Zum Schluss hatten beide Kinder geweint, Nathaniel hatte geschrien, und Eleanor hatte damit gedroht, Ford suspendieren zu lassen. Was ihm mittlerweile jedoch fast egal war. Immer wieder musste er an das Gespräch mit Lydia denken … *Was bin ich denn, wenn ich kein Polizist mehr bin*, hatte er zu ihr gesagt. *Höchste Zeit, es herauszufinden*, hatte sie geantwortet. So langsam fragte er sich, ob sie recht hatte.

»Lola ist eindeutig die dominantere Persönlichkeit«, fuhr Irma fort. »Doch ich spüre auch, dass sie genauso viel Angst hat wie Nathaniel; sie ist einfach nur geschickter darin, es zu verbergen.«

»Hältst du es für möglich, dass die Kinder gesehen haben, wer ihren Vater ermordet hat?«

»Ich tendiere zu Nein. Nein, sie sind keine Augenzeugen. Ehrlich gesagt gibt es nicht viele Studien über Kinder, die den Tod ihrer Eltern miterlebt haben. Doch es wäre höchst ungewöhnlich, wenn die Kinder ein brutales Verbrechen erlebt hätten, ohne Anzeichen einer posttraumatischen Belastungsstörung zu zeigen.«

»Was, wenn sie die Erinnerung verdrängt haben?«, fragte Ford.

Irma schüttelte den Kopf. »So etwas kommt seltener vor, als man denkt. Emotional belastende Ereignisse sind ganz im Gegenteil jene, die sich besonders tief einprägen.«

»Aber es wäre möglich?«

Sie zuckte die Achseln. »Ja. Aber nehmen wir einmal an, sie hätten die Erinnerung an den Mord verdrängt. Dann gäbe es zumindest Anzeichen für die Verdrängungsleistung. Dann würden sie höchstwahrscheinlich mit Angst und Panik reagieren, wenn man sie zu der Nacht befragt. Doch sie erinnern sich völlig unbelastet an jedes Detail.«

»Aber Lola war doch unten in der Waschküche. Wir haben das Video gesehen. Und Malone hat das Nachthemd in der Wohnung gefunden. Das wollte sie uns nicht erzählen.«

»Was nicht bedeutet, dass sie eine Erinnerung unterdrückt. Wir brauchen einfach nur ein bisschen mehr Zeit. Offenbar hat man den Kindern eingebläut, dass sie mit niemandem sprechen sollen. Lola hat Nathaniel sogar ermahnt, den Mund zu halten. Bloß, dass er es nicht geschafft hat. Er hat zu große Angst. Beide Kinder haben Angst.«

»Was ist mit Nathaniel? Wenn Lola im Keller war, um den Trockner zu bewegen …«

»Warte mal, sie ist ein kleines Mädchen. Wie sollte sie ein so schweres Gerät allein bewegen können?«

»Es steht auf Rollen, lässt sich mühelos herausziehen.«

»Okay.«

»Wäre Nathaniel clever genug, die Kamera auszuschalten, abzuwarten, bis seine Schwester – oder wer auch immer – zurückkommt, und die Kamera wieder einzuschalten?«

Irma überlegte kurz. »Das kann ich mir bei Nathaniel nur schlecht vorstellen. Er scheint von Lola abhängig zu sein. Wahrscheinlich wäre er in der Lage, Anordnungen zu befolgen, aber ich bezweifle stark, dass er eine so komplexe Aufgabe ohne Hilfe erledigen könnte.«

Ford nippte an seinem Mineralwasser und wünschte sich, es wäre ein Cocktail. Er wendete die Informationen in Gedanken hin und her, ließ den Finger über den Glasrand gleiten und versuchte, die Puzzleteile, die er, Lydia und Jeffrey zusammengetragen hatten, aneinanderzufügen.

Doch nichts passte zum anderen, selbst wenn man James Ross als Verdächtigen hinzurechnete. Es blieben zu viele Fragen offen: Wo hatte er all die Jahre gesteckt? Warum sollte er die Ehemänner seiner Schwester umbringen, wenn er in Wirklichkeit *sie* hasste? Außerdem, wie hätte er von Haunted nach New York kommen sollen und wieder zurück? Woher sollte er wissen, dass unter Julians Haus ein Tunnel verläuft? Auf welche Weise sollte er mit den Kindern kommunizieren? Das alles schien zu weit hergeholt. Lydia und Jeffrey mochten die Zeit haben, *Akte X* zu spielen, er hingegen brauchte Beweise. Er konnte nur hoffen, dass sie eine Gelegenheit bekommen würden, James Ross zu verhören, und dass sich die Antworten dann wie von allein ergeben würden.

Er spürte ihren Blick und hob den Kopf.

»Willkommen zurück«, sagte sie mit einem Lächeln. Wieder bemerkte er, wie hübsch sie war. Ihr Blick war besorgt, und da war noch etwas.

»Tut mir leid«, sagte er. »Ich war abgelenkt.«

Sie legte ihre Hand auf seinen Arm, und er betrachtete ihre schlanken Finger mit den perfekt manikürten Nägeln. Ihr blondes Haar sah aus wie gesponnenes Gold und umrahmte ihr Gesicht auf vorteilhafte Art. Wie lange war es her, dass er einer Frau so nah gekommen war? Wieder spürte er die schmerzhafte Lücke, die Rose in seinem Herzen hinterlassen hatte, und am liebsten hätte er den Kopf auf die Arme sinken lassen und sich ausgeweint. Glücklicherweise fing genau in diesem Moment sein Handy zu klingeln an, so wurde ihm die Peinlichkeit erspart.

»McKirdy«, sagte er und warf Irma einen entschuldigenden Blick zu. Sie zog ihre Hand weg und starrte in ihr Cocktailglas.

»Hier spricht Henry Clay. *Ich hoffe, es ist wichtig.*«

Ford hatte in der Polizeiwache von Haunted angerufen und den zuständigen Beamten überredet, seinen Chief aus dem Bett zu holen.

»Chief, ich muss einen Bewohner Ihrer Stadt dringend zum Verhör vorladen. Ich werde morgen zwei meiner Detectives raufschicken und hoffe, dass Sie mich mit ein paar Mann unterstützen können.«

»Von wem sprechen wir hier, Detective?«

»James Ross.«

Bleiernes Schweigen am anderen Ende der Leitung.

»Chief?«

»Wollen Sie mich auf den Arm nehmen?«, fragte Clay, und seine Stimme zitterte vor Wut.

»Für so etwas habe ich keine Zeit«, entgegnete Ford knapp und sparte sich die Höflichkeit, die er bis jetzt an den Tag gelegt hatte. Er wandte sich von Irma ab. Ford war ein altmodischer Mann, und altmodische Männer fluchten nicht in Gegenwart einer Dame, wenn es sich irgendwie vermeiden ließ.

»James Ross lebt schon seit über zwanzig Jahren nicht mehr in dieser Stadt.«

»Ich habe zuverlässige Informationen darüber, dass er sich im Haus der Familie aufhält.«

Wieder Schweigen. Ford konnte Clay atmen hören.

»Woher haben Sie diese Information?«, fragte er schließlich.

»Das ist unwichtig.«

»Nein, Teufel noch mal. Uns wurde gestern Abend ein Einbruch in das Familienanwesen gemeldet. Waren das Ihre Leute?«

»Davon weiß ich nichts«, log Ford.

Wieder Schweigen.

»Hören Sie, wollen Sie mir helfen oder nicht?«, sagte Ford. Er hatte keine Geduld mehr. »Ich werde Ihnen so oder so jemanden schicken. Ich wollte nur so höflich sein, Sie vorher anzurufen und darauf vorzubereiten, dass wir in Ihrem Zuständigkeitsbereich einen Mordverdächtigen verhören werden.«

»Tja, von meinen Leuten wird keiner dieses Haus betreten.«

»Wovon reden Sie da? Warum nicht?«

»Weil … irgendetwas damit nicht stimmt. Mit dem Haus. Das Haus ist böse.«

Ungläubig schüttelte Ford den Kopf in Zeitlupe. Er lachte verblüfft.

»Jedem, der es betritt, stößt irgendwas Schlimmes zu«, fuhr Clay mit leiser und ernster Stimme fort.

Ford überlegte kurz, dann sagte er: »Ihr Job wäre es, diese schlimmen Dinge zu verhindern, Chief. Dafür ist die Polizei da.«

»Sie wollen sich hier umsehen? Bitte sehr, ich habe nichts dagegen. Doch ich garantiere Ihnen, dass Sie nicht mit James Ross sprechen werden.«

»Warum nicht?«, fragte Ford.

Ein Knacken in der Leitung. Ford war sich nicht sicher, den Chief verstanden zu haben. »Würden Sie das bitte wiederholen?«

Der Mann seufzte schwer.

»Ich sagte: Weil er tot ist, McKirdy. James Ross ist tot.«

ZWANZIG

Wenn man jemanden liebt, ich meine so richtig«, sagte sie, »tut es weh. Selbst die Freuden sind wie Messerstiche. Alles ist vergänglich, und das Herz weiß darum. Das Liebesglück ist getrübt, weil es zum Ende kommen wird. Das ist schrecklich und traurig und unvermeidlich.«

Marion Strong saß aufrecht und wunderschön auf Lydias Bettkante. Jeffrey lag neben Lydia und schlief tief und fest, seine Atemzüge waren ruhig und regelmäßig. Die wütenden Worte von eben hingen immer noch in der Luft.

»Du siehst aus wie ein Engel«, sagte Lydia zu ihrer Mutter.

»Nur weil du mich liebst.«

Marions schwarzes Haar mit den grauen Strähnen floss ihr über die Schultern und reichte bis an ihre Taille. Sie trug ein strahlend weißes Nachthemd, an das Lydia sich aus ihrer Kindheit erinnern konnte. Sie saß im bernsteinfarbenen Licht der Straßenlaternen, das durch die Lamellen der Jalousie einfiel, auf der Bettkante und schien zu strahlen.

Lydia betrachtete die Falten in Marions Gesicht, die starken, geäderten Hände in ihrem Schoß, die dunklen, geschwungenen Augenbrauen, die tiefschwarzen Augen.

Sie wollte sich jedes Detail einprägen. Mehr Erinnerungen an Marion würde sie nicht an ihre eigenen Kinder weitergeben können. So war es immer schon gewesen. Manchmal hatte sie das Gefühl, dass die Trauer über den Tod ihrer Mutter wie eine Quelle war, die nie versiegte.

»Ich bin schwanger«, sagte Lydia mit einer tiefen Sehnsucht, die sich fast schon wie Verzweiflung anfühlte.

Marion lächelte geheimnisvoll und schüttelte den Kopf.

»Menschen sterben«, sagte sie, als hätte sie nichts gehört. »Aber die Liebe lebt weiter, wir tragen sie in unseren Knochen mit uns herum. Wenn man jemanden verliert, verliert man nur den Schenker, nicht das Geschenk.«

Lydia wachte auf und fand sich aufrecht im Bett sitzend wieder. Ihr Herz klopfte, ihr Atem ging stoßweise. Sie packte Jeffreys Schulter und rüttelte ihn wach. Erschrocken setzte er sich auf.

»Was ist denn?«

Sie wusste nicht, was sie darauf antworten sollte, deswegen rutschte sie an ihn heran, klammerte sich an ihm fest, spürte seine weiche Haut und die harten Muskeln an ihrer Wange. Er erwiderte die Umarmung. Sie wollte ihm so nah sein, wie es möglich war, sie wollte seine Lebendigkeit spüren und das warme Blut unter seiner Haut.

»Ist schon gut. Ehrlich«, sagte er, ohne zu wissen, was los war. Er wusste nur, dass er sie jetzt trösten musste. »Ich schwöre es dir, alles ist in Ordnung.«

Sie blickte zu ihm auf, und in ihren Augen sah er eine schmerzliche Mischung aus Angst und Liebe, die eine tiefe Sehnsucht in ihm weckte. Er bereute es, ihr einen Vortrag gehalten zu haben, weil sie so nachlässig mit ihrer Gesundheit und Sicherheit umging. Selbst im halbdunklen Schlafzimmer konnte er das lila Hämatom an ihrer rechten Wange erkennen.

»Ich liebe dich so sehr«, sagte er. »Es tut mir leid.«

»Nein, mir tut es leid«, sagte sie schnell. »Du hattest recht … mit allem.«

Er presste seine Lippen auf ihre, wollte sanft sein und spürte doch eine plötzliche Gier, als sie den Kuss erwiderte. Sie kniete jetzt vor ihm auf dem Bett. Er berührte ihre zarte Schulter, tastete nach den Rundungen ihrer nackten Brüste, ließ seine Finger über ihren Kiefer gleiten. Sie rutschte näher heran, streichelte seine Brust, die harten Bauchmuskeln, streichelte immer weiter, bis er hart wurde. Sie beugte sich vor und nahm ihn in den Mund. Jeffrey ließ sich zurücksinken und erschauderte vor Lust, als er ihre weiche, nasse Mundhöhle spürte.

Sie machte sich los und schob sich an ihm hoch, jeder Zentimeter ihres Körpers rieb sich sanft und seidig über ihn hinweg. Dann setzte sie sich rittlings auf ihn und nahm ihn stöhnend in sich auf. Er packte ihre Hüften, während sie sich langsam und sinnlich vor und zurück wiegte. Er wurde schwach vor Lust, während die Bewegungen immer intensiver wurden.

Sie warf den Kopf in den Nacken, er zog sie an sich, seine Lippen suchten ihre Brust und liebkosten die Brustwarzen. Sie keuchte leise. Er kannte ihren Körper so gut, dass er ihren Orgasmus aufziehen fühlte, und jede Faser seines Körpers brannte vor Verlangen. Er kam, tief in ihr.

»Lydia«, flüsterte er, und es klang wie ein Gebet, als sie kam und ihn noch tiefer in sich hineinsog.

Sie lag neben ihm, mit dem Rücken an seinem Bauch. Er hatte einen Arm um sie gelegt und atmete den Lavendelduft ihrer Haare ein.

»Du musst mir versprechen, in Zukunft vorsichtiger zu sein«, flüsterte er.

»Versprochen«, antwortete sie. Sie versuchte immer noch, die Erinnerung an den Traum zu verdrängen, sich ganz in seiner Körperwärme zu verlieren.

Er strich ihr die Haare aus dem Gesicht, berührte ganz vorsichtig die Verletzung, küsste sie sanft.

Lydia schloss kurz die Augen, als sie sie wieder öffnete, atmete er so ruhig wie im Tiefschlaf. Sie drehte den Kopf, um ihn anzusehen. Sie nahm die Einzelheiten seiner Gesichtszüge wahr, die geliebten Fältchen um seine Augen, die vollen Lippen, die kleine, sternförmige Narbe an seiner rechten Wange. Sie wusste nicht, wie lange sie ihn betrachtet hatte, dann schlief sie selbst ein.

Zu ihrer offensichtlichen Enttäuschung hatte Ford Irma vor ihrer Wohnung am Central Park West abgesetzt. Die subtilen Signale, die sie ihm gesendet hatte, schmeichelten ihm, er fühlte sich tatsächlich zu ihr hingezogen, doch tief in seinem Herzen war er immer noch mit Rose verheiratet. Vielleicht würde es immer so sein. Immerhin hatte Irma eine Ruhelosigkeit in ihm geweckt, und als er zu Hause im Bett lag und den Deckenventilator betrachtete, der sich träge drehte, musste er sich fragen, wo Rose jetzt war, wie er sie erreichen könnte, was er zu ihr sagen würde.

Der Fernseher lief, doch der Ton war abgestellt; so machte Ford es immer, wenn er nicht schlafen konnte.

Wenn er seine Frau zu sehr vermisste. Dann fühlte er sich weniger allein. Er drehte den Kopf und sah Fran Drescher, die bei David Letterman zu Gast war. *Die Nanny*, erinnerte er sich, das war eine Sendung, die Rose immer gern geschaut hatte. Da fiel ihm wieder ein, dass er sich eigentlich noch einmal mit Geneva Stout hatte unterhalten wollen. Jetzt erst wurde ihm klar, dass sie bei der Befragung der Zwillinge gar nicht zugegen gewesen war.

Er dachte über Geneva nach. Nachdem die Sanitäter Julian aus der Wohnung gebracht hatten, hatte Ford sich mit dem Mädchen unterhalten. Sie war jung, einundzwanzig oder zweiundzwanzig vielleicht, von sanfter Natur und von dem Verbrechen offensichtlich sehr aufgewühlt. Sie war hübsch auf eine dunkle, exotische Weise, hatte volle Lippen und mandelförmige Augen. Er hatte ihren Namen irgendwie unpassend gefunden, weil er viel besser zu einer vollbusigen Schwedin mit blondem Haar gepasst hätte. Doch Geneva hatte ganz offensichtlich nichts Nordisches an sich mit ihrer kaffeebraunen Haut und den rabenschwarzen Locken, die ihr bis auf den Rücken fielen.

Sie hatte ausgesagt, sie habe während des Verbrechens geschlafen und nichts bemerkt. Ford hatte keinen Grund, an ihrer Aussage zu zweifeln, da ihr Zimmer im Untergeschoss hinter der Küche lag, weit von der Eingangstür und dem Elternschlafzimmer im Obergeschoss der palastartigen Wohnung entfernt. Er hatte ihr seine Karte gegeben und sie gebeten, sich bei ihm zu melden, sollte ihr noch irgendetwas einfallen. Er hatte außerdem angekündigt, sich wieder bei ihr zu melden.

Ford stützte sich auf den Ellenbogen, warf einen Blick auf die Uhr, zögerte und griff dann doch zum Telefon.

»Wo ist das Kindermädchen, Ms Ross?«, sagte er in den Hörer.

»Detective, es ist schon nach Mitternacht«, sagte Eleanor empört.

»Das Kindermädchen, Geneva Stout. Sie war in der Mordnacht dabei. Aber als wir die Zwillinge befragt haben, war sie nicht mehr da.«

»Nun, sie hat natürlich gekündigt. Hätten Sie das nicht auch getan?«

»Wo ist sie jetzt?«

»Woher soll ich das wissen? Ich habe sie nicht eingestellt. Da müssen Sie wohl Julian fragen … und die weiß im Moment nicht einmal, wer *ich* bin.«

»Wissen Sie, wie lange sie für die Familie gearbeitet hat?«

»Ich bin mir nicht sicher. Ein Jahr, vielleicht achtzehn Monate … warum ist das wichtig, Detective?«

»Danke, Ms Ross. Tut mir leid, Sie gestört zu haben.«

»Hmpf«, sagte er laut, nachdem er aufgelegt hatte.

Abgesehen von ihrem Namen war nichts an der jungen Frau außergewöhnlich gewesen. Er hatte sie nach einem Ausweis gefragt, und sie hatte ihm ihren Studentenausweis und einen New Yorker Führerschein vorgelegt, beide mit der Adresse der Familie Ross. Er hatte sich beide Dokumentnummern notiert und würde sie gleich morgen früh durch das Computersystem jagen. Zwar hatte sie den Job gekündigt, was, wie Eleanor schon gesagt hatte, völlig verständlich war, doch sollte er keine Schwierigkeiten haben, sie ausfindig zu machen.

Er würde noch einmal seine Unterlagen durchgehen müssen, und dann die der Familie Ross. Möglicherweise hatte sie irgendwo eine andere Adresse hinterlegt. Vermutlich steckte nichts dahinter, aber nun, da die Zwillinge Teil der Ermittlungen waren, beschlich Ford eine Ahnung, dass das Kindermädchen mehr zur Aufklärung beizutragen hatte, als er gedacht hatte. Immerhin hatte es länger als ein Jahr mit den Kindern zusammengelebt.

Nach dem Telefonat mit Eleanor legte er sich wieder hin. Er schaltete mit der Fernbedienung den Fernseher aus, schloss die Augen und hoffte, bald einzuschlafen. Er hatte keine Lust, stundenlang in der Dunkelheit zu liegen und über den Tod und vergangenes Liebesglück nachdenken zu müssen.

EINUNDZWANZIG

Hübsches Gesicht«, sagte Craig von seinem Platz am Empfangstresen aus, als Lydia und Jeffrey am Morgen durch die Glastür kamen. Craig war so lang und dünn wie ein Schilfrohr, saß in schiefer Haltung auf dem Bürostuhl und hatte eine zerfledderte Ausgabe von *Neuromancer* auf dem Schoß. Er strich sich eine blonde Locke aus der Stirn, rückte sich die runde Nickelbrille zurecht und sah Lydia neugierig an.

»Was ist denn mit dir passiert?«, fragte er.

»Du solltest mal den anderen sehen«, antwortete Lydia und versuchte zu lächeln.

»Wo ist Rebecca?«, fragte Jeffrey.

»Ich muss sie vertreten. Sie hat angerufen. Grippe«, sagte Craig. »Sie hat so geklungen, wie du aussiehst, Lydia.« Ein jungenhaftes Lächeln überzog sein schmales Gesicht und rettete ihn vor dem bösen Konter, den Lydia ihm an den Kopf werfen wollte.

»Danke. Vielen Dank auch«, sagte sie und verschwand in ihrem Büro. In der Tür blieb sie noch einmal stehen. Irgendetwas stimmte nicht. Sie ließ den Blick durch den Raum schweifen, konnte aber nichts Ungewöhnliches erkennen und sagte sich, dass es nur ihre eigene Paranoia war. Sie zog ihren Mantel aus, obwohl sie nur kurz bleiben wollte, legte ihn übers Sofa und setzte sich an den

Schreibtisch. Sie zog ihre Puderdose aus der Tasche und betrachtete zum hundertsten Mal an diesem Morgen ihr Gesicht. *Ein Gesicht, wie es nur die Mutter eines Boxers lieben kann*, dachte sie. Sie ließ die Puderdose zuschnappen und schaltete ihren Computer ein.

»War jemand in meinem Büro?«, schallte Jeffreys Stimme aus der Sprechanlage auf dem Empfangstresen.

»Nicht, dass ich wüsste«, sagte Craig. »Wieso fragst du?«

Lydia stand auf und machte sich auf den Weg in Jeffreys Büro. »Was ist los?«

»Ich weiß auch nicht. Mein Computer ist eingeschaltet, der Terminkalender geöffnet. So habe ich das nicht hinterlassen«, sagte Jeffrey stirnrunzelnd.

»Vielleicht hat Rebecca etwas gesucht?«, gab Lydia zu bedenken, obwohl sie im selben Moment dachte, dass das nicht zu Rebecca Helms passen würde. Sie hätte alles so hinterlassen, wie sie es vorgefunden hatte. Rebecca war penibel, gewissenhaft und krankhaft ordentlich. Sie war immer perfekt gestylt, ihre Arbeit immer tadellos. Ehrlich gesagt konnte Lydia sich nicht erinnern, ob Rebecca sich je einmal krankgemeldet hatte.

»Hm«, sagte sie.

»Was?«

»Wir sollten sie anrufen.«

»Warum?«

»Weil ich das Gefühl habe, dass auch in meinem Büro jemand war.«

»Fehlt etwas?«

»Nein. Ich habe nur so ein komisches Gefühl«, sagte Lydia nachdenklich. Sie ging zu ihrem Büro zurück und blieb auf der Schwelle stehen. Der Raum wirkte ziemlich steril, weil Lydia alles, was ihr wichtig war, mit sich herumschleppte und ihren eigentlichen Arbeitsplatz zu Hause im Loft hatte. Und doch schien irgendetwas anders.

»Ich habe ihr auf den Anrufbeantworter gesprochen und sie gebeten, sich zu melden«, sagte Jeffrey vom Türrahmen seines Büros aus. »Sicher ist es nichts.«

Lydia nickte. »Ja, da hast du wahrscheinlich recht.« Doch das flaue Gefühl in ihrer Magengrube sagte etwas anderes. Das Gefühl ließ sie auch dann nicht los, als sie sich auf den Weg zu Eleanor Ross machten.

Als Lydia und Jeffrey das Waldorf Astoria erreichten, waren Eleanor und die Zwillinge gerade dabei auszuziehen. Ihr Gepäck war auf einen Wagen geladen, ein Portier schob es aus der Suite, als Lydia und Jeffrey eintraten.

»Ms Ross, wo wollen Sie hin?«, fragte Lydia.

»Zurück in die Wohnung. Die Kinder wollen nach Hause.«

»Aber das ist ein Tatort«, sagte Lydia. Sie war angewidert von der Vorstellung, die Kinder an jenen Ort zurückzubringen, an dem ihr Vater ermordet worden war. Sie fragte sich, wie Eleanor überhaupt eine Genehmigung erhalten hatte.

»Geld regiert die Welt«, sagte Eleanor, drückte den Rücken durch und reckte das Kinn in die Höhe. »Jetzt entscheide ich, was das Beste für die Kinder ist. Schließlich haben sie sonst niemanden mehr.«

»Aber sie in die Wohnung zurückzubringen, in der ihr Vater …« Lydia unterbrach sich abrupt, weil die Kinder hereinkamen.

Die Zwillinge bewegten sie sich wie ein Mensch, gingen Hand in Hand. Ihr weißblondes Haar glänzte in der Sonne, die durchs Fenster einfiel, die blasse Haut und die strahlend grünen Augen sahen aus wie aus Licht gemacht, durchscheinend und nicht von dieser Welt.

»Oma, Nathaniel kann seinen Hasen nicht finden«, trällerte Lola mit heller Stimme.

»Er ist unten beim Gepäck, Nathaniel. Du bekommst ihn, wenn wir ins Auto steigen, versprochen.«

Nathaniel nickte, doch Lydia sah, wie besorgt er war. Der Junge wollte seinen Hasen. Komischerweise ärgerte Lydia sich darüber, dass Eleanor das Stofftier einfach zum Gepäck gegeben hatte. Sie hätte sich doch denken können, dass das Kind danach fragen würde.

»Wer ist das?«, fragte Lola und beäugte Lydia misstrauisch.

»Das sind Freunde von mir, Kinder. Sie wollen herausfinden, wer eurem Vater wehgetan hat.«

Über die unverblümte Antwort war Lydia verblüfft. Sie konnte sich nicht vorstellen, dass das gut für die Kinder war. Doch die Kleinen wirkten kein bisschen verstört. Lola und Nathaniel betrachteten Lydia und Jeffrey staunend. Lydia beugte sich herunter und streckte ihre Hand aus.

»Ich bin Lydia«, sagte sie lächelnd. Brav schüttelten die Kinder ihre Hand. »Und das hier ist mein Partner Jeffrey.«

»Ist er dein Freund?«, fragte Lola.

»Er ist mein Partner«, wiederholte Lydia. Was der Wahrheit entsprach.

»Oh«, sagte Lola und runzelte die Stirn, als spüre sie,

wie kompliziert die Lage war; sie war nur noch zu jung, das Problem zu erfassen.

»Was ist mit deinem Gesicht passiert?«, fragte Nathaniel und zeigte auf ihre Wange. »Das sieht schlimm aus.«

Lydia lächelte und blickte zu Eleanor hinauf. »Können wir uns kurz unterhalten?«

Eleanor nickte und brachte die Kinder hinaus.

»Bis bald«, rief Nathaniel fröhlich über seine Schulter. Man hatte ihn dazu erzogen, immer höflich zu sein, und es hatte funktioniert.

Als Eleanor zurück war, verlor Lydia keine Zeit.

»Warum haben Sie uns nie erzählt, dass Sie einen Sohn haben, Eleanor? Einen Sohn, der in eine psychiatrische Anstalt eingeliefert wurde und geflohen ist. Einen Sohn, der versucht hat, Sie und Julian zu ermorden.«

Eleanor war wie vom Donner gerührt. Sie wankte zum Sofa und ließ sich daraufsinken.

»Mein Sohn ist tot«, sagte sie leise.

»Nein, das glaube ich nicht, Ms Ross. Der blaue Fleck in meinem Gesicht beweist es. Er hat mich im Keller Ihres Hauses in Haunted angegriffen.«

Eleanor schüttelte energisch den Kopf. »Wer immer Ihnen das angetan hat, war nicht mein Sohn. James wurde letztes Jahr in genau diesem Haus tot aufgefunden. Ich habe einen Totenschein.«

Auf einmal bekam Lydia weiche Knie. Sie spürte eine Hitzewelle durch ihren Körper gehen und sank auf den Stuhl neben dem Sofa.

»Was ist mit Ihrem Bruder, Eleanor? Was ist mit Paul? Wo ist er?«

Eleanor schüttelte abermals den Kopf, aber nicht so

energisch wie beim ersten Mal. Sie schlug die Augen nieder. Sie wirkte betrübt und zum ersten Mal überhaupt irgendwie menschlich.

»Er wird seit vielen Jahren vermisst«, flüsterte sie. »Lange Zeit habe ich geglaubt, dass auch er gestorben ist. Er war mein Zwillingsbruder. Ich würde es doch spüren, wenn er noch am Leben wäre.«

»Da sind Gerüchte im Umlauf, Eleanor. Hässliche Gerüchte. Über Sie und Paul und über James und Julian.«

Völlig unvermittelt ließ Eleanor die flache Hand auf den Sofatisch krachen.

»Verdammt noch mal!«, rief sie. Der Deckel der Gefühlskiste flog auf, und alle Dämonen strömten heraus. »Was glauben Sie, warum ich und Julian diese Stadt verlassen haben? Diese Gerüchte, dieser Fluch – wir haben darunter gelitten. Wissen Sie eigentlich, wie es ist, im Schatten der Ängste und der Ignoranz der anderen zu leben, mit ihrem Voyeurismus? Wenn alle hinter Ihrem Rücken über Sie tuscheln und glauben, Sie und Ihre Familie zu kennen? Das ist der reinste Albtraum.«

Sie hielt inne und holte tief Luft. Lydia und Jeffrey schwiegen, ließen ihr die Gelegenheit, sich zu sammeln.

»Als Jack ermordet wurde, wurde die Lage für uns dort unerträglich. James und Julian hatten nur noch sich. Die anderen Kinder wollten nicht mit ihnen spielen; in der Schule waren sie Außenseiter und wurden gemobbt. James wurde jede Woche in irgendeine Schlägerei verwickelt, weil er sich und seine Schwester verteidigen wollte. Die beiden waren unzertrennlich, zwei gegen den Rest der Welt. Aber dann fing James an, sich zu verändern. Ich hatte es zuvor schon einmal erlebt, mit Paul. Die psychische Erkrankung, die Wahnvorstellungen, die schrecklichen Wutausbrüche. Das ist der wahre Fluch, unter dem meine Familie lebt.«

Lydia versuchte, sich James und Julian vorzustellen, den ermordeten Vater, die bloßgestellte Mutter, die Verachtung und Ablehnung der anderen Stadtbewohner. Selbst unter den günstigsten Umständen ist die Pubertät eine schwierige Zeit; Lydia konnte sich nicht vorstellen, was der zusätzliche Druck den Kindern angetan hatte.

»Doch in unserer Familie gibt es keinen Inzest, falls Sie das gehört haben. James und Julian haben einander geliebt und gebraucht, sie standen sich näher als andere, weil sie Zwillinge waren. Das war's. Mehr ist nicht passiert. Dasselbe gilt für Paul und mich. Die Leute in dieser Stadt sind so gelangweilt und pervers, die würden alles tun und alles sagen, um ein bisschen Unterhaltung zu haben. Mein Gott, wie sehr ich diesen Ort hasse.«

Eleanor hatte zu weinen angefangen. Die Tränen strömten über ihre Wangen, ließen sie alt und gebrechlich aussehen. Ihre würdevolle Haltung war zusammengebrochen, als ließe die Wahrheit jede Körperspannung entweichen.

»Was können Sie mir zu Ihrem Verhältnis zu Maura Hodge erzählen?«

Bei der Erwähnung dieses Namens zuckte Eleanor zusammen.

»Maura Hodge.« Sie spuckte den Namen aus, als hätte sie einen bitteren Geschmack auf der Zunge. »Sie hasst uns. Sie hasst unsere Familie. Am allermeisten hasst sie mich.«

»Warum?«

»Sie würde behaupten, dass es an den vielen Jahren der Ungleichbehandlung liegt, angefangen bei Hiram. Sicher haben Sie von dem Fluch gehört? Indem sie die Bücherei gestiftet hat, hat sie dafür gesorgt, dass die Legende niemals sterben wird. Jahrzehntelang hat sie Historiker und Autoren angeworben, um die Geschichte von Haunted auf ewig festzuschreiben. Als würde sich irgendjemand sonst drum scheren.«

»Sie hat gesagt, sie glaube nicht einmal an diesen Fluch«, sagte Lydia und erinnerte sich an Mauras Worte. Die Frau hatte behauptet, die Ross seien mit sich selbst genug gestraft.

»Ob sie nun daran glaubt oder nicht – sie hat ihn benutzt, um nach Jacks Tod die ganze Stadt gegen uns aufzuhetzen. Ein Teil von mir macht sie dafür verantwortlich, dass James den Verstand verloren hat.«

»Warum?«

»Manchmal denke ich, dass, wenn die Leute nicht so grausam gewesen wären, wenn sie nicht die ganzen Gerüchte geglaubt und James und Julian zu Monstern abgestempelt hätten, dass James sich vielleicht sogar erholt hätte. Vielleicht …« Eleanor biss sich auf die Zunge. Sie blickte an Lydia vorbei auf einen Punkt in weiter Ferne.

»Aber jetzt sind Paul und James tot«, sagte sie nach einer Weile und klang fast erleichtert, als sei damit endlich alles geklärt. »Sie ruhen in Frieden.«

»Großartig«, sagte Lydia. »Aber das erklärt noch lange nicht, wer Ihren Ehemann ermordet hat oder Richard Stratton. Julian ist damit kein bisschen geholfen.«

Lydia erwartete eine Antwort, doch Eleanor schwieg. Sie schien gar nichts mehr zu fühlen, und ihre kalte und distanzierte Art kehrte zurück. Sie wischte sich die Augen und setzte sich auf.

»Glauben Sie, Maura Hodge könnte hinter den Morden stecken?«, schlug Lydia zaghaft vor.

»Ja, das wäre möglich«, erwiderte Eleanor halbherzig. Sie klang fast so, als wäre es ihr egal.

»Aber Eleanor, Sie müssen doch irgendeinen Verdacht haben. Irgendeine Theorie.«

»Meine Liebe, ehrlich gesagt«, antwortete sie, »habe ich Sie genau deswegen engagiert.«

Die Eleanor, die eben noch über Haunted geschimpft hatte, und die Frau, die hier so kalt und hart wie ein Eisklotz vor ihnen saß, hatten nichts miteinander gemein.

»Was verschweigen Sie uns, Eleanor? Was ist es, das wir nicht wissen dürfen?«, fragte Lydia.

»Ich habe Ihnen nichts mehr zu sagen. Ich habe Ihnen alles gesagt, was ich weiß.«

Das Gespräch war beendet.

ZWEIUNDZWANZIG

»Tote Männer essen keine Schokoriegel«, sagte Lydia und überreichte Ford die Tüte mit den Beweismitteln, die sie im Keller des Spukhauses sichergestellt hatte.

Sie standen in Fords Büro, das unwesentlich größer war als eine Besenkammer. Im hinteren Teil der Mordkommission erstreckte sich ein Labyrinth aus Arbeitsnischen und klingelnden Telefonen, es war dunkel und die Luft muffig, aber immerhin gab es eine Tür, die man hinter sich zuziehen konnte. Die Jalousien vor dem einzigen Fenster waren heruntergelassen, der kleine Raum wurde von einer flackernden Neonröhre unter der Decke und einer kleinen Halogenlampe auf dem Schreibtisch erleuchtet.

»Nun«, sagte er und überreichte ihr ein Dokument. »Chief Clay hat das örtliche Krankenhaus angerufen, und die haben uns den Totenschein gefaxt. Wer immer dir das angetan hat, es war nicht James Ross.«

»Ich weiß genau, was ich gesehen habe«, sagte Lydia trotzig. Sie überflog das Schreiben.

»Du hast das Bewusstsein verloren, nicht wahr? Du hast eine Gehirnerschütterung. Du kannst dir gar nicht sicher sein«, sagte Ford.

Lydia betrachtete immer noch das Dokument.

»Du hattest gerade erst ein Foto von Julians Zwillingsbruder gesehen. Du standest unter Stress. Außerdem war es dunkel«, erklärte Jeffrey. »Wäre es nicht möglich, dass du dir nur einbildest, das Gesicht des Angreifers gesehen zu haben?«

Lydia schüttelte den Kopf. Sie hatte große Angst gehabt und war verletzt worden, aber sie würde sich nicht einreden lassen, dass sie auf ihre Wahrnehmung nicht vertrauen konnte.

»Chief Clay hat angegeben, die Leiche sei im letzten Jahr von ein paar Jugendlichen entdeckt worden, die sich in das Haus geschlichen hatten, um Alkohol zu trinken und rumzumachen«, sagte Ford. »Er hat sich am Treppenabsatz im Foyer aufgehängt.«

»Du liebe Güte«, sagte Jeffrey.

Lydia hatte die Augen immer noch nicht von dem Papier genommen, das Ford ihr gegeben hatte. Auf dem Totenschein stand, dass James Ross am 16. April des Vorjahres aufgefunden worden war. Er war schon über eine Woche tot gewesen, die offizielle Todesursache war Tod durch Ersticken. Man hatte die Leiche anhand der zahnärztlichen Unterlagen eindeutig identifiziert. Lydia warf einen Blick auf die Unterschrift des Arztes. Dr. Franklin Wetterau.

»Warum hat Dr. Wetterau uns gestern Abend nicht erzählt, dass James Ross längst tot ist?«, fragte sie und zeigte Jeffrey die Unterschrift.

Jeffrey zuckte die Achseln. »Keine Ahnung«, sagte er.

»Maura hat nicht erwähnt, dass Julian einen Zwillingsbruder hatte. Der Chief hat ihn nicht erwähnt, als ihr euch gestern unterhalten habt. Eleanor hat ihn verschwiegen, bis wir sie damit konfrontiert haben, dabei ist er ihr Sohn. Kommt euch das nicht irgendwie verdächtig vor?«

»Vielleicht haben wir einfach nur die falschen Fragen gestellt«, sagte Jeffrey.

»Ja, aber ist das nicht egal? Ein Toter wird mir auch nicht helfen«, sagte Ford. »Wenn er seit über einem Jahr unter der Erde liegt, kann er Richard Stratton nicht umgebracht haben.«

»Aber Tad Jenson.«

»Ja, das ist möglich. Aber die Sache ist längst abgeschlossen. Ich will diesen Fall lösen. Was ihr darüber hinaus ermittelt, ist mir egal.«

»Finde einfach nur heraus, ob diese Haare die gleichen sind wie damals am Tatort. Und ob sich auf der Schokoriegelverpackung DNA-Spuren finden lassen.«

»Und falls ja? Selbst wenn die Haarprobe und das Papier die DNA von James Ross' Geist tragen, sagt mir das nichts über Richard Strattons Mörder.«

Lydia sah ihn an und schüttelte langsam den Kopf, widersprach aber nicht. Er hatte einen Fall zu lösen, und ihre Ermittlungen führten zu weit weg davon, das sah sie ein. So erging es den privaten Ermittlern nun einmal; die Polizei unterstützte sie nur, wenn sie sich selbst einen Nutzen davon versprach. Jeffrey hatte noch genug andere Kontakte, Leute, die ihm einen Gefallen schuldig waren, die er noch von seiner Zeit beim FBI oder als Sicherheitsberater kannte und die ihnen Informationen liefern konnten, von denen andere private Detekteien nur träumten. Dann wiederum legten einem dieselben Leute Steine in den Weg, sobald man zu unbequem wurde. Sie konnte es ihnen nicht verübeln. So war es einfach.

»Hör mal«, sagte Ford, »du treibst das Ganze ein bisschen zu weit … Flüche, Geister, Inzest, Familienfehden. Wisst ihr, meistens ist die naheliegende Erklärung die zutreffende. Vielleicht hat jemand einen Killer angeheuert, um Richard Stratton beiseitezuschaffen. Vielleicht will euch irgendjemand glauben machen, James Ross sei immer noch am Leben und mache seiner Schwester das Leben zur Hölle.«

Lydia nickte. »Vielleicht hast du recht«, sagte sie.

Ford und Jeffrey sahen sie ungläubig an. Sie drehte sich um und ging zur Tür hinaus.

Vor der Wache war die Luft kühl und frisch, und genau das brauchte sie jetzt. Früh am Morgen hatte es geregnet, inzwischen war der Himmel blau und klar, mit nur wenigen Schäfchenwolken. Die Bäume auf dem Grundstück gegenüber waren kahl, der Wind blies das Laub in die Luft, die Blätter blieben auf den nassen Motorhauben der Streifenwagen kleben, die in einer langen Reihe am Straßenrand geparkt standen.

Lydia atmete tief ein und versuchte, den Schmerz in ihrem Unterleib wegzuatmen. Doch anstatt auf den Trick zu reagieren, verstärkte sich das Stechen nur, bis es fast unerträglich wurde. Lydia presste sich die Handtasche vor den Bauch, lehnte sich an die Betonmauer der Polizeiwache und versuchte, sich zu fassen. Sie wünschte sich, sie hätte Jeffrey nicht drinnen stehen lassen, doch in dem Büro war es zu eng und zu warm gewesen. Sie hatte geglaubt, sie würde nur ein bisschen frische Luft brauchen. Aber nun stand sie hier draußen allein auf der Straße, und der Schmerz wurde immer schlimmer. Irgendwo in der

Ferne hörte sie eine vertraute Stimme ihren Namen rufen. Sie spürte eine Hand an ihrem Rücken. Alles wackelte und schwankte wie ein Boot in einem Sturm. Die Straße unter ihren Füßen und der Himmel über ihrem Kopf verdunkelten sich, und dann war alles verschwunden.

ZWEITER TEIL

DREIUNDZWANZIG

An einem hellen, klaren Tag parkte Ford seinen Taurus vor dem Sunnyvale-Altersheim am Broadway in der Bronx. Das Gebäude sah so traurig aus wie alle Altersheime, egal, wie viel Mühe die Betreiber sich gaben. Die Tatsache, dass sogar die teuersten nichts weiter waren als Vorzimmer des Todes, ließ sich einfach nicht verdrängen. Er betrat das Gebäude durch die weißen Schwenktüren, und sofort schlug ihm der Gestank von Verwesung und Desinfektionsmitteln entgegen. Er versuchte, nicht daran zu denken, dass er möglicherweise selbst irgendwann an so einem Ort landen könnte, eine Last für seine Kinder, ganz allein den ganzen Tag, um alles zu bedauern und auf den Tod zu warten.

Eine Geneva Stout gab es hier nicht. Nun, es hatte sie gegeben, bis vor zwei Jahren, als sie im Alter von achtundachtzig Jahren in einem Krankenhaus in Riverdale gestorben war. Sie hatte keine Kinder und keine Verwandten mehr. An der NYU gab es keine Studentin mit diesem Namen. Das Kindermädchen, wie immer es auch hieß, war wie vom Erdboden verschluckt.

Er musste sich jedoch fragen, wie es der jungen Frau gelungen war, die falsche Identität anzunehmen. Seine Ermittlungen hatten ihn an den Ort geführt, wo die alte Frau gelebt hatte.

Schwester Jeremiah war so freundlich und so hübsch anzuschauen wie eine alte Bulldogge. Sie litt an einem starken Überbiss, ihr dichtes Kraushaar war offensichtlich eine Perücke, und ihr Leibesumfang nahm etwa zwei Drittel des Tresens ein, hinter dem sie saß. Als Ford die Eingangshalle betrat, schaute sie ihn böse an, und ihr Blick wurde umso finsterer, je näher er ihr kam.

»Guten Morgen«, sagte er mit seinem schönsten Lächeln.

»Wenn Sie meinen«, antwortete sie und betrachtete ihn misstrauisch.

Er zog seine Dienstmarke heraus und legte sie vor sich auf den Tresen in der Hoffnung, ihre Laune damit zu verbessern.

»Ich bin Detective Halford McKirdy von der New Yorker Polizei«, sagte er.

Sie betrachtete erst ihn, dann die Dienstmarke mit kühler Abneigung.

»Soll mir das jetzt Angst machen?«, fragte sie.

»Nein.«

»Was wollen Sie, Officer?«

»Hören Sie, was ist eigentlich Ihr Problem? Werden Sie für Ihre Unfreundlichkeit extra bezahlt?«

»Ich werde für nichts extra bezahlt. Dass Sie Schwierigkeiten machen wollen, habe ich doch auf den ersten Blick gesehen. Das sehe ich doch an der Art, wie Sie hier reinspaziert sind.«

Ford blickte in ihr nicht mehr junges Gesicht und sah, dass sich hinter der harten Schale ein weicher Kern verbarg. Da war ein Funkeln in ihren braunen Augen, der schmale Mund zog sich an den Winkeln leicht nach oben.

Die vielen Fältchen verrieten ihm, dass diese Frau Windeln gewechselt, Gutenachtgeschichten vorgelesen und Schulveranstaltungen besucht hatte. Trotz ihrer Körperfülle wagte sie sich bei Hochzeiten auf die Tanzfläche, und ihre dicken Arme waren für alle, die sie liebten, ein sicherer Zufluchtsort. Er lächelte und beugte sich ganz leicht vor.

»Ach, kommen Sie schon«, sagte er. »Wollen Sie mir helfen?«

Sie lachte leise, fühlte sich irgendwie durchschaut. »Schon gut«, seufzte sie. »Wobei denn?«

»Sagt Ihnen der Name Geneva Stout irgendetwas?«

Sie blickte an ihm vorbei, als müsse sie den Namen erst durch die Datenbank in ihrem Kopf laufen lassen.

»Doch, an die erinnere ich mich«, sagte sie schließlich. »Eine sehr nette alte Dame. Hat am liebsten Scrabble gespielt. Hat nie Ärger gemacht. Sie war mutterseelenallein, das weiß ich noch. Hat nie Besuch bekommen.« Nach jedem Satz schnalzte sie mit der Zunge, wie um ihrem Mitgefühl und ihrer Trauer Ausdruck zu verleihen. »Was ist mit ihr?«

»Mit ihr ist nichts, eher mit der Person, die hier gearbeitet hat, kurz bevor Geneva Stout starb.«

Schwester Jeremiah zog eine Augenbraue hoch. »Die Mitarbeiter kommen und gehen. Die Arbeit ist traurig und schlecht bezahlt. Außerdem erinnert sie die Leute an das, was sie selbst eines Tages erwartet.«

»Es geht um eine Frau, damals vielleicht erst ein Teenager, höchstens Anfang zwanzig. Exotisches Aussehen, lange schwarze Locken. Hübsch, zierlich. Eher klein, höchstens eins sechzig, eins fünfundsechzig.«

Sie zuckte die Achseln. »Wie gesagt, hier haben schon so viele Leute gearbeitet.«

»Es gibt doch sicher Unterlagen?«

Die Frau seufzte schwer. »Sehen Sie, genau das meinte ich.«

»Was denn?«

»Ich wusste doch, dass ich Ihretwegen von meinem Platz aufstehen muss«, sagte sie, dann lächelte sie und stemmte sich hoch.

»Folgen Sie mir«, sagte sie und drückte auf den Summer, woraufhin die Tür zu ihrer Linken aufsprang.

Sie bat eine Kollegin, den Haupteingang im Auge zu behalten, und führte Ford durch einen langen Flur bis zu einer Tür mit der Aufschrift *Archiv*.

»Wie heißen Sie?«, fragte er, als sie hineingingen.

»Katherine Jeremiah, aber meine Freunde nennen mich Cat. Für Sie Schwester Jeremiah«, sagte sie mit einem neckischen Lächeln.

Sie legte den Lichtschalter um. Ford hatte sich auf ein Archiv voller Aktenschränke gefasst gemacht, fand sich stattdessen aber in einem Computerraum wieder. Es war eiskalt, irgendwo klapperte eine Klimaanlage.

»Die meisten Unterlagen liegen in elektronischer Form vor. Die Digitalisierung hat Jahre gebraucht. Aber wir sind fast fertig. Die ganz alten Akten stehen unten im Keller. In der EDV finden Sie alle Mitarbeiter- und Patientenakten von 1980 bis heute.«

Ford nickte und lächelte höflich, als sei ihm das nicht vollkommen egal. Sie zog einen Stuhl vor eines der Computerterminals und fing zu tippen an.

»Mal sehen. Wenn sie so jung war, wie Sie sagen, war

sie vermutlich keine Krankenschwester und definitiv keine Ärztin«, murmelte sie. »Ich werde mal nach allen Mitarbeiterinnen zwischen siebzehn und fünfundzwanzig suchen, die von 1998 bis 2001 hier gearbeitet haben. Dann müsste sie dabei sein.«

Sie tippte auf der Tastatur herum, lehnte sich zurück. »Kann nur eine Minute dauern.«

»Sie haben da auch Fotos?«, fragte Ford, als die Minute verstrichen war.

»Ja, eigentlich müssten wir von jeder ehemaligen Mitarbeiterin eins haben.«

Sie drehte sich auf dem Stuhl herum und musterte Ford unverhohlen von oben bis unten. »Hat Ihre Frau Sie verlassen?«, fragte sie aus dem Nichts heraus.

»Wie bitte?« Ford fühlte sich, als hätte ihn jemand in den Magen geboxt.

»Ich frage ja nur, weil ich sehe, dass Sie einen Ehering tragen. Keine Ehefrau würde ihren Mann so verlottert aus dem Haus gehen lassen. Sie sind unrasiert, dabei haben wir nicht mal Mittag.«

»Schwester Jeremiah, das geht Sie nichts an«, sagte er und runzelte die Stirn.

Sie zuckte die Achseln und lächelte wissend.

»Holen Sie sie zurück«, sagte sie und wandte sich wieder dem Computer zu. »Wenn eine Frau einen Mann verlässt, hofft sie immer darauf, dass er sie anfleht zurückzukommen.«

»Danke für den ungebetenen Rat«, sagte Ford ein bisschen wütend und ein bisschen beschämt, und ein bisschen fragte er sich auch, ob sie recht hatte.

Ein leises Klingeln aus dem Computer ließ sie aufhorchen; die Suche hatte fünfundzwanzig Treffer erzielt. Schwester Jeremiah winkte Ford heran. Er beugte sich vor, während sie die Einträge durchscrollte. Jede Personalie wurde von einem Foto ergänzt. Ein unbekanntes Gesicht nach dem anderen erschien auf dem Bildschirm, alle waren jung, die meisten hübsch, doch keins davon gehörte der Frau, die er suchte.

Er meinte schon, in einer Sackgasse gelandet zu sein, als die letzten Einträge auftauchten. Ihr Haar war kürzer, das Gesicht rundlicher. Das Foto ließ nichts von ihrer exotischen Schönheit erahnen, doch sie war eindeutig die Frau, die sich ihm als Geneva Stout vorgestellt hatte.

»Das ist sie«, sagte er und beugte sich noch weiter vor.

»An die kann ich mich erinnern«, schnaubte die Krankenschwester. »Hat sich aufgeführt, als würde der Laden ihr gehören. Stinkfaul war sie. Und dann eines Tages ist sie gar nicht mehr zur Arbeit erschienen. Hat sich nie wieder hier blicken lassen.«

»War das direkt nach Geneva Stouts Tod?«

Die Frau überlegte kurz. »Ja, das könnte hinkommen.«

Ford kniff die Augen zusammen und las ihren Namen. »Du lieber Gott«, sagte er kopfschüttelnd. »Ich hätte es wissen müssen.«

»Was ist denn das für ein komischer Ortsname?«, sagte Schwester Jeremiah mit einem Blick auf den Bildschirm. »Haunted? Das habe ich ja noch nie gehört.«

»Ich schon«, sagte Ford. »Leider.«

VIERUNDZWANZIG

Jeffrey hielt eine silberne Babyrassel von Tiffany in der Hand. Er drehte sie hin und her, wunderte sich darüber, wie winzig sie war. Wenn er sie schüttelte, hörte er ein leises Klimpern, und das spärliche Sonnenlicht, das durch die geschlossenen Vorhänge sickerte, verfing sich darin. Er hatte die Rassel gekauft, gleich nachdem Lydia ihm von der Schwangerschaft erzählt hatte. Er hatte auf einen geeigneten Moment gewartet, sie ihr zu schenken. Bis dahin würde es wohl noch eine ganze Weile dauern.

Jeffrey schaffte es immer noch nicht, sich das Baby als einen echten Menschen vorzustellen; er hatte sich nie gefragt, ob es ein Mädchen oder ein Junge wäre, wie es aussehen würde, ob es Lydias Augen und Widerspenstigkeit hätte oder seinen Pragmatismus. Das Baby war für ihn eher eine schöne Vorstellung als ein Mensch aus Fleisch und Blut gewesen. Doch es zu verlieren brach ihm das Herz. Er betrachtete es nicht direkt als gestorben – wäre die Schwangerschaft weiter fortgeschritten gewesen, hätte es sich vielleicht so angefühlt. Aber die Hoffnung war gestorben, ein Traum, den er gehegt hatte.

Es sollte einfach nicht sein, nicht jetzt. Das konnte er akzeptieren. Im Moment kam es nur darauf an, dass Lydia gesund wurde. Als er sie auf der Straße hatte umkippen sehen, hatte er das Gefühl gehabt, dass die Welt untergeht. Er schien kilometerweit von ihr getrennt zu sein, war sofort losgerannt, dabei waren es nur ein paar Meter. Als er ihr Gesicht gesehen hatte, blass und kränklich, die Augen halb geschlossen, hatte er so viel Angst gehabt wie nie zuvor im Leben. Nun lag sie im Bett und atmete ruhig, betäubt von Schmerzmitteln und Erschöpfung.

Lydia hatte eine Eileiterschwangerschaft gehabt. Der Fötus hatte sich im Eileiter angesiedelt und nicht in der Gebärmutter, und dann hatte er eine Blutung verursacht. Deswegen war Lydia vor der Wache in Midtown auf dem Gehweg zusammengebrochen. Jeffrey war dankbar dafür, dass die Fehlgeburt mit Umständen zusammenhing, auf die sie keinen Einfluss hatten, dass sie nicht aus dem Schlag resultierte, den Lydia am Vorabend eingesteckt hatte. Das hätte er sich niemals vergeben. Er war froh, dass er sich neben der Trauer nicht auch noch mit Wut und Schuldgefühlen auseinandersetzen musste.

Diese Gedanken gingen ihm durch den Kopf, als er am Fenster saß und Lydia beim Schlafen zuschaute. Sie wirkte klein und zerbrechlich, wie sie da unter der dicken Daunendecke lag. Körperlich würde sie sich rasch erholen. Die Ärzte hatten es geschafft, den beschädigten Eileiter zu flicken. Doch ihre Seele würde länger brauchen, das Erlebnis zu verarbeiten.

Erstaunlich, wie die ganze Welt zum Stillstand kommen konnte. Alles, was ihm vor drei Tagen noch so wichtig erschienen war, wirkte jetzt vollkommen bedeutungslos. Wenn das Leben auf das Überleben eines geliebten Menschen reduziert wird, erscheint alles andere so banal. Er hatte nicht einmal in der Firma angerufen, um sich und Lydia abzumelden. Um zu erzählen, was passiert war.

Er schob die Rassel in den Samtbeutel zurück, stand auf und legte sie wieder in die oberste Schublade der Schlafzimmerkommode.

»Alles in Ordnung?«, fragte Lydia benommen.

»Ja«, sagte er, schob die Schublade zu und setzte sich aufs Bett. Er legte ihr eine Hand an die Stirn, sie sah zu ihm auf. »Wie geht es dir?«

»Es tut mir leid«, sagte sie zum hundertsten Mal.

»Da gibt es nichts, was dir leidtun müsste. Es sollte jetzt einfach nicht sein. Wir haben noch so viel Zeit«, antwortete er und küsste sie auf den Kopf. Sie nickte, schien wieder einzudösen.

Jeffrey stand auf und ging hinaus, zog die Tür sanft hinter sich zu und stieg die Treppe hinunter. Noch bevor er unten angekommen war, fing das Telefon zu klingeln an. Er ging schnell ran. Lydia durfte nicht gestört werden.

»Hallo?«

»Hey, hier ist Craig. Wie geht es Lydia?«

»Besser«, antwortete Jeffrey. »Was ist los?«

»Tut mir echt leid, dass ich dich stören muss, aber da gibt es etwas, das du wissen solltest.« Craigs Stimme klang verändert, und Jeffrey wurde sofort misstrauisch, dachte zum ersten Mal wieder an etwas anderes als seinen Verlust.

»Was ist denn?«

»Rebecca ist verschwunden.«

»Verschwunden?«

»Ja«, sagte Craig und hielt inne, als wisse er nicht genau, wie er es Jeffrey beibringen sollte. Schließlich spuckte er aus, was ihm auf der Zunge brannte. »Jed McIntyre hat sie.«

Die Worte trafen Jeffrey wie ein Baseballschläger. »Was?«, keuchte er.

Craig schilderte ihm die Details. Seine Stimme überschlug sich fast.

»Sie hatte sich doch krankgemeldet. Sie ist auch einen Tag später nicht gekommen, aber ohne anzurufen. Ich habe ihr aufs Band gesprochen, doch sie hat sich nicht zurückgemeldet. Am nächsten Morgen hat dann ihre Mutter hier angerufen, sie war sehr in Sorge und hat mir erzählt, dass sie normalerweise jeden Tag mit Rebecca telefoniert, sie aber nicht mehr zu Hause erreichen kann. Christian ist hingefahren und hat den Portier überredet, ihn in die Wohnung zu lassen. Aus der Post und den Anrufen auf Band können wir schließen, dass sie seit Mittwochmorgen nicht mehr zu Hause war. Ihr Kaffeebecher stand in der Spüle. Wir haben es auf ihrem Handy versucht und bei allen Freunden, die in ihrem Telefonbuch stehen. Abends haben wir dann bei der Polizei eine Vermisstenanzeige aufgegeben.«

»Und warum erzählst du mir das erst jetzt?«, fragte Jeffrey und ballte die Hand zur Faust.

»Wir wollten euch nicht stören«, sagte Craig betreten. »Ich meine, wir wussten ja nicht, dass er sie hat, bis vor einer Stunde, als wir uns die Überwachungsbänder aus der Lobby angesehen haben.«

»Das ist jetzt drei Tage her. Und keiner ist darauf gekommen, sich die Bänder anzusehen?«

»Wir haben alle gedacht, irgendwann kommt sie schon wieder zurück. Wir konnten ja nicht wissen, dass …«

»Was? Was konntet ihr nicht wissen?«, fragte Jeffrey.

»Dass sie aus der Firma entführt wurde.«

Das hätte auch Jeffrey nicht ahnen können. Das Büro hatten sie immer für eine Festung gehalten. Sicher hatte Rebecca das auch geglaubt. Jeffrey erinnerte sich daran, dass er und Lydia den Eindruck gehabt hatten, jemand hätte ihre Räume durchsucht. Nun wusste er, wer. Nicht auszudenken, was Jed McIntyre möglicherweise über sie erfahren hatte, welche Telefonnummern und Passwörter er an sich gebracht hatte.

»Wie ist er reingekommen?«

»Er hat einen Fahrradkurier ermordet und ihm die Sachen abgenommen. Er hat das Handy des Kuriers benutzt, um sich beim Disponenten zu melden. Du lieber Gott«, sagte Craig mit brüchiger Stimme, »er musste sie praktisch nur noch hier abholen.«

Sie schwiegen.

»Dem Video nach zu urteilen, stand sie ziemlich neben sich. Er hielt sie am Arm fest. Zuerst wussten wir nicht, wer er ist. Er hat eine Perücke getragen. Aber dann hat er zur Kamera hochgeguckt und gelächelt.«

»Grundgütiger«, sagte Jeffrey leise. Er stieß ein Stoßgebet für Rebecca aus; doch im selben Moment wurde ihm grausamerweise klar, wie wenig das helfen würde. »Hast du das FBI informiert?«

»Die sind schon hier.«

»Okay … ich komme rüber, so schnell ich kann«, sagte Jeffrey und warf einen Blick hinauf zur Schlafzimmertür. Es war verrückt, doch ein Teil von ihm war froh darüber, von Lydia und seiner Trauer abgelenkt zu werden. Von allen Gefühlen war die Trauer das schwierigste für ihn, denn ihr stand er machtlos gegenüber, sie ließ ihn erschlaffen. Die Trauer wirkte auf ihn wie ein Betäubungsmittel, verlangsamte seine Reaktionen und zwang ihn zu fühlen. Angst und Wut hingegen waren ein Aufputschmittel, ließen ihn handeln und pumpten das Adrenalin durch seine Adern. Dann musste er nicht mehr nachdenken, sondern nur noch zupacken.

»Außerdem«, sagte Craig, »hat Ford heute schon ein paarmal angerufen und gesagt, er müsse dringend mit dir sprechen. Und Eleanor Ross hat sich ungefähr tausendmal gemeldet und gedroht, euch zu feuern, falls ihr heute nicht zurückruft.«

»Okay, okay. Ich kümmere mich später darum.« Er legte auf und seufzte.

»Du meine Güte«, tönte Lydias Stimme von der Treppe herunter. Sie hielt das Telefon in der Hand. »Da fällt man für ein paar Tage aus, und schon bricht die ganze Welt zusammen.«

Ihre gepresste Stimme verriet ihm, dass sie versuchte, ihre Angst zu verbergen. Sie war blass und schwächlich und stand auf wackeligen Beinen am Kopf der Treppe.

»Schlag es dir aus dem Kopf«, sagte er streng. »Ab ins Bett.«

»Aber Rebecca …«

»In deinem Zustand kannst du weder Rebecca noch sonst jemandem helfen.«

Vorsichtig stieg Lydia die Treppe hinunter. Nach dem Eingriff schmerzte ihr Unterleib immer noch. Sie trug eine lila Pyjamahose aus Seide und ein übergroßes NYU-Sweatshirt, hatte sich das schwarze Haar zu einem Pferdeschwanz zusammengebunden. Sie ging zum Sofa und ließ sich erschöpft darauf sinken, als habe sie der Weg ihre ganze Kraft gekostet.

»Ich weiß«, räumte sie ein. Sie schloss die Augen, um die Tränen zurückzuhalten. »Aber Rebecca. Oh mein Gott.«

Sie versuchte, die Erinnerung an Jed McIntyres Opfer zu verdrängen, und betete stattdessen dafür, dass Rebecca diesem Schicksal entgehen würde. Dann wiederum hatte sie keine Energie, ihre Gedanken zu kontrollieren, geschweige denn zu unterdrücken. Jeffrey klemmte sich das Telefon zwischen Ohr und Schulter, bückte sich nach der Decke und deckte Lydia damit zu.

»Du musst sofort herkommen«, sagte er in den Hörer, vermutlich sprach er mit Dax. Dann legte er ohne jede weitere Erklärung auf.

»Ich darf natürlich nicht ohne meinen Babysitter hierbleiben«, sagte Lydia. Sie hatte nicht die Kraft, wirklich zu protestieren. Sie beschwerte sich aus reiner Gewohnheit.

»Lydia, ich bitte dich«, seufzte Jeffrey. »Mach mir heute Nachmittag nicht noch zusätzlich Probleme, okay? Bleib einfach hier bei Dax. Wenn es dir besser geht, reden wir darüber, wann du wieder einsteigen kannst. In der Zwischenzeit werde ich mich um den Fall kümmern.«

»Ich habe das Gefühl, einen Monat im Bett gelegen zu haben.«

»Bald bist du wieder auf den Beinen.«

Sie nickte und wandte den Blick ab, schaute aus dem Fenster in den flachen grauen Nachmittagshimmel. Er folgte ihrem Blick und sah Schneeflocken vor dem Fenster tanzen. Im Loft gegenüber leuchtete ein riesiger Weihnachtsbaum, die Lichter blinkten in Grün, Rot und Blau, Lametta hing von allen Ästen. Jeffrey sah Lydia an.

»Wir müssen das verarbeiten, okay? Du darfst es nicht einfach übergehen.«

Sie nickte noch einmal, und er sah die Trauer in ihren Augen, unter denen dunkle Schatten zu sehen waren. Er setzte sich neben sie und nahm sie in den Arm.

Als ob mir, dachte sie, als sie den Kopf an seine Schulter lehnte, *etwas anderes übrig bleiben würde*. Obwohl ihr Verstand schon wieder dabei war, alle unangenehmen Fakten so weit zu verdrängen, dass sie fast schon in Vergessenheit gerieten, blieb der Schmerz in ihrem Bauch ein ständiger Begleiter. Sie fühlte sich leer und ausgehöhlt, als hätte man ihr etwas entrissen, von dem sie nicht einmal gewusst hatte, wie wichtig es ihr war. Die Schwangerschaft hatte zwiespältige Gefühle in ihr ausgelöst, doch nun empfand sie einen tiefen Kummer. Sie versuchte, es nicht als Strafe aufzufassen, als Botschaft des Universums, dass sie als Mutter unwürdig war. Und doch ließ sich der Gedanke nicht ganz verdrängen.

Die Erschöpfung – körperlich, emotional, seelisch – war so groß, dass alles andere nebensächlich erschien … Julian Ross, Rebecca, sogar Jed McIntyre. Wenn er jetzt kommen würde, um sie zu entführen, sie würde sich kaum wehren. Sie klammerte sich an Jeffrey fest, spürte seine starken Muskeln und seine starke Seele und ließ sich trösten. Dann machte sie sich von ihm los und streckte sich auf dem Sofa aus.

»Mir geht's gut«, sagte sie und wischte sich die Tränen von den Wangen. »Bald geht es mir wieder gut.«

»Das weiß ich«, sagte er und lächelte sie an.

»Um Rebecca müssen wir uns viel größere Sorgen machen.«

Es klingelte an der Tür. »Hat er unten vor dem Haus gewartet?«, sagte Lydia und verdrehte die Augen.

»Wer ist da?«, sagte Jeffrey in die Gegensprechanlage.

»Landhai«, sagte Dax.

»Sehr lustig«, sagte Jeffrey und drückte auf den Türöffner.

Breitbeinig trat Dax aus dem Lift, sein Körper verschwand fast vollständig hinter einem riesigen Strauß weißer Lilien, die er für Lydia mitgebracht hatte. Als sie die Blumen sah, sank Lydias Herz noch ein kleines bisschen mehr. Dax stellte sie auf dem Tisch neben dem Sofa ab, beugte sich herunter und drückte Lydia ein Küsschen auf den Scheitel. Er roch nach Moschusrasierwasser und Schnee, seine Wangen waren kalt und gerötet.

»Wie geht's, junge Frau?«, fragte er, doch seine grünen Augen wirkten ernst und besorgt. Keine flotten Sprüche, keine Beleidigungen. Es war furchtbar. Wenn selbst Dax das Gefühl hatte, nett zu ihr sein zu müssen, stand es schlimmer um sie als vermutet.

FÜNFUNDZWANZIG

Rebecca Helms war eine starke junge Frau mit kräftigen Oberschenkeln. Möglicherweise hatte sie sogar eine Nahkampfausbildung gemacht, dafür sprachen Jed McIntyres geprellte Rippen und das blaue Auge. Doch letztendlich hatte ihr alles nichts genützt. Selbst die taffste Frau hatte einen Hals, der von nicht viel mehr als zarter Haut geschützt wurde. Das war ihm immer schon die liebste Stelle gewesen, wenn er ein Leben beendete. Es war so intim, so endgültig. Den Todeskampf zu spüren, die Panik zu riechen, die sie über die Haut ausströmten wie ein Parfüm, der Schmerz, in dem sie seine Arme zerkratzten, das andächtige Röcheln aus ihren Kehlen. Der friedliche Moment, wenn sie in seinen Armen erschlafften. Und dann die Stille. Ehrlich gesagt war es besser als Sex. Ja, Rebecca Helms war eine starke Frau. Doch er war stärker.

Niemand beachtete den Obdachlosen, der seinen Einkaufswagen am Central Park West hinaufschob und auf Höhe der Achtundachtzigsten Straße in den Park einbog. Die meisten Leute hätten lieber den Kopf in eine Toilettenschüssel gesteckt, als sich diesem verwahrlosten Mann zu nähern, der schlurfte und vor sich hin murmelte. Seine Kleidung war steif vor Dreck, die Fingernägel lang und schmutzig. Er hatte seine roten Haare unter eine Strickmütze gestopft, die er sich tief in die Stirn gezogen hatte, dazu trug er eine alte Sonnenbrille, die er in einem Tunnel gefunden hatte. Der eine Bügel fehlte, sie saß ihm schief auf der Nase. Hinter dem Mount Sinai Hospital hatte er im Müll einen OP-Kittel gefunden, den er über seiner Thermounterwäsche und unter einem roten Bademantel trug. Springerstiefel von der Heilsarmee bildeten den stilvollen Abschluss des Outfits. In seiner Lage konnte er sich keine Eitelkeit mehr leisten. Es war wirklich befreiend. Nur in New York musste man sich so großartig in Szene setzen, um in der Masse unterzugehen.

Das rechte Vorderrad seines Einkaufswagens quietschte irritierend laut, in der letzten Stunde waren die Temperaturen dramatisch gefallen. Seine Hände waren von der Kälte gerötet, und die Last schien mit jedem Schritt schwerer zu werden.

Er wusste nicht genau, was er als Nächstes tun sollte. Er wartete auf eine Eingebung, die sich bestimmt bald einstellen würde, irgendwann nach der Dämmerung und noch bevor der Rummel im Park losging, der sich mit Pendlern und Joggern füllte. Dann würde er sich stundenlang in der Kälte herumtreiben müssen, bevor er wieder etwas Privatsphäre hatte. Das war noch so eine Sache in New York: Man hatte einfach nirgendwo seine Ruhe.

Im Laufe der letzten Tage hatte er eine gewisse Zuneigung zu Rebecca Helms entwickelt. Sie hatte ihn Lydia und, was im Moment noch wichtiger war, Jeffrey näher gebracht, als er zu träumen gewagt hatte. Natürlich hatte sie darum gekämpft, die vielen kleinen Informationen über Lydias Alltag zu schützen. Angesichts der Salzsäure hatte sie ihre Meinung schließlich geändert. Es war praktisch nur so aus ihr herausgesprudelt. Bis er sie für immer zum Schweigen gebracht hatte.

Vermutlich hatte sie gewusst, dass sie sterben würde, egal, ob sie auspackte oder nicht, auch wenn er ihr etwas anderes versprochen hatte. Er log nur ungern, aber manchmal war es einfach nötig. Wahrscheinlich hatte sie eine Entstellung vermeiden wollen, ihrer Familie zuliebe. Er konnte nicht nachvollziehen, dass den Leuten solche Sachen wichtig waren. Aber als Leiche sah sie tatsächlich hübsch aus. *Hübscher als im Leben*, dachte er.

Er überblickte die große Wiese, das weiße, stattliche Gebäude des Metropolitan Museum, atmete die kalte Luft und den Duft der Hot Dogs ein, der von einem Stand in der Nähe herüberwehte. Er schaute zu, wie der Verkäufer, ein kleiner Mexikaner mit Yankees-Sweatshirt, Schal und Mütze, einem jungen Mann auf Rollerblades ein Hot Dog mit Senf und Sauerkraut überreichte. Der junge Mann rollte davon und biss zufrieden in seinen Snack.

»Der Teufel steckt im Detail«, sagte Jed McIntyre laut. Vor einer Parkbank blieb er stehen und setzte sich hin. Keiner der Passanten drehte sich zu ihm um, nicht die Geschäftsfrau mit dem roten Wollmantel und der verbeulten Aktentasche aus Leder, nicht die junge Mutter mit dem Kinderwagen, in dem ein zu einer dicken Wurst verpacktes Baby lag, nicht der alte Mann und dessen ebenso alte Ehefrau mit Kopftuch, die schwarze Mäntel und Gesundheitsschuhe trugen. Er wurde hartnäckig ignoriert. Er stieß ein Lachen aus und bemerkte, wie die Leute ihren Schritt beschleunigten.

Es sind die geteilten Kleinigkeiten des Alltags, die die Men-

schen einander näherbringen, dachte er. Zu wissen, was der andere mag, seine Gewohnheiten und Macken zu kennen, die kleinen Eigenheiten, die es überhaupt möglich machen, sich in den anderen hineinzuversetzen. Wenn man weiß, was der andere liebt oder fürchtet, was ihn erregt oder abstößt und, nicht zuletzt, was ihn verletzt, besitzt man den Schlüssel zu seiner Persönlichkeit. Doch freiwillig würde niemand Jed diese Informationen geben. Er wäre Lydia und Jeffrey niemals nah genug gekommen, um sie zu erfahren. Also hatte er sie sich mit Gewalt genommen.

Nun, es war nicht direkt so, dass er sich durch die Informationen von Rebecca und die Daten aus dem Büro wirklich in sie hineinversetzen könnte. Doch immerhin hatte er ihre Terminkalender gefunden, Handynummern und andere Informationen, die ihm gefehlt hatten. In den Tunneln hatte er nicht die Zugangswege entdeckt, auf die er gehofft hatte. Er war nah an das Haus herangekommen, aber nicht nah genug. Er hatte davon geträumt, durch einen der legendären Schmugglertunnel, von denen er so viel gehört hatte, Zugang zu Lydias Wohnhaus zu bekommen. Doch es hatte nicht funktioniert.

Deswegen hatte er die Büroräume von Mark, Striker und Strong unter die Lupe genommen und eine Sicherheitslücke entdeckt: den Kurierdienst, der am Ende des Tages vorbeikam, wenn alle gegangen waren. Die Fahrer aus dem Konzept zu bringen war einfach genug gewesen – einen Platten hier, eine kaputte Kette dort. Und zuletzt dann hatte er einen Typen von der Strecke abgegriffen; er hatte ihn am Lieferanteneingang des CBS-Gebäudes abgepasst und mit einem Schlag auf den Hinterkopf außer Gefecht gesetzt. Bis jetzt hatte wohl noch keiner die nackte Leiche im Müllcontainer entdeckt. Er hatte dem jungen Mann Klamotten, Kuriertasche und Handy abgenommen. Dann hatte er beim Disponenten angerufen und gesagt, er würde sich verspäten, doch alle Sendungen ausliefern. So einfach war das gewesen. Rebecca Helms hatte nicht damit gerechnet.

Nun stellte sich natürlich die Frage, wie er aus dem neu erworbenen Wissen einen maximalen Nutzen schlagen konnte. Und während es bereits dämmerte, wartete er auf eine Eingebung.

»Verdammt, du schummelst doch!«, protestierte Lydia schwach, als Dax sie zum dritten Mal in Folge beim Go schlug. Er besaß ein Talent zur Erkennung von Mustern und eine unschlagbare Strategie, und jetzt in diesem Moment hasste Lydia ihn dafür.

»Du könntest mich wenigstens gewinnen lassen«, sagte sie. Nun, da sie für ein paar Stunden über nichts weiter hatte nachdenken müssen als kleine schwarze und weiße Steine auf einem Spielbrett, ging es ihr schon viel besser. Ihre Albträume machten Pause, sie fühlte sich fast schon wieder normal. Was auch immer das war.

»Nie im Leben. Dafür respektiere ich dich viel zu sehr«, sagte er. Sie suchte in seinem Gesicht nach Anzeichen für Sarkasmus, doch er war todernst.

»Ich bitte dich«, lachte sie.

»Du bist eine schlechte Verliererin, aber ich bin sicher, dass du eine noch schlechtere Gewinnerin wärst.«

»Da könntest du recht haben«, sagte sie und lehnte sich auf dem Sofa zurück. Es war gut, in Dax' Gesellschaft zu sein, jemanden zu haben, der von dem Verlust nicht direkt betroffen war und dessen Gesicht kein Spiegel ihres eigenen Kummers war. Der Wirbelsturm der Gefühle, den sie in den letzten Tagen durchgemacht hatte, hatte sie ausgehöhlt und erschöpft, und jetzt fühlte sie kaum noch etwas. Sie wusste jedoch, diese angenehme Taubheit würde nicht von Dauer sein. Die Trauer entwickelte sich nicht linear zurück, sie kam immer wieder, in Wellen. Es gab Ebbe und Flut. Für kurze Zeit, manchmal für einen ganzen Tag, konnte man sich fast wiederhergestellt fühlen, blickte optimistisch in die Zukunft. Dann kam sie zurück wie aus dem Nichts, wie ein Tsunami, und fegte alles weg. Und dann war da natürlich noch der Albtraum Jed McIntyre, der die arme Rebecca in seiner Gewalt hatte.

»Und, wie lange willst du hier noch im Schlafanzug herumsitzen?«, fragte Dax und sah sie aus großen, ehrlichen Augen an.

»Ich habe eine OP hinter mir!«

»Eine kleine«, korrigierte er sie, als wäre es nichts.

»Ach ja, ich bin wirklich faul, bloß weil ich zwei Tage nach einer Fehlgeburt immer noch nicht aufstehen möchte«, sagte sie und ärgerte sich ein bisschen darüber, dass er so hartnäckig war.

»Drei Tage. Außerdem finde ich, dass du die Tabletten weglassen solltest. Was du jetzt an Schmerzen noch hast, sollte erträglich sein. Sie verzögern die Heilung. So liegst du nur länger hier rum und suhlst dich in deinem Leid.«

»Ich suhle mich nicht«, verteidigte Lydia sich.

»Noch nicht«, sagte er achselzuckend und schüttete die Steine zurück in die kleinen Holzschalen.

»Warum wollen alle mir immerzu sagen, was ich zu tun

habe?«, sagte sie und merkte dann, dass sie wie ein bockiger Teenager klang.

»Hör mal. Jeff liebt dich. Er will dich vor Schmerzen und Gefahren schützen. Am liebsten würde er dich in eine Gummizelle sperren und vierundzwanzig Stunden am Tag bewachen lassen, bis Jed McIntyre tot und begraben ist. Aber das bekommt dir nicht, verstehst du? Da haben wir schon so viel Ärger, und nun das«, sagte er und zeigte auf ihren Bauch, als wäre der das Problem. »Ist doch kein Wunder, dass du deprimiert bist. Du solltest dich aufraffen und wieder zur Arbeit gehen. Dich für eine Weile mit den Problemen der anderen ablenken.«

Lydia betrachtete Dax und fragte sich, warum ihr nie zuvor aufgefallen war, wie clever er war. Er hatte genau ins Schwarze getroffen, und sie konnte nicht anders, als ihm weitere Respektpunkte gutzuschreiben.

»Halt die Klappe, Dax«, sagte sie achselzuckend. Dax lächelte, stand auf und räumte das Spiel weg. Das Telefon klingelte.

»Gehst du bitte ran?«, sagte sie, doch er stieg die Treppe hoch.

»Geh selbst ran«, kam es wieder zurück. Lydia lachte, stand auf und ging zum Telefon.

»Hallo?«, sagte sie.

»Ist da Lydia Strong?«, fragte eine leise, zittrige Frauenstimme.

»Wer ist da?«, fragte Lydia und versuchte, die Stimme einzuordnen.

»Hier spricht Julian Ross.«

Lydia brauchte ein paar Sekunden, um die Information zu verarbeiten. Im Hintergrund konnte sie Leute reden hören. Jemand lachte, dann setzte in der Ferne so etwas wie Geheul ein.

»Julian, was ist los?«

»Ich muss Sie sehen. Wir müssen reden.«

»Wo sind Sie?«

»Ich bin in der Payne Whitney Clinic. Können Sie vorbeikommen? Sofort?«, fragte sie. Sie klang verzweifelt, Lydia hörte, dass sie gleich zu weinen anfangen würde.

»Ich bin in einer Stunde da«, antwortete sie, ohne zu zögern.

Vierzig Minuten später saßen sie im Range Rover. Der winterliche New Yorker Abend hatte etwas Wunderschönes. Der Himmel war dunkelblau, Lydia sah die Leute über die Gehwege eilen, hin und her, manche mit Tüten beladen. Bis Weihnachten waren es nur noch wenige Wochen, die Schaufenster waren geschmückt, um Kunden anzulocken. Sie liebte diese Jahreszeit, so wie die aufgekratzten Touristen, die in die Stadt gekommen waren, um den Weihnachtsbaum, die Schaufenster der großen Kaufhäuser an der Fifth Avenue und die Weihnachtsmänner der Heilsarmee zu bewundern, die glockenschwingend vor Macy's standen. Es erinnerte sie an ihre Kindheit und wie aufgeregt sie immer gewesen war, wenn ihre Mutter sie in der Adventszeit in die Stadt mitnahm, um ins Museum zu gehen oder ins Theater, ins Ballett oder in die Philharmonie. Nie hatte sie woanders leben wollen, sie hätte sich ein Leben ohne die Stadt nicht vorstellen können. Sie warf einen Blick zu Dax hinüber, der konzentriert auf die Straße starrte, obwohl sie im Stau standen und kaum vorwärtskamen.

»Eine wunderbare Stadt, nicht wahr?«, fragte sie.

»New York City ist eine Hure«, sagte Dax angewidert. »Von weitem sieht sie ganz okay aus, aber in Wahrheit ist sie verrottet. Sie macht dir alle möglichen Versprechungen, aber am Ende bezahlst du mit deiner Seele.«

»Ganz reizend, Dax«, sagte sie, weil ihr nichts anderes einfiel.

Der Obdachlose, der neben dem Auto auftauchte, erinnerte sie an die Tunnel unter der Stadt, an das Loch im Boden des Wäschekellers und an Ford. Sie zog ihr Handy aus der Handtasche und suchte nach seiner Nummer.

»McKirdy«, meldete er sich.

»Hier ist Lydia«, sagte sie.

»Hey, Lydia. Wie geht es dir? Du hast uns ganz schön Angst eingejagt.«

»Geht schon wieder«, sagte sie schnell. Sie wollte nicht daran erinnert werden, dass sie eigentlich zu Hause im Bett liegen müsste. »Hör mal, Julian Ross hat mich angerufen. Ich bin auf dem Weg zu ihr.«

»Viel Glück«, lachte er.

»Du hast sie gesehen?«

»Ja, anfangs machte sie einen ganz klaren Eindruck, aber dann habe ich gemerkt: Die ist wirklich durch«, antwortete er. »Ich habe nichts aus ihr rausbekommen.«

»Was ist sonst noch passiert? Ich hänge ein wenig hinterher«, sagte sie. Vor ihren Augen zogen die Ereignisse vor dem Zusammenbruch vorbei. Sie sah Maura Hodge, die rauchend in ihrem gotischen Wohnzimmer saß, das Monster, wie es Dax im Keller attackierte, Dr. Wetterau, der ihr in die Augen leuchtete und von James Ross erzählte, ohne ihr die ganze Wahrheit zu sagen. Ihr dämmerte ein Gedanke, doch sie konnte ihn noch nicht ganz fassen.

»Ich habe den ganzen Tag versucht, Jeffrey zu erreichen«, sagte Ford und klang dabei leicht genervt. »Ich störe euch nur ungern, ich weiß ja, was ihr durchmacht. Aber ich habe eine Entdeckung gemacht, die beweisen könnte, dass du vielleicht doch auf der richtigen Fährte bist.«

»Was? Wie meinst du das?«

Er erzählte ihr von dem Kindermädchen und dem Besuch im Altersheim.

»Und, wer ist sie?«

»Laut Klinikunterlagen heißt sie Annabelle Hodge. Sie stammt aus Haunted.«

Lydia hörte das Blut in ihren Ohren rauschen, ihr Herz bebte. Sie glaubte, über hundert Jahre in der Zeit zurückgeschleudert zu werden, in jene Nacht, als Annabelle Taylor mit ansehen musste, wie ihre fünf Kinder starben, alles nur, weil Elizabeth zu feige war. Die Vision war so intensiv, dass sie das Schwarzpulver riechen konnte.

»Annabelle Hodge. Wer soll das sein? Mauras Schwester?«

»Ihre Tochter. Das ist die einzige Erklärung. Sie ist Anfang zwanzig. Sieht so aus, als hätte die alte Maura erst spät mit dem Kinderkriegen angefangen.«

Lydia erinnerte sich daran, dass Maura erzählt hatte, alle ihre Kinder seien Totgeburten gewesen. Noch eine Lüge.

»Das verstehe ich nicht. Wusste Julian, dass Geneva in Wahrheit Mauras Tochter ist? Und was ist mit Eleanor?«

»Eleanor hatte keine Ahnung. Sie sagt, sie sei seit über

zwanzig Jahren nicht in Haunted gewesen, woher sollte sie es also wissen? Sie und Maura pflegen ja keinen Kontakt. Sie wusste nicht einmal, dass Maura überhaupt ein Kind hat.«

»Sagt sie.«

»Genau.«

»Hey, Ford«, sagte sie. »Was machst du heute Abend?«

»Wie lustig, dass du fragst. Ich wollte gerade noch einen kleinen Ausflug machen. Die Adresse in Annabelles Lebenslauf entspricht dem Haus, in dem ihr neulich wart. Dem Haus von Maura Hodge.«

Da fielen Lydia die Geräusche wieder ein, die sie im Obergeschoss des Hauses gehört hatte, während sie mit Maura sprach, und ihr Gefühl, dass die Frau etwas zu verbergen hatte.

»Wollen wir uns in einer Stunde vor der Payne Whitney treffen? Dann können wir zusammen hin.«

»Da hätte ich nichts dagegen … ist natürlich alles inoffiziell. Bist du denn fit genug?«

»Natürlich«, sagte sie schnippisch, wie um sich jede weitere Nachfrage zu verbitten.

»Wie du willst, Lydia.«

»Eine sehr gute Einstellung!«

SECHSUNDZWANZIG

Special Agent Charles Goban hatte eine lange, schiefe Nase, und seine Augen waren so dunkel, dass Iris und Pupille zu einer Einheit verschmolzen. Sein graues Haar war kurz geschoren, die rosa Kopfhaut darunter leicht schuppig. Im Licht der Neonröhren glänzte der Schweiß auf seiner Stirn. Goban hatte die sehnige Statur eines Fliegengewichtsboxers und war fast zehn Zentimeter kleiner als Jeffrey. Er strahlte eine nervöse Energie aus und wirkte wie ein Korken, der jede Sekunde aus der Champagnerflasche schießen möchte. Wobei sie im Augenblick nicht viel zu feiern hatten.

»Ich muss irgendwie damit fertigwerden, nicht früher davon gehört zu haben«, sagte Goban, wischte sich den Schweiß von der Stirn und betrachtete Jeffrey mit einer Mischung aus Misstrauen und Herablassung.

»Es war nur ein Gerücht«, sagte Jeffrey. »Wir sind ihm nachgegangen. Wir haben ihn nicht gefunden. Und auch keine Beweise dafür, dass er jemals da unten war.« Das war nicht unbedingt gelogen. Das FBI anzulügen stand nicht unbedingt auf Jeffreys To-do-Liste. Er hatte es in der Vergangenheit getan und würde es im Notfall wieder tun, aber nicht, wenn es sich vermeiden ließ.

Während der U-Bahn-Fahrt zum Büro hatte er aus dem Fenster geschaut und eine dunkle Gestalt in einem Loch in der Wand verschwinden sehen. Der Anblick hatte ihn an Rain erinnert und dass morgen das Ultimatum ablief, das Dax und er ihm gestellt hatten. Aber nun, da Rebecca vermisst wurde, galten die alten Absprachen nicht mehr. Es tat Jeffrey leid, sich in die Ordnung dieser Unterwelt eingemischt zu haben, immerhin bot sie all jenen einen Platz, die in der Welt darüber kein Glück gehabt hatten. Aber nun hatte Jed McIntyre Rebecca Helms in seine Gewalt gebracht, und die Vorstellung, sie könnte irgendwo hier unten sein, erfüllte ihn mit Sorge. Er sah sie in Todesangst, und die Vorstellung versetzte ihm einen Stich; sie war ein guter Mensch, nett und fleißig, kümmerte sich um ihre alte Mutter. Sie hatte es nicht verdient, in diesen Albtraum hineingezogen und von Jed McIntyre benutzt zu werden, nur weil der Jeffrey und Lydia schaden wollte. Jeffrey hatte starke Schuldgefühle und wollte nichts lieber, als sie wiederzufinden … lebendig. Doch eine Stimme in seinem Kopf flüsterte ihm zu, dass es zu spät war.

Als er in der Firma ankam, waren die Leute vom FBI schon da. Das ganze Büro war abgeriegelt wie ein Tatort, der Erkennungsdienst sammelte Spuren, Fotografen standen in den Büros herum. Ein Agent stand hinter Craig und ließ sich das Sicherheitssystem erklären. Jeffrey bekam ein ungutes Gefühl; er konnte es nicht leiden, wenn sich andere Hunde in seinem Revier tummelten. Doch das ließ sich jetzt nicht mehr verhindern, er würde tun, was nötig war, um Rebecca zu retten.

Christian Striker tigerte am Empfang herum, blass und nervös.

»Das ist krank, Mann«, sagte er zu Jeff.

»Ich weiß. Was sollen wir bloß wegen Rebecca tun?«

»Ich habe zehn Leute rausgeschickt, die sich um ihre Freunde und Angehörigen kümmern, außerdem sammeln wir gerade die Aufnahmen der Überwachungskameras aller benachbarten Gebäude ein. Vielleicht bekommen wir so eine Vorstellung davon, in welche Richtung sie verschwunden sind. Aber ehrlich gesagt können wir nicht viel tun. Wir wissen, dass er sie entführt hat, doch Jed McIntyre wurde seit Monaten nicht mehr gesehen. Wie wollen wir ihn jetzt finden, wenn wir ihn schon vorher nicht gefunden haben? Das ist nicht gut. Noch dazu sind wir persönlich betroffen und nicht in der Lage, die Situation klar und objektiv zu beurteilen.«

»Ich glaube, ich weiß, wohin er sie verschleppt hat.«

»Mein Gott. Wohin?«

»Wo ist Goban?«

»In deinem Büro.«

Jeffrey schilderte dem Agenten seinen Ausflug in den Tunnel, wo sich ihm eine vollkommen neue und unbekannte Welt offenbart hatte. Noch bevor er fertig war, hatte Goban ein Team zusammengestellt, das sich auf den Weg in die Schächte machen würde.

»Du bist ein verdammter Cowboy, Mark. Warst du immer schon. Wenn du uns früher davon berichtet hättest, wäre Rebecca Helms jetzt nicht in dieser Lage.«

Jeffrey antwortete nicht, er saß nur da und fragte sich, ob Goban recht hatte.

»Was wolltet ihr denn mit ihm machen, falls ihr ihn gefunden hättet?«

Jeffrey zuckte die Achseln.

»Bitte, tu mir den Gefallen und antworte nicht. Verrate mir nur eins. Kennst du dich da unten aus? Kennst du die Wege?«

Noch bevor er antworten konnte, betrat ein junger Agent den Raum. Er hatte schwarzes, zurückgegeltes Haar und hellblaue Augen und strahlte Idealismus und Selbstgerechtigkeit aus, wie auch Jeffrey sie in seinem ersten Jahr beim FBI gefühlt hatte. Doch diese Gefühle waren schnell verflogen.

»Sir, im Central Park wurde eine Leiche gefunden. Die Beschreibung passt auf Rebecca Helms.«

Dax schaute zu, wie Lydia hinter den Glastüren der Payne Whitney Clinic verschwand. Er legte den Parkgang ein. Er ließ den Motor und die Heizung laufen, hielt die Augen immer auf den Klinikeingang gerichtet. Niemand würde hineingehen oder herauskommen, ohne dass er es bemerkte. Er wusste, Jeffrey würde ihm die Hölle heißmachen dafür, dass er Lydia draußen herumlaufen ließ. Dabei ging es ihr gut, abgesehen von den Schmerzen und der Traurigkeit. Jeffrey behandelte sie, als wäre sie aus Zucker. Genau aus diesem Grund hatte Dax sich vorgenommen, sich niemals zu verlieben. Soweit er das beurteilen konnte, trübte die Liebe das Urteilsvermögen.

Er sah, wie Lydia sich im Foyer durchfragte. Die Besuchszeit ging in zehn Minuten zu Ende. Doch es wunderte ihn nicht zu sehen, wie der Wachmann einlenkte und sie durchließ. Er fragte sich, was sie zu dem Mann gesagt hatte.

Als das Handy in seiner Hosentasche zu klingeln anfing, wusste er bereits, wer anrief. Er hatte das Ultimatum nicht vergessen, und er war überzeugt, dass auch Rain es nicht vergessen hatte. Nun, da Rebecca vermisst wurde, war die Angelegenheit noch dringender.

»Daxie«, sagte eine heisere Stimme am anderen Ende der Leitung. »Wie geht es dir, Schätzchen?«

Danielle lallte, schien müde. Sie wollte spöttisch klingen, doch ihre Stimme hatte etwas Verzweifeltes. Dax fühlte sich nach jedem Gespräch mit ihr unwohler. Er konnte sehen, dass sie in die Abwärtsspirale von Alkohol, Drogen und ungeschütztem Sex geraten war, die vermutlich in irgendeiner dunklen Gasse enden würde, mit ihrem Tod. Er wollte sich nicht allzu schlecht fühlen, wenn es so weit war. Es war an der Zeit, sich neue Straßenkontakte zu suchen, Leute, die nicht so große Risiken eingingen und deren Selbsterhaltungstrieb noch funktionierte.

»Danielle, was hast du?«, fragte er und versuchte, seinen Ekel zu verbergen.

»Kannst du mich abholen? Mir ist kalt, und ich habe Hunger, und ich muss dir was erzählen«, flötete sie in dem Versuch, verführerisch zu klingen.

»Erzähl es mir sofort, dann komme ich später vorbei. Ich habe keine Zeit für deine Spielchen.«

Danielle schwieg. Als sie sprach, war ihre Stimme schrill und wütend.

»Tja, du kannst mich mal, Dax.« Sie knallte den Hörer auf die Gabel. Dax wartete ruhig ab, er wusste, dass sie in spätestens einer Minute noch einmal anrufen würde. Sie war auf Entzug und brauchte ihn. Das Handy in seiner Hand blinkte und vibrierte.

»Wir wollen versuchen, höflich zu bleiben, nicht wahr?«, sagte er, nachdem er den Anruf angenommen hatte.

»Komm sofort her, wenn du Rains Antwort hören willst«, sagte sie und klang dabei wie ein trotziges Kind. »Ich meine es ernst, Dax.«

Wieder dieses Mitleid für sie. »Okay, okay. Ich komme. Wo steckst du?«

Sie sagte ihm die Adresse und legte auf. »Verdammt noch mal«, sagte er und warf einen Blick auf die Glastür, hinter der Lydia verschwunden war. Er wählte Jeffreys Handynummer, die Mailbox meldete sich, doch Dax hinterließ keine Nachricht.

In dem Moment, als er das Handy wieder einsteckte, hielt ein Taurus neben seinem Wagen. Dax ließ die Seitenscheibe herunter. Ford stieg aus dem Auto und kam herüber. Er dünstete Stress und Übermüdung aus wie andere Leute einen Körpergeruch.

»Hast du es schon gehört?«, fragte Ford.

»Was denn?«

»Im Central Park wurde eine Leiche gefunden, die Beschreibung passt auf Rebecca Helms.«

»Du liebe Güte«, sagte Dax.

»Ich weiß«, sagte Ford und nickte traurig.

»Hör mal«, sagte Dax, »ich muss weg. Wir treffen uns in Haunted. Ford, kümmerst du dich um Lydia? Ich komme nach, so schnell ich kann.«

Der Gedanke, Lydia allein zu lassen, gefiel ihm gar nicht, insbesondere da Ford auch noch anderes zu tun hatte. Aber wenn Danielle tatsächlich einen Hinweis auf Jed McIntyre hatte, durfte er sie nicht warten lassen. Jed McIntyre hatte Rebecca Helms ermordet und war eine Bedrohung für Lydia und Jeffrey. Dax spürte es, er konnte es riechen wie einen Duft, den der Wind heranträgt.

»Wo willst du hin?«, rief Ford, doch der Rover war schon angefahren.

Julian Ross sah aus wie ein Opfer aus ihren Gemälden. Sie stand in einer Ecke und hielt die Arme vor den Körper, wie um sich vor einem unsichtbaren Angreifer zu schützen. Sie klammerte sich am orangefarbenen Plastikstuhl fest, so dass ihre Fingerknöchel weiß hervortraten. Als könnte sie den Stuhl anheben und Löwen damit vertreiben. Sie war nicht mehr ganz so blass, doch ihr irrer Blick verriet, in welchem Albtraum sie lebte. Ihre Angst und Verwirrung waren in dem stickigen Raum geradezu greifbar. Ihre Haare waren ergraut, und sie wirkte dünner als bei der letzten Begegnung. Seither war so viel passiert, dass es Lydia vorkam wie ein ganzer Monat, dabei war weniger als eine Woche verstrichen.

»Ich bekomme weder Leinwand noch Farbe«, sagte Julian, sobald die Tür hinter Lydia zugefallen war. »Ich werde hier noch verrückt.«

Über diesen Satz musste sie selbst lachen. Ihr Gesicht war eine traurige Maske. »Werden Sie mir helfen? Oder halten Sie zu denen?«

»Zu wem?«

»Sie wissen schon«, sagte Julian mit einem wissenden Lächeln und versuchte, Lydia mit Blicken zu durchbohren.

»Ich weiß wirklich nicht, wovon Sie sprechen, Julian. Sagen Sie es mir, damit ich Ihnen helfen kann.«

Lydia setzte sich mit dem Rücken zur Wand und sagte sich, dass eine passive Körpersprache Julian beruhigen würde. Aber eigentlich war sie nur erschöpft. Sie musterte Julian von oben bis unten und rechnete sich aus, dass sie etwa fünfzehn Kilo mehr wog und die Frau abwehren könnte, sollte sie angefallen werden. Der Gedanke tröstete sie, bis ihr wieder einfiel, dass Tad Jenson und Richard Stratton wohl dasselbe gedacht hätten.

Der Weg vom Auto bis auf Julians Station hatte sie ihre ganze Kraft gekostet. Kurz fragte sie sich, ob sie nicht doch besser auf Jeffrey hätte hören sollen. In letzter Zeit fragte sie sich das oft.

Julian betrachtete sie aufmerksam. »Zu den Zerstörern, den Unersättlichen, den Verdammten«, flüsterte sie. »Sie gehören nicht dazu. Das spüre ich.«

Tausend Fragen gingen Lydia durch den Kopf, doch Julian war fahrig und nervös; Lydia musste ihre Worte mit Bedacht wählen, um sie nicht noch mehr zu verschrecken oder ganz zu verlieren. Irgendwann ließ Julian den Stuhl los und nahm Lydia gegenüber Platz. Sie saß auf der Stuhlkante und wippte mit den Knien so schnell auf und ab, dass ihr ganzer Körper zitterte.

»Die Zerstörer …«, sagte Lydia fragend.

»Sie kennen sie?«

»Wer kennt sie nicht?«, sagte sie und dachte an die unheimlichen Kräfte, die gerade versuchten, ihr Leben zu vernichten.

Julian nickte ernst. »Mein ganzes Leben lang haben sie mich verfolgt und mir aufgelauert, um meine Seele zu rauben, meine Existenz … alles. Eine Zeitlang habe ich gedacht, ich hätte sie abgeschüttelt. Ich hätte es besser wissen müssen.«

Lydia dachte an Julians Bilder, an die zarten Frauengestalten, die immerzu von dunklen Schatten bedroht wurden. Sie dachte an die Gewalt, die Julian berühmt gemacht hatte. Wieder musste sie sich fragen, ob Julians Dämonen echt waren oder ein Hirngespinst.

»Warum lauern sie Ihnen auf, Julian?«

»Das ist es ja gerade. Ich habe keine Ahnung«, sagte sie und zuckte hilflos die Achseln. Tränen füllten ihre Augen und kullerten über ihre Wangen; sie weinte lautlos und machte keine Anstalten, sich die Tränen aus dem Gesicht zu wischen. Wenn sie schauspielerte, hatte sie wirklich Talent. Lydia fühlte Mitleid.

Ein hartes Klopfen an die Tür ließ beide Frauen zusammenzucken. »Fünf Minuten noch, Ms Strong«, rief der Wärter von draußen.

»Sie haben mich angerufen, Julian. Sie haben gesagt, Sie wollten mit mir reden.«

Julian musterte Lydia eindringlich und kniff die Augen zusammen. Lydia beobachtete ihr Gesicht, suchte nach Spuren von Eleanors kalter und arroganter Art, konnte aber nichts finden. Die Frauen saßen einander schweigend gegenüber, kostbare Sekunden verstrichen. Lydia schwieg, denn sie wusste, Julian würde erst sprechen, wenn sie bereit war.

»Ich bin verantwortlich für mein Schicksal und das Schicksal jener, die ich geliebt habe. Ich kann das jetzt einsehen«, sagte sie schließlich mit träger Zunge, wirkte dabei aber ganz klar. »Das sind wir natürlich alle, wissen Sie. Kann sein, dass andere Mächte, andere Leute das Orchester dirigieren, doch wir allein treffen die Entscheidung, ob wir mitspielen wollen oder nicht. Und ich habe mein ganzes Leben lang mitgespielt. Aus Angst, weil ich es den anderen recht machen wollte, aus sonst welchen

Gründen – wer weiß schon, warum? Irgendwie wird einem eingetrichtert, die Welt würde zusammenbrechen, wenn man sich nicht an die Partitur hält. Und keiner der Mitspieler weiß Rat. Alle haben so große Angst.«

Lydia hatte keine Ahnung, was sie darauf antworten sollte, deswegen schwieg sie einfach weiter.

»Ganz besonders, wenn die Königin ihren Willen nicht bekommt«, fuhr Julian fort.

»Die Königin?«, fragte Lydia und erinnerte sich im selben Moment, dass Julian ihre Mutter beim letzten Besuch so genannt hatte.

»Die Königin der Verdammnis«, sagte Julian mit dem gelassenen Ernst einer Hochschuldozentin.

»Was passiert denn, wenn die Königin ihren Willen nicht bekommt?«, fragte Lydia, auch wenn ihr klar wurde, dass Julian Ross ziemlich verrückt war.

Julian verzog den Mund zu einem schiefen, kaputten Grinsen. »Dann rollen Köpfe«, sagte sie und lachte verbittert. »Was sonst.«

Lydia lief ein kalter Schauder über den Rücken, wieder fielen ihr die Bilder vom Tatort ein.

»Und Eleanor, Ihre Mutter. Sie ist eine von den Zerstörern?«

»Aber ja doch«, sagte Julian.

»Und Ihr Bruder James? Was ist mit ihm?«

»Oh, nein«, sagte Julian ernst. »Nicht James. Er ist ein Engel.«

»Aber er hat versucht, Sie zu ermorden, oder nicht? Er hat versucht, Sie und Ihre Mutter bei lebendigem Leib zu verbrennen.«

»Nein!«, rief Julian unvermittelt, und Lydia zuckte vor

Schreck zusammen. »Das war gelogen. Eine verdammte Lüge, damit sie ihn wegsperren konnten. Sie wollten ihn von mir trennen.«

Der Mensch vor Lydias Augen veränderte sich. Julian verwandelte sich von einem verängstigten Mädchen in einen zornigen Teufel. Sie sprang auf und stürzte sich auf Lydia, die sofort auf den Beinen war. Julians Gesicht war knallrot, die Muskeln an ihren Armen und am Hals zeichneten sich deutlich unter der Haut ab. Noch vor einer Minute hatte sie ausgesehen, als würde der leiseste Windstoß sie umblasen, doch nun wirkte sie drahtig und stark oder wie ein überspanntes Seil, das jeden Moment reißen könnte. Ihre Augen waren dunkel und blind, der Brustkorb bewegte sich heftig.

»Julian, beruhigen Sie sich«, sagte Lydia leise, während sie sich rückwärts auf die Tür zuschob. »Ich bin auf Ihrer Seite.«

Doch Julian schien sie nicht zu hören und kam immer näher. Ihr Gesicht war verzerrt, und auf einmal meinte Lydia zu sehen, dass sie zu allem fähig war. Zu Wutausbrüchen, Gewalt, Mord. Lydia spürte die Angst wie einen Stachel in ihrem Fleisch, ihre Müdigkeit war wie weggeblasen.

»Pfleger!«, rief sie. Sie blickte Julian in die Augen und sagte so streng und fest, wie sie nur konnte: »Sie müssen sich jetzt beruhigen.«

Julian stieß ein verstörendes Lachen aus. Die Frau hatte sich in ein Monster verwandelt; fast rechnete Lydia damit, dass sie Krallen ausfahren würde. Panik machte sich in ihr breit, auf einmal war sie sich gar nicht mehr so sicher, dass sie Julian abwehren könnte. Diese körperliche

Schwäche war ihr unbekannt; es war, als würde ihr Körper sich nach den vielen Misshandlungen endlich auflehnen.

»Pfleger!«, rief sie noch einmal, lauter diesmal.

Julian sah aus, als wäre sie zum Sprung bereit, und Lydia fühlte sich wie in dem dunklen Keller. Sie konnte es nicht fassen. Die Wunden in ihrem Gesicht waren noch nicht verheilt, und schon wollte sich der nächste Angreifer auf sie stürzen.

Die Tür öffnete sich, ein junger Pfleger kam herein. Lydia seufzte erleichtert auf, Julian sackte in sich zusammen wie eine undichte Luftmatratze. Sie ging zu Boden und fing zu weinen an, schluchzte, als spürte sie den Kummer dieser Welt. Der Pfleger warf Lydia einen vorwurfsvollen Blick zu und half Julian auf die Beine. Sie wirkte so bedrohlich wie ein Wattebausch.

»Bitte helfen Sie mir«, rief Julian ihr nach, als sie durch den Flur davoneilte. Lydia wünschte sich nichts so sehr, wie einen möglichst großen Abstand zwischen sich und Julian Ross' Horrorleben zu bringen.

SIEBENUNDZWANZIG

Der Central Park sah aus wie auf einer Postkarte. Schnee fiel, die hell erleuchteten Fenster der Wohngebäude ringsum glühten gegen den schwarzblauen Nachthimmel an. Die Luft war frisch, aber nicht unangenehm kalt. Jeffrey wurde von den Polizisten und FBI-Agenten, die sich am Tatort tummelten, kaum beachtet. Er fühlte sich hilflos und überflüssig wie ein Außenseiter, wo er doch sonst immer alles unter Kontrolle hatte. Doch heute Abend war er nichts weiter als ein kleiner Privatdetektiv, der noch dazu mitverantwortlich war für den Tod der Frau, die dort nackt in der Winterkälte saß, unter den Augen von hundert Gesetzeshütern.

Eigentlich war Jeffrey der Meinung, gegen jeden Schrecken immun zu sein. Doch als er hinter der Absperrung stand und Rebeccas Leiche an den Stamm einer riesigen Eiche mitten auf der großen Wiese gelehnt sitzen sah, spürte er, dass seine persönlichen Grenzen erreicht waren. Zu viel Tod, zu viel Trauer. Er spürte ein Vakuum in der Magengegend, sein Herz war so schwer, als wäre es voller Steine.

Und dann kam noch die Wut hinzu, eine undurchsichtige Mischung aus niederen Gefühlen, Gewaltbereitschaft, Rachedurst, der Wunsch nach Selbstjustiz. Er war nicht stolz darauf, doch diese Gefühle waren immer stärker geworden, seit er und Dax auf der Suche nach Jed McIntyre in die Tunnel unter der Stadt gestiegen waren. Er konnte sie nicht mehr ignorieren. Anders als Lydia glaubte er nicht daran, dass solche Gefühle grundsätzlich falsch waren. Doch er musste zugeben, dass sie auf ihn wirkten wie Seelengift, wie eine Psychodroge, die durch seine Adern floss, Visionen auslöste und Wünsche weckte, die ihm eigentlich fremd waren.

In seine Trauer mischte sich Panik. Jed McIntyre hatte wieder zugeschlagen. Er war nicht mehr auf der Flucht vor ihnen, er war zum Angriff übergegangen. Jeffreys einziger Trost war, dass Lydia daheim war und in Sicherheit, bei Dax.

Die Szene stellte den Mord an Marion Strong nach. Keine Frage, Jed McIntyre hatte es absichtlich so arrangiert. Rebecca Helms' Kehle war durchschnitten, ihre Beine waren gefesselt, die Arme über dem Kopf an den Baumstamm genagelt. In derselben Pose hatte man vor fast siebzehn Jahren Marion und die zwölf anderen New Yorker Opfer aufgefunden, wenn auch in ihren Schlafzimmern. Auf Rebeccas Schoß lag ein weißer Briefumschlag. Im Blitzlichtgewitter der Tatortfotografen war deutlich zu erkennen, dass *Lydia* darauf geschrieben stand. Die Forensiker warteten, bis die Fotografen mit ihrer Arbeit fertig waren, dann stellten sie den Fundort auf den Kopf, Haar für Haar, Faser für Faser, Fingerabdruck für Fingerabdruck. Alle warteten darauf, dass der mysteriöse Briefumschlag geöffnet wurde. Jeffrey konnte nur hoffen, dass Goban sich nicht wie ein Arschloch aufführen und den Inhalt laut vorlesen würde.

Er musste an den ersten Brief denken, den Jed McIntyre Lydia aus der Haft geschickt hatte, kurz nach Erscheinen ihres ersten Buches, in dem sie Jeds Verbrechen und seinen Werdegang nachgezeichnet hatte. Von da an hatte er ihr jeden Monat geschrieben. Lydia hatte die Briefe aufbewahrt, doch nie geöffnet. Sie hatten oft gestritten deswegen. Jeffrey war der Meinung gewesen, dass sie die Annahme verweigern sollte; doch Lydia hatte darauf bestanden, sie aufzubewahren und wegzuschließen. Sie hatte gesagt, die Briefe würden sie an alles erinnern, was sie für immer weggeschlossen hatte. Dass er nur ein psychisch kranker Mann war, der nicht anders als auf dem Postweg an sie herankam. Ob sie die Briefe las oder nicht, sei ihre Entscheidung allein. Die Briefe, behauptete sie, bewiesen ihr nur, dass er ein gewöhnlicher Sterblicher war, kein Dämon, der aus ihren Albträumen heraustreten konnte. Irgendwann hatte Jeffrey aufgehört, mit ihr über die Briefe zu diskutieren. Er hatte eingesehen, dass sie eine gewisse Genugtuung daraus zog. Dieser Brief hier schien jedoch genau das Gegenteil zu beweisen. Jed McIntyre war tatsächlich ein Dämon, und er wollte sie alle vernichten.

Die arme Rebecca. Ihr Gesicht war so blass und ruhig wie das eines Engels, die glasigen Augen gen Himmel gerichtet. Er war erleichtert zu sehen, dass es nicht zu einer entsetzlichen Maske verzerrt war, wie er es so oft bei Mordopfern gesehen hatte. Vielleicht hatte sie, bevor sie starb, ihren Frieden gefunden. Mit diesem Gedanken wandte er sich von der Szene ab.

Er hatte sich gerade auf den Weg zu Goban gemacht, der im Kreis seiner Mitarbeiter im Flutlicht stand, als sein Handy zu piepen anfing. Er sah Dax' Nummer auf dem Display.

»Was ist los?«

»Hey. Ich habe große Neuigkeiten. Wir müssen uns treffen.«

»Uns treffen? Wo zum Teufel bist du? Wo ist Lydia?«

»Jeffrey, Mann«, sagte Dax aufgeregt, »ich habe keine Zeit für Erklärungen. Wir müssen uns treffen, so schnell es geht.« Er gab Jeffrey seine Position durch.

»Dax, sag mir einfach, was los ist. Wo ist Lydia?«, sagte Jeffrey, doch die Leitung war tot. Sein Magen drehte sich um, sein Herz raste. Er spürte die Gefahr, jeder Nerv in seinem Körper kribbelte. Er versuchte, Lydia zu erreichen, zunächst in der Wohnung, dann auf dem Handy. Zweimal meldete sich die Voicemail.

»Scheiße«, murmelte er. Er dachte an die blasse, müde, bekümmerte Lydia, die er zu Hause zurückgelassen hatte. Falls sie und Dax die Wohnung verlassen hatten, mussten sie einen guten Grund gehabt haben.

Er zögerte kurz, drehte sich noch einmal zu Goban um, der ihn mittlerweile entdeckt hatte. Er warf einen Blick auf den Brief in Rebecca Helms' Schoß. Wenn er Jed McIntyre dem FBI überließ und sich an die Regeln hielt, gab es keine Garantie, dass der Mann je gefasst wurde. Und ehrlich gesagt war das für Jeffrey keine Option mehr. Er wandte sich ab und lief zum Auto zurück. Das FBI sollte sich an die Dienstwege halten, Beweise für eine ordnungsgemäße Identifizierung und Strafverfolgung sammeln und überhaupt tun, was ihm zu tun erlaubt war. In der Zwischenzeit würde er dafür sorgen, dass Jed McIntyre nie wieder im Leben einen Mord begehen konnte.

Dumm, dumm, dumm, stümperhaft, verdammt bekloppt, dachte Dax in einer Wolke aus Schmerzen. Er hätte gleich ahnen müssen, dass etwas nicht stimmte, als er den Zwerg neben Danielle entdeckt hatte. Doch wer hatte schon Angst vor einem Zwerg, verdammt?

Erst als er schon im Meatpacking District war und die dunkle Toreinfahrt sah, die Danielle ihm als Treffpunkt beschrieben hatte, fragte er sich: *Warum ausgerechnet hier?* Normalerweise trafen sie sich an einer Ecke an der Zehnten Straße. Er hatte sich nichts weiter dabei gedacht. Danielle war ständig pleite und jammerte herum, doch er vertraute ihr. Nicht, wie er einem Freund vertraute, doch er hielt sie für berechenbar. Sie hatte Bedürfnisse, die er erfüllen konnte; es war ein für alle Seiten passendes Arrangement. Für sie war es leicht verdientes Geld. Warum sollte sie das aufs Spiel setzen?

Nervös drückte sie sich neben einem Müllcontainer herum. Sie hatte sich für die Arbeit zurechtgemacht, diesmal mit einer roten Lockenperücke, lila Hotpants, schwarzen Overknee-Stiefeln und schwarzer Lederjacke. Die geschmacklose Kette an ihrem Hals blinkte schon von weitem. Auf ihrem rosa T-Shirt stand in roten Druckbuchstaben: *Komm klar!* Ach was, dachte Dax. Danielle war eine wandelnde Einmanninszenierung von *The Crying Game.*

Er hatte den Zwerg nicht einmal bemerkt, bis er angehalten hatte. Die beiden bildeten ein merkwürdiges Paar. Dax hatte ein Lachen unterdrücken müssen. Danielle, ein Meter achtzig geballter Tuntenschick, und dazu dieser kleine Typ, der ihr kaum an den Hosenbund reichte und aussah, als wäre er aus dem Zirkus geflogen. Das Leben auf der Straße führte zu seltsamen Paarungen, so viel war klar. Doch das hier war *The Twilight Zone.*

Dax ließ das Fenster herunter, die Luft roch nach Schnee, abgestandenem Blut und rohem Fleisch. Dass es ein Problem gab, wusste er, als Danielle nicht ans Auto kam.

»Was ist denn nun so verdammt eilig, Danielle?«, fragte er so beiläufig wie möglich, während er die Desert Eagle entsicherte, die zwischen dem Fahrersitz und der Mittelkonsole steckte.

»Das hier ist Horatio«, sagte sie und zeigte auf ihren kleinen Begleiter. »Er sagt, er hat eine Nachricht von Rain. Aber er will sie mir nicht sagen. Er will nur mit dir sprechen.«

Ihre Stimme klang verändert, belegt und gepresst. In der Dunkelheit konnte er ihre Augen nicht sehen. Er sah nur, dass die Außenleuchte an der Toreinfahrt zertrümmert worden war.

»Na, dann lass mal hören, Kumpel«, sagte er und schaute auf den Zwerg hinunter. »Was gibt es?«

Der Zwerg schüttelte den Kopf. Er sprang von einem Bein aufs andere wie bei einem Stammestanz.

»Du sollst aussteigen. Er hat Angst vor dir«, erklärte Danielle, als wäre sie Horatios Übersetzerin.

»Wenn ich aus dem Auto steigen muss, hat er erst recht Grund zur Angst«, sagte Dax mit einem Lächeln, das kein Lächeln war. Er lachte, um die Anspannung aus der Situation zu nehmen. »Komm schon, Danielle. Steigt ein, wir fahren zu McDonald's. Ist es nicht das, was du wolltest?«

»Du musst herkommen, Dax. Sonst übergibt Horatio dir die Botschaft nicht.«

»Ihr könnt mich mal«, sagte Dax und fuhr die Seitenscheibe hoch.

»Dax!«, stieß Danielle aus, bevor die Drahtschlinge um ihren Hals von einer Hand zugezogen wurde, die hinter ihr aus der Dunkelheit auftauchte. Sie legte sich die Hände an die Kehle, sie waren sofort von Blut bedeckt, und ein entsetzliches Geräusch drang aus ihrem Mund. Das Blut pulsierte aus der Wunde, aus ihrem Mund und über ihre Finger. Dax sprang aus dem Wagen, die Desert Eagle in der Hand. Er schoss in die Finsternis, aus der die Hand gekommen war. Die Schüsse hallten durch die menschenleere Straße, er hörte die Kugeln in Betonwände einschlagen, die Funken sprühten. Im Licht des kleinen Feuerwerks konnte er eine dunkle Gestalt ausmachen.

»Sag hallo zu meinem kleinen Freund«, sagte eine Stimme aus dem Nichts. Im selben Moment attackierte der Zwerg Dax' Waden; es fühlte sich nach einer Rasierklinge an. Mit durchschnittenen Achillessehnen ging Dax zu Boden, der Schmerz schoss durch seine Beine aufwärts, die Waffe rutschte ihm aus der Hand und schlitterte über den Asphalt.

Er warf einen Blick auf Danielle, die an der Wand heruntergerutscht war und nun am Boden saß. Ihre Augen waren verdreht, Dax konnte sehen, dass sie bereits verblutet war. Auf den Ellenbogen kroch er zu seiner Waffe, er verrenkte sich den Hals, konnte den Zwerg aber nirgendwo sehen. Als er die Hand nach der Desert Eagle ausstreckte, stellte sich ein Springerstiefel auf seine Finger. Rechts davon tauchte der Zwerg auf, seine Rasierklinge glitzerte in der Nacht wie eine Sternschnuppe, ein höhnisches Grinsen verzog sein Gesicht. Dax kämpfte gegen die Ohnmacht und gegen den lähmenden Schmerz an. Vermutlich hatte er das Schwächegefühl dem starken Blutverlust zu verdanken.

Jed McIntyre trat aus der Dunkelheit.

»Ich hätte dich umbringen sollen, als ich die Gelegenheit dazu hatte«, stöhnte Dax und rollte sich auf den Rücken.

»Mein Reden«, sagte Jed McIntyre und trat ihm mit dem Springerstiefel ins Gesicht.

»Die Zerstörer?«

»Das hat sie zu mir gesagt, bevor sie sich in eine Furie verwandelt hat.«

Lydia war dabei, in die weiche Polsterung des Taurus einzusinken. Die Kopfstütze hielt ihren Kopf aufrecht. Sich so erschöpft zu fühlen war ihr völlig neu.

»Lydia«, sagte Ford und bemerkte mit Sorge, wie blass sie war, wie dunkel die Ringe unter ihren Augen. »Nimm es mir nicht übel, aber du siehst furchtbar aus. Bist du sicher, dass du das schaffst?«

»Willst du wissen, was ich auf gar keinen Fall schaffen würde? Zu Hause rumzuliegen und mir Gedanken über mein kaputtes Leben zu machen«, sagte sie, drehte den Kopf zur Seite und legte sich eine Hand an den Bauch. Ford nickte und lächelte traurig.

»Das kann ich verstehen«, sagte er. »Trotzdem, du siehst aus, als gehörst du auf eine Trage.«

Ein Krankenwagen raste mit jaulender Sirene an ihnen vorbei, wie um ihm beizupflichten.

»Sie hat noch etwas gesagt«, sagte Lydia und schaute dem Krankenwagen hinterher. Die anderen Autos machten nur zögerlich Platz. Die Sirene wurde lauter, Autohupen stimmten ein.

»Was denn?«

»Sie nennt Eleanor die Königin ... die Königin der Verdammnis.«

»Mutter-Tochter-Verhältnisse können sehr kompliziert sein«, sagte Ford in einem schlechten österreichischen Akzent.

»Eleanor Ross hat Jeffrey und mich wieder und wieder belogen«, fuhr Lydia fort, als dächte sie nur laut nach, »im Ernst ... ständig. Sie hat uns nichts von ihrem Mordprozess oder ihrem vermissten Sohn erzählt, bis wir von selbst draufgekommen sind.«

»Unterlassungssünden ...«

»Und wenn man mal darüber nachdenkt, hat sie viel zu gewinnen. Wenn Julian für unmündig erklärt wird, bekommt sie das Sorgerecht für Lola und Nathaniel.«

»Glaubst du, dass es um die Kinder geht?«

»Die Kinder sind schwerreich. Papi ist gestorben, Mami ist im Irrenhaus. Wenn Julian sich nicht erholt, fließt das gesamte Erbe in einen Treuhandfonds. Und der wird verwaltet werden müssen.«

»Von der Großmutter.«

Lydia zuckte die Achseln. Sie hatte ihre Theorie probehalber ausgesprochen. Sie und Jeffrey hatten nach ihrem Besuch in Haunted in diese Richtung spekuliert. Das Ganze erschien ihr noch nicht ganz schlüssig, doch es war besser als nichts. Sie warf einen Blick auf ihre Armbanduhr.

»Vielleicht ist es ein bisschen zu spät, um jetzt noch hinzufahren?«

Er zuckte die Achseln. Er war sehr erpicht darauf, nach Haunted zu fahren, Annabelle Hodge ausfindig zu machen und ihr ein paar Fragen zu stellen. Dann wiederum hätte das auch Zeit bis zum Morgen. Außerdem wäre es ohnehin besser, einen Kollegen mitzunehmen, anstatt auf eigene Faust loszuziehen, mit Lydia im Schlepptau. Falls es schiefging, würde er eine Menge Ärger bekommen.

»Woran denkst du?«, fragte er.

»Vielleicht sollten wir uns um eine Audienz bei der Königin bemühen.«

»Ehrlich gesagt hätte ich auch ein paar Fragen an den Hofnarren.«

Anthony Donofrio wirkte nicht allzu erfreut, als Ford und Lydia das Foyer des Apartmenthauses an der Park Avenue betraten. Ganz im Gegenteil, er wurde blass. Offenbar war seine Begeisterung für die Polizei an ihre Grenzen gestoßen.

Trotz Fords Widerspruch war Eleanor und den Zwillingen zwei Tage zuvor gestattet worden, in die Wohnung zurückzukehren. Geld regierte tatsächlich die Welt – der Polizeichef persönlich hatte die Genehmigung erteilt. Immerhin hatte er das Schlafzimmer versiegeln lassen, in dem Richard Stratton ermordet worden war. Niemand schien es seltsam zu finden, dass Eleanor mit den Kindern in die Wohnung zurückwollte, in der ihr Vater auf das Brutalste zu Tode gekommen war.

»Es ist schon spät, Detective. Wahrscheinlich schlafen sie schon«, erklärte Anthony Donofrio, als niemand ans Telefon ging. Er richtete sich auf und drückte den Rücken durch, wie um sich kampfbereit zu machen.

Ford beobachtete ihn genau und bemerkte die Schweißperlen auf seiner Oberlippe.

»Ist schon okay, Anthony. An Sie habe ich auch ein paar Fragen«, sagte Ford. »Kannten Sie Geneva Stout?«

»Der Name kommt mir bekannt vor«, stotterte er.

»Sie war das Kindermädchen der Familie Ross«, sagte Ford und ließ den Blick in aller Seelenruhe durch das Foyer schweifen.

»Ach ja. Ja, die habe ich ein paarmal gesehen.«

»Und Sie haben sich nie mit ihr unterhalten? Sie ist ein hübsches Mädchen«, sagte Ford und bedachte Anthony Donofrio mit einem wissenden Blick. »Ich hätte gedacht, dass ein so aufgeweckter junger Mann wie Sie da seinen Charme spielen lässt.«

»Nein. So war das nicht.«

»Dann haben Sie sich also nie mit ihr unterhalten? Haben sie nie außerhalb des Gebäudes getroffen?«

»Nein«, sagte der Portier achselzuckend. Er log, sein Blick hüpfte durch den Raum, er verhaspelte sich ständig. Ford beschloss, ihn noch ein wenig schmoren zu lassen.

»Ganz sicher, Anthony?«

»Ganz sicher«, sagte er und wurde rot.

»Denn es wäre wirklich keine gute Idee, mich jetzt noch anzulügen.«

»Das würde ich nie tun«, sagte er mit Nachdruck. »Warten Sie, ich rufe noch einmal oben an.«

Als sich immer noch keiner meldete, gingen Ford und Lydia zum Aufzug.

»Ich darf Sie nicht unangekündigt hochfahren lassen«, sagte Anthony, und seine Stimme überschlug sich wie bei einem Teenager im Stimmbruch.

»Anthony«, sagte Ford und trat in den Aufzug, »was wollen Sie denn tun? Die Polizei rufen?«

Die Türen schlossen sich, Lydia und Ford waren allein.

»Was war denn mit dem los?«, fragte Lydia, als sie in die oberste Etage fuhren.

»Ich habe mir Gedanken darüber gemacht, wer die Kamera ausgeschaltet haben könnte. Die Kinderpsychologin, die Lola und Nathaniel befragt hat, ist der Meinung, dass irgendjemand großen Einfluss auf die Kinder ausübt. Es muss sich um eine Person handeln, die ihnen sehr nahe steht.«

»Wirklich?«

»Sie hat außerdem gesagt, sie könne sich kaum vorstellen, dass Nathaniel ohne Lola handelt oder ohne dass ihm jemand konkrete Anweisungen gibt.«

»Okay ...«, sagte Lydia. Sie wusste nicht genau, worauf er hinauswollte.

»Wenn also Lola unten im Keller war und Nathaniel die Aufgabe hatte, die Kamera aus- und später wieder einzuschalten, muss irgendjemand Anthony Donofrio abgelenkt haben. Der Junge hätte sich nicht unbemerkt hinter den Tresen schleichen können.«

»Und einen Loser wie Anthony Donofrio lenkt nichts mehr ab als ein hübsches Mädchen?«

»Genau. Und der Babysitter war nahe genug an den Kindern dran, um sie zu manipulieren.«

»Interessant«, sagte Lydia, sie traten aus dem Aufzug. Sie durchquerten den Flur und blieben vor der Doppeltür der Wohnung stehen. Sie stand einen Spaltbreit offen. Ford und Lydia zogen ihre Waffen. Endlich einmal hatte

Lydia nicht vergessen, ihre Pistole mitzunehmen. Wann immer sie in den letzten zwei Monaten eine Waffe gebraucht hätte, lag die in ihrer Handtasche im Auto oder sonst wo außer Reichweite. Aber nun, da Jed McIntyre hinter ihr her war, war sie vorsichtiger.

»Ms Ross?«, rief Ford und warf einen missbilligenden Blick auf Lydias Glock. »Steck die wieder ein. Wenn du in dieser Wohnung auch nur einen einzigen Schuss abgibst, bekomme ich großen Ärger. Du dürftest nicht mal hier sein.«

»Du hast nichts damit zu tun«, sagte sie. »Ich bin allein hier, auf eigene Faust.«

»Steck sie wieder ein«, wiederholte er, stieß die Tür auf und trat ein. Lydia ignorierte die Anweisung.

»Ms Ross?«, rief er noch einmal.

Sie betraten die Wohnung. Alles war dunkel, abgesehen von der Glut im Kamin im Wohnzimmer, das rechts vom Eingang lag. Lydias Augen gewöhnten sich nur langsam an die Dunkelheit, sie blieb dicht hinter Ford. Auf dem Sessel am Kamin saß eine reglose Gestalt. Lydias Herz fing zu klopfen an, ihre Finger kribbelten.

»Ms Ross?«, wiederholte Ford. Die Gestalt gab keine Antwort, rührte sich nicht. Ford tastete sich an der Wand entlang und fand den Lichtschalter.

Sie saß würdevoll und aufrecht da, hatte den Kopf leicht nach hinten gelehnt und im Gesicht einen Ausdruck kühler Verachtung. Ihre Mundwinkel waren heruntergezogen, ihre langen, schlanken Hände hielten die Sessellehnen umklammert, an die sie gefesselt war. Lange graue Haarsträhnen hatten sich aus der Frisur gelöst und fielen ihr über die Schultern. Sie sah wunderschön aus, abgesehen von dem dunkelroten Einschussloch zwischen ihren blauen Augen.

»Scheiße«, sagte Lydia. Die Antworten, die sie sich von Eleanor erhofft hatte, waren durch den Kaminschacht verschwunden wie der schwarze Rauch des Feuers.

»Oh Gott. Du liebe Güte. Ich hatte ja keine Ahnung. Das schwöre ich bei Gott«, jammerte Anthony Donofrio von der Tür aus. Er fiel auf die Knie und fing zu weinen an.

Ford drehte sich um und sah Donofrio als Häuflein Elend am Boden sitzen. Er schluchzte wie ein kleines Mädchen. Fords Magen krampfte sich zusammen. *Oh Gott*, dachte er. *Wenn Eleanor tot ist … wo sind dann die Zwillinge?*

Lydia und Ford tauschten einen Blick, beide hatten denselben Gedanken, und fast gleichzeitig stürzten sie durch das Zimmer. Ford stieß die Tür am hinteren Ende auf und lief durch den langen Flur, der zu den Kinderzimmern führte. Die Zimmer lagen einander gegenüber, daneben jeweils ein Badezimmer. Ford reichte Lydia ein Paar Gummihandschuhe und zog sich selbst welche über. Sie teilten sich auf. Ford ging in Nathaniels Zimmer, an dessen Tür ein SpongeBob-Poster hing. Lydia bog in Lolas Zimmer ab und entdeckte jede Barbie und jedes Barbie-Accessoire, das je hergestellt worden war. Sie hörte, wie Ford die Decke vom Bett riss und im Kleiderschrank wühlte, und tat es ihm gleich.

»Sie sind nicht hier«, keuchte Ford im Hereinkommen. Er zog sein Handy aus der Tasche und rief die Abteilung für vermisste Kinder an, bevor er Verstärkung vom Morddezernat anforderte. Noch während er telefonierte, durchsuchte Lydia die restliche Wohnung. Immer wieder war ihre Stimme zu hören, wie sie nach den Kindern rief, dazu Anthony Donofrios Geheul, das nur zweimal kurz unterbrochen wurde, weil er sich übergeben musste.

ACHTUNDZWANZIG

Anthony, wo sind die Kinder?«, fragte Ford und sehnte sich nach den guten alten Zeiten zurück, als Übergriffe durch Polizeibeamte noch nicht geahndet wurden.

»Ich weiß es nicht. Ich weiß es wirklich nicht.«

Es klang wie ein Mantra, mit dem er sich selbst beruhigen wollte. Als Ford ihn zu der Nacht befragt hatte, in der Richard Stratton ermordet worden war, hatte er fast dasselbe gesagt. Wie es aussah, hatte der Portier von Geneva Stout den Blowjob seines Lebens bekommen, während Richard Stratton in seinem Schlafzimmer im vierzehnten Stock abgeschlachtet wurde. Anthony Donofrio hatte nicht gewusst, dass er für dumm verkauft worden war, zumindest beteuerte er das unter Tränen. Er hatte gedacht, die junge Frau würde auf ihn stehen. Er wusste nicht, wer die Kamera ausgeschaltet hatte; Ford ging davon aus, dass der kleine Nathaniel sich an den Schalter geschlichen hatte, während das Paar zugange war. Er hätte den Jungen gern befragt, doch die Zwillinge waren verschwunden.

»Ist Ihnen nach dem Mord nicht in den Sinn gekommen, dass Geneva Sie möglicherweise nur ablenken wollte?«, fragte Ford, als er Anthony Donofrio am Küchentisch der Wohnung gegenübersaß.

Anthony zuckte die Achseln. Sein Gesicht war jämmerlich verzerrt, er verweigerte jeden Blickkontakt. »Eigentlich nicht«, sagte er betreten.

Der Typ war einfach zu einfältig, zu dumm. Vermutlich war ihm die ganze Sache wie eine Szene aus einem Pornofilm vorgekommen. Der Nachtportier, der sich langweilt, das sexy Kindermädchen von oben, das sich danach sehnt, seinen Schwanz zu lutschen. Vermutlich dachte Anthony Donofrio tatsächlich, dass so etwas anderen Männern ständig passierte.

»Du liebe Güte«, sagte Ford kopfschüttelnd. »Wer ist heute Abend in dieser Wohnung gewesen, Anthony? Sie sind hier der Nachtportier, verdammt noch mal! Wen haben Sie reingelassen?«

»Niemanden. Ich schwöre bei Gott. Niemanden!«

»Oh doch, irgendjemand war hier.«

»Meine Güte«, seufzte Anthony Donofrio und verdrehte die Augen himmelwärts. Vielleicht wollte er beten.

»Dann wäre die einzige Erklärung, dass Sie selbst raufgekommen sind und Eleanor Ross erschossen und die Kinder verschleppt oder an einen Dritten übergeben haben. Oder vielleicht haben Sie sie umgebracht?«

»Nein, nein, nein«, heulte er. »Oh Gott, nein. Nie im Leben.«

»Aber wie soll ich mir das Ganze sonst erklären?«

»Ich weiß es nicht.« Wieder das alte Mantra. Ford seufzte.

»Hören Sie, Sie fahren jetzt mit einem meiner Kollegen zur Wache in Midtown. Wir werden uns später unterhalten, jetzt habe ich keine Zeit mehr.«

»Ich habe alles gesagt, was ich weiß«, sagte Donofrio panisch.

»Das glaube ich nicht«, antwortete Ford. Ein paar einsame Stunden im Verhörraum würden dem jungen Mann guttun. Dann hätte er Zeit, alles noch einmal zu überdenken, und irgendwann würden ihn seine Zweifel herumwirbeln wie ein Tornado: *Wie bin ich hier gelandet … wie konnte es so weit kommen … diese Schlampe, ich hätte wissen müssen, dass sie was im Schilde führt.* Nach ein paar Stunden mit sich allein fingen die meisten Leute freiwillig zu reden an.

»Ich will einen Anwalt«, sagte Anthony plötzlich, hob den Kopf und verschränkte die Arme vor der Brust.

»Sie sind nicht verhaftet«, sagte Ford ruhig.

»Dann muss ich auch nicht mit Ihnen mitkommen. Ich kenne meine Rechte.«

Ford schlug mit der Faust auf den Küchentisch. Anthony Donofrio zuckte zusammen und warf ihm einen ängstlichen Blick zu.

»Legen Sie sich nicht mit mir an«, sagte Ford, hielt dem jungen Mann einen Finger vor das Gesicht und dämpfte seine Stimme zu einem bedrohlichen Flüstern. »Sie meinen, Sie wissen, wie das läuft, nur weil Sie manchmal *NYPD Blue* gucken? Sie haben meine Ermittlungen behindert, indem Sie Informationen zurückgehalten haben. Arbeiten Sie mit mir zusammen, dann sind Sie um Mitternacht vielleicht wieder zu Hause. Andernfalls werde ich Sie sofort verhaften, und dann werden Sie wirklich einen Anwalt brauchen. Haben Sie mich verstanden?«

Donofrio nickte, ließ den Kopf sinken. Hoffentlich fing er jetzt nicht wieder zu heulen an. »Gut«, sagte Ford und klopfte ihm auf die Schulter. »Bleiben Sie hier sitzen, bis jemand Sie abholt und zur Wache mitnimmt.«

Ford ließ ihn in der Küche zurück und ging ins Wohnzimmer, wo die Kollegen vom Erkennungsdienst schon mit der Arbeit begonnen hatten. Die Detectives Piselli und Malone standen mit verschränkten Armen in der Tür; sie wirkten verloren, als wüssten sie nicht, wohin mit ihren Händen. Ford fiel wieder ein, wie jung sie waren und dass sie noch nicht lange dabei waren. Zwar waren beide vor fünf Jahren in den Dienst eingetreten, doch sie waren hauptsächlich Streife gefahren und hatten bei der einen oder anderen Razzia ausgeholfen. Die Arbeit beim Morddezernat war für sie immer noch neu.

»Wie geht's? Passen Sie auf, dass der Türrahmen nicht einstürzt?«, fragte er.

Die beiden schauten betreten drein, stießen sich von der Wand ab und sahen ihn fragend an. Sie erwarteten einen Befehl. Ford schüttelte den Kopf.

»Meine Güte, sehen Sie sich um … nach Hinweisen. Nach Spuren, die uns verraten, was hier passiert ist.«

Peter Rawls, der Leiter der Abteilung für vermisste Kinder, war mit seinem Team eingetroffen und gerade dabei, eine Kommandozentrale im Nebenzimmer einzurichten. Er zog ein grimmiges Gesicht und bellte Befehle. Er war eins neunzig groß und hatte Arme wie Popeye, niemand wagte es, ihm zu widersprechen.

»Ich werde mir Mühe geben, Ihren Tatort nicht zu zertrampeln«, nickte er Ford zu. »Aber hier werden zwei Kinder vermisst. Die Uhr tickt.«

Ford sah sich um. Im Zimmer herrschte das reinste Chaos; von wegen Spurensicherung. Das Strafverfahren würde für jeden Verteidiger zu einem Spaziergang werden, selbst wenn er ein blutiger Anfänger war.

»Wir arbeiten zusammen. Sie finden die Kinder, ich den Schützen.« Ford klang gelassen und überzeugt, auch wenn er es nicht war. Peter Rawls nickte.

Ford schilderte dem Kollegen die Familiengeschichte der Ross und den Mordfall, mit dem er gerade beschäftigt war. Rawls hörte mit halb geschlossenen Augen und vor der Brust verschränkten Armen zu. Er nickte, während Ford die Fakten auflistete.

»Was für ein Sumpf«, sagte Rawls, als Ford geendet hatte. Ford nickte. Ja, es war ein Sumpf.

»Wenn Sie mit ihm fertig sind, würde ich gern den Portier befragen«, sagte Rawls.

»Ich brauche ihn nicht mehr. Lassen Sie sich Zeit, und danach schicken Sie ihn aufs Präsidium. Ich werde später noch einmal mit ihm sprechen, in einer weniger gemütlichen Umgebung.«

»Ich werde Sie wissen lassen, falls ich was herausfinde.«

»Ich Sie auch.«

Sie tauschten ihre Handynummern aus, Rawls stapfte mit grimmigem Gesicht davon. Er sah aus wie ein Mann, der sich mit einer Niederlage nicht abfinden würde. Umso besser für Lola und Nathaniel. Die armen Kinder. Ford sprach ein stummes Gebet für sie, obwohl er nicht gläubig war.

»Hey«, sagte er und ging auf Piselli zu. »Wo ist Lydia Strong?«

»Gegangen. Sie sah nicht gut aus. Hat gesagt, sie wollte nach Hause.«

Ford drehte sich zur Tür um. »Mist«, flüsterte er. *Tja*, dachte er dann, *sie ist ein cleveres Mädchen und hat eine Pis-*

tole. Sie kann auf sich selbst aufpassen. Dann wandte er sich Eleanor Ross zu, die im Tod kaum kälter und steifer wirkte als im Leben.

Sie wollte nicht eigensinnig oder rücksichtslos sein, auch wenn Jeffrey ihr später vorwerfen würde, dass sie Ford in der Wohnung stehen gelassen und sich allein auf den Heimweg gemacht hatte. Ganz im Gegenteil. Wenn sie am Tatort geblieben oder nach Haunted gefahren wäre, hätte sie sich überfordert und ihrem Körper geschadet. Das wusste sie genau. Ihr Herz und ihr Kopf hatten sich noch nie so unwohl gefühlt. Der Schmerz und die Müdigkeit machten alle Pläne zunichte. Dax lag falsch, es war dumm gewesen, auf ihn zu hören; sie musste sich dringend ausruhen … seelisch, körperlich, emotional. Zum ersten Mal im Leben würde sie tun, was das Beste für sie war, nicht für die Arbeit. Diese Lektion hatte sie schmerzhaft lernen müssen.

Als die Mordermittler und dann die Personenfahnder in die Wohnung gekommen waren, hatte sie sich so hilflos und überflüssig wie nie zuvor gefühlt. Der Anblick von Eleanors Leiche hatte sie an ihre Mutter erinnert. Marion hätte jetzt genau gewusst, welcher Heilige anzurufen, welcher für Kinder zuständig war. Weil Lydia sich nicht an den Namen erinnern konnte, betete sie stattdessen zu ihrer Mutter. Sie betete dafür, dass Lola und Nathaniel in Sicherheit waren. Dass Nathaniel den Hasen bei sich hatte. Mehr konnte sie nicht tun, so schwach und krank, wie sie war. Sie konnte sich kaum aufrecht halten.

Als sie zu Hause aus dem Aufzug trat und die Alarmanlage abschaltete, fühlte sie sich sogleich in die positive Energie der Wohnung eingehüllt. *Endlich zu Hause*, dachte sie, und der Gedanke schickte Wellen der Erleichterung durch ihren Körper. Es war schön, allein zu sein, sich den aufmerksamen Blicken von Dax und Jeffrey entziehen zu können. Sie legte ihren Mantel ab und setzte Teewasser auf. Es roch nach Lavendel und nach der altmodischen Ölseife, mit der Zel, ihre Putzfrau, das Parkett reinigte. Lydia setzte sich an den Küchentisch und blickte auf die Stadt hinaus. Seit der Fehlgeburt schien die ganze Welt sich verändert zu haben. Selbst die Skyline war nicht mehr dieselbe.

Der Ausblick hatte sie immer schon fasziniert. Jedes erleuchtete Fenster stand für ein Leben, hinter jeder Tür wartete ein Rätsel, das gelöst werden wollte. Sie fragte sich ständig, wer gerade wem was antat, wer hinter diesen fremden Fenstern lachte, weinte, liebte, trauerte oder feierte. Ihre Neugier erleichterte ihr die Arbeit … genau genommen ließ ihre Neugier sie mit ihrer Arbeit verschmelzen. Während der letzten Tage im Medikamentennebel war ihr klar geworden, dass es keine Trennung gab zwischen dem, was sie tat, und dem, was sie war. War das gut oder schlecht?

Sie wunderte sich darüber, dass sie seit dem Tod ihrer Mutter pausenlos gegen das Böse kämpfte und doch so viele Dämonen übrig blieben … unter anderem auch Jed McIntyre.

Zwei Tage bevor er Marion Strong ermordet hatte, war Lydia auf einem Supermarktparkplatz auf ihn aufmerksam geworden. Sie hatte im Auto auf ihre Mutter gewartet, die noch schnell Milch kaufen wollte. Die fünfzehnjährige Lydia saß im alten Buick und drückte auf der Suche nach einem interessanten Sender auf den Plastikknöpfen des Autoradios herum, als sich plötzlich ihre Nackenhaare aufstellten. Sie spürte ihren Herzschlag als Pochen in den Schläfen, ein heißer Schauder lief durch ihre Wirbelsäule. Eine namenlose Angst breitete sich in ihrer Magengegend aus. Sie drehte sich um und warf einen Blick durch die Heckscheibe.

Die Autofenster waren geöffnet, die kalte Herbstluft schien schlagartig zu gefrieren. Der Mann stand breitbeinig da, hatte eine Hand in die Tasche seiner Jeansjacke gesteckt und die andere auf den Seitenspiegel seines rot-weißen Autos gelegt, das Lydia an den Wagen aus *Starsky & Hutch* erinnerte. Sein leuchtend rotes Haar war gelockt und ungekämmt und fiel ihm in die Augen. Er machte keine Anstalten, es sich aus der Stirn zu streichen. Er stand einfach nur da, wiegte sich leicht vor und zurück, von den Fersen auf die Fußballen, wieder und wieder. Wie er da neben seinem Auto stand und sie anstarrte, fingen ihre Nervenenden zu kribbeln an. Sie erkannte das Böse in seinem starren Blick, als er in einer perversen Geste den Seitenspiegel liebkoste. Lydia streckte den Arm aus und kurbelte die Seitenscheiben hoch, ohne ihn aus den Augen zu lassen.

Als ihre Mutter zum Auto zurückkam, machte Lydia sie auf den fremden Mann aufmerksam, der lächelnd auf dem Parkplatz stand. Marion versuchte, ihr die Angst auszureden. Doch an der Art, wie sie die Milch auf den Rücksitz warf, sich auf den Fahrersitz schwang und am Zündschloss herumnestelte, merkte Lydia, dass auch sie Angst hatte. Sie fuhren los, der Mann fuhr hinterher. Bei der nächsten Gelegenheit bog Marion ab, der Fremde folgte ihnen nicht. Sie lachten; die Bedrohung, ob real oder eingebildet, war vorüber. Später hatte Lydia immer wieder an diesen Moment zurückgedacht, in dem sie das Schicksal hätte ändern und ihre Mutter retten können. Sie hatte sich das Nummernschild seines Autos mit blauem Kajal auf der Rückseite eines Spickzettels notiert. Diese Information hatte letztendlich zu Jed McIntyres Verhaftung geführt. Der Serienmörder hatte dreizehn alleinerziehende Mütter in der Gegend von Nyack in New York ermordet. Marion Strong war sein letztes Opfer gewesen, Lydia hatte sie nach der Schule geschunden und misshandelt aufgefunden.

Sie wusste natürlich, dass die Polizei ihnen damals nicht geholfen hätte, selbst wenn sie den Vorfall auf dem Parkplatz gemeldet hätten. Doch wann immer sich das Gefühl wieder einstellte, das sie und Jeffrey »das Kribbeln« nannten, konnte sie eine Sache nicht auf sich beruhen lassen. Denn andernfalls hätte sie sich fragen müssen, wer als Nächstes sterben würde.

Doch heute Abend ließ sie Eleanor, Julian Ross und die verschwundenen Zwillinge hinter sich. Nicht, weil ihre Neugier und ihr Wille, die Dämonen zu jagen und die Opfer zu retten, gemindert gewesen wären. Es war nicht so, dass die Kinder oder Julians Leid ihr egal wären, oder der Mord an Eleanor. Immer noch fühlte sie den Impuls, sich einzumischen. Doch der Verlust ihres Babys, die Gefahr, in die sie sich begeben hatte, und der gesundheitliche Schaden machten ihr unmissverständlich klar, was bis dahin immer im Nebel gelegen hatte. Zum ersten Mal im Leben begriff sie, dass auch ihr eigenes Leben etwas wert war, dass sie für die Zeit mit Jeffrey dankbar sein musste und dass sie sich darauf gefreut hatte, Mutter zu werden. Sie ließ den Kopf auf die Arme sinken, die Tränen tropften auf die Tischplatte, und eine warme Welle der Trauer ging über sie hinweg.

Zu trauern hatte etwas Tröstliches. Die Ironie ihrer Lage entging ihr nicht. Erst durch das abrupte Ende der Schwangerschaft war ihr klar geworden, was es bedeutete, Mutter zu sein. Sie musste einsehen, dass sie sich niemals um ein Kind würde kümmern können, solange sie sich nicht um sich selbst kümmerte. Dass sie diese Lektion endlich gelernt hatte, tröstete sie. Irgendwann würde sie eine Gelegenheit bekommen, es besser zu machen. Sie dachte an die Sicherheitshinweise vor Linienflügen. Im Fall eines Druckverlustes sollte man sich selbst die Sauerstoffmaske aufsetzen, bevor man einem Kind half. Es wirkte barbarisch und egoistisch, war aber doch der ultimative Akt der Selbstlosigkeit. Man kann anderen erst helfen, wenn man sich selbst geholfen hat.

Der Kessel auf dem Herd fing zu pfeifen an, Lydia stand auf und kochte Himbeerblättertee. Sie stellte eine Tasse auf den Sofatisch, zog die Stiefel aus und streckte sich auf dem Sofa aus. Sie spielte mit dem Gedanken, den Fernseher einzuschalten und die Nachrichten zu schauen, entschied sich aber dagegen. Ihr fiel ein, dass sie ihre Nachrichten abhören sollte, doch auch das ließ sie bleiben. Sie hatte nicht einmal eine Gelegenheit, einen Schluck Tee zu trinken, so schnell wurde sie vom Schlaf übermannt. Sie hatte ihm nichts entgegenzusetzen.

NEUNUNDZWANZIG

Während er allein im Verhörraum warten musste, hatte Anthony Donofrio sich, so wie Ford schon vermutet hatte, tatsächlich in Panik hineingesteigert und beschlossen, dass ein Geständnis der einzige Ausweg wäre. Als Ford zu ihm kam, konnte Donofrio sich kaum noch zurückhalten. Der Verhörraum stank nach Angst und Schweiß. Ford hatte noch nicht einmal Platz genommen, als Donofrio schon zu singen anfing.

»Sie hat Julian Ross gehasst. Und Eleanor auch. Für ihre arrogante, selbstherrliche Art«, erklärte Donofrio und wischte sich den Schweiß von der Stirn. Im grellen Neonlicht wirkte er blass, der Schlafmangel hatte schwarzblaue Schatten unter seine Augen gezeichnet. Er war ein ziemlich großer Kerl mit breiten Schultern und dicken Oberarmen, doch als er da am Tisch saß, wirkte er wie in sich zusammengefallen.

»Wer?«

»Geneva … oder wie immer sie hieß.«

»Annabelle.«

»Ja.«

»Sie haben sich also mit ihr über Julian unterhalten«, sagte Ford, stützte die Ellbogen auf die Tischplatte und faltete die Hände.

»Und über Eleanor. Ja, wir haben uns unterhalten.«

»Und der Zwischenfall war nicht der erste dieser Art. Wollen Sie mir das sagen? Denn bislang haben Sie immer behauptet …«

Anthony Donofrio hob die Hand und nickte. »Wir haben ein paarmal geredet. Über belangloses Zeug, wissen Sie. Es ist ja nicht so, als wären wir ausgegangen oder so. Einmal habe ich sie zu einem Kaffee eingeladen. Mehr nicht. Das schwöre ich.«

»Wann haben Sie sich unterhalten?«

»Manchmal ist sie spätabends runtergekommen, wenn die Kinder im Bett waren. Manchmal hat sie Bier mitgebracht. Sie war einsam. Dachte ich jedenfalls.« Seine Mundwinkel waren heruntergezogen, er schüttelte den Kopf. Er war benutzt worden, und es dämmerte ihm jetzt erst. Ford tat der Typ aufrichtig leid.

»Und worüber haben Sie sich unterhalten?«

»Über Julian und Eleanor, meistens. Eigentlich hat nur sie geredet, ich habe mehr zugehört«, erklärte er und starrte auf die Tischplatte. »Ich weiß auch nicht, aber manchmal hatte ich das Gefühl, dass es ihr egal war, mit wem sie redete.«

»Was hat sie erzählt?«

»Nicht alles hat Sinn ergeben. Manchmal beschrieb sie, was für eine blöde Kuh Ms Ross war, wie schlecht sie Geneva behandelt hat. Annabelle, meine ich. Manchmal meinte sie, Julian habe dieses Leben nicht verdient, den Ehemann, die Zwillinge, das viele Geld. Aber manchmal sagte sie auch Sachen wie: Eines Tages wird alles anders sein. Wenn ich sie fragte, wie sie das meinte, sagte sie nur, die Vergangenheit würde Julian und Eleanor eines Tages einholen.«

»Kam Ihnen das nicht ein bisschen merkwürdig vor?«

»Ja, schon, aber um ehrlich zu sein, habe ich gar nicht so genau zugehört«, sagte Donofrio betreten. »Na ja, sie war echt scharf. Eigentlich habe ich mir die meiste Zeit nur vorgestellt, wie es wäre, sie zu vögeln.«

Ford nickte. Er war nicht überrascht.

»Wirkte sie gefährlich? Hatte sie vor, Julian Ross etwas anzutun?«

»Nein … es klang eher nach einer Prophezeiung.«

Ford legte den Kopf schief und kniff die Augen zusammen. »Eine Prophezeiung.«

»Ja, als wüsste sie, dass denen etwas Schlimmes zustoßen würde. Sie hatte nichts geplant oder so. Da besteht ein Unterschied, finden Sie nicht?«

Ford zuckte die Achseln. »Hat sie über ihr Zuhause gesprochen, über ihre Familie? Hat sie die je erwähnt?«

»Sie hat gesagt, sie sei haitianischer Abstammung. Sie schien ziemlich stolz drauf zu sein. Sie sagte, und ich weiß noch, wie seltsam ich das fand, dass sie die Nachfahrin einer Voodoopriesterin wäre. Da habe ich zu ihr gesagt: Aber du willst mich jetzt nicht verfluchen oder so? Sie fand das gar nicht lustig.«

»Was hat sie geantwortet?«

»Sie hat gesagt: Nicht, wenn du brav bist. Aber sie hat nicht gelacht oder so. Ich fand sie ein bisschen merkwürdig.«

»Hm.«

Und wieder ein Fluch, dachte Ford. Womöglich lag Lydia Strong gar nicht so falsch, wie er vermutet hatte. Er betrachtete Anthony Donofrio, der kein bisschen erleichtert schien, im Gegenteil, er wirkte noch betretener als vorher. Er rutschte unruhig auf dem Stuhl herum, verdrehte Hals und Schultern, bis es knackte.

»Was noch, Anthony?«

Er zuckte die Achseln, schaute sich um. Schließlich nickte er, als habe er einen Entschluss gefasst.

»Heute Abend. Sie war heute Abend wieder da.«

Ford schüttelte ungläubig den Kopf. »Das fällt Ihnen jetzt erst ein?«

»Ich wusste ja nicht ...«, sagte er und verstummte.

»Was wollte sie?«

»Na ja, mich wollte sie nicht besuchen.«

»Wen dann?«, fragte Ford. So langsam bekam er das Gefühl, dem jungen Mann jede Information einzeln aus der Nase ziehen zu müssen.

»Eleanor Ross.«

»Und ganz zufällig ist Eleanor Ross jetzt tot. Und die Kinder wurden entführt.«

Anthony Donofrio nickte.

»Wann war sie da?«

»Gegen halb zehn. Kurz nach Schichtbeginn.«

»Dann haben Sie oben angerufen und Eleanor gesagt, wer sie sehen will?«

»Sie hat gesagt, Eleanor würde sie erwarten. Um ihr das letzte Gehalt auszuzahlen. Außerdem hat sie gesagt, sie hätte noch einen Schlüssel.«

»Dann haben Sie also nicht oben angerufen?«

Donofrio zögerte kurz, schüttelte dann den Kopf.

»Wann ist sie wieder gegangen?«

»Ich habe sie nicht gehen sehen. Ich dachte, sie bleibt halt länger, spielt vielleicht noch ein bisschen mit den Zwillingen.«

Ford überlegte. Das Kellerloch war versiegelt worden, dort war kein Durchkommen mehr. Und der Hintereingang war, soweit er wusste, mit dem Feueralarm verbunden.

»Lassen Sie mich eines fragen, Anthony«, sagte Ford freundlich. »Ist der Feueralarm irgendwann losgegangen?«

»Ja, der macht ständig Probleme«, sagte der Portier und schüttelte den Kopf, als spräche er über ein ungehorsames Kind. Dann dämmerte es ihm. »Oh … ja.«

»Wann war das?«

»Etwa eine Stunde bevor Sie gekommen sind.«

»Noch was, Anthony? Irgendetwas?«

Donofrio schüttelte langsam den Kopf, Ford konnte ihm von den Augen ablesen, dass er seine winzig kleine Datenbank durchsuchte. »Nein«, sagte er schließlich. »Darf ich jetzt gehen?«

»Haben Sie irgendetwas davon Peter Rawls erzählt, als er Sie verhört hat?«

Donofrio schüttelte den Kopf. Ford warf ihm einen wütenden Blick zu, Donofrio duckte sich.

»Verdammt noch mal, wenn Kinder verschwinden, kommt es auf jede Stunde, jede Minute an. Wenn den Zwillingen etwas zustößt, tragen Sie eine Mitschuld. Ich hoffe, Sie können damit leben.«

Donofrio fing wieder zu schluchzen an. Ford war da altmodisch, er konnte es nicht leiden, wenn erwachsene Männer heulten. Er kehrte dem Portier den Rücken zu und ging hinaus.

»Aber …«, protestierte Donofrio, als Ford die Tür hinter sich zuzog. Ford schaltete Kamera und Tonaufnahme mit dem Knopf neben der Tür aus, der wie ein Thermostat aussah.

Er ging in sein Büro zurück, rief Peter Rawls an und erzählte ihm von Annabelle Hodge. Rawls wollte sofort wieder auflegen und weiterarbeiten. Ford rief Piselli an und wies ihn an, Rawls alle nötigen Unterlagen zu Annabelle zur Verfügung zu stellen. Er dachte an die Kinder, wie sie mit gefalteten Händen vor Irma Fox gesessen hatten. Er dachte an Katie und Jimmy. Er dachte an den kleinen Nicky Warren, der mit angesehen hatte, wie seine Mutter seinen Vater erschoss. Dass Kinder zu Schaden kamen, weil ihre Eltern unfähig waren, sie zu beschützen, brachte ihn zur Weißglut.

Er lehnte sich zurück, tippte ungeduldig mit den Fingerspitzen auf den Schreibtisch und versuchte, seinen nächsten Schritt zu planen. Seine Finger stießen an einen Briefumschlag.

Darin steckte ein kleines Wunder. Eine DNA-Analyse dauerte normalerweise Wochen, manchmal sogar Monate, ganz besonders in New York. Nun, da so viele alte Fälle wieder aufgerollt wurden und so viele Todeskandidaten Revision einlegten, durfte man sich glücklich schätzen, wenn eine Anfrage überhaupt bearbeitet wurde. Doch Ford hatte Beziehungen, außerdem war der Fall von höchster Priorität. Er war dennoch überrascht, dass die Laborergebnisse jetzt schon vorlagen. Er hatte sich Lydia Strong gegenüber skeptisch gezeigt, doch er hatte das Schokoriegelpapier und die Haare vom Tatort vor zehn Jahren tatsächlich eingeschickt

»Sieh mal einer an«, sagte er leise und überflog das Blatt. »Volltreffer.«

Er blieb am Schreibtisch sitzen, versuchte, die Konsequenzen abzusehen. Es hatte nicht unbedingt zu bedeuten, dass James Ross noch am Leben war. Von ihm lagen keine DNA-Proben vor. Es hatte lediglich zu bedeuten, dass jemand, der bei der Ermordung von Tad Jenson zugegen gewesen war, sich auch im Keller der Familie Ross in Haunted aufgehalten hatte. Ford griff zum Telefon. Er konnte Jeffrey nicht erreichen, hinterließ eine Nachricht.

»Jeffrey, hier spricht Ford. Hör mal, Lydia hatte recht. Die DNA-Spuren an dem Schokoladenpapier passen zu einer Probe, die nach dem Mord an Tad Jenson am Tatort sichergestellt wurde. Ich weiß nicht genau, was das zu bedeuten hat, aber ich mache mich jetzt auf den Weg nach Haunted. Das kann nicht bis morgen warten, besonders jetzt, wo die Zwillinge vermisst werden. Ich halte dich auf dem Laufenden.«

DREISSIG

Irgendwann wurde Lydia vom Klingeln ihres Handys geweckt. Sie warf einen Blick auf die Uhr und sah, dass es schon nach zwei war. Sie brauchte ein paar Sekunden, um sich zu orientieren … sie war allein zu Haus, Jeffrey war immer noch nicht da, ihr Telefon klingelte … aber wo war es? Es steckte in ihrer Jackentasche. Auf dem Display erkannte sie Jeffreys Nummer.

»Wo bist du?«, fragte sie.

»Hallo, Lydia.«

Sie beschloss, mit Schweigen zu reagieren, auch wenn die Furcht in ihr aufheulte. Seine Stimme klang rau, irgendwie heiser, sie erkannte ihn sofort wieder, auch wenn sie ihn nur wenige Male hatte sprechen hören. Das ganze Zimmer fing an, sich zu drehen.

»Du musst nichts sagen. Ich weiß, du weißt, wer ich bin, meine liebe alte Freundin.«

Sie erwiderte nichts, weil sie nicht konnte. Die Angst verstopfte ihr die Kehle wie ein Hühnerknochen.

»Es ist so lange her. Wir müssen uns sehen, Lydia. Das wird ein Fest. Dein geliebter Jeffrey und dein Aufpasser Dax haben schon zugesagt und sind hier bei mir. Ohne dich macht es keinen Spaß. Aber, Liebling, es ist eine Privatparty. Bring nicht deinen Freund Ford oder Agent Goban mit. Komm allein, sofort, komm schnell.«

»Sie sind nicht bei dir«, stieß Lydia hervor, klammerte sich an der Illusion fest. Es durfte nicht sein. Es war ein Albtraum. »Ich glaube dir kein Wort.«

Ihre Gedanken überschlugen sich. Wurde dieses Telefon nicht abgehört? Dann fiel ihr wieder ein, dass nur das Festnetz überwacht wurde. Die Handygespräche wurden nicht immer mitgeschnitten.

»Wir haben so viel durchgemacht. Glaubst du wirklich, ich würde dich anlügen?«

Als sie nicht antwortete, schlug seine Stimme von spöttisch zu messerscharf um.

»Denk mal drüber nach. Glaubst du wirklich, du wärst jetzt allein, wenn ich unrecht hätte? Es war lächerlich einfach dafür, dass die beiden so gut bewaffnet und ausgebildet sind.«

»Wo bist du?«, fragte Lydia und unterdrückte einen Anflug von Übelkeit.

Er sagte ihr, wo er sie treffen wollte.

»Vergiss nicht, Lydia: Ein Anruf, egal an wen, und die Party ist abgesagt. Hast du mich verstanden?«

»Ja.«

Die Leitung war tot. Lydia wartete, das Blut rauschte in ihren Ohren, ihre Kehle war staubtrocken, ihr Herz hämmerte. Sie wartete darauf, jeden Moment aufzuwachen, Jeffrey neben sich im Bett liegen zu sehen. Als das nicht passierte, rannte sie hoch ins Schlafzimmer. Sie zog sich das Shirt aus und schlüpfte in einen schwarzen Calvin-Klein-Pullover von Jeffrey. Sie zog die Yogahose aus, die sie aus Bequemlichkeitsgründen getragen hatte – ihr Bauch war nach dem Eingriff immer noch leicht geschwollen –, und stieg in eine Levi's-Jeans. Sie öffnete den in den Boden eingelassenen Safe, nahm eine Smith & Wesson vom Kaliber achtunddreißig und das passende Schulterholster heraus.

Unten zerrte sie die Glock aus der Handtasche und stopfte sie sich hinten in den Hosenbund, warf die Lederjacke über und stieg in ihre weichen schwarzen Motorradstiefel, und dann war sie zur Tür hinaus. Das Adrenalin betäubte alle Schmerzen und nahm ihr die Müdigkeit, zumindest vorläufig.

EINUNDDREISSIG

Der Geruch kam ihm bekannt vor, doch zunächst konnte er in der Dunkelheit, die ihn umgab, nichts erkennen. Sie war so absolut, man konnte die Hand vor Augen nicht sehen. Er konnte den Boden unter sich fühlen, kalt und hart und feucht. Er bemühte sich, bei Bewusstsein zu bleiben, sein ganzer Kopf dröhnte vor Schmerzen, und er wusste, irgendetwas stimmte nicht. Er wusste nur nicht, was es war. Dann spürte er den Druck auf seinen Armen und Beinen. Er bekam nur schlecht Luft und hatte das Gefühl, der Raum würde schwanken … oder vielleicht drehte sich ihm auch nur der Kopf. Er versuchte, sich zu erinnern, doch die Bilder verschwanden, wie ein Traum sich nach dem Aufwachen auflöst.

Links von ihm stöhnte jemand. Und als er das hörte, traf ihn die Erinnerung wie ein Schlag ins Gesicht.

Er hatte einen Anruf von Dax bekommen und war sofort losgefahren, mit einem schlechten Gefühl im Bauch. Dax' Stimme hatte merkwürdig geklungen, auch die Art und Weise, wie er Jeffs Namen ausgesprochen hatte. Normalerweise zog sein Akzent das Wort in die Länge, machte einen Singsang daraus. Dax' Stimme war immer angenehm, selbst wenn er schlechte Laune hatte, klang sie melodiös, typisch australisch eben. Nur heute Abend wirkte er angespannt, sein Akzent irgendwie gequält.

Hätte Jeffrey nicht die Nummer auf dem Display gesehen, er hätte Dax nicht erkannt. Doch er hatte die Alarmglocken ignoriert und sich eingeredet, dass Dax lediglich aufgeregt und in Eile war.

In vielen wichtigen Punkten wich das Leben von Kinofilmen ab. Während er hier in der Dunkelheit war, verängstigt und orientierungslos, musste Jeffrey darüber nachdenken. Im richtigen Leben verschwanden Menschen, ohne dass ihre geliebten Angehörigen erfuhren, was ihnen zugestoßen war. Wie das Paar aus dem West Village, das an einem Herbstabend vor ein paar Jahren Freunde zum Essen eingeladen hatte. Die Freunde kamen und klingelten, niemand öffnete die Tür. Nachdem sie etwa eine Stunde gewartet hatten, kamen sie zu der Einsicht, dass sie sich wahrscheinlich im Datum geirrt hatten. Drei Tage später öffnete der Hausmeister im Auftrag der Polizei die Wohnung, weil besorgte Freunde und Angehörige das Paar nicht erreichen konnten. Der Tisch war gedeckt, das Essen stand im Ofen und auf dem Herd, die Schuhe an der Tür. Das Paar war wie vom Erdboden verschluckt, auf Strümpfen.

Das Paar – im mittleren Alter, kinderlos, Doppelverdiener, die Frau arbeitete in einem Verlag und der Mann war Lehrer – hatte Streit mit dem Vermieter. Die Leute wohnten seit den siebziger Jahren in einer Vierzimmerwohnung, die sich für ein Vielfaches der aktuellen Miete weitervermitteln lassen würde. Wochenlang berichteten alle Zeitungen, die Stadt wurde mit Fotos plakatiert. Nichts passierte, das Paar geriet in Vergessenheit. Jeffrey erinnerte sich noch daran, wie sehr es ihn aufgeregt hatte, dass die Leute nicht wieder auftauchten, dass niemand wusste, ob sie lebten oder tot waren, wie ihre letzten Stunden ausgesehen hatten. Ihr Lebensfaden war einfach abgerissen, ohne jede Erklärung.

Ein paar Wochen später fand die Polizei abseits des Henry Hudson in New Jersey abgetrennte Gliedmaßen. Arme, Beine, eine Hand. Angeblich steckte die russische Mafia dahinter, und da der Vermieter angeblich Kontakte zum Milieu hatte, glaubte die Polizei zunächst, das Rätsel sei gelöst. Doch wie sich herausstellte, gehörten die Körperteile zu jemand anderem. Die unbekannten Toten wurden nie identifiziert. Ein weiteres ungelöstes Rätsel … ein weiteres trauriges Ende.

Er musste an Lydia denken, vor lauter Angst fing sein Puls zu rasen an, er hatte Angst um sie und Angst um sich selbst. Wo war sie? Wo war Jed McIntyre? War es Jeds Plan, Dax und Jeff wegzusperren, bis er Lydia erlegt hatte? Jeffrey kämpfte gegen die Fesseln an, die sich nach Klebeband anfühlten. Die Panik schnürte ihm die Kehle zu, er fürchtete zu ersticken. In den letzten Monaten hatte er so viel falsch gemacht, er hatte sie nicht beschützt, und ihr Baby auch nicht. Die Gedanken waren nicht zu ertragen. Wieder das Stöhnen, das ihn aus seinen Gedanken riss.

»Dax?«

»Warum zum Teufel bist du gekommen, Mann? Das war der mieseste australische Akzent, den ich je gehört habe«, sagte die Dunkelheit. »Mein Gott, bist du blöd.«

»Ich habe deine Nummer auf dem Display gesehen«, erklärte Jeffrey matt. Er hasste sich dafür, sein Bauchgefühl übergangen zu haben. Die Technik hatte ihn reingelegt.

»Er hat mir das Handy abgenommen«, erklärte Dax unglücklich. Er musste sich links von Jeffrey befinden.

Ein weiterer Punkt, in dem das Leben krass vom Film abwich: Es war eine Reihe von dummen, unvorhergesehenen, ungeplanten, unbedachten Fehlentscheidungen.

Als er vor dem Lagerhaus im Meatpacking District gehalten hatte, hatte er sofort den Range Rover entdeckt, der mit eingeschalteten Scheinwerfern und offener Tür an der Straße stand. Als Nächstes sah er Dax in einer Blutlache am Boden liegen. Mit einem Schlag hatte er seine gesamte Ausbildung vergessen, er überlegte sich nicht, ob da in der Dunkelheit jemand lauerte, er sprang aus seinem Mercedes und rannte zu seinem Freund. Zu spät erkannte er, dass Dax geknebelt war und die Augen weit aufriss, wie um ihn zu warnen. Aus dem Augenwinkel sah er, wie sich eine kleine Gestalt aus der Dunkelheit löste. Der Moment war surreal: Ein Zwerg hob ein Rohr in die Höhe und schlug Jeffrey k. o.

»War da ein Zwerg?«, sagte Jeffrey zu Dax.

»Dieser verdammte Zwerg«, sagte Dax. »Ich werde die kleine Scheißwurst umbringen.«

»Was ist mit dir?«

»Sieht nicht gut aus, Mann«, sagte Dax mit belegter, schleppender Stimme, als hätte er Mühe, wach zu bleiben. »Der Zwerg hat mir die Fersen zerschnitten. Ich glaube, ich habe ein paar Zähne verloren. Ich schmecke Blut. Ich bin gefesselt, kann mich nicht bewegen.«

»Mist«, sagte Jeffrey. Panik stieg in ihm auf. »Halte durch, Kumpel. Alles wird gut.« Die Panik wich der Lethargie, der absoluten Hoffnungslosigkeit.

Das war noch so ein Punkt, in dem das Leben sich nicht ans Drehbuch hielt. Nicht immer überlebten die Guten.

ZWEIUNDDREISSIG

Lydia fühlte sich seltsam ruhig, als sie in der Kälte die Straße hinunterging. Der Schnee knirschte unter ihren Stiefelsohlen. Die Straßenlaternen schnitten Lichtkreise in den Winterhimmel, die Schneeflocken darin funkelten wie Sternenstaub. Einerseits hatte sie furchtbare Angst – Todesangst. Doch dieser Teil ihrer Persönlichkeit schien hinter einer schalldichten Glasscheibe zu stehen, er schrie und hämmerte dagegen, doch kein Ton war zu hören. Sie fühlte sich taub. Ihr ganzes Leben seit dem Tod ihrer Mutter schien auf diesen Augenblick hinauszulaufen. Sie musste an Julian Ross denken und was die über die Orchestermusik gesagt hatte. Man entschied sich, mitzuspielen oder auszusteigen. Lydia sah das anders. Sie selbst hatte diese Symphonie komponiert, das wurde ihr jetzt klar. Hatte sie nicht das Schicksal selbst beeinflusst? Wenn sie sich dagegen entschieden hätte, die Monster zu jagen und das Böse zu entlarven, wäre sie dann hier? Wären Dax und Jeffrey dann in Gefahr? Falls sie überhaupt noch lebten. Mit Sicherheit wusste sie nur, dass sie alle jetzt an einem anderen Ort wären. Und viel schlimmer als jetzt könnte ihre Lage nicht sein.

Wenn sie *Rachedurst* nicht geschrieben hätte, das Buch über Jed McIntyre und seine Verbrechen, wäre er vielleicht im New Yorker Staatsgefängnis für psychisch kranke Straftäter verfault, ohne auch nur einen weiteren Gedanken an sie zu verschwenden. Wenn sie und Jeffrey sich in Miami nicht so kopflos ins Abenteuer gestürzt hätten, säße Jed McIntyre jetzt vielleicht immer noch im Gefängnis. Sie atmete die kalte Luft tief ein, blieb abrupt stehen. Sie durfte nicht zulassen, dass sie in eine mentale Abwärtsspirale abrutschte und die Konzentration verlor. Und konzentriert musste sie jetzt unbedingt bleiben. Die Selbstvorwürfe könnte sie sich später machen, wenn alle in Sicherheit waren.

Sie hatte es nicht weit. Nur bis zur stillgelegten U-Bahn-Station an der Kreuzung von Prince Street und Lafayette Street. Sie sollte die Treppe hinuntersteigen und am Gitter warten. Sie dachte an das Netzwerk aus Tunneln, das Dax und Jeffrey beschrieben hatten. Nun würde sie es mit eigenen Augen sehen. Am Treppenabsatz blieb sie stehen und fragte sich nicht zum ersten Mal, ob sie Ford oder Agent Goban anrufen sollte. Sie konnte nicht ganz glauben, dass Jed McIntyre tatsächlich jeden ihrer Schritte kontrollierte, dass er sie jetzt in diesem Moment beobachtete oder ihr Telefon abhörte; dann wiederum durfte sie kein Risiko eingehen. Wie zur Antwort auf ihre Fragen fing das Handy in der Jackentasche zu klingeln an. Sie holte es heraus und nahm den Anruf an.

»Nun«, sagte Jed McIntyre. »Worauf warten wir noch?«

Jeffrey saß auf einem klapprigen Holzstuhl, seine Fußgelenke waren an die Stuhlbeine gefesselt, die Handgelenke an die Armlehnen. Dax knabberte an Jeffreys Fußfesseln wie eine Ratte. Da er auf dem Bauch lag, war dies die einzige, an die er herankam. Gelegentlich hielt er inne, spuckte aus und stöhnte angewidert. Jeffrey bewegte den Knöchel hin und her, um das Klebeband zu dehnen. Sie schienen nicht voranzukommen, doch dann spürte er plötzlich eine neue Bewegungsfreiheit. Die Hoffnung verlieh ihnen Kraft, und nach ein paar Minuten war ein Fuß befreit.

»Und jetzt?«, fragte Dax. »Was willst du mit dem Fuß jetzt machen? Die Tür eintreten?«

Da hatte er recht.

»Du solltest umkippen«, schlug Dax vor. »Dann versuche ich, die Handfesseln zu lösen.«

Jeffrey schaukelte hin und her, kippte zur Seite und landete auf dem harten Betonboden.

»Passiert das gerade wirklich?«, fragte er.

»Ich habe mal gehört, dass manche Leute sich tatsächlich gegen Geld entführen lassen. Ich meine, die lassen sich auf offener Straße angreifen und in einen Lieferwagen zerren und fesseln. Sie legen vorher fest, wie viele Tage sie verschwunden bleiben und was ihnen angetan werden darf. Sie versuchen zu fliehen. Aus Spaß. Kannst du dir das vorstellen? Es gibt in dieser Stadt einfach zu viele Idioten mit Geld.«

»Was du nicht sagst.«

Unbeholfen robbten sie aufeinander zu, und nach ein paar Minuten machte Dax sich daran, Jeffreys Handfesseln zu zerbeißen.

»Weißt du«, sagte Jeffrey, »in manchen Kulturkreisen müssten wir jetzt heiraten.«

Dax spuckte aus. »Verdammter Homo.«

Hinter dem Gitter stand ein hässlicher Zwerg. Er war verdreckt, hatte ein breites Gesicht und trug eine geringelte Strickmütze. In der Hand hielt er einen Schlüssel, den er ihr durch das Gitter entgegenhielt. Am liebsten wäre Lydia laut schreiend davongelaufen. Sie beugte sich vor und merkte, dass Krümel in seinem Bart hingen und er seltsam roch, eine Mischung aus Schweiß, Käsefüßen und Backwaren. Er grinste sie dreckig an, seine Zähne waren braun. Lydia öffnete das Vorhängeschloss und stieß das Tor auf. Er nahm ihr den Schlüssel wieder weg und schloss hinter ihnen ab, dann sprang er auf die U-Bahn-Gleise. Sie folgte ihm, kam unglücklich auf und fiel fast auf die Knie. Sie hatte die Taschenlampe vergessen. Dem Zwerg schien die Dunkelheit nichts auszumachen, also orientierte Lydia sich an ihm und hielt sich immer dicht an der Wand, während es immer dunkler wurde und sie schließlich von Finsternis umhüllt war.

Der Zwerg schlüpfte durch ein Loch in der Betonmauer. Lydia beugte sich hinunter und spähte hinein, konnte aber nichts als Schwärze erkennen. In der Dunkelheit schienen alle möglichen Gefahren zu lauern, das Herz klopfte in ihrer Brust, und ihre Nervenenden schrien. Sie hörte die Krallen von Ratten über den Boden kratzen, konnte nichts erkennen. Das Geräusch schien aus allen Richtungen zu kommen. Lydia nahm all ihren Mut zusammen und folgte dem Zwerg durch das Loch wie eine Alice, die in ein kaputtes Unterland hinabsteigt.

Sie hatten es schon fast geschafft, als Dax das Bewusstsein verlor. Sein Kopf an Jeffreys Arm fühlte sich plötzlich seltsam schwer an. Jeffrey wurde von Angst gepackt.

»Dax? Dax?«, sagte er vergeblich. Seine Stimme hallte von den Wänden wider. Er zwang sich, ruhig zu bleiben, konnte Dax glücklicherweise atmen hören. Er wusste nicht, wie viel Blut sein Freund verloren hatte.

Ein paar Sekunden lang hielt er das Ganze für einen Albtraum. Das konnte unmöglich real sein. Er konnte sich nicht damit abfinden, dass sie hier unten sterben würden; so zu denken kam Selbstmord gleich. Doch es sah nicht gut aus. Er verdrehte die Handgelenke, ruckelte sie hin und her, um das Klebeband zu dehnen und Dax' Löcher weiter aufzureißen. Er dachte an Lydia; nichts als dieses kleine Stückchen Klebeband trennte ihn von ihr, von der sicheren und warmen Wohnung. Zwischen ihm und Jed McIntyre stand nur noch dieses Klebeband. Da endlich bekam er die Hand frei. Einen Moment lang war er wie überwältigt von Triumph und Erleichterung. Er streckte den Arm aus und berührte Dax' Hals, fühlte nach dem Puls. Er war schwach, doch Dax war am Leben.

Er machte sich daran, das Klebeband an seinem rechten Handgelenk zu lösen; die linke Hand und das linke Bein waren frei. Nur wenn er sich jetzt schnell losmachen konnte, würde er Dax und sich retten können. Dax stöhnte leise.

»Halte durch, Dax. Einen Moment noch.«

Im selben Augenblick hörte er eine Bewegung in der Dunkelheit. Jeffrey hielt den Atem an, seine Nerven waren zum Bersten angespannt. Es wurde still, er wandte sich wieder der Handfessel zu. Dann das Geräusch von Ketten, ein Schlüssel wurde in einem Schloss umgedreht. Jeffrey erstarrte. Er war kurz davor zu beten. Eine Tür schwang auf, im Rahmen zeigte sich eine riesige Gestalt.

Die Dunkelheit draußen war nicht ganz so absolut wie hier drinnen, doch das Gesicht der Gestalt konnte Jeffrey nicht erkennen.

»Ihr Jungs steckt in großen Schwierigkeiten … wieder mal«, sagte eine vertraute Stimme.

Sie wusste nicht mehr, wie lange sie gelaufen waren, aber in der Dunkelheit hatte sie ohnehin die Orientierung verloren. Sie fühlte sich eingeengt, bekam in der muffigen Finsternis kaum noch Luft. Obwohl sie versuchte, sich jede Abzweigung einzuprägen, und mit den Händen an der Wand entlangtastete, um Besonderheiten zu finden, anhand derer sie den Rückweg finden würde, kam es ihr hoffnungslos vor. Sie hatte keine Ahnung, wo sie war; und wenn sie sich jetzt umdrehte und zurückging, würde sie für immer in den Tunneln herumirren.

Ihren Führer hörte sie mehr, als dass sie ihn sah. Seine Füße scharrten über den Boden, vielleicht absichtlich, damit sie folgen konnte. Oder vielleicht ging er einfach immer so, trippelnd und mit schnellen Schritten. Er hatte kein Wort gesprochen, sie fragte sich, ob er taubstumm war. Irgendwann fing sie zu plappern an, einfach nur um sich besser zu fühlen.

»Warum tust du das?«, fragte sie. »Was bekommst du dafür?«

Er gab keine Antwort, schnaubte nur, um seiner Verachtung Ausdruck zu verleihen.

»Weißt du, er benutzt dich nur. Sobald du deinen Zweck erfüllt hast, wird er dich umbringen, ohne mit der Wimper zu zucken. Alles, was er dir versprochen hat, ist gelogen.«

»Klappe halten«, tönte eine kleine, weinerliche Stimme.

Volltreffer, dachte sie und lächelte innerlich.

»Doch, das stimmt. Du bist ihm völlig egal. Er ist nicht dein Freund.«

Während sie blind durch die Dunkelheit gestolpert war, hatte sie darüber nachgedacht. Was für einen Grund hätte jemand, Jed einen Gefallen zu tun? Das Leben als obdachloser Zwerg konnte nicht leicht sein. Wahrscheinlich hatte er die meiste Zeit Angst, war sogar unter Außenseitern ein Außenseiter. Geld erkaufte sich Loyalität, aber normalerweise nicht für besonders lange. Angst und Dankbarkeit hielten länger. Vielleicht hatte Jed McIntyre ihm Schutz angeboten.

»Du glaubst, er würde sich um dich kümmern. Aber sobald du erledigt hast, was du für ihn tun sollst, wird er dich nicht mehr brauchen, Zwerg.«

»Nenn mich nicht so«, sagte er.

Sie grinste triumphierend. Selbst in Gefahr und mit Angst hatte Lydia Freude daran, die Leute zu verunsichern.

»Sag einfach, was er dir versprochen hat. Dich zu beschützen? Der wird dich zurücklassen und einfach verschwinden, glaub mir. Er wird dich nicht mitnehmen. Abgesehen davon werde ich ihn umbringen. Dann wirst du mir einiges zu erklären haben.«

Der Zwerg lachte, es klang kindisch und böse zugleich. »Ja, genau. *Du* wirst *ihn* umbringen.«

»Genau. Wir werden ja sehen, wer zuletzt lacht.«

Das Kichern riss abrupt ab. »Wenn er mit dir fertig ist, wirst du freiwillig sterben wollen.«

Das jagte Lydia einen Schauder über den Körper und bis in die Fingerspitzen. Am liebsten hätte sie ihre Waffe gezogen und den Zwerg bedroht, damit er sich in die Hose machte und um Gnade flehte. Doch wenn sie ihn jetzt tötete, würde sie Jeffrey niemals finden. Und wenn sie Jeffrey niemals fand, würde dieser kleine Giftzwerg recht behalten.

»Wenn alles vorbei ist, werde ich gnädig zu dir sein, Kleiner.«

»Wie gütig«, tönte eine Stimme aus der Dunkelheit. »Du bist einfach ein besserer Mensch als ich, Lydia Strong.«

Auf einmal wurde es hell, die Dunkelheit wich schlagartig dem Licht einer starken Taschenlampe. Lydia war kurz geblendet, hörte Jed McIntyre lachen.

Sie wehrte sich dagegen, von hinten gepackt zu werden, doch seine Arme waren so kalt und hart wie Eisenketten. Der eine hatte sich quer über ihre Brust gelegt und hielt sie fest, der andere schlang sich um ihren Hals. Sie versuchte, sich herauszuwinden, fühlte sich schwach im Vergleich zu seinem Gewicht und der harten Umklammerung. Sie trat mit aller Kraft auf seinen Fuß, sein Griff löste sich für eine Sekunde, und sie bekam einen Arm frei. Ihre Hand tastete nach dem Schulterholster, doch im nächsten Moment hielt sie inne und spürte eine Metallklinge an ihrem Hals. Sie war so scharf, dass die leiseste Berührung ihre Haut aufritzte. Sie fühlte warmes Blut an ihrem Hals herunterlaufen. Ihr Atem ging stoßweise.

»Das wäre ein geeigneter Moment, deine Waffen abzugeben, Lydia«, sagte Jed McIntyre ganz ruhig. »Eine kann ich fühlen, hier hinten an deinem Rücken.«

Er ließ ihre Arme los, ohne das Messer von ihrem Hals zu nehmen, zog die Glock aus ihrem Hosenbund und reichte sie dem Zwerg. »Ich kann Pistolen nicht leiden«, sagte er. »Die sind so unzuverlässig.«

Der Zwerg richtete die Waffe auf Lydia und grinste hinterlistig. Lydia fragte sich, ob er gemerkt hatte, dass die Waffe gesichert war. Sie würde die Information vorläufig für sich behalten. Trotz der furchtbaren, albtraumhaften Lage war ihr Verstand völlig klar. Alles schien sich wie in Zeitlupe abzuspielen.

Jed zog die Smith & Wesson aus dem Holster und stieß Lydia von sich. Sie landete an einer harten Betonmauer. Sie tastete nach ihrem Hals, fühlte das klebrige Blut. Ihre Finger waren schwarz davon.

Jed McIntyre hob die Taschenlampe vom Boden auf und hielt sie sich unter das Gesicht. Im grellen Licht sah er aus wie ein Monster, schwarze Ringe standen unter seinen Augen, seine Zähne leuchteten gelb. Über seiner Stirn türmten sich die roten Locken auf.

»Du weißt ja nicht, wie lange ich darauf gewartet habe, Lydia. Fühlt es sich nicht schicksalhaft an?«

Mit diesen Worten richtete er den Revolver auf den Zwerg, dessen hämisches Grinsen zu einer unsicheren Grimasse schmolz. Er stieß ein leises Lachen aus, sein Blick schoss zwischen Jed McIntyre und Lydia hin und her. »Was tust du da?«, fragte er mit heiserer Stimme. »Jed, komm schon. Das ist nicht lustig.«

»An deiner Stelle würde ich hier drinnen keinen Schuss abgeben«, sagte Lydia und schaute sich im Betontunnel um. Die Kugel würde den Zwerg durchschlagen und von den Wänden abprallen.

»Tut mir leid, Horatio. War toll mit dir.«

Horatio schwenkte die Glock herum, die er auf Lydia gerichtet hatte, und zielte auf Jed McIntyre. Sie war zu groß für seine Hände, doch seine Finger erreichten den Abzug. Die Waffe ging nicht los. *Verdammte Sicherung*.

McIntyre drückte ab, Lydia ließ sich zu Boden fallen, rollte sich zu einer Kugel zusammen und schlug sich die Arme über den Kopf. Sicher war der Schuss kilometerweit zu hören.

Horatio stieß ein helles Kreischen aus, das in einem schrecklichen Gurgeln endete. Sie hörte, wie er röchelnd zu Boden fiel und sich dreißig Sekunden oder noch länger stöhnend herumwälzte. Sie hörte, wie die Kugel zwei- oder dreimal von der Wand abprallte, fürchtete, getroffen worden zu sein. Sie spürte die Betonmauer in ihrem Rücken, fühlte Mitleid und Ekel, Wut und Angst wie Stiche, die einander zu überbieten versuchten. Dann wurde es still.

»Hoffentlich war das jetzt nicht zu voreilig von mir«, sagte McIntyre nachdenklich.

Horatio zuckte noch sekundenlang, während das Blut aus einer Wunde an seinem Hals quoll. Lydia war voller Mitleid. Sie rappelte sich auf und stellte sich Jed McIntyre entgegen.

DREIUNDDREISSIG

»Ford?«

»Rose.«

»Wie geht es dir?«

»Kann mich nicht beschweren.« Seine Kehle war trocken, seine Hände zitterten wie die eines Schuljungen, der sich mit seinem Schwarm unterhält. Eine peinliche Schweigepause entstand. Sie waren einander fremd geworden. Zwei Fremde mit fünfundzwanzigjähriger Vergangenheit.

»Wo bist du?«, fragte er schließlich.

»In Houston, bei Katie.«

»Wie geht es ihr?«

»Sehr gut.«

Wieder das Schweigen. Er wusste nicht genau, was sie wollte, warum sie anrief. Hatte sie ein schlechtes Gewissen?

»Ford, ich vermisse dich.«

Er schloss die Augen, die Gefühle wallten in ihm auf. Wenn er ihnen freien Lauf ließ, würde das Telefonkabel in Flammen aufgehen. »Ich vermisse dich auch«, sagte er mit brüchiger Stimme.

»Können wir reden?«

»Wir reden doch.«

»Ich meine persönlich.«

»Komm nach Hause«, sagte er und versuchte, nicht wie ein Bettler zu klingen.

»Ford …«

»Komm einfach nach Hause, Rose. Dann reden wir, so lange du willst.«

»Es muss sich etwas ändern.«

»Okay. Was immer du willst«, sagte er, und er meinte es ehrlich.

»Nein. Was immer *wir* wollen, Ford. Wenn wir nicht dasselbe wollen, hat es keinen Sinn. Kannst du das verstehen?«

Er schwieg, hörte zu, hörte zum ersten Mal genau, was sie sagte. Er verstand, was sie meinte, und er fragte sich, ob es nicht in der Tat sinnlos wäre.

»Ich kann nur der sein, der ich bin, Rose«, gab er zu und rechnete damit, dass sie auflegte.

»Ich will dich gar nicht anders.« Ihre Stimme klang sanft, liebevoll, so wie damals, als sie jung waren.

»Dann reden wir später. Wir finden eine Lösung.«

»Ja. Ich komme in ein paar Tagen nach Hause. Am Freitag.«

»Okay.«

»Ford?«

»Ja?«

»Ich liebe dich.«

Er fing zu weinen an. Dass sie ihn hörte, war ihm egal, er schluchzte wie ein kleines Kind. »Ich liebe dich auch, Rose. So sehr«, krächzte er, dann legte er auf.

Auf dem Weg nach Haunted ging er das Gespräch in seinem Kopf durch, wieder und wieder. Vor Antritt der Fahrt hatte er einen Zwischenstopp zu Hause eingelegt, um zu duschen und frische Kleidung anzuziehen, nicht aus Gründen der Reinlichkeit, sondern einfach nur, um wach zu bleiben. Und da hatte Rose angerufen. Ein Teil von ihm fürchtete immer noch, er hätte alles nur geträumt, sie käme gar nicht zurück, er würde den Rest seines Lebens allein in diesem stillen Haus verbringen, und nur die ungelösten Fälle würden ihm in den vielen einsamen Stunden und Jahren, die ihm noch bevorstanden, ein wenig Abwechslung bieten. Kam sie zurück, um zu bleiben? Würde sie wieder abreisen, wenn er das Falsche sagte? Der Freitag schien ewig weit weg. Er versuchte, das Telefonat zu verdrängen. Er musste sich konzentrieren. Zwei Kinder wurden vermisst, zwei Menschen waren gestorben, eigentlich drei, rechnete man Tad Jenson dazu.

Er raste die Straße entlang, die durch die Vororte führte. Sie war von hohen Bäumen gesäumt, eine schmale Mondsichel hing am Himmel. Er hätte bis zum Morgen warten sollen, aber nun, da die Kinder verschwunden waren, wollte er keine Sekunde mehr verlieren. Er war Mordermittler, und indem er herausfand, wer Richard Stratton umgebracht hatte, würde er Lola und Nathaniel helfen. Vielleicht wäre es besser gewesen, nicht allein herzukommen, doch er brauchte Piselli und Malone vor Ort, sie koordinierten die Zusammenarbeit mit den anderen Abteilungen. Er griff zu seinem Handy, um Malone anzurufen und ihm zu sagen, was er vorhatte. Der Akku war leer. Das blöde Ding klingelte immer im unpassenden Moment, aber wenn man es mal brauchte, funktionierte es nicht.

Er hatte ohnehin nicht vor, mitten in der Nacht bei den Ross einzubrechen oder Maura Hodge aufzusuchen und nach Annabelle zu fragen. Er würde sich einfach nur ein bisschen umsehen, den Ort auf sich wirken lassen, beobachten, wer kam und ging. Bevor er irgendwelche Aktionen startete, würde er Verstärkung anfordern, vielleicht würde er bei Chief Clay vorbeischauen und ihn bitten, ihm ein paar seiner Leute zur Verfügung zu stellen.

Er entdeckte die Einfahrt zu Maura Hodges Haus, fuhr an den Straßenrand, überlegte kurz, weil er sich vor dem Tor irgendwie unwohl fühlte. Er fuhr ein paar Meter weiter, bis er eine Stelle gefunden hatte, wo er den Wagen zwischen Bäumen parken konnte, außerhalb des Scheinwerferlichts der herannahenden Autos. Hier war er in Deckung. Er stellte den Motor ab und machte es sich bequem. Die Nacht würde lang und kalt werden. Immerhin hatte er jetzt Zeit, über Rose nachzudenken. Hoffentlich würde es eine der letzten Nächte ohne sie sein.

VIERUNDDREISSIG

W*ie unterhält man sich mit seinem schlimmsten Albtraum?*, dachte Lydia. *Wie tut man etwas so Banales, wie die Lippen zu bewegen und in das Gesicht zu schauen, das zum Symbol des Bösen geworden ist?*

Seit dem Mord an ihrer Mutter war Jed McIntyre in Lydias Albträumen und Tagträumen zu einer Mischung aus Freddy Krueger und Charles Manson verschmolzen. Als sie ihm gegenüberstand und seine Hände sah, wurde ihr klar, dass er das Messer gehalten und ihre Mutter getötet hatte, dass er sie in den letzten Augenblicken berührt hatte. Sie bekam es einfach nicht in ihren Kopf. Sie spürte, wie ein Teil ihrer Psyche dichtmachte und in eine Art Schockzustand fiel, in eine willkommene Leere.

Aber ihm so dicht gegenüberzustehen, zu sehen, dass er aus Fleisch und Blut war, dass er atmen musste, um zu überleben, dass er nach Schweiß stank, nahm ihm zugleich einen Teil seiner Macht. Er war nur ein Mensch mit einem Herzen, mit Haut, Muskeln und Knochen. Er war kein Dämon, keine übermenschliche Macht, auch wenn er ihr nach der versehentlichen Entlassung so erschienen war. Er war nur ein Mann mit einem bösen Herzen und einem kranken Verstand. Auch er würde eines Tages sterben, so wie sie alle. Hoffentlich früher als später.

»Wo sind sie?«, zwang sie sich zu fragen. Die Worte schienen sich an ihre Zunge zu klammern wie Kinder an den Rockzipfel der Mutter.

»Wir werden sie besuchen. Möchtest du das?«

Lydia nickte.

»Ich wünschte, da wäre nicht so viel Hass in deinen Augen, Lydia. Darauf hatte ich gehofft«, sagte er und klang dabei ehrlich enttäuscht.

Sie schüttelte den Kopf, erinnerte sich daran, wie verrückt er war. Er ging einen Schritt auf sie zu, sie wich zurück. Ein verletzter Ausdruck huschte über sein Gesicht, beinahe hätte sie gelacht.

»Was hast du denn gedacht?«, fragte sie. Auf keinen Fall würde sie seinen Namen aussprechen; das wäre zu viel der Ehre.

»Ich dachte einfach nur, dass du tief in deinem Herzen genauso fühlst wie ich. Dass wir Seelenverwandte sind, deren Herzen im Gleichklang schlagen. Sicher, in der Vergangenheit war es manchmal schwierig. Aber wäre es nicht an der Zeit, die Vergangenheit hinter uns zu lassen?«

Dieses Gesäusel kannte sie. Es war das Gesäusel des Manipulators, des Kontrollfreaks, der anderen einflüstern möchte, dass alles, was sie denken und fühlen und woran sie glauben, falsch ist. Es war der Tonfall des aggressiven und gewaltbereiten Mannes, der seine Opfer mit Versprechungen anlockt und erst später sein wahres Antlitz zeigt. Sie hatte diesen Ton schon einmal gehört, wenn auch um Nuancen schwächer. Auch das nahm ihm etwas von seinem Schrecken, reduzierte ihn auf seine kranke Persönlichkeit. Sie fragte sich, wie verrückt er tatsächlich war und ob er sich hereinlegen ließe. Sie zwang sich zu lächeln, wusste aber nicht genau, ob ihre Augen strahlten. Sich zu verstellen war nicht gerade eine ihrer Stärken.

»Ich hasse dich nicht«, sagte sie sanft. »Kein bisschen.«

Er war angespannt wie eine Sprungfeder, bereit, jeden Moment zu explodieren. Sie versuchte, ihm in die Augen zu sehen, erkannte jedoch nichts als eine tote Fläche. Es war, als würde ihm alles fehlen, was andere Leute menschlich machte. Sie fühlte sich in ihrem Verdacht bestätigt, dass das Böse die Abwesenheit von etwas war, nicht die Anwesenheit von etwas. Er war ein Golem, ein Monster unter den Straßen von New York, er wurde gehasst und verfolgt, führte ein elendes Leben allein mit sich selbst. Selbst als er sie umklammert gehalten hatte, war er ihr weniger schrecklich erschienen als in ihrer Vorstellung.

»Ich bin verrückt, aber nicht dumm«, sagte er und wiederholte damit die Worte von Jetty Murphy. Seltsam, dass alles wiederkam.

Er packte ihren Arm und hielt ihr den Revolver an die Schläfe. »Jetzt kommt das große Finale. Wir sollten hier nicht länger rumtrödeln.«

Sie erreichten eine Stelle, über die die U-Bahn-Züge hinwegdonnerten. Der Putz löste sich von der Decke und rieselte herunter wie feiner, glitzernder Schnee. Lydia hatte keine Vorstellung von der Lichtquelle dahinter, aber durch ein engmaschiges Metallgitter fiel ein schwaches hellgelbes Licht ein. Die Wände waren mit Graffiti bedeckt, in der Ecke standen ein durchgesessenes Sofa und andere alte Möbelstücke. Ein Schreibtisch mit drei Beinen, ein schiefer Standaschenbecher, ein Kartentisch, dessen Vinyloberfläche sich abgelöst hatte und an den Rändern schürzte wie ein Schmollmund. Neben den Gleisen lagen leere Milchtüten und Essensverpackungen. Unglaublicherweise ragte aus dem ganzen Abfall ein kleines Bäumchen auf. Es schien in diesem Halbdunkel nur langsam gewachsen zu sein und den Kampf irgendwann aufgegeben zu haben, die toten Äste kündeten von Verlassenheit und Scheitern. Lydia stellte sich vor, welchen Weg all diese Objekte hinter sich hatten, wie jedes einzelne von ihnen an diesem Ort gelandet war. Sie tat das, um sich von ihrer Lage abzulenken; der Mechanismus sorgte dafür, dass ihr Gehirn nicht von der Angst aufgefressen oder vernebelt wurde.

»Hübsch hast du es hier«, sagte sie in einem kecken Tonfall, der kein bisschen zu der Angst passte, die in ihrem Unterleib festsaß.

»Fühl dich wie zu Hause«, sagte Jed McIntyre lächelnd.

Sie hasste ihn so sehr, dass sie fürchtete, ihr Herz könnte sich vor Ekel umkrempeln. Der Tod war zu gut für ihn, zu leicht, zu schnell. Sie wollte ihn bezahlen machen, nicht nur für alles, was er ihr angetan hatte, sondern für alles, was sie in den letzten sechzehn Jahren fühlen musste. So lange hatte sie den Hass mit sich herumgeschleppt, er hatte jedes Erlebnis vergiftet und jede Entscheidung beeinflusst, ihren Lebensweg verändert. Sie hatte nicht begriffen, wie intensiv der Schmerz war, der auf ihren Schultern lastete. Bis zu diesem Moment.

Wieder dachte sie an Annabelle Taylor und den Fluch. Hass und gerechter Zorn hatten Generation um Generation verformt und vergiftet, in zwei Familien. Und dann dachte sie an ihr totes Kind. Sie fragte sich, ob ein Kind in diesem von Schmerzen geplagten Leib überhaupt überleben könnte; und welches Kind sich eine Frau als Mutter aussuchen würde, deren ganzes Leben der Rache gewidmet war. Sie betrachtete Jed McIntyre und fragte sich kurz, ob sie besser war als er. Der einzige Unterschied zwischen ihnen war vielleicht, dass sie keine anderen Menschen tötete, um ihr Leid zu lindern. *Seelenverwandte, deren Herzen im Gleichklang schlagen*. Vielleicht hatte er recht.

Vergiss das jetzt, flüsterte eine Stimme in ihrem Kopf. *Bleib ruhig, konzentriere dich.*

»Wir sind da«, sagte er und blieb vor einer mit Eisenketten gesicherten Metalltür stehen. »Ich werde deinen Arm jetzt loslassen, um die Tür aufzuschließen. Aber vergiss nicht, wenn du Unsinn machst, werde ich die beiden Typen töten und dich am Leben lassen. Denk dran – das Leben wird deine Strafe sein.«

Sie nickte und blickte erwartungsvoll zur Metalltür, betete, dass Jeffrey und Dax sicher und wohlbehalten waren. Sie schloss die Augen, weil sie das Warten nicht aushielt, die furchtbare Hoffnung, die in ihr tobte.

Doch als die Tür sich öffnete und der Lichtkegel der Taschenlampe durch den Raum tanzte, gab es dort nichts zu sehen als einen umgekippten Stuhl und ein paar Fetzen Klebeband. Innerlich musste Lydia grinsen. Sie waren entkommen … aber wie? Die Tür war von außen verriegelt gewesen.

Jed McIntyre stand wie angewurzelt da und starrte mit offenem Mund hinein. Er blinzelte, schaute noch einmal hin, als könnte er seinen Augen nicht trauen.

Lydia brauchte eine halbe Sekunde, um zu begreifen, dass sie nicht länger gehorchen musste, und eine weitere halbe Sekunde, um zu entscheiden, ob sie bleiben und kämpfen oder davonlaufen würde. Eine weitere Sekunde lang wägte sie ihre Kräfte ab, immerhin war sie unbewaffnet und kleiner als ihr Gegner. Sie rannte los.

Jeder Sportler weiß, dass es auf die Psyche ankommt, nicht auf die körperliche Fitness. Man kann der stärkste oder der schnellste oder der talentierteste Athlet beim Wettkampf sein, aber wenn die Konzentration abhandenkommt oder Zweifel sich einstellen, kann man genauso gut nach Hause gehen. Eine zweite Wahrheit – Sportler spüren sie weniger instinktiv als beispielsweise Antilopen – besagt, dass die Angst, die Furcht vor dem Verfolger, wie ein Turbo für den Körper ist. Nie ist man schneller, als wenn man um sein Leben rennt.

Lydia rannte durch die Dunkelheit in die Richtung, aus der sie gekommen war. Sie rannte, ohne den Ausweg aus dem Labyrinth zu kennen. Sie aktivierte ihre letzten Kraftreserven, machte sich bewusst, dass sie einfach nur immer ein paar Zentimeter außerhalb der Reichweite des Mannes bleiben musste, der hinter ihr her war.

Jed McIntyre brauchte ein paar Sekunden, bevor er die Verfolgung aufnahm. Mit der Taschenlampe lief er hinter ihr her, der Lichtkegel warf lange Schatten und leuchtete ihr den Weg voraus, er tanzte und schwankte. Schemen tauchten vor ihren Augen auf, sie fühlte sich wie in einem Horrorkabinett. Sie spürte Jed McIntyre dicht hinter sich, er war keine Meter, sondern Zentimeter entfernt, und während sie rannte, hatte sie das Gefühl, dass ihr Herz ihren Brustkorb sprengen und ihre Luftröhre vor Anstrengung reißen würde. Ihr Atem ging stoßweise, jeder Atemzug schmerzte in der Lunge.

Sie bog scharf ab und tauchte wieder in die Dunkelheit ein, lief gefühlt in die richtige Richtung, hatte aber einen anderen Tunnel erwischt. Jed McIntyre brauchte länger für die Biegung, doch bald war das tanzende Licht wieder hinter ihr und leuchtete ihr den Weg. Es reichte immer nur ein paar Schritte weit; was dahinter lag, konnte sie nur erraten. Vielleicht eine Mauer, vielleicht ein Abgrund. Doch sie hatte keine Angst mehr, alles war besser als der Teufel, der hinter ihr herjagte. Sie hörte ihn stolpern und fluchen, was sie zusätzlich antrieb. Der Lichtkegel flog über die Tunnelwand, und sie entdeckte ein Loch im Beton, einen breiten Durchgang mit Holzplanken.

Sie rannte auf den Durchgang zu, sah etwas Glänzendes am Boden. Ein Schraubenschlüssel. Noch im Laufen bückte sie sich und griff zu, fast ohne an Tempo zu verlieren. Sie riskierte es, sich umzudrehen und den Schraubenschlüssel mit aller Kraft hinter sich zu schleudern. Jed McIntyre duckte sich, das Werkzeug landete hinter ihm. Er lachte, Lydia geriet ins Stolpern, konnte sich nicht mehr fangen und stürzte bäuchlings zu Boden. Der Schmerz ließ rote und weiße Blitze vor ihren Augen zucken, sie fürchtete, ohnmächtig zu werden. Jed McIntyre trottete heran, beugte sich vornüber und atmete schwer. Sie versuchte, kriechend zu fliehen, doch er stellte ihr einen Stiefel auf den Rücken. Das Feuerwerk der Schmerzen ging weiter. Er ließ die Taschenlampe fallen.

»Dummes Mädchen«, keuchte er. »Ich hätte dir jederzeit in den Rücken schießen können. Frag dich mal, warum ich es nicht getan habe.«

»Leck mich«, sagte sie, den Mund voller Dreck.

»Was würde deine Mutter dazu sagen?«, fragte er. »Ach, stimmt ja. Ich habe sie ermordet.«

Sie bäumte sich auf, vergeblich; der Stiefel war wie ein Bleigewicht auf ihrem Rücken.

»Es ist nicht leicht, dich zu lieben, Lydia.«

»Da muss ich widersprechen«, kam Jeffreys Stimme von irgendwo aus der Dunkelheit.

Lydia spürte den Lauf der Smith & Wesson an ihrer Schläfe. *Die Wahrscheinlichkeit, einem Gewaltverbrechen zum Opfer zu fallen, liegt für Waffenbesitzer vierzigmal höher*, tönte eine innere Stimme. Lydia wurde panisch.

Jed ging in die Hocke und griff zur Taschenlampe, ohne den Revolver von ihrer Schläfe zu nehmen. Er leuchtete die Umgebung ab. Lydia konnte sehen, dass sie den engen Tunnel verlassen hatten und sich jetzt auf einem breiten Gleisbett befanden, auf dem fünf Gleise parallel verliefen. Zu beiden Seiten und über ihren Köpfen befanden sich Metalltreppen, Stege und Galerien. Nur Jeffrey tauchte im Licht nicht auf.

»Jeffrey«, sagte sie mit letzter Kraft.

»Jeffrey«, äffte Jed McIntyre sie nach. »Ich weiß, dass du nicht bewaffnet bist, Superman!«

»Du hast ja auch gewusst, dass ich gefesselt hinter der Metalltür sitze. Du solltest deine Wahrnehmung hinterfragen.«

»Wenn du mich erschießt, werde ich mich von dieser Erde verabschieden, indem ich ihr eine Kugel in den Kopf jage«, spottete er, doch Lydia hörte seine Nervosität.

Von links ein Knall, ein Geräusch wie Metall auf Metall. Jed fuhr herum und schoss. Nun hatte er noch vier Kugeln.

»Ich bin hier drüben«, rief eine Stimme, die Lydia noch nie gehört hatte, von hoch oben. Jed McIntyre schoss ein zweites Mal.

»Waffe runter!«, sagte Jeffrey.

»Ich kann nicht glauben, dass du deinen Atem für so was verschwendest. Was für ein Klischee. Selbstverständlich werde ich die verdammte Waffe *nicht* runternehmen.«

Jed McIntyre wirbelte unkontrolliert herum, leuchtete panisch in alle Richtungen. Ein Schuss zerriss die Stille, verfehlte ihn um wenige Zentimeter und schlug in den Boden neben seinen Füßen ein. Er stieß einen Schrei aus und ging in Deckung, schleifte Lydia am Kragen mit. Lydia krallte sich in seine Hände und strampelte mit den Beinen, leistete so viel Widerstand, wie sie konnte, doch es schien sinnlos. Sie hatten den Durchgang mit den Holzplanken fast erreicht.

Sie verdrehte den Kopf, um sich umzusehen, konnte aber in der Finsternis abseits des Lichtkegels nichts erkennen. Die Taschenlampe flackerte, wurde schwächer. Auf einmal spürte sie den Revolverlauf nicht mehr an der Schläfe, hob den Kopf und sah Jed McIntyre auf den Durchgang zugehen. Er hielt die Waffe auf sie gerichtet, ging langsam rückwärts.

»Bis bald, Lydia«, sagte er und verschwand. Sie hörte seine Schritte auf einer Metalltreppe verhallen.

FÜNFUNDDREISSIG

Die Zeit verstrich nur langsam, im Auto wurde es kalt. Ford fühlte, wie seine Nasenspitze und seine Zehen abfroren. Die Nacht war still, der Himmel von Sternen übersät. Irgendwo in den Wäldern ringsum hörte er eine Eule rufen, leise und traurig. Er bekam eine Gänsehaut. In der ganzen Zeit, die er im Wagen gewartet hatte, war kein einziges Auto vorbeigekommen. Er ließ den Wagen an und fuhr auf die Straße.

Je länger er darüber nachdachte, desto klarer wurde ihm, dass Maura Hodges Haus wohl der letzte Ort war, den Annabelle aufsuchen würde. Während ihm hier im Auto der Hintern abfror, fiel ihm wieder ein, dass die Leute von Chief Clay sich dem Haus der Ross angeblich nicht einmal mehr nähern wollten, weil sie glaubten, dort spuke es. Die alte Villa auf dem verwilderten Grundstück wurde von der Polizei gemieden, und auf einmal kam ihm die Idee, dass es für Annabelle vielleicht gar kein so übler Rückzugsort wäre, zumindest vorübergehend.

Eine so dichte Stille hatte Ford noch nie erlebt. Im Sommer hätte man vielleicht wenigstens noch die Zikaden gehört. Doch als er gegenüber der Toreinfahrt des Anwesens parkte und den Motor abstellte, wurde die Stille so laut, dass sie in seinen Ohren dröhnte. Sehnsüchtig betrachtete er sein Handy. Er besaß sogar einen dieser Adapter, den man in den Zigarettenanzünder stecken konnte, um das Gerät aufzuladen. Kollegen hatten ihm das Ding geschenkt, weil sein Akku ständig leer war. Er hatte es nie benutzt. Es lag immer noch auf seinem Schreibtisch, originalverpackt. Den Leuten war es so wichtig, ein Handy zu besitzen, ständig erreichbar zu sein und sich sofort bei irgendwem beschweren zu können, wenn sie mal einen Kratzer am Auto hatten. Doch jetzt wäre es gar nicht so dumm, ein Telefon zu haben.

Er stieg aus und drückte die Tür zu. Obwohl er sich bemühte, leise zu sein, schienen das Klicken und der Kies, der unter seinen Füßen knirschte, die nächtliche Stille zu zerreißen. Er überquerte die Straße und blieb vor dem Tor stehen, bemerkte, dass es nicht nur nicht abgeschlossen war, sondern sogar ein Stückchen geöffnet. Er schob es auf, ein langes, träges Quietschen war zu hören.

Als er die schmale Auffahrt hinauflief, tauchte das Haus aus den Bäumen auf. Es lag in vollkommener Dunkelheit, nichts bewegte sich. Trotzdem zog er seine Dienstwaffe. Die schwarzen Fenster und die mächtigen Erker, die schiefen Fensterläden und durchgebogenen Balken der Veranda, die riesige Eiche daneben wirkten irgendwie bedrohlich. Das Haus schien ihn mit Verachtung zu betrachten, die Zähne zu blecken. Ford spürte einen Adrenalinstoß, sein Herz klopfte, sein Hals wurde trocken.

Was zum Teufel willst du hier, alter Mann?, dachte er. *Du solltest nicht allein hier sein. Was willst du beweisen? Dass du doch ein guter Polizist bist? Dass es richtig war, für den Job alles wegzuwerfen, willst du dir das beweisen?*

Er musste an die Unterhaltung mit Lydia zurückdenken.

Was bin ich denn, wenn ich kein Polizist mehr bin?

Vielleicht ist es an der Zeit, genau das herauszufinden.

Am Fuß der Verandatreppe blieb er stehen, die Stille ringsum wurde noch lauter. Mondlichtflecken tanzten über die Veranda, die Äste der abgestorbenen Eiche warfen spindeldürre Schatten auf die Dachziegel.

Hinter dieser Tür lag womöglich die Auflösung der Mordfälle Jenson und Stratton. Jenson lag längst bei den Akten, Stratton war sein aktueller und vielleicht letzter Fall. Sie beide zu lösen fühlte sich nach einem Abschluss an. Vielleicht wäre er danach endlich in der Lage, den Job an den Nagel zu hängen, das Kellerbüro in seinem Haus zu schließen und seinen Frieden damit zu machen, dass er Jimmy, Katie und Rose jahrelang enttäuscht hatte. Er hoffte, dass sein Leben nicht bedeutungslos gewesen war. Gerechtigkeit war von Bedeutung, nicht wahr? Es war in Ordnung, sein Leben der Gerechtigkeit zu widmen, ihr Opfer zu bringen.

Er hörte ein Kind weinen. Leise und gedämpft, wie die Eule, aber ohne den friedlichen Rhythmus. Er schaute sich um, das Geräusch schien vom Himmel oder aus den Bäumen zu kommen, nicht aus dem Haus. Er lief um das Gebäude herum, langsam und mit gezogener Waffe, immer an der Wand entlang. Er entdeckte einen Trampelpfad im Gebüsch und hörte wieder das Schluchzen. Er dachte an Nathaniel und seinen Schwarzen Mann. Das Geheul klang nach einem kleinen Jungen, doch Ford konnte nicht sicher sein. Mit gezückter Waffe und hämmerndem Herzen betrat er den Pfad.

SECHSUNDDREISSIG

Jeffrey«, rief Lydia und rappelte sich auf. »Er entkommt!«

Jed McIntyres Schritte waren verhallt. Lydia stürzte an den Durchgang und entdeckte eine Treppe ins Nichts. Noch einmal hörte sie das Poltern auf den Stufen, starrte vergeblich in das dunkle Loch, und auf einmal stand Jeffrey neben ihr.

»Ich dachte, ich würde dich nie wiedersehen«, sagte er, schob sich eine Waffe in den Hosenbund, die wie Lydias Glock aussah, und umarmte sie. Sie wurde schwach vor Erleichterung darüber, dass sie beide in Sicherheit waren, doch dann schob sie ihn von sich, und ihre Erleichterung wich der Panik.

»Er darf nicht entkommen, Jeffrey«, sagte sie, drehte sich um und lauschte. »Ich kann so nicht weiterleben. Keinen einzigen Tag.«

»In Ordnung«, sagte er. Anders als sonst fing er keine Diskussion darüber an, dass er die Verfolgung allein aufnehmen und sie hierbleiben musste. Er schien verstanden zu haben, dass sie das zusammen erledigen mussten.

»Wohin führt diese Treppe?«, fragte er.

»Woher soll ich das wissen?«, antwortete sie. Doch dann merkte sie, dass er gar nicht mit ihr gesprochen hatte.

Jeffrey hob die Hand, und hinter ihm trat eine kleine Armee aus Männern und Frauen aus der Dunkelheit. Zwanzig oder dreißig Leute versammelten sich um sie. Die Maulwurfmenschen, so hatte Jetty Murphy sie genannt. Etwas Schöneres hatte Lydia nie gesehen. Ein Mann stand abseits, hob sich von der Menge ab, wirkte würdevoll und stark, trotz seiner zerrissenen Kleider und dem verschmutzten Gesicht. Sein graues Haar leuchtete wie Schnee auf schwarzer Erde, seine Augen blitzten vor Güte und Weisheit.

»Das ist Rain«, sagte Jeffrey.

Lydia streckte den Arm aus und schüttelte Rains Hand, spürte die schwielige, raue Haut.

»Die Treppe führt in kleinere Tunnel hinunter, zu den Verbindungsgängen unter den Stromleitungen. Da unten zweigen etwa zwanzig Schächte ab«, erklärte Rain. »Doch soweit ich weiß, gibt es aus diesem Tunnelsystem keinen anderen Ausgang als diesen. Er sitzt in der Falle. Ich führe euch hinunter. Die anderen werden bleiben und den Eingang bewachen.«

»In Ordnung, los geht's«, sagte Jeffrey. Die Leute traten beiseite, um sie durchzulassen.

SIEBENUNDDREISSIG

Ford schlug sich in die Büsche, die Dunkelheit schien zum Leben zu erwachen, die Schatten schienen sich zu bewegen und ein Eigenleben zu führen. Der Boden unter seinen Füßen, eine dicke Schicht aus Laub, aufgeweicht von Regen oder Schnee, war ganz weich, und so kam er lautlos vorwärts. Er hatte das Gefühl, meilenweit gelaufen zu sein, ohne dass das Weinen lauter wurde. Dann hörte es schlagartig auf. Die Stille, die sich nun einstellte, war noch beängstigender als das Weinen, und Ford beschleunigte seine Schritte. Vor seinen Augen tanzte ein großer Lichtpunkt, auf einmal roch es nach Lagerfeuer.

Er erreichte eine Lichtung, auf der die Ruinen kleiner Häuschen standen, einfache Hütten mit Blechdach. Bis auf eine waren alle verfallen, von Moos und Unkraut überwuchert. Ein schiefer, teilweise umgekippter und von Termiten zersetzter Holzzaun umgab das Gelände. Die Hütten waren in einem Halbkreis angeordnet, in dessen Mitte ein Feuer knackte und knisterte. Die Bäume ringsum erhoben sich wie stumme, dunkle Soldaten. Ford blieb stehen, konnte keine Bewegung entdecken. Er musste an die Legende von Annabelle Taylor denken, an die ermordeten Kinder und den Fluch, der auf der Familie Ross lag. Als er da im nächtlichen Wald stand und das Feuer und die windschiefen Hütten sah, konnte er fast daran glauben. Er umklammerte den Revolver so fest, dass seine Finger schmerzten.

»Nathaniel«, rief er über die Lichtung, seine Stimme dröhnte wie Donnergrollen. »Lola!«

Lärm zu machen tat ihm gut, als könnte er die Situation damit unter Kontrolle bringen. Bis in einem Türrahmen eine dunkle Gestalt auftauchte. Ford wich einen Schritt zurück, entsicherte die Waffe. Die Gestalt trat ins Mondlicht hinaus.

»Stecken Sie die wieder ein, Detective«, sagte sie.

Ford seufzte, seltsamerweise fand er den Anblick der Waffe in ihrer Hand beruhigend. Wenigstens war sie kein Monster.

»Das geht nicht«, sagte er. »Wo sind die Kinder?«

»Waffe runter, oder die Kinder sterben«, sagte sie tonlos. Sie griff hinter sich und zerrte Lola an den Haaren aus der Hütte. Das kleine Mädchen stieß einen spitzen Schrei aus, ihr Gesicht war von Angst verzerrt. Nathaniel war hinter ihr, klammerte sich an ihre Beine.

»Nein, nein, nein, nein«, weinte er, von Schluchzern geschüttelt.

Sie hielt Lola die Pistole an den Kopf. »Sie glauben, ich meine es nicht ernst? Sie glauben, die Gören wären mir nicht scheißegal?«

Lola kreischte abermals, Ford hatte das Gefühl, eine Eisenklammer würde sein Herz zerquetschen. Er wagte sich einen Schritt vor und sah, dass Annabelle genauso viel Angst hatte wie die Kinder. Ihr Blick war unstet, ihre Stimme bebte. Lola winselte leise, Nathaniel stimmte ein. In Annabelles Augen standen Tränen. *Mein Gott*, dachte er, *sie sind alle noch Kinder*.

»Annabelle, hören Sie mir zu«, sagte Ford mit sanfter, Vertrauen erweckender Stimme. »Wir finden eine Lösung.« Seine Stimme klang ruhig, doch sein Verstand ging blitzschnell alle Optionen durch. Wenn er die Waffe nicht ablegte, würde Lola sterben. Wenn er sie ablegte, würden sie alle sterben.

»Nein, auf keinen Fall. Sehen Sie das denn nicht? Es muss so sein. Sie hat alles so geplant, noch vor meiner Geburt. Ich hatte keine Chance. Es ist mein Schicksal«, sagte sie. »Sie glauben, die Ross wären verflucht? Die sind ein Scheißdreck gegen mich.«

»Sie haben eine Wahl«, sagte Ford sachlich. »Wir können das hier und jetzt beenden. Annabelle, ich kann Ihnen helfen. Ich würde das nicht sagen, wenn es nicht ehrlich gemeint wäre.«

Er wünschte, sie könnte den Ausweg erkennen, doch er war sich nicht sicher, dass sie ihn überhaupt gehört hatte. Die Depression, der schwarze Gedanke, zerrte an ihren Gesichtszügen; es war, als hätte sie alle Zuversicht verloren. Und Hoffnungslosigkeit war gefährlich, gefährlicher noch als Todesangst. Einen gefährlicheren Gegner gab es nicht.

»Sie können mir nicht helfen. Niemand kann das«, sagte sie. Sein Herz raste, er meinte, Julians Worte aus Annabelles Mund zu hören: »Er wird uns alle holen.«

»Wer, Annabelle? Sagen Sie es mir, dann kann ich etwas dagegen unternehmen.«

Das laute Weinen der Kinder erfüllte die Nacht. Die drei standen vor ihm, im rostroten Schein des Feuers, die Angst brannte in ihren tränennassen Augen. Ganz kurz meinte er zu sehen, wie sich Annabelles Gesicht veränderte, wie seine Worte zu ihr durchdrangen. Es war das Letzte, was er sah, bevor er einen dumpfen Schlag am Hinterkopf spürte und sich ein schwarzer Vorhang vor seine Augen senkte.

ACHTUNDDREISSIG

Jed McIntyre hörte sie herankommen, ihre unbeholfenen Schritte auf der Metalltreppe. Er duckte sich in eine dunkle Nische und wartete. Er hatte die Taschenlampe verloren, doch hier unten hätte sie ihm ohnehin nichts genützt. Schnell hatten seine Augen sich an den neuen Grad von Dunkelheit gewöhnt, die kalte Luft empfand er als angenehm. Unglaublicherweise schaffte es das Licht, bis hier unten vorzudringen, und nach einer kurzen Weile hatte das Auge es gefunden.

Er seufzte laut, seine Stimme hallte durch das Dunkel, in dem sich dicke Stromkabel verbargen und wer weiß was sonst noch. Von der Decke hing ein Gewirr aus Venen, schmale Stege und Gänge waren über Treppen miteinander verbunden. Er war eine Weile herumgeirrt, bis er gemerkt hatte, dass es keinen Ausgang gab. Nun versteckte er sich auf der obersten Ebene der hintersten und größten Höhle. Hinter ihm ging es zehn Ebenen in die Tiefe. Er saß in der Falle, doch er hatte die bessere Position inne. Er würde sie sehen, bevor sie ihn sehen konnten, und er hatte noch drei Schuss übrig.

Lydia Strong hatte ihn enttäuscht. Nie hätte er gedacht, dass sie eine Zicke mit einem losen Mundwerk war. In ihren Augen hatte er nichts als Hass und Wut gesehen, keine Spur von der Seelenverwandtschaft, an die er so viele Jahre geglaubt hatte. Sein Plan war gescheitert, dann wiederum hätte es vielleicht sowieso nicht funktioniert. Er hatte vor ihren Augen ihren Partner und Freund töten wollen. Er hatte gehofft, dass sie sich in ihrer Trauer ihm zuwenden würde. Doch nun beschlich ihn der Verdacht, dass sie ihn noch ablehnen würde, wenn er der letzte Mann auf Erden wäre. Sie war so trotzig. Eine sehr unattraktive Eigenschaft für eine Frau.

Seine Haltung war unbequem, er rutschte hin und her. In der Bewegung lösten sich Steine, fielen hinunter und schlugen laut gegen die Metallgitter, bevor sie irgendwo ganz unten am Boden aufschlugen. Dann war es wieder still, und Jed McIntyre hielt den Atem an.

Als sie das Geräusch hörten, blieben die drei wie angewurzelt stehen. Die Taschenlampe in Lydias Hand flackerte theatralisch und leuchtete dann doch weiter, wenn auch schwächer. War ja klar.

Lydia machte den Mund auf und wollte etwas sagen, doch Rain legte ihr eine Hand auf die Schulter, um sie zum Schweigen zu bringen. Er bedeutete ihnen mit einer Geste, ihm zu folgen; so lautlos wie möglich schoben sie sich vorwärts, immer in Richtung der Geräuschquelle. Nach einer Weile nahm Rain Lydia die Taschenlampe aus der Hand, schaltete sie aus und legte sie auf der Treppe ab. Nun umfing sie die vollkommene Finsternis, sie brauchten mehrere Minuten, um sich daran zu gewöhnen.

Rain ging voraus, bog von der Treppe in einen höhlenartigen Raum ab, der von unzähligen Kabeln und Metallstegen durchzogen war, fast zehn Stockwerke hoch. Lydia scannte die Laufstege ab.

»Ich höre dich atmen«, sagte Rain plötzlich mit lauter Stimme, die von den Betonwänden widerhallte. Die Antwort war Schweigen. Rain schob sich an Jeffrey heran und flüsterte: »Er wird auf mich schießen. Dann könnt ihr sehen, wo er ist.«

Jeffrey nickte, Rain näherte sich einer der Leitern und machte sich daran hinaufzusteigen. Er bewegte sich behände, mit Anmut und Stärke.

»Bleib, wo du bist«, tönte es von hoch oben. Doch Rain stieg immer weiter; schon hatte er die dritte Etage erreicht.

Ein Schuss krachte, und das Mündungsfeuer verriet Jed McIntyres Position, hoch oben im hintersten Winkel des Raumes. Er saß in der Falle wie eine Ratte, und dem Klang seiner Stimme nach zu urteilen, war es ihm bewusst. Er würde diesen Raum nicht als freier Mann verlassen.

»Du sitzt in der Falle«, rief Lydia. »Und du hast nur noch zwei Kugeln.«

Sie schätzte, dass Rain noch zu weit von Jed McIntyre entfernt war, um getroffen zu werden, doch das würde sich schnell ändern. Jeffrey und Lydia folgten ihm hinauf. Als Rain die vierte Ebene erreicht hatte, gab Jeffrey ein paar Schüsse in die Ecke ab, in der er Jed McIntyre vermutete. Er feuerte dreimal. Dem Geräusch nach waren zwei Kugeln von Beton oder Metall abgeprallt, aber die dritte … Lydia war sich nicht sicher. Der riesige, stille Raum schien die Luft anzuhalten, die drei duckten sich und warteten auf eine Reaktion. Nichts passierte. Eine kurze Sekunde lang hoffte Lydia, dass Jed McIntyre tot war. Es war ein hässliches Gefühl, und sie schämte sich dafür, konnte aber nichts dagegen machen. Nach einer Weile, die sich wie eine Ewigkeit anfühlte, hörten sie ein leises Stöhnen.

»Nicht schießen«, jammerte Jed McIntyre. »Ich bin getroffen. Ich gebe auf.«

Lydia und Jeffrey tauschten einen skeptischen Blick.

»Wirf die Waffe runter, McIntyre«, rief Jeffrey. »Dann reden wir weiter.«

»Ich kann mich nicht bewegen«, kam die Antwort, ein wenig zu röchelnd, ein wenig zu gequält.

Rain hatte den obersten Laufgang erreicht und näherte sich einer liegenden Gestalt am Ende des Steges. Jeffrey und Lydia waren ihm dicht auf den Fersen, nun konnten auch sie sie sehen.

»Vorsicht, Rain«, zischte Jeffrey.

Seine Worte gingen im Krachen der Smith & Wesson unter. Hilflos mussten Lydia und Jeffrey mit ansehen, wie Rain rückwärts auf das Geländer zutaumelte, stürzte und mit dumpfem Schlag ein Stockwerk tiefer landete.

»Oh Gott«, schrie Lydia, während Jeffrey wahllos in Jed McIntyres Richtung feuerte. Die kleinen Explosionen durchzogen die Dunkelheit wie Blitzlicht, der Krach war ohrenbetäubend, und Lydia wünschte, sie könnte sich die Ohren zuhalten, während sie weiter hinaufstieg und zu Rain eilte. Jeffrey war dicht hinter ihr. Wann immer er einen Schuss abgab, konnte sie Rains verzweifelte, milchig trübe Augen sehen. Jed McIntyre rannte über ihnen den Laufsteg entlang, Jeffrey nahm ihn ins Visier und schoss weiter, bis McIntyres Körper zuckte, als hätte ihn eine der Kugeln erwischt. Dann wurde es wieder still und dunkel. Sie konnten ihn über sich röcheln hören. Beide kannten das Geräusch, das typische Röcheln, wenn der letzte Atemzug in den Momenten vor dem Tod durch die verschleimte Luftröhre gepresst wird. Sie hörten, wie ihm die Waffe aus der Hand rutschte und klappernd herunterfiel, gegen Metall schlug und zuletzt auf dem Boden landete.

Lydia schüttelte Jeffreys Hand ab und stieg weiter hinauf. Sie wollte sehen, wie er starb. Sie wollte zuschauen, wie das Leben aus seinem Körper wich.

Er stand noch aufrecht, lehnte am Geländer, eine Hand auf die Wunde an seiner Brust gedrückt, den Mund weit offen, die Augen weit aufgerissen. Er sah gespenstisch und schwach aus, und als sie sich ihm näherte, richtete er seine Augen auf sie. Sie waren kalt und seelenlos, verrieten nichts, selbst in diesen letzten Momenten. Sie suchte in ihrem Herzen nach Mitleid für diesen kranken Mann, nach irgendwelchen menschlichen Gefühlen. Doch sie fand nichts als eiskalten Hass. Sie konnte nicht vergeben, in diesem Augenblick hatte sie keine positiven oder vergebenden oder überlegenen Gefühle. In diesem Moment war sie das, wozu er sie gemacht hatte. Sie war keinen Deut besser als er.

Er schien zu wanken, schon glaubte sie, er würde über das Geländer stürzen. Sie machte keine Anstalten, ihn zu stützen. Sie schaute einfach nur zu, wie das Leben aus seiner Brust herauspulsierte, das Metall zu seinen Füßen von Blut bedeckt wurde. Er wollte etwas flüstern, stieß ein nasses Gurgeln aus. Sie beugte sich vor, um ihn verstehen zu können. In dem Moment packte er ihr Handgelenk mit aller Kraft. Sie wollte sich losreißen, doch er war zu stark. In ihrer Panik sah sie, wie ein breites Grinsen sein Gesicht überzog und die Bosheit in seinen Augen blitzte. Sie stemmte sich gegen ihn an, doch auf dem blutverschmierten Metall fanden ihre Füße keinen festen Halt. Er flüsterte unablässig auf sie ein, während er sie weiter an sich heranzog.

Sie war wie hypnotisiert, ganz in seinem Bann. Sie kam ihm immer näher und kämpfte gegen die irrationale Angst an, er könnte sie mit sich in die Hölle reißen, bloß indem er seine Augen nicht abwandte. Sie wusste nicht, wie lange sie seinem starren Blick ausgesetzt war.

Dann spürte sie Jeffreys Arm um ihre Taille, die Glock wurde seitlich an ihrem Kopf vorbeigeschoben und auf Jed McIntyre gerichtet. Jeffrey schoss. Die Krallenfinger lösten sich von Lydias Handgelenk, Jed McIntyre wurde rücklings über das Geländer gerissen. Sie schauten zu, wie er zehn Etagen tief fiel und mit einem dumpfen Schlag am Boden aufschlug, Arme und Beine weit von sich gestreckt, als wollte er einen Schneeengel machen.

DRITTER TEIL

NEUNUNDDREISSIG

Rebecca Helms wurde geliebt, das ist nicht zu übersehen«, sagte der junge Priester am offenen Grab. »Sie wird auf das Schmerzlichste vermisst werden, von ihren Freunden und Kollegen, am meisten sicherlich von ihrem jüngeren Bruder Peter und ihren Eltern Ruth und Gregory. In dieser Liebe wird ein Teil von ihr weiterleben.«

Der Priester war dünn und blass, hatte hellblondes Haar und blaue Augen, aus denen sein Glaube strahlte. Seine feste Stimme schallte durch die Kälte und über die Köpfe der Trauergemeinde hinweg, die sich versammelt hatte, um von der jungen Frau Abschied zu nehmen. Jed McIntyres letztes Opfer, der letzte Mensch, der von einem Mann zerstört wurde, der selbst zerstört worden war. Lydia lehnte sich an Jeffrey an, ließ Rebeccas Freunden und Familie den Vortritt. Eine Hand hatte sie auf Dax' Schulter gelegt, der im Rollstuhl sitzen musste, bis seine Achillessehnen verheilt waren. Er sah sie aus ernsten grünen Augen an, sein Gesicht war von Trauer und Schmerz verzerrt. Er sah leicht verblüfft aus. Sie tätschelte seine Schulter.

Jeffrey zitterte, Lydia wusste nicht, ob es an der Kälte lag oder an dem Kummer, der sich auf sie alle gelegt hatte. Sie klammerte sich an ihn und versuchte, ihr Gefühl der Hilflosigkeit zu unterdrücken, die sinnlose, endlose

Schleife von *hätte ich doch* und *wären wir nur*, die ihre Gedanken vollführten. Fühlte sie sich verantwortlich? Nein. Jed McIntyre allein war verantwortlich für den Tod von Rebecca Helms und den anderen Frauen. Fühlte sie sich, als hätte sie Rebecca in ihrer kranken Partitur des Lebens eine Rolle zugeschrieben? Absolut. Damit würde sie leben müssen, und mit noch vielen anderen Vorwürfen.

»Asche zu Asche, Staub zu Staub.«

Der Tod von Jed McIntyre hatte ihr keine Erleichterung gebracht. Es fühlte sich nicht an, als sei ihr eine schwere Last von den Schultern genommen. Die Welt war kein bisschen besser oder sicherer, der Schmerz über den Tod ihrer Mutter noch genauso intensiv. Sie hatte sich oft erträumt, was passieren würde, wenn sie ihren Dämon einmal besiegt hätte, doch nichts davon war eingetreten. Vielleicht war es noch zu früh. Oder, und das befürchtete sie, vielleicht war der Schaden schon zu groß. Vielleicht würden ihre Narben nicht verheilten wie die von Dax oder Jeffrey. Vielleicht hatten die Ereignisse sie so tief verändert und verletzt, dass sie innerlich so tot war wie Rebecca und Marion, auf ewig begraben. Sie versuchte, es anders zu sehen, aber es war schwierig, während einer Beerdigung auf positive Gedanken zu kommen.

Rebecca Helms' Mutter und Vater traten ans Grab, beide hielten eine weiße Rose in der Hand. Sie waren stille, tapfere Leute. Lydia wusste, dass sie Schreckliches durchmachten, dass sie ihrer Tochter in diesen Sekunden zum letzten Mal im Leben räumlich nah waren. Als sie die Rosen losließen und die Blüten auf den Sarg fielen, berührten sie zum letzten Mal etwas, das ihre Tochter berührte. Innerlich schrien und tobten sie vor Wut und

Trauer, vielleicht entfachte der Schmerz Hassgefühle und Rachegedanken, monatelang, wenn nicht gar jahrelang. Doch äußerlich blieben sie ruhig. Lydia wollte an ihrer Stelle schreien. Vielleicht waren in Wahrheit sie die letzten Opfer von Jed McIntyre.

Die Menge lief auseinander, manche Trauergäste blieben am Grab stehen, bevor sie den Eltern kondolierten und dann zu den Autos zurückgingen. Der Tag war grausam klar und hell, am strahlend blauen Himmel stand eine weiße Wintersonne. Regen wäre passender gewesen. Wie konnte Gott dem Schmerz seiner Kinder so gleichgültig gegenüberstehen?

Die drei hielten an der Grabkante inne und schauten auf den silbrig glänzenden Sarg hinunter, auf dem sich die Rosen angesammelt hatten. Jeffrey ließ drei weiße Orchideen fallen. Lydia sagte leise: »Rebecca, es tut mir so leid.«

Was sonst gab es noch zu sagen?

Am Rover halfen Lydia und Jeffrey Dax auf die Rückbank. Er ließ die Unterstützung über sich ergehen wie eine Magenspiegelung, fühlte sich ganz offenbar unwohl und gedemütigt. Jeffrey verstaute den Rollstuhl im Kofferraum, Lydia half Dax beim Anschnallen.

»Ich bin kein Kind«, sagte Dax und nahm Lydia den Gurt aus der Hand. Er mied ihren Blick, sein Gesicht war vor Scham gerötet.

»Dann hör auf, dich wie ein trotziges Kind aufzuführen.«

Sie tätschelte seinen Kopf, und er warf ihr einen bösen Blick zu, doch er meinte es nicht so. Er war einfach nur müde und missgelaunt, er hatte Schmerzen. Das konnte sie verstehen, und das wusste er. Sie wollte gerade die Beifahrertür öffnen, als sie eine Präsenz in ihrem Rücken spürte. Sie drehte sich um und sah Piselli und Malone.

»Ms Strong«, sagte Malone. »Wir müssen uns unterhalten.«

»Was ist denn?«, fragte sie. Jeffrey kam dazu.

Die beiden Polizisten wirkten betreten. Piselli fing zu sprechen an.

»Wann haben Sie zuletzt von Detective McKirdy gehört?«

Die Ereignisse der letzten Tage zogen an ihrem inneren Auge vorbei, während Lydia versuchte, sich daran zu erinnern, wann sie zuletzt mit Ford gesprochen hatte.

Schweigend und im Gänsemarsch war Rains kleine Armee in die unterirdische Halle gekommen. Ohne ein Wort zu sagen, stumm und schluchzend hatten sie Rain und Jed McIntyre die lange Metalltreppe hinauf- und durch die Tunnel getragen. Lydia und Jeffrey folgten ihnen benommen. Die Absurdität der Situation machte es Lydia leicht, sich einzureden, dass sie einen unglaublichen Traum erlebte. Als sie wieder an der Oberfläche waren und sie die nächtliche Stadt erblickte, holte die kalte Luft sie mit einem Schlag in die Gegenwart zurück, und langsam begriff sie, was passiert war. An der Ecke von Prince Street und Lafayette wartete Special Agent Goban mit versteinerter Miene auf sie, hinter sich ein Team aus FBI-Agenten und Polizisten des NYPD.

Wie Lydia erfuhr, war Dax schon Stunden zuvor aus dem Tunnel evakuiert und ins Krankenhaus gebracht worden. Bevor er zur Notoperation in die Narkose versetzt wurde, hatte er dem Sanitäter mitteilen können, wo Lydia und Jeffrey sich aufhielten. Der Sanitäter, den Dax nie zuvor gesehen hatte und wahrscheinlich auch nicht wiedererkennen würde, hatte die Information weitergegeben, daher das Begrüßungskomitee.

Ein Krankenwagen brachte Rain ins Bellevue, wo er seine Schussverletzung auskurieren würde. Lydia hatte die zweifelhafte Freude zuzuschauen, wie die Rechtsmediziner Jed McIntyre in einen Leichensack verpackten. Sein Gesicht war weiß, die Augen weit aufgerissen, ein dünnes Rinnsal aus Blut lief aus seinem Mundwinkel. Sie schaute zu, wie er von dem schwarzen Plastiksack verschluckt und in den Leichenwagen geladen wurde, bevor die Türen krachend zufielen.

»Wo wird er begraben?«, fragte sie einen der Fahrer. »Er hat keine Angehörigen.«

Der Mann zuckte die Achseln, ohne sie anzusehen. »Kommt drauf an.«

»Wie kann ich es herausfinden?« Irgendetwas schien mit der Frage nicht zu stimmen, der Mann blickte sie verwundert an. Es handelte sich um einen älteren Latino mit dunklen Augenringen und Halbglatze. Sein Gesicht war wie ein Spiegel, in dem sie tausend hässliche, anonyme Todesfälle sah.

»Rufen Sie morgen in der Verwaltung an«, sagte er mitfühlend. »Fragen Sie nach Hector, das bin ich. Dann werde ich es Ihnen sagen.«

»Danke«, sagte sie und streckte ihm eine Hand entgegen. Was er aber nicht bemerkte, er ging einfach davon.

»Es ist an der Zeit loszulassen«, sagte Jeffrey, der hinter ihr stand. »Du brauchst nicht zu wissen, was mit der Leiche passiert.«

Sie nickte, doch sie würde trotzdem anrufen.

Während der nächsten zwei Tage redeten sie kaum und verließen das Haus nur, um Dax im Krankenhaus zu besuchen. Sie saßen nebeneinander in einem Nebel aus Schmerz und Verlustgefühlen, berührten einander eher, als dass sie sprachen. So waren sie immer schon mit schwierigen Situationen umgegangen; mit ihren Körpern konnten sie leichter kommunizieren als mit Worten. Alles, was vor dem Erlebnis im Tunnel passiert war, war wie eine verschwommene Erinnerung. Alles außer die Fehlgeburt. Lydia trug den Gedanken mit sich herum wie einen eingegipsten Arm. Der körperliche Schmerz ließ nach; sie hoffte, dass irgendwann auch der seelische verschwinden würde.

Julian und Eleanor und die vermissten Zwillinge schienen auf einem Planeten in einer anderen Galaxie zu existieren. Ihre Auftraggeberin war tot. Die Fragen waren immer noch nicht beantwortet, schwebten am Rand von Lydias Bewusstsein, von ihrer Neugier, doch sie hatte noch nicht die Kraft, sich ihnen zuzuwenden. Sogar Ford hatte sie fast vergessen.

Dax hatte darauf bestanden, sie zu Rebeccas Beerdigung zu begleiten. Er war nicht krankenversichert, deswegen wollte die Klinik ihn ohnehin möglichst schnell loswerden. Lydia hätte es besser gefunden, wenn er noch ein paar Tage dort geblieben wäre, nur um sicherzugehen, dass er nicht zu früh wieder auf die Beine kam. Wider besseres Wissen hatten sie ihn aus der Klinik abgeholt, und da waren sie nun.

»Ford habe ich zum letzten Mal gesehen, als wir Eleanors Leiche gefunden haben«, antwortete sie schließlich.

»Ja«, sagte Piselli und zündete sich eine Zigarette an, »wir auch.«

»Das sieht ihm gar nicht ähnlich. Er würde niemals einfach so abtauchen«, sagte Piselli. Sie saßen in einem Pub am Astoria Boulevard in Queens. Der Laden hieß Cranky's. Jeder Quadratzentimeter der Wand war mit Kronkorken bedeckt. Aus der Jukebox dröhnte »Love Me Do« von den Beatles. In der Ecke saßen ein paar alte Männer, die ihre Biergläser fest umklammert hielten und über Bürgermeister Giuliani stritten. In den typischen Kneipengeruch von Alkohol und Zigaretten mischte sich der subtile, doch unverkennbare Duft von Kotze.

Piselli und Malone saßen Lydia und Jeff gegenüber auf roten Kunstledersitzen; Dax saß im Rollstuhl.

Lydia betrachtete die Polizisten zum ersten Mal in aller Ruhe. Beide sahen ganz gut aus, Piselli hatte dichtes schwarzes Haar und dunkle Augen, denen nichts entging. Er trug einen Dreitagebart, die große Adlernase lenkte kein bisschen von seinem Gesicht ab, sondern verlieh ihm im Gegenteil etwas Adliges. Beide waren jung, doch nur Malone wirkte jungenhaft, hatte einen verschmitzten und unschuldigen Blick. Die Aknenarben auf seinen Wangen waren weniger auffällig und gerötet als bei ihrer ersten Begegnung. Er war glattrasiert und roch nach Seife.

Lydia und Jeffrey bestellten Bier bei der Kellnerin, Malone wollte eine Cola. Piselli trank Kaffee aus einem Becher mit dem Aufdruck *Ein Tag nach dem anderen*. Dax hatte schlechte Laune.

»Folgende Fakten sind uns bekannt«, sagte Piselli, zündete sich die mittlerweile vierte Zigarette an und beugte sich vor. Lydia hatte Lust, ihn nach einer zu fragen, doch sie verkniff es sich.

»Er hat Anthony Donofrio mit einem Kollegen auf die Wache geschickt, und dann ist er noch eine Weile am Tatort geblieben. Er hat sich in der Wohnung umgesehen, dann ist er gegangen. Wir wissen, dass er Anthony Donofrio eine Dreiviertelstunde lang verhört hat; das Gespräch wurde aufgezeichnet. Beim Verhör erfuhr er, dass Annabelle Hodge, nur wenige Stunden bevor Sie Eleanors Leiche gefunden haben, im Gebäude aufgetaucht ist.«

»Ich habe mit ihm gesprochen, kurz nachdem er die Wahrheit über Annabelle herausgefunden hatte«, ging Malone dazwischen. »Er hat mich gebeten, mit Peter Rawls zusammenzuarbeiten, dem Leiter der Abteilung für vermisste Kinder. Ich sollte ihm alle Akten zur Verfügung stellen. Aber ich habe ihn nicht gefragt, wohin er wollte.«

»Wir wissen nur, dass er später an dem Abend noch mit seiner Frau telefoniert hat. Kurz nach Mitternacht. Sie hat aus Houston angerufen«, sagte Piselli.

»Haben Sie mit Donofrio gesprochen?«, fragte Jeffrey.

»Er ist verschwunden.«

»Was soll das heißen?«, fragte Lydia und nippte an ihrem Bier.

»Rawls ist ins Präsidium gefahren, um noch einmal mit ihm zu sprechen, doch der Mann hat sich im Grunde nur wiederholt. Es lag nichts gegen ihn vor, deswegen mussten wir ihn laufen lassen. Er hat die Wache verlassen und ist nie zu Hause angekommen.«

»Sie glauben, dass er sich abgesetzt hat?«, fragte Jeffrey.

»Ohne Geld, ohne Klamotten, ohne seine Mutter anzurufen? Nein«, sagte Piselli und schüttelte den Kopf.

»Wurde das Verhör auf Video aufgezeichnet?«, fragte Lydia.

Piselli zog das Band aus seiner Manteltasche und reichte es ihr. »Ich wusste nicht, ob Sie es gebrauchen können, aber ich dachte, ich bringe Ihnen einfach eine Kopie mit. Die meiste Zeit haben sie über Annabelle geredet«, sagte er und fasste das Gespräch zusammen. »Wie sehr sie Julian Ross gehasst hat und lauter anderes Zeug und dass sie eine Voodoopriesterin ist oder so etwas in der Art.«

Lydia und Jeffrey tauschten einen Blick aus.

»Sie glauben, dass sie die Täterin ist? Dass sie die Zwillinge entführt hat?«

»Die Kollegen von der Abteilung für vermisste Kinder halten sie für die Hauptverdächtige.«

»Waren Sie schon in Haunted?«, fragte Lydia.

»Ja, wir waren da, um nach Ford und Geneva Stout alias Annabelle Hodge zu suchen. Keine Spur von niemandem. Aber wir hatten einen Durchsuchungsbeschluss und haben das Haus von Maura Hodge auf den Kopf gestellt. Es wird immer noch observiert.«

»Was haben Sie gefunden?«

»Ein Messer, das zu den Stichverletzungen von Richard Stratton passen würde. Es ist gründlich gereinigt worden, keine Fingerabdrücke, kein Blut.«

»Haben Sie mit Maura Hodge geredet?«, fragte Jeffrey.

Malone und Piselli schüttelten den Kopf.

»Ebenfalls verschwunden?«

»Ebenfalls verschwunden«, sagte Malone.

»Die Abteilung für vermisste Kinder arbeitet rund um die Uhr. Julians Anwalt sitzt ihnen im Nacken. Die Kinder sind mehrere Millionen schwer.«

»Keine Spur?«

»Nichts, im Ernst. Sie haben eine Hotline eingerichtet. Sie sind von Tür zu Tür gegangen. Die Anwälte haben eine Belohnung ausgesetzt, wir haben Phantomzeichnungen von Annabelle und Maura Hodge an alle Fernsehsender und Zeitungen ausgegeben. Rawls will es nicht zugeben, doch er ist ratlos. Man kann es ihm ansehen.«

Lydia spürte einen Hauch von Panik und große Schuldgefühle. Sie war mit ihrem eigenen Leben so beschäftigt gewesen, dass sie seit jenem Abend nicht wieder an die Kinder gedacht hatte. Sie erinnerte sich an die kleinen, süßen Gesichter und wie die Kinder ihr im Hotel brav die Hand geschüttelt hatten. Sie spürte einen Stich in der Brust und fragte sich, was ihnen zugestoßen war, was aus ihnen werden würde, nun, da ihr Vater und ihre Großmutter tot waren und ihre Mutter in der Psychiatrie saß.

»Die Spuren sind kalt und werden immer kälter. Wir stehen in einer Sackgasse. Zwei Leichen, zwei vermisste Kinder, ein vermisster Detective, und die einzige Zeugin in der Irrenanstalt«, sagte Piselli und hob beide Hände. »Die ist verrückt, redet von Zerstörern und einem Monster, das ihre Kinder fressen will.«

»Das ihre Kinder fressen will …«, wiederholte Lydia. »Das hat sie von Anfang an gesagt.«

»Ja, nicht wahr?«, sagte Jeffrey.

»Wenn ein Polizist einfach so abtaucht«, sagte Malone wie zu sich selbst, »denken die Leute gleich, er würde mit einer Flasche Schnaps und seinem Dienstrevolver irgendwo auf einem Seitenstreifen parken. Sie wissen, wie ich das meine.«

Er wirkte traurig und besorgt und hatte noch nicht gelernt, seine Emotionen zu verbergen. Noch hatte die Arbeit ihn nicht abgestumpft. Lydia hoffte, dass er den Dienst quittierte, bevor es so weit kam. Es war erfrischend, einen jungen Menschen zu erleben, dem man seine Gefühle noch ansah. Selbst Jeffrey trug manchmal eine Maske; wenn Lydia in seine Augen sah, wusste sie nicht immer, was er fühlte.

Sie schwiegen. »Wir waren in Fords Haus in Brooklyn«, sagte Piselli schließlich. »Rose ist zurück. Sie macht sich natürlich große Sorgen.«

»Wenn sie sich solche Sorgen macht, hätte sie gar nicht erst abhauen sollen«, schnaubte Malone verächtlich.

»Das geht dich nichts an«, gab Piselli verärgert zurück.

»Sie sagen, er hätte vor seinem Verschwinden mit Rose telefoniert. Worum ging es?«, fragte Lydia.

»Sie hat angekündigt, nach Hause zurückzukommen.«

»Sicher hat ihn das sehr gefreut. Sicher hat ihm das Hoffnung gemacht«, sagte Lydia. Sie erinnerte sich an den Ausflug, den sie und Ford unternommen hatten. Damals hatte er deprimiert gewirkt, hatte keine Hoffnung auf eine bessere Zukunft gehabt und sein ganzes Leben infrage gestellt. Der ständige Druck bei der Arbeit, die Unmöglichkeit, mit seinen Gefühlen zurechtzukommen, die mangelnde Unterstützung … nun, viele Cops endeten so, wie Malone es angedeutet hatte. Aber nicht Ford, nicht, wenn Rose zurückgekommen war. Es sei denn, das hätte den Druck auf ihn nur vergrößert.

»Ford würde sich nicht einfach so absetzen«, sagte Jeffrey voller Überzeugung. »Nicht jetzt, da Rose wieder da ist. Das ergibt keinen Sinn.«

»Wie können wir Ihnen helfen?«, fragte Lydia.

Nun, da sie wieder über den Fall sprachen, war sie ganz bei der Sache, spürte zum ersten Mal seit langem neue Energie. Die Angst um Ford und die Zwillinge und ihre brennende Neugier entfachten das alte Feuer. Sie fühlte sich ein bisschen schuldig, doch im Grunde war sie froh, vor einem neuen Problem zu stehen. Die Arbeit hatte ihr immer geholfen, nicht über ihr Leben nachdenken zu müssen … im Guten wie im Schlechten.

»Gar nicht«, sagte Piselli achselzuckend und schlug die Augen nieder. »Wir wollten einfach nur mit Ihnen sprechen, weil Sie ihn zuletzt gesehen haben, Lydia.«

»Gar nicht?«

»Nun ja, wissen Sie, ganz offiziell haben wir keinen Grund, noch einmal nach Haunted zu fahren und uns umzusehen«, sagte er und warf ihr dabei einen eindringlichen Blick zu. »Der Fall Stratton geht vor, abgesehen davon liegt kein Hinweis auf ein Verbrechen vor. Die Kollegen von der Vermisstenabteilung kümmern sich um die Zwillinge, die wollen gar nicht, dass wir uns einmischen. Wir haben keinen Anlass, nach Haunted zu fahren, und Maura und Annabelle Hodge sind nicht mehr da. Wir stecken fest.«

»Nun«, sagte sie, beugte sich vor, sah Jeffrey an und versuchte, möglichst gelassen zu klingen. Hoffentlich würde er nicht versuchen, sie zurückzuhalten. »Wir sollten uns ohnehin wieder um den Fall Ross kümmern.«

»Zwar ist unsere Auftraggeberin verstorben, doch wir stehen Julian gegenüber in der Verantwortung«, mischte Jeffrey sich ein. »Und vielleicht können wir ganz nebenbei etwas über Fords Verbleib herausfinden, wenn wir schon einmal dort oben sind.«

Lydia bemerkte eine Mischung aus Sorge und Unternehmungslust in Jeffreys Gesicht, er hatte ihr sofort zugestimmt. Sich abzulenken war gut, es war besser, als herumzusitzen und Trübsal zu blasen.

»Das könnten Sie uns dann ja wissen lassen«, meinte Piselli mit einem zufriedenen Nicken.

»Selbstverständlich«, sagte Lydia.

Sie sahen einander kurz an, Fragen und Vorschläge gingen nur durch Blicke hin und her.

»Warum spricht niemand in diesem verdammten Land aus, was er denkt?«, sagte Dax mürrisch.

VIERZIG

Zurück in der Wohnung, schauten sie sich die Videoaufzeichnung von Anthony Donofrios Verhör an. Jeffrey und Lydia saßen nebeneinander auf dem Sofa, Dax wollte am Fenster geparkt werden. Lydia hielt einen Block auf den Knien und einen Montblanc-Kugelschreiber in der Hand. Sie tippte mit dem Kugelschreiber auf die Armlehne des Sofas, dachte angestrengt nach, während das Band lief.

»Annabelle ...«, sagte Jeffrey, als das Band zu Ende war. Er stand auf und holte die Kassette aus dem Rekorder. »Aus welchem Grund sollte sie Eleanor und Julian so sehr hassen?«

»Vielleicht wurde der Hass vererbt. Von der Mutter an die Tochter weitergegeben, wie der Fluch«, spekulierte Lydia.

»Soweit wir wissen, hat sie Eleanor als Letzte lebend gesehen. Sie war als Letzte in der Wohnung, bevor die Zwillinge verschwanden«, sagte Jeffrey.

»Aber warum? Warum sollte sie Eleanor kaltblütig erschießen und die Kinder entführen? Was hätte sie davon?«

Lydia wollte einfach keine passende Erklärung einfallen. Sie kannte die Fakten, Annabelle war ganz eindeutig tatverdächtig. Doch die Motive erschienen unklar. Hatte

Annabelle Eleanor erschossen, weil sie Mauras alte Feindin war? Und selbst wenn ja, warum hätte sie die Zwillinge mitnehmen sollen?

»Was uns zur Ausgangsfrage zurückbringt: Wer profitiert am meisten davon, dass Richard Stratton und Eleanor Ross tot sind und Julian in der geschlossenen Anstalt sitzt?«, sagte Jeffrey und setzte sich wieder neben Lydia. »Ich meine, eine Zeitlang hat es noch so ausgesehen, als hätte Eleanor etwas davon.«

»Aber jetzt ist sie tot.«

»Dann fällt das Erbe an die Kinder.«

»Aber die sind noch nicht volljährig. Vermutlich werden die Anwälte, von denen Piselli gesprochen hat, das Geld verwalten.«

»Dann sind die Anwälte die großen Gewinner.«

»Wenn man voraussetzt, dass es nur ums Geld ging.«

»Tut es das nicht immer?«, fragte Dax.

Irgendjemand hatte einmal zu Lydia gesagt, nicht das Geld, sondern die Liebe zum Geld sei der Ursprung alles Bösen. Sie hatte es nicht glauben wollen … die Vorstellung, dass die menschliche Seele von etwas so Banalem und Vergänglichem wie Reichtum korrumpiert werden sollte, war lächerlich und traurig.

»Vielleicht geht es gar nicht um Geld. Vielleicht geht es um Rache«, sagte Lydia.

»Du meinst den Fluch?«, sagte Jeffrey.

»Ja.« Den Wunsch nach Gerechtigkeit, egal wie verquer, konnte Lydia viel besser nachvollziehen.

»Wer könnte denn zur Erfüllung des Fluches beigetragen haben?«, fragte Jeffrey.

»Maura und Annabelle Hodge. Die Töchter der Töchter von Annabelle Taylor. Die Polizei hat in ihrem Haus ein Messer gefunden.«

Jeffrey zuckte die Achseln. »Ohne Blutspuren oder Fingerabdrücke. Wahrscheinlich findet sich selbst in unserer Küche ein Messer, mit dem Richard Stratton umgebracht worden sein könnte.«

Lydia nickte. »Ja, aber dennoch.«

Sie schwiegen.

»Wenn ihr mich fragt ...«, sagte Dax mürrisch. »... und ihr habt mich nicht gefragt ... egal, ob es nun um das Geld geht oder um den Fluch, ob Annabelle die Täterin war oder Maura oder der verdammte Geist ... es gibt nur eine Person, die eure Fragen beantworten kann.«

Sie sahen ihn an.

»Julian Ross.«

Lydia saß auf einem Plastikstuhl im Wartezimmer der Payne Whitney Clinic und fühlte sich seltsam erleichtert, so wie eine Genesende, wenn der lähmende Schmerz nachlässt.

Sie war allein in die Klinik gefahren. Der Grund ihres Besuchs war unangenehm, doch die Tatsache, dass sie hergefahren war, ohne Jed McIntyre, das FBI oder Dax im Nacken zu haben, schenkte ihr ein Gefühl von Freiheit, wie sie es jahrelang nicht erlebt hatte.

Als sie aus der U-Bahn ausgestiegen, den Bahnsteig entlanggegangen und die Treppe hinaufgesprungen war, hatte sie plötzlich einen Gedanken gehabt: *Jed McIntyre ist tot.* Und in ihr hatte sich etwas gelöst. Plötzlich hatte sie das Gefühl, dass es doch so etwas wie eine kosmische Gerechtigkeit gab. Die Trauer war noch nicht ganz überwunden, doch am dunklen Horizont ihrer Seele tauchten die ersten Sonnenstrahlen auf. Als Nächstes fragte sie sich, ob sie sich wegen des gestillten Rachedurstes so gut fühlte – Rache für ihre Mutter, für sich, für alle lebenden und toten Opfer – oder weil sie wieder frei war. Sie konzentrierte sich auf ihr Herz, bekam aber keine Antwort. Sie merkte jedoch, dass die Rache immer ein starker Antrieb gewesen war, die Liebe ein noch stärkerer. Und während sie nun im sterilen Wartezimmer saß, kam sie zu der Einsicht, dass Liebe, Rache und Geld die drei stärksten Triebfedern waren, sah man vom Selbsterhaltungstrieb ab. Jeder Mensch, den sie kannte, war davon betroffen, sogar Jed McIntyre. Sie fragte sich, welches dieser Motive hinter den letzten Morden steckte; im Zweifel alle drei.

Wann immer Lydia Julian sah, wirkte diese noch kleiner und trauriger. Ihre Lippen waren aufgesprungen, ihr Blick trüb, was vermutlich an den starken Medikamenten lag. Die Frau, die sich noch vor wenigen Tagen in einen Dämon verwandelt hatte, war nicht einmal mehr in der Lage, aufrecht zu sitzen. Trotzdem blieb der Pfleger diesmal im Zimmer.

»Was wollen Sie?«, fragte Julian und sah Lydia aus unsteten, paranoiden Augen an.

Lydia setzte sich, um auf Augenhöhe mit Julian zu sein. Sie hielt Blickkontakt, sprach mit fester und klarer Stimme. »Julian, hören Sie. Dies ist für Sie die letzte Gelegenheit, die Wahrheit zu sagen.«

Julian kniff die Augen zusammen. »Die haben Sie geschickt, nicht wahr?«

»Nein, Julian, niemand hat mich geschickt. Hören Sie

mir zu«, sagte sie wie zu einem Kind. »Die Zerstörer haben Ihre Kinder. Sie müssen mir sagen, wie ich sie retten kann. Jetzt, bevor es zu spät ist.«

Dax hatte recht. Julian war ihre einzige Hoffnung, sie allein konnte ihnen einen Tipp geben, wo Ford und die Zwillinge festgehalten wurden. Wenn sie versuchte, Julians Sprache zu sprechen, würde sie vielleicht eine Antwort aus ihr herausbekommen.

Doch Julian starrte sie verständnislos an, blinzelte langsam, als hätte sie Sand in den Augen. Nach einer vollen Minute fragte Lydia sich, ob sie einen Fehler gemacht hatte. Sie suchte in Julians Augen nach irgendetwas, doch sie waren glasig und starr.

»Ihre Mutter ist tot, die Kinder sind verschwunden«, sagte sie schließlich. »Wenn Sie mir nicht helfen, kann ich Ihre Kinder nicht finden.«

Die Information schien sie nicht weiter zu beunruhigen, dennoch huschte etwas über Julians Gesicht. Sie stand auf, trat ans Bett und warf dem Pfleger an der Tür einen misstrauischen Blick zu. Sie griff unter die Matratze und holte einen Skizzenblock heraus. Ein paar schwarze Stifte fielen klappernd zu Boden.

»Das ist hier verboten«, sagte der Pfleger sofort und ging auf Julian zu.

»Ist schon okay«, sagte Lydia und streckte die Arme aus. »Ich nehme das mit. Bitte.«

Julian überreichte ihr Block und Stifte. »Verschwinden Sie«, zischte sie böse. »Ich habe Ihnen nichts zu sagen.«

Das ließ Lydia sich nicht zweimal sagen. Sie hatte die letzte Begegnung mit dieser Frau noch nicht vergessen.

»Ich hatte mich schon gefragt, wann Sie wieder hier auftauchen«, sagte er mit einem Hauch von Selbstgefälligkeit. Die Galerie war leer, Orlando DiMarco allein in seinem Büro. Er war aufgestanden, um sie zu begrüßen, doch Lydia war wortlos an ihm vorbei ins Lager gegangen. Julian Ross' Gemälde lehnte immer noch an der Wand, so wie bei Lydias letztem Besuch.

»Ich dachte, Sie hätten es verkauft«, sagte sie.

»Nein. Wir veranstalten demnächst eine Auktion.«

»Es steht nicht zum Verkauf?«

»Nein. Noch nicht.«

»Worauf warten Sie?«

Er zuckte die Achseln. »Ich weiß es nicht genau. Vielleicht kann ich mich nicht davon trennen. Weil es möglicherweise ihr letztes ist. Glauben Sie mir, ich habe mich ziemlich unbeliebt gemacht. Es gibt viele reiche Leute in dieser Stadt, die verrückt nach diesem Bild sind. Aber irgendwie …« Seine Stimme brach ab.

Lydia beobachtete ihn aufmerksam. Er trug einen teuren, geschmackvollen schwarzen Anzug, dazu ein Hemd mit Stehkragen. Das dunkle Haar floss ihm über die Schultern. In seinem hübschen Gesicht mit dem dunklen Teint, der starken Nase und den vollen Lippen entdeckte sie Trauer. Sein Mund war verkniffen, die Augenbrauen leicht hochgezogen. Die drei Motive fielen ihr wieder ein, sie fragte sich, welches das seine war.

Lydia hielt den Block in die Höhe. Er betrachtete sie verständnislos, dann schien ihm zu dämmern, was sie da in der Hand hielt.

»Woher haben Sie das?«, fragte er und trat einen Schritt vor.

»Julian hat es mir gegeben.«

»Warum sollte sie das tun?«, fragte er zutiefst verletzt.

»Ist das Papier von Ihnen?«

»Ja«, gab er zu. »Ich habe den Block unter der Jacke reingeschmuggelt. Die haben ihr Papier und Stifte verboten. Sie war unglücklich. Ich habe es ihr gebracht, dazu etwas Kohle und ein paar Stifte. Ich dachte, so kann sie wenigstens ein bisschen zeichnen. Man darf eine Künstlerin nicht von der Kunst trennen. Das ist die grausamste Strafe, als würde man ihr die Zunge rausschneiden.«

»Weil es ihre Art zu kommunizieren ist.«

»Natürlich«, sagte er, als wäre Lydia beschränkt.

»Ich bin froh, dass Sie das so sehen. Ich hatte gehofft, dass Sie mir dabei helfen können zu erraten, was sie mir damit sagen wollte.«

Er betrachtete den Skizzenblock in Lydias Hand, als wäre er ein Baby, das sie unachtsamerweise zu Boden fallen lassen könnte.

»Die Gemälde eines Künstlers sind wie Träume … oftmals bedeuten die Symbole nur dem Maler selbst etwas«, sagte er kopfschüttelnd. »Auf Julians Arbeit trifft das besonders zu. Nicht einmal sie wusste immer, woher die Visionen stammten.«

Lydia betrachtete ihn, er wich ihrem Blick nicht aus. Wenn er von Julian sprach, bekam sein Gesicht immer noch denselben liebevollen Ausdruck. Seine Liebe, das erkannte Lydia jetzt, wurde nicht erwidert. Vielleicht früher einmal, wie Ford gemutmaßt hatte. Doch Julian hatte Orlando nie so geliebt, wie er sie geliebt hatte. Ein Teil von ihm war verletzt und voller Sehnsucht, und an diesen Teil appellierte sie nun.

»Aber Sie kennen sie doch, Orlando? Sie lieben sie seit Jahren.«

Er sah sie an, schien sich für die Wahrheit zu schämen. Er schlug die Augen nieder.

»Das stimmt«, sagte er zögerlich. »Doch dass man jemanden liebt, heißt noch lange nicht, dass man ihn kennt. Manchmal ist die Liebe sogar hinderlich.«

Lydia trat an einen Tisch, auf dem Farbflaschen, Dosen mit Pinseln, gefaltete Leinwand und Paletten lagen. Die Oberfläche von tausend getrockneten Farbtropfen überzog die Tischplatte, das so entstandene Muster war hart und glatt wie Glas. Lydia legte den Skizzenblock darauf und schlug ihn auf.

Gleich vor der Klinik hatte sie einen Blick in die Zeichnungen geworfen und eine chaotische Sammlung von Albtraumbildern entdeckt, ein Fenster in Julians kranke Psyche. Doch gleichzeitig hatte sie die Ahnung beschlichen, dass sich irgendwo in diesen Bildern die Botschaft einer Frau verbarg, die bei klarem Verstand war und ihrer Krankheit zu entkommen versuchte. Nun wollte sie mit einem Menschen darüber sprechen, der Julian gut gekannt hatte. Und ihr war nur ein einziger eingefallen.

»Was sehen Sie, Orlando?«, fragte sie. »Sagen Sie mir, was Sie wissen. Julian zuliebe.«

Orlando trat neben sie, sie roch sein exklusives Rasierwasser. Mit der Fingerspitze fuhr er über die erste Zeichnung. Seine Hände waren tadellos gepflegt. Die zarten Knöchel und die starken Venen tanzten unter der karamellbraunen Haut.

Eine nackte Frau trieb auf einem Meer der Schwärze, die Hände nach zwei Kindern ausgestreckt, die unter einem riesigen Maul hockten. Die Augen der Frau wirkten freundlich, aber resigniert, irgendwie hoffnungslos.

»Man hat ihr alles genommen, sie ist allein in der Dunkelheit. Sie hat ihre Kinder verloren und ist überzeugt, sie niemals wiederzusehen. Die Zwillinge hat sie nie zuvor gezeichnet. Sie hat nie gemalt, was ihr Freude bereitet, woran ihr Herz hängt.«

Orlando blätterte weiter. Die nächste Skizze zeigte ein Haus. Lydia erkannte das Anwesen in Haunted wieder, nur dass dieses Gebäude sich zu verdrehen schien und aus allen Mauerritzen blutete. Aus den Fenstern schlugen Flammen. Das Haus schien sich vor Schmerzen zu krümmen, um Hilfe zu bitten, während es von den Flammen verschlungen wurde. Auch hier waren die Zwillinge zu sehen, sie wurden in die Flammen hineingezogen, hielten einander fest umklammert, während sie von dunklen Dämonen bedroht wurden. Die Spiegelung in ihren Augen zeigte eine kleinere Version des brennenden Hauses.

»Hm«, sagte Orlando.

»Was ist denn?«

»Dieses Haus taucht in ihren Arbeiten immer wieder auf«, erklärte er. Lydia versuchte, sich zu erinnern, sie kannte viele von Julians Bildern, doch dieses Haus hatte sie noch nie gesehen.

»Nicht in den Bildern, die verkauft oder veröffentlicht wurden«, fügte Orlando hinzu, als er ihr Stirnrunzeln bemerkte. »Ich habe sie danach gefragt. Sie hat gesagt, die Vergangenheit sei unsterblich. Man kann sie vergessen, doch sie stirbt nie. Sie lebt in uns weiter, in den Häusern, die wir bauen, in den Kindern, die wir zur Welt bringen. Das Haus hat diese Vorstellungen symbolisiert.«

Auf der nächsten Seite war ein Toter zu sehen, der an einem Strick von der Treppe im Foyer baumelte. Er war jung und schön, schien in der Luft zu schweben, nur ganz locker lag die Schlinge um seinen Nacken, wie ein Halstuch. Seine Augen waren geschlossen, sein Gesicht friedlich. Lydia erkannte James Ross, den jungen Mann von den Fotos; er hatte nichts mit dem Monster auf dem riesigen Ölgemälde zu tun. Unter ihm hockte ein Dämon mit irren Augen und scharfen Krallen und warf den Kopf in den Nacken, wie um ein Gebrüll auszustoßen. Die Krallen des Dämons reckten sich zu James hinauf, ohne ihn zu berühren.

»Ihr Zwilling«, sagte Lydia.

»Sie wissen Bescheid?«, fragte Orlando.

Lydia nickte.

»Dann wissen Sie auch, wer das ist«, sagte Orlando und warf einen schnellen Blick zu dem Ölgemälde hinüber.

»Ja«, sagte sie. »Ich habe es mittlerweile verstanden.«

»Sie hat seinen Tod nie verwinden können«, sagte er mit nachdenklicher, geistesabwesender Stimme. »Sie war immer der Meinung, dass man sie angelogen hat.«

»Wozu hätte jemand sie anlügen sollen?«

»Das habe ich sie auch gefragt.«

»Was hat sie gesagt?«

»Sie hat gesagt, sie hätte es gefühlt, wenn er gestorben wäre«, sagte er und lachte verbittert. »Doch sie hat es nicht gefühlt. Sie war der Meinung, dass er immer noch irgendwo da draußen auf sie wartet.«

»Vielleicht hat sie recht«, sagte Lydia. »Ich glaube, ich habe ihn gesehen.«

In dem Moment veränderte sich Orlandos Gesichtsausdruck. Er schien zu erstarren, zu zögern. Lydia merkte, wie sehr er sich verspannte. »Wäre das denn möglich?«, fragte er im Flüsterton.

»Alles ist möglich, oder?«

»Aber die Leiche, die letztes Jahr gefunden wurde. Er wurde eindeutig identifiziert«, sagte er. Er schien sehr bemüht darum, weiterhin gelassen zu wirken. Doch Lydia sah einen winzigen Muskel in seinem Augenwinkel zucken.

Lydia hob die Achseln. »So ein Totenschein lässt sich fälschen.«

»Dann könnte es sein, dass *er* dahintersteckt?«, fragte Orlando und sah Lydia besorgt an.

»Ja, falls er noch am Leben ist, ist das höchstwahrscheinlich.«

Orlando schien nachzudenken. Er schloss kurz die Augen. »Dann ist ihr schlimmster Albtraum also wahr geworden«, sagte er.

»Sie hat Angst vor ihm?«

»Als sie ein Teenager war, hat er versucht, sie und ihre Mutter umzubringen«, erklärte Orlando. »Er wurde eingewiesen, doch er konnte entkommen. Julian hat immer geglaubt, dass ihr Bruder Tad Jenson umgebracht hat.«

»Aber sie hat ihn nie belastet.«

»Sie hatte schreckliche Angst vor ihm, doch sie fühlte sich ihm zutiefst verbunden, auf eine Art, die ich nie verstanden habe«, sagte er.

Lydia erinnerte sich daran, dass Julian ihren Bruder einen Engel genannt hatte, der sie immer beschützen würde.

»Hatte sie je Kontakt zu ihm? Wusste sie, wo er sich aufhielt?«

Er schüttelte den Kopf. »Nicht, dass ich wüsste. Sie hat immer gesagt, er lauere nur darauf zu sehen, dass es ihr richtig gut geht, und in dem Moment würde er losschlagen und ihr Leben zerstören. Er ist der Schwarze Mann, wissen Sie. Die Verkörperung ihrer schlimmsten Ängste … Angst vor der Welt und vor sich selbst.«

»Vor sich selbst?«

»Das hat sie gesagt. Sie hat es mir nie erklärt, aber sie meinte, die beiden wären eins … was er war, war auch sie.«

Lydia fing zu zittern an. Seelenverwandte, so hatte Jed McIntyre es genannt.

Langsam blätterten sie weiter. Das brennende Haus, die aneinandergeklammerten Kinder, die nackte Frau, der junge, schöne James und das Monster waren Motive, die immer wieder auftauchten. Und dann, auf der letzten Seite, entdeckte Lydia überraschend eine Skizze, die sie vor der Klinik übersehen hatte. Das Papier war von Kringeln bedeckt, aus der Bildmitte starrte dem Betrachter ein böses Augenpaar entgegen. Die Kringel schienen Rauch aus einer qualmenden Pfeife zu sein, in eine der Qualmwolken war der Mord an Annabelle Taylors Kindern hineingezeichnet. Fünf kleine Leichen lagen in einem brennenden Feld, daneben ein Mann mit Gewehr in der Hand. In einem zweiten Kringel waren die Zwillinge zu sehen, sie lagen leblos vor dem brennenden Haus. Schaute man genauer hin, konnte man erkennen, dass das eine Auge Maura gehörte, das andere Eleanor. Darüber hatte Julian geschrieben: »Hütet euch vor den Königinnen der Verdammnis, hütet euch vor der Zerstörung, die sie über uns gebracht haben.«

»Jeffrey, hier spricht Ford. Lydia hatte recht. Die DNA-Spuren an dem Schokoladenpapier passen zu einer Probe, die nach dem Mord an Tad Jenson am Tatort sichergestellt wurde. Ich weiß nicht genau, was das zu bedeuten hat, aber ich mache mich jetzt auf den Weg nach Haunted. Das kann nicht bis morgen warten, jetzt, wo die Zwillinge vermisst werden. Ich halte dich auf dem Laufenden.«

Als er die Nachricht abhörte, wurde Jeffrey von Angst gepackt. Er war froh, von Ford zu hören, endlich zu wissen, wo er hingefahren war und warum, doch seit Ford ihm die Nachricht auf Band gesprochen hatte, waren mindestens zweiundsiebzig Stunden vergangen. Jeffrey hatte sein Handy irgendwo in den Tunneln verloren, soweit er wusste, lag es immer noch irgendwo dort unten. Und obwohl er sich den Kopf darüber zermartert hatte, was Ford nach dem Gespräch mit Anthony Donofrio als Nächstes getan haben könnte, war er erst jetzt auf die Idee gekommen, sein eigenes Handy anzurufen und die Nachrichten abzuhören.

Es war, wie Lydia gesagt hatte: Nun war auch Jeffrey überzeugt, dass die Lösung für den Mord an Richard Stratton und Eleanor Ross in Haunted zu finden war.

»Du kannst mich nicht einfach so zurücklassen, Mann«, jammerte Dax, der Anblick war furchtbar. Er lag bei Lydia und Jeffrey auf dem Sofa, hatte die Beine auf die Ottomane gelegt, die Fernbedienung in Reichweite. Er wirkte blass und schwach, als hätte Jeffrey vor, ihn sterbend auf dem Schlachtfeld zurückzulassen.

»Wir sind nur ein paar Stunden weg, Dax.«

»Wartet mal«, sagte er, »ich könnte euch helfen.«

»Du kannst nicht einmal gehen«, sagte Jeffrey sanft.

»Doch, kann ich«, widersprach er.

Er konnte tatsächlich humpeln. Wenn er genug Schmerztabletten nahm, konnte Dax sich in einem kleinen Radius bewegen. Doch der Arzt hatte ihm geraten, die Beine hochzulegen, bis die angeschnittenen Sehnen verheilt waren. Lydia hatte darauf bestanden, dass er bei ihnen im Gästezimmer wohnte, bis er allein zurechtkam und in sein Haus zurückkehren konnte. Dax hatte verdrossen eingelenkt, obwohl Jeffrey vermutete, dass er insgeheim froh über das Angebot war. Die drei standen sich nah, näher als je zuvor. Was sie erlebt hatten, schweißte zusammen.

»Abgesehen davon braucht man zum Schießen keine Beine. Setzt mich einfach auf den Rücksitz, und los geht's.«

»So geht das nicht«, sagte Jeffrey und zog seinen Ledermantel über. »Im Auto ist es unbequem, aber hier kannst du dich ausruhen. Außerdem haben wir nicht vor, auf irgendwen zu schießen.«

»Das sagt ihr immer«, schnaubte Dax. »Deswegen nimmst du auch die Desert Eagle mit, richtig?«

»Im Ernst, wir kommen bald zurück. Wir rufen an, wenn wir uns verspäten.«

Dax schaltete den Fernseher ein und drehte die Lautstärke voll auf. Mit dem Krankenstatus kam er nicht wirklich gut zurecht.

»Brauchst du noch irgendwas?«, fragte Jeffrey. So langsam fühlte er sich wie eine Krankenschwester, die ein schwieriges Kind zu betreuen hatte. »Ich muss jetzt los.«

»Ich habe alles«, sagte Dax mürrisch. »Ich sitze hier einfach nur nutzlos herum, bis ihr wieder da seid.«

»Kopf hoch, Mann«, sagte Jeffrey und klopfte Dax auf die Schulter. »Eh du dich versiehst, sind wir wieder da.«

Er rief kurz bei Malone und Piselli an, um sie über Fords letzte Nachricht zu informieren, dann war er zur Tür hinaus.

EINUNDVIERZIG

Vielleicht lag es an den dichten Schneewolken, am grauschwarzen Himmel. Oder an dem Besuch in der Galerie, wo sie und Orlando in Julians verdrehte Psyche eingetaucht waren. Aber als sie die Stadtgrenze von Haunted erreichten, fühlte sich alles abweisend, wenn nicht gar bedrohlich an. Die Straßen wirkten leer, geradezu verlassen. Heute wirkte Haunted wie eine Geisterstadt. Die heruntergekommene Main Street, die beim letzten Mal ungepflegt, aber harmlos gewirkt hatte, schien jetzt … *verflucht* zu sein. Als sie abbogen und die Stadt verließen, reckten die kahlen Bäume rechts und links der Straße wie zur Warnung die schwarzen Äste in den Himmel wie krumme Hexenfinger.

Sie ließen den Mercedes an der Hauptstraße stehen, gingen durch das Tor und näherten sich dem Haus von Maura Hodge. Am oberen Ende der Zufahrt stand ein schwarz-weißer Streifenwagen vor der Veranda, auf der Maura sie bei ihrem ersten Besuch mit Schrotflinte und Dobermännern empfangen hatte. Sie stiegen aus, Lydia erkannte an der Kopfhaltung des Polizisten, dass er eingeschlafen war.

»Ich glaube nicht, dass Malone und Piselli *das* meinten, als sie die Observierung angeordnet haben«, sagte Lydia, als sie sich dem Streifenwagen näherten.

Jeffrey klopfte an die Seitenscheibe, der Polizist fuhr erschrocken hoch. Verwirrt schaute er sich um, kam zu sich, ließ die Seitenscheibe herunter. Aus dem Auto schlug ihnen eine Wolke aus Schweißgeruch und kaltem Kaffeeduft entgegen.

»Zutritt für Unbefugte verboten«, sagte der Polizist. Er war jung, hatte ein gerötetes Gesicht und eine rotblonde Stachelfrisur. Auf seine rechte Wange hatte sich im Schlaf ein Faltenmuster eingeprägt, auf seinem goldenen Namensschild stand *Reed*.

»Detective Malone hat uns angemeldet«, sagte Jeffrey und zeigte seinen Detektivausweis vor.

Der Cop betrachtete Jeffrey und Lydia argwöhnisch, dann griff er zum Funkgerät und murmelte etwas hinein. Er wartete, ohne sie anzusehen, während das Radio knackte und rauschte und der Polizeifunk weiterging.

Lydia warf einen Blick zum Haus hinauf und erinnerte sich an ihren letzten Besuch. Sie hatte Geräusche aus dem Obergeschoss gehört, Dax hatte hinter einem Fenster im ersten Stock jemanden gesehen. Sie bekam eine Gänsehaut. Jetzt waren alle Fenster schwarz, das Haus wirkte so verlassen wie der Rest der Stadt.

»Einundvierzig, einundvierzig«, tönte es aus dem Radio.

Reed setzte sich auf und schien sich aufzuplustern. Lydia bemerkte, dass er lange Mädchenfinger hatte, weich und zart.

»Einundvierzig«, sprach er ins Mikrofon.

»Mark und Strong dürfen rein.«

»In Ordnung.«

»Sie dürfen rein«, sagte er, schon ein bisschen freundlicher. »Brüllen Sie, wenn Sie irgendwas brauchen.«

»Danke«, sagte Jeffrey.

Der Geruch, den Lydia schon beim ersten Mal wahrgenommen hatte, hatte sich verstärkt und gesetzt. Wieder schwollen ihre Nasenschleimhäute an, kaum dass sie das Haus betreten hatte. Die Treppe zu ihrer Linken führte in die Dunkelheit hinauf.

»Wir sollten uns aufteilen«, sagte sie. »Ich gehe nach oben.«

Jeffrey warf ihr einen kritischen Blick zu, sicher dachte er an den Angreifer, der ihnen im Keller aufgelauert hatte. Die Gewohnheit, das Gefühl, sie wegen Jed McIntyre nicht allein lassen zu dürfen, war nur schwer abzulegen.

»Okay«, sagte er widerwillig.

Lydia lächelte ihn an, drückte seine Hand. »Ich werde *brüllen*, falls ich irgendwas brauche.«

Die Stufen ächzten unter ihrem Gewicht, schienen ein bisschen zu sehr nachzugeben. Doch sie kam unversehrt am oberen Treppenabsatz an. Sie stieß die Tür zu ihrer Rechten auf und schaltete das Licht ein. Das Zimmer war leer, das Fenster vernagelt. Sie öffnete einen Wandschrank, darin fand sich ein einziger Drahtkleiderbügel an einer altrosa Kleiderstange.

Die beiden nächsten Zimmer waren genauso leer, doch immerhin waren die Fenster hier nicht mit Spanplatten verschlossen. Lydia durchquerte den Flur mit den durchgebogenen Bodendielen, hatte nur den Klang ihrer Schritte im Ohr. Am Ende des Flurs fanden sich noch zwei Zimmer. Sie drehte den Türknauf an der ersten Tür und öffnete sie. Der Geruch war hier stärker als im restlichen Haus, eine Mischung aus Schimmel und Staub und fauligem Holz.

Das Zimmer war voller Sperrmüll. An der Wand lehnte ein blaues Fahrrad mit rostigem Lenker und fehlendem Vorderreifen. Auf einem wackeligen Holztisch stand eine Singer-Nähmaschine in einem vergilbten und rissigen Gehäuse. Die Fensterscheiben waren so verdreckt, dass sie an Milchglas erinnerten. Lydia drückte auf den Lichtschalter, die nackte Glühbirne unter der Decke erwachte flackernd zum Leben, gab aber nur wenig Licht ab. Im Flackern machte Lydia sich daran, im Müll zu wühlen. Zerrissene und schmutzige Kleidungsstücke lagen auf dem Fußboden: ein grauer Herrenmantel mit aufgerissenen Taschen, ein geblümtes Hauskleid mit dunkelroten Flecken, eine rote Kinderlatzhose aus Cord, die jemand mit einer Schere bearbeitet hatte. In der Ecke standen alte Schallplatten aufgestapelt. Das Zimmer war vierzig oder fünfzig Quadratmeter groß, und in diesem Labyrinth aus Abfällen kam Lydia nur langsam voran.

Eines der wichtigsten Prinzipien des Feng Shui besagt, dass man keinen Krempel anhäufen sollte. Krempel bindet Energie. Ein Mensch, der sich in einer zugemüllten Wohnung wohlfühlt, klammert sich an die Vergangenheit und kann nicht loslassen. Kein Wunder, dass es bei Maura so aussah. Maura konnte nicht verzeihen … auch wenn man ihr persönlich gar nichts angetan hatte. Selbstgerechtigkeit war wie eine Droge; sie erlaubte einem Menschen, innezuhalten und sich im Unrecht zu suhlen, mit aller Macht nach Rache zu streben und sich keine weiteren Gedanken um das Leben mehr machen zu müssen. Auch Lydia hatte sich schuldig gemacht.

In der hintersten Ecke befand sich ein großer Gegenstand, der mit einem weißen Bettlaken abgedeckt war. Lydia ging darauf zu, die Zugluft schickte ein leises Stöhnen durch das ganze Haus. Lydia spürte einen Hauch von Angst und war froh, Sekunden später Jeffreys schwere Schritte auf der Treppe zu hören. In der letzten Zeit hatten ihr zu viele Leute in dunklen Ecken aufgelauert; die Angst steckte ihr immer noch in den Knochen.

»Wo bist du?«, rief er.

»Im letzten Zimmer«, rief sie zurück.

»Hast du etwas gefunden?«, fragte er im Hereinkommen.

»Noch nicht«, sagte sie, streckte den Arm aus und riss das Bettlaken herunter.

Eine Staubwolke stieg in die Luft auf, zum Vorschein kam ein Bücherregal mit ledergebundenen Schinken, wie Lydia sie in der Stadtbücherei gesehen hatte. Sie überflog die Buchtitel, die golden in die Buchrücken eingeprägt waren.

»Du liebe Güte«, sagte Jeffrey. »Wie viele Bücher braucht man denn noch, um die Geschichte einer Stadt festzuhalten?«

»Das hier sind etwa dreißig. Platz für dreihundert Jahre.«

Die Bücher hatten alle denselben Titel, *Die Geschichte von Haunted*, und waren chronologisch geordnet. Ein Band pro Dekade, von 1700 bis weit nach 1900. Manche Bücher waren dick, andere umfassten kaum mehr als hundert Seiten.

»Faszinierend.«

»Weißt du«, sagte Lydia, »alle Bücher haben den gleichen Einband. So wie die anderen, die in der Bibliothek stehen.«

»Und?«

»Wann warst du zum letzten Mal in einer Bibliothek, wo alle Bücher gleich ausgesehen haben?«

»Ich war seit meiner Zeit in Quantico nicht mehr in einer Bibliothek«, sagte Jeffrey achselzuckend. »Ich bin mir nicht mal mehr sicher, dass ich noch lesen kann.«

Lydia zog ein Buch vom Regal und schlug es auf.

DIE GESCHICHTE VON HAUNTED, NEW YORK
1800 BIS 1810
VON
MAURA HODGE

»Voodoopriesterin und Autorin«, sagte Jeffrey und beugte sich über Lydias Schulter.

»Im Selbstverlag.«

»Eleanor hat erzählt, Maura habe Historiker verpflichtet, um die Geschichte der Stadt zu dokumentieren?«, fragte Jeffrey.

»Ja. Aber offenbar hat sie auch selbst veröffentlicht. Oder ihre Texte wenigstens binden lassen. Deswegen sehen alle Bücher gleich aus.«

Lydia zog ein zweites Buch heraus, auch das war von Maura Hodge. In der Tat stellte sich nach wenigen Minuten heraus, dass Maura die einzige Autorin war.

»Das nenne ich Durchhaltevermögen«, sagte Jeffrey.

»Nein, das nenne ich Besessenheit.«

»Sie ist von Haunted besessen? Das scheint mir ein wenig übertrieben.«

»Sie ist besessen von der Vergangenheit. Weißt du noch, wie Ford gesagt hat, der Mörder von Tad Jenson und Richard Stratton habe in blinder Wut gehandelt? Und dass Mauras Hass über hundertfünfzig Jahre alt ist und deswegen nichts mit ihrer Lebenswelt zu tun haben kann? Dass sie nicht genug Wut im Bauch haben kann, um die Verbrechen zu begehen.«

»Ja?«

»Ja, und nun sieh dir das an. Um diese Bücher zu schreiben, muss sie sich vollkommen mit der Stadt und ihrer Geschichte identifiziert haben. Wahrscheinlich denkt sie über nichts anderes nach. Für Maura ist die Vergangenheit hier und jetzt. Sie ist gegenwärtiger als die Gegenwart, besonders wenn man an einem so abgeschiedenen Ort wie diesem lebt, fernab von der Welt. Wo man seinen Hass auf Eleanor und die Familie Ross kultivieren kann, wo man die Rache für Annabelle planen kann. Sie hat ihre eigene Tochter immerhin nach ihr benannt.«

»Und jetzt? Dass sie ein paar Bücher geschrieben hat, heißt noch lange nicht, dass sie eine Mörderin ist und Lola und Nathaniel entführt hat.«

»Vielleicht war es ihre Tochter. Sicher wurde ihr der Hass mit der Muttermilch eingeflößt.«

Lydias Entschiedenheit duldete keinen Widerspruch.

»Ich weiß nicht so recht«, sagte er dennoch. »Das scheint mir ein schwaches Argument.«

Lydia zuckte die Achseln, ging in die Hocke und betrachtete die Bücher im untersten Regal. Sie nahm eines heraus, klappte es auf und las:

»*Die Legende von Haunted, New York: Der Mord an Unschuldigen*, von Maura Hodge«, las sie vor. Sie blätterte um und sah die Widmung: »Für Paul, die einzige unschuldige Seele.«

»Wer ist Paul?«, fragte Jeffrey.

»Beim letzten Mal haben wir versucht, mit ihr über Paul zu sprechen – Eleanors Bruder, weißt du noch? Sie hat so etwas gesagt wie: Er war der Einzige von allen, der etwas getaugt hat. Hast du das vergessen? Weißt du noch, wie sanft und sehnsüchtig ihre Stimme klang?«

Das Buch war dünn, Lydia blätterte es einmal durch, überflog die Seiten, während Jeffrey über sie gebeugt stand. Sie fand die Legende, von der Marilyn berichtet hatte. Ein Großteil des Textes war Gefasel, ganz eindeutig unlektoriert, die Grammatik war schlicht, die Tippfehler zahlreich. Es gab unbeholfene Zeichnungen von Hiram und Elizabeth, vom Haus der Familie Ross und von der Hütte, in der Annabelle Taylor mit ihren fünf Kindern gelebt hatte. Und eine Abbildung von Annabelle Taylor und Austin Steward; die mit festem Strich gezeichnete Lockenmähne der Frau erinnerte Lydia an Maura. Das letzte Kapitel nannte sich »Der Fluch«.

Der Fluch von Annabelle Taylor ist lebendig und fließt durch meine Adern. Jahrelang habe ich darauf gebrannt, Annabelles Wunsch nach Rache zu erfüllen. Aber als J mich verlassen hat, wurde ich schwach. Ich hatte das Gefühl, dass die anderen gewonnen und ich verloren habe. Ich spürte Annabelles Unzufriedenheit, ihre Wut in meinem Blut. Sie hat mich und meine Schwächen so sehr gehasst, dass sie mir mein einziges Kind nahm. Ich wäre am liebsten gestorben. Und dann geschah ein Wunder.
In einer Herbstnacht, als der Vollmond am Himmel stand, so wie in der Nacht, als Annabelle Taylors Kinder starben, erschien mir Austin Steward. Und er liebte mich,

wie er Annabelle geliebt hat, immer wieder sagte er ihren Namen. Neun Monate später brachte ich meine einzige Tochter zur Welt. Ich nannte sie Annabelle.

»Okay«, sagte Jeffrey. »Dann glaubt Maura also, der Geist von Austin Steward hätte sie heimgesucht und geschwängert.«

»Sieht so aus«, sagte Lydia.

»Die haben doch hier irgendwas im Trinkwasser. Die Leute sind alle verrückt.«

»Was meinst du, wer mit J gemeint ist?«

Jeffrey überlegte. »Keine Ahnung, und leider sind alle, die die Frage beantworten könnten, tot oder vermisst oder verrückt geworden.«

»Nicht alle.«

»Nach Ihrem letzten Besuch wurde mir fast gekündigt, Ms Strong. Es tut mir leid, ich habe Ihnen nichts mehr zu sagen.«

»Ms Woods, wir haben zwei Leichen, einen vermissten Detective und zwei entführte Kinder. Ich fürchte, Sie haben keine Wahl.«

»Sie wenden sich an die falsche Person«, sagte die Bibliothekarin. »Ich weiß nichts, was Ihnen weiterhelfen könnte.«

»Wer sonst?«

Die Bibliothekarin schüttelte energisch den Kopf und presste die Lippen zu einer Linie zusammen.

»Wo ist Ihre Chefin?«, fragte Lydia. »Wo ist Maura?«

»Das weiß ich nicht.«

»Ms Woods, Sie wissen doch, dass Sie, wenn Sie die

Ermittlungen behindern und uns etwas verschweigen, wegen Beihilfe zum Mord angeklagt werden?«

Jeffrey wandte den Kopf ab, damit Marilyn Woods nicht sah, wie er die Augen verdrehte. Lydia hatte natürlich gelogen. Es wäre sogar gelogen gewesen, wenn sie tatsächlich Polizistin wäre. Sie klang jedoch ziemlich überzeugend, das musste er ihr lassen.

»Erzählen Sie nicht so einen Unsinn«, sagte Marilyn. »Ich schaue fern. Ich kenne meine Rechte.«

Lydia seufzte. Vor dem mächtigen Eichenschreibtisch wirkte sie winzig klein, Marilyn thronte einen guten halben Meter über ihr. Das Gesicht hinter den dicken Brillengläsern war reglos, hart wie Stein. Sie sah mehr aus wie eine Richterin als wie ein Bücherwurm.

»Wenn irgendjemand uns helfen kann, die Wahrheit zu finden, dann Sie, Marilyn.«

Nahtlos war Lydia von Einschüchterung zu Manipulation und Schmeichelei übergegangen, doch in Marilyns Gesicht veränderte sich nichts.

»Sie machen sich mehr Gedanken um Ihren Job als um das Leben von zwei Kindern?«, versuchte Lydia es weiter.

Der erste Riss in der Fassade zeigte sich, Marilyn errötete.

»Ich weiß nichts. Das habe ich Ihnen doch gesagt«, sagte sie, klang dabei aber schon ein bisschen weniger energisch.

Lydia ließ unvermittelt locker. Sie legte ihre Visitenkarte auf den Schreibtisch.

»Rufen Sie mich auf dem Handy an, falls Ihr Gewissen sich meldet«, sagte sie. »Unterdessen werden wir Sie bei der Polizei melden. Stellen Sie sich auf Besuch ein.«

Auch das war gelogen, doch Lydia hatte ins Schwarze getroffen. Als sie bereits auf dem Weg zur Tür waren, rief die Bibliothekarin sie zurück.

»Warten Sie«, sagte sie.

Lydia und Jeffrey drehten sich um.

»Was ich weiß … ist wohl nur ein Gerücht.«

»Überlassen Sie das uns«, sagte Lydia und kam zurück. Die Bibliothekarin stand auf, ging zur Tür, schloss sie und drehte das Schild mit der Aufschrift *Bin in fünf Minuten zurück* um, auch wenn es draußen schon dunkel war und sich offenbar nur selten eine Menschenseele in diese Bücherei verirrte. Die Bibliothekarin bedeutete den Besuchern, ihr ins Büro zu folgen.

»Niemand weiß, wohin Maura verschwunden ist. Das kann ich Ihnen versichern«, sagte Marilyn und nahm hinter dem Schreibtisch Platz. Lydia setzte sich auf das Sofa, Jeffrey blieb wie immer an der Tür stehen.

»Es geht um Maura und Eleanor. Der Hass zwischen ihnen geht nicht allein auf den Fluch zurück. Wie ich hörte, wurde Eleanor ermordet. Ich habe viel über die Vergangenheit nachgedacht.«

Lydia wartete ab, während die Frau ihre Gedanken ordnete. Marilyn seufzte schwer, sie schien sich nicht sicher zu sein, ob sie weitersprechen sollte.

»Und?«, sagte Lydia.

»Jack und Maura waren ein Liebespaar«, flüsterte sie schließlich, als fürchtete sie, belauscht zu werden.

»Dafür stand also das J«, sagte Lydia.

Marilyn nickte. »Sie kannten sich seit der Schule, alle dachten, sie würden eines Tages heiraten. Aber dann hat er auf Drängen seiner Familie Eleanor geheiratet. Maura war haitianischer Abstammung, Jacks Eltern waren nicht mit seiner Wahl einverstanden. Er war der Alleinerbe.«

»Ein weiterer Grund für Maura, Eleanor zu hassen. Ein ziemlich aktueller Grund«, sagte Lydia und sah Jeffrey fragend an.

»Ja. Aber damit noch nicht genug. Nach der Hochzeit mit Eleanor brach er den Kontakt zu Maura nicht ab«, sagte Marilyn. Sie schüttelte den Kopf, schnalzte mit der Zunge. »Alle wussten Bescheid. Erst als Eleanor schwanger wurde, beendete Jack die Affäre. Unglücklicherweise war auch Maura schwanger geworden. Sie stolzierte in der Stadt herum und erzählte jedem, der es hören wollte, dass sie Jacks Kind unter dem Herzen trug. Die ganze Stadt fühlte sich gedemütigt. Und dann kam das Kind tot zur Welt. Eleanor bekam Julian und James. Jack hat Maura nie wiedergesehen. Und fünf Jahre später wurde er ermordet. Alle haben Maura für die Täterin gehalten«, fuhr Marilyn fort. »Selbst nachdem Eleanor angeklagt wurde und vor Gericht stand, dachten die Leute, dass Maura dahintersteckte, dass es etwas mit dem Fluch zu tun hatte.«

»Eleanor hat gesagt, Maura wollte geradezu, dass die Leute so etwas glauben«, sagte Lydia. »Angeblich hat sie den Fluch benutzt, um Eleanor und ihren Kindern zu schaden, lange nach dem Freispruch.«

»Sie hat allen erzählt, der Fluch sei schuld«, sagte Marilyn. »Selbst wenn sie sich damit zur Außenseiterin machte. Es war egal, sie hätte alles getan, um Eleanor zu verletzen.«

»Und das viele Geld … Jacks Erbe?«

»Ist an Eleanor, James und Julian gefallen. Glaube ich zumindest. Inzwischen gehört es wohl Julian allein. James

Ross wurde letztes Jahr tot im Haus der Familie aufgefunden.«

»Zusammen mit dem Erbe von Tad Jenson und Richard Stratton und dem Geld, das Julian mit ihren Bildern verdient hat, kommt ein riesiges Vermögen zusammen«, sagte Jeffrey.

»Von dem die Familie sich keinen ruhigen Moment kaufen kann«, sagte Marilyn lächelnd. »Bis heute nicht.«

»Aber was ist mit Annabelle Hodge?«

Marilyn schüttelte achselzuckend den Kopf, doch Lydia bemerkte ihren unsicheren Blick. Sie hakte nach.

»Warum haben Sie mir nicht von ihr erzählt?«

»Sie haben nicht nach ihr gefragt.«

Lydia warf der Bibliothekarin einen strengen Blick zu. »Was wissen Sie über sie?«

»Im Grunde genommen nichts. Maura wurde spät Mutter. Sie war nicht verheiratet, hat das Kind aber dennoch ausgetragen. Sie hat Annabelle zu Hause unterrichtet und ein paar Jahre später aufs College geschickt.«

»Wer ist der Vater?«

»Das weiß keiner.«

»Wenn in einer Kleinstadt wie dieser eine Frau ein uneheliches Kind zur Welt bringt, gibt es doch zumindest Gerüchte.«

»Tja, falls es welche gab, habe ich sie nicht gehört«, sagte Marilyn gekränkt und drückte den Rücken durch.

»Dabei scheint es mir doch so, dass Sie hier über alles Bescheid wissen«, sagte Jeffrey sanft.

»Maura geht es nicht gut«, sagte Marilyn.

»Wir waren gerade in ihrem Haus und haben die Bücher entdeckt, die sie über den Fluch geschrieben hat«, sagte Lydia. »Offenbar glaubt sie, der Geist von Austin Steward hätte sie geschwängert.«

Marilyn zog die schmalen Schultern hoch und nickte. »Ja, das glaubt sie.«

»Bis heute?«

»Bis heute. Behauptet sie wenigstens.«

»Was ist mit Annabelle? Was glaubt die?«

»Wenn Sie mich fragen, weiß das arme Mädchen nicht, was es glauben soll. Sie ist eine Marionette und vollkommen von Mauras Launen abhängig. Maura hat das Kind völlig isoliert; sie durfte hier nicht mal zur Schule gehen.«

»Ich kann mir gut vorstellen, was auf dem Stundenplan stand«, sagte Jeffrey von der Tür aus.

»Und Sie, Marilyn«, flötete Lydia. »Was glauben Sie, wer der Vater ist? Haben Sie irgendeine Idee?«

»Ehrlich gesagt, Ms Strong, ist es mit beiden Familien gleich. Je weniger man weiß, desto besser.«

»Okay«, sagte Jeffrey, als er wieder auf dem Fahrersitz des Mercedes saß. »Ich verstehe nun, warum Maura Eleanor so hasst, warum sie möglicherweise ein Motiv hatte, Jack zu töten und vielleicht sogar Eleanor. Auch wenn sich mir nicht erschließt, warum sie so lange Zeit hätte warten sollen. Ich verstehe auch das mit dem Fluch und warum jemand glauben sollte, er müsste Julians Ehemänner ermorden, weil es eine Pflicht ist oder so etwas. Abgesehen davon geht es um einen Haufen Geld, das wissen wir jetzt. Aber insgesamt betrachtet … ergibt das alles keinen Sinn.«

»Wenn es nur um Rache geht, um den Fluch, warum

dann die Kinder entführen? Die haben doch nichts damit zu tun.«

»Und wenn es doch ums Geld geht?«

»Aber falls Julian für unzurechnungsfähig erklärt wird, geht das Erbe doch kaum an den oder die Kidnapper. Wir hatten doch darüber gesprochen, wer von der Situation profitiert, und wir sind auf Eleanor gekommen.«

»Doch Eleanor ist tot.«

»Vielleicht geht es gar nicht um Geld; vielleicht geht es einfach nur um Hass. Irgendjemand hasst Julian.«

»Warum bringt er sie dann nicht um?«

»Wenn man jemanden abgrundtief hasst, ist der Tod vielleicht ein zu bequemer Ausweg.«

Jed McIntyres Gesicht erschien vor Lydias Augen, sie hörte seine Drohung: *Das Leben wird eine Strafe sein.* Und noch ein anderer Satz von ihm ging ihr nicht mehr aus dem Kopf. Als sie ihm im Tunnel entkommen war und er sie wieder einfing, hatte er gesagt: *Ich hätte dir jederzeit in den Rücken schießen können. Frag dich mal, warum ich es nicht getan habe.* Sie hatte nicht gefragt, weil sie die Antwort schon wusste. Er wollte sie nicht töten, weil er sie besitzen wollte. Deswegen hatte er ihre Großeltern überfallen, deswegen hatte er Dax und Jeffrey entführt. Er wollte zerstören, was sie liebte, bis am Ende nichts mehr übrig blieb; er wollte sie aushöhlen. Wenn sie nur noch eine leere Hülle war, wäre er endlich in der Lage, sie zu kontrollieren und zu besitzen. Einem Wahnsinnigen schien selbst das Absurde möglich.

Lydia dachte an Julian, an die Skizze von der nackten Frau im Meer der Schwärze.

»Julian Ross wurde alles genommen«, sagte sie zu Jeffrey, der die Augen auf die Straße gerichtet hielt. »Sie ist nur noch ein Schatten ihrer selbst, ihr Leben ist zerstört.«

»Ja …«

»Vielleicht geht es nicht um Geld oder irgendeinen Fluch, nicht einmal um Hass und Rache. Vielleicht will jemand einfach nur Julians Leben zerstören«, sagte sie und rutschte aufgeregt auf dem Beifahrersitz hin und her.

»Aber warum?«

»Was ist man denn, wenn man alles verloren hat?«

Jeffrey zuckte die Achseln.

»Was immer man sein muss, um zu überleben«, sagte Lydia.

»Und wer hasst sie so sehr?«

»Die bessere Frage ist doch: Wer liebt sie?«

»Sag es mir, wenn du die Lösung gefunden hast«, sagte Jeffrey.

»James Ross ist am Leben.«

Er überlegte. »Ich dachte, es geht hier um Maura und Annabelle.«

»Vielleicht stecken sie mit ihm unter einer Decke. Aber überleg mal, wer hier das wahre Opfer ist. Julian! Sie ist diejenige, die alles verloren hat. Ihren Ehemann, ihre Mutter, ihre Kinder, ihren Verstand. Maura und Annabelle hatten genug Hass, um Eleanor zu ermorden. Aber haben sie auch Julian gehasst, genug, um ihr Leben in Schutt und Asche zu legen? Das muss jemand anderes gewesen sein, jemand, der ihr sehr nah steht. Dieser Jemand ist James Ross.«

»Hast du den Totenschein vergessen?«

»Anders lässt es sich nicht erklären.«

Jeffrey seufzte über so viel Starrsinn.

»Was ist mit den DNA-Spuren?«, fragte sie.

»Die beweisen lediglich, dass derjenige, der Tad Jenson ermordet hat, auch im Keller war.«

»Und wie viele Kandidaten kann es da geben?«

Jeffrey überlegte minutenlang, zuckte dann ratlos die Achseln. »Der Polizeichef, die Krankenhausakte, Eleanor, sogar die Bibliothekarin … alle behaupten, James Ross sei gestorben.«

»Aber der Mann, der den Totenschein ausgestellt hat, Dr. Wetterau, hätte es uns doch erzählen können, als wir bei ihm waren. Hat er aber nicht. Warum nicht?«

»Keine Ahnung«, sagte Jeffrey.

»Wir sollten es herausfinden. Denn wenn wir James Ross finden, haben wir auch Ford und die Zwillinge.«

Wenn man hartnäckig ermittelte, so viel hatte Lydia gelernt, wurden die Leute spätestens beim zweiten Besuch unfreundlich. Und obwohl sie ihn aus einem komplett anderen Grund aufsuchten als beim ersten Mal, reagierte Dr. Wetterau, als hätte er den kopflosen Reiter persönlich gesehen, als er ins Wartezimmer trat und Lydia und Jeffrey in einer Ausgabe der *Cosmopolitan* blättern sah.

»Was wollen Sie denn hier?«, fragte er. Er warf einen Blick zur Eingangstür. »War die Tür nicht abgeschlossen?«

»Nicht besonders gut«, sagte Jeffrey wohlwollend.

»Ich werde die Polizei rufen«, sagte der Arzt und griff zum Telefon auf dem Rezeptionstresen.

»Nicht nötig«, sagte Lydia und stand auf, »das habe ich bereits erledigt.«

»Was? Warum?«

»Weil Sie den Totenschein für James Ross gefälscht haben. Sie wussten genau, dass er noch am Leben ist. Warum haben Sie das getan? Ich bin mir sicher, dass Sie mir die Antwort nicht verraten werden, und so habe ich mir gedacht, dass meine Chancen besser stehen, wenn die Polizei Sie mitnimmt, um Sie zu dem Mord an Eleanor und der Entführung ihrer Enkelkinder zu befragen.«

Immer schon hatte Jeffrey bewundert, mit welcher Selbstverständlichkeit Lydia lügen konnte.

»Das ist ja lächerlich«, sagte der Arzt, der sich offenbar am Türrahmen abstützen musste. »Ich habe nichts dergleichen getan.«

»Erklären Sie mir, warum James Ross mich vor einer Woche angegriffen hat, wo er doch angeblich tot ist«, sagte sie und zog eine Kopie des Totenscheins aus der Manteltasche. »Sie haben das hier unterschrieben.«

»Sie können nicht beweisen, dass es James Ross war.«

»Doch, ich habe eine DNA-Probe. Ich habe Schokoriegelpapier voller Spucke im Keller gefunden.«

Das traf den Arzt wie ein Schlag. Auf einmal sah er aus wie ein redlicher Mensch, der einen einzigen Fehler begangen hatte und sich seither jeden Tag fragte, wann der Irrtum ihn einholen würde. Lydias Worte ließen seine schlimmsten Befürchtungen wahr werden.

»Du lieber Gott«, sagte der Arzt, ließ die breiten Schultern hängen und schlug sich eine Hand an die Stirn.

»Und nun sagen Sie mir, was Sie wissen. Dann dürfen Sie vielleicht Ihre Zulassung behalten.«

Das Licht im Büro war dämmrig, es roch nach Verbänden und Desinfektionsmitteln. Er lehnte an der Schreibtischkante, hinter sich Akten und die Fotos seiner Kinder und Enkelkinder. Auch das obligatorische Norman-Rockwell-Bild, das in keiner Arztpraxis fehlen durfte, hing an der Wand. Der Bildschirmschoner des Computers zeigte eine ferne Galaxie.

»Eleanor Ross wollte ihren Sohn für tot erklären lassen«, sagte er und nahm gegenüber von Lydia und Jeffrey Platz.

»Warum?«, fragte Lydia.

»Weil sie Geld und Immobilien treuhänderisch für ihn verwaltete. Sie kam nicht an das Geld heran, solange er lebte.«

»Hatte sie finanzielle Probleme?«

»Eigentlich nicht. Ich glaube, es ging ihr weniger um das Finanzielle als darum, mit der Vergangenheit abzuschließen. Und dann war da noch Julian.«

»Was ist mit Julian?«

»Sie hat sich vor ihm gefürchtet. Er war der schlimmste Albtraum. Aus Julians Ängsten wurden tiefe Depressionen. Eleanor glaubte, dass es ihrer Tochter bessergehen würde, wenn sie ihren Bruder für gestorben hielt.«

»Wie haben Sie es angestellt?«

»Letztes Jahr hat sich im Haus der Ross ein Obdachloser erhängt. Man vermutete sofort, es könnte sich um James handeln; der Mann war ungefähr gleich groß und gleich schwer. Die Leiche war stark verwest und ließ sich nicht mehr identifizieren. Da ist Eleanor mit ihrer Bitte an mich herangetreten.«

»Warum haben Sie ihr den Gefallen getan?«

Der Arzt zuckte die Achseln und schüttelte traurig den Kopf.

»Hat sie Sie dafür bezahlt?«

»Es ging mir nicht ums Geld. Ich wollte ihr helfen. Sie ist eine alte ...«

»Flamme?«

»Freundin«, sagte er und warf einen Blick zur Tür, die in seine Privaträume führte. »Außerdem dachte ich mir, umso besser, wenn ich Julian helfen kann. Sie hat sehr gelitten.«

»Halb Wohltäter, halb Altruist. Sie sind ein komplizierter Mensch, Doktor«, sagte Lydia.

»Und Sie haben nicht daran gedacht, reinen Tisch zu machen, als Richard Stratton ermordet wurde?«, fragte Jeffrey.

»Doch, natürlich. Deswegen hat Eleanor Sie engagiert.«

»Wie bitte?«

»Sie und ich waren der Meinung, dass alles darauf hinwies, dass James für den Tod von Richard Stratton verantwortlich ist, und in dem Fall hätten wir gebeichtet. Wir hofften darauf, dass Sie oder die Polizei ihn schnappen und für immer hinter Gitter bringen würden. Und dann hätten wir eben die Konsequenzen zu tragen.«

»Aber als wir beim ersten Mal hier waren, hätten Sie lügen können. Sie hätten sagen können, dass er tot ist. Haben Sie aber nicht.«

Er zuckte die Achseln. »Vielleicht wollte ich, dass die Wahrheit ans Licht kommt.«

»Und wenn ein anderer der Täter gewesen wäre?«

»Dann hätten wir das Geheimnis mit ins Grab genommen.«

»Ein ausgezeichneter Plan. Sie haben es schon halb geschafft.«

Er nickte langsam, schien in sich selbst versunken.

»Was können Sie uns über Maura und Annabelle Hodge sagen?«, fragte Lydia.

»Nur, dass diese beiden Frauen einen tiefen Hass gegen die Familie Ross hegen.«

»Woher wissen Sie das?«

Er sah sie verständnislos an und hob die Hände. »Das ist Allgemeinwissen.«

»Oder ist es nur ein Mythos, so wie das Märchen von James Ross, der durch die Wälder spukt?«

»Manchmal ist der Unterschied nur schwer zu erkennen. Jedenfalls kann ich Ihnen nicht sagen, ob die beiden etwas mit Ihrem Fall zu tun haben.«

Lydia wusste nicht genau, ob sie ihm glauben sollte, sie merkte jedoch, dass er nicht mehr sagen würde. Er betrachtete sie aus müden, resignierten Augen. Und er wirkte auch irgendwie erleichtert. Er hatte eine schwere Last abgelegt, und egal, wie die Konsequenz aussah, er würde sie nicht länger mit sich herumschleppen müssen.

»Wer ist Annabelles Vater?«

Der Arzt schüttelte den Kopf. »Nun, das weiß nur Maura ganz genau. Ich habe sie oft gefragt.«

»Austin Steward?«

»Genau ... der Geist von Austin Steward. Ich sage Ihnen was, die Frau glaubt so fest daran, irgendwann hatte sie auch mich fast überzeugt.«

»So ist das mit Gespenstergeschichten. Ein Teil von uns möchte an das Magische glauben, egal, wie schrecklich und beängstigend es ist.«

Der Arzt ging um den Schreibtisch herum, ließ sich auf den Ledersessel sinken.

»Die Polizei ist noch gar nicht da«, sagte er nach einer Weile, und dann dämmerte ihm, dass Lydia möglicherweise nicht die Wahrheit gesagt hatte.

»Wahrscheinlich stehen die im Stau«, sagte Jeffrey mit einem Blick auf die Uhr.

Lydia stand auf und ging zur Tür. Jeffrey folgte ihr.

»Was ist mit dieser DNA-Probe, von der Sie gesprochen haben?«

Lydia lächelte ihn an. »Doktor, vielleicht sollten Sie mal über den Ruhestand nachdenken.«

»Das habe ich auch gerade gedacht.«

Sie verließen das Büro und traten in die Kälte hinaus. Lydia zog die Tür hinter sich zu.

»Du bist eine sehr talentierte Lügnerin«, sagte Jeffrey, als sie wieder im Mercedes saßen und durch die Einfahrt rollten. An der Straße musste Jeffrey bremsen, von rechts näherte sich Scheinwerferlicht.

»Vielen Dank«, sagte sie.

»Eigentlich war das kein Kompliment.«

»Es gibt viele Möglichkeiten, zur Wahrheit vorzudringen. Zu lügen ist nur eine davon.«

»Tja, wo du recht hast, hast du recht.«

»Wo wollen wir jetzt hin?«

»Zum einzigen Ort, an dem wir James Ross gesehen haben.«

Doch Jeffrey fuhr nicht an. Er legte den Parkgang ein.

»Stimmt etwas nicht?«, fragte Lydia.

»Ich habe ein bisschen Angst vor dem, was uns möglicherweise dort erwartet.«

Jeffrey seufzte und lehnte die Stirn ans Lenkrad. Aus dem Gebläse drang kalte Luft. Sie saßen im Dunkeln, nur das Armaturenbrett glimmte sanft. Mick Jagger und die Stones sangen »Start Me Up«. Lydia schaltete das Radio aus. Sie wusste nicht, was sie sagen sollte.

»So viel Tod«, sagte Jeffrey leise zum Lenkrad. »Wie viel denn noch?«

Darauf wusste Lydia keine Antwort, deswegen sagte sie nichts, strich ihm über den Hinterkopf. Die Luft aus dem Gebläse war jetzt lauwarm; Lydia zitterte immer noch.

»Die Schwangerschaft, Rebecca, jetzt Ford«, sagte er. Er drehte den Kopf und sah sie an, ohne den Kopf vom Lenkrad zu heben. »Ich habe dieses Kind wirklich gewollt.«

Seine Worte waren wie ein Schlag auf ihren Solarplexus, ihre Augen füllten sich mit Tränen, mehr aus Überraschung und Schmerz als aus Traurigkeit. »Ich weiß«, murmelte sie.

So hatte sie Jeffrey noch nie erlebt. Er war ein Mann der Tat, bewältigte seine Angst und Sorgen und Trauer, indem er sich bewegte. Doch heute Abend schien er unter der Last zusammenzubrechen.

»Beim nächsten Mal wird es besser«, sagte sie, zog die Hand weg und schaute geradeaus. »Dann leben wir nicht mehr in Angst vor Jed McIntyre, müssen uns nicht ständig fragen, wo er steckt und was er plant. Es wäre doch schöner, ohne diese Angst Eltern zu werden.«

Sie saßen in ihrer eigenen Atemluft und Trauer, es war still abgesehen vom Gebläse, das den Innenraum langsam aufwärmte. Lydias Zehen waren kalt, ihr Herz schwer, doch sie wusste, dass sie Jeffrey nicht nur getröstet, sondern die Wahrheit ausgesprochen hatte.

»Du hast recht«, sagte er, berührte ihr Gesicht und

wischte ihr eine Träne von der Wange. Sie sah ihn an. »Du hast recht«, wiederholte er. Jeffrey setzte sich auf und atmete tief durch, versuchte, die Trauer abzuschütteln.

»Gut«, nickte sie. Sie wollte heute Abend nicht mehr darüber nachdenken. »Wir werden gebraucht. Um uns können wir uns Gedanken machen, wenn alle in Sicherheit sind.«

Er beugte sich vor und küsste sie sanft auf die Lippen. Er legte den Gang ein und fuhr auf die Straße.

»Ford, wo zum Teufel steckst du, Mann?«

Der Mond war hinter dichten Wolken verschwunden, die Nacht unheimlich und schwarz. Keine Straßenlaternen wiesen ihnen den Weg.

ZWEIUNDVIERZIG

Sie fuhren einen knappen Kilometer am Anwesen vorbei und parkten am Straßenrand. Von ihrem Standpunkt aus konnten sie den Umriss des dunklen Hauses erkennen. Es hatte eine eigene Persönlichkeit, und Lydia musste unwillkürlich an Julians Skizzen denken. Das Haus, in dem die Künstlerin aufgewachsen war, war für sie zum Symbol des Horrors geworden. Hier war ihr Vater einem Verbrechen zum Opfer gefallen, hier wollte ihr Bruder sie bei lebendigem Leib verbrennen. Vielleicht hatte sie recht, vielleicht lebte die Vergangenheit tatsächlich in den Häusern weiter, die wir bauen, strahlte von ihnen ab wie eine Aura.

Eine tiefe Unruhe überfiel Jeffrey. Der Gedanke, dass niemand ihren aktuellen Aufenthaltsort kannte, gefiel ihm gar nicht.

»Ruf Dax an«, sagte er. »Sag ihm, was wir vorhaben.«

Noch bevor er den Satz beenden konnte, fing Lydias Handy zu klingeln an. Sie drückte auf den Knopf der Freisprechanlage.

»Wollt ihr zuerst die gute oder die schlechte Nachricht hören?«, fragte Dax.

»Die schlechte«, antwortete Jeffrey.

»Die Polizei hat Fords Auto in einem Fluss bei Haunted gefunden.«

»Scheiße«, sagte Jeffrey. Angst, Adrenalin und Trauer kochten in seinem Magen. »Was ist die gute Nachricht?«

»Die gute Nachricht ist: Er saß nicht drin.«

Lydia seufzte erleichtert. »Das ist immerhin etwas.« Die Hoffnung war immer etwas.

»Wo steckt ihr?«

»Wir sind zum Haus der Ross gefahren. Wir glauben, dass James Ross noch am Leben ist. Wir werden uns mal umsehen.«

»Ich dachte, ihr wolltet nur ein paar Fragen stellen«, sagte Dax und klang dabei wie das Kind, das nicht in die Völkerballmannschaft gewählt wurde.

»Hör gut zu, Dax. Wenn du in einer Stunde nichts von uns hörst, rufst du die Polizei in Haunted an. Okay?«, sagte Lydia in dem Versuch, ihn irgendwie zu beteiligen.

»Okay«, sagte er mürrisch. »Passt auf euch auf.«

Als sie die Einfahrt betraten, mussten sie feststellen, dass das schmiedeeiserne Tor, das bei ihrem letzten Besuch offen gestanden hatte, fest verschlossen war. Das rostige Vorhängeschloss war entfernt und durch ein neues ersetzt worden. Jeffrey zückte seinen Dietrich und bearbeitete es, ohne Erfolg. Nach ein paar Minuten gab er auf, trat seufzend einen Schritt zurück und schaute am Tor hinauf, das zu beiden Seiten von hohen Backsteinpfeilern gehalten wurde. Es war nicht zu Sicherheitszwecken entworfen worden, sondern eher um zu imponieren und Neugierige davon abzuhalten, einfach zum Haus zu fahren.

»Da kommen wir locker rüber«, sagte er und faltete die Hände zu einer Räuberleiter zusammen. »Ich helfe dir auf den Pfosten, und dann lässt du dich auf der anderen Seite runter. Ich komme sofort nach«, flüsterte er.

»Klar.« Warum unterstellte Jeffrey ihr ständig mehr Anmut und körperliche Stärke, als sie tatsächlich hatte?

Sie setzte einen Fuß in seine Hände, und er wuchtete sie in die Höhe, während sie sich unbeholfen an den Pfeiler klammerte und mit letzter Kraft ihren Hintern hinaufschwang. Oben blieb sie atemlos sitzen. Sie riskierte einen Blick in den Garten.

»Ich kann nicht springen. Es ist zu hoch«, sagte sie panisch. Zum Glück trug sie ihre schwarze Emmanuel-Jeans, die Lederstiefel und eine Lederjacke. Die Vorderseite ihres grauen Shirts war jetzt dreckverschmiert, sie schaute zu Jeffrey hinüber und sah, dass er den anderen Pfeiler bereits erklommen hatte und sich auf der anderen Seite hinunterließ. Er landete am Boden und kam zu ihr herüber.

»Leg dich auf den Bauch und lass die Beine baumeln. So hoch ist es gar nicht«, erklärte er.

Sie erinnerte sich daran, dass er vor nicht allzu langer Zeit in Miami genau dasselbe zu ihr gesagt hatte. Das kleine Manöver war nicht gut ausgegangen, und sie hatte so ein Gefühl, dass sie diesmal nicht mehr Glück haben würden. Doch dann ließ sie sich hinunter und landete auf beiden Füßen, ohne auf den Hintern zu fallen. Der Aufprall rüttelte ihre Eingeweide durch.

»Hey«, sagte Jeffrey. »Du wirst immer besser.«

»Übung macht den Meister«, sagte sie und hielt sich den Bauch.

»Ist alles in Ordnung?«

»Ja, super«, antwortete sie.

Schnell und leise schlichen sie zum Haus, duckten sich zwischen die Bäume. Der winterliche Wald, der sie umgab, war still, die Luft schneidend kalt. Sie spähten zwischen den Bäumen hindurch, konnten aber nichts erkennen als schwarze Flächen in mondloser Nacht. Lydia erschauderte.

Ein schwarzer, neuer Lexus stand vor der Eingangstür geparkt. Lydia und Jeffrey hielten an der Hausecke inne und warteten ab, um sich davon zu überzeugen, dass niemand im Auto saß. Sie lauschten in die Stille, als sie plötzlich eine Stimme aus dem Haus hörten. Es war eine Männerstimme, der Tonfall war heiter und freundlich.

Sie schlichen sich auf die Veranda. Jeffrey zog seine Waffe, beide riskierten einen Blick durch das Fenster neben der Eingangstür.

Der Mann war groß und dünn, hatte glattes graues Haar. Er trug ein teuer aussehendes blaues Oxfordhemd und eine schwarze Anzughose, die von einem Gucci-Gürtel gehalten wurde. Er kehrte ihnen den Rücken zu, bewegte sich souverän und gestikulierte gönnerhaft mit der Hand. Im Kamin brannte ein Feuer, auf dem Sofa daneben saßen Lola und Nathaniel Stratton-Ross aneinandergedrängt unter einer Decke. Ihre Augen waren weit aufgerissen und auf den Mann gerichtet. Lydia war unsäglich erleichtert, die Kinder zu sehen; sie wirkten verschreckt, aber unverletzt.

Plötzlich drehte der Mann sich um, als spürte er ihre Anwesenheit. Jeffrey und Lydia zuckten zurück, doch Lydia hatte Zeit genug gehabt, sein Gesicht zu erkennen. Es war James Ross. Sie hörten Schritte, schlugen sich ins Gebüsch neben der Veranda, bevor James Ross das Haus verließ, ein Kind an jeder Hand. Sie bewegten sich mühsam und schwiegen, beide wirkten blass und müde, gezeichnet von Angst und Schlafmangel. Er setzte die Kinder auf die Rückbank, schnallte sie an und schlug die Tür zu.

»Bald seid ihr wieder bei Mami«, sagte er freundlich und schloss das Auto per Fernbedienung. Er holte fünf Benzinkanister aus dem Kofferraum, trug zwei ins Haus zurück. Die restlichen drei ließ er am Auto stehen. Lydia und Jeffrey tauschten einen Blick, Lydia zuckte die Achseln, und sie folgten Ross ins Haus.

Sie standen im Foyer und schauten zu, wie James Ross das Benzin im Wohnzimmer verteilte. Es dauerte eine volle Minute, bevor er ihren Blick bemerkte und sich umdrehte. Anstatt zu erschrecken, grinste er breit. Sein Gesicht ähnelte dem von Julian auf verblüffende Weise, es war das Gesicht von den Skizzen und dem Gemälde in DiMarcos Galerie. Lydia schnappte nach Luft. Seine Augen waren strahlend grün, und darin sah sie denselben Wahnsinn glitzern wie in den Augen seiner Schwester. Er mochte sich die Haare geschnitten und die Kleidung gewechselt haben, doch sie konnte immer noch den Psychopathen in ihm erkennen.

»Für einen Toten sehen Sie recht gesund aus, Mr Ross«, sagte Lydia, wie um ihre Angst mit Humor zu bekämpfen.

Er lachte wohlwollend. »Es ist schon komisch, dass Leute, die einen vernichten wollen, sich am Ende ausnutzen lassen. Es ist, wie ich immer schon gesagt habe, man kann nicht alles unter Kontrolle haben. Aber die eigene Haltung, die lässt sich kontrollieren.«

Er schien kein bisschen überrascht, sie hier zu sehen, und offenbar wusste er auch, wer sie waren. Lydia war verwundert.

»Wir sind auf der Suche nach einem Freund. Vielleicht können Sie uns helfen«, sagte Jeffrey.

»Da sind Sie bei mir genau richtig«, erwiderte der Mann. »Ich helfe Ihnen gern, aber vorher muss ich noch das hier erledigen.«

»Was haben Sie denn vor?«, fragte Lydia in einem ähnlich beiläufigen Ton.

»Ich hole mir zurück, was mir gehört, Ms Strong.«

»Für mich sieht es eher so aus, als würden sie es in Brand setzen wollen«, sagte Jeffrey und entsicherte seine Waffe.

James Ross betrachtete die Desert Eagle, dann ließ er den Blick durch den Raum schweifen. »Zeit für einen Neuanfang«, sagte er munter und klatschte in die Hände. »Die Vergangenheit ist so hässlich, hässlich, hässlich. Ich möchte, dass meine Familie umzieht. Die Zwillinge haben etwas Besseres verdient.«

»Und deswegen haben Sie ihren Vater ermordet?«

Ross blinzelte in Lydias Richtung, als sei sie eine Vision, die hoffentlich bald verschwinden würde. Möglicherweise hielt er sie tatsächlich für eine Ausgeburt seiner kranken Fantasie.

»Ich bin ihr Vater«, sagte er langsam. »Julians Ehemann mag ihr Vormund gewesen sein, doch diese Kinder gehören zu mir.«

»Warum?«

»Weil Julian und ich ein und dieselbe Person sind«, sagte er mit einem mitleidigen Lächeln. »Wir stammen vom selben Samen ab; was sie ist, bin auch ich. Was aus ihrem Körper kommt, kommt aus meinem. Können Sie das verstehen?«

»Was ist mit Julian?«

»Julian hat ihre Chance bekommen. Wir alle hätten zusammen sein können. Ich habe ihr angeboten, sie von einem Ehemann zu befreien, den sie nie geliebt hat. Aber sie wollte es nicht einsehen. Sie wünschte sich ein normales Leben, doch das ist unmöglich. Aus diesem Grund hat sie jeden Bezug zur Realität verloren, nur deswegen ist sie in dieser Anstalt gelandet. Sie weigert sich zu akzeptieren, wer sie ist, wer wir sind. Dann werden die Zwillinge und ich also ohne sie weitermachen müssen. Verzeihung, ich muss jetzt wirklich los.«

Lydia nickte. »Das kann ich gut verstehen, James. Wirklich. Aber Sie können doch sicher auch verstehen, dass wir nicht zulassen können, dass Sie das Haus in Brand setzen? Und die Zwillinge dürfen Sie leider auch nicht mitnehmen.«

»Was geht Sie das überhaupt an? Meine Mutter hat Sie engagiert, richtig? Sie ist tot. Ich bezahle Sie gern, und das Ganze bleibt unter uns«, sagte er, als wäre es das Logischste von der Welt.

»So läuft das nicht, James«, sagte Jeffrey.

»Ich bin unbewaffnet«, erwiderte James und nickte in Richtung der Desert Eagle.

»Nun, immerhin haben Sie einen Benzinkanister und wahrscheinlich auch ein Feuerzeug in der Tasche. Das nenne ich bewaffnet.«

James zuckte die Achseln. Er lief auf und ab, drehte sich wieder zu ihnen um.

»Sie wollen Gerechtigkeit, nicht wahr? Sie wollen den Mörder und Entführer zur Rechenschaft ziehen. Ein nobler Gedanke. Das kann ich respektieren. Aber«, sagte er, und in diesem Augenblick veränderte sich sein ruhiges Gesicht und wurde zornig, »Sie verstehen das alles nicht. Wissen Sie denn nicht, was mir angetan wurde?«

Er legte die Stirn in Falten, sein Gesicht wurde rot.

»Die haben mich von Julian getrennt. Sie haben behauptet, ich hätte das Haus abbrennen wollen, um meine Schwester und meine Mutter umzubringen. Doch das war eine Lüge.« Das letzte Wort spuckte er aus, als hätte er sich die Zunge verbrannt.

»Wirklich?«

»Ja«, rief er, fing sich wieder. »Weil Eleanor mich und Julian trennen wollte. Sie hat gedacht, da würden schmutzige Dinge vor sich gehen. Dabei war es nie so. Niemals. Es war die reinste Liebe, die zwischen zwei Menschen möglich ist. Wir haben einander geliebt, wir gehörten zusammen. Selbst Eleanor musste das einsehen. Die eifersüchtige alte Kuh. Sie hat gesagt, ich wäre böse, ich wäre die Verkörperung dieses bescheuerten Fluchs, von dem sie tagein, tagaus geredet hat. Also hat sie dafür gesorgt, dass ihr Liebhaber mich wegsperrt. Dr. Wetterau. Sie hatten ein Verhältnis. Wussten Sie das eigentlich? Ständig hat sie davon geredet, mein Vater sei ihre einzige große Liebe gewesen, niemals würde sie eine andere finden. Aber das hat sie nicht davon abgehalten, wie eine Hure herumzuvögeln.«

»Dann hat man Sie also eingewiesen, um Sie von Julian fernzuhalten«, sagte Lydia.

»Aber ich bin entwischt«, lachte er.

»Wohin?«

»Julian ging damals auf die Chapin in New York. Ich bin zu ihr gegangen. Aber sie hat mich nicht mehr geliebt«, sagte er, und Tränen stiegen in seine Augen. Er wandte sich ab, starrte ins Kaminfeuer.

»Sie hatten sie einer Gehirnwäsche unterzogen und sie davon überzeugt, ich wäre das Böse. Sie hat mich abgewiesen und gesagt, sie wolle ein normales Leben führen, mit einer gesunden Beziehung. Ich war am Ende, völlig am Boden. Irgendwann habe ich mir eingeredet, ich wäre tatsächlich böse. Ich habe mich nie weit von ihr entfernt, hatte sie immer im Blick, habe über sie gewacht. Jahrelang bin ich dahinvegetiert wie ein Tier. Aber nun, Sie können es sehen, wurde ich wiedergeboren. Ich will meine Kinder.«

»Haben Sie Tad Jenson ermordet?«

»Das wollte ich nicht«, sagte er, und seine Reue wirkte echt. »Ich wollte sie einfach nur sehen, sie berühren. Aber er wollte es mir verbieten. Die Sache ist eskaliert. Sie wissen ja, wie das ist … nicht wahr? Diese Wut, wenn das Monster die Kontrolle übernimmt.«

»Und Richard Stratton?«

»Die Wut …«, wiederholte er, unterbrach sich dann. Er starrte in die Ferne, in eine Vergangenheit voller bedauerlicher Fehlentscheidungen.

»Die Vergangenheit verzeiht nichts«, fuhr er fort. »Doch die Zukunft ist ein weißes Blatt Papier. Sie lässt sich gestalten. Ich werde mich um die Zwillinge kümmern. Sie stehen für alles, was ich verloren habe … meine Liebe, mein Vermögen, meine Familie. An ihnen werde ich es wiedergutmachen.«

»Was ist mit dem Fluch? Wie passen Maura und Annabelle Hodge in dieses Bild?«

»Oh, nur zu gern haben sie die Gelegenheit ergriffen, Eleanor und Julian zu schaden. Als ich endlich den Mut fand, an diesen Ort zurückzukehren«, sagte er und schaute sich um. »Wissen Sie, um alles richtigzustellen: Ich habe Maura einen Besuch abgestattet. Weil wir eine gemeinsame Feindin hatten, schlossen wir uns zusammen. Wir beide haben bekommen, was wir wollten. Maura und Annabelle haben Eleanor das Leben zur Hölle gemacht und durften sie sterben sehen. Wissen Sie, es ging eigentlich gar nicht um den Fluch. Das ist nur eine Legende. Es ging um Hass und Neid, ganz einfach. Maura und Annabelle sind längst über alle Berge. Nach all den Jahren konnten sie endlich Rache üben.«

»Aber was hatte Annabelle davon?«

»Ich glaube, Annabelle hatte es hauptsächlich auf das Geld abgesehen. Und außerdem hatte sie Angst vor ihrer Mutter. Das arme Ding. Aber wer hätte vor Maura keine Angst? Die Frau ist ja verrückt.«

In ihrem Eifer hatte Lydia bei der Aufzählung der Motive das wichtigste fast vergessen … den Hass. Er war die Nahrung, von der Maura sich ein Leben lang ernährt hatte und die sie auch ihrer Tochter eingeflößt hatte. Irgendwie tat Annabelle Lydia leid; sie war ebenso ein Opfer wie Lola und Nathaniel, war auf ähnliche Weise benutzt worden.

»Habe ich Ihre Neugier befriedigen können, Ms Strong? Wissen Sie jetzt alles, was Sie wissen wollten?«

»Eine Sache noch. Unser Freund, Ford McKirdy.«

»Ihr neugieriger kleiner Freund hat beinahe alles ruiniert. Wie wäre es mit einem Deal? Sie bekommen Ihren Freund zurück, dafür lassen Sie mich ziehen. Wir tun einfach so, als wäre all das nicht passiert.«

»Wie wäre es damit: Sie verraten uns, wo Ford ist, und im Gegenzug verzichte ich darauf, Ihnen das Hirn wegzublasen«, sagte Jeffrey, der die Geduld verloren hatte. Im selben Moment hörten sie aus den Tiefen des Hauses ein Klopfen, eine Stimme hinter vielen Schichten aus Holz und Stein. Beide wandten sich zur Geräuschquelle um, und als sie sich wieder umdrehten, war James verschwunden, und mit ihm die Benzinkanister.

Lydia machte sich auf die Suche nach dem Klopfen, sie musste den Keller finden. In der Ferne hörte sie Sirenen, sie musste an das verschlossene Tor denken und fragte sich, wie die Helfer zum Haus gelangen wollten. Sie unterdrückte ihre Panik und wagte sich in den Flur hinein. In derselben Sekunde meinte sie, Rauch zu riechen.

Sie blieb wie angewurzelt stehen. »Jeffrey!«, schrie sie. »Feuer!«

Er antwortete nicht. Sie zog ihren Achtunddreißiger aus der Lederjacke und versuchte, alle dunklen Nischen im Blick zu behalten. Sie hatte keine Ahnung, wo James sich möglicherweise versteckte, was er plante. Das Klopfen wurde lauter, je näher sie der Kellertür kam, doch als sie den Türknauf drehte, musste sie feststellen, dass die Tür verschlossen war.

»Zurücktreten!«, schrie sie. Sie wartete zehn Sekunden und schoss dann auf den Türknauf. Das Schloss gab nach, die Tür sprang auf, und der dunkle Keller gähnte ihr entgegen.

»Ford!«, schrie sie. Doch sie bekam keine Antwort, das Klopfen hatte aufgehört. Einen schrecklichen Moment lang fürchtete Lydia, Ford könnte hinter der Tür gestanden haben. Sie tastete nach einem Lichtschalter, fand ihn. Doch als sie ihn umlegte, passierte nichts … natürlich nicht. Und dann hörte sie ein Krächzen aus der Dunkelheit: »Lydia.«

»Ford?«

Sie hörte ein leises Stöhnen.

Sie eilte die Kellertreppe hinunter und fand ihn an einen Stuhl gefesselt. Er hatte sich auf die Seite geworfen und ein Bein befreien können, mit dem er gegen die Wand getreten hatte. Das war das Klopfen, das sie oben gehört hatten. Ford war dreckverschmiert, schien ansonsten aber unverletzt.

»Ford. Gott sei Dank.«

»Ich dachte, ich müsste hier unten sterben«, sagte er.

»Nicht, solange ich da bin«, sagte Lydia, fiel auf die Knie und machte sich daran, die Knoten zu lösen.

»Es riecht nach Rauch«, sagte Ford.

»Ich glaube, es brennt«, sagte Lydia, warf einen Blick die Treppe hinauf und fragte sich, wo Jeffrey blieb. Dann hörte sie einen Schuss. Ihr Magen krampfte sich zusammen, sie zerrte an den Fesseln. Im feuchten Keller war der Strick klamm geworden, Lydia mühte sich mit dem Knoten ab, dann hatte sie Ford endlich befreit.

»Kannst du gehen?«, fragte sie und half ihm auf die Beine.

»Ja.«

»Lass uns verschwinden.«

Als sie den Kopf der Treppe erreichten, hatte sich das ganze Haus mit Qualm gefüllt. Sie eilten auf den Ausgang zu, als Jeffrey ihnen aus einer schwarzen Rauchwolke entgegensprang. Er hatte sich das T-Shirt über die Nase gezogen. Schnell folgten Ford und Lydia seinem Beispiel.

»Wo ist James?«, fragte Lydia.

»Ich habe auf ihn geschossen, aber er ist entwischt. Er ist irgendwo hier im Haus. Ich wollte ihn verfolgen, aber alles brennt wie Zunder. Wir müssen hier raus. Er ist immer noch irgendwo. Der Lexus steht draußen, die Kinder sind da drin.«

Jeffrey legte sich Fords Arm über die Schulter und schleppte seinen Freund aus dem Haus. Ford schien sich kaum noch auf den Beinen halten zu können. Bevor sie das Haus verließ, drehte Lydia sich noch einmal um und sah, wie der prächtige Salon von den Flammen zerfressen wurde. Sie fragte sich, ob dies James' Scheiterhaufen war. Dann rannte sie zur Tür hinaus.

Draußen schoben sich die ersten Streifenwagen und Löschfahrzeuge die Auffahrt hinauf. Die blauen und roten Warnblinker tauchten den nächtlichen Wald in ein bizarres Stroboskoplicht.

Jeffrey schleppte Ford vom Haus weg. Lydia schlug die Beifahrertür des Lexus mit dem Griff ihres Revolvers ein, öffnete die Verriegelung und zog die kreischenden Kinder aus dem Auto. Sie hievte sich ein Kind auf jede Hüfte und lief hinter Jeffrey und Ford her. Sie hatte die Zwillinge erst ein Mal gesehen, doch die Kinder klammerten sich an ihr fest. Als er die fünf erblickte, riss Henry Clay vor Staunen die Augen auf. Sie hasteten an ihm vorbei auf den Krankenwagen zu, und dann schien sich ein Moment absoluter Stille einzuschleichen, das Haus und der Wald ringsum atmeten einmal tief ein, bevor eine mächtige Explosion alle Umstehenden drei Meter zurückstieß. Die Detonation war so heftig, dass Chief Clays Augenbrauen und die spärlichen Reste seines Haupthaars versengt wurden.

Das Haus brannte stundenlang. Wann immer es schien, als würden die Flammen absterben, schien das Feuer sich wie von selbst neu zu entfachen. Die Feuerwehrleute bemühten sich, den Brand so gut wie möglich unter Kontrolle zu halten, damit er nicht auf die umstehenden Bäume übersprang.

Lydia schaute vom Krankenwagen aus zu, wo sie auf einer harten Plastikschale saß. Die Zwillinge saßen neben ihr. Sie schmiegten sich an sie wie zwei Welpen auf der Suche nach Wärme. Sie hatte einen Arm um jedes Kind geschlungen. Wahrscheinlich merkten die Kinder nichts davon, doch auch sie spendeten Trost.

Jeffrey hatte Ford im Krankenwagen begleitet, Lydia hatte beschlossen, bei den Kindern zu bleiben, bis sie abgeholt wurden. Die Zwillinge kannten sie kaum, doch bei so vielen Fremden war sie das einzige bekannte Gesicht, und das schien sie zu beruhigen.

»Mein Daddy hat mir die Pinguine im Zoo gezeigt«, sagte Nathaniel ernst.

»Er hat *uns* die Pinguine im Zoo gezeigt«, korrigierte ihn Lola. »Uns beiden.«

»Euer Dad hat euch sehr lieb«, sagte Lydia, sie benutzte die Gegenwartsform, ohne weiter darüber nachzudenken.

»Er *hat* uns geliebt«, sagte Lola. »Er ist jetzt tot. Tote Leute können nicht mehr lieben.«

»Lola«, sagte Lydia und dachte an den Traum von ihrer Mutter, den sie vor kurzem gehabt hatte. »Das stimmt nicht. Das stimmt kein bisschen.«

DREIUNDVIERZIG

Als Lydia und Jeffrey sein enges Büro auf der Wache betraten, war Ford gerade dabei, seinen Schreibtisch auszuräumen. Obwohl der Tag klar und kalt war, trug er ein buntes Hawaiihemd und Khakihosen. Seine Daunenjacke hing über der Stuhllehne.

»Dann fängst du jetzt also endlich an zu leben«, sagte Lydia lächelnd.

Ford drehte sich zu ihr um. »Dank euch beiden«, sagte er. Er richtete sich auf und umarmte sie nacheinander.

»Setzt euch«, sagte er und hängte seine Jacke an einen Haken hinter der Tür.

»Wir fliegen nach Europa«, sagte er so aufgeregt wie ein Kind vor dem Ausflug nach Disneyland. »Rose und ich. Könnt ihr es glauben?«

»Das ist toll, Ford«, sagte Jeffrey und lächelte breit. »Wir freuen uns für dich, Mann.«

»Hey, und ich freue mich für euch. Dax hat mir erzählt, dass ihr endlich ernst macht. Ich weiß, ihr kriegt das besser hin als wir. Aber ich werde mir Mühe geben, es in Zukunft besser zu machen.«

Jeffrey legte Lydia einen Arm um die Schulter und strahlte sie an. Nie hatte Lydia Ford so aufgekratzt gesehen, sie freute sich für ihn; gleichzeitig kamen ihr Zweifel, was den Grund ihres Besuches anging.

»Hey, wo wir schon beim Thema sind, das wird euch freuen«, sagte er und setzte sich an den Schreibtisch. »Interpol hat Maura und Annabelle Hodge gestern in Paris festgenommen. Die beiden wohnten in einem riesigen Apartment und hatten ein gut gefülltes Konto. Wie dem auch sei, sie werden jetzt nach Amerika zurückgebracht und wegen Beihilfe zum Mord vor Gericht gestellt. James Ross mag tot sein, aber sie werden bezahlen müssen.«

Die Explosion und das Feuer hatten das Haus so gründlich zerstört, dass man James' Leiche in den Trümmern nicht finden konnte. Eine selbstgebastelte Bombe in der Küche hatte die Detonation ausgelöst, die das Haus dem Erdboden gleichgemacht hatte. Drei Wochen war das nun her, und immer noch wühlten die Forensiker in den Trümmern herum. Die Überreste von Anthony Donofrio waren entdeckt worden, die Ermittler vermuteten, dass seine Leiche auf dem Dachboden des Hauses gelegen hatte. James Ross blieb verschwunden. Diese Information passte Lydia gar nicht, unter anderem. Aus diesem Grund waren sie heute zu Ford gekommen.

»Wann ist dein letzter Tag?«, fragte Lydia und sah ihn schuldbewusst an.

»Morgen«, sagte er und richtete seinen Polizistenblick auf sie, als hätte er eine Ahnung. »Warum?«

»Da sind ein paar offene Fragen, die uns wirklich beschäftigen«, erklärte Jeffrey zerknirscht.

»Mann, du musst lernen loszulassen. Er hat ein Geständnis abgelegt … oder etwa nicht?«

»Ja … aber ein paar Details passen nicht zusammen«, sagte Lydia und setzte sich hin. »Wäre schön, wenn du unsere Zweifel ausräumen könntest. Wir sind nämlich auf dem Weg nach Hawaii, um meine Großeltern zu besuchen und dort zu heiraten.«

Ford lehnte sich zurück, betrachtete sie skeptisch, doch Lydia konnte die Neugier in seinen Augen sehen.

»Was für Details?«

»Woher hatte er das viele Geld? Um den Lexus und die neuen Klamotten zu kaufen, meine ich. Und, da du es erwähnt hast, um Maura und Annabelle Hodge für ihre Hilfe zu bezahlen. Immerhin wurde er für tot erklärt. Er hatte kein Konto, kein Vermögen mehr.«

Ford nickte, dachte nach. »Was noch?«

»Ist es nicht ein riesiger Zufall, dass Julian in einem Gebäude lebte, das über einen dieser alten Tunnel aus Prohibitionszeiten erreichbar war? Sehr praktisch für ihren verrückten Zwilling aus der Unterwelt, oder?«

Ford zuckte die Achseln. »Was noch?«

»Der Abend in dem Haus«, sagte Jeffrey. »Ich habe James angeschossen, in der Eingangshalle. Er hatte die Gelegenheit, aus dem brennenden Haus zu fliehen und in den Lexus zu springen. Mit den Zwillingen zu verschwinden. Stattdessen rannte er die Treppe hoch … in die Flammen hinein. Warum ist er nicht geflüchtet? Unser Auto stand unten an der Straße, und er hätte sich ohnehin denken können, dass ich Lydia nicht allein lassen würde, nur um ihn zu verfolgen. Er hätte problemlos entkommen können.«

Ford überlegte. Er lehnte sich zurück und betrachtete die Decke. »Nun, zu dem Zeitpunkt waren Polizei und Feuerwehr schon unterwegs, nicht wahr?«, fragte er hoffnungsfroh.

»Da ist noch etwas«, sagte Lydia, »vielleicht das Wichtigste überhaupt. James hat gesagt, er wollte die Zwillinge haben, um seine Familie und sein Vermögen zurückzuerlangen. Aber was hat die Entführung der Zwillinge mit seinem Geld zu tun? Als Kidnapper wäre er ja wohl kaum in der Lage gewesen, ihr Vermögen für sich zu beanspruchen. Wir haben soeben erfahren, dass Orlando DiMarco die Vormundschaft für die Kinder übertragen wurde. Das alles ergibt keinen Sinn.«

»Was willst du mir damit sagen?«

»Julian ist wieder da, auf wundersame Weise genesen, ihr böser Zwilling ist tot, vom Mordvorwurf wurde sie entlastet und ist wieder mit ihren Kindern vereint«, sagte Lydia, als lese sie aus einer Gesellschaftskolumne vor. »Noch reicher als je zuvor ist sie auf dem Weg in ein neues Leben, in ein neues Land. Nächste Woche reist sie in die Schweiz, wo ihr enger Vertrauter Orlando eine Villa besitzt. Sie und die Kinder werden vorübergehend dort wohnen, bis sie eine angemessene Bleibe gefunden haben.«

Die drei schwiegen, lauschten auf das Gewusel auf der Wache. Lydia betrachtete Ford und merkte, dass ihn nichts von dem, was sie gesagt hatte, wirklich überraschte, dass er sich insgeheim dieselben Fragen gestellt hatte. Er schüttelte langsam den Kopf und schloss die Augen.

»Könnt ihr euch an Julians Psychiaterin erinnern, Dr. Barnes?«, sagte Lydia. »Sie hat etwas gesagt, das mir nicht mehr aus dem Kopf geht. Sie sagte, Julian habe ein Jahr vor dem Mord an Richard Stratton die Therapie abgebrochen. Sie hat gesagt, sie habe beschlossen, vor ihrem wahren Selbst zu kapitulieren. Das passt zu James'

Aussage. Angeblich wurde er in Fishkill untergebracht, weil Eleanor ihm und Julian ein inzestuöses Verhältnis unterstellte, nicht, weil er das Haus in Brand gesetzt hätte. Er machte Julian ausfindig, sie erklärte ihm, sie liebe ihn nicht mehr. Und seither verfolgt er sie, um sie davon zu überzeugen, dass sie zusammengehören.«

Sie hielt inne, während Ford eins und eins zusammenzählte.

»Lydia, was glaubst du?«

»Ich glaube«, sagte sie, »dass Julian nach so vielen Jahren der Trennung, nach so vielen gescheiterten Versuchen, ein normales Leben zu führen, schließlich nachgegeben hat. Vielleicht haben Julian und James doch noch einen Weg gefunden, zusammen zu sein.«

Die Wohnung an der Park Avenue war voller Möbelpacker, die die Sitzgelegenheiten mit Tüchern abdeckten und Kartons von der Wohnung zum Lastenaufzug schleppten. Die Fenster waren geöffnet, Lydia zitterte vor Kälte. Julian Ross schien die Temperatur nicht wahrzunehmen, sie trug nur Jeans und einen dünnen weißen Rollkragenpullover aus Seide. Sie wirkte fit und gesund, ihre Wangen leuchteten, ihr Blick war klar, als sie Lydia mit einer Umarmung begrüßte. Lydia fand, dass sie wirklich glücklich aussah, von innen heraus zu leuchten schien.

»Die Kinder sind mit Orlando in die Schweiz geflogen«, sagte sie und führte Lydia ins Wohnzimmer, das noch nicht ganz ausgeräumt war. »Sie mögen ihn und vertrauen ihm inzwischen sehr.«

Sie nahmen auf dem letzten Sofa Platz, das noch nicht abgedeckt war.

»Wie geht es ihnen?«

»Kinder sind robust«, sagte Julian leise. »Sobald wir uns eingelebt haben, werden sie die besten Kinderpsychologen bekommen.«

»Was ist mit Ihnen?«

»Ich«, sagte sie, und ein Schatten überflog ihr Gesicht, »ich werde eine Weile länger brauchen. Aber ich werde es schaffen.« Sie strahlte wieder, doch diesmal wirkte es gezwungen.

»Ich hätte da noch ein paar Fragen …«

»Oh je, ihr Honorar«, rief Julian und sprang auf, um ihr Scheckbuch zu holen. »Natürlich. Wie viel hat meine Mutter Ihnen versprochen?«

»Ich bin nicht wegen des Honorars hier, Julian.«

Julian musste irgendetwas aus Lydias Stimme herausgehört haben, denn plötzlich wurde sie leichenblass. Sie ließ sich auf das Sofa sinken, wirkte fahrig. »Warum sonst? Wie Sie sehen können, habe ich zu tun.«

»Es dauert nicht lange«, sagte Lydia lächelnd. Sie stand auf, trat ans Fenster und schaute vierzehn Stockwerke auf die Straße hinunter. An diesem Nachmittag war viel los, Taxis rauschten vorbei, die Leute eilten über die Gehwege. Vom Fenster aus konnte Lydia das Chrysler Building in der Sonne glänzen sehen, sie roch Kaminfeuer.

»Wir haben uns die Papiere des Lexus angesehen, den James gefahren hat, und wir haben eine interessante Entdeckung gemacht. Der Wagen wurde erst eine Woche vor Richards Tod gekauft, Sie sind die Halterin.«

Die Worte blieben im Raum stehen.

»Das kann nicht sein«, sagte Julian kopfschüttelnd. Sie wich Lydias Blick aus, schaute aus dem Fenster.

»Außerdem haben wir herausgefunden, dass Sie ein Konto im Namen der Kinder eröffnet und zehntausend Dollar darauf deponiert haben.«

»Na und?«

»Nun ja … jemand hat mit einer Scheckkarte Geld von dem Konto abgehoben. Wir haben uns die Aufnahmen der Kamera am Geldautomaten besorgt. Und raten Sie mal, wer das war.«

»Keine Ahnung«, sagte Julian und drückte den Rücken durch, wie Lydia es von Eleanor kannte.

»Ihr Bruder.«

Alles, was Lydia gesagt hatte, entsprach der Wahrheit, außer die Sache mit der Kamera am Geldautomaten. Das war gelogen.

Nachdem Lydia und Jeffrey ihre Fragen bei Ford losgeworden waren, hatte Ford die Zulassungsstelle angerufen und die Bank von Julian Ross und Richard Stratton. Innerhalb einer Stunde hatte er die Information über die Fahrzeughalterin und das neue Konto ermittelt. Die Abhebungen waren zu klein gewesen, um Verdacht zu erregen, auch nicht nach dem Mord; Julian und Richard Stratton hoben regelmäßig astronomisch hohe Summen ab, außerdem suchte die Polizei nicht nach einem Auftragskiller.

»Möglicherweise hat er mir die Karte gestohlen. Woher soll ich das wissen?«, sagte Julian und wurde plötzlich vollkommen ruhig. »Ich muss Sie jetzt leider bitten zu gehen.«

Im selben Moment kamen Ford und Jeffrey zur Tür herein, begleitet von den Detectives Malone und Piselli. Die Möbelpacker hielten inne, spürten, dass etwas nicht stimmte. Lydia ließ den Blick durchs Zimmer schweifen, blieb an Julian hängen. Sie schien in sich zusammenzusacken.

»Wo ist er, Julian? Wo ist James?«

»Sie sind doch verrückt«, sagte sie. »Ich möchte meinen Anwalt anrufen.«

»Ford McKirdy war verschwunden, Sie wussten genau, dass wir nach Haunted zurückfahren und irgendwann beim Haus landen würden. Ich glaube, James wollte alles beichten, und dann hat er dafür gesorgt, dass wir sehen, wie er stirbt. So würde alle Schuld auf ihn fallen, Sie würden von allem entlastet und er für tot erklärt. Sie wollten in ein Land umziehen, wo niemand ihn kennt, und dann eines Tages könnten Sie glücklich Ihre Wiedervereinigung feiern. Nach so vielen Jahren der Trennung.«

Lydia wusste nicht genau, ob sie ins Schwarze getroffen hatte, doch sie war sicher, dass sie in die richtige Richtung dachte. Wie hatte James sie erkennen können? Woher hätte er wissen sollen, dass sie beim Haus auftauchen würden? Auf diese Fragen hatte sie keine Antwort gefunden. Aber sie wusste, sie und Jeffrey hatten ihm die Beichte abnehmen sollen. Das verriet ihr ihr Bauchgefühl.

Als sie Julian in die Augen blickte, konnte sie sehen, dass sie einen Volltreffer gelandet hatte.

»Warum haben Sie nachgegeben, Julian? Sie haben hart darum gekämpft, ein normales Leben zu führen. Zuerst mit Tad, dann mit Richard, obwohl Ihre Mutter Sie angefleht hatte, nicht noch einmal zu heiraten.«

Julian saß mit versteinerter Miene da.

»Sie haben mit angesehen, wie er Tad ermordet hat, nicht wahr? Jetty hat Ihre Schreie gehört. Was haben Sie zu ihm gesagt? ›Ich habe dich nie geliebt, nicht auf diese Weise.‹ Doch das war gelogen, nicht wahr? Denn Sie haben ihn geliebt. Sie hatten zu große Angst davor, die Liebe zu Ihrem Bruder könnte eine Folge des Fluchs sein. Ihre Mutter hatte Sie Ihr Leben lang damit gequält. Die Vorstellung hat Sie abgestoßen und erschreckt, doch sie war übermächtig. Sie haben ihn so sehr geliebt, dass Sie ihn selbst nach Tads Tod noch gedeckt haben. Sie wären lieber für ein Verbrechen, das Sie nicht begangen haben, ins Gefängnis gegangen, als James zu belasten.«

Schweigen breitete sich im Zimmer aus.

»Ihre Mutter muss Ihnen das Gefühl gegeben haben, krank und verrückt zu sein. Wahrscheinlich hat sie Sie bestraft und gemaßregelt, damit Sie den Fehler einsehen? Vielleicht wollte sie Sie vor dem Fluch retten, vor dem sie sich ein Leben lang gefürchtet hat.«

Überrascht sah Julian sie an. Tränen stiegen ihr in die Augen, kullerten über ihre Wangen.

»Dabei hat sie dasselbe durchgemacht, nicht wahr? Auch sie hat ihren Bruder geliebt. Und der hat Jack ermordet. Wo ist Paul, Julian?«

Endlich war Julian bereit zu antworten.

»Sie hat ihn umgebracht. Er hat sie einfach nicht in Ruhe gelassen. Nach dem Tod meines Vaters, nachdem mein Bruder weggesperrt wurde. Sie hat ihn erschossen. Sie hat ihn geliebt, doch sie musste ihn töten. Ich habe ihr geholfen, seine Leiche hinter dem Haus zu vergraben. Danach haben wir Haunted verlassen und sind nie zurückgekehrt. Sie war der Meinung, es wäre endlich vorbei. Das hat sie tatsächlich geglaubt. Und dann ist James ausgebrochen.«

»Warum hat sie der Polizei nach dem Mord an Tad nichts erzählt?«

»Weil sie James geliebt hat. Er war ihr Sohn, vergessen Sie das nicht. Sie wollte mich auf jeden Fall schützen. Wäre ich verurteilt worden, hätte sie sich zu Wort gemeldet. Ich musste ihr versprechen, nie wieder zu heiraten. Sie dachte, das reicht, um ihn auf Abstand zu halten. Aber dann habe ich mein Wort gebrochen.«

»Warum? Warum sind Sie dieses Risiko eingegangen?«

Sie zuckte die Achseln, schlug beschämt die Augen nieder. »Ich war einsam. Ich hatte Angst. Ich hatte das Gefühl, ständig beobachtet zu werden. Richard Stratton war stark und selbstbewusst. Und …« Sie hielt inne. »Eigentlich habe ich ihn nicht geliebt. Ich dachte, es wäre besser, ihn nicht zu lieben. Aber dann wurde ich schwanger. Es war ein Unfall, doch auf einmal war ich mit Zwillingen schwanger. Und da war er plötzlich wieder da. Er wollte die Kinder.«

»Wann genau haben Sie beschlossen zu kapitulieren?«

»Nie«, sagte sie schwach. »Er hat das getan. Und jetzt ist er tot. Und wir sind endlich frei, Lola, Nathaniel und ich.«

»Nein, Julian. Sie haben die Therapie bei Dr. Barnes abgebrochen. Sie sind mit Ihrer Familie in ein Gebäude gezogen, das einen unterirdischen Zugang hat. Sie haben Geneva Stout eingestellt.«

»Ich wusste damals nicht, wer sie ist. Ich war seit über zwanzig Jahren nicht in Haunted gewesen.«

»Ich glaube Ihnen kein Wort, Julian. Vielleicht waren Sie früher einmal tatsächlich James' Opfer. Aber nun sind Sie seine Komplizin. Ihr Nervenzusammenbruch … vielleicht war er echt, vielleicht nur Theater. Doch offenbar haben Sie alles so arrangiert, dass Sie wie das Opfer aussehen. Er hat die ganze Schuld auf sich genommen und seinen Tod inszeniert. Ich glaube, dass Sie vorhaben, ihn in der Schweiz zu treffen.«

Jeffrey, Ford, die Polizisten und die Möbelpacker standen reglos da und starrten Julian an.

»Vielleicht hatte Maura Hodge doch recht«, sagte Lydia. »Sie hat gesagt, Ihre Familie brauche gar keinen Fluch, sie sei sich selbst Strafe genug.«

Es ging so schnell, dass Lydia nicht reagieren konnte. Julian verwandelte sich blitzschnell von der ruhigen Frau auf dem Sofa in den Dämon, den Lydia in der Klinik schon einmal gesehen hatte. Sie attackierte Lydia wie ein wildes Tier. Lydia taumelte rückwärts auf das geöffnete Fenster zu, während Julian sie an der Kehle gepackt hielt. Lydia konnte nichts weiter tun, als sich über die Kraft der zierlichen Frau zu wundern. Es war ihr vollkommen unmöglich, sich zu befreien. Aus dem Augenwinkel sah sie, wie Ford und Jeffrey losstürzten, doch schon schlug sie mit der Hüfte gegen das Fensterbrett, spürte Julians Gewicht auf sich. Die Luft draußen vor dem Fenster war kalt, von unten drang Straßenlärm herauf. Ihr Oberkörper hing zum Fenster hinaus, Julian war immer noch über ihr. Unten auf der Straße fing eine Frau zu kreischen an.

»Ihr könnt uns nicht trennen«, zischte Julian. Lydia spürte den Abwärtssog, der Himmel über ihrem Kopf drehte sich, die Gebäude tanzten. Und sie spürte einen merkwürdigen Zug nach unten. Die Verbindung zwischen ihrem Körper und ihrer Seele war ein dünner Faden, der jeden Moment zu reißen drohte. *Werde ich sterben?* Sie streckte die Arme aus und versuchte, sich an Julian festzuhalten. Die Frau hielt ihre Kehle fest umklammert, Lydia hatte das Gefühl, nur noch durch einen Strohhalm zu atmen. Weiße Sterne tanzten vor ihren Augen.

Alles geschah wie in Zeitlupe. Lydia spürte, wie ihr Schwerpunkt aus dem Wohnzimmer an eine Stelle außerhalb der Wohnung verschoben wurde. Eine Sekunde später spürte sie, wie ihre Füße den Bodenkontakt verloren, ihr Kopf unterhalb der Taille hing. Auch Julian musste es gespürt haben, denn ihr Gesicht veränderte sich, war plötzlich nicht mehr boshaft, sondern überrascht und erschrocken. Sie lockerte ihren Griff. Im selben Moment spürte Lydia, wie jemand ihre Fußknöchel packte. Julian rutschte über sie hinweg. Lydia versuchte, sie festzuhalten, doch alles ging zu schnell. Julian rollte über sie hinweg wie eine Akrobatin, Ford war eine Millisekunde zu spät am Fenster. Alle schwiegen schockiert, als Julian fiel, ihre Schreie klangen wie Sirenengeheul und endeten abrupt, als sie auf dem Gehweg aufprallte. Das Geräusch war entsetzlich; man konnte die Knochen brechen hören. Bremsen kreischten, Metall scharrte auf Metall, das Geschrei der Passanten drang bis in die Wohnung hinauf.

Jeffrey zog Lydia ins Zimmer zurück und neben sich auf den Boden. Ihre Nervenenden pochten, sie zitterte vor Todesangst. Sie vergrub ihren Kopf an seiner Schulter, atmete seinen Duft ein, spürte seine harten Muskeln, hörte seine Atemzüge. Nie war sie glücklicher gewesen, am Leben zu sein.

VIERUNDVIERZIG

Die Fahrt mit der Fähre war anstrengend; sie hatte die Reise ganz allein angetreten. Jeffrey dachte, sie wäre shoppen und später zu einer Kontrolluntersuchung bei ihrer Gynäkologin am Central Park West. Sie würde tatsächlich dort hingehen, aber noch nicht jetzt. Später.

Es war halb sieben, der Himmel von einem flachen, toten Grau. Die Luft war kalt, auf dem Wasser geradezu eisig, doch Lydia hielt sich an Deck auf, in der Nähe der Arbeiter, die gerade Pause machten und Kaffee aus einer Thermoskanne tranken. Hector trat an sie heran.

»Ich verstehe nicht, wie jemand freiwillig bei uns mitfahren kann«, sagte er mit schwerem dominikanischem Akzent.

Hector hatte Wort gehalten und ihr verraten, wo Jed McIntyre begraben worden war. Als sie eine Woche später noch einmal anrief und ihm tausend Dollar dafür bot, dass er sie zu der Stelle führte, hatte er abgewinkt: »Lady, sind Sie verrückt? Kümmern Sie sich um Ihre eigenen Angelegenheiten.«

»Das ist es ja«, hatte sie gesagt. »Das kann ich nicht, solange ich das Grab nicht gesehen habe.«

Er hatte sich widerwillig bereiterklärt, sie auf City Island in der Bronx zu treffen und zum Potter's Field auf Hart Island mitzunehmen, wo New Yorks anonyme Tote bestattet wurden. Lydia hatte sich zurückgehalten und zugeschaut, wie zwanzig identisch aussehende Kiefernsärge mit Seriennummern von einem Lieferwagen auf die Fähre geladen wurden. Ein alter Priester stand daneben; sie fragte sich, ob er jeden Tag auf diese Weise begann, in Gesellschaft der Arbeiter, die Gottes vergessene Kinder auf ein Boot luden, das sie zu einem anonymen Massengrab bringen würde. Sie fragte sich, wie der Mann nicht vom Glauben abfallen konnte, fragte aber nicht nach. Sie hatte ihren eigenen Glauben, um den sie sich Gedanken machen konnte.

»Ich muss es mit eigenen Augen sehen«, sagte sie.

Hector nickte einfach nur. Er hatte ein breites Gesicht mit groben Zügen und hellwachen Augen. Sein Blick war weder warm noch kalt, weder freundlich noch grausam. Es war, als würden seine Augen alles sehen, ohne sich ein Urteil zu bilden. Sie wandte sich ab und schaute zu, wie die Fähre sich der Insel näherte. Dann starrte sie in das schlammige Wasser des Long Island Sound. Wieder musste sie an ihre Liste von menschlichen Beweggründen denken. Sie dachte an Julian und James und ihre kranke Liebe. Sie dachten, ihre Liebe würde sie von jeder Moral entbinden und ihnen erlauben, zu lügen und zu betrügen und zu morden. Und dann war Julian auf dem Gehweg geendet. James Ross war immer noch auf der Flucht.

Sie dachte an Maura und Annabelle Hodge, so zerfressen von Hass und Rachedurst, Eifersucht und Gier, dass sie sich in die Intrige hatten hineinziehen lassen. Sie hatten in Kauf genommen, dass Menschen ums Leben kamen und Kinder zu Waisen wurden. Den gerechten Zorn ihrer Vorfahren hatten sie verdreht und nach eigenen Bedürfnissen umgeformt. Lydia fragte sich, wer Annabelles Vater war, warum er verschwunden war. Sie hatte einen Verdacht, vielleicht war es Paul, Eleanors Bruder, über den Maura so liebevoll gesprochen und dem sie sogar ein Buch gewidmet hatte. Vielleicht ahnte Maura, dass Eleanor ihn umgebracht hatte, vielleicht ahnte sie auch, dass niemand ihr glauben würde. Möglicherweise hatte sie dieses Wissen nur noch tiefer in den Wahnsinn getrieben. Dann wiederum war alles nur Spekulation; Lydia würde die Wahrheit wohl niemals erfahren.

Sie dachte an Orlando DiMarco, der ihr bis zum Schluss ein Rätsel geblieben war. Als er für Julians Beerdigung mit den Kindern aus der Schweiz zurückgekehrt war, hatte Lydia ihn in der Galerie besucht. Er war gerade dabei gewesen, den Laden zu schließen. Er hatte vor, sich dauerhaft mit den Kindern in der Schweiz niederzulassen.

»Irgendwie habe ich immer gewusst, dass es für die beiden so enden wird«, sagte er, als er Lydia entdeckte.

»Sie haben es gewusst?«, sagte sie.

»Ich hatte eine Ahnung.«

»Und Sie haben sie trotzdem gedeckt … und ihn auch?«

»Ich habe sie geliebt«, sagte er ratlos. »Und die beiden gehörten zusammen. Was immer ich ihm angetan hätte, hätte ihr geschadet. Haben Sie jemals einen Menschen so sehr geliebt … dass Sie alles für ihn getan hätten, egal was? Selbst wenn Sie wüssten, dass er Sie nicht zurückliebt?«

Sie wollte Orlando nicht verurteilen, genauso wenig hatte sie Lust, ihm zu erklären, dass so etwas in ihren Augen keine Liebe war. Wenn die Liebe von einem Menschen verlangte, sich selbst und andere zu verraten, handelte es sich um Bedürftigkeit oder Angst in geschickter Verkleidung. Sie schüttelte den Kopf.

Lola und Nathaniel rannten durch die ausgeräumte Galerie, ihr Lachen hallte von den Wänden wider. Bei ihrem Anblick wäre niemand darauf gekommen, was sie im Laufe der letzten Wochen durchgemacht hatten. Sie wirkten wie normale, glückliche Kinder.

»Reden sie jemals über die Vergangenheit?«

»Sie haben der Kinderpsychologin erzählt, dass sie an jenem Abend mit ihrem Kindermädchen ein Spiel gespielt haben. Ich weiß nicht einmal, ob sie es mit dem Tod ihres Vaters in Verbindung bringen. Sie fühlen sich nicht schuldig. Sie werden dennoch für eine ganze Weile in Therapie bleiben.«

»Warum hat Julian ausgerechnet Sie als Vormund ausgewählt?«

»Ich habe keine Ahnung. Vor ein paar Monaten kam sie in die Galerie und fragte mich, ob ich mich um die Zwillinge kümmern würde, sollte ihr und Richard etwas zustoßen. Ich habe natürlich zugesagt. Ich fand ihr Anliegen befremdlich, doch ich hätte es niemals abgelehnt«, sagte er und blickte an Lydia vorbei ins Nichts.

»Ich glaube, ein Teil von ihr hat gewusst, dass es zu dieser Tragödie kommen würde«, fuhr er fort. »Sie wollte einfach nur sicherstellen, dass die Kinder gut versorgt sind. Anders kann ich mir das nicht erklären.«

»Was ist mit James? Glauben Sie nicht, dass er versuchen wird, an die Kinder heranzukommen?«

»Das wäre Selbstmord. Interpol wird uns im Auge behalten, und für die Zeit danach habe ich einen privaten Sicherheitsdienst gefunden. Sobald er sich uns nähert, wird er verhaftet und wegen Mordes vor Gericht gestellt.«

Lydia nickte.

»Es ist schon komisch«, sagte er, als sie sich schon abgewandt hatte. »In Lola und Nathaniel habe ich mehr von ihr als zu ihren Lebzeiten. Die beiden sind ihr so ähnlich … es ist eine Freude und eine Qual. Ich glaube, sie werden mir bis an mein Lebensende viel Freude und viel Kummer machen, so wie ihre Mutter früher.«

Was er sagte, war schön und hässlich zugleich, es klang irgendwie romantisch und vollkommen selbstlos und irgendwie auch ein bisschen krank.

Als Lydia die Galerie verließ, entdeckte sie die Gesichter der Kinder, die sie von hinter einer Mauer beobachteten. Sie waren hübsch, doch ihre Augen wirkten alt. Lydia machte kehrt und kniete nieder, die Kinder liefen auf sie zu und umarmten sie.

»Vergiss nicht, was ich euch gesagt habe, Lola«, sagte sie. »Und du auch nicht, Nathaniel.«

»Man verliert den Schenker, nicht das Geschenk«, sagte Lola brav auf. Nathaniel wirkte verunsichert. Lydia wusste nicht genau, ob sie den Sinn dieser Worte verstanden hatten, doch möglicherweise würde es eines Tages so weit sein. Sie wusste, wie es war, ohne Eltern aufzuwachsen; hoffentlich würden die Kinder sich an traurigen Tagen an ihre Worte erinnern und sich davon trösten lassen.

Als die Fähre angelegt hatte und die Klappen sich öffneten, drückte Hector ihr einen Zettel in die Hand und zeigte nach Osten.

»Sie haben zehn Minuten. Kommen Sie nicht zu spät zurück. Dann kriege ich Ärger«, sagte er. Die Männer auf dem Schiff und auf dem Pier glotzten, sogar der Priester starrte sie an. Alle waren neugierig, doch keiner wagte es, sie zu fragen.

Die Insel war wie ausgestorben. Es gab keine Bäume oder Blumenwiesen, nur Schotterpfade und dürre Sträucher, die zwischen den Gräbern ihr Dasein fristeten. Lydia ging über einen unebenen Pfad durch ein Labyrinth aus weißen Grabsteinen. Keine Namen, nur Nummern. Sie konnte nicht fassen, wie viele hier begraben lagen. Hector hatte ihr gesagt, dass sich auf der Insel bis zu eine Million Gräber befanden. Die Toten lagen in Schichten übereinander, die Arbeiter stapelten Sarg auf Sarg, und Lydia wurde bei dem Gedanken unendlich traurig. Häftlinge, Kriminelle, Waisen und unbekannte Todesopfer … so viele verlorene Seelen. Sie dachte an Rain und all die Leute im Untergrund, die ihr geholfen hatten, und sie fragte sich, ob sie alle eines Tages hier enden würden. Was ist das für ein Lebensweg, der hier endet? Nur in einem Fall wusste sie die Antwort.

Auf einer größeren Wiese entdeckte Lydia die Überreste eines großen Gebäudes, vielleicht hatte sich dort ein Krankenhaus befunden oder ein Waisenhaus. Früher hatte die Stadt hier Verwaltungsgebäude gehabt, heute waren die Ruinen so namenlos und vergessen wie die ganze tote Insel.

Als sie das Grab mit der richtigen Nummer gefunden hatte, blieb sie stehen und fragte sich, was sie hier wollte. Sie war nicht gekommen, um ihn tot und unter der Erde zu sehen. Sie wollte nicht einmal mit dem Horror abschließen, der ihr Leben so lange begleitet hatte. Sie war nicht gekommen, um um ihre Mutter oder sich selbst zu weinen. Sie zog den Brief, den Agent Goban ihr gegeben hatte, aus der Manteltasche ihres langen schwarzen Kaschmirmantels. Er hatte in Rebeccas Schoß gelegen, die Kriminalbeamten hatten ihn gelesen. Lydia kannte den Inhalt nicht. Die Briefe, die Jed McIntyre ihr im Laufe der Jahre aus der Haft geschrieben hatte, sollten ihr immer nur beweisen, dass er hinter Gittern saß. Lydia brauchte sie nicht mehr. Sie zog den Stapel aus der anderen Tasche, legte den letzten Brief darauf. Sie suchte sich einen schweren Stein und beschwerte die Briefe damit, richtete sich wieder auf.

Sie war gekommen, um ihm alles, was er ihr gegeben hatte, zurückzugeben, den ganzen Schmerz, den ganzen Hass, die Angst – und die Briefe. Alles Hässliche, das auch zu einem Teil ihres Lebens geworden war und das sie jetzt nicht mehr wollte. Nie wieder. Das war's. Sie drehte sich um und lief zur Fähre zurück.

Als sie wieder anlegten, stand Jeffrey schon bereit. Über ihrem Kopf kreischte eine Möwe, die Schiffsglocke bimmelte, als das Schiff sich dem Anleger näherte. Jeffrey trug eine verwaschene Jeans und ein Kapuzenshirt unter der abgewetzten Lederjacke. Seine Nase und seine Wangen waren von der Kälte gerötet, als hätte er lange hier herumgestanden.

»Du spionierst mir nach«, sagte sie streng.

»Du hast mich angelogen«, entgegnete er knapp.

Sie zuckte die Achseln. Er hatte recht, das konnte sie nicht abstreiten.

»Ich musste das allein tun.«

Er nickte verständnisvoll. »Hast du bekommen, was du wolltest?«

»Ich habe alles, was ich will«, sagte sie und ergriff seine Hand. »Ich habe nur ein paar Sachen entsorgt, die ich nicht mehr brauche.«

Sie drehte sich um, als erwarte sie, dass die entsorgten Sachen aufstehen und herüberwinken könnten, doch da war nichts. Nur das schlammige Wasser und die flache, verlassene Insel.

Er legte ihr eine Hand an die Wange. Und in dem Moment wusste sie genau, dass die Vergangenheit gestorben war und die Zukunft nichts weiter als ein Hirngespinst. Nur in der Gegenwart konnten sie leben und atmen. Mehr hatten sie nicht, mehr würden sie nicht brauchen.

DANKSAGUNG

Mit jedem Buch, das ich schreibe, wächst die Liste der Menschen, denen ich zu Dank verpflichtet bin. Wollte ich an dieser Stelle all jene erwähnen, die mich immer wieder aufgebaut und beim Schreiben unterstützt haben, müsste ich ganze Seiten füllen. Schlimmer noch, am Ende könnte ich Namen vergessen. Deswegen sage ich nur, dass ich mit einem wunderbaren Netzwerk aus Angehörigen und Freunden gesegnet bin, ohne das ich verloren wäre. Sie wissen, wer gemeint ist.

Besonders dankbar bin ich meinem Ehemann Jeffrey Unger für seine Liebe, Unterstützung und Geduld. Er ist mein erster Leser, Webmaster und Pressesprecher. Ich danke meiner Agentin Elaine Markson und ihrem Assistenten Gary Johnson für die ungebrochene Unterstützung. Dank auch an Kelley Ragland für das fantastische Lektorat; an Ben Sevier und alle bei St. Martin's Press dafür, dass sie immer vollen Einsatz leisten und Wunderbares vollbringen.

Lisa Unger,

geboren in Connecticut, ist in den USA, England und Holland aufgewachsen und arbeitete in einem Verlag, bevor sie sich entschloss, selbst Schriftstellerin zu werden. Gleich mit ihrem ersten Thriller »Das Gift der Lüge« gelang ihr ein Bestseller. Mittlerweile hat die Autorin eine Vielzahl von Romanen veröffentlicht. Ihre Bücher sind »New York Times«-Bestseller und erscheinen in über 26 Ländern. »Das Böse so vertraut« ist der dritte Thriller in der Serie um die Ermittlerin Lydia Strong, die Lisa Unger unter ihrem Mädchennamen Lisa Miscione veröffentlichte. Zusammen mit ihrer Familie lebt Lisa Unger heute in Florida.
Weitere Informationen unter www.lisaunger.com

Mehr von Lisa Unger:

Die Romane um die Kleinstadt The Hollows:
Für immer sollst du schweigen. Psychothriller
Gnade deiner Seele. Psychothriller
Wer Böses in sich trägt. Psychothriller

(alle auch als E-Book erhältlich)

Lisa Unger als Lisa Miscione:
Im Herzen die Sünde. Thriller
Darum schütze, was du liebst. Thriller

(beide auch als E-Book erhältlich)

Die Thriller um die Journalistin Ridley Jones:
Das Gift der Lüge. Thriller (als E-Book erhältlich)
Der Fluch der Wahrheit. Thriller (als E-Book erhältlich)

Außerdem lieferbar:
Denn du bist mein. Thriller (als E-Book erhältlich)
Hüte dich vor deinem Nächsten. Thriller (auch als E-Book erhältlich)
Gedenke deiner Taten. Psychothriller (auch als E-Book erhältlich)

GOLDMANN
Lesen erleben